W0291258

SF SOCIAL FANTASIES

Argument Verlag · Hamburg · Berlin

Warum machen wir die Reihe Social Fantasies?

Wir glauben, dass intelligente, zornige Ich-will-die-Welt-verändern-Lektüre gebraucht wird. Wir akzeptieren nicht, dass das Genre Zukunftsliteratur in der Schmuddel-Ecke versteckt wird. Viele grandiose Juwelen der utopischen und phantastischen Weltliteratur sind nie ins Deutsche gebracht worden, andere wurden lieblos übersetzt, zum Teil durch Kürzung entstellt, gingen im SF- und Fantasy-Kommerz unter, wurden mangels Rendite über Jahre oder gar Jahrzehnte nicht verlegt. Wir graben solche Juwelen wieder aus, machen Überarbeitungen oder Neufassungen bedeutender Romane und ergänzen sie durch Neuentdeckungen, die das gleiche Potenzial haben. Unsere Kriterien dabei sind: Romane mit überzeugenden Figuren und dichtem Suspense. Gesellschaftliche Fragen als gut erzählte Geschichten. Unterhaltung mit Selberdenkfaktor: subversiv, intelligent, undogmatisch. Literatur als Unruhestifter: Bücher, die Zweifel an kulturellen, moralischen, sozialen Selbstverständlichkeiten wecken, aufrührerische Bücher. Literatur als Widerstand: Bücher gegen Krieg, Faschismus, Diskriminierung, Missbrauch, blinde Ideologie. Romane mit ungewöhnlichen Identifikationsfiguren, die Rollenmuster sprengen oder unterlaufen und neue Wege zu gehen versuchen. Die SF-Literatur bietet galaktische Vielfalt: Kitzel für die Vorstellungskraft, halluzinogenen Lese-Stoff, sinnliche und stachelige Lektüre für Kopf und Bauch – eben Social Fantasies.

Else Laudan, Programmleitung

Zu diesem Buch

Auf Wolkenriff, einer Insel nahe der Nebelgrenze, lebt ein friedliches Fischervolk mit einer Liebe zu verschlungenen Geschichten. Die junge Quell, ein Schützling der Gewährsfrau, steckt voller rastloser Träume. Eines Tages am Strand sieht sie, wie sich eine Gestalt aus dem Nebel löst – und zum Spiegelbild ihrer selbst wird! Diese Frau bringt die Kunde, dass ein machthungriges Imperium die Inselwelten mit Krieg und Eroberung bedroht. Damit beginnt für Quell und ihre ungleichen Freunde eine tollkühne Odyssee in fremde Kulturen und tödliche Gefahren …

Sean Stewart, 1965 geboren, ist wohl die originellste Stimme der zeitgenössischen phantastischen Literatur. Bis zu seinem Erfolg als Schriftsteller schlug er sich als Dachdecker, Theaterdirektor und Computerspezialist durch. Seine ersten Romane brachten ihm auf Anhieb vier Literaturpreise ein, darunter den begehrten Aurora Award und den Arthur Ellis Award. Alle kamen in die Jahres-Bestenliste der New York Times. Sean Stewart wird heute in einem Atemzug mit Le Guin, Tolkien und den großen Vertretern des magischen Realismus genannt.

Sean Stewart

Schwester des Sturms

Deutsch von Hannes Riffel

SF - Social Fantasies 5005
Argument Verlag

SF - Social Fantasies
Herausgegeben von Else Laudan und Hannes Riffel
www.socialfantasies.de

Titel der US-Originalausgabe: Clouds End

Von Sean Stewart sind bei Social Fantasies bereits erschienen:

Der schwarze Dolch (SF Social Fantasies 5004)
Schwester des Sturms (SF Social Fantasies 5005)
Die Nachtwache (SF Social Fantasies 2044)

Deutsche Erstausgabe

Eppendorfer Weg 95, 20259 Hamburg
Telefon 040/4018000 – Fax 040/40180020
www.argument.de
Lektorat: Georgia Wimhöfer und Iris Konopik
Satz: Iris Konopik
Titelbild: Franz Miklis
Umschlaggestaltung: Hardy Kettlitz und Hannes Riffel
Belichtung: Satzwerk, Göttingen
Druck: Alfa Druck, Göttingen
Gedruckt auf säure- und chlorfreiem Papier
ISBN 3-88619-995-9
Erste Auflage 2002

TEIL EINS

Die Meeresschlaufe

Kapitel 1
Aus dem Nebel

Alster, die vierte Gewährsfrau von Wolkenriff, beobachtete aus dem Westfenster ihres Turms, wie die Sonne ertrank und die Dämmerung über ihre Insel schwappte.

Die letzten Boote glitten herein. Die Mannschaften leerten ihre Laderäume in bereitstehende Fischfässer und zurrten alles für die Nacht fest. Sie überprüften jeden Knoten zweimal, den Blick nach Osten gerichtet, wo sich eine schmutzige Wolkenwand über dem Nebel auftürmte. Ein fieser Wind wirbelte Schaumkronen empor und warf Boote gegen die knarrende Pier.

Eine Tagesfahrt Richtung Osten war eine neue Insel geboren worden. Wie eine Perle, die sich um ein Sandkorn bildet, hatte sie sich um eine Geschichte in der Nebelzeit verkrustet. Alsters Tochter Schegel hatte sie auf einer Segelfahrt mit Tau und Gischt als Erste gesehen, doch Alster hatte es schon seit Tagen gespürt. Als Gewährsfrau von Wolkenriff war es ihre Pflicht, die Geschichte der neuen Insel zu erfahren.

Noch immer hielt sie ihre Augen geschlossen und wartete. Sie hatte Angst, sich dem Nebel in einer Nacht zu öffnen, in der seine Macht so heftig brandete.

Die Pflicht, Gewährsfrau.

Die Pflicht.

Sie leerte sich und wurde von der Welt erfüllt, von Stein und Meer und Feuer. Nach all den Jahren war es immer noch ein entsetzliches Gefühl, als würde sie ertrinken. Die Welt erfüllt dein Herz, deine Lungen. Ihr Blut bebte, als sie sich der sprechenden Nacht öffnete.

Wenn du müde bist, flüsterte die Finsternis, dann komm zu mir. Ich werde dir unter den dämmerigen Ästen der Pinien einen geheimen Ort zeigen. Ich werde dir nackte Erde zeigen und eine Höhlung zwischen den wartenden Wurzeln. Komm und finde heraus, was das Gras bereits erfahren hat.

Alster hatte Besseres zu tun, als auf diese düstere Stimme zu hören. Was sagt der Wind?, fragte sie.

Und der Wind sagte: Dies ist eine Geschichte über die Nebelzeit und die wirkliche Welt, wo alles wahr ist und nur weniges das, was es zu sein scheint. Diese Geschichte ist eine einfach gedrehte Schlaufe – eine Erzählung über zwei Reiche und gleichermaßen über zwei Frauen.

Zwei Frauen?, sagte Alster.

Und der Wind sagte: Quell.

Der nächste Morgen war windig und klar.

Quell war an der Reihe, die Kinder von Wolkenriff zu hüten. Ihre Bande kleiner Aasgeier schwärmte über Stein und Sand aus und freute sich lauthals über jedes Stück Strandgut, das der Sturm der letzten Nacht angespült hatte. Wellen klatschten gegen die vorgelagerten Felsen und schäumten dann über den Krabbenstrand. Die Brise zerrte an Quells braunen Haaren, die noch immer nass vom morgendlichen Schwimmen waren, und wirbelte tiefer hinab, in ihr Herz hinein.

Erst gestern hatte Schegel gesehen, wie sich am Rande des Nebels eine brandneue Insel bildete. Mit ihren eigenen Augen! Denn sie war schnell und stark und furchtlos, eine äußerst geschickte Seglerin, die mit Tau und Gischt aufs Meer hinausfuhr, wann immer es ihr gefiel.

… während Quell die Kinder am Hals hatte. Schon wieder.

Quell war seit eh und je überzeugt, dass etwas Magisches und Sonderbares auf sie wartete, draußen im Nebel. Aber es war schwer, geduldig zu sein, zu Hause zu sitzen und zu nähen oder mit den Kindern zu spielen, wenn man wusste, dass Schegel, die nicht über einen Fingerhut voll Magie verfügte, die Welt durchstreifte und Abenteuer erlebte.

Einem Geheimnis gleich flüsterte die Brise in Quell. Sie hatte immer schon gespürt, dass sich ihr Schicksal im Nebel entscheiden würde.

Hoch über ihr flog eine Möwenschar, kreischte und zankte.

Kreischen, kreischen, gleiten und kreischen! Gelbe Füße und wache schwarze Augen; von Flügelschlag umgeben. Unter ihr das blaue Meer, wie in Zeitlupe.

Aiee! Feuer kroch die Muskeln von Jos Flügeln entlang. Hunger flitzte wie kleine Fische durch ihren Bauch: hee! hee!

Endlich eine Insel unter ihren Flügeln. Grauer Stein, grünes Moos. Muschelübersäte Felsufer, Strände aus grobkörnigem Sand. Im Herzen der Insel ein Teich im Schatten von Ulmen.

Ein Schwarm Menschenkinder tobte und schlenderte den Kieselstrand entlang. Zwischen ihnen eine junge Menschenfrau, in einem Kleid so blau wie das Wasser eines Gebirgsbaches, das sich kräuselnde braune Haar nach Art der Eiländer geflochten.

Jo legte ihren Kopf schief, stieß einen Schrei aus und stürzte aus dem endlosen Himmel hinab. Ein Sturzflug, ein Bogen im Gleitflug, ihre Flügel schöpften eine Brust voll Wind – und dann berührten ihre Schwimmfüße endlich massiven Fels.

Quell hatte immer gespürt, dass im Nebel eine Bestimmung auf sie wartete.

Sie löste die Zöpfe ihrer kleinen Schwester. »Zur Zeit schwimmt eine Geschichte vorbei. Sie ist dem Ufer vergangene Nacht sehr nahe gekommen. Ich habe ihre Brandung gespürt. Ich habe gespürt, wie die Insel bebte.«

Fink sah sie über die Schulter hinweg an. »Du willst mir Angst einjagen. Wir leben nicht auf der Entschwundenen Insel, weißt du.«

»Ein Held ist an der Insel vorbeigezogen. In großer Eile.«

»Du hast einen Helden gehört?«

»Feuer. Zahlreiche Feuer.« Quell flocht die Haare ihre Schwester zu zwei straffen Strängen, die entzückend unterhalb von Finks Ohren baumelten. »Wie Schiffe, die auf dem Wasser brennen.«

Möwen wirbelten über sie hinweg.

Fink wand sich vor unterdrückter Neugier. »Feuer! Falls es ein Held war, dann müsste es Brand sein. Falls es einer war.« Sie sah ihre Schwester mit zusammengekniffenen Augen an. »Falls du überhaupt etwas gehört hast.«

Möwen wirbelten herab, ganz weißer Brustflaum und graue Rücken, ließen sich auf den Krabbenstrand herabtreiben oder standen wichtigtuerisch im Seetang am Rand des Wassers.

Und dann, vor Quells Augen, streckte und verzerrte sich die größte Möwe. Ihr Körper schmolz wie Wachs und veränderte seine Gestalt.

Mit einem Schrei sprang Quell auf die Füße und packte Fink am Arm.

Die Kinder drehten sich um und wollten sehen, was Quell da anstarrte.

»Quell«, heulte Klein Frosch. Zwischen ihren Beinen hindurch starrte er das Nebelgeschöpf am Strand an, dessen weißer Rücken sich wie Wasser im Wind kräuselte.

»Was ist das?«

»Sticht es?«

»Ich will zu meinem Papa!«

»Q-u-e-l-l!«, heulte Frosch erneut.

»Ruhig jetzt. Habt keine Angst«, sagte Quell und wurde sich wieder ihrer Pflichten bewusst. Die Kinder gerieten in Panik, starrten sie an und versuchten, nicht loszuheulen. »Fink! Bring sie ins Dorf zurück. Sag Alster, dass ein Nebelding am Strand aufgetaucht ist.«

»A-aber, was ist mit dir?«

»Tu was ich dir sage!«

Fink nickte und trieb die Kinder auf dem Pfad die Felsklippe hinauf. Wieder und wieder sah sie sich um und hoffte, dass ihre große Schwester nachkommen würde, aber Quell blieb zurück.

Krabbengestank, was? He?

Schüttle sie, schüttle sie! Gier! Entzwei, entzwei!

Aiee! Meine!

Aiee! Rraaaa! Raa!

Möwenstimmen spuckten und schrien, und die Brandung raubte ihnen den Sinn, als Jo zur Erde niederfiel. Die raue Sprache der Möwen barst auseinander, ihre Bedeutung vom Ansturm der Wellen auf den Fels zersplittert, vom Zischen der Gischt, der tiefen Stimme des Steins, der großen summenden Stille des Himmels.

Sie war allein.

Und ach, die entsetzliche Leere dieses Augenblicks, als ihr Körper überfloss und zerrann, nach einer Gestalt gierend. Dieses entsetzliche saugende Verlangen! Die Welt zog in ihrem Wahnsinn aus jeder Richtung an ihr. Der Stein sprach seine Härte durch ihre Haut. Sie war ganz betäubt vom Geruch des Salzwassers und des nassen Sandes.

Der Wind strömte wie ein Fluss durch sie hindurch.

Allein, ihre Gestalt wandelnd, war sie von den Stimmen der Welt umgeben: den alten, dunklen, klaren Gedanken des Steins; den kreischenden Möwen; dem tückischen Wind; den unbändigen Wellen.

Ist es schon so weit?, fragte die Siebte Welle.

für die Flut.
eine Reinigung.
der Stein versteht uns.
und wir sind (ich bin) ruhelos.
und wir bergen die Kraft kalter Faden.
und wir sind die Hüter der stummen Finsternis.

Noch nicht.

nicht in dieser Jahreszeit. nicht dieses Mal.
wir träumen (ich träume) noch nicht den Freudentanz.
ich singe (wir singen) die Welle: und die Stille darunter.

So stritten die Wellen, abwechselnd kühn und sanft und blutrünstig. Jede siebte Welle sprach mit ihrer tieferen, wahrhaftigeren Stimme. Wie gut Jo sie kannte.

Mit wilder Entschlossenheit riss sie sich zusammen, sperrte sie die brüllende Welt aus. Sie musste ein Mensch werden, das wusste sie noch. Aber es war schwer, einen Körper aus Erinnerungen zu schaffen, die der Nebel durcheinander gebracht hatte. Es war schwer, eine Frau aus Wind und Wellen zu formen, aus dem Stein unter ihr und dem teilnahmslosen Himmel über ihr.

Sie benötigte jemanden, den sie nachbilden konnte.

Sie *lauschte.*

Lauschte in den Knoten aus Kindern hinein, in ihre panische Angst und ihre weit aufgerissenen Augen und ihr Vertrauen; lauschte der jungen Frau, die sie beaufsichtigte. Ja: Das war eine Frau, der die Dorfbewohner vertrauen würden.

Sie wand sich um die Stimme der jungen Frau, zog Meer und Stein zusammen, Wolken und Himmel – und verknüpfte all diese Bestandteile zu einer menschlichen Gestalt. Und dann griff Jo nach der Frau hinter der Stimme und eignete sich ihr Muster an.

Quell. Ihrer beider Name war Quell.

Quell zitterte, drehte an dem Armband aus blauen Muscheln an ihrem Handgelenk. Magie kribbelte und bebte in ihr wie ein Fieber. Es war entsetzlich zuzuschauen, wie das Nebelgeschöpf vor ihren Augen Gestalt annahm; kostbar; geheimnisvoll.

Ihr ganzes Leben lang hatte sie jene Augenblicke in Ehren gehalten, in denen ein Ruf aus dem Nebel zu ihr drang, fremd und bedeutungsschwer. Doch noch nie hatte sie die Magie so stark gespürt wie jetzt, lebendig und bitter in ihrem Blut. Etwas in ihr war geborsten, ein Damm gegen den Wahnsinn. Diese Magie war fürchterlich, wie der Nebel, der Taus Vater an einem sonnigen Tag vor achtzehn Jahren verschluckt hatte.

Nebel strömte aus dem Körper der Möwe. Ihr winziger Kopf wurde größer, ihre runden Augen schmal und silbrig. Ihr Schnabel fand zur Gestalt einer ausgeprägten Hakennase. Das Gefieder auf ihrem Kopf entwirrte sich zu Haaren, einer schwebenden Wolke weißer Spinnweben. Sie regte sich, zischte wie eine Möwe und starrte Quell aus nicht-menschlichen Augen an.

Während die Möwenfrau Quells Blick bannte, bräunte sich ihre blasse Haut. Ihr weißes Haar verdichtete sich zu vier braunen Zöpfen in ihrem Nacken. Knochen brachen aus ihren Handgelenken hervor und verhärteten sich zu einem Armband aus blauen Muscheln. Ihr Körper kräuselte sich und schrumpfte, schmolz vor Quells Augen wie eine Kerze, nahm die Gestalt einer jungen Frau in einem Kleid aus blau gefärbtem Segeltuch und Aalhautstiefeln an.

»Eine Zwilling«, flüsterte Quell – denn sie sah sich selbst.

Sie würde sterben.

Zaghaft trat sie einen Schritt vor. Sie musste die Zwilling töten, bevor sie sie tötete.

»Habt keine Angst«, sagte sie.

Sie musste zehn Schritte näher heran.

Acht.

»Ich werde Euch nichts tun.«

Die Zwilling stand auf einem Felsvorsprung, das Meer hinter sich und einen steilen Abgrund zu ihrer Rechten. Sie *war* Quell, bis in jede Einzelheit: die Frau, deren Spiegelbild sie jeden Tag im Tränenteich sah. Niemand würde wissen, dass nicht sie es war. Niemand würde den Unterschied bemerken.

Aber sie wäre fort.

Sechs Schritte.

Eine leere Krabbenschale zersplitterte unter ihrer Ferse.

Die Zwilling runzelte die Stirn und tänzelte hin und her. Sie krächzte – der Schrei eines Vogels aus dem Mund einer Frau. Sie blinzelte und hustete.

Quells Herz klopfte und ihre Kehle schnürte sich zu, als sie zu sprechen versuchte.

»Ich werde Euch nichts tun.«

Einen Schritt weiter. »Hier kommen nicht viele Fremde her.«

Vier Schritte.

»Wenn die Boote zurückkommen, wird es Jelle geben. Geräucherten Aal und eingelegte Möweneier. Reisenden bieten wir immer das Beste aus dem Fang.«

Drei Schritte.

Die Zwilling wich zurück. Ihre Haut nahm die Farbe einer weißen Möwenbrust an. Ihre braunen Augen wurden zu leuchtendem Silber, wie Fischschuppen.

Sie versucht, mir nicht gleichzusehen, dachte Quell. Um mir keine Angst zu machen.

Über ihnen schrien Möwen.

Zwei Schritte.

Quell stürzte vorwärts. Die Zwilling warf sich nach rechts, dem Himmel entgegen, aber ihre weißen Flügel waren fort. Von ihrem Menschenkörper verraten, fiel sie schwer und schlug mit dem Kopf hart auf den Fels.

Quell kraxelte ihr hinterher und rutschte auf dem glatten Stein. Sie entdeckte eine scharfkantige Muschel und sprang darauf zu. Sie riss sie aus dem kalten grauen Sand, drehte sich um und wollte dem Ungeheuer die Gurgel aufschlitzen.

Der silberne Blick der Zwilling glitt wie ein Stahlhaken in sie hinein. Sie spürte, wie sie zuckte. Ihre Hände wanden sich an ihrem Körper. Schluchzend fiel sie auf die Knie. Aufgespießt.

Die Zwilling hob eine Hand an ihre salzweiße Wange. An ihren Fingern blieb Blut zurück. »Aiee! Schmerzen!« Und dann sah sie Quell an und sagte: »Du hast mir wehgetan.«

Der Augenblick entschlüpfte Quell wie die Ebbe, der Sand wogte und floss unter ihr fort. Ihre Wut legte sich und verwandelte sich in Angst.

Sie war verzweit worden.

Sie würde sterben und niemand würde etwas davon erfahren. Nie würde sie ein Kind bekommen, nie würde sie nach Doppeladler oder Harfe segeln, und die Quell, die endlich mit Tau schlafen würde, würde nicht sie sein.

Und sie erkannte, dass dieses Schicksal immer im Nebel auf sie gewartet hatte.

Jo verzweite Quell und bereicherte sich an ihrem Wissen.

Sie befand sich auf Wolkenriff. Alster war Gewährsfrau, Stein war Händler. Ihre beste Freundin Schegel hatte lange Beine und konnte sehr jähzornig sein, und mit ihrem durchdringenden Lachen konnte sie Austernschalen knacken.

Tau war ihr Liebster. Er war so fest wie ein Anker, und er hatte die Hände eines Seefahrers; sie waren so rau, dass eine Knochennadel an seinen Schwielen stumpf werden würde. Obwohl er erst einundzwanzig war, hatte er sein eigenes Boot – so zuverlässig war er –, und eines Tages würde er sie heiraten.

Oder vielmehr, dachte Jo freudig, wird er mich heiraten.

Sie drang noch tiefer in Quell ein und trank sie wie Wasser. So lange hatte sie sich schon im Nebel aufgehalten, sich in Brand oder dem Möwenkrieger verloren, dass sie vergessen hatte, wie gut es sich anfühlte, dem Fiebergriff der Magie zu entkommen und im wirklichen Leben zu versinken, als würde sie nackt in einem kühlen Teich baden.

(Ach, und die zehnjährige Quell zu sein, vor Tagesanbruch am Strand, die sich vorstellte, wie sich Wolkenriff wohl verändern würde, wenn sie tot wäre. Die dachte: Welche Geheimnisse die Wellen doch dem Ufer erzählen, wenn man sie nur hören könnte!)

Angst stieg in Jo hoch, spritzte und kräuselte sich. Sie hatte vergessen, wie tief ein Leben sein konnte. Und jetzt floss Quell in sie hinein, füllte sie bis oben hin, blockierte ihre Lungen und ihr Herz.

(Und Quell mit sieben Jahren, an dem Tag, als ihre Eltern ertranken, wie sie den Schal ihrer Mutter enger um ihre Schultern zog, während die Gewährsfrau von Windhang sie aus tränenfeuchten Augen ansah und der Händler ihr von der Schiffsreise nach Wolkenriff erzählte, wo Pflegeeltern auf sie und Fink warteten.

Der Schal war immer noch vom Duft ihrer Mutter erfüllt.)

Quell schlug wie das Meer über Jo zusammen.

Sie ergoss sich in Jo hinein, bis sie durch ihr Herz hindurchfloss und aus ihren Augen schwappte, und ihre Strömungen vereinten sich zu einer Flut.

Jo spürte, wie sich ein Knoten um ihrer beider Leben festzurrte und sie an Quell band. Quell die Närrin, dachte sie zornig. Quell das Mädchen, das noch jung genug war, sich nach Magie in ihrem Leben zu sehnen. Schegel hatte das Herz einer Seefahrerin und Tau das Auge eines Seemanns, aber was hatte Quell? Einen Sack voller Geschichten?

Quell das Pflegekind. Quell die Dumme, die die Kinder fortgeschickt hatte, selbst jedoch blieb, weil sie die Magie ganz allein sehen wollte. Die Berührung des Nebels spüren wollte.

Närrin, Närrin, Närrin!, tobte Jo mit Tränen in den Augen. Quell, die sie ein kleines bisschen zu sehr liebte, um sie zu töten.

Noch.

Kapitel 2
Die Gewährsfrau

Die Scheme sah nicht mehr wie Quell aus. Sie war groß, ihre Haare und Haut salzweiß. Schmale Silberaugen standen beiderseits einer starken gebogenen Nase weit auseinander.

Quell trottete hinter ihr her und fühlte sich ausgelaugt. Leer.

Sie war verzweit worden. Falls die Geschichten die Wahrheit erzählten, war sie so gut wie tot und würde bald im Nebel verschwinden. Ihr hatte sich eine Gelegenheit geboten, tapfer zu sein, und sie hatte sie versäumt. Jetzt brandete sie um die Scheme wie Wasser gegen weißen Fels. »Ihr gehört zum Volk der Lüfte, oder?«

»Das stimmt.« Während Jo den Pfad hinaufschritt, wischte sie sich das Blut von der Wange und leckte sich die Finger ab. Die Kratzer verblassten und ließen nur noch weiße Haut zurück.

Sonne! Sonne auf Gesicht! Aah, das kitzelt! Pass auf, wo du hintrittst!, sagten die wilden Blumen, die sich zu ihren Füßen duckten. Sie quiekten, als Jo auf sie trat.

Den Pfad die Felsklippe hinauf und über die Ostweide. Dann hatten sie das Dorf erreicht, dreißig kleine Steinhäuser. Sie kamen an dem alten Stock vorbei, der an seiner Treppe herumschnitzte. Die vielen Jahre in Sonne und Wind hatten seine Haut gegerbt und wie Schildkrötenleder zerknittert. Schau nicht her, dachte Quell verzweifelt. Bleib auf Abstand. Als könne ihn ein Blick der Scheme in Stücke hacken.

»Quell! Deine Schwester ist vorhin hier vorbeigeschossen, mit einer Horde Kinder, die ihr vorausflatterten wie Klüversegel in einem Sturm.« Stock blickte auf und betrachtete Quells Begleiterin eingehend. Er schälte ein weiteres Stück Rinde ab. »Würde mich nicht wundern, wenn wir schlechtes Wetter bekämen.«

Lilafarbene Wolken verfärbten im Osten den Himmel. Der Wind frischte auf und wirbelte vor dem Krabbenstrand Schaumkronen empor. Die Dorfbewohner verständigten sich mit erhobenen Stimmen. Die Tür zum Haus der Gewährsfrau flog auf, und Fink kam heraus. Sie zog Alster hinter sich her.

»Eine große Möwenschar ist gerade landeinwärts geflogen. Nie ein gutes Zeichen.« Stock begutachtete sein altes Messer. Die Klinge steckte in ihrem dritten Walfischknochenheft und war vom vielen Schärfen ganz dünn geworden. »Wisst ihr, als mein Großvater nach Wolkenriff kam, war noch kein Jahr vergangen, seit der Nebel es gekalbt hatte. Damals kam ein Haufen merkwürdiges Fischzeug aus dem Osten geschwommen. Wir haben gelernt, vorsichtig zu sein.« Stock hielt inne und spuckte aus. Er sah Quell in die Augen. »Wir haben gelernt, Verantwortung füreinander zu übernehmen.«

Alster kam Quell und der Scheme entgegen. »Ihr gebt wirklich ein nettes Paar ab!« (Und Jo spürte, wie Quells Erinnerungen durch sie hindurchgeisterten. Alster, die Gewährsfrau, glich einem alten Boot – verwittert, aber solide. Ihre fleischigen Finger waren mit Leberflecken und Spuren von Färbmittel übersät, ihr Haar war treibholzgrau. Ihre Augen blickten durchdringend aus einem faltendurchzogenen Gesicht.)

Quell stand hinter der Scheme wie ihr Schatten, ebenso kalt im Frühlingssonnenschein.

Alster blinzelte in den aufkommenden Wind hinauf. »Bald wird es stürmen. Na, Quell, du musstest wohl unbedingt Schegels neue Insel übertrumpfen?«

Aus jedem Fenster wurden sie von Dorfbewohnern beobachtet. Sobald Quell ihren Blick erwiderte, wandten sie sich ab, als wäre sie schon tot.

Jo sagte: »Ich bin gekommen, um Euch vor einer großen Gefahr zu warnen.«

»Sehr verbunden«, brummte Alster.

Sie gingen zum Haus der Gewährsfrau zurück. Moos, Alsters Mann, wartete bereits auf sie. Alster bat Jo zu einem Gespräch herein. Quell wies sie an, auf der Veranda zu warten. »Damit alle sehen, dass wir auf dich aufpassen«, sagte Moos, nachdem seine Frau und die Scheme hineingegangen waren.

So lange Quell zurückdenken konnte, hatte sie Moos und Alster jeden Abend in zwei Netzsesseln sitzen sehen, die an Haken an den Balken des Vordaches hingen und dem Sonnenuntergang im Westen zugewandt waren. Nun saß sie in Alsters Sessel und schaukelte langsam vor und zurück. Sie war äußerst dankbar dafür, dass der ältere Mann ihr Gesellschaft leistete, mit seinen Geschichten oder mit seinem weiten, wohltuenden Schweigen.

Im Laufe des Nachmittags kam Otter, ihre Pflegemutter, mit einem Teller Honigkuchen vorbei und aß sie gemeinsam mit Quell, während Moos hineinging, um nach Alster und der Scheme zu sehen.

Im Osten wurde der Himmel zusehends schwärzer. Otter ging, um Abendessen zu machen. Boote kehrten in die Bucht zurück. Bald nach dem Wechsel der Gezeiten segelte Tau herein. Schegel sprang von Deck auf die Pier und legte die Fangleine um den Anlegering. Gischt schlenderte hinterher, gefolgt von Tau, der das Boot wie immer als Letzter verließ.

Quell beobachtete sie von Alsters Veranda aus. Sie hatte Tränen in den Augen.

Schegel stürmte voraus, den Weidenpfad hinauf und durch das Dorf. Jemand musste ihr erzählt haben, was vorgefallen war.

»Geht es dir gut?«, wollte sie wissen.

»Ich renne immer, als wäre jemand hinter mir her«, sagte Quell und versuchte zu lächeln. »Aber du rennst immer, als wolltest du jemanden zu Tode hetzen.«

»Ist sie mit Mama drinnen?«

»Ja.«

Gischt und Tau eilten herbei.

»Du solltest nicht hier bleiben. In meiner Nähe ist niemand sicher«, sagte Quell.

»Ach, halt die Klappe.«

Einen Augenblick später traten Tau und Gischt zu ihnen. Gischt setzte sich mit dem Rücken an einen Pfosten und schlang die schlaksigen Arme um seine Knie. Tau setzte sich in Moos' Sessel. Er griff nach Quells Hand. Sie hätte sich gerne von ihm trösten lassen, doch ihre Finger, ihre ganze Hand fühlte sich hölzern an. Ihr ganzer Körper glich Treibholz, das an einem leeren Strand zurückgelassen worden war. Gefühllos.

Unten am Hafen stöhnten die Piers. Kähne knarrten und stießen aneinander. Oben in der Mitte der Insel begannen die Ulmen um den Tränenteich im aufkommenden Wind zu flüstern. Die Finsternis der riesigen Sturmfront raste westwärts über das Meer auf Wolkenriff zu. Möwen wirbelten ihr voraus – weiße Feuerblitze, die von der sinkenden Sonne angestrahlt wurden.

»Heute wird es früh dunkel«, sagte Tau.

Gischt betrachtete stirnrunzelnd einen kleinen Riss in seiner mit Borten verzierten Manschette. »Zeit, mein Nähzeug herauszuholen.« In einem Dorf, in dem die meisten Männer mit Begeisterung Walrosspelze getragen hätten, war Gischt mit einem Sinn für Mode geschlagen.

»Willst wohl mit der Verpackung darüber hinwegtäuschen, dass die Ladung nichts bringt!« Schegels Haifischzahnohrring tanzte, während sie ruhelos die Veranda auf und ab ging. Sie blieb vor den Hängesesseln stehen und wischte eine Träne von Quells Wange. »Komm schon, Käferchen! Noch bist du nicht tot!«

»Früher habe ich mir gewünscht, nicht du wärst Alsters Tochter, sondern ich. Ich habe mir vorgestellt, ich wäre die Gewährsfrau und würde magische Dinge sehen.«

Schegel verzog das Gesicht. »Dein Gesicht bewölkte sich immer mit diesem *geheimnisvollen Ausdruck* – wie habe ich den gehasst! Er sollte besagen: Ich bin ein tiefsinniger Mensch. Ich denke tiefsinnige, geheime Gedanken.«

Gischt grinste. »Den kennen wir alle.«

»Manchmal habe ich so getan, als wäre ich tot«, sagte Quell, »als könnte ich überall auf der Insel herumlaufen, ohne gesehen zu werden, und belauschen, was die Menschen über mich sagen.« Eine Weile saß sie schweigend da und drehte an dem Armband aus blauen Muscheln an ihrem Handgelenk. »Nun, jetzt bin ich es. Eine lebende Tote.«

Schegel fluchte und versetzte ihr einen Tritt. Nicht sehr fest.

Frauenstimmen drangen aus dem Zimmer hinter ihnen, wo Alster und Jo sich immer noch unterhielten. Jos Stimme war klar, auffrischend und abflauend wie ein Wind; Alsters barsch und sachlich.

»Komm schon, Quell. Jetzt ist nicht der richtige Augenblick für Selbstmitleid. Es bringt nichts.«

»Unsere Freundin Schegel«, murmelte Gischt. »Immer ein freundliches Wort und ein fröhliches Lächeln.«

Schegel bedachte ihn mit einem Blick, der einen Fisch hätte ausnehmen können. »Obwohl ich zugeben muss, dass du einer Gewährsfrau eine bessere Tochter gewesen wärst«, sagte sie. »Ich habe Mamas Geschichten immer durcheinander gebracht und von dem Räucherwerk musste ich niesen.«

Quell konnte sich ein Lachen nicht verkneifen. »Wenn ich Gewährsfrau bin, mache ich dich zur Händlerin. Die erste Händlerin auf den Östlichen Inseln.«

Schegel nickte. »Fairer Tausch.«

»Und für mich hast du nichts in deinem Laderaum?«, sagte Tau und kratzte sich nachdenklich den Bart. Er war muskulös und wurde immer noch breiter; das Segeltuchhemd, das seine Mutter ihm letzten Sommer genäht hatte, spannte bereits über den Schultern und über seinen breiten, behaarten Handgelenken.

Schegel grinste. »Ach, dich werde ich wohl zu meinem Ersten Offizier machen.«

»Ich glaube«, sagte Gischt, »Quell hat ihre eigene Vorstellung davon, wessen Erster Offizier Tau sein soll.«

Schegel lachte, während Tau und Quell rot wurden. »Schon besser. Siehst du – du bist noch nicht tot.« Sie begutachtete ihre Aalhautstiefel und steckte zwei Finger durch ein Loch in der einen Spitze.

»War es schlimm?«, flüsterte sie.

Quell sah auf das schwärzer werdende Meer hinaus. »Weißt du, wie es ist, wenn du das Kliff hinaufkletterst, um die Sonne untergehen zu sehen? Sie geht unter, und alles wird so dunkel, bis du die Felskante nicht mehr sehen kannst. Aber du kannst sie immer noch spüren. Kannst den Abgrund immer noch spüren.« Ihr Muschelarmband drehte sich klappernd und flüsternd.

»Es ist schwer, einen Knoten aus Nebel zu lösen«, sagte Gischt.

Schegels Finger schlossen sich um das Heft ihres Messers. »Also haut man ihn durch.«

»Wie würdest du das anstellen?«, sagte Gischt. »Willst du warten, bis die Scheme schläft – im Haus deiner Mutter –, und dann schneidest du ihr mit einem Schuppenmesser die Gurgel durch? Schaust zu, wie das Blut über deiner Mutter Boden läuft, nachdem sie eine Reisende willkommen geheißen hat? Wohl kaum.«

»Es muss nicht im Haus sein.«

»Wo dann?«, sagte Tau. »Der Tod einer Scheme bringt den Fluch einer Scheme über die ganze Insel.«

»Dann eben auf See«, sagte Schegel. »Sie hat gesagt, dass sie eine Warnung überbringen will.«

Quell nickte. »Eine Botschaft für Delta. Sie hat gesagt, Brand würde sein Feuer zur ersten Insel bringen. So viel habe ich gehört, bevor sie hineingegangen sind.«

»Also geben wir ihr ein Schiff und eine Mannschaft, segeln eine Tagesfahrt weit weg …« Schegel schnitt mit ihrem Messer eine unsichtbare Kehle durch. »Die Leiche werfen wir über Bord. Den Kahn versenken wir in Schwimmentfernung von daheim und ertränken dabei dein Unglück gleich mit.«

»Was ist, wenn Brand wirklich durch den Nebel brennt?« Quell wandte den Blick von Schegels zornigen Augen ab. »Ja, sie hat mich verzweit. Wenn die Geschichten wahr sind, wird sie eines Tages versuchen, mich zu töten oder in den Nebel zu schleudern. Aber deswegen ist nicht alles gelogen, was sie sagt.« Quells Finger umklammerten das Geflecht des Netzsessels. »Sie ist jetzt auch ein wenig in mir. Ich glaube, dass ihre Furcht vor Brand echt ist. Ich kann sein Fieber spüren.«

Gischt hob die Augenbrauen und sagte: »Ist das vielleicht dieser abwesende, geheimnisvolle Gesichtsausdruck, von dem du eben sprachst, Schegel?«

Quell schüttelte hastig den Kopf. »Nein, da würde ich viel vornehmer tun. Glaubt mir, ich habe mich in meinem ganzen Leben noch nie weniger abwesend und geheimnisvoll gefühlt. Ich komme mir vor wie ein Käfer unter der Sohle eines Stiefels.«

»Wie wäre es, wenn wir fortsegeln würden?«, schlug Tau vor. »Nicht für immer, Schegel. Für ein paar Wochen. Lang genug, damit die Scheme verschwinden und Quell in Ruhe lassen kann. Wir können zur Harfe hinüberfahren oder zurück nach Windhang und Quells Familie besuchen.«

»Oder zu der neuen Insel segeln«, warf Gischt ein, etwa zum dreißigsten Mal an diesem Tag.

»Nein, nein und nein«, knurrte Tau verzweifelt. »Um Fadens willen, hörst du endlich mal mit der neuen Insel auf? Sie ist zu neu, sie ist zu gefährlich, und sie liegt zu nahe am Nebel. Alster wird jemanden hinschicken, wenn die Zeit reif ist.«

Gischt grinste und zuckte mit den Achseln. »Du kannst einem Fischer nicht vorwerfen, dass er seine Leine auswirft.«

Schegels Stirnfransen flatterten im aufkommenden Wind. »Ich möchte genauso gern wie du dort hinaus, Gischt. Aber ist der Nebel wirklich das richtige Ziel, wenn du vor einer Scheme wegläufst?«

»Ich glaube nicht, dass ich vor ihr weglaufen kann«, sagte Quell. »Wir sind eine Schotstek-Geschichte, sie und ich: ein kurzes Tau und ein langes Tau, die miteinander verknotet sind. Ich kann mich aus dem Knoten nicht befreien. Ich muss ihn lösen.«

Schegel ließ ihren Dolch durch die Luft zischen. »Oder durchhauen.«

Es gehörte zu Alsters Pflichten als Gewährsfrau, der Scheme ein Abendessen und ein Bett für die Nacht anzubieten. Ihre Tochter Schegel schickte sie mit Quell ins Haus des Händlers. Nachdem sie die Scheme in ihr Zimmer geleitet und ihre Familie zu Bett gebracht hatte, stieg Alster wieder in ihren Turm hinauf und saß viele Stunden in Gedanken versunken vor ihrem Kohlebecken.

Draußen war das Unglück, das sich seit Tagen um ihre Insel herum auftürmte, in einen heftigen Sturm ausgebrochen. Regen peitschte gegen ihr Haus. Unten im Hafen kreischte das Holz, wenn die Boote gegen die Pier krachten.

Die Gewährsfrau hielt eine brennende Schale Weihrauch in der hohlen Hand. Ein bittersüßer Geruch stahl sich zwischen ihren Fingern hervor.

Im Zimmer unter ihr schliefen ihre beiden Hälften. Moos, ihr Gatte und Anker: seit dreißig Jahren ihre Leine zu allem Menschlichen. Und Jo. Jo war alles, was Alster hätte sein können, hätte sie nicht ihre Eltern und ihre Familie geliebt und die kleinen Ereignisse in ihrem Dorf, sondern stattdessen auf die wilde Stimme des Windes gehört.

Jo hatte sich für diese Freiheit entschieden, für das Volk der Lüfte. Sie hatte sich von der Welt der Menschen abgewandt – oder vielleicht hatten die Menschen sie davongejagt, aus Angst vor ihren merkwürdigen Fähigkeiten. Für sie hatte es keinen Moos gegeben, keinen Anker. Sie hatte sich dem Wind und der Welt ergeben.

Der Sturm wurde stärker und rüttelte an den Fensterläden. Alster schüttelte den Kopf. Warum, warum musste sich die Scheme Quell aussuchen? Dreizehn lange Jahre hatten sich Alster und der Händler Stein mit seiner Frau Otter so sehr bemüht, Quell zurück ins Licht der Sonne zu holen. Sie hatte mehr Nebel in sich, als gut war. Jahrelang hatten sie befürchtet, dass ihr Pflegekind sie verlassen würde; dass sie in sich selbst versinken und in den Nebel gehen würde. Aber Schegel und Tau hielten sie, und ihre Liebe zu ihrer Schwester Fink und zu ihrer Pflegemutter Otter und zu dem geduldigen Stein.

Bis das dumme Mädchen sich von einer Scheme hatte verzweien lassen. Nun gut. Wenn Geschichten einfach wären, würde man sie nicht in Knoten erzählen.

Furcht hielt Alster beinahe davon ab, die Treppe hinunterzugehen.

Die Pflicht. Sie musste wissen, was die Scheme dachte. Sie musste dem Wind die Stirn bieten.

Im Dunkeln schlich sie hinunter, machte einen Bogen um Tisch und Herd und setzte sich behutsam auf den niedrigen Hocker neben Jos Bett. Weihrauchduft tröpfelte wie verbrannter Honig und lief ihren Rachen hinunter.

Sie wollte nicht sterben.

Die Pflicht, Gewährsfrau.

Alster starrte Jo gebannt an. Das Zimmer war dunkel, doch die weiße Haut der Scheme leuchtete so blass wie der Mond durch eine Wolkenbank. Ihr Atem ging seltsam unregelmäßig, keuchend und in Böen wie der Sturm draußen. Es dauerte lange, bis sich Alster ihm angepasst hatte. Langsam, langsam fiel sie in das knarrende Haus hinein, in den klatschenden Regen; den ruhelosen, tobenden, ungestümen Wind. Weihrauch kribbelte und summte in ihrem Blut, und sie ertrank in den Traumwelten der Scheme.

Ein Möwenschwarm schnitt Kreise in den Wind, kreischte und stürzte auf eine junge Frau herab. Es war Quell. Blut quoll in Strömen aus ihren Handflächen. Die Möwenschar wurde dichter, verdeckte sie. Als ein starker Wind aufkam und die Möwen fortblies, war sie verschwunden.

Alster verlor alle Hoffnung.

Eine einzelne Möwe auf einem Felsen plusterte sich auf und lachte. »Gewährsfrau! Ich bin schockiert! Nennt Ihr das Höflichkeit, heimlich anderer Leute Träume zu beobachten?«

»Ist das für Euch nichts weiter als ein Spaß?«

Jo zischte und klapperte mit ihrem Schnabel. »Der Spion, der durchs Fenster späht, darf sich nicht über das beschweren, was er sieht!« Ihr Möwenkörper streckte sich und verschwamm. »Ihr haltet euch für so klug, ihr alternden Inselhexen. Blinzelnd wie Maulwürfe schielt ihr in die Welt und seid beeindruckt, dass ihr überhaupt sehen könnt. Ihr dachtet, Ihr könntet herbeischleichen und mich ausspionieren!«

Jo veränderte sich und nahm die Gestalt einer weißhäutigen Frau mit schmalen Silberaugen an. »Ihr kriecht in meinen Schlaf wie eine Krabbe in den Schlamm. Ich habe Euch gehört, und ich habe Euch ertappt. Tut nicht so, als solltet Ihr gekränkt sein! Ich bin gekommen, um dem Volk der Meere von Brands eiligem Vormarsch zu erzählen. Ein schöner Dank ist das für meine Warnung. Vielleicht habt ihr Eiländer das Geschenk verdient, das euch das Feuer machen wird.«

»Es tut mir Leid«, sagte Alster. »Es tut mir Leid, dass ich es versucht habe, und noch mehr, dass ich ertappt worden bin.«

»Aiee! Zumindest seid Ihr ehrlich! Krahh.«

»Was hätte ich denn tun sollen? Nichts? Nachdem Ihr eine Frau aus meinem Volk verzaubert habt?«

Jo hob die Schultern und grinste. Quells Züge flossen über ihr Gesicht.

»Ihr werdet alles zurückgeben, was Ihr ihr nehmt«, sagte Alster.

»Ich bin nicht gekommen, um Ärger zu machen. Ich bin gekommen, um Euch zu warnen und um Hilfe zu bitten.«

»Welcher Hilfe bedürft Ihr, die Euch eine alternde Inselhexe geben könnte?«

»Begleitung.« Jo schüttelte ihre Arme zu Flügeln und verwandelte sich in einen Vogel zurück. »Brand wirkt in der Welt durch Menschenhand, und Menschenhände müssen ihn aufhalten. Ich brauche einen Führer, der mich nach Delta bringt – und vielleicht noch weiter.«

»Warum? Geht! Ihr könnt Euch vom Wind schneller vorwärts tragen lassen, als wir segeln können. Bringt Eure Warnung selbst zur ersten Insel.«

Die Möwe zischte und schrie. »Krahh! Und was würde das bringen, aaaie? Dort hassen sie eine Scheme nicht weniger, und sie verfügen nicht über das zweite Gesicht, das ihnen zeigt, dass ich die Wahrheit spreche.« Jo flatterte auf den Fels hinab. »Habt Erbarmen, Gewährsfrau. Ich wage nicht, eine solche Reise alleine zu tun. Eine Möwe erinnert sich nicht an die Absichten der Menschen. Ich würde nach Delta fliegen und vergessen, was ich dort wollte.«

»Hm. Und wen, denkt Ihr, soll ich schicken?«

Jo plusterte sich auf und legte ihren Kopf schief. »Quell! Warum nicht? Wir passen gut zusammen. Schickt Quell! Ich würde mich um sie kümmern.«

»Zweifellos«, sagte Alster. »Nein. Kein Boot wird Wolkenriff verlassen, wenn Ihr an Bord seid.«

»Was Ihr nicht geben wollt, werde ich mir nehmen!«

»Ihr werdet ihr alles zurückgeben, was Ihr genommen habt, Jo.«

Mit einem Schrei warf sich Jo in den Himmel empor. »Erdreistet Euch nicht, mir zu drohen! Eine Scheme bekommt, was sie will, Gewährsfrau. Denkt daran! Ich gehöre zum Volk der Lüfte.« Sie kreischte und zog über Alsters Kopf ihre Kreise. Ihre Flügel tobten wie ein prasselndes Feuer, wie ein brausender Wind. »Ihr wollt also die Luft berühren? Dann öffnet Eure Ohren und sagt mir, was Ihr hört!«

Und die Welt verwandelte sich in einen brüllenden Sturm, eintausend Stimmen, die gleichzeitig aufschrien; Stein Sand See Vogelgeschwätz, die Leere des entsetzlichen Himmels. Der markerschütternde Lärm trieb Alster in den Wahnsinn. Sie schrie, doch ihre Worte zerbarsten und wirbelten davon.

Und dann saß sie auf Jos Bett.

Der Sturm hatte sich gelegt. In der betäubenden Stille glaubte Alster ein freudloses Lachen zu hören, so schwach wie eine Erinnerung.

Das Bett war leer.

Die Scheme war fort.

Kapitel 3
Salbeiquell

Am nächsten Morgen hatte sich das Gewitter verzogen. Das Meer erinnerte sich noch gut an die wilde Nacht. Die Wogen brandeten schwer an den Krabbenstrand, und unten am Hafen läuteten die Schiffsglocken, wenn sich die Ankertaue spannten. Aber über den Wellen hing der Nebel schwer in der Luft.

Ein merkwürdiger, lautloser, erwartungsvoller Nebel, dachte Stein, als er in der Dunkelheit kurz vor Morgengrauen vom Bootshaus zu Alsters Haus hinaufschritt. Der Weidenpfad, der ihm bei Tageslicht so vertraut war, war verschwunden. Er schien auf einem steileren und holprigeren Pfad zu gehen, voll unvertrauter Wurzeln und Felsen. Er stolperte, fluchte und tapste durch ein Nebelloch. Der klamme Hauch des Nebels auf seinem Gesicht war so kalt wie der Kuss eines Gespenstes und ebenso unheilverkündend. Ihm wurde bewusst, dass er auf etwas Traumartiges und Grauenhaftes gefasst war. Als ob jeden Augenblick ein Omen aus der triefenden Finsternis treten würde: der Geist eines Ertrunkenen oder ein verfluchter Wanderer, der in eine weit größere und entsetzlichere Geschichte verknotet war als er selbst.

Noch dämmerte es nicht, als der Händler bei Alsters Haus anlangte. Fast hätte sie das Klopfen nicht gehört, so leise war es – und auch das war für Stein nicht typisch.

Aber als sie die Tür aufzog und in das tiefe Blau vor Tagesanbruch blickte, stand er auf ihrer Schwelle. Mit einer Hand zupfte er an seinem langen Bart. »Sei gegrüßt, Gewährsfrau. Ich hätte so früh nicht kommen sollen …«

»Das ist wahr«, sagte Alster und gähnte. »Aber sie ist euer Pflegekind, oder?«

Stein bückte sich unter dem Türsturz hindurch und trat ein. Er nickte Moos zu, der bereits wach war und sich an einem Ölherd in der Zimmerecke zu schaffen machte. Obwohl Stein erst siebenunddreißig war, hatten Sonne und Wind sein Gesicht zerfurcht, und sein geflochtener Zopf war von weißen Strähnen durchzogen. Er atmete die schwachen, behaglichen Gerüche von Alsters Haus ein: Bienenwachs und abgeschliffene Dielen, alter trockener Stoff und Apfelessig, heiße Butter und frischer Pfefferminztee für das Frühstück, das Moos gerade bereitete.

Er blickte zum Gästezimmer hinüber.

»Schon fort«, sagte Alster. »Und was unsere Töchter betrifft, Geiß schläft noch, und Schegel hat ja bei euch übernachtet.«

»Mit gezogenem Messer und die halbe Nacht auf den Beinen, wie es schien. Otter musste sie schließlich anschnauzen, sie soll sich hinlegen und leise sein, damit wir anderen so tun konnten, als würden wir in Ruhe und Frieden schlafen.«

»Wie oft haben wir die beiden in einer Zimmerecke flüstern hören, was?«

»Noch nicht oft genug«, sagte Stein.

»Nein. Noch nicht.« Alster schenkte sich eine Tasse Tee ein und süßte sie mit Honig. »Manchmal habe ich das Gefühl, dass nicht ich im Laufe der Jahre gebrechlicher werde, sondern die Welt. Immer mehr zerrissene Segel, immer mehr verzogenes Holz. Immer mehr verlorene Freunde. Früher oder später wird einem alles genommen, vom Nebel oder von der See.«

Stein setzte sich an den Tisch. »Es war gut für Quell, dass sie Schegel bei sich hatte.«

»Und gut für mich, dass ich Schegel aus dem Haus hatte!«, brummte Alster. »In was für einem Netz würden wir zappeln, wenn die Tochter der Gewährsfrau ihr Messer an der Scheme gewetzt hätte? Worauf sie äußerst scharf zu sein schien.«

»Auch ich musste mich zurückhalten.«

Alster legte einen Finger an die Lippen. »Sie könnte überall sein, Händler. Ein Zaunkönig unter dem Dachvorsprung, eine Spinne, die von einer Lampe baumelt …«

Mit lautem Klappern ließ Stein ein paar Filetiermesser auf den Tisch fallen und holte seinen Abziehstein hervor. Durch jahrelange Übung geschmeidig, machten sich seine riesigen Hände an die Arbeit und schliffen den Rost in geduldigen, vollkommenen Kreisen ab. »Selbst wenn die Mädchen ruhig gewesen wären – unter meinem Kopfkissen war kein Schlaf. Schließlich hat mich Otter aus dem Bett geworfen, also bin ich zum Bootshaus hinuntergegangen. Und habe eine Naht am Schieberkasten abgedichtet und die Flensscheren geschliffen.«

Der kräftige Moos tat Pilze in eine Bratpfanne. Sie zischten und schnaubten, als er einen ordentlichen Tropfen Öl hinzugab. »Manchmal denkt ein Mann mit seinen Fingern besser als mit seinem Kopf.«

Gewährsfrau und Händler, die beiden Hüter von Wolkenriff, schulterten die Last ihrer Entscheidung für einen Augenblick gemeinsam.

Alster nahm einen Schluck Pfefferminztee. »Quell kann nicht bleiben.«

Der Abziehstein in Steins Hand hielt inne.

»Die Scheme hat sie verzweit«, sagte Alster. »Sie wird das Mädchen nicht aufgeben. Das Risiko, sie hier zu behalten, können wir nicht eingehen.«

»Sie hat etwas Besseres verdient.«

»Soll die ganze Mannschaft untergehen, um einen Menschen zu retten? Verdient? Natürlich hat sie etwas Besseres verdient. Niemand hat sich diese Welle gewünscht. Aber wir müssen sie so gut wie möglich nehmen.«

Der Abziehstein nahm sein geduldiges Kreisen wieder auf. »Eine Tochter und eine andere, die ich wie eine Tochter liebe. Beide verliere ich innerhalb eines Jahres.« Die Messerklinge schimmerte, schon lange sauber. Auf ihrer klaren Oberfläche sah Stein das blasse, ertrunkene Gesicht seiner Tochter Blüte.

»Es sind schwere Entscheidungen.« Alster griff über den Tisch und umschloss seine große Hand mit ihrer kleinen. »Ihr habt sie in eure Familie aufgenommen und ihr ein Zuhause gegeben. Daran wird sie sich immer erinnern. Ich sage nicht, dass wir aufgeben sollen. Letzte Nacht hat mir die Scheme erzählt, dass die Helden im Nebel miteinander kämpfen: Brand gegen den Möwenkrieger. Ich glaube ihr. Während des vergangenen Mondes habe ich immer wieder Visionen ertastet, in denen Brands Feuer Delta umschloss.«

»Und wir, die wir nicht einmal unser eigenes Mädchen retten können, sollen die erste Insel retten?«

»Hör auf! Sie ist auch mein Mädchen, Stein. Mein Mädchen. Und ja, verflucht noch mal, wir werden sie nach Delta schicken. Denn dieser alternden Inselhexe fällt nichts anderes ein.«

Stein wandte den Blick ab.

»Ich möchte Quell mit einer Warnung nach Delta schicken.« Alster nahm einen weiteren Schluck Tee. »Dort muss es Gewährsleute geben, die mir überlegen sind. Dort mag es gelingen, den Knoten zu entwirren, der sie an die Scheme bindet.«

Stein knurrte.

»Ich schicke Quell nicht in den Tod! Sie ist nicht hilflos. Sie hat ihre fünf Sinne beisammen. Sie kann mit Menschen umgehen, wenn sie will. Das kann sie am besten.«

»Eine Scheme ist kein Mensch«, sagte Stein.

»Sie war es einmal. Und kann es wieder werden.«

Stein zuckte die Achseln und wählte ein weiteres Messer aus, ein fein bezahntes mit einem aus Narwalzahn geschnitzten Heft. Lautlos zog er die Rostsplitter ab. »Wer würde mit ihr gehen?«

Moos gähnte. »Tau, Gischt und Schegel natürlich.« Er gab eine Hand voll Jakobsmuscheln zu den Pilzen. »Weder Tau noch Schegel werden zulassen, dass du Quell ohne sie losschickst. Da kannst du sie gleich als Mannschaft nehmen.«

Stein drehte das Messer, um die andere Seite abzuziehen. »Um nach Delta zu segeln? Für sein Alter ist Tau ein trefflicher Seemann, aber für eine solche Reise brauchst du einen erfahreneren Kapitän.«

Moos stocherte in seinen Muscheln. »Natürlich kennt der Händler sich mit dem Meer am besten aus. Aber denk daran, Tau hat das neuste Boot. Junge Schiffe und junge Körper sind das Beste bei Unwettern.«

Alster nickte. »Dieses eine Mal hat mein großer, behäbiger Gatte Recht. Wer die Magie hört, braucht einen Anker. Tau und unsere Schegel sind Quells Anker. Wenn wir sie fortschicken, ohne ihr jemanden mitzugeben, der sie an die Welt bindet, können wir sie ebenso gut der Scheme überlassen. Ich bin bereit, meine Tochter aufs Spiel zu setzen, um das zu verhindern. Du könntest wenigstens Taus Kahn aufs Spiel setzen.«

Stein runzelte die Stirn. Er probierte die Schneide des Messers an seinem Daumennagel aus, knurrte und nahm ein Tuch aus Haifischhaut, um die Klinge zu polieren.

Der Tag war angebrochen. Blasses Sonnenlicht fiel schräg durch Alsters Fensterläden und funkelte auf dem Stahl. Stein sah sein Gesicht, das sich darin spiegelte, müde und von Sorgen gezeichnet. »Die Werkzeuge bleiben sauber und scharf. Aber ich werde älter, und meine Gelenke rosten.«

Alster lächelte. »Unser Ursprung liegt im Meer, nicht im Fels. Sagen wir doch lieber, dass das Volk der Berge tausend Jahre stumpf bleibt, während wir auf den Kern geschliffen sind.«

Stein lachte und steckte seine Messer in ihre geölten Lederscheiden zurück. »Also gut. Quell segelt an Bord von Taus Kahn nach Delta. Faden steh uns bei.«

Alsters Entscheidung wehte einen Sturm von Betriebsamkeit durch das Dorf. Tau und Gischt überprüften in aller Eile ihre Ausrüstung und das Tauwerk, suchten nach Zeichen des Verfalls in den Leinen, Wanten und Stagen, überprüften jede Naht an jedem Segel. Gischts Vater Schneide paddelte in seinem kleinen Dingi um das Schiff und fuhrwerkte mit Teer herum. Stein und die anderen Männer des Dorfes beluden ihn mit Trockenfisch, Öl und Wasserfässern sowie ein paar Feuchtperlen, die sie später auf den Inneren Inseln eintauschen konnten, wenn die Vorräte zur Neige gingen.

Taus Mutter Wicke buk wie eine Besessene, ihre starken Arme bis über die Ellbogen mit Mehl überzogen, als würden Kartoffelkuchen und gesalzene Brötchen das Leben ihres Sohnes vor Sturm und Sandbänken schützen und vor dem Nebel, der seinen Vater geholt hatte.

Alster drückte Schegel einen Aalhautbeutel mit Heilkräutern in die Hand, zusammen mit einem Schmelzton-Tiegel ihrer besten Schnitt-, Stich- und Wundsalbe. »Dank dir mache ich die beste Salbe auf der Insel«, bemerkte sie und umarmte ihre Tochter kurz. »Keine andere Gewährsfrau hat eine Tochter mit so vielen Ellbogen und Knien.« Dann band Alster einen Gewährsknoten um Quells Handgelenk, als Botschaft an die Gewährsleute von Delta, und hieß sie ihre Sachen packen.

Als sie damit fertig war, wollte Quell beim Beladen von Taus Kahn helfen, doch wann immer sie ihre Hilfe anbot, lächelten die Dorfbewohner, wandten den Blick ab und sagten ihr, darum müsse sie sich nicht kümmern, sie solle sich lieber für die Reise ausruhen.

Auf ihr lag ein Fluch.

Ach, sie meinten es nicht böse, aber sie war verzweit worden. Selbst Otter, ihre Pflegemutter, von der sie geliebt wurde wie ein eigenes Kind, achtete taktvoll darauf, sich zwischen Quell und ihrer ältesten Tochter Schwalbe zu halten. Schwalbe war schwanger.

Quell blieb nichts anderes übrig, als ihre Bitterkeit hinunterzuwürgen und sich davonzumachen. Schließlich hatten sie Recht: Ihre Geschichte war jetzt mit der Erzählung einer Scheme verknotet. Sie durfte die Menschen, die sie liebte, nicht darin verwickeln.

Sogar ihr Abschied von Fink war kurz. Quell nahm ihre kleine Schwester fest in die Arme und wiegte sie hin und her. Fink erstarrte und Quell trat verletzt einen Schritt zurück.

Fink starrte beschämt zu Boden.

»Weil ich verzweit wurde«, sagte Quell.

Fink erschauderte, und ihre Mundwinkel verzogen sich nach unten, wie immer, wenn sie weinte. Dann sah sie noch jünger aus als ihre zwölf Jahre. »Tut mir Leid. Tut mir so Leid. Ich bin dir keine gute Schwester.«

Quell küsste sie auf die Stirn. »Ich liebe dich, Finklein. Ich bin nicht wie Schegel, weißt du. Ich finde es schrecklich, Wolkenriff zu verlassen. Aber im Nebel geschieht etwas Entsetzliches. Ich kann nicht zulassen, dass Otter etwas passiert, oder Kiesel oder Wicke oder einer anderen von euch.«

Finks Tränen liefen ihrer Schwester den Nacken hinunter. »Du bist meine ganze Familie. Bitte komm zurück.«

Quell nickte, hielt sie fest und weinte.

Dann schickte sie Fink weg, mit dem Auftrag, Otter zu helfen, und schlich sich aus dem Dorf, um Abschied von Wolkenriff zu nehmen.

Was immer geschehen mochte, nachdem sie die Segel gesetzt hatten – Quell würde nicht mehr dieselbe sein, wenn sie auf die Insel zurückkehrte. Sie musste von diesem knochenfarbenen Felsen Abschied nehmen, von den kümmerlichen Bäumen und dem Bach, dessen Namen sie angenommen hatte; von jenen Orten, die ihre Kindheit in sich trugen.

Sie ging die Weide hinter dem Dorf hinauf und folgte dem Lauf des Salbeiquell. Eine Libelle schnitt mit ihren Kristallflügeln scharfe, bunte Linien in die Luft. Beobachtete Jo sie auch jetzt, hinter der weißen Brust einer Möwe verborgen oder hinter den schwarzen Augen eines Eichhörnchens?

Wenn sie meine Stelle einnähme, würde niemand es je erfahren.

Ein Schauder lief gleich kaltem Wasser ihren Rücken hinunter, halb Angst, halb Empörung. »Dies ist mein Zuhause!«, schrie sie.

Sie erhielt keine Antwort.

Hier oben glich der Lauf des Baches einem silbernen Bogen. Durch das Wasser hindurch konnte sie den blassen Felsen sehen, der wie der Bauch einer Forelle mit rosafarben schillernden Schuppen getupft war. Sie hatte ihren Namen gefunden, während sie ihre Füße im Salbeiquell gekühlt hatte. Sie hatte seinen Lauf vom Teich bis zu den seichten Stellen bewundert und den Mut, mit dem er sich über die Felsvorsprünge stürzte. Er war schnell und langsam, stark und schwach, veränderte sich unablässig, blieb sich immer treu. Sie hoffte, dass sie sich seiner würdig erweisen würde.

Der Morgennebel hatte sich aufgelöst. Jetzt massierte die Sonne ihren Rücken, während sie den Steilhang hinaufkletterte. Schegel wäre natürlich im Nu oben gewesen. Quell überlegte, wie viel Zeit sie damit verbracht hatte, sich Abenteuer für Schegel zu erträumen. Die Fahrt nach Delta sah nach ihrem bisher besten Streich aus.

Quells Muschelarmband rasselte und klapperte gegen die Felsen, und als sie sich schwitzend und glücklich über den letzten Vorsprung zog, hatte ihr Zopf sich aufgelöst. Keuchend blieb sie am Oberlauf des Wasserfalls liegen.

Sie rappelte sich auf und ging stromaufwärts in den Wald hinein. Das Sonnenlicht prasselte wie Regen zwischen den Blättern der Bäume hindurch. Sie zog ihre Stiefel aus und spielte Pirat – lautlos lief sie über das grüne Moos, das zwischen ihren Zehen klebte. Halme murmelten, und Vogelgesang hing in der schläfrigen Luft.

Am Tränenteich suchte Quell sich einen sonnigen Felsen und blickte in das Wasser, das grün vor Gedanken an Äste und Blätter war. Aus einer Laune heraus streifte sie ihre Kleider ab und watete hinein.

»Uaaaaa!« Das Wasser schmiegte sich weich und kalt an sie, als wäre sie in Pfefferminztee getunkt worden. Sie paddelte wild, bis ihr warm war, und prustete und keuchte wie ein Seehund. Ihr Zopf schwamm gleich einer Schlange hinter ihr. Der Frühling war überall.

Sie streckte den Fuß aus und berührte den schlammigen Grund aus Schlick, Felsbrocken und Blättern. Sie umrundete den Teich und hielt nach Lebenszeichen Ausschau. Neugierig betrachtete sie schwimmende Flockenknäuel von der Pyramidenpappel, mit dem Respekt eines Raubtiers begutachtete sie kunstfertig gesponnene Spinnennetze und berührte ein vom letzten Sommer übrig gebliebenes mürbes Wespennest prüfend mit dem Finger.

So trieb sie im Herzen von Wolkenriff, ihrem Zuhause.

Sie liebte es. Was auch immer geschehen mochte, sie liebte die Felsen und das Wasser und die grenzenlose, geheimnisvolle Welt. Sie liebte das Leben.

Und sie würde eher sterben als zulassen, dass die Scheme ihr Leben und ihr Zuhause raubte.

Sie stachen kurz vor Mittag in See. Tau, Gischt, Quell und Schegel standen an Deck von Taus Boot und winkten. Die Dorfbewohner winkten vom Kai zurück.

»Bring uns einen Haufen Seide mit!«, rief Fink ihrer Schwester zu.

»Frische Samen«, schlug Wicke vor und fächelte sich mit ihrer großen Hand Luft zu.

»Weizenmehl!« – »Tomaten!« – »Apfelwein!« – »Neues Segeltuch!« – »Eine Ziege!« …

Schließlich hob Tau die Hand. »Wir haben nur eine kleine Ladung Feuchtperlen und Aalhaut zum Tauschen. Mehr als Schmelzton und Segeltuch kann ich euch nicht versprechen.«

»Nach Delta nur für Segeltuch?«, rief Gischts Vater entrüstet.

Der alte Stock schüttelte den Kopf. »Für Segeltuch und Abenteuer! Wir Wolkenriffer sind wie geschaffen dafür! Da fällt mir ein, mein Großvater war –«

»– der erste Mann, der einen Fuß auf Wolkenriff gesetzt hat«, rief die ganze Insel im Chor.

Wie eine hochmütige Schildkröte blinzelte der alte Stock seine Dorfnachbarn an. »Der erste und *beste* Mann, der einen Fuß auf diese Insel gesetzt hat; der die Hälfte aller Häuser für euch gebaut hat, wie ihr euch vielleicht erinnert. Er hat immer gesagt, das Leben sei ein Abenteuer, wenn man zwei Anlegestellen südlich des Sonnenaufgangs lebt.«

Quell stand auf Deck und zitterte. »Verzweit zu werden ist mir Abenteuer genug«, sagte sie leise.

Schegel zuckte mit den Achseln. »Eine Scheme ist auch nur eine Welle. Du musst sie zu nehmen wissen wie alles andere auch.«

»Mit jedem Jahr klingst du mehr wie deine Mutter.«

»Das stimmt nicht!«

»Wer übernimmt die Schote?«, rief Tau, machte die Leinen los und legte vom Kai ab. Schegel keilte die Focksegelschoten auf.

Während sie die Segel setzten, hatten die anderen nur Augen für die offene See; Quell dagegen stand am Großmast und blickte nach Wolkenriff zurück: leberfleckige Felsen und Moos, stinkende Fischtonnen und mit Seepocken gepanzerte Anlegepfosten, den lang gezogenen Anger, der sich den Felshang hinauf erstreckte; Salbeiquell glich einem silbernen Faden, der sich endlos aus dem Tränenteich sponn. Der alte Stock und die kleine Kiesel, Wicke und Schwalbe (inzwischen im siebten Mond – sie würde ihr Kind bekommen, bevor Quell wieder hier war) … Fink.

Vielleicht würde Stock sterben. Andere würden geboren werden. Das Feuer, das Alster im Nebel gespürt hatte, würde vielleicht über Wolkenriff hinwegfegen und es mit sich fortreißen wie die Entschwundene Insel.

Quell spürte heftige Liebe in sich aufwallen. Sie würde diese Insel retten. Sie würde sie nicht im Stich lassen.

Die Menschenmenge klatschte und jubelte, als Taus Boot vom Kai wegtrieb. »Benehmt euch!«, rief Alster. »Und seid vorsichtig!«

»Und viel Glück!«, fügte Stock hinzu. »Da fällt mir ein, dass mein Großvater einmal gesagt hat, dass ein glücklicher Mann …«

Der Rest der Geschichte ging im Luven der Segel unter. Taus Großsegel blähte sich nach Norden und Osten – ein grauer Flügel, der sich dem Nebel entgegenstreckte. Prächtige weiße Wolken türmten sich über ihnen auf und blickten auf Taus Kahn hinab: ein grauweißer Wasserläufer, der langsam über Meerestiefen glitt.

Weit über dem winzigen Schiff, die weiße Brust unsichtbar vor dem Weiß der Wolken, kreiste eine einsame Möwe und beobachtete alles.

Beobachtete und kreiste.

Kapitel 4
Schegels Insel

Sie kreuzten vor einem Wind aus östlicher Richtung und kerbten einen Gischtpfeil in die See, die so blau war, als wäre der Himmel darin ertrunken. Wolkenriff wurde hinter ihnen immer kleiner, während die neue Insel, die Schegel vor zwei Tagen entdeckt hatte, im Osten vor ihrem Bug emporwuchs.

Tau schaute sich auf seinem Schiff um und sah Gischt mit hochgezogenen Brauen an. »Und? Glaubst du, sie ist bereit?«

Sein Freund verzog das Gesicht und fuhr sich mit den langen Fingern und dicken Knöcheln einer Hand durch das sich lichtende Haar. »Sie ist das neuste Boot auf der Insel. Warum sonst haben sie uns losgeschickt? Oder hegst du Zweifel am Halt meiner Knoten?« Gischt beugte sich über die Steuerbordreling, um die Schnörkel zu begutachten, die er mit Beitel, Lack und Farbe in den Rumpf von Taus Kahn eingearbeitet hatte – der beste Talisman, um ein Schiff in Nebel und Regen zusammenzuhalten. Er spitzte den Mund und blinzelte missmutig, das perfekte Abbild seines Vaters. »Ich beherrsche mein Handwerk, dass das klar ist, also kümmere dich um deinen Kram, und ich kümmere mich um meinen!« Er wischte sich die Hände an einer unsichtbaren Schürze ab und spuckte ins Meer.

Tau lachte.

»Mach dir keine Sorgen um das Schiff«, sagte Gischt wieder mit seiner normalen Stimme. »Das Problem besteht eher darin, gemeinsam mit Schegel vierzig Tage auf einem winzigen Kahn zu überleben!« Schegel erwiderte grinsend seinen Blick, und er erschauderte. »Sie und Quell hängen schon ihr ganzes Leben wie Kletten aneinander. Ich hatte noch nie das Pech, auf ein so furchterregendes Paar kleiner Mädchen aufzupassen.«

Gischt war tatsächlich ein paar Jahre älter als die anderen, doch wie Schegel eher unfreundlich zu sagen pflegte, war davon selten etwas zu merken. Tau dagegen bewunderte Gischts unverwüstlichen Optimismus und seinen scharfen Verstand. Allerdings traf es zu, dass es auf Wolkenriff nur wenige gab, die Gischt mehr zutrauten als Späße und Rätsel und lustige Geschichten.

»Du fühlst dich jetzt wohler, oder? Jetzt wo wir auf See sind?«, sagte Gischt.

»Du kennst mich zu gut.«

»Dieses Schiff ist dir vertrauter als das Gefühl von Quells langen Haaren zwischen deinen Fingern.« Gischt wies mit einer Handbewegung auf den fernen Horizont. Die Insel, die ihnen am nächsten lag, war nicht mehr größer als ein Trittstein in der grenzenlosen, blauen Unendlichkeit des Meeres. »Hier gibt es keine Deckung, hinter der jemand hervorkriechen könnte. Nicht einmal eine Scheme.«

Taus Hände ruhten leicht auf dem Steuerrad. Sie spürten jede noch so kleine Bewegung des Ruders, jede Veränderung des Drucks. Ein so großer Teil seines Lebens hing von dieser Berührung ab. Seine Augen konnten ihm tausend Dinge über die Welt des Tageslichts sagen; doch auf See lebte er am intensivsten mit seinen Händen, ertastete er sich seinen Weg durch das blinde und geheimnisvolle Land unter den Wellen. »Der Nebel hat meinen Vater an einem sonnigen Tag geholt.«

»Ich weiß.«

»Nicht eine einzige Wolke. Das Meer so glatt wie Glas.« Tau schüttelte den Kopf. »Ich war so wütend auf ihn, weil er uns verlassen hat, der Bastard. Das habe ich nie vergessen. Aber die Angst habe ich vergessen.« Er pochte sich gegen die Brust. »Wie sie hier oben sitzt, unter den Rippen wie ein Stein, so dass du kaum atmen kannst. Das hatte ich vergessen.«

»Bis die Scheme aufgetaucht ist.«

Tau blickte nach achtern zu Quell hinüber. »Bis die Scheme aufgetaucht ist. Und ist das nicht ein kühnes Gefühl für einen jungen Mann?«

»Nun, wenn du auf kühne Taten aus bist ...« Gischt hob die Hände, als wolle er einen gewagten Plan zum Besten geben. »Denk doch! Du bist mit der Gelegenheit gesegnet worden, eine Insel zu erforschen, die gerade aus dem Nebel entstanden ist. Ihren Namen und ihre Geschichte zu finden! Vielleicht stößt du sogar auf den Haufen eines Helden! Eine Ersatznadel aus dem Zopf der Sängerin zum Beispiel oder eine weiße Feder, die der Möwenkrieger bei der Mauser verloren hat!«

Tau stöhnte laut.

»Diese Welle kommt nur einmal an uns vorüber!«, gab Gischt zu bedenken. »Ich möchte, dass meine Enkel sagen können: ›Noch keine Woche war Zwölffacher Schluckauf in dieser Welt, da ist mein Großvater Gischt schon auf ihr gelandet!‹«

»Das Land ist sicher noch dabei, sich um die Geschichte herum auszudehnen. Es kann noch Wochen dauern, bevor die Insel ihre endgültige Gestalt gefunden hat. Selbst dann wird der Nebel noch fast täglich über sie hinwegrollen. Ganz zu schweigen von der Scheme, die uns vielleicht verfolgt.«

Schegel stieß sich vom Großmast ab. »Tau, du bist so alt, du hättest Enkel verdient.«

Tau wurde nicht oft wütend, doch jetzt schwelte Zorn in seiner Brust. Er hatte es so satt, immer Nein zu sagen, immer auf die Risiken hinzuweisen; immer wieder von Gischt und Schegel wegen seiner Schwerfälligkeit gepiesackt zu werden.

Über ihnen kreiste träge eine große Möwe und kreischte ihren Spott hinaus, bis er fast ihr höhnisches Lachen hören konnte. Ihr war es möglich, durch die Lüfte zu fliegen, und dabei lachte sie den guten alten verlässlichen

Tau aus. Lachte über seine Behäbigkeit, seine langweilige Altmänner-Besonnenheit.

Dann war sein Vater eben im Nebel verschwunden. Warum sollte Tau zulassen, dass er nach all den Jahren immer noch herumgeisterte wie ein Gespenst im Leichentuch? Taus neues Boot war seit mehr als einem Jahr unterwegs und hatte noch nicht einmal seinen Namen gefunden.

Allerdings hatte auch er die neue Insel gesehen, nachdem Schegel ihm gezeigt hatte, wo er hinschauen musste. Ihr Geheimnis konnte ein Teil seiner Geschichte werden, wenn er nur den Mut besaß, seinen Anspruch geltend zu machen.

»Also gut«, sagte er.

Die Möwe stieß einen spöttischen Schrei aus und drehte ab.

»Was?« Gischt und Schegel starrten ihn überrascht an.

»Wir lassen es darauf ankommen.« Tau lachte und öffnete die Arme. »Wenn der Wind günstig bleibt, können wir morgen früh dort sein.«

»Wunder über Wunder!« Gischt betrachtete seinen Kapitän neugierig. »Woher dieser Sinneswandel?«

»Tauschs Brise weht. Ich möchte nicht außen vor stehen.« Tau schaute zärtlich über Deck, spürte das Wogen unter seinen Füßen, hörte das Knarren der Spanten. »Wisst ihr, ich glaube, auf dieser Reise wird sie ihren Namen bekommen.«

»Wenn du in die Nähe der neuen Insel segelst, wird dein Kahn morgen bis Sonnenuntergang seinen Namen finden. Oder untergegangen sein«, sagte Quell.

Schegel wurde unruhig. »Ich hasse es, wenn du so etwas sagst.«

»Das ist typisch«, sagte Schegel später an diesem Abend, während sie ihr erstes Abendessen an Bord zu sich nahmen. »Ich entdecke eine neue Insel, und niemand schert sich darum. Und du wirst von einer Seemöwe verzweit, und schon sind wir nach Delta unterwegs!« Sie fischte eingelegte Pilze aus einem Schmelzton-Topf.

Tau legte ein paar Streifen Seetang und gesalzenen Fisch zwischen die Kartoffelfladen. »Glaubt ihr, was die Scheme gesagt hat – dass Brand mit dem Möwenkrieger kämpft?«

»Deswegen fahren wir doch nach Delta«, antwortete Schegel und stieß dabei einen Sprühregen von Pilzen aus. Sie schluckte. »Um sie zu warnen. Mama hat gesagt, dass sie glaubt, die erste Insel sei in Gefahr.« Sie deutete auf ein blaues Knotenarmband um Quells Handgelenk. »Deshalb hat sie Quell auch einen Gewährsknoten verpasst, damit die Gewährsleute auf Delta unsere Warnung ernst nehmen.«

»Alster hat uns nach Delta geschickt, damit ich nicht auf Wolkenriff bin, wenn Jo mich umbringt.« Quell berührte den Gewährsknoten. »Ich kann ihr das nicht verübeln. Wenn ich Gewährsfrau wäre, würde ich dasselbe tun. Lieber eine Frau verlieren als ein ganzes Dorf. Und schließlich wird dadurch auch keiner Familie Unrecht getan.«

»Das sieht dir ähnlich. Nie glaubst du, dass Leute ehrenhaft handeln«, sagte Schegel. »Nein, immer dreht sich alles um dich. Immer will dich jemand ausschließen.«

»Macht mal halblang«, murmelte Tau und bedeckte Quells starre Hand mit seiner eigenen.

»Nein, ehrlich«, sagte Schegel. »Warum Rechtschaffenheit sehen, wenn man Verrat sehen kann? Warum guten Willen sehen, wenn Bosheit so viel interessanter ist?«

»Das liebe ich an alten Freunden«, warf Gischt ein. »Man kann alle freundlichen Worte über Bord werfen und direkt zum Angriff übergehen.« Er begutachtete ein eingelegtes Möwenei und ließ es in seinem Mund verschwinden. »Köstlich. Aber was euren Streit betrifft, ist es nicht möglich, dass beide Seiten Recht haben können? Vielleicht wollte Alster Quell wirklich von der Insel fortschicken, bis sie nicht mehr mit der Scheme gespleißt ist. Und vielleicht hat die Gewährsfrau wirklich Angst davor, dass Brand sich durch den Nebel brennt. Was könnte vernünftiger sein, als Quell nach Delta zu schicken? Bestenfalls befreit sie sich von der Scheme und warnt die erste Insel vor der Bedrohung durch Brand. Schlimmstenfalls stirbt sie auf See.« Er hielt inne und nahm einen Schluck Wasser. »Zusammen mit ihren drei engsten Freunden.«

Schweigen brütete auf Deck.

»Meine Mutter ist keine mörderische Spinne«, sagte Schegel.

Gischt nickte. »Sie müsste wirklich kaltherzig sein, wenn sie Quell mit ihrer eigenen Tochter an Bord in den Tod schickte.« Er sah Quell von der Seite an. »Hmm! Gruselig böse schlecht!«

»Schon gut! Schon gut!« Quell warf die Hände in die Luft. »Alle lieben mich! Alle brauchen mich! Sie lassen mich nicht mehr in die Nähe ihrer Kinder, weil sie Angst haben, ich könnte mir eine Erkältung holen!«

Gischt nickte. »*Viel* besser.« Er nahm sich noch ein eingelegtes Ei und rülpste leise. »Die hat Otter gemacht, oder? Wunderbar.«

Schegel seufzte. »Ja, Quell, du hast Recht, die Leute haben Angst. Vielleicht ist alles wahr, was du sagst, aber andere Dinge sind genauso wahr. Warum denkst du nicht an die guten Seiten? Wie viele Menschen bekommen in ihrem Leben die Gelegenheit, eine solche Reise zu machen? Morgen werden wir auf einer Insel, die eben erst aus dem Nebel geboren wurde, die ersten menschlichen Fußabdrücke hinterlassen. Wenn Tau immer noch dazu bereit ist.«

»Wir segeln in den Nebel«, murmelte Quell. »Was für eine großartige Idee. Ich schäume gleich über vor Glück.«

Taus Hand legte sich auf ihren Fußknöchel. »Wir werden nicht zulassen, dass dich etwas holt.«

»Ihr werdet kaum verhin–«

»Wir werden nicht zulassen, dass dich etwas holt«, sagte Tau.

Meer und Schiff unterhielten sich klatschend und murmelnd an der Wasserlinie.

Gemeinsam, doch ohne etwas zu sagen, betrachteten sie den Sonnenuntergang – so düster wie ein schwelendes Feuer, majestätisch und ein wenig traurig. Als die letzten Flammen im Westen glommen und jenseits der wogenden, dämmerblauen See verschwanden, hatten sie alle das Gefühl, als wäre ein Teil ihres alten Lebens aufgeflackert und erloschen, unwiederbringlich.

Am nächsten Morgen erhob sich Tauschs Brise mit der Dämmerung, blies den Schlaf fort und erfüllte alle Herzen an Bord mit Staunen, als Schegels Insel aus dem Nebel gekrochen kam.

Die Konturen der Insel schienen vor ihren Augen zu verschwimmen. Oberhalb des Strandes leuchteten Felsbrocken wie Tautropfen und reckten sich einer drohenden Wolke entgegen. Jenseits dieser Wolke lag der Nebel, grau und formlos. Schegels Insel lag am Rande der Welt. Hinter ihr gab es nichts mehr, nicht einmal Finsternis.

Niemand blickte himmelwärts, um zu sehen, was über ihrem Boot kreisen mochte.

Der Schrei einer Möwe wehte in Schegels Herz. »Ich will von diesem verdammten Kahn herunter«, knurrte sie.

Tau stampfte kopfschüttelnd übers Deck und grinste. Er hatte die ganze Nacht befürchtet, dass die Morgendämmerung sie enttäuschen würde, doch die Magie war echt, und er war ein Teil von ihr.

Quell lehnte sich an ihn; sie bedurfte seiner Beständigkeit. »Wir sollten umdrehen.«

»Umdrehen!«, rief Gischt.

»Ich habe das Gefühl … Könnt ihr es nicht hören? Wir sollten umdrehen.«

Schegel ächzte. »Ihr redet alle Unsinn.« Ihr glattes schwarzes Haar flatterte im Wind und verhedderte sich in ihrem Haifischzahn. »Auf diesem verdammten Kahn sind zu viele Leute.«

»Quell, wir sind fast da. Es wird nichts schaden, sich mal umzusehen.« Tau rang um Selbstbeherrschung. »Der Wind kommt von vier Strich achteraus ein.« Die Segel luvten und glitten aus dem Trimm. Tau spähte auf die wartende See hinaus. »Es riecht nach versengten Kiefernnadeln.«

Schegel schüttelte den Kopf. »Ich kann einige Farben erkennen, aber sie wirken verzerrt.«

»Frühling«, sagte Quell. »Frühling und Zimt.« Sie war von Magie durchdrungen, rein und unberechenbar wie Vogelgesang. »Der Wind im Schilf. So einsam.«

»Oder brennende Blätter«, sagte Tau.

»Ein Wolkenturm, der hinabgreift und einen Steinturm berührt«, sagte Gischt. »Zwei Inseln, eine auf See, eine am Himmel – Spiegelbilder, die sich einander entgegenstrecken.«

Tau knurrte, warf das Ruder herum und drehte bei. »Ich kann nicht bis hierher kommen und dann nicht weitersegeln. Es ist auch meine Geschichte.«

»Die Wolkenfarbe tropft auf die Felsen«, sagte Schegel.

»*Insel, Insel, Insel*«, sagte Gischt. »Das ist es, was dieser Ort schreit. Er gleicht unserem Zuhause mehr als unser Zuhause.«

Schegel schüttelte den Kopf und lachte erstaunt auf. »Nein. Er gleicht jedem Ort, an dem wir *nicht* zu Hause sind. Jedem neuen und aufregenden Ort.«

Gischt lachte. »Dann nennen wir ihn doch Schegels Abenteuer, und du wirst bis in alle Ewigkeit berühmt sein!«

Aber Quell sagte: »Noch nicht. Die Geschichte ist noch nicht zu Ende. Die Insel ist nicht fertig. Sie hat ihren Namen noch nicht gefunden.« Der Gewährsknoten um ihr Handgelenk war eine Fessel, die sie an Wolkenriff kettete. »Alster hat uns nach Delta geschickt. Das ist unsere Aufgabe, und wir sollten uns daran halten. Diese Insel hat damit nichts zu tun.«

»Sie gehört zur Geschichte!«, sagte Gischt. »Wir müssen wissen, was Brand im Schilde führt. Alster wäre sicher dafür, dass wir alles herausfinden, was die Insel uns über die Ereignisse im Nebel erzählen kann.«

»Für Helden sind Helden zuständig. Wir müssen uns um die Wirklichkeit kümmern.«

Schweigen spülte für die Dauer von fünf Herzschlägen über das Deck. »Es tut mir Leid, dass du sie nicht als Erste gesehen hast«, sagte Schegel. »Aber ich habe mein ganzes Leben darauf gewartet, ein Abenteuer zu erleben. Ich werde jetzt nicht aufgeben. Gischt! Hilf mir mit dem Beiboot.«

Als die anderen zur Insel ruderten, fuhr Quell mit ihnen.

Tau trennte sich so bald wie möglich von den anderen. Er wusste, er hätte beim Beiboot bleiben, zum Schiff zurückkehren müssen. Er hätte Quell nicht allein lassen dürfen. Eigentlich sollten sie zusammenbleiben.

Er hatte es satt, vorsichtig zu sein.

Die Insel war von den Stimmen der Flügel, des Windes und des Feuers erfüllt. Die See wob mächtige Lieder wider den Nebel. Die Luft roch nach versengten Kräutern. Es gab keine Pfade, und die Wege, die er nahm, schlossen sich wieder hinter ihm.

Bis zum höchsten Punkt der Insel war es weiter, als er gedacht hatte. Er trottete dahin, stetig aufwärts, bis die Muskeln in seinen Beinen schmerzten. Eine Möwe flog mit schwerem Flügelschlag über ihn hinweg. Sie schrie dreimal und verschwand hinter einem blutroten Felsvorsprung. Der Himmel über ihm war cremefarben, nicht mehr klar. Er roch einen üblen Gestank und stieß einen Schrei aus, der ein Tier mit einem topasfarbenen Pelz aus einem silbernen Birkenwäldchen aufscheuchte. Er flüchtete sich unter einen Rankenbaldachin, stolperte und fiel. Der Boden unter ihm warf heftige Wellen.

Tau rappelte sich auf. Er befand sich auf einer von Geißblatt eingeschlossenen Lichtung; hunderte von Bienen schwebten träge in der klaren Luft. Ein Moosteppich kroch bis an den Rand eines kleinen schwarzen Teiches heran.

Auf der anderen Seite stand Jo.

Honigfarbenes Sonnenlicht strömte über ihre Elfenbeinhaut. Ihre schmalen Silberaugen sahen ihn reglos und traurig an. Sie war nackt bis auf ein Armband aus blauen Muscheln, das sie langsam an ihrem Handgelenk drehte. Der Geruch des Geißblatts raubte ihm fast den Atem. Irgendwie schien der Duft von ihr zu kommen, von ihrer weißen Haut. Ihr Haar schwebte wie Wolkenfetzen vor ihrem Gesicht. Diamanten perlten von ihren Schultern und glitzerten im schneeweißen Haar unterhalb ihres Bauches. Ihr Spiegelbild leuchtete in dem schwarzen Teich, so blass wie eine ertrunkene Frau.

»Es ist einsam hier«, sagte sie.

Taus Herz raste. Bienen. Bienen krabbelten über ihr weißes Fleisch. Mit Hilfe ihrer Flügel hielten sie das Gleichgewicht und kletterten unbeholfen über ihre Schultern, ihre Arme.

Jo griff hinter ihren Kopf und schüttelte ihr langes weißes Haar aus. Eine Bienenwolke erhob sich summend in die Luft, kreiste um die Lichtung und landete auf dem Geißblatt, auf Jos Schultern, auf ihren Armen und den Spitzen ihrer Brüste. »So einsam. Ich dachte, genau das hätte ich mir gewünscht. Aber der Wind bläst alles hinweg.«

Allein. Er war allein mit ihr.

Er erwiderte ihren Blick und dachte: Sie könnte mich verzweien. Mich verzweien, mich töten, sich alles nehmen. Quell, das Boot, das Leben unter Menschen. Niemand würde es je bemerken.

Muscheln klapperten und rasselten. Jo drehte das Armband um ihr Handgelenk.

Und er war in der Nebelzeit verloren, ohne einen Pfad, dem er hätte folgen können, von Geißblatt und träge dahinschwebenden Bienen umgeben. Er war allein mit ihr. Es gab keinen Fluchtweg. All das dachte er während eines langen Blicks. Jos Muscheln klapperten und rasselten.

»Seid gegrüßt!«, sagte er. »Ich … ich dachte, Ihr wärt fort.«

»Das war ich.«

»Wir sind sehr dankbar. Für Eure Warnung.« Tau holte tief Luft und ging ein paar Schritte auf sie zu. »Wir fürchten eine Scheme. Das wisst Ihr. Schemen und Nebel.«

»Wo ist Quell?«

»Ich habe sie an einem Bach zurückgelassen.« Tau runzelte die Stirn, als eine Woge das Moos unter seinen Füßen anhob. Die Insel schaukelte wie ein vor Anker liegendes Boot.

Jo stand nahezu reglos auf der anderen Seite des Teiches. Die Luft duftete nach Geißblatt, Sex und Milch. Bienen krabbelten und summten herum. »Ich habe Hunger.«

Sie waren entsetzlich einsam. Tau sah sich auf der Lichtung um. »Hier gibt es nicht viel.«

»Im Teich vielleicht«, sagte Jo, ohne das schwarze Wasser anzusehen, ohne den Blick von seinem Gesicht abzuwenden. »Ich dachte, ich hätte einen Fisch gesehen – dort.«

»Wir haben kein Netz.« Tau ging auf sie zu und fragte sich, ob sie ihn töten würde. Er lächelte und krempelte den Ärmel seiner Jacke hoch. »Habt Ihr schon mal nach Fischen gekitzelt?«

Sie lachte und schüttelte den Kopf.

Tau stimmte in ihr Lachen ein. »Ihr müsst auf eine ganz bestimmte Art mit den Fingern wackeln – so.« Er ließ seinen Arm hinabbaumeln und wackelte in einem Forellenmuster mit der Hand. Das konnte er gut. Er war stolz auf die Fertigkeiten seines Körpers.

Ihre blassen Finger glitten seinen Arm hinunter, kühl und weich wie Blüten. Sie hob seine Hand und legte sie auf ihre Brust. Sie sah ihn an und zitterte; ihre silbernen Augen weiteten sich. Sie verströmte den Duft von Geißblatt, feucht von warmem Regen.

»Lieb mich.«

»Das würde ich gerne.«

Ihre Blütenhaut kitzelte seine Finger.

»Wir sind dem Nebel hier sehr nahe«, sagte er. »Mein Vater ist an einem Morgen hinausgesegelt, in einen klaren Sonnentag hinein, und nie wiedergekehrt. Ich möchte ihm nicht folgen.«

»Eine Scheme bekommt, was sie will«, gab ihm Jo zu bedenken. »Du bist hierher gekommen, obwohl du vernünftigerweise nach Delta hättest weitersegeln müssen. Du bist hierher gekommen, allein zu mir.«

»Das war Gischts Idee, er … wir mussten doch herausfinden, ob Brand …«

Jo standen Tränen wie Tautropfen in den Augen. »Ich werde dich nicht zwingen, mich zu begehren. Ich bitte dich nur, worum dich jeder bitten kann. Ich bitte um Liebe. Ich habe die Freiheit satt.« Verlangen pulsierte durch Taus Gedanken wie das Blut unter seiner Haut.

Er nahm seine Hand von ihrer Brust.

Jo trat nach dem schwarzen Teich und zertrümmerte ihr Spiegelbild. »Zwilling. Scheme. Narren! *Im Nebel ist alles wahr.*« Sie sah ihn bitter an. »Eines Tages wird das Leben dich knacken wie eine Auster.« Sie kreischte, ein nicht menschlicher Ton. »Was habe ich nur in dir gesehen?«

Sie hechtete in den schwarzen Teich. Es spritzte nicht, das Wasser verschluckte ihre weißen Füße und schloss sich sanft hinter ihr. Viele Herzschläge später stieg ein Bienenschwarm an die Oberfläche.

Jos Spiegelbild schwamm immer noch auf dem Wasser.

Tau berührte die weiße Wange des Spiegelbilds. Sie war kalt und glatt wie ein Blütenblatt. Er zog seine Hand zurück, ohne das Wasser zu kräuseln. Seine Finger waren nass.

Noch einmal streckte er die Hand aus, energischer dieses Mal. Er streichelte ihre Wange und ihren Hals. Griff tiefer ins Wasser, um ihre Brüste zu berühren.

Eine uralte Forelle kam unter einem verborgenen Stein hervor und rammte seine Hand. Fluchend riss Tau seine Hand zurück. Der Teich kräuselte sich langsam und zerbrach Jos nackten Körper in ein wirres Durcheinander.

Bienen summten und schwebten träge dahin.

Ein Wasserläufer streckte ein Bein aus und wurde mutiger, als sich das Wasser beruhigte.

Die Welle war fort.

Schegel hielt sich am Ufer und hüpfte von Fels zu Fels. Gischt folgte ihr. Er bückte sich immer wieder und steckte merkwürdiges Treibgut in eine Tasche, die er sich umgehängt hatte. Sie blieben stehen und begutachteten ein Strandbecken. Eine Edelsteinkrabbe schlich sich seitwärts an Gischts Fuß vorbei. »Für eine Seepocke ist ein Krebs eine Insel«, sagte Gischt nachdenklich. »Eine Insel innerhalb einer Insel. Schegel, hast du jemals darüber nachgedacht, dass die Welt eine Insel ist? Ja, genau das, sie ragt aus dem Himmel wie Wolkenriff aus dem Wasser. Und das Geräusch des Windes, der durch die Bäume weht, gleicht dem Geräusch des Wassers, das sich an Felsen bricht.« Er runzelte die Stirn. »Nein, warte. Wir befinden uns immer noch in der Luft. Was bedeutet … was bedeutet, dass wir *Fische* sein müssen«, rief er. »Und vielleicht ist der Nebel das Netz, das das Volk des Himmels von Zeit zu Zeit nach uns Luftbewohnern auswirft, um Leute wie Taus armen Vater fortzuschleppen und zu, zu …«

»Essen.«

»Hm. Wahrscheinlich.«

Leise sang Schegel die Verse, mit der alle Geschichten ihrer Mutter anfingen. »Der Nebel wirbelt in das Meer, das Meer verhärtet sich zu Stein, wird zu einer Insel, dann zu festem Land. Das Land schnellt zu Bergen empor, und die Berge verblassen zu Wolken und Nebel; denn Veränderung ist die Natur der Welt.« Sie stand da und blickte auf das Wasser hinaus. »Jeder Schritt kommt mir vor wie der erste Schritt einer Reise, deren Ende ich mir nicht vorstellen kann.«

Gischt grinste Schegel an. »Langsam klingst du wie Quell.«

Schegel lachte und lief den Strand hinunter. »Sie kann das viel besser.«

Gischt verweilte einen Augenblick und sah voller Bewunderung zu, wie Schegel von Fels zu Fels sprang: nie anmutig, immer sicher. Er schlenderte hinter ihr her und betrachtete die riesige Wolke, die sich jenseits der Insel auftürmte und ihren Gipfel verschluckte. Gedämpfte Lichtschimmer schossen durch sie hindurch, und plötzlich musste er an die Warnung der Scheme denken, dass sich im Nebel ein Feuer ausbreitete.

Aber das war natürlich nur die Sonne, sagte er sich. Nur die Sonne.

Sie hatten die ersten Ausläufer des Nebels erreicht. Eigentlich hätten sie sich fürchten müssen. Der Nebel, aus dem die Zwillinge kamen. Der Nebel, der Taus Vater geholt hatte.

»Wo ist Tau?«

Schegel zuckte zusammen. Bis auf den Geruch versengter Kräuter und den Schrei einer einzelnen Möwe war der Strand hinter ihnen leer. »Und Quell. Hätten wir nicht zusammenbleiben sollen?«

Mit wachsender Furcht sahen sie einander an.

»Schegel.« Gischt starrte die riesige Nebelwolke an, die über dem Herz der Insel brodelte. Wo sie zuvor noch Lichtschimmer gesehen hatten, zeichnete sich langsam eine Gestalt ab. Zuckend und tanzend, höher als der höchste Baum, fraß sich eine puppenartige Gestalt mit flammenden Gliedern durch den Nebel: ein Körper aus flachem und biegsamem Feuer.

»Brand«, flüsterte Schegel.

Einer von Brands Armen und ein zitterndes Bein befanden sich noch immer im Nebel. Er verströmte Brandgeruch und schrecklichen Hunger.

Wie eine Flamme, die von einer Brise angefacht wird, stieß seine riesige flache Hand herab und berührte die Krone eines mächtigen Baumes, der direkt am Rand des Nebels stand. Sie ging sofort in Flammen auf. Einen Moment später sog Brand das Feuer in sich hinein; er verschlang den lodernden Baum, als würde er eine Kerze schlucken.

Der Nebel kochte hinter ihm hoch, von tausend Flügeln aufgewühlt. Brands Kopf fuhr herum, seine langen, geschwungenen Augen verströmten Feuer, als er eine undeutliche Gestalt anstarrte, die sich im Nebel abzeichnete – etwas blitzte kurz weiß auf, und der Schrei eines Seevogels erklang.

Die Insel war so sehr von Magie erfüllt, dass sogar Schegel Brand verstehen konnte, als er seine grausame, zischende Stimme erhob. Sie klang wie trockene Blätter.

Ich habe dir gesagt, dass sie jetzt mir gehört, sagte er. Ich bin jetzt in ihr.

Schegel fluchte, vor Angst benommen und wütend auf sich selbst. Diese Insel lebte. Die Welt, die sie kannte, war hier so brüchig wie verrottetes Segeltuch, und die Nebelzeit durchdrang sie. Brand und der Möwenkrieger waren vielleicht nur einen Augenblick davon entfernt, über sie alle hinwegzufegen.

Welcher Wahnsinn hatte sie veranlasst, ihre beste Freundin allein zu lassen, im Nebel, während eine Scheme sie verfolgte?

»Wir sind mit einem Bann belegt worden«, sagte sie. »Gischt, wir müssen Quell und Tau finden.« Ihre Augen suchten das grenzenlose Felsengewirr oberhalb des Strandes ab. »Möge Faden mich und all meine Nachkommen ertränken.« Die Scheme hatte sie hierher gelockt. Sie waren verrückt gewesen, ihrem Ruf zu folgen.

Kapitel 5
Brand

Alster nahm eine schwarze, von Muskovit glänzende Schmelztonschale aus einem Regal im obersten Zimmer ihres Turmes. Sie brummte und rieb mit einer dunkelbraunen Weihrauchkugel über ihren Handteller. Die Kugel war gleichermaßen brüchig und ölig, ein Knäuel harzverklebter alter Blätter.

Sie vermisste ihre Tochter. Schegel mit ihren scharfen Gesichtszügen, ganz Knie und Ellbogen, mit einem Haifischzahnohrring, der an ihrer Wange baumelte, während sie durch den Tag stolperte.

Alster betete für die Sicherheit ihrer Reisenden. Sie fühlte sich so hilflos wie vor zwanzig Jahren, mit Schegel an ihrer Brust, als sie sich gefragt hatte, wie etwas so Kleines so mühelos ihre größten Hoffnungen und ihre schrecklichsten Ängste umfassen konnte.

Was für eine Mutter würde es fertig bringen, ihre Tochter auf das einsame Meer hinauszuschicken?

Die Pflicht, Gewährsfrau.

Sie blies in ihr verbeultes Kupferkohlebecken, bis ihre Wangen rot waren. Dann krümelte sie Weihrauch über die Kohle. Die klebrigen Flocken fingen kein Feuer, doch nach einigen Herzschlägen begannen sie zu schwelen. Dünne Taue aus schwarzem Rauch stiegen empor.

Alster, die Gewährsfrau von Wolkenriff, atmete das bittere Geschenk des Weihrauchs ein und wartete auf das, was ihr der Wind erzählen würde. Was der Schein der Glut preisgeben würde.

Es gibt einen Ort, sprach die Glut, einen Ort der Freude,
des Loderns Züngelns Prasselns
des
Windes Tanzes Flackerns
einen Ort wilden Verlangens
wilder Genugtuung;
der grenzenlosen Reinigung.

Alster zitterte. Es war selten, dass ein Held direkt zu ihr sprach, aber Brands Stimme, seine gelbe Zunge, die sich vor hungrigem Lachen schüttelte, waren unverkennbar.

Was sagt das *Feuer?*

Richte der Scheme aus, dass sie nicht vor mir fliehen kann! Ich bin jetzt in ihr.

Ein Bach floss aus dem Herzen der neuen Insel herab. Quell hatte ihn Stocks Bächlein getauft. »Wir Wolkenriffer«, flüsterte sie, »wir sind für Abenteuer geschaffen!«

Anfangs hatte es sie verletzt, dass Tau sie einfach allein ließ. Aber die Welt schien zu flüstern: Lass ihn los. Auf sie wartete etwas Besonderes, etwas Magisches, und sie durfte nicht riskieren, zu heiraten und Kinder zu bekommen; durfte nicht riskieren, zu einer gewöhnlichen Frau zu werden – sie und Schegel hatten sich das geschworen.

Sie saß auf einem großen Stein in der Mitte des Wasserlaufs und sah zu, wie Fetzen feuerroten Farns herbeiwirbelten, kurz gegen ihren Fels stießen und dann verschwanden, von der gierigen See weitergezerrt. Unter ihren Füßen schäumte das Wasser unentwegt. Das Sonnenlicht brach sich funkelnd auf dem Rücken des Baches.

Das Wasser hatte viele Stimmen: Plätschernd tratschte es mit den Steinen; mit seinem Ufer und seinem Grund führte es tiefere, kühlere Gespräche; mit den Wolken wechselte es feierliche Worte.

Quell bemerkte kaum, wie die Brise aufkam und dem Lied des Wassers einen ruhelosen Ton hinzufügte. Die Birken winkten zum Abschied, und die weißen Wolken segelten nach Delta weiter und ließen sie zurück. Die Gräser flüsterten, und eine weitere Stimme rief ihren Namen.

Erst war die Stimme so leise, dass sie sie kaum hören konnte. Eine übermütige, stürmische, seufzende Stimme. Während sie sprach, flitzten die kleinen glitzernden Fische in Stocks Bächlein wie verängstigte Juwelen davon. Eine Welle weißer Steine rollte das Flussbett hinunter.

»Berge schnellen zu Wolken empor, und die Wolken treiben schließlich in den Nebel; denn Veränderung ist die Natur der Welt ...« Und die Stimme lachte, als würde der Wind einen Haufen Herbstblätter aufwirbeln. Das gebrochene Sonnenlicht zog sich zusammen und ließ sich auf dem welligen Rücken des Baches davontragen – wie ein Schatten aus Licht. Diese Helligkeit hatte zu Quell gesprochen. Ein Spiegelbild, das wusste sie, aber sie konnte sich nicht überwinden zu schauen, woher es stammte.

Der Gewährsknoten, den Alster um Quells Handgelenk gebunden hatte, ruckte und wand sich wie ein Segel, das in einem Sturm nicht eingeholt worden war. »Bist du Jo?«

»Ich?« Eine Lachböe. »Die Scheme ist bei dir, Eiländerin, aber sie ist dein kleinstes Problem. Du sitzt am Rande des Nebels! Hier ist es gefährlich, sogar für mich.«

Der Himmel verfinsterte sich, und die Luft erzitterte wie unter dem Ansturm großer Flügel. Brennende Federn tanzten wild in der zornigen Luft. »Jo ist in die Geschichte der Insel hineingezogen worden«, sagte die Stimme. »Eine Geschichte über Brand und den Möwenkrieger. Der Krieger denkt, er hat gewonnen. Aber du weißt, was geschieht, wenn man Feuer in Stücke schneidet, oder?«

Angst durchzuckte Quell, und eine Vision strömte durch sie hindurch: Fackeln, tausende von Fackeln, die sich durch den Nebel schlängelten. Auf der Suche.

»Das Volk der Meere hält nicht viel von Brand. Aber der Einflussbereich eines Helden ist groß. Du hast Sehnsüchte, und auch deine Scheme hat sie: Und so kamst du her, um an seinen Fingerspitzen zu entbrennen. Er will nicht, dass sie den Eiländern ihre Warnung überbringt. Er wird nicht zulassen, dass sie einen Funken erstickt, den er mit so viel Mühe entfacht hat.«

»Ich verstehe das nicht«, sagte Quell.

Das Dröhnen und Grollen wurde allmählich leiser, und der Schatten aus Licht flackerte erneut auf der Oberfläche von Stocks Bächlein. Jetzt bildete er eindeutig die Gestalt einer Frau – mit gläsernen Händen, Spiegelaugen und einem schwarzen Zopf so finster wie der Meeresgrund. »Ich möchte dir eine Geschichte erzählen«, sagte sie.

Quell versuchte, etwas zu sagen, doch sie war stumm, und da wusste sie, dass die Sängerin sie gefunden hatte, denn jede Zunge muss schweigen, wenn die Sängerin eine Geschichte erzählt.

Die Sängerin lachte, und es klang wie der Wind in brennenden Ästen. Sie fing zu erzählen an.

Dies ist eine Geschichte über den Rauch, in dem die Hitze brennt, aber der Funke verborgen bleibt.

In finsterer Zeit vor Anbeginn der Zeit waren die Waldländer im Stamm eines großen Bronzebaumes gefangen. Sie kannten weder die Wärme der Sonne noch die Schönheit des Himmels, und der Vogelgesang, den sie hörten, war gedämpft und ohne Anmut.

Da verlangten sie mit lautem Geschrei, befreit zu werden. So groß war ihr Wehklagen, dass sie schließlich ein Geräusch hörten, das dem Wind in den Ästen glich, und eine Stimme wie tausend Böen sagte: »Warum schreit und murrt ihr so?«

Und die Waldländer riefen: »Befreit uns! Wir sind Gefangene der Finsternis und sehnen uns danach, den Wind auf unseren Gesichtern zu spüren!«

Die Stimme dachte nach, und schließlich sagte sie: »Ich werde euch befreien, aber wisset: Ich schicke mein Volk in sämtliche Winkel der Erde, und es kennt kein Zuhause. Es mag geschehen, dass es hundert Jahre lang durch die Eiswüsten streift oder über die Berggipfel pfeift oder nur mit den Wellen spricht. Sehnt ihr euch immer noch nach Freiheit?«

Da waren die Waldländer im Innern des Baumes sehr niedergeschlagen, und ihr Anführer sagte: »Außer diesem Baum kennen wir nichts. Wir möchten nicht durch fremde Lande streifen. Es muss einen einfacheren Weg geben.«

Aber die Sängerin sagte (denn ich war es): »Das ist die einzige Freiheit, die ich zu bieten habe.«

Da erhoben die Waldländer ihr Wehklagen mit zwiefacher Kraft und schlugen gegen die Wände ihres hölzernen Gefängnisses, bis Faden schließlich mit der Stimme von eintausend Wellen, die sich am Ufer brechen, brüllte: »Was wollt ihr?«

Und die Waldländer schrien laut und verlangten, befreit zu werden. »Aber außer diesem Baum kennen wir nichts«, sagte der Anführer, »und so sehr wir uns auch nach Freiheit sehnen, wir werden ihn nicht verlassen.«

»Also gut«, sagte der Held. »Ich werde euch befreien, und aus dem Stamm dieses Baumes werde ich ein Schiff fertigen und euch das Segeln lehren. Aber wenn ich zornig bin, mich langweile oder spielen möchte, ertränke ich euch vielleicht in kaltem Wasser.«

Da wurden die Waldländer von entsetzlicher Angst ergriffen. Sie stritten sich heftig, und schließlich sagte ihr Anführer: »Vielen Dank für Euer großzügiges Angebot, aber die Bedingungen, die Ihr stellt, sind zu unvorhersehbar. Wir ziehen weniger willkürliche Gefahren vor.«

Faden zuckte mit der Schulter und sagte: »Das ist die einzige Freiheit, die ich zu bieten habe.«

Da warfen sich die Bewohner des Baumes in verzweifeltem Aufbegehren hin und her. Ihr Wehklagen drang zum Himmel empor und grollte bis zum Mittelpunkt der Erde hinab, und es herrschte schreckliche Zwietracht.

Schließlich weckten sie Brand auf. »Was im Namen der Sieben Demütigungen hat dieser Lärm zu bedeuten?«

»Helft uns, o helft uns! Wir sind in diesem Baum gefangen. Wir kennen keine Freiheit!«

»Steine auch nicht.«

»Wir kennen kein Licht!«

»Maulwürfe auch nicht.«

»Wir verhungern!«

»Hmm! … Arme Hunde.« Brand seufzte, denn über Hunger wusste er das eine oder andere. »Also gut. Ich werde euch befreien –«

»Wir möchten aber unseren Baum nicht verlassen«, fügte der Anführer hastig hinzu.

»Treibt es nicht zu weit. Ich werde euch Licht geben und Nahrung und Freiheit, und ich werde euch in der Nähe eures kostbaren Baumes belassen. Aber nehmt euch in Acht!« Das Volk stöhnte. »Denn ihr werdet den Funken annehmen, der Schatten wirft – ihr werdet die Freiheit kennen gelernt haben.«

»Sonst nichts?«

»Sonst nichts.«

»Abgemacht!«, rief der Anführer.

»Das Leben ist anstrengend«, warnte Brand. »So manches Mal werdet ihr euch wünschen, auch davon frei zu sein.«

Aber die Waldländer jubelten und erhoben ihre Stimmen, Brand den Befreier zu preisen. Als sie seinen Namen zum dritten Mal riefen, wurde der Baum von einem Blitz gespalten, und sie taumelten aus ihrem uralten Gefängnis in die Welt hinaus.

Allerdings schwelte das Feuer des Blitzes hinter ihnen, und ein winziger Funke flüchtete tief in das Herz des Waldes. Er nahm eine Vielzahl von Schatten mit sich und wartete nur darauf, dass ein Windhauch ihn zum Leben erweckte.

»Und dieser Windhauch ist jetzt unter uns. Der Funke lodert in der Brust des Kaisers der Waldländer«, sagte die Sängerin. »Und du sitzt einfach da, während sich das Feuer wie eine Schlinge um dich legt.«

Quell beugte sich vor und streckte die Hand über das Wasser. »Bitte. Bitte helft uns. Was sollen wir tun?«

Aber die Sängerin lachte wie der Wind, den ein großer Brand verursacht. »Dies ist weder der Ort noch die Zeit, in der Welt der Menschen weitere Worte zu verlieren. Aber ich habe diese Geschichte noch nicht zu Ende erzählt, dessen sei gewiss. Die besten Geschichten beginnen und enden zu Hause, und ich erzähle nur die besten.«

Da wurde Quell von einem einzelnen Windstoß vorwärts gestoßen, und sie berührte das Wasser. Der funkelnde Schatten der Sängerin zerbrach in Stücke und wurde flussabwärts gewirbelt.

»Quell!«

Sie riss ihre Hand aus dem kalten Wasser.

»Quell! Komm!« Tau stand am Rand des Baches; seine Brust hob und senkte sich. Er streckte die Arme aus und hob sie ans Ufer zurück. »Wir müssen zum Schiff! Schau!«

Um sie herum schwand das Tageslicht. Wie ein Vulkan stieß das Herz der Insel träge Nebelwellen hervor. Flammende Peitschenhiebe ließen ihre Schatten hüpfen. Hämmernde Flügelschläge zerhackten die Luft. Eine Windbö blies den Nebel wie einen Vorhang beiseite, und Quell schrie. Brand tanzte über die Insel, unermesslich groß, eine grinsende, zuckende Flammenpuppe. Vor ihren Augen schoss aus dem Nebel ein weiß blitzender Bogen hervor, und Brands Arm fiel mit donnerndem Krachen zu Boden. Die umliegenden

Bäume und Farne fingen sofort Feuer. Brand taumelte, bückte sich unvermittelt, packte seinen Arm mit der anderen Hand und verschlang ihn.

Quell wurde übel. Eine neuerliche Böe, und der Nebel schloss sich um Brand und den Möwenkrieger.

Eine brennende Feder segelte ins Wasser und hauchte zischend ihr Leben aus. »Jo ist dort drin gefangen«, sagte Quell. Und trotz allem, was die Scheme ihr angetan hatte, hegte Quell die Hoffnung, dass sie entkommen würde. Der Gedanke, dass Brand ihre Zwilling verschlingen könnte, ließ eine schreckliche Leere in ihr zurück.

»Komm schon!« Tau zog sie fort, und sie torkelten stromabwärts.

Nebel brodelte aus dem Herzen der Insel empor und breitete sich weit nach Westen aus. Er brütete über ihnen und überzog die Sonne mit einem Schmutzfilm aus blutigem Dunst. Hinter ihnen brauste der Wind, Flammen loderten auf. Quell stolperte. Sie keuchte, und ihr Herz war aus dem Takt gekommen. Ihre Muskeln fühlten sich wie Steine an, und ihre Spucke schmeckte nach Blut.

Ein Netz streckte seine feuchten, grauen Fäden nach ihnen aus, und Tau wollte es beiseite wischen.

Quell schrie: »Nein!« Sie konnte die Magie darin spüren, aber es war zu spät.

Tau wankte, als der Schock ihn überwältigte. Sein Blut knisterte, und Energie durchströmte ihn, als wäre er eine von Blitzen erfüllte Wolke. Die grauen Fäden rissen und schlangen sich um seine Hände. Sie bliesen in ihn hinein, pfiffen durch seine Handteller und stürmten in sein Herz.

Das Netz pulsierte und wand sich jetzt silbern blau. Es verströmte Unwirklichkeit wie eine Ofentür Hitze. Die blauen Glieder wurden fest, elastisch und bebten vor Kraft. Tau spürte, wie das Geschöpf gleich einer riesigen Motte um seine Hand flatterte. Sein Glanz ließ nach, und schließlich lag es regungslos.

Tau schrie: »Patz!« Er riss die Hände zurück, als hätte er sie verbrannt, aber der Faden wickelte sich fest um sein Handgelenk und ließ sich nicht abschütteln.

Eine Welle von Panik brandete durch ihn hindurch und verebbte schließlich, als das Geschöpf sich an ihm rieb und durch das schwarze Haar auf seinem Unterarm glitt. Irgendwie wusste er, dass das Netz aus Nebel – was immer es sein mochte – ihm nichts tun würde.

»Alles in Ordnung. Lauf weiter!«, rief Tau. »Wir sind fast am Ufer. Wir müssen das Boot erreichen, bevor der Nebel über uns hinwegrollt!«

Als sie auf den Kieselstrand hinausstolperten, sahen sie sich Gischt und Schegel gegenüber, die wie wild versuchten, das Beiboot ins Wasser zu schieben. Tau fluchte. »Es ist Ebbe!« Er sprintete über den Sand.

Hinter ihnen wallte Nebel die Hänge hinunter und verzauberte die Felsen.

Eine einzelne graue Möwe kämpfte sich aus den Schwaden hervor. Flammen züngelten über ihre Flügel. Sie raste über die Eiländer hinweg und stürzte neben dem Beiboot in den Sand.

»Patz!«, keuchte Tau. Die Möwe verschwamm allmählich. »Sie schon wieder.«

Gischt und Schegel wirbelten herum. Sie sahen die Scheme zusammengerollt im Sand liegen. Sie zitterte vor Erschöpfung und schüttelte ihre Flügel zu Armen aus. Ihr winziger Kopf wurde breiter, ihre glatten Federn entwirrten sich zu einem Schopf weißer Haare.

Geistesgegenwärtig sprang Schegel vor und rammte Jo den Ellbogen gegen die Gurgel, während sie nach ihrem Messer tastete.

Jo wand sich unter Schegel, ihre Blicke suchten Quell. »Hilf mir«, rief sie schwach.

»Helfen!« Schegel spuckte aus und verlagerte ihr Gewicht auf den Ellbogen, bis die Scheme zuckte und keuchte. »Seit wann braucht eine Scheme Hilfe?«

»Er ist dort drin. Er ist dort drin!«, schrie Jo, ohne den Blick von Quell abzuwenden. »Lass nicht zu, dass er mich holt!«

Fast ohnmächtig vor Erschöpfung starrte Quell die Scheme an. Entzündete rote Striemen liefen über Jos Gesicht. Ihre Arme und Hände waren rußverschmiert, und ihre Fingerspitzen waren rot – die Haut war weggebrannt. Quell stand wie ein Schatten über ihr, schwarz und zitternd. An ihrem Handgelenk spürte sie den Gewährsknoten, den Magie wie ein aufgeblähtes Segel straffte.

Hinter Schegel und Jo zerrte Gischt am Beiboot. Er sah sich immer wieder nach dem Feuer um.

Komm, Jo, zischte das Feuer. Nimm den Funken und erfahre, was die Glut weiß!

Jo erbebte, und Verlangen kroch wie Rauch durch ihre Venen. Das Verlangen, ihr schweres Fleisch abzustreifen und frei zu sein, alle Sorgen in die Flammen zu werfen und sich im Feuer zu verzehren.

Bist du gekommen, um das Ende meiner Geschichte zu hören? Das Feuer leckte mit einer flackernden gelben Zunge über seine roten Lippen.

Ich habe dir einen Ort des Loderns Züngelns Prasselns versprochen, erinnerst du dich? Des Windes Tanzes Flackerns. Du hast ihn fast erreicht, Jo. Du musst nur hinter den Nebel kommen, und ich werde dich mit deinem eigenen Begehren reinigen. Ah, du zuckst zurück. Brennt meine Berührung? Du wirst lernen, dass du dich umso mehr nach ihr sehnst, je heftiger sie lodert. Ich habe etwas entfacht –

Nein!

Ich habe etwas in dir entfacht …

Nein! Jo hielt sich verzweifelt am Brausen des Meeres fest, an der Berührung des Sandes, an den menschlichen Stimmen. Sie durfte dem Feuer nicht nachgeben. Sie wollte nicht verzehrt werden.

»Bitte«, flehte sie Quell an. »Nehmt mich mit. Lasst mich nicht hier zurück.«

»Ich will nicht ungeduldig klingen«, fauchte Gischt, »aber wenn Nebel und Feuer über uns hinwegrollen, ist nicht nur die Scheme in Schwierigkeiten.«

»Ich weiß, ich weiß!« Quell wurde von Zweifeln gequält und sah die anderen Rat suchend an. Schegel schüttelte wütend den Kopf. Gischt zuckte mit den Achseln und warf sich wieder gegen das Beiboot, dessen Bug das Wasser fast erreicht hatte.

Quell berührte den Gewährsknoten an ihrem Handgelenk. Er verströmte Ruhe wie ein kühler Fluss. Einen Augenblick lang sah sie ihr Leben, mit seinen großen Tragödien und kleinen Freuden, seinen Missgeschicken und zufälligen Begegnungen: Alles war Teil der tausend mal tausend ineinander verschlungenen Fäden, ein lebendiger Knoten aus Geschichten, die einen Zopf bildeten, dessen Muster sie zwar spüren konnte, aber nie verstehen würde.

»Wir nehmen dich mit«, sagte sie.

Fluchend rollte Schegel von Jo herunter und rannte zum Beiboot. Jo erhob sich mit silbern funkelnden Augen.

Die Scheme war wieder da.

Sie ruderten wie Verrückte zum Schiff und hievten die Segel, während es um sie herum zischend Funken regnete.

Da kam einem Segen gleich ein Seewind auf und schob sie in Richtung Delta, fort von Nebel und Feuer.

Als sie sich in sicherem Abstand befanden, holte Tau tief Luft und betrachtete den klaren blauen Himmel der Welt. Er hatte getan, wozu sein Vater nie in der Lage gewesen war: Er hatte den Nebel berührt und war zurückgekehrt; natürlich nicht, bevor er sein Schiff und seine Mannschaft sinnlos aufs Spiel gesetzt hatte.

»Salamander«, sagte Gischt. Er sprach das Wort mit ruhigem Ernst aus.

Tau runzelte die Stirn. »Was?«

Gischt begutachtete das Schiff. Das Deck war angesengt, und die Segel waren mit kleinen Brandlöchern gepfeffert. »So heißt dieser Kahn. Ein Salamander lebt halb im Wasser, halb an der Luft. In der Nebelzeit dagegen, in den Geschichten, ist der Salamander ein Geschöpf, das durch Feuer geht.«

Tau strich sich über den Bart. »Also gut«, sagte er schließlich. »Dann soll sie *Salamander* heißen.«

»*Salamander*. Das ist gut.« Schegel blickte zu Quell hinüber, die auf dem Vorderdeck stand. »Du warst im Recht. Wir hatten auf der Insel nichts verloren.«

Gischt nickte. »Von jetzt an ist Delta unser Ziel.«

Da fiel Tau etwas ein, und er krempelte vorsichtig einen Ärmel hoch. Die Nebelranke war immer noch da und umklammerte seinen Arm. »Hee, Nebelding. Was bist du?«

»Ein Teil deiner Geschichte«, sagte Jo.

In der rasenden Eile ihres Aufbruchs hatten sie die Scheme die Stufen zum Laderaum hinuntergeschubst und ihr befohlen, ihnen aus dem Weg zu bleiben. Jetzt war sie wieder an Deck gekommen. Ihr weißes Haar war noch immer rußverschmiert und ringelte sich im Seewind. »Du hast es geschaffen. Du hast es ins Leben gerufen und ihm einen Teil deiner selbst gegeben. Du hast seine winzige Geschichte fest werden lassen wie bei einer lebenden Feuchtperle. Fühle dich geehrt. Nur wenigen Menschen wird eine solche Gelegenheit zuteil.«

Die Eiländer betrachteten das Nebelgeschöpf wie Kinder, die ein Wespennest untersuchen.

»Es ist ...«

»Es ist ...«

»Es ist ein Stück türkisfarbener Faden, nicht mehr«, sagte Schegel.

Gischt taumelte zurück. »Türkisfarbener Faden!« Er schlug sich an die Stirn. »Wer hätte das gedacht! Türkisfarbener Faden!« Zu Tau sagte er: »Deine einzige Gelegenheit, den Helden zu spielen, und du kommst uns mit türkisfarbenem Faden! Ich hätte einen mit Edelsteinen besetzten Fußreif geschaffen, um ein Tanzbein zu schmücken. Oder eine Harfe mit fünf Saiten vielleicht, die mit jeder Saite einen anderen der Sinne anspricht. Oder vielleicht doch lieber eine Fischpfeife, um Makrelen in unseren Laderaum zu locken.«

»Du kannst mich mal«, sagte Tau leutselig. Er war mächtig stolz darauf, dass er es gewesen war, der gesetzte, alte, verlässliche Tau, der dieser Nebelranke Leben eingehaucht hatte. Liebevoll betrachtete er die kleine türkisfarbene Schlaufe um seine Finger. »Was passt besser zu einem einfachen Fischer als ein ordentliches kleines Netz?«

Quell spielte mit dem Knoten, den Alster um ihr Handgelenk gebunden hatte. »Ich bin der Sängerin begegnet«, sagte sie.

Gischt blickte von dem Nebelding um Taus Hand auf und stieß einen leisen Pfiff aus. »Bist du si–«

»Sie hatte eine Stimme wie der Wind, und als sie ihre Geschichte erzählte, konnte ich nicht sprechen. Ich weiß, was ich gesehen habe.«

»Sie hat Recht«, sagte Jo unvermittelt. »Ich habe die Sängerin auch gespürt.«

Tau sah Quell voller Staunen an. »Was hat sie gesagt?«

Quell runzelte die Stirn, berührte den Knoten und versuchte sich zu erinnern. »Sie hat eine Geschichte über die Waldländer erzählt. Wie Brand sie aus der Finsternis befreit hat. Aber am Ende der Geschichte blieb irgendwo ein Funke zurück. In ihnen drin, vermute ich. Und sie hat gesagt, dass dieser Funke entfacht worden sei.«

»Aha!«, rief Gischt. »Das Feuer, das Brand nach Delta bringt!«

Tau runzelte die Stirn und legte eine Hand auf das Steuerrad, um die Segel im Wind zu halten. »Aber bedeutet das, dass auf dem Festland ein echtes Feuer brennt? Und wenn, wie könnte dadurch eine Insel gefährdet werden?«

»Immerhin ist es das Volk der Wälder, das den Funken in sich trägt. Vielleicht wollen sie Delta niederbrennen«, sagte Schegel.

Taus Stirnrunzeln wurde stärker. »Aber warum? Was könnten die Waldländer von der See wollen?«

Jo sah sie grimmig an. »Das Volk der Lüfte stammt von überallher«, sagte sie langsam. »Aus Meer und Wüste, Wald und Ebene und auch vom Berg. Alle gehören sie der Luft, und doch sind sie durch ihren Geburtsort geprägt. Auf den Inseln werden wir gemieden: Trefft ihr auf uns, werden wir umschmeichelt, doch hinter unserem Rücken werden wir verflucht. Im Wald dagegen spielen manche von denen, die von der Magie berührt wurden, eine andere Rolle – sie werden weder Gewährsleute noch Wanderer. Sie können zum Bronze werden. Ein Bronze hört nicht auf die Welt, sondern auf die Herzen der Menschen. Und der stärkste unter ihnen, der arglistigste, schlauste und unbarmherzigste Bronze wird Kaiser.«

»Großartig«, murrte Gischt. »Ein Volk, das von einem unbarmherzigen Schemen regiert wird.«

»Wie sehr ihr uns auch hassen mögt, in den Stimmen des Windes und der Wellen liegt eine Ehrlichkeit, die den Herzen der Menschen abgeht. Ein Bronze lebt, indem er andere verbiegt. Ich glaube, dass ihr im Herzen von Brands Feuer einen Bronze finden werdet.«

Schegel blickte finster drein, die Großsegelschot noch immer um eine Hand gewickelt. Sie sah Jo neugierig an. »Und wo kommst du her?«, fragte sie. »Von welchem Volk, meine ich.«

Jo erwiderte ihren Blick teils traurig, teils verträumt, teils trotzig. So sehr entsprach dies einem Gesichtsausdruck von Quell, dass es Schegel den Atem verschlug. »Ich? Ich bin eine von euch. Auch ich gehörte einst der See.«

»Merkwürdiger Name für eine Eiländerin«, sagte Gischt. »Was ist ein Jo?«

»Ein Jo ist nichts Bestimmtes«, sagte die Scheme. »Der Name, den ich in der Welt der Menschen getragen habe, ist seit langer Zeit im Nebel verloren.«

»Du hast dir deinen Namen ausgedacht?«, fragte Tau, leicht empört.

»Ich habe beschlossen, dass ich nicht nach irgendeiner Krabbe oder einer Angelleine benannt sein möchte, falls du das meinst.«

Und Schegel sagte: »Wie alt bist du?«

»Wie alt …? Ich bin älter als …« Jo stockte. Sie wirkte plötzlich kleiner und müde. Ihr Gesicht war rußverschmiert und rot, wo das Feuer ihr zu nahe gekommen war. »Ich weiß es nicht«, sagte sie.

An ihr war nichts Geheimnisvolles mehr. Die Eiländer hatten den Eindruck, sie würden sie zum ersten Mal sehen: nicht als Weberin von Zaubersprüchen, sondern als Frau – als Frau, die einmal auf einer Insel gelebt hatte, die der ihren sehr ähnlich war. Die vielleicht behütet gewesen war, Fisch auszunehmen gelernt und das Haar ihrer Schwester zu Zöpfen geflochten hatte.

Schegel nickte, beugte sich über die Bugreling und blickte aufs Meer hinaus. »Wie lange bist du schon auf Wanderschaft?«

»Daran kann ich mich nicht erinnern. Aber es scheint mir sehr lange her, dass ich zu Hause war.«

Schegel nickte erneut und starrte nach Westen. »Wir segeln nach Delta!«, sagte sie atemlos. »Das wollte ich schon immer. Natürlich erzählen sie dir, dass ein Mädchen das nicht erwarten darf, dass sogar der Händler nur bis zu den Schutzinseln kommt. Bis Harfe oder Windhang.« Sie hielt den Schandeckel fest umklammert und verlagerte ihr Gewicht auf die Zehen. »Aber ich habe immer gewusst, dass es mir bestimmt ist, auf Wanderschaft zu gehen. Dass ich mit der Fähigkeit zu *reisen* gesegnet bin.«

Gischt seufzte. »Wir segeln nach Delta so schnell wir können«, sagte er. »Ich hoffe nur, dass jemand über die Fähigkeit verfügt, uns wieder zurückzubringen.«

Kapitel 6

Der Sturm

Taus Mannschaft arbeitete in den folgenden Wochen hart. Sie passierten Drei Ellbogen und Stummel, Spitze Feder und Treibholz, Strandwald und seinen weißen Sand und Petze, dessen Bewohner ganz furchtbare Verräter und Lügner waren. Inzwischen hatten sie die Schutzinseln weit hinter sich gelassen und Gewässer erreicht, durch die noch niemand gesegelt war, der von Wolkenriff stammte.

Anfangs misstrauten die Eiländer Jo zutiefst. Sie behielten sie ständig im Auge und sorgten vor allem dafür, dass sie keine Zeit mit Quell allein verbrachte. Doch als die Tage verstrichen und sie sich jenseits von Rundforst und Söller befanden, von Rainfarn, Bitterwald und der Mediangruppe, wo die Delphin-Dresseure lebten, ließ ihre Wachsamkeit nach. Die Eiländer behandelten die Scheme wie eine schlimme Wunde: Erst war sie eine Bedrohung, dann ein Ärgernis, und schließlich wurde sie zur Selbstverständlichkeit.

Unterdessen rückten die Inseln näher zusammen, der Wind frischte auf und die Spätfrühlingstage wurden noch heißer. Das Leben an Bord wurde zunehmend beengt. Tau grübelte über seinen Karten, suchte darauf nach neuen Einsichten oder korrigierte die Fehler. Dann wieder spielte er mit Netz, dem kleinen Nebelgeschöpf, das wie eine zahme Maus in seinem Ärmel lebte.

Gischt beschäftigte sich mit der Tasche voller Krimskrams, den er auf Schegels Insel aufgelesen hatte. Er hielt seine Finger auf Trab, um sein Herz zu beruhigen, denn während aus Tagen Wochen wurden, entwickelte er Gefühle für Schegel, die er so nicht kannte. Es erwischte ihn, wenn sie von der Wanderschaft sprach oder die Segel straff zog oder im Morgengrauen mit leuchtenden Augen auf dem Vorderdeck stand und dem neuen Tag entgegenblickte. Manchmal saßen sie nach dem Abendessen alle auf dem winzigen Vorderdeck zusammen und sahen zu, wie der Tag aufflackerte und erlosch, und in diesen Momenten war er sich ihrer Gegenwart schmerzhaft bewusst. Schegel war so warm und ungeheuer lebendig, wenn sie lang ausgestreckt neben ihm lag und ihn ganz leicht berührte. Im Rhythmus der Wellen berührte sein Ellbogen flüchtig, kaum spürbar, ihr Bein, und er versank in ihrer Nähe.

Er sehnte sich nach dem, was Tau mit Quell teilte.

Eines Morgens, sie waren noch nicht lange unterwegs, wurde Tau von etwas geschüttelt, als er auf einer Decke auf dem Vorderdeck lag. Woge muss unseren Weg gekreuzt haben, dachte er schläfrig.

Das Schütteln wurde stärker. Stöhnend öffnete er ein glasiges Auge. Ein schmaler, rosafarbener Lichtstreifen zog sich im Osten über den Himmel. Quell hatte ihre Finger in seine Brusthaare verzwirbelt und zupfte an ihnen.

»Hee! Ummggh. Ist noch nicht mal hell.«

Quells Finger krabbelten kitzelnd über seine kurzen Rippen auf seinen Bauch zu. »Die anderen werden noch Stunden schlafen.«

»Gute Idee.« Tau richtete sich mühsam auf und sah sie aus verklebten Augen an.

»*Salamander* passt genau.« Quell war hellwach, angezogen und mit sich selbst zufrieden. »Du hast etwas Echsenartiges, wenn du gerade aufgewacht bist. Ein träger, hirnloser Blick, der sagt: ›Ich würde dich töten. Wenn ich mich bewegen könnte.‹«

Tau antwortete mit einem abwägenden Züngeln.

»Du bist schön, weißt du das?«, sagte Quell.

Tau blinzelte.

Quell grinste und streichelte sein bärtiges Kinn. »Eines Tages wirst du ein großartiger Liebhaber sein.« Dann stürzte sie vorwärts und warf ihn auf den Rücken. »Du siehst so hilflos aus!« Sie platzierte ihre Fäuste auf seinem Bauch und federte ein paar Mal auf und ab.

»Groooo!«, stöhnte er. »Du wirst noch das Wasser aus mir herauspressen.«

»Dann schau, dass du es loswirst.« Quell drückte ihn noch weiter hinunter, sprang dann auf und schlenderte über das Deck. Am Heckspiegel blieb sie stehen und sah zu, wie der Osten errötete. Das Licht breitete sich aus. Auf einer nahe gelegenen Insel wurden Bäume sichtbar und streiften ihre Schattenlaken ab. Quell schnupperte die nach Kiefern duftende Morgenluft.

Tau sah sie misstrauisch an. »Du siehst ziemlich selbstzufrieden aus.«

»Wer, ich?«

»Hmm.« Das Deck knarrte unter seinen Füßen, als er zu der mit Scharnieren versehenen Pforte an der Steuerbordreling schritt. Er schob seine Füße in die ledernen Kackriemen, die auf Deck festgeschraubt waren, und entriegelte die Pforte hinter sich. Zum tausendsten Mal dachte er, wie würdelos es aussah, wenn er Hintern voraus über dem Rand seines Kahns kauerte. Quell hatte sich züchtig abgewandt.

Die Kabinentüren knarrten. Großartig, dachte er. Ausgerechnet jetzt beschließt die Mannschaft, an Deck zu kommen. Während ihm das Blut ins Gesicht schoss, zog er sein langes Hemd hoch und hockte sich hin.

Die ledernen Fußriemen gaben nach.

Tau schrie auf und griff nach der Reling, doch es war zu spät. Sein Hemd bauschte sich bis zu seinen Ohren auf, während er hilflos über Bord stürzte und in die See platschte.

»Jemand hat die Riemen angeschnitten!«, prustete er und hustete einen Mund voll Salzwasser heraus.

Die anderen Eiländer beugten sich über die Reling. »Bei den kecken Brüsten der Sängerin!«, rief Gischt. »Ist es nicht ein wenig früh, um schwimmen zu gehen?«

»Wenn das deine Idee war, Gischt, du Ratte, steck ich dich in ein Einmachglas und werfe dich über Bord, du blutegelverseuchter Krabbenfänger!«

Quell stand kichernd neben Gischt. Beide wandten sich um und sahen Schegel an, die über der Reling hing und vor Lachen brüllte.

Tau holte Luft. »Ich hätte es wissen sollen.«

Aus Rache befahl er Schegel, jedes einzelne Brandloch in ihren Segeln zu flicken. Befriedigt sah er zu, wie ihr Finger unter dem Fingerhut immer blauer wurde.

Quell verbrachte ihre Tage damit, Schegel mit Geschichten zu unterhalten, und sie ließ sich bei jedem Spiel schlagen, das sie kannte, und bei einigen, die sie sich ausdachte. »Entweder das oder sie bringt uns alle aus schierer Langeweile um«, sagte sie, und Tau konnte ihr nur zustimmen.

Jo konnte sich natürlich jederzeit davonmachen und zu einer nahe gelegenen Insel fliegen, wenn sie etwas anderes sehen wollte. Die Eiländer gaben zu, dass sie das Gleiche tun würden, wenn sie dazu in der Lage wären, aber sie nahmen es ihr trotzdem übel.

Und um die winzige Welt der *Salamander* erstreckte sich das Meer. Seine gewaltige Größe machte ihr Gefängnis noch unerträglicher. Im hellen Licht des Tages zeichnete sich jeder Fels, jede Insel, jede Wolke und jeder kreisende Vogel deutlich ab. Ein Segel, das sich sanft blähte; das Kielwasser, das sich im Heck auffächerte; ein Fischadler, der hoch droben einen Schrei ausstieß – ein jedes hatte seine Gestalt und sein Geräusch und seine Bewegung. Klar, sicher, eigenwillig: Das war die Welt der Eiländer, die Welt des Meeres, die sie geschaffen und geformt hatte und sie wieder heimwärts rufen würde.

Sie segelten, während der Neumond zunahm, alterte und dahinschwand. Als er wiederkehrte, leitete er eine Jahreszeit mörderischer Hitze ein. Quell und Jo gingen eines Tages nach dem Mittagessen in die stickige Kabine, um sich vor der Sonne zu verstecken.

Wie sie aus dem hellen Frühlingstag hineinkamen, schien die Kabine düster und unangenehm vertraulich. Das Sonnenlicht glitt in blassen Strahlen durch die Fensterläden. Die silberäugige Jo saß auf ihrer Koje. Ihre dünnen Finger legten Schnur bereit, die ihr Tau gegeben hatte, damit sie Knoten übte. »Palstek …« Sie rückte zur Seite, um Quell Platz zu machen.

»Einmal drum herum und aufwärts durch die Schlaufe …«, half Quell.

»Hinter dem Baum hindurch und wieder durch das Loch hinunter. Ich erinnere mich.« Jo hielt ihren Knoten hoch. »Wird das genügen?«

»Meinen Ansprüchen schon.«

»Und Taus?«

Quell lachte. »Hat er dich gedrillt?«

»Gnadenlos.«

Quell lächelte. Sie betrachtete Jo wohlwollend, bewunderte ihre Schönheit. Die Scheme war nicht anmutig, aber sie war sich ihres Körpers bewusst, seiner Bewegungen und seiner Gestalt.

Die Scheme verzog das Gesicht. »Der Palstek ist der einzige Knoten, an den ich mich erinnern kann.«

Quell beugte sich neben Jo vor, berührte sie fast. Sie sortierte die Schnurstücke, bis sie zwei von gleicher Dicke fand. »Dann werde ich dir einen weiteren beibringen.

»Welch Wonne! Wie heißt er und wozu ist er gut?«

»Ein Reffknoten. Damit verbindest du gleich dicke Taue. Außerdem binden wir mit diesem Knoten unsere Schuhe«, fügte sie hinzu und stemmte einen Fuß gegen den Spind. Ihr langes Hemd rutschte ihr Bein hinauf, bis zwei Handbreit über ihr Knie. Sie spürte Jos Blicke.

»Ich verstehe.«

Quell schnürte ihre Stiefel auf und verstaute sie unter der Koje. Sie strich ihr Hemd glatt und wackelte mit den Zehen. »Der Reffknoten ist ziemlich einfach.«

»Dann müssten unsere Seeleute Gefallen an ihm finden.«

»Rechts über links, und dann links über rechts«, sagte Quell und machte es vor. Jo trug ihr Haar offen. Es wehte ihr spinnwebenfein über die Schultern. Sie duftete nach kühlen Blüten. »Oder andersherum. Warum sagst du das? Hältst du uns für einfältig?«

»Dich nicht.«

Das Licht, das durch die Fensterläden fiel, streifte sie beide mit Licht und Dunkelheit. »Guter Knoten«, sagte Quell.

»Gute Lehrerin.«

Jo blickte Quell erneut unverwandt an, und wieder wandte Quell den Blick ab. Sie musste an die Leere denken, die sie an jenem Tag in Jo gespürt hatte, als sie sie am Strand gefunden hatte. Wie sie jetzt alleine mit ihr in der Kabine saß, spürte Quell diese Leere wie eine Sturmflut, die sie aufs Meer hinauszog. Jo war mächtig. Sie hatte zugelassen, dass sie mehr als ein Mensch wurde. Sie konnte überallhin gehen, alles wagen, jede und jeder sein … weil sie in ihrem Innern *nichts* war.

Etwas in Quell sehnte sich nach dieser Freiheit. Fast konnte sie die himmelweite Leere berühren. Aber sie wurde zurückgehalten, mit Tau und Schegel verstrickt, mit Fink und Alster, Otter und Stein: ihre Freunde, ihre Familie, ihr Leben auf Wolkenriff.

Neben ihr flochten die langen, weißen Hände der Scheme Schnüre, schlangen einen Knoten aus zwei Tauen, banden sie aneinander. Quell zitterte in der drückenden Hitze. Sie sah sich in Jos leeren Augen, und sie hatte Angst. »Gut. Guter Reffknoten. Hier ist noch einer, den du brauchen wirst.« Quell suchte zwei Stücke Schnur aus, das eine dick, das andere viel dünner. »Das ist ein doppelter Schotstek. Um zwei Stränge von unterschiedlicher Dicke zu verbinden. Nimm das stärkere Stück und bilde eine Schlaufe.«

Jo rutschte näher. Stoff raschelte an Stoff, als sich ihre Beine berührten. Sie beugten sich über den Knoten. Weiße Haarsträhnen strichen über braune.

»So. Siehst du?«

Quell spürte ein Zögern, wie wenn das Schiff auf einem Wellenkamm erzitterte, bevor es in die dunkle See hinunterglitt.

Jo streckte die Hand nach dem Knoten aus und berührte ihre Finger. Wildheit dehnte sich in Quell aus, Schwäche und Stärke, Aufruhr in ihrem Blut. Jo berührte sie so lange, bis Quell gezwungen war, den Kopf zu drehen, sich Jos Hakennase zuzuwenden, ihren silbernen Augen. Sie leuchteten, spöttisch, zärtlich. Sie war wunderschön.

Jo lächelte, senkte den Blick und begutachtete ihren doppelten Schotstek. »Tausend Dank! Jetzt kann ich mithelfen. Ich falle euch nicht gern zur Last.«

»Du fällst uns nicht zur Last«, sagte Quell. »Du *bist* die Reise. Du bist Brands Beute und eine Strähne im Zopf der Sängerin. *Wir* sind es, die nur in deinem Kielwasser segeln.«

Jo spielte mit ihrem Knoten, zwei miteinander verschlungenen Schnüren, eine dick, eine dünn. »So oder so, die Zukunft wird sich um sich selbst kümmern.«

»Die Zukunft«, sagte Quell trocken, »wird sich um uns alle kümmern.«

Zwei Tage später gerieten sie in eine Flaute. Das Meer glänzte unter einem heißen weißen Himmel wie geöltes Glas. Quell stand am Heckspiegel und rang nach Luft. Das Meer, der Himmel, der unbarmherzige Himmel – sie waren so groß, so unmenschlich. Der Welt war sie, Quell, gleichgültig.

Planken knarrten, als Jo nach achtern kam. »Du denkst nach. Schlechte Angewohnheit. Verdirbt dir Haut und Haar.«

Quells Augenbrauen hoben sich. »Sag das zu Gischt. Es wäre ihm ein Trost, wenn er wüsste, warum er seine Haare verliert.«

Schegel kam um den Bug herumgeschwommen und winkte zu Quell hinauf. »Nur kurz mal schwimmen, um mich abzukühlen!«, rief sie. Und um Jo im Auge zu behalten, zweifellos. Quell verspürte ein leichtes Schaudern der Dankbarkeit.

»Die Hitze ist unerträglich.«

»Gib dich ihr hin.« Jo reckte sich verführerisch. »Du darfst das Wetter gar nicht beachten. Je mehr du das tust, desto mehr stört es dich.«

»Du schnappst ja auch nicht wie ein Fisch ohne Wasser«, sagte Quell verärgert.

Eine Fliege umkreiste träge Jos Kopf.

Jo schnappte wie ein Fisch, erwischte die Fliege in der Luft und schluckte sie hinunter. Sie grinste. »Betrachte es als neue Erfahrung. Es wird deinen Horizont erweitern.«

»Dir macht es Spaß, Leuten Angst einzujagen«, sagte Quell.

»Als ob einer Scheme etwas anderes übrig bliebe!«, fauchte Jo und wandte sich verlegen ab.

»Hee!«, schrie Schegel. »Hee, du! Gischt!«

Gischt setzte sich an seinem schattigen Plätzchen neben der Kabine auf. »Ich?«

»Ja, du. Hilf mir wieder an Bord.«

Er blickte mit zusammengekniffenen Augen auf das grelle Meer. Schegels Kopf und ihre nackten Schultern waren jenseits der Bordwand zu sehen. Er schluckte. »Bist du sicher, dass ich nicht Quell holen soll? Oder Jo?«

Schegel schüttelte ungeduldig den Kopf. »Sie spielen achtern Werk und Schläue. Wirf mal einen Blick hinüber – wenn die Scheme ihre Finger nicht um die Kehle unseres Mädchens gelegt hat, dann hilf mir hoch.«

Gischt streckte eine Hand aus. »Tau lauscht heimlich von seiner Hängematte aus, er stellt sich schlafend. Hoch mit dir.« Nicht für einen Moment ließ er seinen Blick von ihren Augen abschweifen.

Schegel kletterte herauf und stand nackt und tropfend auf Deck. Ihr glattes, schwarzes Haar klebte ihr an den Wangen. »Danke. Sag mal, weißt du noch, wie Tau geguckt hat, als ich die Kackriemen angeschnitten habe?«

»Du hast schöne Augen«, stellte Gischt fest. »Ein blasses Graugrün. Ziemlich ungewöhnlich.«

»Ich kann die Vorstellung nicht ertragen, bei dieser Hitze wieder mein langes Hemd anzuziehen.«

»Mit goldenen Flecken in der Mitte.« Seegrüne Augen, die vor Lebendigkeit leuchteten.

»Ich lasse mich erst mal trocknen.« Schegel legte sich auf dem Vorderdeck auf den Bauch. »Ach, Gischt.«

»Ja?«

»Du brauchst nicht mehr zu nicken.«

»In Ordnung«, sagte er forsch. »Trotzdem … Weißt du, Schegelfischchen, du hast dich ganz gut entwickelt.«

»Oh! Na ja.« Überrascht, wackelte Schegel mit dem Kopf, um das Wasser aus ihren Ohren zu schütteln. Sie freute sich, aber plötzlich machte es sie verlegen, nackt an Bord gekommen zu sein. »Nenn mich nicht so.«

Gischt grinste breit. Zum ersten Mal seit Tagen war mit der Welt alles in Ordnung.

»Hast du jemals dem Meer zugehört?«, fragte Quell. »Ich meine, wirklich zugehört. Nicht nur den Wellenkämmen oder einem einzelnen Meeresarm, sondern der ganzen See?«

Wellen murmelten um Jo herum, und hoch über ihr bot ihr der weltumsegelnde Wind seine Gesellschaft an. »Nein.«

»Warum nicht?«

»Ich würde durch die Planken tropfen und davontreiben.« Jo blickte über das Meer zurück nach Osten. »Mein Volk weiß, dass es nicht gut ist, zu genau hinzuhören. Kennst du die Geschichte von Zwinge?«

Quell schüttelte den Kopf.

»Zwinge war ein mächtiger Schemen, sehr begabt. Es wurde behauptet, dass er der Unterhaltung einer kleinen Welle den ganzen Fluss entlang folgen konnte. Als er noch jung war, heiratete er eine Frau aus dem Wald. Eines Sommers nahm er sich vor, die Sprache des mächtigen Gipfels oberhalb seines Zuhauses zu lernen. Während er dem Berg lauschte, wurde seine Haut so hart wie Stein. So harrte er viele Tage lang aus. Da geschah es, dass ein Feuer – Brands Feuer – die Wälder um seine Hütte herum zu verschlingen begann. Zwinge wurde plötzlich klar, dass seine Frau und sein Kind in großer Gefahr schwebten. Ohne nachzudenken sprang er auf, um sie zu retten.« Jo hielt inne und blickte auf das leblose Meer hinaus.

»Und?«

»Er zersprang in tausend Stücke.«

Quell stellte sich das vor: wie sich die Statue regte, Sprünge bekam und in tausend Felssplitter zerbarst.

Jo zuckte die Achseln. »Ein Schemen stirbt nie. Aber früher oder später verfangen wir uns im Netz der Welt. Überwältigt.« Sie sah Quell an. »Was für eine Geschichte ist das?«

»Ein doppelter Schotstek. Ein Sterblicher, dessen Geschichte sich in das Schicksal von Helden verfangen hat oder in das der Welt – das ist eine Schotstek-Geschichte. Davon gibt es viele.«

»Wie viele nehmen ein glückliches Ende?«

»Wie wird diese enden?«, sagte Quell. »Dieser doppelte Schotstek, den du zwischen uns geknüpft hast?«

Jo antwortete nicht.

»Das Meer brütet«, sagte sie einige Zeit später. »Der Himmel, die Sonne, der Dunst – keiner von ihnen spricht. Alle schweigen sie. Warten.« Jo ließ einen Blick über die *Salamander* gleiten, winzig in der Unermesslichkeit des Meeres. »Auf was immer sie warten – ich hoffe, wir sind ihm gewachsen.«

Der Tag erlosch langsam, aber die fiebrige Hitze hielt an. Quell und Gischt lümmelten sich im Schatten des Kabinendachs. Schegel, die sich wieder angezogen hatte, räkelte sich achtern. Tau stand stirnrunzelnd über die Karten gebeugt. Netz bockte an seinem Handgelenk und wurde bedrohlich violett. »Patz!«, grummelte Tau.

»Hmm?«, murmelte Gischt. Das Boot schaukelte ihn allmählich in den Schlaf. »Was fluchst du?«

»Seegang.«

Schegel blickte auf. »Hee! Das Schiff schaukelt. Warum herrscht bei einer solchen Flaute Seegang? Als ich schwimmen war, war alles so still wie nur was.«

Gischts Augen weiteten sich. »Und warum kommt er von Westen?« Er rappelte sich auf.

»Das werden mir hoffentlich die Karten verraten«, sagte Tau.

Eine Katzenpfote schlug nach dem Wimpel am Masttopp und verschwand.

Tau blickte erschrocken hinauf. »Sturm«, murmelte er. Die Eiländer sahen einander an.

»Er ist da«, flüsterte Jo. »Ich höre ihn kommen.«

Tau stand eine ganze Weile da, den Blick auf den westlichen Horizont gerichtet. Er spürte, wie sich die See unruhig unter seinem Schiff wand. Seine Stimme knisterte vor Anspannung. »Wahrscheinlich haben wir nicht mehr viel Zeit. Holt das Großsegel ein! Das Klüversegel lassen wir so lange wie möglich oben. Schegel, du hilfst Gischt. Quell und Jo, zurrt alles fest, was sich bewegt.«

Tau band sich am Steuerrad fest, und seine Mannschaft machte sich hastig an die Arbeit.

»Wenigstens bekomme ich einmal die Gelegenheit, meine Knoten anzuwenden«, brummte Jo.

Geölte Baumwolle knallte, als Quell eine Plane ausschüttelte. »Dort hinüber damit. Nein, über das Fass.«

»Beeilt euch!«, fauchte Tau.

Angespannt und ohne ein Lächeln erwiderte Quell den Blick der Scheme. »Wir Eiländer fürchten die See.«

Der Seegang wurde mit jeder Welle schwerer. Jeder neue Brecher warf die *Salamander* auf den Kamm eines höheren Hügels und schob sie dann in ein noch tieferes grünes Tal. Tau drehte bei, während Gischt und Schegel wie wild das Großsegel abtakelten.

»Das Marssegel?«, brüllte Gischt.

»Vergiss es! Kümmer dich um dein Geschirr!«

»Schaut!«, schrie Schegel. Eine schwarze Linie kam über die grünen Wellen herangerast und ein heulender Wind stieß auf sie herab. »Faden«, flüsterte sie.

»Achtung!«, brüllte Tau, und dann wurden sämtliche Wörter vom Sturm weggefegt.

Der Windstoß warf die *Salamander* auf die Seite, schwere Brecher erwischten sie voll querab. Eine riesige Welle brandete über die Decks. An den Masten knallten die Segel.

Die schlimme Bö erreichte sie genau in jenem Augenblick, als Gischt sich am Mast festbinden wollte. Das wirbelnde Donnern warf ihn so heftig gegen die Kabinenwand, dass ihm übel wurde. Dann begrub ihn die erste Welle, schlug seinen Kopf erneut gegen die Kabine und strömte seine Nase hinauf bis in die Lungen. Er brüllte und würgte Salzwasser, während die zurückweichende Welle versuchte, ihn ins Meer zu ziehen. Er packte eine Klampe auf dem Kabinendach und hielt sich daran fest, während die *Salamander* in das nächste Tal rauschte. Eine Wand weißer Gischt fegte über den Bug.

Mit ganzer Wucht dröhnte der Sturm in seinem Kopf. Er konnte das Donnern nicht von dem unbändigen Wind unterscheiden, von dem peitschenden Regen, dem Salzwasser, das ihm in den Augen brannte, in seiner Nase und in seiner Lunge.

Er schwand dahin.

Von der Wut des Meeres ausgelöscht, hatte er keine Gedanken mehr, keine Vorstellungskraft, keine Erinnerung, keine Ideen. Er hatte sich in ein Stück Tau verwandelt, ein Stück Holz. Der Himmel war eine dunkelviolette Wunde. Die Luft ertrank und stank nach Salz. Plötzlich war es kalt geworden. Ein weißer Vorhang fegte aus dem Sturm auf ihn zu: Hagel trommelte auf das schwarze Wasser.

Eine Hand packte ihn am Arm. Schegel kauerte neben ihm und versuchte, eine Leine um seine Taille zu binden. Mit ihrer linken Hand stimmte etwas nicht; ein steifer Finger ließ sich nicht knicken. Sie schrie ihn an, aber der Wind riss ihre Worte in Stücke und warf sie über Bord.

Sie wand das Tau um seine Taille. Der Hagel hatte sie fast erreicht. Sie packte seine Schultern und drehte ihn herum, beugte sich vor, bis ihre Gesichter sich berührten. »Geh in Deckung!«, schrie sie.

Sie hechtete zum Mast zurück und taumelte, als die *Salamander* nach backbord stampfte. In Gischt loderte ein winziger Funke wieder auf. Er versuchte verzweifelt aufzuwachen und den Mast zu erreichen, aber seine Finger lösten sich nicht von der Klampe.

Er brüllte. Ein Hagelkorn schlug gegen sein Handgelenk und er riss an seinen Fingern, bis sie sich öffneten. Er tastete sich zu Schegel hinüber, die eine Ecke des Großsegels über ihren Kopf hielt. Dann hatte auch er die Plane erreicht, hielt sie mit einer Hand hoch und packte mit der anderen Schegels Arm. Er klammerte sich an sie wie ein Ertrinkender an einen Sparren; er musste sich an einem Menschen festhalten, an etwas Lebendigem in dem grenzenlosen, sinnlosen Hass des Sturms.

Weißes Ungestüm brach über sie herein.

Als der Sturm sie erwischte, befand sich Jo mit Quell unter Deck und zog gerade ihre Regenjacke über. Der erste Windstoß warf sie auf den Kabinenboden. Donner riss den Himmel auf. Um sie herum schrie das Holz, und die Leinen sangen und rissen.

Angst spülte wie Galle ihren Rachen herauf. Sie war in einem hölzernen Ei gefangen und würde bald zwischen Meer und Himmel zerquetscht werden. Die Welt heulte durch sie hindurch. Sie wusste nicht, was sie sonst hätte tun sollen, also blieb sie in menschlicher Gestalt. Wenn sie dem Sturm nachgab, würde er sie zu nichts zerreißen.

Doch was würde geschehen, wenn sie auf ihre Zwilling lauschte, während Quell ertrank?

Dann fiel der Hagel über sie her und trommelte auf das Kabinendach. Jo heulte wie der Sturm. Sie war im Rollen des Donners gefangen, in einem wogenden Nest des Hasses. Sie würde sterben. Ihr dünner Fleischkäfig würde sich mit Wasser füllen, in ihm gefangen würde sie ertrinken, und der grausame Wind würde vor Freude schreien.

Es sei denn …

Sie konnte sich ihm zugesellen. Sie konnte sich in die Freiheit emporwerfen. Auch sie konnte vor Freude singen, durch die Wanten schießen und auf den wilden Blitzen reiten.

Quell schluchzte und schrie neben ihr, doch Jo hörte nur die Wellen, den Wind und das Meer.

Es Gibt Nichts, Das Mir Auf Ewig Widersteht.
Selbst die Fische, denen ich Leben gebe, gebe ich
wieder anderen, damit sie leben.
Selbst die Knochen der Bäume bleiche ich.
Selbst die Menschen gehen unter, am Ende ihrer Kräfte.
Selbst das Feuer ertränke ich mit kühlen Faden.
Selbst den Sand stampfe ich zu Stein.
Selbst den Nebel schäume ich in die Welt.

Alles Ist Veränderung, Und Ich Bin Diese Veränderung.
Wenn der blaue Himmel vor Wolken schwarz ist, bin ich
jene Finsternis.
Wenn die Dürre scheitert, und der Regen kommt, bin ich
jenes Leben.
Wenn sich die Himmel öffnen, und die Flut herabstürzt, bin ich
auch jener Tod.
Wenn die Wasser sich teilen und das Kind geboren wird, bin ich da.
Wenn das Neugeborene stirbt, und Trauer aus den Augen der Menschen
tropft, bin ich jene Tränen.
Ich bin die Welt, und ich bin der Lauf der Welt.
Ich wässere die Wüsten, ich fresse die Berge, ich tanze
mit dem Mond!

Die *Salamander* hatte einen Wellenkamm erklommen und hing mit starker Schräglage in der Luft. Dann riss die mörderische See sie hinab. Mit zerstörerischer Wucht landete sie flach auf ihrem hölzernen Bauch und lag reglos auf dem Wasser. Eine weitere Welle erwischte sie am Bug, und eine brodelnde, tobende Wand schlug die Kabinentüren ein. Sie stürzte sich auf Quell und Jo und drückte sie gegen das Achterschott.

Das Schiff schlingerte, erzitterte und nahm dann wieder Fahrt auf. Quell rappelte sich auf, bis zu den Knien im Wasser. Sie waren kurz davor, ihren Freibord zu verlieren. Sie mussten so schnell wie möglich die Luke schließen und schöpfen. Die Welle hatte die Kabinenlampe ertränkt, sie und Jo befanden sich in vollständiger Finsternis. Sie würgte und hustete Salzwasser durch die Nase. Hagel heulte und schlitterte den Niedergang herab. Die Welt bestand nur noch aus dröhnendem Hagel, stöhnendem Holz und erstickender Schwärze.

Sie verbrachte eine Ewigkeit an den Achterschott der Kabine gepresst und starrte in die Finsternis. Im Hagelsturm konnte sie nicht auf Deck gehen. Aber jedes Mal, wenn sich das Schiff auf die Seite legte, musste sie den Drang niederkämpfen, nach oben zu stürzen. Alles, alles, nur nicht unter Deck gefangen sterben, mit angehaltenem Atem, bis die See sie erwürgte. Sie erinnerte sich an Blütes aufgedunsenen Körper; sie war letzten Sommer ertrunken und an der Kralle angespült worden. Das Wasser war ihr aus dem Mund gelaufen. Krabben hatten ihre Lippen und Augen gefressen.

Quell tastete in der Dunkelheit nach Jo. Es war unmöglich, über dem Toben des Sturms etwas zu hören. Die Scheme mochte bereits tot sein, von einer großen Welle bewusstlos geschlagen und ertrunken. Sie mochte unter der Steuerbordkoje eingekeilt sein oder mit dem Gesicht nach unten am Niedergang treiben, die langen weißen Haare wie Seetang im schwarzen Wasser ausgebreitet.

Oder sie mochte eben jetzt ertrinken, um Hilfe rufen, unter einer Truhe oder einem Wrackteil eingeklemmt und gurgelnd. Vor Grauen schreiend stolperte Quell in der Kabine umher, das Wasser bis zur Taille. Sie keuchte bei jeder Berührung, bis sie Jos Arm fand und ihn packte.

Das Fleisch der Scheme gab unter ihren Fingern wie eine Qualle nach und Quell schrie. Sie würgte und presste ihre Kiefer zusammen, bis sie wieder atmen konnte. »Jo! Wir brauchen dich hier, Jo.« Sie konnte sich kaum selbst schreien hören.

Jos Arm zitterte und wurde fester. »So ist gut! So ist gut«, rief Quell. »Komm zurück. Komm zu uns zurück. Weiter so. Der Sturm ist fast vorüber«, log sie verzweifelt. »Sobald der Hagel nachlässt, gehen wir an Deck.«

Endlich spürte sie, wie die Hand der Scheme nach der ihren tastete.

Oben schäumte das Wasser über das Vorderdeck und lief den Mast hinunter. Der Hagel war peitschendem Regen gewichen. Salzwasser stürzte aus allen Richtungen auf Schegel ein. Die überlastete Sturmfock trieb das Boot auf seine Steuerbordseite. Hochtakelung und Rahen drehten sich im Kreis, als flehten sie um Hilfe. Überall um sie herum türmten sich Wälle schwarzen Wassers auf und verschwanden wieder, von der Tiefe verschluckt.

Schegel wütete gegen den Sturm. Sie wollte ihm wehtun, ihn töten. Ihr juckte es in den Händen, eine Leine zu packen oder das Steuerrad zu übernehmen, zurückzuschlagen. Delta, dachte sie wütend. Das Festland. Die Nordwüste und die Dschungel der Lianne, die Graslande im Westen und die merkwürdigen Bergstädte der Steinleute, die ewig lebten und auf Wolken schritten. »Du wirst mich nicht aufhalten!«, schrie sie. »Weder Brand noch Faden oder sonst jemand!«

Der Wind heulte über ihren Fluch hinweg.

Der Bug der *Salamander* bohrte sich in das Herz der nächsten Riesenwelle. Ein enormer Wellenberg brandete über ihr Vorderdeck und warf das Beiboot in die Luft. Entweder die Klampen oder die Taue, die das kleine Boot hielten, gaben nach. Es überschlug sich nach achtern und drückte einen Teil des Kabinendachs ein. Es streifte Schegel und schleuderte sie gegen den Mast. Dann durchbrach es die Steuerbordreling und verschwand.

Salzwasser füllte ihren Mund, als sie zu schreien versuchte. Die Rettungsleine schnitt ihr in die Taille, als sie hilflos nach achtern gerissen und von einer Welle gepackt wurde. Sie krachte gegen die Kabine und spürte, wie sich etwas in ihre Schulter bohrte, ein Splitter oder ein Nagel. Salz brannte ihr in einem Dutzend Schnittwunden, und aus ihren Lungen hustete sie Meerwasser, keuchend vor Wut. »Noch nicht, ihr Schweinehunde!«

Sie war schwach und zitterte, als Gischt sie zurückzerrte. Schmerzen peinigten ihre Schulter, ihre Rippen, ihre Hände. Er streckte die Arme aus, um sie festzuhalten, aber sie geriet in Panik und schüttelte ihn ab. Ein tödlicher Griff. Sie durfte nicht zulassen, dass Gischt sich jetzt an sie klammerte. Noch hatte sie die Kraft zum Überleben. Sie durfte nicht zulassen, dass seine Schwäche sie mit hinunterzog. Sie wusste, dass sie ihm wehtat, als sie seine Hand wegschlug, aber sie musste es tun. Es war der einzige Weg, sich zu retten.

Den ganzen Sturm hindurch stand Tau wie eine Statue am Steuer und versuchte, das Ruder kraft seines Willens zu bewegen. Sein Schiff *musste* durchhalten.

Es war dunkel, unendlich dunkel. Die Welt bestand aus einem einzigen Brüllen. Er wusste nicht, ob die anderen lebten oder tot waren. Er war allein. Wind und Salz verschlossen seine brennenden Augen und er steuerte nach Gefühl. Sein rechter Oberschenkel zitterte, er musste sich unablässig gegen den Wind stemmen. Seine rechte Schulter fühlte sich an wie brennendes Gelee. Die See holte ihn, so wie sie Quells Eltern geholt hatte und Blüte. Wie sie die Menschen der Inseln immer schon geholt hatte, einen nach der anderen.

Er war allein. Allein und vollkommen bedeutungslos. Der Sturm kämpfte mit dem Ruder und dadurch mit ihm. Ob er sich jetzt oder später ausruhte, machte keinen Unterschied. Niemand würde je erfahren, wenn er das Steuerrad losließ, wenn er gegen den Mast stürzte und zuschaute, wie der Sturm sie den ganzen Weg zurücktrieb: an Petze und Zinken vorbei, Rainfarn, Viergipfel und Kiefernbucht, Riesengruft, Windhang, der Harfe und Doppeladler, an Wolkenriff vorbei, nach Osten, in den Nebel hinein.

Hundertmal hatte er die Hoffnung bereits aufgegeben. Und hundertmal zwang er sich, noch ein wenig länger durchzuhalten.

Endlich kündete ein blasses, kränkliches Licht von der Ankunft der Dämmerung, von Gischt und peitschendem Regen durchnässt und bar jeder Hoffnung. Der räuberische Wind ließ die Masten erzittern, ließ die Leinen zucken und sirren.

Ein explosionsartiger Knall ertönte. Anstelle des Marssegels schlangen sich knatternde Wimpel um die Stagen und Wanten. Die *Salamander* fiel von einer Klippe aus Wasser hinab. Die nächste Welle raste mit heimtückischer Geschwindigkeit heran, erwischte sie mittschiffs und warf sie auf die Seite. Sie legte sich wie ein totes Ding nieder, neigte sich fast um sechzig Grad. Die Mannschaft baumelte von den Masten und zappelte wie verrückt, als das Meer sie das Deck hinaufjagte. Sie fragten sich, ob es innehalten würde oder ob sie schließlich doch untergehen würden.

Eine Ewigkeit später hatte der Sturm seine Kraft verbraucht. Die Wolken splitterten und taumelten ostwärts. Die Mannschaft der *Salamander* war übel zugerichtet, steif vor Kälte, Schlafmangel und Hunger.

Kraftlos verfluchte Schegel das Meer.

»Refft das Großsegel.« Taus Stimme war heiser. Gesicht und Bart waren von Salz überkrustet. Er drehte sich nicht um, um nach seiner Mannschaft zu sehen; sein Körper war festgefroren, mit dem Steuerrad verschmolzen. Ob offen oder geschlossen – seine Augen sahen nur brodelndes Meer. Sein rechtes Bein zuckte und zitterte.

»Was?«, sagte Schegel benommen.

»Das Großsegel«, flüsterte er. »Refft und setzt es.«

Betäubt vor Unglauben kletterten Schegel und Gischt über das krängende Deck, krochen über Sparren, vertrauten nur ihrem Gleichgewichtssinn, zu müde um missmutig zu reagieren. Jetzt, da es schien, als würden sie den Sturm überleben, war ihnen alles gleichgültig; sie hatten ihre Angst schon lange aufgebraucht. Sie gingen verrückte Risiken ein angesichts einer See, die schrecklicher war als alles, was sie bisher erlebt hatten, und das nur, weil sie weniger schrecklich war als vor Tagesanbruch.

Das Großsegel flatterte nutzlos am Mast, wild luvend. Mit Quells und Jos Hilfe gelang es ihnen, es nach Taus Anweisungen zu reffen und zu setzen. Es blähte sich mit einem Knall wie ein Donnerschlag.

Die *Salamander* begann seitlich durch das Wasser zu ziehen. Wieder und wieder spülte die schäumende See über das Deck und haschte nach ihren Füßen. Sie gingen eine turmhohe Welle von der Seite an. »Hart leewärts!«, rief Tau und zerrte mit aller Kraft am Steuerrad. Sein Ruder fasste, und der Bug der *Salamander* drehte sich in den Wind.

Er passte es perfekt ab. Genau als sie den Kamm der Welle erreichten, blähte der Wind von steuerbord das Segel. Die *Salamander* bockte, schüttelte ihren Kopf wie ein Wildpferd und krängte nach backbord.

Ein Ozean strömte von ihren Decks. Wie ein mächtiges Tier blutete sie aus vielen Wunden. Kleider und Taue und Verpflegung und zerschlagenes Geschirr wurden mit der Flut ausgespien. Eine Wintersegeljacke, die Schegel von ihrem Vater geschenkt bekommen hatte, trieb mit ausgebreiteten Armen vorbei, wie ein ertrunkener Seemann mit dem Gesicht nach unten.

»Gib mir das zurück!«, brüllte Schegel.

Aber Tau sagte: »Lass es ziehen, Schegel. Du weißt, was die See fordert.«

»Alles«, sagte Quell. »Früher oder später.«

TEIL ZWEI

Die Kriegsschlaufe

Kapitel 7
Hasel Flecht

Die drei Inseln von Delta, auf deren Eroberung er so viel Mühe verwandt hatte, kamen Hasel Flecht jetzt winzig vor. Ihre Häuser und Häfen und murrenden Bewohner glichen Treibgut, das einen Augenblick lang auf drei kleinen Felsen ruhte, bevor es von der nächsten Welle davongespült wurde.

Die See, die See: ein riesiges, blindes, tapsiges Tier, das sich um Delta kräuselte. Er war zu groß, dieser formlose, grünblaue Ozean. Flecht war ein Waldländer und seine Augen konnten den leeren Blick der See nicht lange ertragen. Und so stand er am Westfenster seiner gekaperten Unterkunft und begutachtete seinen Preis ohne Selbstgefälligkeit.

Delta gehörte ihm. Direkt unterhalb seines Fensters schlängelten sich die gepflasterten Straßen des Fußes steil zur Wasserlinie hinunter. Windzerfurchte Seeleute und Hafenarbeiter mit muskulösem Brustkorb bummelten die Straße entlang und versuchten, die Soldaten vor seiner Tür nicht anzuschauen. Unten in den Docks waren die Hälfte der Liegeplätze leer. Manche Deltaner waren während der ersten Scharmützel geflohen oder hatten sich davongeschlichen, als Flechts Leute die Herrenhäuser auf der landwärts gelegenen Seite des Fußes einnahmen.

So nahe am Land regte sich das Meer unbehaglich. Auf seiner Oberfläche glitzerte grelles Licht und schmerzte in den Augen, als hätte eine Armee in Blaugraugrün ihn eingeschlossen, die nur sichtbar war, wenn die Sonne von ihren Waffen reflektiert wurde. Hasel Flecht mochte die See nicht. Ihre unfruchtbare Leere stieß ihn ab. Wenige Tage nach ihrem Eroberungszug war ein mächtiger Sturm mit solcher Wut und geballter Kraft über Delta hergefallen, wie er es sich nie vorgestellt hatte. Aber um die verbliebenen Inseln einzunehmen, musste er dieses Wasser überqueren.

Er brauchte Eiländer, entschied er. Eiländer, mit denen er verhandeln konnte, die seinen Männern beibringen konnten, über das offene Meer zu segeln. Aber Delta war alt und wohlhabend. Die meisten Bewohner der Inseln mussten nie außer Sichtweite festen Landes segeln. Und natürlich würden die Deltaner keine Lust verspüren, ihm zu helfen, nachdem er ihre Stadt erobert hatte.

Ihm würde schon etwas einfallen. Der Preis dafür, den Kaiser zu enttäuschen, war zu hoch.

Er kehrte an den Schreibtisch zurück, rieb sich die Augen, bis sie nicht mehr brannten, und nahm seine Feder zur Hand. Ihre schlanke Form zwischen seinen Fingern zu spüren schenkte ihm die gleiche Sicherheit, die ein Soldat fühlt, wenn er das Heft seiner liebsten Waffe packt.

Meine geliebte Blau,

meine Liebe kehrt einmal mehr zu dir zurück, in diesem schwerfälligen Käfig aus Tinte und Papier gefangen. Nur zu gut weiß ich, dass der Sommer vorbei sein wird, bevor du diesen Brief erhältst.

Meine Gedanken durchqueren die Wildnis
So schnell das Auge fliegt
Während auf dem Boden der Marsch eines Sommers
voll planloser, wegloser, blattweise erzählter Lügen liegt.

Einsamkeit blies durch Flecht hindurch wie der Wind durch die Äste einer Weide.

Er musste vorsichtig sein; sein Brief würde sicher geöffnet werden, der Kaiser würde eine Abschrift erhalten. Flecht runzelte die Stirn. Der Kaiser würde wissen, dass er, Hasel Flecht wusste, dass der Brief geöffnet werden würde; jede Kritik an der kaiserlichen Politik würde als vorsätzliche Beleidigung gewertet werden, und kein Bronze ließ sich gern beleidigen.

Hasel Flecht wünschte sich vor allem, diese Invasion abzubrechen und zu seiner Familie und auf seinen Landsitz zurückzukehren. Er musste diskret sein.

Die Dinge laufen gut – sofern ein Krieg gut laufen kann. Als ich dir das letzte Mal schrieb, hatten wir unsere Zelte auf den Graslanden aufgeschlagen, und ich hoffte, bleiben zu können. Ich war der Meinung, dass uns das Feuer dort nicht erreichen könne, und ich wollte den Wald nicht aus den Augen verlieren. Wir fühlten uns alle nackt und unwohl unter dem starrenden Himmel.

Aber es obliegt dem Kaiser, viele Schatten zu werfen. Er darf sich nicht dazu hinreißen lassen, dem Heimweh seiner Truppen nachzugeben. Er befahl uns weiterzuziehen und forderte sicheren Schutz vor dem Feuer, bevor wir unsere Suche beendeten. Die Sicherheit der Clane, so sagte er, müsse uns stählen, damit wir die leeren Himmel des Nordens ertragen können.

Aber jetzt sind wir endlich dort ankommen, wohin das Feuer nicht reicht: Wir befinden uns an der See.

Ich kann dir die Trostlosigkeit des offenen Meeres nicht beschreiben. Sein Volk ist über tausend Inseln verstreut, die sich weit in den grenzenlosen Osten hinziehen. Viele dieser Inseln sind bewaldet, und darauf richtet sich meine Hoffnung. Was uns die Laube ist, ist die Stadt Delta dem Volk der

Meere. Sie erstreckt sich über drei Inseln vor der Mündung des großen Flusses, den sie Ader nennen. Ich führte meine Männer weit stromaufwärts. Aus dem Holz des Flusstales bauten wir eine Flotte von Flößen, wie sie im Land deiner Mutter eingesetzt werden. Wie angemessen, dass die See mit Hilfe des Waldes umstellt werden sollte! Als die Flöße bereit waren, trieben wir auf Delta hinab.

Unser Sieg war leicht und vollständig. Dieses Volk ist bar jeden Kriegshandwerks. Meine Männer landeten, während ich verhandelte. Einige wenige Einheimische wehrten sich, als sich abzeichnete, dass sie ausgebootet worden waren, aber das waren keine ausgebildeten Soldaten, und unsere Zerstäuber jagten ihnen Entsetzen ein. Der Kampf war vorbei, bevor er angefangen hatte.

Kurz gesagt, die Hauptstadt war unser.

(Flecht fluchte leise, als erneut ein Tintenklacks von seiner Feder tropfte.)

Im Großen und Ganzen ist ihre Zivilisation weniger vielfältig als die unsere, und weniger schön. Wie du sehen kannst, sind ihre Tinte und ihr Papier sehr primitiv. Sie haben nur wenig Gespür für Kunst und Gestaltung, und ihnen fehlt jede Finesse. Zu dieser Feststellung gibt es natürlich Ausnahmen. Sie tragen Leder von einer außergewöhnlich feinen und geschmeidigen Narbung, das sie aus Aalhaut herstellen! Sie lieben Knüpfarbeiten und Stickereien und stellen aus Muscheln und Elfenbein einfallsreichen Schmuck her. Sie tragen ihr Haar lang, zu zwei oder mehr Zöpfen geflochten und von Knoten und Elfenbeinnadeln gehalten – eine gute Idee, denn das lenkt den Blick von ihren Gesichtern ab, die vom Wind zerfurcht und von der Sonne gegerbt sind. Vor allem bauen sie wunderschöne Schiffe, äußerst kunstvoll verziert und von ausgeklügelter Bauweise. Ich bin mir sicher, dass wir ausgesprochen hilflos wären, würden wir versuchen, mit einem zu segeln.

Eine kleine Gruppe von Eiländern hat sich unserer Besetzung tatkräftig widersetzt. Sie werden von einem Mann namens Sieben angeführt. Aufgrund seiner erstaunlichen Kampfkünste glaube ich, dass es sich bei ihm um Bronze Spross' berühmten Inselschüler handelt. Als echter Krieger ist er unter seinem Volk eine Kuriosität, aber es fehlt ihm an Gewandtheit und er stellt keine große Gefahr dar. Zwar mag es seinen Männern möglich sein, unsere schwerfälligen Flöße auf offener See abzufangen, aber sie verfügen über keine Pechgranaten; wir werden ihre wunderschönen Schiffe unter ihnen wegbrennen.

Es ist natürlich möglich, dass sie mit der Zeit Verteidigungswaffen entwickeln werden. Ich gedenke, dem Kaiser vorzuschlagen, dass wir versuchen sollten, mit den Eiländern gemeinsam zu leben. Viele Inseln hier sind gar nicht oder nur spärlich besiedelt. Die Eiländer ziehen es vor, nicht auf den dichter bewaldeten Inseln zu leben. Sie bevorzugen Landstriche, die sie bestellen können. Wenn wir uns beeilen, ihnen vom Feuer zu erzählen, und ihnen dadurch unsere Notlage verständlich machen, wird es uns vielleicht gelingen, ein freundschaftliches Verhältnis mit ihnen auszuhandeln. Lieber würde ich die Lehre von Wind und Wasser von den Eiländern lernen als von der grausamen See. Erst vor einer Woche wurden wir von einem Sturm heimgesucht, der denjenigen unbegreiflich war, die unter versöhnlichem Laub aufgewachsen sind.

Einige sagen, dass der Kaiser den Funken angenommen hat; dass er von einer zwanghaften Eroberungssucht getrieben ist. Ich glaube das nicht. Ihm liegt das Wohlergehen unseres Volkes am Herzen. Ich bin überzeugt, dass er umsichtig handeln wird.

Schließlich haben die Eiländer noch keine Erfahrung in der Diplomatie. Ihnen fehlt die Spitzfindigkeit: Leicht lassen sie sich täuschen, schnell sind sie durchschaut. Das endlose Meer, eine mit schmucklosen Inseln übersäte Leere, hat sie in entsprechender Einfachheit geformt. Eine solche Klarheit besitzt ihren Charme, aber letztendlich sehnt man sich nach der geschmeidigen Kultiviertheit des Lebens, das sich in einem Labyrinth aus Ästen entfaltet …

gertenschlanke Sängerin apfelgelb blitzendes Lächeln heimlich-unterm-Blatt
anmutige Schönheit lachende weise Frau
Herzenshüterin
Gattin und Freundin
Geliebte
Der verirrte Hänfling singt in der kühlen grünen Luft von Traurigkeit:
»Jenseits der Blüte wartet die süßeste
Frucht.«

Weide Blau, ich vermisse dich.
Dein Gatte,
Hasel Flecht

Sorgfältig faltete er den Brief, versiegelte ihn mit Wachs und adressierte ihn mit seiner verschlungenen Handschrift.

Es klopfte an der Tür.

»Herein.« Hasel Flecht tupfte seine Feder trocken. Deltaner Tinte klumpte mit ärgerlicher Geschwindigkeit, wie Blut.

Sein Leutnant trat ein und verbeugte sich zackig. Speer war eindeutig eine

Esche: aufrecht, energisch, geradlinig. »Entschuldigt die Störung, Herr. Neuankömmlinge.«

»Sehr gut.« Flecht erhob sich und schloss die Fensterläden wider das glitzernde Licht aus dem Osten. Im Zimmer wurde es dämmerig.

»Sie ist heute Morgen mit Müh und Not eingelaufen. Fünf Stangen, würde ich sagen – vielleicht etwas länger. Dachs und seine Leute haben sie am Dock in Empfang genommen. Der Kapitän hat mit Befehlen nur so um sich geworfen, von wegen der Kahn müsse repariert werden. Dachs hat lange genug genickt und gelächelt, bis sie festgemacht war. Als sie merkten, dass das keine Deltaner waren, war es zu spät. Kein Kampf, aber zwei Seeleute hatten ein loses Mundwerk.«

»Hoffentlich hat Dachs' zartes Gemüt das unbeschadet überstanden.«

Speer grinste. »Oh, er wird sich erholen. Wäre er jedoch ihren Aufforderungen gefolgt, würden wir ihn morgen begraben. Oder ihn als Kuriosität nach Laube zurückschicken.«

Manchmal war Speers Sinn für Humor etwas grob, aber er war so weit ganz helle und ein treuer Soldat. Das waren Eschen immer.

»Wir benötigen einen Eiländer, der mit uns zusammenarbeitet«, sagte Flecht. »Sie kennen den Wind. Sie kennen das Meer.«

Speer nickte unruhig. »Da wären noch die beiden Dornen, die uns der Kaiser mitgeschickt hat.«

»Verschone uns! Nutzlos und auch noch widerwärtig. Nein. Angenommen wir foltern diesen Kapitän. Er stimmt zu, uns alles zu verraten. Woher wissen wir, dass er die Wahrheit spricht?«

Speer zuckte die Achseln.

Das Alter hatte Flechts schwarzes Haar weiß gesprenkelt und hätte seinen feinen Gesichtszügen eine ruhige Sicherheit verliehen, wären da nicht seine merkwürdigen haselnussbraunen Augen gewesen. Sie veränderten sich mit dem Licht, waren weder grün noch grau noch blau. Von Zeit zu Zeit bemerkten selbst diejenigen, die ihn gut kannten, einen geheimnisvollen Gesichtsausdruck, als würde Flecht die Dinge anders wahrnehmen, doch aus Höflichkeit oder Zurückhaltung seine Meinung für sich behalten.

»Wir können nicht segeln. Wir kennen die Gegend nicht. Unser Eiländer könnte uns auf Klippen lenken oder auf das weglose Meer hinaus.«

»Wir könnten ihn zwingen, das Schiff zu steuern.«

»Wenn du gezwungen würdest, einen Überfall auf Laube anzuführen, würdest du zögern, den Feind unter Einsatz deines Lebens in die Irre zu leiten? Natürlich nicht.«

»Vielen Dank, Herr.«

»Die Meeresleute sind keine Soldaten, aber sie sind auch keine Feiglinge.«

»Warum sollte ein Eiländer uns helfen?«

»Das ist die Frage.« Flecht grübelte lange Zeit, während Speer aufmerksam und unerschütterlich vor seinem Schreibtisch stand. Schließlich regte sich der Kommandant. »Mir ist da etwas eingefallen. Bring die Eiländer zu mir.«

»Jawohl, Herr.«

»Und sorge für Verpflegung. Gut, aber einfach.«

»Jawohl, Herr.« Speer verbeugte sich noch einmal zackig und eilte aus dem Zimmer. Ein schlichtes Gemüt, dachte Flecht. Das war gut so. Schlaue Untergebene waren bekanntlich problematisch.

Das wusste der Kaiser ebenso gut wie er. Wäre Laube für Hasel Flecht noch sicher, wenn er diesen Feldzug erfolgreich zu Ende führte? Sehr wahrscheinlich nicht. Es wäre klüger, wenn Blau die Hauptstadt verließe; für einen Bronze, der auf den Erfolg seines Generals eifersüchtig war, war sie vielleicht eine zu verlockende Geisel. Flecht erbrach das Siegel an seinem Brief und entwarf mit großer Geduld einen neuen. Dieses Mal würde er die Kühle der Flüsse in Weide rühmen, die Schönheit des Herbstes dort, und er würde vorschlagen, dass sie die Kinder für eine Jahreszeit dorthin brachte.

Er tauchte seine Feder ein und begann zu schreiben.

Acht Soldaten geleiteten die Mannschaft der *Salamander* in Flechts Arbeitszimmer.

»Häng dir eine Lamprete an die Eier und reiß dran«, sagte Schegel zu ihrem Wachmann, als sie ins Zimmer stolzierte. Die Tage seit dem Sturm waren lang gewesen und die Rationen knapp. Die Ärmel ihrer Jacke waren übel zerrissen und auf ihrer Schulter hatte sie immer noch hässlichen roten Schorf, wo sie während des Sturms von einem Nagel erwischt worden war. Ein verblassender Bluterguss ließ ihren finsteren Blick nur noch wilder erscheinen, und ihre rechte Wange war von Kratzern überzogen. Ihr Haifischzahnohrring hing als weißer Haken zwischen verfilztem schwarzem Haar und braun gebrannter Haut.

»Was für Narren habt Ihr dort unten an den Docks?«, sagte Tau. »Wir durften nicht einmal die Schwimmer anbringen, bevor sie uns hier hochgeschleppt haben. Was immer Ihr von uns wollt, ein leckes Schiff wird Euch nichts nützen.«

Der Mann, der sie hatte gefangen nehmen lassen, war in dunkelgrünes Leder gekleidet. Er erwartete sie am Fenster und starrte nach Osten. Er war sehr klein, wie die meisten Soldaten, die sie gesehen hatten. Er warf einer Wache einen Blick zu. »Kümmer dich darum.«

»Jawohl, Herr.«

Gischt kam als Nächster. Seine Hände waren steif und geschwollen, und sein Kopf schmerzte wie an jedem Tag seit dem Sturm, doch als Einziger unter den Eiländern brachte er ein elegantes Auftreten zustande. Sein Zopf war wohlgepflegt, und während der Morgenwache, als die anderen noch mit dem Schlaf rangen, war Gischt früh auf gewesen, hatte seine Beine über das Heck baumeln lassen und seine zerrissenen Kleider mit flinker Nadel geflickt.

Vor Entsetzen war sein Hals wie zugeschnürt, und er konnte den Blick nicht von den Speerspitzen wenden, die auf ihre Rücken gerichtet waren. War er ein Feigling oder verbargen die anderen nur ihre Furcht? Sein Blick hastete über ihre Gesichter. Nein, Tau dachte an sein Schiff. Schegel war wütend, Jo fast spöttisch. Quell – Quell schmiedete Pläne, versuchte einen Ausweg zu finden. Er kannte diesen lammfrommen, abwesenden, trotzigen Blick. Ihm, nur ihm, war vor Angst um ihr Leben übel. Um sein Leben.

Und so redete er, redete, wie er es immer getan hatte, als ob reden irgendwie helfen würde, was es auf Wolkenriff noch nie getan hatte. Als würden die Waldländer nur seine Worte hören und nicht die Furcht in seiner Stimme. »Ich hätte Euch alle für kleine Jungs gehalten, aber sicherlich lassen nicht einmal Waldländer ihre Kinder mit gefährlichen, scharfen Waffen spielen.«

»Wir wissen alle, wie ein gefangener Vogel singt«, sagte Esche Speer.

Jo kam als Letzte. Sie war keine weißhaarige Scheme mit silbernen Augen mehr, sondern eine stämmige Inselbewohnerin mit einem verblassenden Bluterguss auf der linken Wange.

Der Kapitän der Waldländer musterte sie alle von oben bis unten. »Hunger?«

»Und wie«, sagte Tau. »Wir haben den größten Teil unserer Vorräte im Sturm verloren.«

»Da seid Ihr lebend hindurchgesegelt?« Der Waldländer blickte zum Ostfenster. »Das hätte ich nicht für möglich gehalten. Speer, lass bringen, was immer wir gerade gegessen haben. Sorge dafür, dass es für meine Gäste reicht.«

»Gäste!«

»Ich wollte nicht spotten, junge Frau.« Der Waldländer nickte Schegel zu. »Ich würde Gäste Gefangenen vorziehen.« Er durchquerte das Zimmer und setzte sich auf die Schreibtischkante. »Ich heiße Hasel Flecht. Und Ihr?« Sie sagten es ihm, und Tau fragte ihn, was Waldländer auf der ersten Insel taten. Flecht hob die Hand, als Esche Speer mit einem Essenstablett zurückkehrte. »Alles zu seiner Zeit. Bitte frühstückt erst mit mir.« Er nahm ein eingelegtes Möwenei und aß es langsam, mit gerunzelter Stirn. »Schmeckt verdammt fischig, das da. Nun denn, meinem Magen ist es gleich.« Er goss kaltes Wasser in eine Schmelztontasse. »Ich habe den Befehl erhalten, für unser Volk einen Ort zu finden, an dem wir leben können.«

Gischt verschlang einen Kartoffelfladen und leckte sich die Finger. »Ihr habt die Bäume satt, was?«

»Das geht Euch nichts an. Der Kaiser glaubt, dass wir nicht mehr im Wald leben können. Aber hier können wir leben.« Flecht nahm sich eine Hand voll eingelegte Pilze und aß sie wie Nüsse. »Der Geruch hier gefällt mir nicht. Überall nasser Sand und Salzwasser. Ich vermisse den Geruch meiner Heimat. Aber Befehl ist Befehl. Wir verfügen über eine Armee und Ihr nicht. Wenn ich wollte, könnte ich den ganzen Archipel einnehmen.«

»Versuch es doch«, sagte Schegel.

»Ich könnte es. Ich will es nicht. Ich bin ein einfacher Mann, Schegel. Ich erledige die Dinge gern auf einfache Art und Weise. Euer Volk weiß Dinge über Wind und Regen, die wir erst in hundert Jahren lernen könnten. Eure Schiffe sind besser, Eure Seeleute sind besser. Ich hätte Euch lieber zum Freund als zum Feind.«

Gischt nickte und spülte einen Streifen gesalzenen Fisch mit einem Schluck Wasser hinunter. »Hat Euch Eure Mutter beigebracht, dass Ihr Freunde gewinnt, indem Ihr große Städte plündert, oder war das Eure eigene Idee?«

»Lasst das, mein Sohn. Ihr seid in keiner Position, mich zu ärgern. Ich hatte meine Befehle. Jetzt überlasse ich Euch die Entscheidung. Zeigt mir, welche Inseln wir haben können und wie wir dorthin kommen. Lehrt uns ein wenig Windweisheit. Im Gegenzug werde ich meine Truppen zurückrufen.«

Tau schüttelte den Kopf. »Herr Kommandant, das kann nicht klappen. Sobald Ihr versucht, Delta zu verlassen, werden unsere Schiffe Euch zerschlagen.«

»Wie? Ausgebildete Soldaten sind Fischern mehr als gewachsen, so tapfer sie auch sein mögen, und wir verfügen über zahlreiche Waffen. Wir können Feuer auf Eure schönen Schiffe regnen lassen und sie unter Euch wegbrennen.«

Tau antwortete nicht.

Quell sagte: »Woher wissen wir, dass Ihr Wort haltet?«

»Das wisst Ihr nicht.« Flecht lächelte nicht. »Aber ich werde es tun.«

»Die Gefangenen befinden sich unter strenger Bewachung«, erstattete Speer später an jenem Abend Bericht. Er blieb in der Tür stehen. »Werden sie Euer Angebot annehmen, was glaubt Ihr?«

Flecht sah von einem Stapel Kriegsberichte auf seinem Schreibtisch auf. »Und die Inseln verraten? Natürlich nicht. Noch nicht.«

Speer legte seinen Kopf schräg. »Aber dann … ich verstehe nicht.«

Flecht befeuchtete seine Fingerspitzen und reinigte damit die Spitze seiner Feder. »Das ist ganz einfach, Speer. Unser erstes Gespräch sollte nur nahe legen, dass ich bereit sein könnte, ehrenhaft mit ihnen zu verhandeln.«

»Deshalb habt Ihr die Maske des einfachen Mannes geschnitzt.«

»Hat sie dich nicht überzeugt?«

»Nun, jedermann weiß, dass Ihr nicht ... Ihr seid weitaus ...« Speer wurde rot und hielt unbeholfen inne.

»Weniger direkt«, schlug Flecht vor. »Ganz richtig. Allerdings kennen mich diese Eiländer nicht. Wenn uns das Glück hold ist, halten sie mich für einen bärbeißigen alternden Kapitän, der sich nach seinem Heimathafen sehnt. Was nicht ganz gelogen ist, darin stimmen wir sicher überein.«

»Es klang vernünftig, so wie Ihr es dargelegt habt.«

»Du bist zu freundlich. Aber niemand fällt eine solche Entscheidung nach der Vernunft. Ein Schatten – selbst der Schatten einer so großen Sache, wie der Krieg es ist – ist für einen Menschen noch nicht greifbar genug, um ihn dazu zu bringen, mir das Geheimnis seiner Lebensweise zu verkaufen. Wenn sie jetzt zu mir kämen, sollte ich nicht auf sie hören. Sie würden versuchen, mich hereinzulegen. Erst wenn sie in ihren Herzen wissen, dass die Konsequenzen des Schweigens weitaus schlimmer sein werden als diejenigen des Sprechens, werden sie uns etwas Lohnenswertes geben. – Jetzt werden wir ihnen gestatten, durch ›Zufall‹ etwas mehr zu erfahren. Eine Unterhaltung zwischen den Wachleuten dürfte genügen. Die Posten sollten ihr Spiel erst spät beginnen, und sie sollten flüstern, als wollten sie nicht belauscht werden.« Flecht runzelte die Stirn. »Aber erinnere die Wachen daran, dass sie deutlich sprechen; die Eiländer hören schlechter als wir.«

»Was ist, wenn die Gefangenen einschlafen?«

Flecht zuckte die Achseln. »Zweifellos werden ein paar von ihnen schlafen. Aber vor eine solche Entscheidung gestellt, werden sie sich streiten. Der eine oder andere wird zu wütend, zu nervös oder zu verärgert sein, um schlafen zu können. Die Wachleute sollten über den Kaiser sprechen.« Flecht hielt inne. »Wir bewegen uns hier auf dünnem Eis, Speer. Aber es geschieht zum Wohl der Clane, klar?«

Speer nickte. »Selbstverständlich, Herr.«

»Die Unterhaltung wird sich um die Blutrünstigkeit der Laube drehen. Du weißt schon, Soldatengerede: ›Es ist leicht, das Töten zu fordern, wenn man es nicht selbst tun muss ... Ich denke jedenfalls, dass er den Funken angenommen hat‹, und desgleichen mehr ... Um jene zu entmutigen, die ihn herausfordern wollen, hat unser Kaiser den Ruf kultiviert, brutal zu sein. Dieser Ruf muss nur ein klein wenig übertrieben werden, um für diese friedlichen Eiländer wie Wahnsinn zu wirken. – Suche dir morgen einen Mann mit einem guten Anteil Meer in den Gesichtszügen – Ulme Bach wäre gut –, und wirf ihn zu den Gefangenen hinein. Er wird erzählen, dass der Kaiser wahnsinnig ist, dass ich als Einziger zwischen dem Archipel und blutiger Verwüstung stehe. Da ich mich geweigert habe, in gewissen Gräueltaten zu schwelgen, habe ich mir bereits das Missfallen meines Herrn zugezogen. Nur der baldige

Erfolg meines Planes wird den Kaiser davon abhalten, mich abzuberufen und jemand Blutrünstigeren zu schicken.«

»Ihr möchtet«, sagte Speer langsam, »dass sie die Geschichte glauben, die Ihr ihnen erzählt habt, aber sie sollen sich einbilden, dass sie selbst darauf gestoßen sind. Ihr seid kein einfacher Mann, Hasel Flecht.«

Sein Kommandant zuckte mit den Achseln und überflog seinen neusten Brief an den Kaiser. »Die Natur legt selten einen geraden Pfad zwischen die Bäume.«

Speer hustete, nickte und räusperte sich. »Ist es wahr?«

»Das über den Kaiser?« Flecht blickte auf. »Selbstverständlich nicht. Lass dir etwas gesagt sein, Speer, und ich möchte das deutlich betonen.« Er hielt Speers Augen mit seinem Blick gebannt. »Den Kaiser verlangt es nur nach dem Wohlergehen der Clane. Der Kaiser ist über die Maßen vernünftig. Der Kaiser handelt ausschließlich im Auftrag seines Volkes. Jede andere Behauptung gleicht dem Kreischen der Eulen und dem Schreien der Esel.« Dann wandte er sich mit halb gesenktem Blick von seinem Untergebenen ab. »Und der Kaiser hegt verständlicherweise tiefsten Widerwillen gegen Verleumder. Verstehst du mich, Speer?«

»Das hoffe ich, Herr.«

»Das hoffe ich auch. Jetzt muss ich mich wirklich wieder diesem Brief zuwenden. Hole mir bitte meine Tambra, bevor du dich zurückziehst, ja? Ich möchte heute Abend noch spielen, bevor ich schlafen gehe.«

Speer verbeugte sich, zog sich aus dem Zimmer zurück und ließ Hasel Flecht allein im blassen, meerfarbenen Licht des Spätnachmittags zurück.

Auch nachdem die Dunkelheit endlich hereingebrochen war, brachte die Nacht für die Eiländer keine Erleichterung. Sie waren in das Schlafgemach eines Hauses eingepfercht, das vor wenigen Tagen noch einem reichen Kaufmann gehört hatte.

Quell lag schwitzend auf der linken Seite des allzu weich gepolsterten Bettes. Schegel lag neben ihr. Als Quells Bein sie berührte, knurrte sie und rollte sich weg.

Gischts zittrige Stimme drang aus der Finsternis durch das Zimmer. »Jetzt wäre ein guter Zeitpunkt, sich in eine Brise zu verwandeln, Jo!«

»Soll die Brise doch ersaufen«, sagte Schegel übellaunig. »Weh uns hier raus.«

»Wie?«, sagte Jo. »Es gibt zu viele Wachleute, als dass ich sie einzeln einschüchtern könnte.«

»Du hast uns auf die Insel gelockt, Scheme. Wären wir von Wolkenriff direkt hierher gesegelt, wären wir vielleicht rechtzeitig angelangt, um die Deltaner zu warnen.«

»Gib nicht mir die Schuld an deinen Begierden. Brand hat uns alle in den Nebel gezogen.«

»Selbst wenn Jo uns hier rausholen würde, würde das den Knoten nicht lösen, den Hasel Flecht für uns geknüpft hat«, sagte Quell. »Vielleicht sollten wir Flecht geben, was er verlangt.«

»Sei nicht feige. Sollen wir die Inseln kampflos aufgeben?«

»Wer ist der Feigling, Schegel? Die Frau, die den Hass ihres Volkes riskiert, um Leben zu retten, oder diejenige, die bereit ist, tausende sterben zu lassen, um ihren eigenen Stolz zu retten?«

»Sachte, Quell«, sagte Tau. »Schegel ist kein Feigling. Sie gibt sich nur nicht gern geschlagen.«

»Nein, sie ist egoistisch. Das ist etwas anderes.« Die Rufe der Soldaten und das Zucken und Flackern von Fackeln füllten einen langen Augenblick der Stille. Quell sagte: »Von der Tochter der Gewährsfrau hätte ich mehr erwartet.«

Schegel schoss hoch, packte Quell im Nacken und drückte sie auf die Matratze. Tau und Gischt rappelten sich in der Dunkelheit auf.

»Erwürgt eure Freunde, während eure Feinde euch gefangen halten«, sagte Jo. Die Stimme der Scheme war grell und hart wie Stahl. »Ihr bringt mich zum Lachen, ihr Helden. Ihr wurdet losgeschickt, die Inseln zu retten, und liegt wie misstrauische Liebende zankend im Bett. Ihr Menschen seid genau so, wie ich euch in Erinnerung hatte.«

»Sie hatte kein –« Schegels Satz wurde abgeschnitten, als Tau sie nicht eben sanft von Quell herunterriss. »Sie hatte kein Recht dazu! Mich einen Feigling zu nennen, weil ich die Inseln nicht verrate!«

»Du hast mich zuerst einen Feigling genannt.« Quell rieb sich den Hals. »Hier geht es nicht darum, wer sich als Erste in den Egelteich traut, Schegel. Unsere nächste Entscheidung muss allen zugute kommen. Und vielleicht ist der Preis für die Rettung der Inseln, dass wir von unserem Volk gehasst werden.«

»Das wird nicht schwer sein«, warf Jo ein. »Dem Volk der Meere fällt es leicht, das zu hassen, was es nicht versteht.«

»Ich denke, Quell kann darauf verzichten, dass du dich auf ihre Seite schlägst«, stellte Gischt fest.

»Was sollte Flecht daran hindern, sich zu nehmen, was er will?«, sagte Quell. »Seht ihr etwas, das mir verborgen ist, oder sprecht ihr nur mit eurem Herzen?«

»Quell könnte Recht haben«, sagte Tau unglücklich.

Quell sah ihn an. »Wenn ich dich auffordern würde, Flecht zu helfen, würdest du es tun, oder? Und dich deswegen wie ein Verräter fühlen.«

»Ist es das, was wir tun sollten?«

Die heiße Nacht lastete wie ein Tier auf Quell.

Es wäre so einfach, sich zu widersetzen. Sollte eine andere das Opfer des Verrats bringen. Sie schüttelte verwundert den Kopf. Hier stand sie, bereit, das Leben tausender zu riskieren, um ihre Freunde nicht zu erzürnen. Feigheit. Als Loyalität maskierte Feigheit. Sie fragte sich, was Alster tun würde.

Eine Brise glitt über den Fenstersims und lauschte ihrer Auseinandersetzung. Schatten zuckten über die Decke, als ein Fackelträger unten auf der Straße vorbeiging.

Zwei Soldaten unterhielten sich unterhalb des Fensters. »... Nacht.« – »Hast ... gehört?« – »...ser.« – »Befehl ... jeden Mann ... waffnen ... Inseln!« – »... Verstand verloren!«

Quell hob den Kopf vom Bett und rüttelte Schegels Schultern, bis ihre Freundin knurrte und ihren Blick mit vor Wut schmalen Augen erwiderte.

»Ich finde deine Bemerkungen über den Kaiser ... faszinierend.«

Quell legte eine hohle Hand an ihr Ohr und wies zum Fenster.

»Holz fällen ist ein dem Waldländer angemessenes Thema.«

»Ob es dir gefällt oder nicht, so lauten die Befehle.«

»Tau. Gischt. Hört zu«, sagte Quell.

»Schließlich sind es nur Eiländer.«

»Und ein Fehlgeborenes ist noch kein Kind. Aber Zurechtstutzen ist etwas für Bäume, nicht für Menschen. Das kann ich nicht zivilisiert nennen.«

»Des Kaisers Wünsche sind grundsätzlich zivilisiert.«

»Ihre Arme abzuhauen?«

»Das gefällt niemandem, aber Palme liegt bereits in Asche, und ich habe gehört, dass Rebe brennt. Welche der Tauben hier wird sich beim Falken beschweren? Es sind Dornen in der Stadt, vergiss das nicht.«

»Ich habe gehört, dass der Kaiser den Funken angenommen hat, und jetzt glaube ich es. Ich beneide die seegeborenen Bastarde nicht, das sag ich dir.«

»Und ich kann sie nicht lieben. Ich habe hier gleich Wachdienst. Die ganze Nacht hindurch am Fuß der Treppe sitzen und ein wenig Geld an Kirsche Ilex verlieren.«

»Du wirst doch nicht mit seinen Würfeln spielen, oder?«

Lachen. Abschied. Eine einzelne Fackel hüpfte die Straße hinunter und zerrte eine Vielzahl Schatten hinter sich her.

Quell sagte: »Jetzt seht ihr, was wir tun müssen.« Sie sah die anderen an, deren Gesichter im schwachen Licht der Sterne und Fackeln nur halb sichtbar waren. Tau runzelte die Stirn, Schegel sah finster drein.

Gischt blinzelte. »Was war das über den Funken?«

»Der Kaiser ist verrückt. Wir müssen uns Flecht anschließen. Wir riskieren Entsetzliches, wenn wir das nicht tun.«

»Nein«, sagte Jo. Ihre Stimme war so kühl wie der Morgenwind. Sie hatte die Gestalt der Eiländerin abgelegt, und ihre Stahlaugen funkelten im Sternenlicht. »Wir müssen nach Laube.«

»Was? Aber sicher«, sagte Gischt. »Zum Tanzen, nehme ich an. Als eine Gruppe von Dorftrotteln verkleidet, die sich Schutz suchend zusammengetan haben. Du darfst die Obernärrin geben.«

»Gischt hat ausnahmsweise Recht. Du musst ... Auch wenn es eine Reise wäre, über die Lieder gedichtet würden«, fügte Schegel nachdenklich hinzu.

Jos Stimme klang so tief und sicher wie ein weit entfernter Fluss. »Der Kaiser ist wahnsinnig. Seine eigene Armee weiß das. Wir müssen das Unkraut bei den Wurzeln ausreißen. Solange er an der Macht ist, gleicht jeder Handel, den ihr mit dem Volk der Wälder abschließt, bestenfalls dem Abdichten einer schlechten Naht. Habt ihr nicht gehört? Er hat den Funken angenommen. Das hungrige Feuer ist in ihm.« Sie sah Quell durchdringend an. »Friede ist besser als Krieg. Doch dieser Kaiser ist jetzt Brands Schatten. Es ist eine Torheit zu glauben, der Krieg könne vermieden werden.«

»Ich bin keine Verräterin«, sagte Quell.

Sie berührte den Gewährsknoten an ihrem Handgelenk, als läge in seinen Windungen die richtige Entscheidung verborgen. »In der Geschichte, die die Sängerin über das Volk der Wälder erzählt hat, kam ein Funke vor.« Ihre Begegnung mit der Heldin schien ihr so fern wie ein Traum. »Allerdings hatte der Funke mehr mit Freiheit zu tun, mit Loslassen.«

»Der Kaiser begehrt die Inseln«, sagte Jo. »Das ist sicher, was die Geschichte der Sängerin auch bedeuten mag. Du weißt ebenso gut wie ich, dass du dem nicht trauen sollst, was du im Nebel hörst.«

»Wir wissen auch, dass wir einer Scheme nicht trauen können«, sagte Schegel.

»Käferchen, ich bin überzeugt, es ist alles wahr«, sagte Gischt. »Aber ich vermute, dass es nicht ist, was es zu sein scheint.«

Quell konnte den Windungen des Gewährsknotens nicht folgen. Und sie spürte, weit stärker als je zuvor, wie sehr jeder Einzelne im Leben verloren war. Die Vergangenheit versunken wie ein Schiff, das durch tiefe Faden sichtbar war und jenseits jeglicher Hoffnung auf Bergung lag; die Zukunft bestand nur aus Wolken. Dazwischen lag das Leben – ein einziger langer Atemzug; eine brandende Welle, die zu gleichen Teilen aus Glücksfällen und Mutmaßungen gemacht war, aus Tee und Lampenschein und Lachen und Kummer und Pfefferminze und Tränen und Hoffnung und Hoffnung und Hoffnung – jener namenlose Glaube, der dem Sturm der Dinge wie eine Kerze entgegengehalten wird.

»Ich weiß nicht, was ich tun soll«, sagte sie. »Doch wenn meine Freunde glauben, dass es besser ist, nach Laube zu gehen, als Hasel Flecht zu helfen, werde ich das mit Freuden tun.«

Gischt stieß einen Pfiff aus. »A-Aber … die Laube! Dem Volk der Meere ist es nicht bestimmt, so weit von den Wellen abzuirren.«

»Die Waldländer sollten auch keine Truppen auf Delta landen«, sagte Tau. »Vielleicht ist die Zeit für seltsame Reisen gekommen.«

»Sieh es als Abenteuer«, sagte Schegel.

»Wie den Sturm. Letzte Woche habe ich Abenteuern abgeschworen.« Gischt zählte mit nervösen Fingern Fragen ab. »Wie sollen wir Laube finden? Und was sollen wir machen, wenn wir dort angelangt sind?«

»Ich werde euch führen«, sagte Jo.

»Ach, großartig.«

»In welcher Richtung liegt das Festland?«, fragte Quell.

Tau ging durch das dunkle Zimmer vorsichtig zum Fenster. »Seht ihr das Schiff am Himmel? Der Heckspiegel müsste nach Westen deuten, landeinwärts.«

»Aber ich kann dort Lichter sehen und Häuser.«

»Das ist der Strumpf. Delta besteht aus einem Dreieck aus drei Inseln, denkt daran. Wir befinden uns auf dem Fuß. Das Reich der Waldländer liegt nach Süden und Westen.« An Taus Finger zupfte etwas; Netz war von seinem Ärmel heruntergeklettert. »Wir sind durch den Nebel gegangen, durch Brands Feuer und Fadens Zorn. Ich glaube, dort liegt unsere Bestimmung.« Netz packte ihn mit aller Kraft und wand sich in diese und jene Richtung; seine Fäden leuchteten silbern.

Ein Windhauch glitt an Quell vorbei in die Nacht hinaus und sie zitterte. »Magie«, sagte sie. Netz wirbelte in der Brise und regte sich dann nicht mehr.

»Wo ist Jo?«, sagte Schegel.

»Patz! Sie hat sich wieder verwandelt«, sagte Gischt.

»Sie wird zurückkommen«, sagte Quell. »Noch sind wir für sie von Nutzen.«

»Immerhin hat sie gesagt, dass sie uns führen wird«, sagte Schegel.

»Auf Erkundungstour«, sagte Tau. »Um die Anzahl der Wachen und ihre Position auszukundschaften. Etwas in der Art.«

»Das hoffe ich. Mir hat nicht gefallen, was diese Soldaten gesagt haben.« Gischt machte eine sarkastische Verbeugung. »Kommt! Seht die tanzenden Zehen von Tau und Gischt, armlose Wunderknaben, die nur mit ihren Füßen segeln! Salamandern wachsen bekanntlich neue Glieder. Tragischerweise –«

»Gischt, halt die Klappe. Glaubst du, das hilft?«

Trampelnde Schritte stiegen die Treppe empor. »Gefangene vortreten«, rief eine raue Stimme. »Befehl des Kommandanten.«

»Ob es hilft? Ich bin viel zu sehr damit beschäftigt, schreckliche Angst zu haben, um mir darum Sorgen zu machen.«

Die Tür flog auf. »Ihr gönnt den Leuten nicht gerade viel Schlaf«, sagte Tau.

Auf der Hälfte der Treppe stand, unsichtbar, Kommandant Flecht. »Bringt sie heraus.«

Eine Gruppe von Wachleuten stand vor dem Haus stramm. »Zwei werden genügen. Diese Leute sind keine Krieger.« Flecht deutete auf zwei Männer, die vortraten.

Die anderen Wachen drängten sich um den Eingang. »Weitere Aufgaben, Kommandant?«

Flecht zögerte. »Keine weiteren Aufgaben. Nehmt den Abend frei. Wir haben uns, glaube ich, etwas Erholung verdient.«

»Vielen Dank, Herr!«

Die Soldaten sahen Flecht und den Gefangenen nach. »Der Alte hat etwas zu viel Brandy gekippt«, murmelte einer. Die anderen lachten leise.

Flecht ging voraus, gefolgt von einem schlanken Wachmann, der groß war für einen Waldländer. Dann kamen die Eiländer. Dann der zweite Wachmann.

Die Nachtluft war drückend, ein heißes, feuchtes Tuch, das auf ihre Gesichter gepresst wurde. Soldaten lachten in den Straßen. Deltaner schlichen von Eingang zu Eingang, flohen vor den Fackeln der Wachleute wie Schaben vor dem Licht. Jo, Jo, dachte Quell bitter. Du hättest dir keinen schlechteren Zeitpunkt aussuchen können. Verzweifelt wünschte sie sich einen Windhauch. In der feuchten Nacht verliefen die Sterne an ihren Rändern.

»Die Docks«, sagte Flecht.

»Herr?«

»Die Docks, bringt uns zu den Docks! Hörst du nicht?«

»Jawohl, Herr.«

»Auf der nächsten Insel befindet sich jemand, den unsere Gäste kennen lernen sollten.«

Schegel sah ihn finster an. »Was soll das heißen, du aallutschender alter Mann?«

Der vordere Wachmann sagte: »Vorsicht, Schätzchen. Diese Dornen sind wirklich spitz.«

Der andere Wachmann lachte unangenehm.

»Was ist ein Dorn?«, fragte Tau.

Der hintere Wachmann stieß ihn zu Boden. »Halt's Maul.«

Flecht wandte sich der Wache zu. Zögerte. Sah Tau an. »Eure Fragen werden sehr bald beantwortet werden.«

»Hee, Ilex!«, rief eine raue Stimme aus der Dunkelheit. »Macht dir diese Möwenscheiße Ärger?«

Der hintere Wachmann grinste und half Tau mit Tritten auf die Beine. »Ach, Mist! Ich bin reingetreten.« Ein vielstimmiges Kichern strich über die Straße. Tau mühte sich, die anderen einzuholen. Er hinkte und hielt sich die Rückseite seines Oberschenkels.

Soldaten außer Dienst folgten ihnen. Tau spürte ihre verächtlichen Blicke. Zu viele, zu viele. Vielleicht konnten sie später fliehen, vielleicht mit dem Boot. Sie mussten ein Boot nehmen, um zum Strumpf zu gelangen. Diese Leute kannten das Meer nicht. Sie konnten hereingelegt, aus dem Gleichgewicht und zum Kentern gebracht werden. Davonschwimmen.

»Hee, Ilex! Brauch sie nicht alle auf! Lass uns noch ein paar übrig!«

»Ach, jagt euch selbst welche. Die gehören mir, auf Befehl des Kommandanten.«

»Und mir!«

»Sag mal, kannst du scheißen, während du gehst?«, fragte Schegel den größeren Wachmann. »Irgendeine Verwendung muss es für ein laufendes Arschloch doch geben.«

»Sing ruhig, kleiner Vogel. Sing, solange du noch kannst.«

Flecht schwieg mit grimmiger Miene.

Bilder tanzten im zuckenden Fackelschein: ein anzügliches Grinsen, ein finsterer Blick oder ein glattes, blasses Gesicht; eine körperlose Hand, um ein Messer geschlossene Finger.

Ein Soldat schloss sich ihnen an. »Wie wär's mit einem Vorgeschmack, Ilex?«, flüsterte er. Bevor Ilex antworten konnte, streckte der Neuankömmling den Fuß vor, um Schegel ein Bein zu stellen. Sie stolperte, fuhr herum und trat ihm fest gegen das Schienbein. Er fluchte und stürzte sich auf sie, mitten in den Knoten der Eiländer hinein. Der Mob wirbelte heran.

»Hee! Ilex! Unterbinde das!«, befahl Flecht mit bebender Stimme. Ilex packte den Soldaten von hinten und drehte ihm die Arme auf den Rücken. Schegel nutzte die Gelegenheit und trat ihm in die Eier.

Da ertönten mehrere Schreie gleichzeitig. Körper krümmten sich wie vom Wind niedergedrückte Grashalme.

Kirsche Ilex' Augen weiteten sich erstaunt. »Sch-Sch-Sch-Scheiße!«

Wo sich noch vor Sekunden eine Traube Soldaten befunden hatte, lagen jetzt vier Leichen auf der Straße. Ein fünfter Mann kroch rückwärts auf Händen und Knien davon. Seine Ellbogen ragten verkehrt herum aus seinen Armen heraus.

Hasel Flecht kniete vornübergebeugt in einem Kreis toter Männer auf dem Pflaster und stieß dünne Schreie aus. Eine Gestalt in rotem Umhang stand über ihm und hielt ihm ein Schwert an den Hals. Mit der anderen Hand drehte er Flechts Arm hinter seinem Rücken weit nach oben. Um die Handgelenke des Fremden wanden sich Muskelstränge. Von seinen Fingern tropfte

Blut. »Bei der ersten Bewegung stirbt er.« Die Hand, die Flechts Handgelenk gepackt hielt, bewegte sich kaum wahrnehmbar. Flecht zuckte und schrie.

Fackeln flackerten und erstickten in der plötzlichen Stille.

»Sieben.« Kirsche Ilex konnte den Blick nicht von den toten Körpern abwenden, die wie Strandgut auf dem Pflaster lagen. »Du musst Sieben sein.«

Weitere Eiländer kamen hinter dem Mann im Umhang heran, mit Knüppeln und Äxten bewaffnet.

»Jetzt können wir reden.« Er verlagerte seinen Griff an Flechts Arm. Flecht schrie erneut.

»Ich bin nicht Flecht!«

Der Kopf des Kommandanten zuckte, zerfloss und glitt wie Quecksilber von der Schwertklinge. Einen endlosen Augenblick lang sahen alle zu, wie Flecht sich unter seinem überraschten Gegner auflöste, schrumpfte und sich zu einer Federkugel zusammenrollte. Dann blieb nur noch eine Möwe, die sich in den Himmel emporschwang.

»Jo!«, hauchte Tau.

Jähzorn brandete über den Mob hinweg.

»Eiländer, zu mir!«, brüllte der Schwertkämpfer. Schegel stürzte los und riss Gischt mit sich.

Die Waldsoldaten zogen klobige Rohre hervor und spritzen eine ekelhaft riechende Flüssigkeit in die feuchte Luft. Die Eiländer bedeckten ihre Augen und taumelten schreiend zurück. Ihr Anführer wehrte einen tödlichen Strom mit seinem Umhang ab und stürzte sich auf den ihm am nächsten stehenden Waldländer.

Schegel und Gischt folgten Haken schlagend den fliehenden Eiländern. Mitten in Schegels Rücken brannte ein Punkt und wartete darauf, dass ein Speer sie fand. Gebrüllte Befehle und die Schreie der Sterbenden bekriegten einander in der Dunkelheit.

Dann hatten sie das Ufer erreicht. Sie sprangen in das erste Boot, das sie finden konnten, legten die Riemen ein und schlugen das Wasser weiß. Niemand zündete die Positionslampen an. Zweimal rammten sie andere Boote. Fluchend und knarrend fuhr eine Schattenflotte aus der Bucht. Dann lag Delta hinter ihnen.

Ihr Kielwasser zog eine silberne Spur. Beiderseits glitten schattenhafte Boote über die sanft wogende See. Lange Ruder standen wie die Beine von Wasserläufern ab.

Gischt stöhnte und ruderte mit aller Kraft. »Schegel?«

»*Hng!* Ja?«

Er zog noch zweimal durch, bis er wieder bei Puste war. »Wo *hng!* sind die anderen?«

»Hast *hng!* du sie nicht gesehen?«

»Nein.«

Schegels schmerzende Arme beugten sich, zogen die Ruder in einem gleichmäßigen, eintauchenden Streich durch und hoben sie dann an. Salzwasser tropfte von ihren Blättern ins Meer. »Ich weiß es nicht.« Sie zog ein weiteres Mal durch. »Wir werden sie einfach später finden müssen.«

Gischt ruderte. »Wie viel später?«

Doch auf diese Frage gab es keine Antwort. Gischt wusste es und Schegel wusste es auch. Sie ruderten von allen Antworten weg, glitten mit jedem Streich in eine dunkler werdende Nacht hinein, wo nur das finstere Meer und die fernen Sterne, die sich darin spiegelten, Gewissheit boten.

Kapitel 8
Tau, Zwieback, Pfeffer

Tau keuchte, als der Schmerz seinen Oberschenkel durchzuckte. Jemand stellte ihm ein Bein und er schlug schwer aufs Pflaster. Blauer Sprühnebel zischte über ihn hinweg.

Kirsche Ilex kreischte und fiel auf ihn. Blut aus seiner aufgeschlitzten Gurgel spritzte Tau direkt ins Gesicht; es schmeckte nach Salz und Fleisch. Taus Kopf und Beine brannten, wo der blaue Nebel sie berührt hatte. Würgend versteckte er sich unter der Leiche.

Metall schnitt in Knochen, und Stahl klapperte auf Stahl. Taus Wange schabte über das blutverschmierte Pflaster. Netz wand sich unter seinen Rippen. Jemand stolperte über Ilex' Körper, und Tau biss sich auf die Lippen, um nicht aufzuschreien.

Fliehende Schritte hallten von den Pflastersteinen wider. Die Schreie wichen zum Wasser hin zurück. Befehle wurden erteilt. Weiter oben auf dem Hügel schlug jemand einen Gong.

Tau spuckte Ilex' Blut aus und fuhr sich mit dem Hemd über das Gesicht. Der blaue Sprühnebel war mit den Rufen verschwunden. Tau warf Kirsche Ilex von seinem Rücken ab und nahm das Schwert des toten Mannes. Soldaten rannten vorbei, ohne ihn anzusehen.

»Quell?«

Sie saß nur wenige Schritte von ihm entfernt, die Arme um sich geschlungen, und schaukelte vor und zurück. Er kroch zu ihr hinüber.

Eine riesige Möwe landete neben ihnen auf dem Pflaster, zischte und klapperte. Sie hüpfte davon, auf die nächste Gasse zu. Sie folgten ihr, krochen um Leichen herum und taumelten dann zu einem der kleineren Docks hinunter.

Ungeschickt vor Angst banden sie eine kleine Barkasse los und setzten Segel in Richtung Festland. Hinter ihnen war die Nacht auf Delta mit Flammen bestickt; Fackel tragende Soldaten eilten durch die Straßen.

Um die zornige Stadt herum kräuselte sich die schwarze See, taub gegenüber Gongs und Befehlen, tief wie die Nacht. Sie trug sie weit in den Golf hinaus, bis nur noch das raschelnde Segel zu hören war, der knarrende Baum, das Zischen des durchpflügten Wassers unter ihrem Bug. Das Segel des Mondes blähte sich und glitt flach über den fernen Horizont. Ein schmaler Pfad flackernden Silberscheins führte über das dunkle Wasser zu ihm hin, schimmernd, schimmernd. Gänzlich unbeständig.

Wie Kleinkinder in der Wiege lagen sie in ihrem Boot, vor allen Augen verborgen, nur sichtbar für den Mond und die Sterne, von der unermüdlichen See in die Finsternis geschaukelt.

Tau wachte auf, als sie auf Grund liefen.

Die Morgenluft roch nach Salzwasser und schwach nach Wald. Während er geschlafen hatte, war Netz seinen Arm hinaufgekrochen und bäumte sich jetzt auf seiner Schulter auf, bewegte sich hin und her, grau und zitternd wie ein Spinnennetz. Das Boot neigte sich, vom Seegang getrieben. Quell lag zusammengesunken über der vorderen Ruderbank und schlief.

Von Jo keine Spur.

Die Sonne war noch nicht aufgegangen. Graues, treibholzfarbenes Licht lag über der Welt. Der Strumpf, Deltas südlichste Insel, zeichnete sich als dunkler Fleck hinter ihnen ab. Kleine Wellen schoben ihr gestohlenes Boot den Strand einer weiten, seichten Bucht entlang. Grober grauer Sand mahlte unter ihrem Rumpf. Sie hatte scharlachrote Dollborde, stellte Tau fest und beugte sich über die Reling, um ihren Namen zu lesen: *Aal.*

Es war Ebbe. Das Meer hatte sich vom kalten Strand zurückgezogen, als wollte es nichts mehr mit ihm zu tun haben. Weiter oben, jenseits der Flutmarke, lag ein mit Muschelstückchen übersätes Felsgewirr am Fuß einer flachen Klippe. Schwertfarne und Wurzelstock sprossen aus dem Kliff. Auf seinem Kamm stand eine Reihe düster wirkender Bäume: Wacholder mit hängenden Ästen wie Wachtposten der Waldländer, die das Festland vor einer Invasion schützten.

Quell öffnete ein Auge. Ihre rechte Wange war von einem hässlichen violetten Bluterguss angeschwollen, und wo der blaue Sprühnebel sie berührt hatte, waren ihr ganze Haarbüschel ausgefallen. »Ich fühle mich wie ein havariertes Schiff«, sagte sie.

Tau versuchte langsam aufzustehen. Sein Beine zitterten. Selbst seine Finger schmerzten, als er das Segel einholte.

Quell keuchte. »Was ist mit dir passiert?«

»Ich bin herumgeschubst worden. Ich habe mich schon schlimmer gefühlt. Glaube ich.«

»Aber das Blut!«

Tau berührte sein Gesicht. Auf seiner Wange und seinem Mund sprang etwas auf wie getrockneter Schlamm. Er strich über seinen schorfigen Bart, und seine Finger färbten sich rot. »Das stammt, glaube ich, nicht von mir. Jedenfalls nicht viel davon.«

»Deine Haare fallen aus.«

»Das waren diese Zerstäuber. Deinem Zopf geht es auch nicht so gut.« Behutsam stieg er über den Dollbord und verzog das Gesicht, als kaltes Meerwasser in seine Stiefel lief. Der blaue Sprühnebel musste das Leder zerfressen haben. »Wir leben noch, oder?« Am Strand entdeckte er eine große Möwe, die sich von einer grauen Gestalt in etwas anderes verwandelte. Wo Netz saß, fuhr ihm ein Angsthauch zwischen die Schultern. »Jo ist hier.«

Zwei von Quells Zöpfen waren aufgegangen und baumelten ausgefranst über ihren Schultern. Sie berührte sie. »Ich muss sehr hässlich aussehen.«

»Du klingst wie Gischt.« Tau schöpfte kaltes Meerwasser in die hohle Hand und spritze es sich über Gesicht und Bart. Rote Tropfen regneten von seinem Unterkiefer. Nachdem er das Blut abgewaschen hatte, nahm er Quells Hand. »Du bist wunderschön.«

Quell drückte fest seine Hand. »Ich hoffe, es geht ihnen gut. Gischt und Schegel.«

Sie kletterte aus dem Boot.

Jo wartete am Strand. Ihre glatte weiße Haut war makellos, aber ihre silbernen Augen waren fast grau geworden.

»Halt das fest.« Quell reichte ihr die Fangleine und wandte sich Tau zu. »Sollen wir das Boot an Land ziehen oder es versenken, um unsere Spuren zu verwischen?«

»Es versenken! Wie sollen wir ohne Boot Gischt und Schegel finden?«

»Wie finden wir sie mit einem Boot?«, sagte Jo.

Die Angst, die sich in Tau aufgestaut hatte, seit er aufgewacht war, verhärtete sich plötzlich und schmerzte wie ein Stein in seiner Brust. »Kannst du dich nicht in eine Brise verwandeln oder so was?«

Jo trug eines von Quells tiefblauen Hemden. »Und dann? Soll ich in jedes Haus auf Delta schauen? Was ist, wenn ich sie nicht finden kann? Was ist, wenn sie sich auf dem Fuß oder dem Strumpf befinden oder überhaupt nicht auf Delta? Sie könnten in Flechts Gefängnis stecken oder mit dem Eiländer im Umhang entkommen sein.«

Graue Wellen krochen über den Strand. Jo drehte ein Armband aus blauen Muscheln an ihrem Handgelenk. Ihre langen Fingernägel klickten und klapperten. Tau erinnerte sich, wie gleichgültig sie auf Schegels Insel gegenüber dem Tod seines Vaters gewesen war. »Ich habe deine Ausreden satt. Und deine Befehle.«

»Tau –« Quell folgte ihm aus dem Wasser heraus.

»Wenn du nicht so getan hättest, als seist du Flecht«, erklärte Tau der Scheme, »hätten wir Gischt und Schegel nie verloren.«

»Ohne mich wärt ihr immer noch eingesperrt. Nein, das stimmt nicht. Ohne mich wärt ihr immer noch daheim auf eurem kleinen Dreckhaufen und würdet Tag um Tag nach einer Ladung Stint ausfahren, nach Zackenbarsch oder Drachenkopf. Und dann abends den Gestank als Zeichen eurer Männlichkeit nach Hause tragen.«

Die kalte Wut in Taus Brust nahm zu, durchbohrte ihm Herz und Lungen und erschwerte ihm das Atmen. Seine großen Hände ballten sich zu Fäusten.

Jos Gesichtszüge verschwammen. Wo noch vor wenigen Augenblicken eine weißhaarige Scheme gestanden hatte, sah sich Tau einem breitschultrigen

Eiländer mit dichtem Bart gegenüber. Große schwielige Hände. »Versuch es«, flüsterte Jo. »Lerne, was Quell bereits weiß.«

»Hört auf damit«, sagte Quell.

»Wir würden uns nicht streiten, wenn Jo nicht –«

Quell schlug Tau hart ins Gesicht. »Halt die Klappe! Halt die Klappe!«

Tau packte ihr Handgelenk. In seiner starken Hand wirkte es so dünn wie ein Vogelknochen. Ihre Haut wurde um seine Finger herum weiß. »Schlag mich nicht«, sagte er.

»Zwing mich nicht dazu.«

Sie hatten gemeinsam schon bessere Morgenstunden verbracht.

Die Sonne stand bereits hoch am Himmel, bevor sie entschieden hatten, was sie mit dem Boot machen sollten. Sie mussten das Dingi loswerden, damit keine der Patrouillen es entdecken und herausfinden konnte, wo sie den Wald betreten hatten. Aber das verfluchte Boot war zu schwer, um es das Ufer hinaufzuzerren und es im Gebüsch zu verstecken. Sie hatten ein Schwert, aber aus Angst, zu viel Lärm zu machen, wagten sie nicht, auf den Rumpf einzuschlagen, bevor sie es versenkt hatten. Einen Augenblick lang dachte Tau, Jo könnte sich in Feuer verwandeln und die *Aal* zu Asche verbrennen, aber das wiederum hätte natürlich zu viel Rauch verursacht.

Schließlich hisste er ein Segel und brachte Jo dazu, sich in eine Brise zu verwandeln und das Boot zurück aufs Meer zu blasen.

Tau und Quell saßen auf den Felsen jenseits des Strandes und sahen zu, wie das leere Dingi auf die Mitte der Bucht zusteuerte.

»Da geht sie hin, unsere letzte Möglichkeit, die anderen Inseln zu warnen«, sagte Tau.

»Andere Eiländer wissen bereits von der Invasion. Denk an den Mann mit dem Umhang.«

Tau nickte. »Das ist wahr. Aber sollten wir nicht unser Volk wachrütteln, anstatt diese verrückte Suche ins Herz des Waldes zu unternehmen?«

»Vielleicht. Aber das würde den Krieg nur in die Länge ziehen, nicht beenden. Außerdem gibt es noch einen weiteren Grund, nach Laube zu gehen.«

»Hm?«

Quell schaute auf das leere Meer hinaus. »Sie will es. Und eine Scheme –«

»– bekommt ihren Willen.«

Sie hatten einen kleinen Haufen Blaurücken und Miesmuscheln gesammelt. Tau beäugte sie ohne Begeisterung. Ein dunkler Bluterguss pochte und zitterte an seiner Hüfte. Sein Rücken und seine Handgelenke schmerzten stark. »Wir sollten Gischt und Schegel nicht zurücklassen.«

»Wir müssen uns der Aufgabe stellen. Wir haben unsere Pflicht. Wenn sie tot sind, können wir ihnen nicht helfen. Wenn es ihnen gut geht, werden wir sie auf Wolkenriff wiedersehen – falls wir die Waldländer aufhalten. Und um die Waldländer aufzuhalten, müssen wir den Kaiser aufhalten.«

Tau berührte den Gewährsknoten an Quells Handgelenk. »Das sind deine Pflichten. Die meinen gelten meinem Schiff und meiner Mannschaft. Mein Schiff schlägt auf Delta gegen irgendein Dock und befindet sich in den Händen von Idioten, die eine Segelleine nicht von einer Flaggleine unterscheiden können. Und meine Mannschaft –« Mit einem nassen Knirschen zerschlug Tau eine Muschel mit dem Heft von Ilex' Schwert und kratzte das Muschelfleisch heraus. »Was haben sie getan, um das zu verdienen?«

»Sie waren meine Freunde«, sagte Quell leise.

Er fragte sich, ob Gischt und Schegel heute Morgen schon etwas gegessen hatten. Eines Tages, hatte Jo gesagt, wird das Leben dich knacken wie eine Auster.

Quell drehte eine Muschel hin und her. »Drei Monde bis nach Laube, hat Jo gesagt.«

»Glaubst du wirklich, dass Flecht uns Fährtenleser hinterherschicken wird?«

»Wir sind mehr als nur entflohene Gefangene. Wir sind Eiländer, die sich mit einer Scheme verbündet haben. Er muss mehr über uns herausbekommen.«

»Ich wüsste gern, wie viel von dem, was sie uns erzählt, wahr ist. Dass sie Menschen um sich braucht, um ein Mensch zu bleiben.«

»Das ist wahr, glaube ich.« Jenseits der Bucht blies Jo das Dingi noch weiter vom Festland fort, in das Herz der großen wilden See hinaus. »Manchmal eilt die Welt über dich hinweg und scheint so groß zu sein, so groß. Und du bist nur eine Figur in der Geschichte von jemand anderem. Ein Nebelfetzen, der vom Wind zu einer Form geblasen wird. Und dann kommt die Zeit, den Kessel aufs Feuer zu stellen oder einen Knopf anzunähen, und diese Geschichte gehört nur dir«, sagte Quell. »Aber Jo – Jo bedarf keiner Knöpfe. Sie hat den Kessel hinter sich gelassen und stattdessen den Dampf gewählt.«

Tau seufzte. »Dann liegt es wohl an uns, ihre Entschlusskraft aufrechtzuerhalten, bis sie sich den Kaiser vorgenommen hat.«

»Wenn es notwendig ist, diese Scheme nach Laube zu treiben, um Wolkenriff zu retten, dann, bei Faden, werde ich sie treiben.« Quell lachte, ohne zu lächeln. »Ist das nicht komisch? Wir dachten immer, sie würde uns benutzen.«

Jo kehrte eine ganze Weile vor Mittag zurück und sie gingen das Ufer entlang nach Westen, auf einen Bach zu, den sie aus der Luft entdeckt hatte.

»Wie willst du Laube denn finden?«, fragte Tau.

»Flecht hat eine Armee durch diese Wälder marschieren lassen. Die Vögel haben sie vorbeiziehen sehen, das Rotwild ist vor ihnen geflohen, und das Gras ist unter ihren Füßen niedergetrampelt worden. Die Bäume werden noch monatelang darüber reden, wenn nicht Jahre.«

Quell und Tau, die mit der Scheme nur mit großer Anstrengung Schritt halten konnten, sahen sich an. Tau schüttelte den Kopf. »Schegel wird uns dafür umbringen, dass wir ihr Abenteuer gestohlen haben.«

Sie tranken lang und ausgiebig, als sie die Mündung des Baches erreichten, und aßen eine weitere Mahlzeit, die aus Schalentieren bestand. Tau blickte stromaufwärts. »Nicht schlecht. Ich hatte befürchtet, er würde zu schmal sein, um ihm zu folgen. Auf manchen Inseln um Wolkenriff kann man sich vor lauter Unterholz kaum bewegen.«

»Die Inseln dort sind dem Nebel noch nicht lange entsprungen. Ihre Wälder sind jung.« Jo führte sie den Bach entlang und in den Wald hinein. Außer Moos und Farnen wuchs auf dem Boden nicht viel. »Hier sind die Bäume älter und höher.«

»Weicher Boden für schmerzende Füße!«

»Und heute Nacht weicher Boden für schmerzendes alles«, fügte Quell hinzu. »Mein Körper ist ein einziger Bluterguss. Hoffentlich wird es nicht zu kalt.«

»Wir werden überleben«, sagte Jo. »Wir werden es nicht warm haben, aber hier löst der Sommer den Frühling ab.«

»Zu Hause wird der Drachenkopf unterwegs sein«, sagte Tau.

»Und Schwalbes Kind kommt dieser Tage auf die Welt.«

Die Klänge des Baches veränderten sich mit jedem Schritt. Echos spritzten von einem Felsen in seiner Mitte, breiteten sich mit der Strömung aus oder verschlangen einen Uferabschnitt mit großen, schweigenden Farnen.

»Wie still es ist«, sagte Tau.

Seine Stimme erstarb augenblicklich, als würde der Wald sich nichts aus der Sprache der Menschen machen.

»Geheimnisse«, sagte Quell. »Ein paar Schritte vom Pfad entfernt könnte sich alles Mögliche befinden, und wir würden nie davon erfahren. Ein Hirsch, ein Haus. Eine Leiche.«

»Oder ein Spion.«

Jo lachte. »Was euch still vorkommt, ist von tausenden Geräuschen erfüllt. Glaubt mir, im Wald weiß alles von unserem Kommen: Ihr beide trottet daher wie missgestaltete Bären. Versucht jetzt leise zu sein! Ich muss lauschen.«

Ein langer … warmer … Tag, seufzten die Zedern. Gleichermaßen warm wie lang.

Wunderschön, erwiderten die Ahornbäume. Der Sonnenschein ließ ihre Adern hervortreten, leuchtend grüne Blätter gleich goldenem Glas.

Der Wind gähnte.

Hoch droben, vom Baldachin der Blätter gedämpft, setzte der Himmel den weisen Wolken einen langen, abstrakten Gedanken auseinander. Die Bäume unterhielten sich leise über die Wahrscheinlichkeit von Sonne und Regen. Farne verbeugten sich, als die Wanderer vorübergingen, und boten Jo an, ihr die merkwürdigen Geheimnisse des Taus zu erklären.

Die Scheme gab sich dem Strömen des flüsternden Waldes hin, streckte die immer dünner werdenden Fasern ihrer Sinne aus, heftete sich an Laub und Blattspitze, Blüte und Stamm.

Erst als sie ein ausgetrocknetes Kiefernwäldchen durchquerten, bemerkte sie, dass der ganze Wald vom Tod sprach. Hinter jeder freundlichen Begrüßung, hinter jeder Vermutung hinsichtlich der Regenwahrscheinlichkeit verbarg sich ein tödlicher Kampf um Wasser und Erde.

Und dahinter lag etwas anderes, etwas war *falsch* hier. Sie spürte einen Druck, der im Herzen des Waldes knirschte. Irgendwo brannte ein Feuersplitter und verheilte nicht. Er verströmte Angst. Nicht Angst vor dem Tod, sondern vor dem Wahnsinn.

In großer Entfernung. Sehr schwach. Eine Angst vor dem Wahnsinn, die wie Mohn auf einem frischen Grab blühte.

»Jo? Jo?«

»Wa–?«

»Komm zurück!«

»Wa–« Jo öffnete die Augen. Blinzelte.

Erschrocken sahen Quell und Tau, dass das Gesicht der Scheme leicht grünlich geworden war. Ihre Augen hatten die Farbe eines Eichenblattes angenommen, das sich der Sonne entgegenstreckte.

»Stimmt etwas nicht?«

»Mir wird … mir geht es gut. Ich habe mich verirrt«, sagte Jo. »Das passiert schnell, müsst ihr wissen – wenn man durch den Wald wandert.«

»Komm jetzt nicht vom Weg ab«, sagte Quell und schüttelte die Scheme leicht bei den Schultern. »Bis zum Kaiser ist es noch weit.«

Am frühen Abend schlugen sie – wund und müde – ihr Lager am Fuß einer großen Zeder auf.

Tau starrte ehrfürchtig zu ihr hinauf. »Sie muss höher sein als ganz Wolkenriff!« Der zerfurchte Stamm der Zeder öffnete sich wie der Eingang einer Höhle zu einem großen, hohlen Raum mit verkohlten Wänden. »Ist sie vom Blitz getroffen worden?«

Jo schüttelte den Kopf. »Alle Bleistiftzedern haben einen geborstenen Stamm. Jemand hat hier vor uns sein Lager aufgeschlagen. Seht ihr die Aschegrube in dieser Ecke?«

»Ich wüsste gern, ob irgendwelche Waldsoldaten hierher kommen werden, wenn die Nacht einbricht.«

»Oh, danke, Quell.«

Die Eiländer sammelten Feuerholz, während Jo auf die Jagd nach einer Abendmahlzeit ging. Es wurde bereits dunkel, als sie zurückkehrte. Erst hielt Quell sie für einen Nebelfetzen, der sich zwischen den Zedern hindurchschlängelte. Netz bäumte sich grüßend auf.

Jo warf Tau ein Bündel vor die Füße; mit einem dumpfen Laut landete es auf der festgetretenen Erde. Aus einer Reihe von Einstichen an seiner Seite sickerte Blut. »Kaninchen«, sagte Jo und dehnte ihre Finger, als wollte sie einen Krampf lösen.

Das Fleisch garte lange Zeit und war kaum das Warten wert. Tau kaute mit grimmiger Miene. »Ich hatte gehofft, durch den Hunger würde es schmackhafter werden.«

»Morgen vielleicht.«

Tau spuckte ein Stück Knorpel aus und wischte seine fettigen Finger an einem Farn ab. »Fisch ist viel sauberer.«

»Zumindest blutet er weniger.« Jo schürte mit einer grünen Rute das Feuer; ein Funkenregen wirbelte in die Schwärze empor. »Du solltest dankbar dafür sein, dass das Abendessen vorher ausgenommen wurde.« Die Eiländer verzogen das Gesicht, und Jo grinste sie an. »Also, was wollen wir machen?«

»Ich könnte eine Geschichte erzählen«, sagte Tau und räusperte sich. »Eine äußerst einfache Geschichte.«

»Ich bin ganz Ohr«, sagte Quell.

»Ich auch«, fügte Jo hinzu.

»Nun, also gut.« Tau schaute Quell an. »Es ist eine Geschichte über merkwürdige Reisen und tapfere Gefährten und über die Vorteile, gut vorbereitet zu sein.«

Der Mond war noch nicht aufgegangen. Die Dunkelheit plätscherte wie schwarzes Wasser um das Lagerfeuer herum. Insekten sirrten in der Nacht, und Blätter flüsterten. Flammen spiegelten sich tanzend in ihren Augen. Das Geräusch des brennenden Holzes glich dem Geräusch des Meeres.

Tau setzte sich zurecht, holte tief Luft und begann.

»Dies ist eine Geschichte über die Nebelzeit, wo alles wirklich ist und nichts, was es zu sein scheint. Es ist eine Achterstek-Geschichte.«

Quell beugte sich zu Jo hinüber. »Sieht so aus, wie es klingt. Ein Achterknoten verhindert, dass ein Tau durch den Block gezogen wird.«

Jo nickte.

Also gut. Vor neunzehn oder achtzehn Generationen lebte ein berühmter Forscher namens Kompass.

(Quell grinste und lehnte sich an die raue Rinde der Zeder.)

Er war bis weit nach Westen gesegelt, den Oberlauf der Ader hinauf, wo er mit dem Volk der Grasleute Umgang pflegte und die Su-Tan traf, die Geisterfalken, die über den grenzenlosen Ebenen schweben. Er war weit nach Norden gesegelt, wo das Meer treibende Eisberge emporwirft und Schneegeister versuchten, sein Schiff auf Sandbänke zu locken. Er war nach Süden gesegelt, in das dicht besiedelte, heiße, gewalttätige Land, das Lianne ihr Eigen nennt. Und er war nach Osten gefahren, am Rande des Nebels entlang, der in jenen Tagen weit näher am Festland lag als Wolkenriff heute.

Auf diesen Fahrten hatte er viele wundersame Sehenswürdigkeiten gesehen und großen Reichtum erworben, und die Leute nannten ihn bald Kompass von Delta, den größten Forscher aller Zeiten. Er war unwahrscheinlich groß und lächerlich dünn. Wann immer ihn jemand nach seinen Abenteuern fragte, sagte er: »Drei Dinge braucht man, um erfolgreich zu sein. Zusätzliche Längen Tau. Viel Zwieback. Pfeffer im Überfluss.«

Das war alles?, fragten sich die Leute. Genügte das, um der größte Forscher aller Zeiten zu werden?

Schließlich kam Kompass' Ruhm Faden zu Ohren. Nun, Faden ist so unbesonnen wie andere Helden auch und eifersüchtiger als die meisten. »Ha!«, sagte er. »Größter Forscher aller Zeiten? Das soll er mir erst einmal beweisen!« Und schneller als ein Fisch nach einer Fliege schnappen kann, war er unterwegs, Kompass' Tüchtigkeit auf die Probe zu stellen.

Noch in jener Nacht blies er nach Delta hinein, trieb Hagelkörner aus einer Gewitterwolke und traf zwischen einem Blitzschlag und einem Donnergrollen ein.

Vier Mal klopfte er an Kompass' Tür, oder vielleicht drei Mal, und jedes Klopfen klang, als würde ein Wal auf eine Barkasse springen. Die Tür öffnete sich nach dem vierten, möglicherweise auch nach dem dritten Klopfen, und Kompass blickte in die tosende Nacht hinaus. Er war unwahrscheinlich groß. Er war lächerlich dünn. Er hatte einen langen Schnurrbart, der wie nasser Bindfaden herabhing, und er hatte sich einen hörbaren Schnupfen eingefangen. Er begutachtete Faden leidenschaftslos. »Guted Abedd«, näselte er.

Mit einer Brise im Rücken betrat Faden das Haus und wirbelte Karten wie trockene Blätter durcheinander. »Bist du der größte Forscher aller Zeiten?«

Kompass zuckte die Achseln. »Schwer zu saged. Die Leute saged, ich wär der größte – *schnieeef* –, aber es köddte addere gebed, vodd deded ich doch dichts gehört hab.«

»Was ist mit dem Steuermann, der sein himmlisches Schiff zwischen den Sternen hindurchmanövriert?«

Kompass zuckte die Achseln. »Oh, ich schätze, dass ich wahrscheidlich schod besser bid als er.«

»Tatsächlich!« Der Steuermann war Fadens Schwiegersohn, den er mit solcher Wucht himmelwärts geschleudert hatte, dass die Mittellampe zu Bruch ging, weshalb das Schiff nur noch in Bug und Heck über Sterne verfügte. »Und wie kommst du darauf?«

»Er segelt jedes Jahr die gleiche Route, udd er hat die behr dach Hause gefudded. Keide Segelfahrt ist ded Aufwadd wert, wedd bad addered Leuted dichts erzähled kadd.«

»Tatsächlich!«, sagte Faden und kochte innerlich. »Wie interessant! So sag mir, worin besteht dein Geheimnis, o mächtigster unter den Forschern?«

»Zusätzliche Lägged Tau. Viel Zwieback. Pfeffer ib Überfluss.«

»Ich werde dir so viele Taue und Pfeffer und Zwieback geben, wie du dir nur vorstellen kannst, wenn du für mich auf Forschungsreise gehst.«

»Wohidd?«, knurrte Kompass.

»In den Nebel!«, sagte Faden. »Erforsche den Nebel, und dein Ruhm wird dir sicher sein.«

»Udd wedd ich dicht will?«

Faden grinste so gefährlich, wie nur Helden grinsen können.

»Dachte ich bir«, seufzte Kompass. Er strich sich über den kümmerlichen Schnurrbart. »Da werde ich eide Begge Taue brauched«, gab er zu bedenken.

»So viele, wie du dir vorstellen kannst.«

»Da werde ich eided Haufed Zwieback brauched.«

»So viel du willst.«

»Da werde ich eided Schlag Pfeffer brauched …«

»Allen Pfeffer, den du dir wünschen kannst.«

»Id Oddugg«, schniefte Kompass. »Ich bach's.«

(Die Finsternis umspülte die Eiländer ein wenig dichter, während ihr Feuer zu Asche herunterbrannte. Alle fühlten sich besser, nachdem sie etwas Heißes gegessen hatten, auch wenn Quell froh gewesen wäre, den Kaninchengeschmack aus ihrem Mund zu bekommen. »Ich brauche einen Schluck Wasser«, sagte sie und kroch zum Bach hinüber.

Er schmeckte nach Blättern und nachtstiller Erde. Auf dem Rückweg folgte sie dem roten Auge der Feuerstelle.)

So berühmt er auch war, sogar Kompass hatte Probleme, eine Mannschaft zusammenzubekommen, die in den Nebel gehen wollte. Er musste viertausend oder vielleicht dreitausend Mal versprechen, dass es mehr Taue, Zwieback und Pfeffer geben würde, als sich irgendjemand auch nur vorstellen konnte.

Endlich war der große Tag gekommen. Kompass hatte ein brandneues Schiff für die Fahrt, und er nannte es *Achterstek*. »Dieses Schiff wird nicht vom Nebel davongetragen werden«, sagte er. »Ich habe nicht vor, mich herumschleudern zu lassen wie eine lockere Klüverschot.« Was eigentlich ganz vielversprechend klang.

Doch noch bevor Kompass aus dem Hafen heraus war, schüttelte die Menschenmenge bestürzt die Köpfe: Er hatte vergessen, den Anker zu lichten! Mit jedem Meter, den das Schiff zurücklegte, glitten weitere Tauschlingen über den Heckbalken ins Meer. Alle schämten sich für Kompass, und so verließen sie hastig den Hafen, damit es ihm nicht peinlich sein würde, wenn er umkehren musste.

Als die Deltaner am nächsten Morgen zur Arbeit gingen, war der Anker merkwürdigerweise noch da. Ein Stück Tau – das leichteste, dünnste, stabilste Tau, das Kompass hatte finden können – führte weit nach Osten weg.

Als die Seeleute das bemerkten, sagte Kompass nur: »Jau. Der Kerl hat uns wirklich eine Menge Tau gegeben.« Und dann lächelte er zwar nicht gerade, denn das war nicht seine Art, aber er seufzte vergnügt und sein Stirnrunzeln schien zu flimmern.

Nun, von Delta bis zum Nebel war es ein langer Weg, aber das Wetter blieb schön, es gab genug Fische, und die Mannschaft war guter Stimmung, solange sie nicht daran dachte, was vor ihr lag.

Vier oder vielleicht drei Monate dauerte es, bis die *Achterstek* den Rand des Nebels erreichte, und als die Mannschaft ihn schließlich sah, wie er glänzte und leuchtete, schimmerte und funkelte, schwarz und weiß wurde und emporschäumte wie ein versilbertes Gewitter, packte sie die Angst.

»Dort können wir nicht hinein!«, rief einer. »Was ist, wenn wir auf Schlick stoßen, der ganze Schiffe verschluckt?«

»Was geschieht, wenn wir von Tauschs Balken fallen!«, sagte einer mit einem Zittern, das seine Ohrringe klimpern ließ.

»Oder wir landen sogar auf der Entschwundenen Insel«, jammerte ein dritter Seemann.

»Ich bin der Kapitän, und ich befehle euch, mir zu vertrauen«, sagte Kompass. Und jedes Mal, wenn er einen ängstlichen Seemann entdeckte, beugte er sich zu ihm vor, zwinkerte und murmelte: »Tau! Zwieback! Pfeffer!«

Nun, so segelten sie denn in den Nebel hinein.

Sie sahen, wie eine Wolke eine leuchtend blaue Insel gebar.

Vor der Küste der Feuerinsel tauchten sie nach Stücken versunkenen Regenbogens, und fast wären sie gesunken, als eine Sternschnuppe wie eine Kanonenkugel ihr Deck durchschlug.

Sie sahen, wie Brand einen Wettlauf gegen Zeit verlor und auf der Oberfläche der Wolken feurige Fußabdrücke hinterließ – so weit das Auge reichte.

Und die alte *Achterstek* machte natürlich auch einige Veränderungen durch. Eine Zeit lang bestand ihr Rumpf aus gehämmertem Gold, so dünn wie der Flügel einer Libelle, und ihre Takelage ganz aus Spinnweben. Dann nahm das Schiff die Gestalt eines Walrosses an, das einen riesigen Reiher auf dem Rücken trug, die Flügel zu Segeln ausgebreitet. Sie sahen viele Wunder und erlebten viele Abenteuer, und bald ließ sich nicht mehr mit Sicherheit sagen, ob sie noch ganz bei Verstand waren. Aber Kompass hielt sie so ruhig, wie er konnte, und versuchte, seine Erlebnisse jeden Tag im Logbuch niederzuschreiben, regelmäßig, bevor er zu Bett ging.

Dann hatten sie endlich genug. Sie waren bereit, wieder den Fels unter ihren Füßen zu spüren, in ehrliche Gewässer vorzustoßen und ihre Geschichten den Daheimgebliebenen zu erzählen. An dem Tag, als Kompass aus dem Ruderhaus trat und erklärte, er sei bereit, Kurs auf die Heimat zu nehmen, waren es alle zufrieden.

Doch just als die Mannschaft in lauten Jubel ausbrach, brodelte der Nebel unter ihnen schwarz und blutrot empor. Die Frau im Ausguck entdeckte einen riesigen Tentakel, weit leewärts, der sich auf der Oberfläche der Wellen krümmte. »Schlick!«, brüllte sie. »Es ist Schlick! Wir sind verloren!«

Da fing Kompass an, wie ein Verrückter zu schreien. »Zwieback!«, rief er. »Krümelt Zwieback über Bord!«

Niemand rührte einen Muskel. Kompass geriet außer sich. »Habe ich euch nicht etwa in den äußersten Süden geführt? Und an den Eisinseln des Nordens vorbei? Habe ich euch nicht die Ader hinuntergebracht, ohne dass ihr einen Tropfen Blut verloren hättet?«, schrie er.

Schlicks um sich schlagende Tentakel stießen auf die *Achterstek* herab.

»Also KRÜMELT ZWIEBACK!«, brüllte Kompass und wuchtete eine enorme Ladung trockenen Zwiebacks über Bord.

So verrückt es scheinen mochte – jeder einzelne Seemann auf jenem Schiff fing an Zwieback zu krümeln, als würde er Brand füttern. Die Luft war von Krümeln erfüllt; ihre Haare weiß vor Mehl. Das Deck glich einer Bäckerei. Und jetzt konnten alle den Tentakel sehen, der schwarz und bläulich rot nach dem Schiff tastete.

Dann entdeckte die Ausguck die erste Möwe. Sie zog kreischend ihre

Kreise, fast zu fett, um an Schiffszwieback interessiert zu sein. Bald stieß noch eine aus dem nebligen Himmel herab. Und noch eine, von querab. Zwei weitere Möwen von jenseits des Heckbalkens – eine flog auf den Bugspriet hinaus, mehrere flatterten von der Takelage herunter, ein ganzer Schwarm von der Steuerbordreling. Die Möwen waren überall: Möwen sprudelten aus dem Wasser, Möwen platzten aus den Hellegatten des Schiffes, Möwen verhedderten sich in den Haaren der Seefahrer. Alle kämpften sie und klapperten und schrien einander an, um an die Zwiebackstücke zu kommen.

Und je näher sie kamen, desto dichter wurde der Schwarm, in einem Wirbel von Flügeln gefangen. Die Vögel bildeten einen riesigen weißen Schwertkämpfer, der eindeutig Streit suchte: der Möwenkrieger, Held der Inseln.

Nun, passenderweise entdeckte er ein großes, rotschwarzes, schleimiges, stinkendes, triefendes, entsetzliches, echtes, vier- oder vielleicht dreimal überlebensgroßes Tentakelmonster, mit dem er kämpfen konnte.

Und wie sie kämpften!

Der Kampf tobte sieben Tage und sechs Nächte lang.

»Gebt Acht!«, schrie Kompass, als ein abgetrennter Tentakel auf das Vorderdeck knallte.

»Passt auf, Jungs«, brüllte er, als Schlick einen Arm des Möwenkriegers einfach abquetschte, der sich daraufhin in einen Sturm herumwirbelnder Möwen auflöste. »Die Möwe ist entwaffnet worden!«

Aber am siebten Tag kam Schlick endlich zu der Einsicht, dass die *Achterstek* den Aufwand nicht wert war, und schlitterte davon, um eine kleine, dünn besiedelte Insel zu verschlingen.

»Wir haben es geschafft! Wir haben es geschafft! Wir leben noch!«, riefen die Seefahrer. Und dann wandten sie sich wie ein Mann dem Kapitän zu und sagten: »Ihr seid zweifellos der größte, einfallsreichste, außergewöhnlichste Forscher aller Zeiten! Wie können wir Euch jemals danken?«

Kompass rümpfte die Nase. »Kratzt die Möwenscheiße von meinem Schiff«, sagte er.

So säuberten sie denn die *Achterstek*, fest davon überzeugt, dass Kompass mit jeder Gefahr fertig wurde.

Aber Kompass war nicht zufrieden. »Kein Wind!«, schimpfte er. »Seit vier Tagen (und drei Nächten) kein Windhauch!« Als wäre das noch nicht schlimm genug, roch das Schiff entsetzlich nach Möwenkot, und Kompass wäre über eine Brise, die den Gestank fortgeweht hätte, äußerst glücklich gewesen.

Keine Brise regte sich, und das Schiff lag einen Monat tödlicher Ruhe lang in Eisen.

»Tentakel, Tentakel, Tentakel«, murrte die Mannschaft. »Seit Wochen bekommen wir nichts anderes zu essen. Tentakeleintopf, Tentakelpastete, eingelegte Tentakel in Sahnesauce mit frittierten Tentakeln als Beilage. Igitt! Wir wollen nach Hause!«

Schließlich befahl Kompass ihnen, an dem Tau zu ziehen, das noch immer am Anker im Hafen von Delta befestigt war. »Es wird eine lange Fahrt, wenn wir uns nach Hause ziehen müssen, aber was haben wir für eine Wahl? Oh, und noch etwas. Bringt die zusätzlichen Fässer Pfeffer auf Deck.«

Und so saß Kompass während der langen, anstrengenden Tage da und bastelte an einem merkwürdigen Apparat aus Tauen und Rollen und drei Schiffsäxten, eine für jedes Pfefferfass. Unterdessen zog die Mannschaft die *Achterstek* weiter nach Delta.

Dreißig Tage später oder vielleicht fünfundzwanzig – wen sah Kompass da, wenn nicht seinen Auftraggeber, der den Bugspriet hinunterlief und aufs Vorderdeck sprang. Nun, Faden war doppelt so groß wie ein normaler Mensch, seine Augen waren sturmwolkenblau, und Blitze zuckten um seinen Kopf. Seine Wangen waren aufgebläht, und er sprach kein Wort, sondern grinste nur. Schließlich blickte er zum Himmel empor und murmelte ein paar Worte, sehr schnell und rauchig: »Du-scheinst-festzusitzen-größter-Forscher-aller-Zeiten.«

Kompass blickte auf und sah, wie der Wimpel am Großsegel wild flatterte. »Eine kleine Flaute«, sagte er. »Aber ich werde sie in Kürze hinter mir lassen.«

»Ha!«, prustete Faden, und das Schiff legte sich im plötzlichen Wind stark auf die Seite. Sie richtete sich auf und Faden sog die Luft wieder ein. Er betrachtete die ängstlichen Seefahrer und das schmutzige Schiff und Kompass. Auf seinem Gesicht breitete sich ein fieses Grinsen aus, wie der Schatten eines Sturms, der sich über das schwarze Wasser legt. »*Fwuuuuuuh!* Und-wie-gedenkst-du-das-zu-tun?«

Kompass strich sich über seinen kümmerlichen Schnurrbart und schaute mit einem prüfenden Blick zu Faden hinauf. »Na, Ihr werdet mir helfen, Nachbar!« Er nickte, als Fadens Augen hervortraten. »Jau«, fuhr er fort, »ich denke mal, Ihr seid zu dumm, mir nicht zu helfen.«

»HAH!!!«, schnaubte Faden, und sofort blähten sich die Segel. Kompass zog mit einem Ruck an seinem Tau, das über eine Rolle zu einem Knieblech lief, das an drei weiteren Tauen zog, die die Stützen unter den drei Schiffsäxten wegrissen. Und Faden, der bemerkte, dass er die Segel sich hatte blähen lassen, ohne es zu wollen, atmete so tief er konnte ein: *fwuuuuuuhhh!* Doch dabei atmete er Unzen, Gallonen, *Fässer* fein gemahlenen Pfeffers ein.

Seine heldenhaften Augen tränten. Seine heldenhafte Nase lief. Seine Wangen zuckten und seine Stirn schwitzte Blitze. »Haltet euch fest!«, rief Kompass, und seine Mannschaft hielt sich verzweifelt fest, als Faden seinen Kopf herumriss, weinte, keuchte und so laut niesen musste, dass es auf der ganzen Welt zu hören war.

Nun, jedes Volk erzählt sich Geschichten über diesen Nieser. Die Grasländer sagen, dass der Himmel an einem Scharnier befestigt sei, und eines Tages sei er seitlich aufgeklappt und hätte sie halb die Berge am Ende der Welt hinaufgeblasen. Die Waldländer sahen zu, wie jeder Baum, jeder Trieb und jeder Spross, der sich weniger als drei Tage von der Küste entfernt befand, in die Luft gerissen und zu Feuerholz gestapelt wurde. Zu Hause fegte der Wind mit solcher Wucht über Delta, dass das Inseldreieck herumgewirbelt und aus Speerspitze der Fuß wurde. Und vor allem blies der Nieser Kompass' Boot glatt aus dem Nebel heraus und nach Delta zurück.

Das Schiff flog so schnell und so hoch, dass jeder Mensch an Bord, auf einer der Äußeren Inseln zu Kleinholz zerschmettert, hätte umkommen müssen. Kompass hatte die *Achterstek* jedoch mit einem flachen Rumpf gebaut, so dass sie direkt vor Petze aufs Wasser schlug und wie ein flacher Stein über die höchsten Hügel der Insel hüpfte. Sie sprang noch fünf Mal und setzte mit drei Sprüngen über Inseln hinweg, bevor sie in den Hafen von Delta zurückgeschlittert kam und auf dem hafenseitig gelegenen Riff ihren Rumpf aufschlitzte.

Tja, und die Städter strömten zu ihrer Begrüßung heraus. Sie ließen die Mannschaft dreimal hochleben, und sie ließen die *Achterstek* dreimal hochleben. Sie jubelten über das Tau, den Zwieback, den Pfeffer und sich selbst. Sie ließen Kapitän Kompass dreimal hochleben!

Doch dieser miesepetrige Mann musste sich einmal mehr beklagen. »Warum habt ihr die Insel herumgedreht?«, knurrte er. »Das neue Riff hat den Rumpf meines Kahns aufgeschlitzt!«

Was einmal mehr bewies, dass der größte Forscher aller Zeiten ein echter Schiffskapitän war und ein Eiländer vom Scheitel bis zur Sohle.

Jo klatschte leise. Quell war bereits eingeschlafen, aber auf ihrem Gesicht blieb ein Lächeln zurück.

Sie mummelten sich für die Nacht ein, Tau mit einem Arm um Quell, Jo mit einem Arm um Tau, um die Kälte abzuwehren.

Während er auf der harten Erde lag und einzuschlafen versuchte, dachte Tau darüber nach, wie merkwürdig ihre Reise doch war. Er befand sich in einer Geschichte. Das – das war so ganz anders als das gewöhnliche Leben.

Es war wichtig.

Die Erde unter seinem Kopf, die Dunkelheit jenseits des glimmenden Feuers, die murmelnden Blätter in der Nacht … der Druck (er konnte ihn nicht ignorieren) von Jos Brüsten in seinem Rücken; die Berührung ihres Beines.

Er schloss die Augen und ertrank in Schlaf.

Später, viel später, lag Jo noch immer wach, wärmte sich an Taus breitem Rücken und starrte trotzig in die Nacht hinaus.

Sie keuchte, als etwas ihren Arm berührte.

Es war Netz, der spinnensanft über Taus Schulter auf die ihre geklettert war. Durch seine zarte Berührung konnte sie Taus schlafendes Innerstes spüren. Wie er da schlummerte, lag er offen vor ihr, auf der anderen Seite des Netzgespinstes, warm und menschlich: ein Anker, der sie am Boden halten würde, falls sie beschloss, ihn zu benutzen.

Sie zitterte, als Netz von ihrer Schulter glitt. Durch den Stoff hindurch berührte ein Fühler sanft ihre Brust. Zog sich zurück. Tastete wieder nach ihr.

Während dieser zarten Untersuchung schlief sie ein.

Kapitel 9
Der Wald

Ein Schrei weckte sie.

Jo setzte sich kerzengerade auf. Ihr Herz pochte in ihrer Brust. Das Feuer in der Zeder glühte schwach. Von draußen drückte Dunkelheit auf sie.

Der Schrei riss plötzlich ab.

»Was war das?«, zischte Quell.

»Psst!« Jos ganzes Sein lag in ihren Ohren. Nachtgeräusche erfüllten die Stille, die der Schrei zurückgelassen hatte. Die Bäume murmelten von Regen und Wind. Ein Wiesel sprang in den Bach. Eine Eule schrie und Quell packte Jos Hand.

Ein leichter Windhauch glitt vorbei und flüsterte finstere Geheimnisse. Jo versuchte, seiner Geschichte zu lauschen, doch die Angst zerstreute ihre Gedanken. »Zu viele Bäume! Ich kann vor lauter Bäumen nichts hören!« Sie drückte Quells Hand. »Aber bevor der Schrei abbrach, habe ich, glaube ich, einen Mann gehört.«

»Einen Waldländer.«

»Vielleicht.«

Tau war aufgewacht. »Einer von Hasel Flechts Fährtenlesern?«

»Nicht mehr. Irgendetwas hat ihn umgebracht. Doch jetzt ist da draußen nichts mehr. Nur Bäume und der Wind.«

Tau rappelte sich auf alle viere und tastete nach Kirsche Ilex' Schwert. Netz krümmte sich und wurde schwarz, wie ein Schattennetz auf seiner Schulter. Um ihr Lager herum machten die Bäume dunkle Andeutungen.

Tau seufzte und griff nach dem Zunder. Sein ganzer Körper schmerzte. »Ich glaube nicht, dass wir heute Nacht noch schlafen werden.«

Doch Sorgen und Müdigkeit bewiesen das Gegenteil. Lange vor Morgengrauen rollte der Schlaf wie eine Springflut über sie hinweg.

Jo erwachte keuchend aus einem tiefen grünen Traum. Knöteriche und Weinreben und sich ringelnde Wurzeln waren über sie gewachsen und legten ihre biegsamen Finger um ihren Hals.

Die Nacht war vorbei und das Feuer kalt. Ihr erster ganzer Tag im Wald hatte begonnen. Jo atmete die Waldlandluft tief ein und ließ ihre Furcht abflauen. Aus Schattenflächen wurden allmählich Baumstämme, Bäume, Farne. Sie griff nach unten, um sich ihr Bein zu reiben. Zwei, nein, drei Spinnenbisse auf ihrem linken Fuß, keiner an ihrem rechten.

Ihre Hand erstarrte, als sie sich an den Schrei erinnerte.

Tau und Quell lagen gemeinsam vor dem gähnenden Eingang der Zeder. Ihre säurezerfressenen Haare waren zerzaust und dreckig. Netz hatte sich um

Taus Handgelenk geschmiegt. Quell hatte sich mit dem Gesicht zum Feuer zusammengerollt. Jo schlang die Arme um sich und zitterte. Sie hockte da und dachte darüber nach, wie weit sie gekommen war, seit sie aus dem Nebel geflohen war, und wie weit sie noch gehen musste. Und am Ende ihrer Wanderung …?

Sie war noch nie einem Bronze begegnet. Sie machten ihr Angst. Sie hatte Quell verzweit und Flecht und Tau nachgeahmt. Selbst das war ein Fehler gewesen, denn es brachte die Muster ihres menschlichen Ichs durcheinander und verwob zu viele Linien zu einer Zeichnung. Sie durfte das nicht noch einmal tun.

Wie mochte ein Bronze wohl sein? Ein Schemen, der sich selbst behaupten konnte, während er unablässig auf die Herzen der Menschen lauschte, musste über einen Kern aus gehämmertem Stahl verfügen. Sie konnte sich das nicht vorstellen.

Mit einem Brummen stand sie auf. Es war sinnlos, sich jetzt schon darüber Sorgen zu machen. Der Schrei war das vordringlichere Rätsel.

Es war Zeit, auf die Jagd zu gehen.

Welche Gestalt? Ein Adler? Ein Falke? Allerdings konnten scharfe Augen von dem Blätterdach getäuscht werden … Eine Nase wäre am besten. Eine schleichende, rotschwänzige Schwarzpfote. Warmer Pelz als Schutz vor der Kälte, geschickte Füße, um Kaninchenfährten zu folgen, spitze Ohren und eine empfindliche Nase.

Sie verfuchste sich.

Ahh. Besser. Es war so viel leichter, den Waldboden entlangzutrippeln, an den tauüberzogenen Spitzen der Farne vorbeizuschleichen. Das Flüsschen: ein tiefer Schluck Wasser und rasches Putzen. Und jetzt die Neuigkeiten der Welt erschnüffeln.

Wildfährten und Asche und Menschengeruch. Jo zitterte. Das sind nur Quell und Tau, sagte sie sich. Aber der Gestank der Menschen ließ ihren Schwanz zucken. Sie sprang stromaufwärts und suchte nach einem umgestürzten Baumstamm, der über den Bach führte.

Der Geruch des Lagerfeuers wurde schwächer. Besser. Mauselöcher und Waldhühner … die Eier waren noch nicht lange ausgebrütet. Jos rosarote Zunge hing einen Moment lang heraus, und ihre Augen funkelten. Flauschige kleine Mahlzeiten versteckten sich im Gebüsch. Weiter weg der Geruch von Fleisch.

Menschenfleisch. Merkwürdig, dachte Jo. Natürlich, das musste es sein. Der Schrei. Sie blieb stehen. Fast hatte sie den Schrei vergessen. Sie musste vorsichtiger sein.

Ein Hase brach direkt vor ihr aus einem Gebüsch. Ihre Pfoten schlugen von selbst zu, aber er war einen Sekundenbruchteil schneller und sprang wild davon, über Stämme hinweg und unter Blättern hindurch. Jo raste über den Waldboden, von der Erregung der Jagd gepackt. Sie freute sich aufs Fressen.

Sonnenlicht glitt zwischen den Ästen eines großen Ahornbaums hindurch und fiel auf den Leichnam, der an seinem Fuß kauerte. Fliegen hüpften und kreisten um den blutigen Brei, der einmal die linke Gesichtshälfte des Waldländers gewesen war. Seine Wirbelsäule und seine Rippen waren wie Anmachholz zerbrochen worden. Sein Schwert lag neben ihm – in der Scheide.

Der Tag wurde wärmer und der Geruch stärker. Ein Krähenschwarm pickte an seinem entblößten Fleisch und flatterte auf, als eine rote Füchsin auf die Lichtung gestürmt kam und sie in den Himmel jagte. Die Krähen kreischten entrüstet, als die Füchsin ihre Leiche beschnüffelte.

Als sie satt war, trottete sie davon. Sie hielt inne, um an einem seltsamen Ding zu schnuppern, das in einiger Entfernung von der Leiche im Moos lag. Es war eine Röhre mit einem Hautsack an einem Ende. Sie verströmte einen widerlichen Geruch, wie flüssiges Feuer. Sie knurrte und wich zurück, wandte sich dann um und trippelte durch den Wald, dem fernen Geruch von Asche entgegen.

»Jo! Was hast du entdeckt?« Quells schmale Schultern waren angespannt. Tau stand vor der Zeder, die Hand auf seinem gestohlenen Schwert.

Die Scheme schüttelte den Kopf und runzelte die Stirn. Eine Erinnerung nagte an einem fernen Winkel ihres Geistes, aber sie war von Fuchsgedanken überlagert und sie konnte sie nicht zurückholen. »Nichts«, sagte sie schließlich. »Bäume.«

»Komm und schau dir das an. Bitte.« Quell deutete auf die Feuerstelle. »Nach dem Schrei hatte ich vergangene Nacht einige seltsame Träume. In einem von ihnen versuchte jemand, hier einzudringen. Als ich dann aufgewacht bin …«

Inzwischen war der Tag angebrochen. Selbst im dämmrigen Wald war es so hell, dass man die vier Fußabdrücke sehen konnte, riesig und nicht-menschlich, die sich in der weichen Asche der Feuerstelle abzeichneten. »Schaut euch diese Zehen an!«, murmelte Quell. »Wie Krallen.«

Jo blickte auf. »Oder Wurzeln.« Sie sah sich unter den aufragenden Bäumen um und musste daran denken, wie sie sich heimlich über den Tod unterhalten hatten. »Auch ich habe heute Nacht merkwürdige Dinge geträumt.«

»Dort draußen lauert etwas«, sagte Tau. »Irgendein Monster hat vergangene Nacht den Waldländer umgebracht.«

Jo lauschte auf den Wind, der den Bäumen seine Geheimnisse zuflüsterte.

Sie fühlte sich von tausend Augen beobachtet. Tausend Ohren spitzten sich bei jedem ihrer Schritte. »Dann lasst uns hoffen, dass der Wald zum Volk der Meere freundlicher ist als zu seinem eigenen.«

Den ganzen Morgen humpelten sie den Bach entlang. Krumme, unheimliche Zedern schwankten über bösartig riechendem Holunderdickicht. Gestreifte Spinnen, so groß wie Quells Daumen, hingen feist vor ihren Augen und verhedderten sich in ihren Haaren. Tau entfernte die Netze mit einem toten Ast. Trotz alledem schritten sie schaudernd durch Seideballen und mussten zahlreiche Bisse einstecken: harte, schmerzende Schwellungen mit einer roten Blase in der Mitte.

»Auf einem Boot gäbe es wenigstens etwas zu sehen«, meckerte Tau. »Hier gibt es nur Bäume, Bäume, Bäume. Was würde ich nicht für einen weiten Ausblick geben! Meine Augen verkrampfen sich. Was für Menschen können hier leben?«

»Geheimnisvolle Menschen«, sagte Jo. »So blass und verborgen und still wie Pilze. Der Wald kennt keine geraden Linien und denkt immerzu an den Tod. Er schlägt nicht zu, sondern erwürgt.«

»Großartig«, murmelte Tau. »Ich kann es gar nicht erwarten, seinen Kaiser kennen zu lernen.«

Ihr ganzes Leben hatten Tau und Quell in der riesigen, leeren Welt des Meeres verbracht. Wind und Brandung woben endlose Lieder aus dem gleichmäßigen Rauschen von Wasser auf Fels; der Himmel war frei und die Luft mit Salz versetzt. Jenseits des menschlichen Blickfelds zogen rollende Wellen ohne Unterlass vorüber. Jede Insel, jedes Schiff, jedes Geräusch und jeder Geruch war klar und winzig und einzigartig, zeichnete sich vor einem Hintergrund von Wind und Wasser deutlich ab. Nachts trieben schwebende Sterne am Himmel, um dann von den Wolken verschlungen zu werden, die rosig und geräuschlos von unterhalb des Horizonts aufstiegen.

Der Wald war eine ganz andere Welt, eng, dämmerig und verschlossen. Rote Zedern seufzten und Ahornbäume murmelten in einer Sprache, die die Eiländer nicht verstanden. Wind, Licht, Himmel – alles wurde von den Bäumen gedämpft. In der allgegenwärtigen Düsternis war noch der winzigste Sonnenstrahl eine Überraschung, verwandelte Moos in grünes Feuer oder glitzerte auf Taudiamanten in einem Spinnennetz. Dann wieder schaukelte ein Ast, wie von unsichtbarer Hand angestoßen, und warf seinen Schatten über sie.

Ihre Schmerzen zwangen sie oft dazu, Pausen einzulegen, doch die Furcht vor Flechts Fährtenlesern oder die Erinnerung an den Schrei trieben sie bald weiter. Während der Wanderung dachten Quell und Tau immer wieder an Gischt und Schegel. Hatten sie jene Nacht auf Delta überstanden? Waren sie mit dem Roten Umhang geflohen? Oder waren sie in ein Gefängnis der Waldländer eingesperrt und zahlten den Preis für die Flucht ihrer Freunde?

Tau murrte unablässig, doch er schlug nie vor, Halt zu machen. Quell antwortete ihm eine Zeit lang und schwieg dann. Schließlich bat sie um eine Pause und ärgerte sich, dass die anderen das ihr überließen; ihre Schwäche war ihr zuwider.

Gerade als sie an ihrem dritten Marschtag um die Mittagszeit Rast machten, setzte der Regen ein. Jo bot an, ihre Hände in Flammen zu verwandeln, um Feuerholz zu trocknen, aber Quell und Tau lehnten hastig ab. »Je weniger du auf Brand zurückgreifst, desto besser«, sagte Quell. Die Scheme zuckte mit den Achseln und ging auf die Jagd, während die Eiländer trockenes Holz suchen gingen. Selbst als das Feuer brannte, keuchte es wie ein alter Mann auf dem Sterbebett.

»Au!« Tau wurde von einer schwarzen Rauchschwade erwischt und floh hustend vor dem Wind. »Und das alles bestimmt wieder nur für ein schmutziges Kaninchen.«

»Igitt!«

»Was würde ich nicht für ein feines Barschfilet geben!«

»Felsenbarsch.«

»Vor der Kralle gefangen –«

»In Öl brutzelnd«, sagte Quell verträumt. »Nach Otters Art, leicht mit Dill bestreut.« Sie sahen einander mit knurrenden Mägen an. Regen tröpfelte schwermütig von den Zweigen. »Das ist keine gute Idee«, sagte sie dann.

Tau nickte. »Wir müssen mit dem zurecht kommen, was wir haben.«

»Es ist sinnlos, über gegrillten Barsch nachzudenken –«

»Oder über eingelegte Pilze –«

»Oder Alsters Pflaumenwein!«, seufzte Quell.

Das Feuer zuckte und spuckte. Hastig warf Tau einige Streifen Zedernrinde in die schwache Glut und blies so lange darauf, bis sie wieder leuchtete und ihn mit einer Aschewolke überzog.

Quell reichte ihm eine Hand voll triefendes Feuerholz. »Du – *tschi!* – siehst aus wie ein gerösteter Wa *–hasch!* – bär. Das Grau in deinen Haaren – so distinguiert! Ich falle gleich in Ohnmacht!«

Sie fiel anmutig auf ihn. Als sie ihre Augen öffnete, sah sie ihn an ihrem Hemd nagen, die Zähne in ihren Kragen geschlagen. »Oh, du Tier!«

Er nahm sie in die Arme, brummte und küsste ihren Nacken.

»Das ist schön.« Quell lachte und blinzelte, als Regentropfen auf ihr nach oben gewandtes Gesicht spritzten.

Tau lächelte und küsste sie auf die Lippen.

»Sehr schön sogar.«

Erneut blickte er ihr in die Augen, noch immer lächelnd, noch immer schweigend. Er hielt sie mit einer Hand und streichelte sie mit der anderen. Seine Finger glitten ihren Arm hinunter, ihren Rücken hinauf und hielten inne, um ihren Nacken zu streicheln. Schmutzig und nass und müde wie er war, hielt er sie neben dem Lagerfeuer in den Armen, und sein Geruch vermischte sich mit dem Geruch von Holzqualm und feuchter Erde und grünen Dingen im Nieselregen.

Sie erwiderte seinen Kuss, bis sie außer Atem war. »Es müsste öfters regnen.«

Immer noch lächelnd streichelte er wieder ihren Arm und ließ seine Hand dann zu ihren Brüsten gleiten. Durch den feuchten Stoff hindurch berührte er sie mit ruhiger Hand, ohne sein Gesicht in ihrem Nacken zu verbergen oder schüchtern die Augen zu schließen. Noch immer sah er sie an, noch immer lächelte er. Sie waren weit von Wolkenriff entfernt, an einem geheimnisvollen Ort, wo andere Regeln galten. Sie waren keine Kinder mehr. Sie waren wie Abenteurer in einer Geschichte nach Delta gesegelt und über das Festland gewandert, wie Kompass oder Tausch.

Er ließ seine Hand langsam und sicher über ihre Brust kreisen, und ihr Atem stockte – die Kühnheit seiner Berührung, sein offensichtliches Vergnügen und wie er sie ansah, sie zwang, sich einzugestehen, dass er ihre Brüste berührte, dass sie ihn begehrte. Quell spürte, wie ihr das Blut ins Gesicht schoss. »Jo könnte jeden Augenblick zurückkommen!«, flüsterte sie.

Sein Lächeln wurde breiter und er küsste sie noch einmal, drückte ihre Brust, ließ seine Hand darüber gleiten, zu ihrem Hals hinauf und schließlich hinunter, um sie zwischen den Beinen zu streicheln, legte seine Hand auf ihren Hügel, blickte ihr dabei weiter in die Augen, lächelte immer noch. Wo seine Hand sie berührte, brannte ihre Haut.

Ein Rascheln im Gebüsch ließ Quell aufspringen, mit rotem Kopf und nach Luft ringend.

»Es brennt!«, rief Jo und trat auf die Lichtung.

»Was?«

»Das Feuer.« Tau grinste und warf ein weiteren Zedernstreifen in die Flammen. »Wir haben das Feuer anbekommen.«

Jo hielt ihre Hände hinter dem Rücken versteckt. »Unser Glückstag!«, sagte sie. »Ratet mal, was ich gefangen habe.«

Tau und Quell sahen erst sie an, dann einander. »Kaninchen«, riefen sie im Chor.

»Woher wusstet ihr das?«

»Pures Glück.«

Quells Gesicht brannte vor Scham und ihr Magen knurrte ihr Bösartigkeiten zu, während sie Jos Kaninchen betrachtete. Dann hatte sie urplötzlich eine Idee. Sie sprang auf und suchte ihr Lager ab, froh darüber, etwas zu tun zu haben. Sie versuchte, nicht an Taus Berührung zu denken. »Schegel würde mich umbringen, dass ich daran nicht gedacht habe«, murmelte sie. »Den ganzen Tag sind wir den Bach entlanggelaufen.« Sie wühlte im schlammigen Lehm. »Komm schon, komm schon … aha!«, rief sie und zupfte einen langen, rosafarbenen, sich windenden Wurm heraus.

»FISCH!«, rief Tau.

Quell erwiderte seinen Blick und grinste verzückt. »Fisch! Wenn wir jeden Tag ein paar Fische fangen könnten«, erklärte sie Jo, »müsstest du dich nicht so oft verwandeln. Es wäre sinnlos, mit einer Eule statt einer Scheme in Laube einzutreffen.«

»Und wir könnten endlich etwas Ordentliches essen!« Tau hielt nachdenklich inne. »Aber Würmer genügen nicht. Wir brauchen Ruten, Haken, Schnüre.«

»Wir könnten nach ihnen kitzeln.«

Tau dehnte seine Finger. »Lieber nicht.« Unwillkürlich schaute er Jo an. Er hatte ihr angeboten, auf diese Weise für sie zu fischen, damals, auf Schegels Insel. Und sie hatte ihm im Gegenzug auch etwas angeboten. Natürlich hatte er richtig gehandelt abzulehnen. Und doch …

Und doch, als er sie jetzt ansah, das schmale Gesicht von silbernem Haar umkränzt, verspürte er einen Stich schuldbewussten Verlangens.

Quell sah die Blicke, die Tau und Jo einander zuwarfen. Ihr wurde bewusst, dass Jo wunderschön war. Sie konnte ihr Tau wegnehmen.

Jo zuckte mit den Achseln. »Nun gut. Geht voraus. Wer fängt denn eigentlich Fische? Adler? Ottern?«

»Ähem.« Quell warf Tau einen hilfesuchenden Blick zu. »Wir sind dir sehr dankbar für alles, was du für uns getan hast. Wirklich. Aber wir wollen nicht, dass du dich verwandelst. Wir würden gerne versuchen, einen Teil des Essens selbst zu fangen.«

Skeptisch betrachtete Jo das kleine Flüsschen, das am Lager vorbeifloss. »Viel Glück.«

Ruten ließen sich aus Ästen leicht anfertigen. Tau hatte den genialen Einfall, Netz als Schnur zu verwenden. »Er wird den Haken halten und nach jedem Fisch schnappen, der anbeißt«, prahlte er. Die Frauen sahen ratlos zu, wie er Netz beibrachte, einen Haken festzuhalten, den er aus dem gesplitterten Schlüsselbein eines Kaninchens gefertigt hatte.

Quell begutachtete ihre Ausrüstung ohne große Hoffnung. »Das ist die klobigste Angelrute in der Geschichte unserer Welt. Es wird nie funktionieren.«

Taus Zuversicht war unglaublich. »Es wird funktionieren! Und wisst ihr auch, warum?«

»Warum wird es funktionieren, Tau?«, fragte Jo.

»Weil Fische sehr, sehr dumm sind.«

Die ersten beiden Würmer wurden sofort abgebissen. »Das ist ein gutes Zeichen!«, murmelte Tau. »Sie warten auf uns. Netz wird es schaffen.« Er spießte noch einen Wurm auf und warf aus. »Sie mögen es, wenn es nieselt, so wie jetzt. Da werden sie hungrig. Oh, ich kann sie dort unten sehen. Große, fette, silber-bäuchige Forellen. Goldbarsche. Karpfen, die am Grund den Schlamm aufwühlen.«

Die Schnur ruckte unvermittelt nach unten.

»Hab einen!«

»Pack ihn, pack ihn!«

»Hat er angebissen?«

»Das ist ein UNGEHEUER!«

Jo rollte ihre Augen himmelwärts und leckte sich Kaninchenblut von den Fingern.

Mit wilder Konzentration und stählernem Blick starrte Tau ins Wasser, achtete auf jedes Zucken und Vibrieren seiner dünnen Rute. Es galt Mensch gegen Fisch, im Nieselregen.

Dann schlug die Forelle eine falsche Richtung ein, geriet in einen Strudel und mit einer ruckartigen Bewegung seiner kraftvollen Handgelenke warf Tau den dem Untergang geweihten Fisch auf einen flachen Uferstein, wo Netz ihn niederrang und dann selbstzufrieden davonkroch. Quell beendete das Leiden der Forelle mit einem scheppernden Schwertstreich.

»Au«, sagte Jo und verzog das Gesicht angesichts der Scharte, die in der Klinge zurückblieb. »Sie sind eigentlich nicht dafür gemacht, auf Granit zu schlagen«, gab sie zu bedenken.

Tau begutachtete seinen Fang. »Tja. Quell. Ist nicht gerade viel übrig, was?«

»Wolltest du den Kopf mitessen?«

»Kopf? Dein Schnitt ging durch die Hüfte.«

»Der ganze Fisch war nicht so lang wie deine Hand!«

»Spotte nicht!«, mahnte Tau. »Es war ein guter Fisch und ein tapferer dazu.«

»Es war ein winziger Fisch«, sagte Quell. »Ein klitzekleines Fischchen.«

Jo schlenderte heran. »Ist der Ehre genüge getan? Wollt ihr jetzt etwas Ordentliches essen?«

Der Hunger grollte heftig in Quells Magen. »Ich würde sagen, der Ehre – *argh!*«

»Tut mir schrecklich Leid«, sagte Tau und nahm seinen Ellbogen aus ihren Rippen.

»Uff! Äh, danke, Jo«, sagte Quell niedergeschlagen und betrachtete die halbierte Forelle. »Sollten wir noch hungrig sein, nachdem wir das alles gegessen haben, können wir ja immer noch mehr fangen.«

Es war ein hungriger Nachmittag und ein müder Abend, doch während der Nacht klarte der Himmel auf und der abnehmende Mond sandte ein zauberisches Licht durch den Baldachin der Blätter, wild und anbetungswürdig und von Geistern erfüllt.

Irgendwo in der Finsternis schrie eine wahnsinnige Eule beim Erlegen ihrer Beute, und Quells Herz setzte einen Schlag aus. Sie spürte, wie das zweite Gesicht sie durchbebte. Tagsüber verspottete der Wald die Eule. Die Krähen kreischten ungehobelte Bemerkungen, und die Mäuse äfften sie nach, sperrten ihre Augen weit auf und blinzelten dümmlich, während ihre Kumpel lachten.

Wenn die Nacht anbrach, war alles anders. Dann schwebte die Eule von ihrem Ast herab – weich wie Schnee und ebenso leise. Auf der Suche nach Rache. Dann zitterte die Maus, die tagsüber so kühn gewesen war, bei jedem Rascheln im Blätterwald, trippelte von Wurzel zu Wurzel, während in ihrem winzigen Herzen die Furcht pochte. Plötzlich würde ein wahnsinniger Schrei hinter ihr explodieren und ihr Blut in Eis verwandeln, während Krallen wie Nägel durch ihren zuckenden Rücken hämmerten.

Jos Silberaugen funkelten im Mondschein. Tau hatte sich bereits schlafen gelegt und schlummerte vor dem geborstenen Stamm einer Bleistiftzeder.

Der Schatten einer Eule legte sich Quell aufs Gemüt. Wenn eine Nacht wie diese ihr den Nebel vor Augen hielt und die Welt in ihrem Herzen weithin erschallen ließ, wie musste es erst für Jo sein? Es war zu groß, zu groß um es in sich aufzunehmen. Quell wehrte sich, krampfte sich auf menschliche Größe zusammen. Wir sind nicht dafür geschaffen, die geheimen Lieder zu hören, dachte sie. Unsere Geschichten sind nicht die Geschichten des Windes und der Sonne; wir hören sie auf eigene Gefahr.

Wie von einer unerwarteten Berührung erschreckt, spürte Quell, dass ihre Geschichte auf sie wartete, draußen im Nebel.

Und ihr wurde bewusst, wie töricht sie gewesen war, sich auf Wolkenriff von Tau fern zu halten, das zweite Gesicht wie ihr kostbarstes Geheimnis allein auskosten zu wollen. Doch die Magie brachte ihr den Tod. Der Nebel war über sie hinweggerollt, auf der Jagd nach Jo. Der Nebel hatte Taus Vater geholt. Er war weder gütig noch menschlich. Sie fürchtete ihn.

Magie ist wie Wasser, dachte Quell. Wir können nur eine bestimmte Zeit lang schwimmen, bevor wir ertrinken.

Jo regte sich am Lagerfeuer. »Ich glaube, ich werde heute Nacht Wache halten. Mal sehen, ob unsere langzehigen Gäste zurückkehren. Und, Quell, denk an Bäume!«

Quell blinzelte. »Bäume?«

»Mm. Vorgestern habe ich von ihnen geträumt, als die Langzehen kamen. Lausche auf den Wald. Höre auf das, was die Zedern zu sagen haben.«

Neben dem Feuer schnarchte Tau leise. Quell zuckte mit den Achseln. »Falls ich nicht einschlafe, will ich es versuchen.«

Und so lag sie vor dem geborstenen Stamm der Zeder neben Tau, trieb zwischen Schlafen und Wachen und starrte in die hölzerne Dunkelheit. Sie spürte Leben durch die Wurzeln der Zedern branden und wie Blut in jede Ader strömen, und sie erkannte, dass der Baum über eine weit größere Lebenskraft verfügte als sie.

Angst sickerte in sie hinein wie Regen in den Boden. Was würde geschehen, wenn sie sich verirrte und für immer im Wald versank?

Als sie endlich in den Schlaf hinüberglitt, träumte sie, dass Jo durch eine Hecke in ein geheimes Zimmer kroch. Allem Anschein nach befand sich dieses Zimmer in einem Baum, in der Nähe der obersten Äste, und es schwankte im Wind hin und her.

In seinem Herzen warf ein goldener Funke eine Vielzahl von Schatten.

Kapitel 10
Esche und Efeu

Quell wurde von Schreien und Säuregestank geweckt. Sie rollte sich vom Spalt der Zeder weg.

»Binden wollt Ihr mich!« Jo stand mit ausgebreiteten Armen vor der Öffnung des Stammes. Wo ihre Fingerspitzen ihn berührten, war die Rinde schwarz und warf Blasen. Ihr Körper verströmte Bäche blauen Dunstes, wie jener, der aus den bösartigen Waffen der Waldländer gezischt war.

»Gnade!«, rief eine hohe, melodische Stimme aus dem Innern der Zeder. »Bitte! Der Dunst ist entsetzlich!« Eine zweite, deutlich tiefere Stimme stöhnte vor Schmerz.

Die Eiländer rappelten sich auf und Tau nahm Quells Hand. »Jo hat fette Beute gemacht.«

Die Haut der Scheme zischte und warf Blasen, als sie vom Eingang der Zeder zurücktrat und sich zu Fleisch verfestigte. »Solltet Ihr mich anlügen oder fliehen wollen, werde ich keine Gnade zeigen.«

»Alles, aber nehmt den Stachel fort!«

Jo zog sich zurück und verdichtete sich zu ihrer weiblichen Gestalt.

Zwei Menschen krochen in den Mondschein heraus, mit geschmeidigen Gliedern, tief liegenden Augen und in lebende Blätter gekleidet. Die Frau war nicht größer als Quell, aber ihr riesiger Gefährte überragte sogar Tau. Sie rochen nach Moos.

»Waldgeister«, murmelte Tau. Netz kribbelte an seinem Handgelenk und glänzte leuchtend grün.

Der Wind raschelte im Haar der Frau wie eine Brise in Rebengestrüpp. »Wir danken Euch für Eure Barmherzigkeit. Mein Freund ist verletzt.«

»Spart Euch Euer Mitgefühl«, sagte der Mann. Er war groß und hielt sich gerade, doch sein Gang war von Schmerzen gezeichnet. Glich die Stimme der Frau einer Flöte, so klang die seine wie eine Bö, die über einen hohlen Baumstumpf ächzte.

»Ich heiße Efeu.« Die Frau verneigte sich und ihr Körper bog sich wie Gras im Wind. »Dies ist Esche, mein Gefährte. Verzeiht ihm. Der Schmerz verdrießt ihn.«

»Was seid Ihr?«

Efeus Lachen klang wie das Trillern eines Vogels. Quell erschauderte. »Wir sind der Wald. So wie Ihr, die Ihr der verbannten Luft entstammt, die Gestalt eines Baumes annehmen könnt, um ihre Rede besser zu verstehen, so kann auch der Wald menschliche Gestalt annehmen.« Efeu wies mit einer Hand, die so anmutig wie ein Weidenzweig war, auf sich und Esche. »Dergleichen sind wir.«

»Der Wald wollte mich binden? Das kann ich kaum glauben.«

»Wir sind gefangen«, sagte Esche. Unter Schmerzen ließ er sich auf dem Boden nieder. »Wir können nicht in den Wald zurück. Menschen und Bäume haben sich zu weit voneinander entfernt. Im Volk der Wälder brennt eine Krankheit. So wie ich jetzt brenne.« Er streckte ihnen eine langgliedrige Hand entgegen und drehte sie im Licht des Feuers hin und her. Das bloße Fleisch war mit Narben bedeckt und wurde schwarz. »Der Wald und sein Volk haben sich getrennt, und uns ist der Rückweg versperrt. Wir sind gefallene Blätter, abgebrochene Äste.«

»Sie wollten mich als Brücke verwenden«, sagte Jo. »Mich an die Bäume binden, damit sie das Menschsein hinter sich lassen können.«

Um sie herum seufzte der Wald und murmelte im Schlaf. Quells Armband klapperte in der anhaltenden Stille. »Wir gehören zum Volk der Meere, Tau und ich. Wir wissen, was es bedeutet, fern der Heimat zu sein.«

Efeu klammerte sich behutsam an Esche und schüttelte den Kopf, während er versuchte, rückwärts in die Zeder zu taumeln. »Ihr habt ein Feuer brennen lassen, und Esche machte daran Halt.«

»Mir war kalt.« Seine Stimme klang wie der Wind, der durch das Schilf streicht. Sprühregen, Traurigkeit in der Luft. Mit einem knarrenden, raschelnden Geräusch schlang er die Arme um seinen Körper und schob sich Stück für Stück ans Feuer heran. »Kalt …«

Efeu zuckte mit den Achseln. »Ich glaube, dass wir noch immer zurückkönnen, wenn es uns gelingt, Laube zu erreichen, das Herz des Waldes. Aber die Reise ist weit und Esche ist verletzt.«

»Geht schon wieder besser.«

»Natürlich!«, sagte Efeu laut und aufmunternd. »Aber du darfst dich nicht anstrengen.« Sie wandte sich wieder an Jo. »Gestattet Ihr, dass wir eine Weile mit Euch wandern? Die Gesellschaft würde ihm gut tun.« Sie sah Quell an. »Ein leerer Magen macht schwache Beine. Wir können Euch Nahrung suchen. Wir können Euch Abkürzungen zeigen. Nehmt Ihr uns mit?«

»Ein merkwürdiger Vorschlag, nach allem, was Ihr mir antun wolltet«, sagte Jo.

Quell legte ihre Hand auf Jos Arm. »Mir ist es lieber, wenn ich sie im Auge behalten kann.«

Quells Gedanken überschlugen sich. Mit Esche und Efeu als Führer würden sie weit schneller vorwärts kommen, und Jo würde nicht so oft jagen müssen. Je weniger Zeit sie als Falke, Wolf oder Otter zubrachte, desto größer war die Wahrscheinlichkeit, dass sie ein Mensch bleiben und sich in Laube an ihren Vorsatz erinnern würde.

Tau schwieg, denn er erkannte, dass Quell Esche und Efeu nicht ohne Grund mitnehmen wollte.

»Ich habe das Misstrauen satt«, sagte Quell. Sie drückte Jos Hand, die wieder kühl war und weich wie Blütenblätter. »Lass es uns versuchen. Bei den ersten Anzeichen von Schwierigkeiten gehen wir auseinander, das verspreche ich dir.«

Jo zögerte. »Nun gut«, sagte sie zu den Waldgeistern, »doch unsere Verbindung kann leicht gelöst werden. Nehmt Euch nichts heraus.«

Efeu verneigte sich, streckte die Hand aus und wand ihre geschmeidigen Finger um Quells Handgelenk. »Unsere Dankbarkeit wird nicht hinter Eurer Barmherzigkeit zurückstehen.«

Efeus Haut war von einem tiefen, warmen Braun und sie hatte beerenrote Wangen. Ihre Blätter waren dunkelgrün und glänzten. Esches Blätter waren blasser, wie Papier; sie flüsterten, während er in aufrechter, stolzer Haltung dahinschritt.

Efeu war beweglich und lebendig, auf der Suche nach Beeren flitzte sie immer wieder vom Pfad herunter. »Argh!«, sagte Tau und sah zu, wie sie einen scheinbar unerklimmbaren Baum hinaufkletterte. »Wie Schegel, als sie klein war. Man wird allein vom Zuschauen müde.«

Esche stieß einen seltsamen Laut aus, fast wie ein Lachen. Er war ein wuchtiger Mann, zwei Köpfe größer als Tau, mit Muskeln wie knorrige Wurzeln. Doch die schwarzen Narben auf seinem Kopf und seinen Händen wurden mit jedem Tag dunkler.

Die Waldgeister waren hervorragende Führer. Sie ließen das Flüsschen, dem die Eiländer seit der Küste gefolgt waren, hinter sich und schlugen einen direkteren Weg nach Laube ein. Zwei Tage später stießen sie auf einen Pfad, der so breit war, dass drei Mann nebeneinander gehen konnten. »Flechts Weg nach Norden«, sagte Jo.

Tau blinzelte. »Warum sollte irgendjemand diesen Weg einschlagen? Er schlängelt sich in alle möglichen Richtungen.«

»Seid Ihr zu blind, um das Moor zu unserer Linken zu sehen?«, sagte Esche. »Zu taub, um den Bach zu unserer Rechten zu hören?«

»Verzeiht ihm!«, sagte Efeu und strich Esche über die Schulter. »Der Schmerz spricht aus ihm.«

»Ich bin unhöflich, wenn mir danach ist. Ich habe deine Entschuldigungen nicht nötig.«

»Dann habt Ihr unsere Gesellschaft vielleicht auch nicht nötig«, sagte Jo.

Nach kurzem Zögern trat Esche mit einem großen Schritt in den Wald.

»Heute Nacht wird es kalt werden«, rief ihm Efeu hinterher.

»Warum musst du immer …« Schmerz verzerrte Esches Gesicht. »Also gut«, flüsterte er. Er kehrte um, doch er sprach den ganzen Tag kein Wort mehr.

Efeu eilte jeden Abend im Lager umher, brachte Rosmarin und Fenchel oder suchte nach Pilzen. Sie kochte, sie putzte, sie erzählte Geschichten – und berührte mit ihren kühlen, klettigen Fingern immer wieder eine Hand oder eine Schulter. Esche wurde zusehends kranker und mürrischer. Er saß da und starrte ins Feuer, als lägen jenseits der Flammen große Geheimnisse verborgen.

Während sie eines Abends nach Himbeeren suchten, fragte Quell Efeu nach Esches Verletzungen.

»Die Narben, meint Ihr? Als wir uns das erste Mal Eurem Lager näherten, sind wir auf einen Waldländer gestoßen. Er hat seinen Zerstäuber abgefeuert, bevor wir fliehen konnten. Ich stand hinter Esche, doch ihn hat die Wolke im Gesicht erwischt.«

»Der Schrei«, murmelte Quell.

»Esche hat ihn getötet«, sagte Efeu. »Er ist sehr stark, müsst Ihr wissen. Sehr stark.«

»Vielleicht«, sagte Quell. »Aber irgendetwas in ihm ist zerbrochen. Er hängt wie ein abgeknickter Ast im Wald.« Sie sah Efeu neugierig an. »Aber Euch scheint es gut zu gehen.«

Efeu sah sie von der Seite an. Quell erschrak angesichts des listigen Ausdrucks auf ihrem freundlichen Gesicht. »Ich bin nicht zu stolz, den Regen zu trinken, noch zu demütig, um Sonnenschein zu ringen«, sagte Efeu. »Wie Eure Scheme.«

Quell pflückte Himbeeren. »Was wollt Ihr damit sagen?«

Efeu lachte. »Habt Ihr nicht gesehen, wie sie ihm zulächelt? Er dürstet nach ihren magischen Geschichten wie trockene Wurzeln nach Wasser.«

»Wer, Tau?« Quell musste an das Verlangen denken, das an jenem Morgen, als sie die kleine Forelle gefangen hatten, zwischen Tau und Jo schwebte. »Ich glaube Euch nicht«, sagte sie, sich ihrer Lüge bewusst.

(Und eine noch geheimere Eifersucht nagte an Quells Herzen. Jo gehörte ihr. Sie war *ihre* Zwilling, *ihr* Geheimnis. Tau hatte keinen Anspruch auf sie.)

Quell stand mit reglosen Händen da, in einem Netz aus Gefühlen gefangen, während Efeu weiterplapperte. »Oh, ich sage nicht, dass sie Euch bereits betrogen haben. Aber Euer Liebster sehnt sich nach Wanderschaft und Eure Scheme sehnt sich nach einem Zuhause. Beide haben, was der andere will. ›Feuer sucht das Holz; Holz wärmt sich am Feuer‹, wie die Waldländer sagen.«

Gierig verschlang Efeu eine Hand voll Beeren. »Da gibt es noch etwas, das Eure Scheme betrifft. Warum, glaubt Ihr, sind wir in jener Nacht, als sie uns fing, zu Euch gekommen?« Sie drückte Quells Hand. »Es geschah nicht aus einer Laune heraus, Quell. Wir kamen, weil sie uns gerufen hat.«

Anfangs konnten sie mit ihren Führern kaum Schritt halten, doch je näher die Sommersonnenwende rückte, desto schwächer wurde Esche. Er schritt neben ihnen her, mürrisch und schweigsam, während Efeu vor und zurück flitzte und nach rechts und links.

»Du scheinst dir um die Waldgeister keine Sorgen mehr zu machen«, murmelte Tau Jo zu, als sie eines Tages hinter den anderen hergingen.

Jo zuckte mit den Achseln. »Esche fehlt der Wille, mich zu binden, und Efeu die Absicht. Mit jedem Tag, den sie bei uns bleiben, werden sie menschlicher. So wie ich«, fügte sie nachdenklich hinzu. »So wie ich.«

Zweimal stießen sie auf Bären, einmal (weitaus folgenschwerer) auf ein Stinktier und einmal auf Fahnenflüchtige aus Flechts Armee. Als Esche das Schwert ihres Anführers packte und mit bloßen Händen entzweibrach, flohen die Banditen schreiend in die Wälder zurück.

»Wir scheinen uns der Zivilisation zu nähern«, sagte Quell trocken.

Efeu nickte. »Die Randgebiete haben wir noch nicht erreicht, aber es ist nicht mehr weit.« Sie sah voller Mitgefühl zu, wie Esche die Bruchstücke des Schwertes müde auf die Erde fallen ließ. »Armer Kerl. Wenn wir nur etwas schneller laufen könnten!«

Im Laufe des Tages wurde Esche noch grimmiger und mürrischer. Efeu wurde immer menschlicher. Sie fertigte sich einen Rock nach Waldländerart und fragte Quell dann sehnsüchtig, ob sie sich ihren Gürtel leihen dürfe. Quell lächelte und legte ihn um ihre Taille. Sie badeten alle regelmäßiger, und Efeu schrubbte ihre Kleider, um sie vom Holzgeruch zu befreien. Auch sie wusch sich sorgsam. Mit jedem Tag wurde ihre Haut heller, und immer mehr Blätter wurden fortgeschwemmt. Von den Geistern, die sie im Herzen der Zeder gefangen hatten, war bald nur noch Esches langes, verschlungenes Haar übrig.

Quell lächelte und legte ihren Arm um Efeus schlanke Schultern. »Bald seht Ihr aus wie ordentliche Waldländer.«

Tau kannte Quell zu gut, um die Falschheit in ihrer Stimme zu überhören.

Immer öfter trafen sie auf Waldländer, und die Zahl der Pfade nahm zu. (»Und kein einziger von ihnen verläuft gerade«, schimpfte Tau.)

Als sie die Ausläufer des Waldländergebietes erreichten, wurde es sehr trocken. Mit fortschreitendem Sommer wanderten sie wochenlang ohne Regen und stießen auf Tätowierer, Gerber, Haselnusspflücker, Korbmacher (die raffinierte Vogelkäfige an Stangen über ihren Schultern trugen), Zimmerleute, Fallensteller, Spinnenzüchter, Obstverkäufer, Moossammler, Apotheker, Zahnärzte, Töpfer, Kerzenmacher, Bienenzüchter (um die sie einen großen Bogen schlugen), Falkner, Schieber, Parfümeure, Obstpflücker und Landschaftsmaler.

Sie sahen, wie eine junge Frau, die einen Anfall hatte, von einem Mann mit einem Aufguss aus Helmkraut und Pfefferminze behandelt wurde. Er trug einen weißen Beutel an der Taille, und auf seine Stirn waren drei Beeren tätowiert, eine rote, eine goldgrüne und eine schwarze. Sie lernten, auf vorüberziehende Sägemänner Acht zu geben; die Sägemänner reisten stets zu zweit, und jeder trug ein Ende einer großzahnigen Säge, die zweimal so lang war wie Tau groß. Sie waren außerordentlich abergläubisch, und Tau entging nur mit knapper Not einer Prügelei, als er aus Versehen die Seite eines Sägeblatts streifte.

Schließlich gab es noch die zahlreichen grimmigen jungen Männer, die alle Eisenholzschaufeln auf dem Rücken und eine rote Flamme auf die Stirn tätowiert trugen. »Waldaufseher«, erläuterte Efeu. »Wenn der Wald brennt, stehen sie an vorderster Front. Jedes Jahr sterben viele von ihnen. Den Sommer hassen sie am meisten.«

Jeden Abend kamen sie an mindestens einem Stand am Wegesrand vorbei, in dem Puppenspieler seltsame Schattenspiele über die mythische Vergangenheit der Waldländer aufführten. Nur den Erzählern war es gestattet, die geweihten Marionetten zu sehen, deren Schatten mittels einer Lampe auf einen Papierschirm geworfen und damit für das Publikum sichtbar wurden, während einer der Jongleure der Truppe auf seiner funkelnden Gimmel eine unheimliche Glockenbegleitung hämmerte und der andere auf gellenden Handtrommeln wilde, unregelmäßige Rhythmen schlug.

Je näher sie der Hauptstadt kamen, desto mehr zeichnete sich die Trockenheit auf den Gesichtern der Waldländer ab, die verkniffen, angespannt und misstrauisch wurden. Selbst Efeu wirkte nervös, und sie füllten ihre Wasserschläuche bis zum Rand, sooft sich die Gelegenheit bot.

Seit sie zivilisiertes Gebiet erreicht hatten, war Nahrung rar geworden. Tiere waren selten und verschlagen, und die Beeren waren bereits von zahllosen Fingern gepflückt worden. Entsprechend hatten sie größeren Hunger als jemals zuvor, seit sie Delta verlassen hatten. Efeu zeigte immer weniger Interesse, nach Nahrung zu suchen. Stücke essbarer weißer Flechten waren alles, was sie noch zu ihren Mahlzeiten beisteuerte. Tau betrachtete sie angewidert. »Na, großartig. Nachdem wir monatelang auf ihren Wurzeln geschlafen haben, müssen wir jetzt ihre Geschwüre essen.«

Efeu zuckte mit den Achseln. »Wenn du etwas Besseres willst, brauche ich mehr Zeit.«

Sie sah Quell an, die grimmig den Kopf schüttelte. »Wir sind schon allzu lange unterwegs. Mit jeder Stunde, die wir ungenutzt verstreichen lassen, kommt Flecht näher an Wolkenriff heran. Und Gischt und Schegel verbringen möglicherweise eine weitere Stunde im Gefängnis.«

Tau murrte, aber er konnte nicht widersprechen.

Nur zwei Wochen von Laube entfernt stießen sie in einem Zedernwald auf den Kräutersammler. Es war früh am Morgen, und Efeu war auf Nahrungssuche weit vorausgegangen. Sie hörten, wie sich Bruchstücke ihres Gesangs zwischen den Bäumen hindurchschlängelten. Plötzlich verwandelten sich ihre Träller in Schreie. Die Wanderer erstarrten sekundenlang, dann stürmte Tau den Pfad hinunter, von den anderen gefolgt.

Unvermittelt sahen sie sich ihr gegenüber; sie kauerte zwischen zwei Zedern. Um ihren Arm war eine Brombeerranke gebunden; wo sie ihre Blätter berührte, waren sie welk und schwarz. Ein rundgesichtiger, kahlköpfiger Mann hielt das andere Ende der Ranke in der Hand. »Nehmt Euch vor diesem Geschöpf in Acht«, sagte er höflich.

Der Hunger hatte tiefe Furchen in sein fleischiges Gesicht gegraben. Auf seine Stirn war eine gold-grüne Beere tätowiert. An den Füßen trug er Sandalen aus Zedernrinde. Seine Beinkleider waren aus Birke gefertigt und zweiteilig, ein Teil für die Schienbeine, das zweite für die Oberschenkel. Jedes Teil war hinten am Bein mit hölzernen Nadeln befestigt. Um Taille und Geschlechtsteile trug er eine Schärpe aus Blättern. Bauch und Brust waren nackt. Ringförmige Hautfalten wiesen auf anhaltenden Hunger hin. Auf dem Kopf trug er einen schräg sitzenden Hut – Zedernrinde mit einer Efeukrempe. Der vierte Finger seiner rechten Hand war von einem Brombeerring entstellt, die Dornen in Schorf gegraben.

Efeu winselte wie ein leidendes Tier.

»Lasst sie los!«, verlangte Tau.

»Verzeihung! Gehört sie Euch?«

»Was wollt Ihr damit sa–«

»Ja, das tut sie«, sagte Jo und trat zu ihnen.

Der Fremde wurde rot. »Wie unangenehm«, keuchte er. »Ich sah sie frei herumrennen ... Es kam mir nicht in den Sinn.« Er kämpfte mit der Brombeerranke und zog sie von Efeus Arm. »Bitte schön: frei. Ich versichere Euch, dass ich mich nicht mit ihr abgegeben hätte, ich benötige nur ganz dringend ein Zweiglein Weibsbehagen.« Er sah sie mit neu erwachter Hoffnung an. »Ihr wisst nicht zufällig, wo ich welches finden kann? Ich würde Euch nicht belästigen, aber jeder Augenblick, den ich suche, hält mich von meiner kranken Frau fern, von Birke Beere.«

Tau sah Esche an. »Kannst du das Weibsbehagen finden, das er benötigt?« Esche nickte und verschwand im Wald. »Wir werden Euch helfen«, sagte Tau. »Folgt mir.«

»Deren zwei!«, rief der untersetzte Mann aus und blickte Esche hinterher. »An der Macht, die Ihr über zwei so furchtbare Geschöpfe ausübt, erkenne ich, dass Ihr scharfsichtige und gebildete Leute seid. Und erfahrene.«

»Tau!« Quell packte ihn am Arm. »Wir haben keine Zeit zu verlieren.«

»Glaubst du, dass Alster einen hilfsbedürftigen Menschen abweisen würde?«

Efeu kicherte.

»Großzügig, äußerst großzügig von Euch!«, sagte der Fremde, während sie Esche in den Wald hinein folgten. »Habt Ihr jemals etwas getan, von dem Ihr wusstet, dass es falsch war?«

»Wenn ich mir sicher wäre, dass etwas falsch ist, würde ich versuchen, es nicht zu tun«, sagte Tau und fragte sich, in was er da hineingeriet.

»Ganz sicher? Ganz sicher? Es ist keine einfache Sache. Keine Bagatelle. Wenn sie etwas von Alchimie verstünde, wären meine Machenschaften vielleicht weniger verwerflich; dann hätte sie eine Chance, das Mittel zu entdecken. Aber wie sollte sie? Manche werden sagen: Ist es billig? Ist es ehrenhaft? Ein Kräutersammler vom Format eines Kiefer Kien und nutzt sein Wissen, um – denn ich bin ein Mann von Format, das lasst Euch gesagt sein! Früher war ich weithin bekannt. Ich habe im Lauberatorium gearbeitet; Gartens Urkunde hängt bei mir zu Hause an der Wand. Es hieß, ich würde Großes vollbringen! Großes …«

Die grausame Morgendämmerung enthüllte seine abgezehrten Muskeln, seine herabhängenden Hautfalten. »Seither habe ich erfahren, dass ich nicht für große Taten geschaffen bin … Aber ich vergesse mich! Kiefer Kien, zu Diensten! Entschuldigt, dass ich Euch nicht die Hand gereicht habe. Die Suche nach Weibsbehagen ist nicht leicht. Es ist eine zarte Pflanze. Eine Wildpflanze. Man muss sich ihr mit Umsicht nähern. Mit Hochachtung. Sie spürt die Leiden des Fleisches – daher ihre heilende Kraft! Aber die Berührung eines Tieres kann sie nicht ertragen. Wenn sie Fleisch riecht, zieht sie die Wurzeln ein und schwebt davon. Sie findet sich nur in stehenden Gewässern, und dank einer geheimnisvollen Einrichtung treibt sie immer am Grund. Um sie aufzuspüren, darf man außer Erde nichts zu sich nehmen. Kein Teil deines Fleisches darf mit dem Boden in Berührung kommen. Ihre Wurzeln riechen deinen Schweiß.« Er wies auf seine Kleidung aus Rinde und Gras. »Wie Ihr seht habe ich angemessene Vorkehrungen getroffen. Ich habe stets ein Bündel Minze dabei, um meinen Atem zu würzen. Ah!« Er kramte einige Pfefferminzblätter aus dem kleinen Grasbeutel an seiner Taille und kaute bedächtig darauf herum. »Ich habe der Schicklichkeit Genüge getan. Mag meine Absicht auch unehrenhaft sein, nähere ich mich ihr doch mit Demut.

Seit fünf Tagen habe ich meine Frau und meine Kinder nicht mehr gesehen. Sie sind darauf angewiesen, dass ich sie ernähre, für ihren Unterhalt aufkomme. Für ihren Schutz sorge.« Er sah grimmig drein. »Die Wälder sind voll mit verzweifelten Männern aus den untergegangenen Südprovinzen, die sich der Räuberei zugewandt haben. Schon zweimal haben sie unsere Hütte angegriffen. Nur eine explosive Mischung stinkenden Rauchs, die ich aus dem Fenster warf, konnte sie aufhalten. Seid Ihr verheiratet?«

Tau schüttelte den Kopf.

»Ein beneidenswerter Stand. Ich kann ihn nur empfehlen. Meine Gattin ist eine anbetungswürdige Frau. Eine Heilige! So voller Temperament und Ehrgeiz! Sie ist ungeduldig, das ist wahr, und manches Mal schlägt sie mich, aber ich bin es, der sie dazu treibt, mit meinem Geiz und meiner Treulosigkeit! Einmal war sie auf einen Ball in einem Palast eingeladen, und Bronze Schnitt äußerte sich dahingehend, was für eine stattliche und geistreiche Frau sie doch sei. Und dieser Ausbund an Tugend, dieser hervorragende Geist hat sich auf mein Niveau begeben! Stellt Euch das vor! Ich bete ihre Herablassung an. Als wir uns kennen lernten, war sie verwitwet; ihr Mann war Rittmeister in der Armee, glaube ich, der sich Drogen und Glücksspielen hingegeben hatte. Er wurde wegen Fahrlässigkeit vor ein Kriegsgericht gestellt und starb als gebrochener Mann. Vor seinem Tod hat er sie geschlagen, aber er war ein schöner Mann. Sie hält ihn mir ständig vor, doch ich bin froh darüber. Froh! Sie soll glauben, dass sie einmal glücklich war.«

Kiefer Kien hielt inne. Zwei scharlachrote Flecken brannten auf seinen Hängebacken, und jeder Atemzug rasselte in seiner Brust. »Seht mich an, mein Freund. Könnt Ihr mir in die Augen schauen und mit Überzeugung sagen, dass ich *kein* schmutziges Tier bin?«

Die ersten goldenen Finger des Sonnenaufgangs glitten durch den Wald und ruhten geradezu anklagend auf dem Gesicht des Kräutersammlers. »Glaubt mir, ich bin nicht auf Vergebung aus. Das habe ich hinter mir. Aber ich brauche Zuhörer von einer gewissen Intelligenz, die in der Lage sind, moralische Urteile zu fällen, so dass ich ihnen das Ausmaß meiner Verwerflichkeit deutlich machen kann.«

Er ging ihnen voraus, hinter Esche her. Grashalme und Zweige verfingen sich in seinen Rindensandalen und hinterließen auf der Erde eine verwirrende Fährte. »Birke Beere wartet zu Hause – eine Frau, die ich mehr schätze als das Leben selbst. Jetzt, in diesem Augenblick, mag sie Räubern entgegentreten oder vor Hunger ohnmächtig werden oder unter schrecklichen Schmerzen leiden. Sie hatte schreckliche Schmerzen, als ich sie verließ. Aha! Ihr glaubt zu wissen, wozu ich das Weibsbehagen brauche: um ihre Schmerzen zu lindern. Aber Ihr irrt Euch – das ist das Erstaunliche! Ich werde das Weibsbehagen, wenn ich es denn finde, in einen Zaubertrank tun, den ich einer Frau einflößen werde, die halb so alt ist wie mein Weib und nicht ein Viertel ihres Denkvermögens besitzt. Was für ein Zaubertrank das sein wird? Ein Liebestrank! Und warum? Weil ich sie begehre! Ist das nicht erstaunlich?« Kien schüttelte den Kopf. »Hier bin ich und stelle der Tochter meines Nachbarn nach, ein nichtsnutziges Mädchen, das sich bestenfalls über das Wetter Gedanken macht. Und warum?« Er ließ Kopf und Schultern hängen. Er flüsterte: »Ich weiß es nicht. In mir glüht ein Funke, der eine Vielzahl von Schatten wirft. Ihr mögt Euch fragen, wozu ich das Weibsbehagen brauche? Die Antwort ist einfach. Ich habe meinen Trank nach den besten Rezepten gebraut, habe sie angepasst an die Höhe über dem Meeresspiegel, die Wasserqualität, nicht erhältliche Zutaten und so weiter. Ich habe mein Bestes getan. Aber trotz alledem galt es, Kompromisse einzugehen. Ich durfte den Trank nicht an Lilie ausprobieren, versteht Ihr.« Seine Stimme brach; er rang um Selbstbeherrschung, bevor er fortfahren konnte. »Jetzt folgt die endgültige Treulosigkeit. Ich habe die Mixtur meiner Frau verabreicht! Sie war fehlerhaft gebraut, sie enthält einen unbekannten Wirkstoff – ich weiß es nicht. Ich habe sie in Krämpfen auf ihrem Lager zurückgelassen, diese stolze Frau, während unsere Kinder vor Angst schrien. Ich kann Lilie den Zaubertrank so nicht verabreichen.«

»Bei Faden«, flüsterte Quell.

»Ganz recht! Es ist ungeheuerlich. Unvorstellbar. Und doch habe ich es getan, tue es in eben diesem Augenblick, obwohl ich weiß, dass es falsch ist.«

Er setzte sich unvermittelt hin, und seine Gras- und Rindenkleider knirschten und flüsterten. »Ist mein moralisches Rüstzeug fehlerhaft? Ich habe die letzten fünf Nächte wach gelegen, habe den Mond sterben sehen und gebetet, ich möge ein Ungeheuer sein. Ich weiß, dass ich eines bin. Aber der Gedanke, dass ich nicht der Einzige bin, dass auch andere Dinge tun können, von denen sie wissen, dass sie falsch sind – das ist mehr, als ich ertragen kann.«

Er zitterte vor Entsetzen. Als er aufblickte, stand ihm die Bürde seines Wahns ins Gesicht geschrieben. »Was ist mit unseren Soldaten, die für Geld töten? Was mit den Räubern, die auf Plünderung aus sind, die vielleicht in diesem Augenblick meine Frau vergewaltigen? Sicherlich wissen sie, was sie tun … Oder haben auch sie festgestellt, dass wir böse sind?«

Er hielt inne und starrte zu Boden. Bedächtig holte er ein weiteres Pfefferminzblatt heraus und kaute darauf herum.

»Tau, das reicht. Ich werde dieser Kreatur nicht helfen. Sein Herz ist verdorben.« Quell wandte sich wieder dem Pfad zu, den sie verlassen hatten.

Kiefer Kien nickte. »Unbedingt. Bedenkt allein den Zaubertrank. Wer könnte sich der Liebe freuen, die ich zu gewinnen hoffe? Gewaltsam aufgezwungen entspringt sie weder Lilies natürlichen Neigungen noch meinen vorzüglicheren Eigenschaften. Früher hatte ich welche, müsst Ihr wissen. Birke Beere hat sie gesehen. Sie war die Hüterin meines verborgenen Wertes. Unglückliche Wächterin, von Verrat zu Fall gebracht! Kann es in dieser Posse eine grausamere Ironie geben? Von Schmerzen gepeinigt kann meine geschätzte Frau nicht umhin, mich inständig zu lieben, hilflos, ungeachtet dessen, was ich ihr angetan habe! Ich verbreite das Böse wie eine Krankheit.

Vielleicht werdet Ihr Euch als Nächste anstecken. Wer weiß das schon?« Er wandte sich an Tau. »Seht Ihr nun, wie schrecklich wichtig Eure Antwort ist? Könntet Ihr etwas tun, von dem Ihr wüsstet, dass es falsch ist?«

Kien kniete auf der Erde und sah auf, als wolle er die Peitsche herausfordern. Sein Atem rasselte in seiner Brust. Um seinen Mund herum hatten sich schwarze Flecken gebildet.

»Ihr seid ein Mensch«, sagte Jo. »Nichts weiter. Ihr versucht, die Flamme Eures Begehrens zu rechtfertigen, indem Ihr sie einen großen schuldbewussten Schatten werfen lasst, doch Ihr seid nur ein Mensch. Die Sängerin erzählt jeden Tag tausend Geschichten über Euresgleichen.«

Eine kalte Brise wirbelte über den Kräutersammler hinweg. Er hielt seinen Hut fest.

»Was für eine Selbstüberschätzung!«, sagte Jo. »Ja, Ihr seid hässlich. Aber Ihr seid kein Ungeheuer.«

Zum ersten Mal war der Kräutersammler sprachlos, stand nur da und umklammerte seinen Hut. Das Feuer in seinen Augen verblasste.

Tau schüttelte den Kopf. »Wir werden Euer Weibsbehagen finden«, sagte er und packte Kiefer Kien an der Schulter.

»Was!«, sagte Quell. »Hast du nicht zugehört? Warum willst du ein derart verrottetes Netz flicken?«

Tau schenkte ihr keine Beachtung. »Wir treffen uns auf dem Pfad wieder. Esche, hilf mir bitte.«

Der große graue Geist nickte. Er wandte sich um und sah Kien an, der sich mühsam aufrappelte und nach Farnwedeln grabschte. Heftig schrubbte er sich die Haut, wo Tau sie berührt hatte. »Folgt mir«, sagte Esche.

Die Männer schlugen sich tiefer in den Wald und ließen Efeu, Jo und Quell stehen. »Was sind die Waldländer doch für Verrückte«, flüsterte Quell. Sie versuchte, nicht daran zu denken, welche Verderbtheit das Volk des Waldes während des langen Sommers in Schegel und Gischt eingekerbt haben mochte.

Efeu schmunzelte. »Wird Tau dem Kräutersammler wirklich helfen? Ich hielt ihn für zu geradlinig, um sich zu einem so wirren Knäuel zu verdrehen.«

»Tau wird Kiefer Kien nicht helfen, seiner Jungfer den Hof zu machen«, sagte Jo leise. »Er wird versuchen, alles in Ordnung zu bringen, so gut er kann.«

Efeu lachte so kalt und hell wie ein Eichelhäher. »Das wiederum mag ich glauben. Ihr Leute der Meere seid wirklich merkwürdig. Ihr eilt umher, als würde es helfen, den Schwachen Wasser zu geben und die Brüchigen vor dem Wind zu schützen.«

»Mir scheint«, sagte Quell, »dass das Volk der Wälder über weniger Barmherzigkeit verfügt als das Volk des unbarmherzigen Meeres.«

Die Mittagszeit war bereits vorüber, als Tau und der Waldgeist zurückkehrten. Tau sah finster drein; Esche ging langsam und schwerfällig.

»Unglaublich!«, schimpfte Efeu. »Krank wie du bist, hast du es auf dich genommen, dem wahnsinnigen Menschen zu helfen. Du bist gütiger, als gut für dich ist, Esche. Schau doch, wie sehr es dich geschwächt hat!«

»Seid ihr jetzt glücklich?«, sagte Quell bitter. »Nachdem ihr einen Tag vergeudet habt?«

Tau runzelte die Stirn. »Wir haben das Weibsbehagen gefunden«, sagte er langsam. »Und es in seine Hütte gebracht. Esche hat den Kräutersammler festgehalten, während ich es seiner Frau verabreicht habe. Ich dachte ...« Er blickte verstört drein. »Ich dachte, andere sollten davon erfahren. Hier haben sie keine Gewährsleute, also habe ich sie zu ihren Nachbarn gebracht. Ich habe Lilie alles erzählt und sie gebeten, sich um seine Frau zu kümmern. Sie hat Birke Beere bei sich aufgenommen. Ich bin ihr gefolgt, um mit ihrem Vater zu sprechen. Und dann ...« Er warf Esche einen Blick zu. Der Geist senkte seinen Blick, der finsterer war als das hohle Herz einer Zeder.

Efeus Augen leuchteten. »Und dann?«, sagte sie und schlang ihren Arm um Esches Taille.

»Ich habe ihn umgebracht«, sagte Esche.

»Ich wusste es! Du hast die Seele eines Gärtners, Esche. Immer jätest du. Du kannst der Natur nicht ihren Lauf lassen. Armer Kerl.« Sie klopfte ihm behutsam auf die Schulter. »Ich werde gut für dich sorgen.«

Er lachte bitter. »Das bezweifle ich nicht!« Er schlang seine langen Arme um sich. »So kalt. So kalt.«

Tau verschwieg, dass Birke Beere sie verfluchte, weil sie ihren Mann umgebracht hatten. Er sprach nicht über die Fliegen, die seinen Schweiß tranken, während er und Esche ein flaches Grab aushoben. Er zeigte ihnen nicht den Ring, Kiefer Kiens Brombeerring, der sich im Augenblick seines Todes losgerissen hatte. Tau hatte sich den Dornenring geschnappt, ihn in Lilies Brunnen gewaschen und ganz unten in seinem Beutel versteckt. Nicht weil er ihn für magisch oder wertvoll hielt. Aber irgendwie war es wichtig, von diesem traumgleichen Schauplatz des Wahnsinns und des Todes etwas Greifbares mitzunehmen, etwas Wirkliches wie Wind und Regen.

Hastig bereiteten sie das Abendessen zu und aßen schweigend.

Danach legten Tau und Quell sich hin und hielten einander fest, um unruhige Träume abzuwehren. Efeu strich lautlos durch die umliegenden Wälder. Esche blieb weit in die Nacht hinein auf und starrte ins Feuer.

Eine Vorahnung hielt Jo wach und sie lauschte dem Mond, der ein uraltes Lied über Knochen und Geflüster sang. Als Helligkeit durch ihre Lider drang, öffnete sie die Augen.

Esche hatte seine langen Finger in die Glut gestoßen. Über die emporzüngelnden Flammen gebeugt saß er da wie ein Mann, der einen geheimen Schatz betrachtet. Feuerschlangen wanden sich um seine Arme. Wind kam auf und eine Flammenwelle brandete über ihn hinweg, rollte über seine Schultern und setzte seine Nase, seine Augenbrauen und Ohren in Brand. Zischende Blätter kräuselten sich und qualmten auf seiner Brust. Er richtete sich schwankend auf und schrie. Der gewaltige und leidenschaftliche Schrei schreckte die Eiländer auf – ein Schrei der Einsamkeit und des Leids angesichts der Qualen des Lebens.

Die Flammen verschlangen ihn. Er zuckte entsetzlich, trat das Feuerholz auseinander und fiel auf ein Knie. Pflanzensaft tropfte ihm aus den Augen und lief zischend von seinen Fingerspitzen herab.

Tau stürzte zur Feuerstelle, packte einen dicken Ast und schlug Esche zu Boden. Verzweifelt trat er Erde über den brennenden Riesen und versuchte, die Flammen zu ersticken. Doch Esche wirbelte in einem Funkenregen und stechendem Qualm empor. Quell zerrte Tau von seinem schwelenden Leichnam fort.

Jo saß noch immer reglos da. Sie verstand Esche, wie es kein Mensch vermochte. Wie richtig, wie einfach wäre es doch, dem Funken nachzugeben, der sie von innen nach außen auffraß.

Wie viel besser war es, die Flamme zu sein und nicht der Schatten.

Das Feuer war nur noch Ruß und Asche, als Efeu schließlich zurückkam.

»Es tut mir Leid«, flüsterte Quell. »Es tut mir so Leid.«

Efeu zuckte mit den Achseln. »Es ließ sich nicht vermeiden.«

»Ihr nehmt es … sehr gelassen.«

»Die Starken überleben, die Schwachen gehen zugrunde«, sagte Efeu. »Ich bin nicht zu stolz, den Regen zu trinken.«

Kapitel 11
Der Sagenheld

»Aufstehen. Der Krieg wartet auf niemanden.«

Schegel erwachte.

Der Mann, der das gesagt hatte, hockte neben einem Schlafenden weiter hügelabwärts. Es war der Morgen nach ihrer Flucht von Delta. In der Dunkelheit stöhnte jemand vor Schmerzen.

Hier hatte sie also ihr Abenteuer.

Sie roch Kiefern und kühlen Sand und das Meer. Ihre Jacke war kalt vor Tau. Wenn nur die Sonne schon aufgegangen wäre! Zahlreiche Schläfer lagen in ihre Kleider gehüllt unter den umgeknickten Uferkiefern. Noch immer leuchteten Sterne am nachtblauen Himmel. Nur im Osten wurde das Meer von der Morgenröte eingefasst.

Quell und Tau waren verschwunden. Und die Scheme.

»Während ihr schlaft, liegt Delta in Ketten.« Ein Mann ging von Schläfer zu Schläfer und weckte jeden mit einem Schütteln oder einem leichten Tritt. Neben einer Pritsche, an der eine Frau mit einem weißen Taschentuch kniete und Salbe auf einer Wunde verteilte, blieb er stehen. Der Patient sog durch zusammengebissene Zähne die Luft ein.

Wie hieß diese Insel noch? Kuppe? Schegel sah zu, wie der Schatten seine Soldaten weckte. Ihre Haut spannte über ihren starren Wangenknochen. Ihre Schulter schmerzte immer noch, wo sie im Sturm von einem Nagel erwischt worden war. Ihre Beine und Hüften waren wund, wo Waldländer sie getreten hatten.

Als sie vergangene Nacht aus der Lagune von Delta gesegelt waren, hatten ihre Schiffskameraden erleichtert und nervös gelacht. Dann sprach sich herum, dass während des Angriffs zahlreiche Deltaner verletzt worden waren. Einer wurde gefangen oder getötet. Das Lachen verstummte und Schegel wusste, dass man sie und Gischt mit einem Freund verglich, der nicht wiederkommen würde.

Sie beugte sich zu Gischt hinüber und rüttelte ihn, bis er stöhnte und blinzelte. Jemand hatte eine Decke über ihn geworfen; feinste Seide, von einer geknüpften Borte eingefasst. Gischt zog sie sich enger um die Schultern und schauderte. »Wunderschön. Doch wer immer sie mitgebracht hat, dem ist das Schlafen unter freiem Himmel fremd.«

»Er wird es auch nie kennen lernen.«

Das war ihr Anführer, der Mann, der Jo als Geisel genommen hatte, weil er sie mit Hasel Flecht verwechselt hatte. Sieben. Für einen Eiländer war er blass, und seine Augen hatten die Farbe von Eichblättern. Ein Schwert mit einem geschwungenen Griff hing in einer Scheide an seinem Gürtel. Er trug Waldländerhosen und eine ärmellose Aalhautweste. Die Muskeln seiner bloßen Arme waren in erschreckendem Maße ausgeprägt, als wären sie nicht durch Wachstum des Fleisches, sondern durch reine Willensanstrengung entstanden. Das traf auch zu, denn er war ein leidenschaftlicher junger Mann mit hohen Idealen und dem Glauben junger Männer, in dieser gefährdeten Welt sei nur das erstrebenswert, für das sich zu sterben lohnte. Wie ein Fluch umgab ihn die Fähigkeit des Helden, Tragödien und entsetzliche Gewalt zu erleiden. Als Gischt Sieben in diesem Augenblick sah, wusste er, dass manche Menschen Werkzeuge des Schicksals waren, und manche seine Waffen.

»Kette hat diese Decke mit seinem Leben bezahlt.«

»Was können wir tun?«, sagte Gischt.

»Euch für den nächsten Mann opfern«, sagte Sieben. »Gelegenheit dazu wird es bald genug geben.«

Er ging davon. Irgendwo außer Sichtweite trällerte eine Drossel ein paar Töne, überlegte es sich anders und verstummte. Die Dunkelheit verblasste.

Gischt zitterte und wollte nach der Decke greifen, hielt dann aber inne. Die kunstvoll eingefassten Ärmel seiner Jacke waren zerrissen; Stoffstreifen flatterten, als er sich die Arme rieb, um sich zu wärmen. »Patz. Hoffentlich sehe ich nicht so aus, wie ich mich fühle.« Er sah zu Schegel hinüber. »Hoffentlich fühlst du dich nicht so, wie du aussiehst! Wenn nur Tau hier wäre. Glaubst, du, dass sie es geschafft haben?«

»Sie haben es geschafft.«

»Jo wird ihnen wohl geholfen haben, wenn nötig.«

»Jo!«

»So schlecht war der Plan gar nicht«, sagte Gischt. »Die Gestalt von Flecht anzunehmen war ziemlich schlau. Wenn sie –«

»Ohne uns etwas zu sagen!«

»– uns nur etwas gesagt hätte.«

Jenseits des Kanals konnten sie gerade noch Speerspitze erkennen, die nächstgelegene der drei Inseln von Delta. »Ich wüsste es, wenn Quell tot wäre«, sagte Schegel.

»Es waren eine Menge Soldaten dort, Schegel.«

»Ich wüsste es.«

Steifbeinig rappelte sie sich auf und lief ein paar Schritte auf das Ufer zu. Der Wind kam von Osten und wehte landeinwärts. »Wahrscheinlich sind sie nach Laube unterwegs. Wie kommen sie bloß von Delta weg? Werden wohl ein Boot stehlen.«

»Oder Jo verwandelt sich in einen Delphin und schleppt sie ab. Oder wird selbst ein Boot!«

»Sie wäre leck.« Schegel beugte sich vorsichtig vornüber und berührte ihre Zehen. Ihr glattes schwarzes Haar hing an ihren Wangen herunter und verhedderte sich in ihrem Haifischzahnohrring. Gischt war überwältigt von ihrer Lebendigkeit. Wie gegenwärtig, wie *wirklich* sie war.

Wie oft hatte er sich unwirklich gefühlt – eine Flocke weißen Schaums, die über die Wellenkämme zischte und verschwand. Schegel dagegen war so wirklich wie Gras und Muscheln. Sie hielt sich immer hart am Wind der Welt, während seine Segel luvten und sein Bug bei jeder Brise zauderte.

Angesichts dieses Bildes verzog er das Gesicht. Da spann er wieder einmal sein Herzenswissen zu einem wirren Spinnennetz von Worten aus. Schegel berührte ihre Zehnen, stöhnte, streckte sich dann und legte ihre Handflächen flach auf die mit Kiefernnadeln bedeckte Erde. Sie war nicht hübsch, aber für ihn war sie so schön wie ein Seevogel, eine Blume oder eine Flamme.

Liebe ich sie? Meine ich das? Er probierte die Worte aus. In Gedanken ausgesprochen, ließen sie ihn erschauern und er verspürte etwas wie Angst. Konnte er es wagen, eine so starke Frau wie Schegel zu lieben? Denn er war ihr nicht gewachsen, das wusste er. Er würde an ihr brechen wie Gischt um einen Felsen.

Liebe? Liebe ich sie?

Manchmal, trotz aller Unwirklichkeit, spürte er etwas in sich. Schaute er es aber direkt an, verschwand es wieder wie ein schwacher Stern. Und am traurigsten machte ihn an diesem Morgen, dass er in sich hineinblickte, um herauszufinden, ob er Schegel liebte, und sich dessen nicht sicher war.

»Da kommt jemand.«

Ein Mann kam vom Ufer her auf sie zugelaufen. Er war groß und schlank; sein geteilter schwarzer Zopf reichte ihm fast bis zur Taille. Seine Augen waren grau und ehrlich und glichen polierten Steinen in einem Fluss. »Gefällt Euch unsere Anlegestelle?«, fragte er und wies auf den leeren Strand.

Gischt lächelte. »Er passt zu unserem Boot.«

Der Deltaner ließ sich neben ihnen auf einem umgestürzten Stamm nieder. Graue Haare durchzogen seinen Bart und seinen Zopf. »Ich bin Sänger. Mein Name ist Ried.«

»Gischt. Das ist Schegel.« Gischt sah den Deltaner an und lächelte. »Nun. Dann singe. Wie konnte Delta sich in einem solchen Netz verfangen?«

»Ich kann den Knoten dieser Geschichten noch nicht benennen, denn die Erzählung hat gerade erst begonnen.« Ried blickte auf das weite, graue Meer hinaus. »Vor zehn Tagen haben wir die ersten Flöße erspäht. Ich war einer der Ersten, die die Flotte der Fremden die Ader herabtreiben sahen, wie Blätter in einem Bach. Die Deltaner haben sich versammelt und über die Primitivität ihrer Flöße gestaunt, aber mich haben diese Flöße beunruhigt. Ein jeder, der mit uns hätte Handel treiben wollen, wäre am Ufer geblieben und hätte sich von uns übersetzen lassen, dachte ich mir.

Nun, wir Eiländer denken nicht oft an den Krieg, aber ich habe auf meinen Reisen genügend Waldländergeschichten gehört und genügend ihrer merkwürdigen Schattenspiele gesehen, um zu wissen, dass das Soldatenleben für sie ebenso normal ist wie für uns das Segeln. Und so habe ich, statt mit den Leuten am Hafen Böen auszutauschen, demjenigen, der mich nach Speerspitze hinüberbringen würde, einen kostenlosen Geschichtenabend versprochen. Ich wollte Sieben finden.

Wie alle anderen hatte auch ich mich über ihn lustig gemacht: der verrückte Sohn des Schiffbauers Geschick, der Monde damit verbrachte, an den Stränden von Speerspitze mit eingebildeten Feinden zu fechten oder den Lehren des verstoßenen Waldländers Spross zu lauschen. Er übte an einem abgelegenen Ort und ich brauchte lange, um ihn zu finden. Bis wir zurückkehrten, hatte Hasel Flecht die wichtigsten Docks und Marktplätze eingenommen. Die überraschten Bewohner des Fußes hatten keine Chance, sich einer so gut ausgerüsteten und so geschickt geführten Armee zu widersetzen. Bis wir eine Flotte beisammenhatten, um Speerspitze zu verlassen, hatten die Waldländer ihre Feuerschleudern in Position gebracht: schreckliche Apparate, die Kugeln brennenden Pechs schleuderten. Wir haben die Hälfte unserer Boote verloren, bevor wir in Sicherheit rudern konnten, und die ganze Zeit über landeten weitere Flöße auf dem Fuß. Jene, die bereit waren, für Delta zu kämpfen, flohen mit Sieben auf die Insel Mona und dann hierher.

Wir hatten vor, am nächsten Tag zurückzukehren und alle Boot zu versenken, bevor Hasel Flecht sie einsetzen konnte, um den Archipel anzugreifen, aber Faden erwies sich als mächtiger als beide Seiten. Wir wurden von einem entsetzlichen Sturm auf Kuppe festgehalten, und zahlreiche Boote wurden beschädigt.«

»Jene kleine Bö haben wir auf See überstanden«, sagte Schegel.

»Das sagt viel über Eure seemännischen Fähigkeiten! Es dauerte eine Woche, bevor die Reparaturen so weit fortgeschritten waren, dass wir eine Fahrt nach Delta riskieren konnten.« Ried grinste. »Auf Euch sind wir eher zufällig gestoßen. Ich habe Euch die Straße hinuntermarschieren sehen, als ich zu den Docks zurückgeschlichen bin. Sieben konnte sein Glück kaum fassen. Flecht – von nur zwei Wachleuten umgeben!

›Vergiss nicht, dass sich weitere Soldaten auf den Straßen herumtreiben‹, flüsterte jemand, aber davon wollte Sieben nichts wissen. ›Der Sieg gehört dem Tapferen‹, sagte er. ›Würde der Möwenkrieger eine solche Gelegenheit verstreichen lassen?‹ Also hefteten wir uns an Eure Fersen. Aber während wir unseren Hinterhalt planten, versammelten sich immer mehr Soldaten. Sieben blieb unerschütterlich.«

Ried hielt inne und zuckte mit den Achseln. »Ihr wisst, was als Nächstes passierte. Wir trafen auf viele Soldaten, zu viele, und Flecht war eine Scheme. Kette wurde getötet, vier andere verletzt.«

Gischt rutschte auf seiner Treibholzbank hin und her. »Euer Sieben ist ganz schön, ähem, verwegen.«

»Ich hätte es auch versucht.« Schegel bückte sich und schnürte ihre Stiefel. »Es war den Versuch wert. Leben ist Risiko.«

Ried nickte. »Vielleicht ist Sieben zu verwegen, aber er ist unser einziger Krieger. Er hat bei einem Waldländer gelernt, doch selbst unter den Waldländern habe ich seinesgleichen nicht gesehen.«

»Zweifellos, zweifellos! Aber man überlässt dem besten Schwimmer nicht das Steuer, wie wir auf Wolkenriff zu sagen pflegen.«

Ried lachte. Hinter ihm fing jemand an, auf einen hohlen Baumstumpf zu schlagen, und der Sänger glitt von seinem Stamm herunter. »Frühstück! Und nach dem Essen – Kriegsrat.«

Die fünfzig Eiländer auf Kuppe beratschlagten sich dort, wo sie begonnen hatten, behelfsmäßige Unterkünfte zu errichten. Sie saßen auf den Steinfundamenten oder lagen unter knorrigen Kiefern am Rande der Lichtung. Gischt und Schegel stellten sich vor und schüttelten reihum Hände, konnten sich jedoch nur wenige Namen merken: Sieben und seine Verlobte Teich; Strebe, der Zimmermann; Glitz, die Ärztin; der verwahrloste Fang; der elegante Sole und seine Schwester Rose – die Erben eines der größten Handelshäuser auf Delta.

Sieben saß auf einem großen Zedernstumpf neben der Feuerstelle. »Wie geht es den Verletzten?«

Glitz war eine kleine Frau mittleren Alters. »Sie werden überleben. Zahn hat einen schlimmen Schnitt und ein gebrochenes Handgelenk. Flosse hat durch den blauen Dunst sein linkes Auge verloren. Ich habe ihn für heute ruhig gestellt. Sagt mir, welche Erkenntnisse haben wir mit ihrem Blut erkauft?«

Fang, der Hafenarbeiter, regte sich und kratzte sich mit schmutzigen Fingernägeln im Nacken. »Dass es leichter ist, Schiffe zu versenken als sie zu bauen.«

»Wir haben alle größeren Schiffe versenkt und die meisten kleineren«, sagte Sieben.

»Die arme *Salamander* versenkt! Nun ja.« Gischt hustete taktvoll. »Schegel und ich wollen gern glauben, dass Euer Ausflug zumindest ein Gutes hatte. Wir beide stehen für die rechtzeitig erfolgte Rettung vergangene Nacht tief in Eurer Schuld.«

Sole, der elegante Deltaner, warf seinen Zopf über die Schulter und wich Gischts Blick aus. »Eiländer müssen zusammenhalten.«

»Dann hätte ich gerne mehr Tau!«, murmelte Gischt. Lauter sagte er: »Wir sind zwei Seefahrer von Wolkenriff, am Rande des Nebels, und die Gastfreundschaft auf Kuppe gefällt uns besser als jene auf Delta.«

Teich lachte. Sie war mittelgroß und hatte braunes Haar, das ihr in vier langen Zöpfen bis tief über den Rücken hing. Ihre Jacke leuchtete im tiefen, leuchtenden Blau des Abendhimmels. An ihren Handgelenken trug sie Armbänder aus geknüpftem Silber und einen silbernen Reif um ihren Hals. »Ich bin sicher, dass sie Euch liebend gern bei sich behalten hätten. Aber wenn ich die Geschichte richtig verstanden habe, wart Ihr auch ohne uns auf dem Weg in die Freiheit. Eure Dankbarkeit spricht für Eure Höflichkeit, Ostländer. Oder für Eure Umsicht.«

»Die Waldländer bauen auf Delta«, fuhr Sieben fort. »Flecht errichtet einen hölzernen Wall um den Fuß. Auch auf Speerspitze gibt es entsprechende Hinweise. Darüber hinaus haben wir zahlreiche Flöße gesehen, die am Lagunendock auf dem Fuß festgemacht waren. Sie sind mit einem einzelnen Steckmast ausgerüstet.«

»Armselige kleine Schiffchen«, murmelte Fang.

Sole zuckte mit den Achseln und rückte seinen Zopf mit einer pummeligen Hand noch mehr zurecht. »Möglicherweise sind das die einzigen Fahrzeuge, die diese Waldländer steuern können.«

»Im Augenblick taugen sie nicht viel, aber wenn die Waldländer Kielschwerter einbauen würden, kämen sie damit ganz gut vorwärts«, sagte Sieben. »Nur bei schönem Wetter, zugegeben, aber auf einem Floß könnten sie acht Mann und eine Feuerschleuder unterbringen. Sie wären langsam, aber sie würden ihren Zweck erfüllen.«

»Werden die Waldländer darauf kommen, Kielschwerter einzubauen?«, fragte Teich. »Du warst im Wald, Ried.«

Der Sänger nickte. »Sie müssen nur ein Dingi an Land ziehen und sich anschauen, wie wir es gebaut haben. Dieses Volk ist handwerklich geschickt.«

»Also, was machen wir?«, fragte Glitz.

Sieben zog sein Wurfmesser aus der Armscheide und spielte damit, während er nachdachte – werfen-fangen, werfen-fangen. »Spross würde mir raten, sie *jetzt* aufzuhalten, *bevor* sie sich ausbreiten. Verfügen sie erst einmal über einen weiteren Stützpunkt neben Delta, können sie uns in die Zange nehmen. Wir dürfen nicht zulassen, dass sie mit diesen Flößen aus der Lagune fahren.«

Sole nickte bedächtig. »Wie wäre es, wenn wir im Schutz der Dunkelheit hinsegeln und die Flöße niederbrennen?«

Teich runzelte die Stirn. »Sie würden dich sehen, sobald du das erste angesteckt hast.«

»Werden sie unten am Wasser nicht Wachtposten aufstellen?«, fügte Fang hinzu. »Und diese Feuerschleudern?«

Sieben rammte sein Messer in den Boden, zog es mit Erde verschmiert heraus und wischte die Klinge an seinen Hosenbeinen ab. Er seufzte. »Dann stellt euch Folgendes vor: Wir segeln schnell und lautlos an die Lagunendocks heran. Erst besprühen wir die Flöße mit Öl, und sobald der Alarm ertönt, werfen wir eine Salve Fackeln und zünden alle Flöße auf einmal an. Falls die Waldländer uns entdecken, bevor wir alles erledigt haben, werden ihre eigenen Feuerschleudern die Flöße in Brand stecken.«

Fang spuckte aus. »Ich gehe nicht mehr ins Feuer zurück, mein Freund.«

Sole und Rose knieten auf einem Stück Segeltuch unter einer der Kiefern. Beide waren sie tadellos gekleidet, in passende purpurne Hemden mit verschlungener Goldstickerei, die sie an jenem Morgen von ihrer Jacht geholt hatten. Leise sagte Sole: »Dankst du so den Leuten, die dich gerettet haben?«

»Mir ist gestern den ganzen Tag lang der Schweiß die Arschspalte hinuntergelaufen, Sole. Dich habe ich keine Steine schleppen sehen, und ich bezweifle, dass deine Schwester genug gearbeitet hat, um feuchte Achselhöhlen zu bekommen. An deiner Stelle würde ich schweigen, wenn es um Dankbarkeit geht.«

Rose wurde rot und blickte unverwandt zu Boden. »Uns wurde diese Art von Arbeit nicht beigebracht.«

»Für was, bei Werks Zeug, seid ihr dann gut?«, sagte Fang und starrte ihr frech ins Gesicht. »Vom Offensichtlichen abgesehen.«

»Fang –«, sagte Sieben.

»Ich weiß nicht, ob mir dieser Plan gefällt«, sagte Gischt.

Die Deltaner sahen ihn schief an, aber er war in Gedanken und bemerkte es nicht. »Zu einfach. Eben das würde ich erwarten, wenn ich Hasel Flecht wäre.«

Schegel stöhnte. »Du machst alles immer zu kompliziert.«

»Aber die Waldländer doch auch! Hasel Flecht hat Jahre damit zugebracht, über Militärstrategie nachzudenken. Glaubt Ihr, er weiß nicht, dass der Schlüssel für seine Invasion darin liegt, von Delta herunterzukommen?«

»Wer immer dorthin zurückgeht, wird gekocht werden, wenn wir nicht vorsichtig sind.«

Sieben runzelte die Stirn und legte einen weiteren Zweig aufs Feuer. »Wir können nicht ewig auf Kuppe sitzen und nichts tun, vor lauter Angst, der Feind könnte uns überlisten.«

Glitz brummte. »Wenn du das durchziehst, muss der Bau der Unterkünfte warten! Ich werde morgen Hilfe brauchen beim Kräutersammeln und Medizinmachen. Wenn du nach Delta segelst, wird es noch mehr Verwundete geben.«

»Ich kann helfen«, sagte Schegel. »Zu Hause bin ich für die Gewährsfrau oft auf Kräutersuche gegangen. Am Strand wächst Blasentang und auf dem Weg vom Ufer herauf habe ich Kipa und Schwengelkraut gesehen, falls Ihr das verwendet.«

Glitz nickte. »Holunderblätter und Schafgarbe und auch Mädesüß, wenn Ihr die finden könnt.«

»Die Rationen hier sind klein«, sagte Teich und sah Gischt und Schegel an. »Das habt Ihr beim Frühstück sicherlich bemerkt. Auf Delta gehen wir auf den Markt, um unser Essen zu kaufen. Könnt Ihr uns helfen, besser von dem zu leben, was Kuppe uns zu bieten hat?«

Gischt grinste. »Klar, Schegel isst ihr Essen sowieso lieber mit Dreck dran!«

Ried sah auf. »Auch ich benötige ein Boot. Ich muss die Geschichte von Deltas Sturz zu den Äußeren Inseln tragen. Wenn die Sängerin mir gewogen ist, gelingt es mir sogar, euch ein paar Freiwillige zu schicken, die eure Flotte vergrößern werden.«

Sieben nickte. »In Ordnung. Wir werden jeden Mann brauchen, den wir bekommen können.«

Später an jenem Morgen versammelte Schegel ihren Trupp Deltanerinnen um einen alten Baumstumpf und deutete auf eine Gruppe Pilze, die aus dem Gras ragten. »Die könnt Ihr essen. Seht Ihr, dass der Hut klein und rund ist und nicht flach und herabhängend?« Sie pflückte ein paar und reichte sie ihren Zuhörerinnen. Die beäugten sie misstrauisch und wischten sich die Hände ab, nachdem sie die Kostprobe weitergegeben hatten. Schegel seufzte innerlich. Sie hätte ihnen nicht zuerst die giftigen zeigen sollen.

Einer der Pilze kam bei Teich an. »Vielen Dank«, sagte sie und ließ ihn im Mund verschwinden. »Mm. Frisch sind sie besser.«

Schegel lächelte dankbar. »Das denke ich auch.«

Rose kam vorsichtig näher. »Was ist mit diesen hier?«

Schegel begutachtete den hohen, spitzen Hut und die faltige Haut. »Ihr könntet sie essen, falls Ihr am nächsten Tag noch nichts vorhabt.« Sie grinste Rose von unten her an. »Den zu schlucken ist wie Nebel trinken.« Schegel betrachtete ihre Schützlinge. »Wenn Ihr nicht einmal Träumer erkennt, was bringen sie den jungen Frauen auf Delta dann bei?«

Rose errötete leicht. »Benehmen, Rechnen, Buchführung, Kochen, Medizin. Alles, was es an Land zu tun gibt und für das man anderes benötigt als einen starken Arm und einen schwachen Kopf.«

Einige Frauen lachten.

»Wir gehen nicht aufs Festland, um Pilze zu sammeln«, fügte Teich trocken hinzu. »Die meisten von uns können nicht einmal schwimmen.«

»Ihr schwimmt nicht!«

Teich zuckte verlegen mit den Achseln. »Auf Delta gilt es für eine junge Frau als unschicklich, nass zu werden.«

Schegels Haifischzahn tanzte, als sie verwundert den Kopf schüttelte. »Gibt es irgendwelche nützlichen Dinge, die schicklich sind?«

Teich lachte. »Wahrscheinlich nicht. Sonst wären sie ja unschicklich!«

»In der Hauptstadt ist es nützlicher, Konten auszugleichen als Schnecken zu erkennen«, sagte Rose leicht gereizt. Sie hob kurz ihren Blick und schenkte Schegel ein verschmitztes Lächeln. »Wenn Ihr mir jedoch eine essbare Schnecke zeigen könntet, stünde ich tief in Eurer Schuld.«

Schegel seufzte. Sie hatte nie gedacht, dass sie einmal für die Nachmittage dankbar sein würde, die sie auf die Kinder von Wolkenriff verschwendet hatte. Schegels Trupp verließ den bewaldeten Teil der Kuppe, um den Strand abzusuchen. »Bei Venusmuscheln kommt es darauf an, am Ufer entlangzugehen, bis eine spritzt, und dann heißt es *graben*«, erklärte Schegel. »Es gibt drei Sorten, die man essen kann. Die häuf–« Ein Wasserstrahl traf sie am Knöchel. Sie ließ sich fallen und grub wie wild, wobei sie Sand auf Roses Beine warf. »Aha!«, rief sie und hob die Muschel triumphierend himmelwärts. »Seht ihr die rote Zeichnung, wie ein Band auf dem Rücken der Schale? Im Frühling ist diese Sorte noch genießbar, aber im Sommer werden sie giftig. Wenn ihr euch nicht sicher seid, meidet sie.«

Rose quiekte, als Wasser über ihren Fuß spritzte, ließ sich dann fallen und begann zu graben. Sie erwischte ihre Muschel, brach sich dabei jedoch einen Fingernagel ab.

»Pech«, brummte Schegel. »Aber so ist es eben in der Wildnis.«

Ihr zweites Abendessen war weit sättigender als ihr erstes Frühstück. Danach gab Sieben bekannt, dass er, Sole und Gischt die Boote während des Angriffs auf Delta befehligen würden, jedes mit drei Mann Besatzung.

»Sole!«, sagte Schegel.

»Pssst!«, murmelte Gischt und verzog das Gesicht. »Wenn du schon unhöflich sein musst, kannst du das nicht leise tun?«

Schegel gab keine Ruhe. »Sieben ist der Anführer, und du und ich sind unser Leben lang gesegelt. Aber warum ausgerechnet Sole?«

Der rundliche Deltaner sah sie über das Lagerfeuer hinweg an. »Überrascht?«

Schegel funkelte ihn böse an. »Artet Segeln für Euch nicht ein bisschen zu sehr in Arbeit aus?«

Soles Schwester lächelte, ohne Schegels Blick zu erwidern. »Ganz im Gegenteil. Schiffe sind eine Möglichkeit, sich die Füße nicht nass zu machen.«

»Sole und Rose sind Wettsegler«, erklärte Teich. »Irgendwas muss man ja tun, wenn man reich ist. Sieben ist Krieger geworden. Sole und Rose gewinnen seit Jahren Regattas.« Sie lächelte Schegel süßlich an. »Seht Ihr, sogar in der Stadt lernen wir etwas.«

Schegel grinste und spuckte aus. »Lutsch doch einen Aal«, sagte sie.

Diejenigen, die ausgewählt worden waren, nach Delta zu segeln, versammelten sich bei Sonnenuntergang vor Siebens Zelt. Sie hörten Sole zu, der jede Untiefe und jeden Felsen in der Lagune von Delta genau beschrieb. »Seht euch die Karte an. Besonders Ihr, Gischt. Denkt daran, Ihr werdet Euch im Dunkeln zurechtfinden müssen.«

Gischt blickte auf. »Wir sollten uns abstimmen, damit wir nicht denselben Kanal ansteuern, wenn die Dinge schlecht laufen. Sonst bilden wir ein leichtes Ziel, falls die Waldländer uns unter Feuerbeschuss nehmen.«

»Was das Feuer betrifft«, sagte ein Deltaner namens Kiel, »es brennt heiß und schnell. Verschwendet keine Zeit auf den Versuch, es zu löschen! Wenn ihr getroffen werdet, springt ins Wasser und schwimmt ans Ufer.«

»Wir werden unseren Angriff in der nächsten bewölkten Nacht unternehmen«, sagte Sieben. »Wenn nicht bald Wolken aufziehen, werden wir trotzdem segeln, mit dem Segen des Möwenkriegers.«

Gischt verzog das Gesicht, aber Schegel zwinkerte ihm mit einem boshaften Funkeln in den Augen zu.

Ried hob eine Augenbraue. »Ihr wollt, dass ich Sieben als einen Sagenhelden besinge?«

»Als wäre er gerade erst dem Nebel entstiegen«, sagte Schegel ernst.

»Es würde der Rebellion dienen!«, rief Gischt. »Alle lieben Helden – jemanden, zu dem sie aufblicken, den sie bewundern können. Die Leute werden uns umso schneller zu Hilfe eilen, wenn über unseren Anführer großartige Lieder gesungen werden.«

Schegel beugte sich vor. »Ein junger Mann weiht sich ganz seinem Werk. Er hat eine fast heilige Mission.«

Gischt machte eine großartige Geste. »Er sucht nach der Offenbarung, die man durch vollständige Selbsterkenntnis erlangt! Stark, schnell, anmutig wie eine fliegende Möwe! … Sagenhelden verdanken ihren Ruf nicht ihren Taten, sondern ihren Sängern«, gab er zu bedenken. »Das wisst Ihr.«

»Und er ist wirklich erstaunlich«, sagte Schegel. »Ihr habt ihn gesehen. Ihr wisst das.«

»Oh ja, Sieben ist ein außergewöhnlicher Mann. Und er wird weit weniger komisch auf Euch wirken, wenn Ihr erst feststellt, wie sehr er sich bemüht, seinen Idealen gerecht zu werden, und wie nahe er dem kommt.« Rieds Gesicht entspannte sich zu einem Lächeln. »Aber zugegeben, er redet etwas viel über den Möwenkrieger. Und wenn er mehr Ruhm einheimst als er erwartet, so wird es nicht mehr sein, als er verdient.«

»Ihr macht es also?«

Ried nickte und ging wieder packen.

Zufrieden blickte Gischt zu den Sternen über dem Lagerfeuer hinauf – weißblaue Zechinen auf tiefschwarzem Samt. »Dort ist das Schiff«, sagte er.

»Der Krieg hat es noch nicht versenkt! Es ist seltsam, so weit weg zu sein und es noch immer dort oben zu sehen.«

Schegel schaute hoch. »Wer wird heute Abend wohl noch zum Schiff hinaufblicken?«

»Tau wird wie ein Walross schnauben, wenn er erfährt, dass es befreundete Eiländer waren, die seine kostbare *Salamander* versenkt haben.«

Schegel lachte nicht.

Gischt beugte sich zu ihr und drückte ihre Hand. »Wenn es ihnen schlecht ginge, wüsstest du es.«

Sie war so unglaublich lebendig, wie sie da saß, direkt neben ihm, ihn kaum berührend. Ihre Hand in der seinen war klein und schwielig. Über ihren Köpfen waren die Sterne in großer Fülle verstreut.

»Die Welt ist so groß«, sagte Gischt. Das weite Meer murmelte jenseits der Kiefern. Und über ihnen krümmte sich ein zweites Meer, mitternachtsschwarz, noch größer als das erste. Auch wir, dachte Gischt, sind Lichtpunkte, und unsere Lagerfeuer sind Sterne, und dort oben blickt etwas herunter und sieht uns und staunt und fühlt sich als Teil eines großen Geheimnisses.

Einige Zeit später schlugen sie ihr Nachtlager auf. Schegel war sofort eingeschlafen, aber Gischt lag da, sah zu den Sternen hinauf und grüßte sie wie alte Freunde: Werks Zeug und das Schiff, Gabels Zinken und ein Dutzend mehr. Jeder einzelne stand reglos da, solange er ihn ansah – und dann, wenn er nach einer Weile wieder hinschaute, war jeder auf seiner nächtlichen Reise weitergesegelt. Er versuchte an nichts zu denken und wehrte sich gegen den Schlaf. Er blickte so lange hinauf, bis er schließlich das Gefühl hatte, er hätte sich dem langsamen Tempo der Erdrotation angepasst; bis er glaubte, die majestätischen Sterne im Augenblick ihrer Reise zu sehen.

Seine Augen weiteten sich triumphierend; stellten sich gegen seinen Willen scharf; er erschrak; das Gefühl war verschwunden, rann ihm wie Wasser durch die Finger. Vielleicht hatte er den Lauf der Sterne nie gesehen, vielleicht hatte sich nur die Insel bewegt, sich langsam gedreht wie ein Schiff vor Anker, von unsichtbaren Wellen in den Schlaf geschaukelt.

Von unsichtbaren Wellen in den Schlaf geschaukelt.

Kapitel 12
Der Angriff auf Delta

Während Ried sein Dingi ostwärts lenkte und Siebens Geschichte nach Distel brachte und darüber hinaus, trieb der Sommer die Inseln fast in den Wahnsinn. Drei lange Tage schwitzten Siebens Truppen in der heißen Sonne, und drei wolkenlose Nächte lang nahm der Mond an einem klaren Himmel zu. Morgens fischten Gischt und Schegel, nachmittags gingen sie auf Nahrungssuche. Sie packten sogar mit an, um den Deltanern beim Bau ihrer Unterkünfte zu helfen; offensichtlich gab es auf Delta keine gemeinschaftlichen Bauvorhaben. »Das ist großartig!«, keuchte Gischt und passte einen Stein ins Fundament ein. »Mit Ausnahme von Strebe sehe ich neben diesen Leuten halbwegs handwerklich begabt aus.«

»Ach, du wusstest doch immer schon, wie man alles Mögliche macht«, sagte Schegel lebhaft und fuhr mit Strebes Hobel über etwas, das ein Dachsparren werden sollte. »Du warst schlicht faul.«

»Du doch auch! Wie oft hast du dich darum gedrückt, die Kinder zu hüten!«

»Stimmt. Aber ich habe früh gelernt, die anderen auf das zu stoßen, was ich gut gemacht habe. Du hast sie auf das gestoßen, was du überhaupt nicht gemacht hast.«

»Mm. Mein Fehler.«

Die Unterkünfte standen innerhalb von drei Tagen. Zumindest hatten sie ein Dach über dem Kopf, falls es regnen würde. Jetzt beteten alle um Regen.

Anfangs fühlten sich Gischt und Schegel von den Deltanern eingeschüchtert; sie wirkten ziemlich distanziert, aber Gischt schloss schnell Freundschaft, und in einem Lager voll hungriger Städter war Schegel als erfahrene Sammlerin sofort beliebt. Darüber hinaus freundete sie sich mit Siebens Verlobter an. Schegel war verblüfft, wie eisern Teich sein konnte. Sie hatte große Achtung davor, wie die Deltanerin ruhig und gelassen und doch Herrin des Augenblicks bleiben konnte. Teich wiederum bewunderte Schegels Verwegenheit. Außerdem wollte sie eine der Gewährsfrauen von Delta werden; sie war beeindruckt, als sie erfuhr, dass Schegel die Tochter einer Gewährsfrau war.

Gemeinsam mit Kiel, dem einzigen Fischer im Lager, fuhren Gischt und Schegel, je mit einem eigenen Boot, früh morgens und bei Einbruch der Dunkelheit zum Fischen hinaus. Die Moral von Siebens Truppe besserte sich spürbar.

Bald waren Gischt und Schegel im Lager der Rebellen wichtige Leute, und zu vielen Fragen wurde ihre Meinung eingeholt. »Und warum?«, sagte Gischt zu Schegel, als sie eines Abends schlafen gingen. »Weil wir rückständige Barbaren sind, darum.«

»Wir Glücklichen.«

Als der vierte wolkenlose Tag anbrach, entschied Sieben, dass sie nicht länger warten würden. Bei Einbruch der Dämmerung verließen drei wendige Vier-Mann-Schaluppen den Hafen, in der Hoffnung, Speerspitze zu erreichen, bevor der Mond aufging. Sie segelten vor der wehenden Brise landwärts, breiteten weiße Flügel aus, legten sich anmutig in den Wind und näherten sich so der Küste von Delta.

Der Sonnenuntergang sickerte wie Blut vom Himmel und die Finsternis legte sich über das Meer. Sole stand am Ruder der *Pfeil* und sein Blick glitt nervös von seinen Segeln über den Horizont zu den Öltöpfen zwischen den Knien seiner Besatzung. »Seid vorsichtig mit euren Flintsteinen!«

Auf den Ruderbänken saßen Nest und Barsch und lachten leise; sie waren alte Segelkameraden. Roses Gesicht dagegen war angespannt, und sie lächelte nicht.

Sieben legte sein Schwert auf den Boden der *Delphin*. An seinem Gürtel würde es unter den Ruderbänken hängen bleiben; in einer Scheide auf dem Rücken würde es sich unter dem Baum verhaken – eine peinliche Lektion, die er vor Jahren gelernt hatte. »Wir kommen gut vorwärts.«

»Ich bin noch nie mit dem Mond um die Wette gesegelt«, stellte Klippe fest und ließ etwas Leine aus. »Er hat den Vorteil, dass er den Kurs kennt.«

»Wohl wahr«, erwiderte Sieben, »aber er weiß nicht, dass er an einem Rennen teilnimmt.«

Klippe zuckte die Achseln. »Hoffen wir, dass Hasel Flecht ähnlich überheblich zumute ist.«

»*Puh!*« Kiel spuckte über die Ruderbänke und betrachtete angewidert den Öltopf zwischen seinen Knien. »Dieses Zeug stinkt. Wir werden am Gestank sterben, bevor wir Delta erreichen.«

»Könnte schlimmer sein. Brand könnte hinter uns her sein«, gab Gischt zu bedenken.

»Mm?«

»Wir waren im Nebel gefangen, verstehst du, weit oben, jenseits von Wolkenriff, und …« Er hielt inne und sah Kiel und Dorn an. »Nee. Ihr würdet es mir nicht glauben.«

»Nicht einmal ich glaube diese Geschichte«, sagte Schegel. »Und ich war dabei.«

»Werden sie an die Mittsandbank denken?«

Roses fein geschnittene Gesichtszüge waren angespannt und in ihrem Bauch hatte sie einen Knoten wie zu Beginn einer Regatta, nur viel schlimmer. »Wir sind verloren, wenn sie die vergessen. Wenn sie auf Grund laufen, wird der Lärm die –«

»Strafft die Segel«, flüsterte Sole. »Wir sind den anderen zu weit voraus. Hoffentlich ist der Mond so freundlich und wartet auf sie.« Seine pummelige weiße Hand ruhte so leicht auf dem Ruder wie die Baumwollquaste einer Pyramidenpappel. »Sie werden daran denken.«

Wellen zischten und kräuselten sich an seinem Bug. Damit sein Kielwasser ruhiger wurde, musste Sole langsamer werden, wenn er die Lagune erreichte, auch wenn jeder einzelne seiner Nerven nach Geschwindigkeit schrie.

Sie fuhren in die sich ausdehnende Dunkelheit hinein. Sole konnte den Hügel auf Speerspitze nicht mehr erkennen. Aber er war schon hundert Nächte durch diese Gewässer gesegelt. Wenn er den Bug gerade hielt, immer auf das starre Sternenlicht des Schiffs gerichtet, würde die Finsternis beiderseits an ihm vorübergleiten, bis die Lagune von Delta an seinen Flanken vorbeirauschte.

»Und was ist mit dem Dolch? Werden sie an den Dolch denken? Und die Säge. Weißt du noch, als wir auf die Säge gelaufen sind?«

»Rose!«

Wellen schlugen wie Kinderhände gegen die Bordwand. Sie sah ihn nicht an. »Wenn sie nicht daran denken?«, flüsterte sie.

»Der Nebel wirbelt in das Meer, das Meer verhärtet sich zu Stein, wird zu einer Insel, dann zu festem Land. Das Land schnellt zu Bergen empor, und die Berge verblassen zu Wolken und Nebel; denn Veränderung ist die Natur der Welt.

Dies ist eine Geschichte über die Nebelzeit, wo alle Dinge ihrer wahren Gestalt am nächsten kommen, und nichts das ist, was es zu sein scheint. Es ist eine Geschichte über Wolkenriff, denn ich habe sie von meinem Onkel, der sie von seinem Vater hat, der sie von einem der ersten Siedler hatte, der sie von der Sängerin erfuhr, in einer Nacht, als der Nebel über die Krabbenbucht rollte. Diese Geschichte ist ein Rundtörn mit zwei halben Schlägen, eine gute Geschichte, um sein Boot zu vertäuen oder vielleicht sein Abendessen an seinen Träumen festzumachen.«

»Angst?«, sagte Sieben. »Natürlich. Aber die Furcht sagt mir, dass ich noch lebe. Ihr werdet heute Nacht mehr über euch lernen als in Jahren auf Delta, das verspreche ich euch. Für alles gibt es einen Lohn, sogar für Gefahr. Denkt an die Geschichte von Steinfingers Kuppe!«

»Die Fremde lächelt freundlich und stampft mit den Füßen auf. Sie hat keinen Zopf, ihr langes schwarzes Haar umrahmt ihr knochiges Gesicht, flattert wie Schattenfetzen im Wind. Ihre Augen sind so dunkel wie der Nachthimmel, und die Hand, die sie Muschel entgegenstreckt, ist so klar und kalt wie das Licht der Sterne.

›Hast du irgendeine Lüge parat, um uns die Nacht zu vertreiben?‹

Und die Fremde schaut Muschel sehr ernst an und sagt: ›Es gibt keine Lüge, die so groß ist wie die Wahrheit.‹ Dann blickt sie wieder ins Feuer und flüstert: ›Es gibt keine Lüge, die auch nur halb so groß ist wie die Wahrheit.‹ Schließlich murmelt sie: ›Nachbar, es gibt keine Lüge, die der Wahrheit auch nur bis zu den Kniescheiben reicht – so groß ist sie.‹ Und die ganze Zeit wallt eine Nebelwolke durch Muschels Haus wie eine große Baumwollquaste von einer Pyramidenpappel, und die Dielenbretter verziehen sich, und der Ofen wird gelb, und im Kamin schwimmen Fische. Der ungeladene Gast beugt sich vor und sie presst Muschel nur mit ihren Augäpfeln an die Wand und sagt: ›Ich werde dir eine wahre Geschichte erzählen, Nachbar, denn andere kenne ich nicht. So trug es sich zu –‹«

»Der Möwenkrieger war jedoch so flink, wie Steinfinger stark war«, sagte Sieben. »Er ließ sich unter den hohlen Felsen gleiten, hielt die Luft an, bis seine Lungen platzten, und tauchte durch lichtlose Höhlen, die bisher nur das Meer gesehen hatte.«

»Wenn sie am Fuß nach steuerbord abdrehen, müssen sie sich nahe am Ufer von Speerspitze halten oder sie werden auf die Untiefen auflaufen. Und die Strömung, vergiss die Strömung nicht. Die Ader ist dort immer noch zu spüren …«

»Der Krieger ist stets schlau, stets aufmerksam, nie zweimal der Gleiche. Er spürt jeden Windhauch, jedes Beben der Erde, jedes Kräuseln der See. Er weiß, dass seine Stärke in der Veränderung liegt und dass er verloren wäre, würde er zu einem Mann aus Stein.«

»Patz«, fluchte Schegel unvermittelt in der Dämmerung.

»Stimmt etwas nicht?«

»Es hätte einen besseren Weg gegeben. Wir hätten die Ausläufer der Inseln von Delta in einem weiten Bogen umrudern sollen, um uns dann von hinten in die Lagune zu schleichen, mit der Strömung der Ader. Auf diese Weise hätten wir die Segel eingerollt lassen können, bis die Flöße angesteckt sind.«

»Du hast Recht«, murmelte Gischt. »Haben wir aber nicht. Lass uns lieber die Klüver einholen, bevor wir in die Lagune segeln. Wir werden an Geschwindigkeit verlieren, aber wir können nicht riskieren, dass sie luven.«

»Wenn wir das Schiff verlassen, müssen wir schwimmen. Ich würde sagen, wir ziehen die Stiefel aus, für den Fall, dass wir tauchen müssen.«

»Gute Idee. Nasen in den Wind, Leute, und die Stiefel aus.«

»Dolch, Säge, Sandbank …«

»Stopf ihr das Maul, Sole!«

»Speerspitze!«, zischte Klippe.

»Und dort ist der Mond. Das wird knapp. Hört ihr das? Sole holt sein Klüver ein. Wartet gerade lange genug, um mit ihm gleichzuziehen, dann folgt seinem Beispiel. Zeit zu flüstern, Freunde.«

Der Mond war zu einem Drittel über den Horizont gestiegen, als die *Pfeil* durch die breite Straße zwischen Speerspitze und dem Strumpf glitt. Ohne ihr Klüver segelte sie langsamer, und noch langsamer, als Sole seine Leine anspannte, um jedes Geräusch zu vermeiden. Um die Säge schlug er einen großen Bogen und riskierte einen heimlichen Blick hinter sich. Siebens Boot folgte nahtlos seinem Kielwasser; Gischt war in der Dunkelheit verborgen. So weit, so gut. Rose lehnte sich auf der mittleren Ruderbank zurück, die Finger wie Antennen am Schot.

Die *Delphin* segelte auf gleicher Höhe mit einer Lichtertraube, die die Rote Gasse auf dem Strumpf bildete. Sieben zog langsam nach backbord und ging auf noch größeren Abstand zum Dolch, um auf jeden Fall zu vermeiden, dass Gischt auf Grund lief. Der Mond war größtenteils hinter Speerspitze verborgen, jegliches Licht stammte von Fackeln oder den Sternen. Sie wurden von eintausend Augen beobachtet: hungrige rote Blicke von Delta, leidenschaftslose weißblaue Musterung vom Himmel herab.

Es war keine Überraschung, dass die Deltaner einen riesigen Bogen um die Mittsandbank fuhren. »Nehmen auf uns Kleinkinder Rücksicht«, murrte Gischt. Spannung baute sich in ihm auf wie vor einem Sommergewitter.

Fast hatten sie die Docks erreicht. Schegel zurrte das Segel fest, starrte in die Düsternis vor ihnen und hielt den Baum, damit der Schwanenhals nicht am Mast quietschte.

Alle Augen ruhten auf den Docks und suchten nach einer Flotte von Flößen. Es war erstaunlich finster. Der Wall, den Flecht um die Stadt herum hatte errichten lassen, hielt den größten Teil des Fackelscheins ab.

Ah – die *Delphin* hatte ein Floß entdeckt. Gischt sah zu, wie Sieben lautlos

Bord an Bord glitt. Jemand beugte sich hinaus, und Gischt stellte sich das verstohlene Tröpfeln des Öls vor.

Sein eigenes Boot schaukelte, vom Wellengang überrascht. Er verbiss sich einen Fluch, während Schegel, die noch immer den Baum festhielt, sich bückte und Kiel etwas ins Ohr flüsterte.

Kiel schüttelte den Kopf.

Gischt ließ sein Boot langsam in die Nacht zurückgleiten. Furcht verstopfte seine Lungen und er zwang sich, tief Luft zu holen.

Schegel flüsterte erneut, wütend.

Plötzlich nickte Kiel. Er ließ seinen Öltopf langsam über Bord gleiten. Sein Kumpel tat es ihm gleich.

Ein Knirschen von Holz auf Holz zerriss die Nacht, entsetzlich laut. Eine Stimme rief etwas, dann noch eine. Rufe hallten vom Dock herüber.

Gischt zerrte seinen Bug zum Heck der *Delphin* herum. Schegel würde das Segel auslassen, sobald sie den richtigen Augenblick für gekommen hielt, und sie konnten Sieben aus der Lagune hinaus folgen. Jetzt allerdings noch nicht; Siebens Mannschaft schüttete verzweifelt Öl auf ein zweites Floß. Sie versuchten erst gar nicht mehr, leise zu sein.

Oberhalb der Docks wurde ein Gong geschlagen. Ein Flintstein klickte einmal, zweimal. In Siebens Boot fing eine Fackel Feuer und wurde auf das nächstbeste Floß geschleudert.

»Idiot!«, fluchte Schegel.

Das gewaltige Knirschen hörte nicht auf. Es kam von backbord, wo Soles Schiff in der Finsternis verschwunden war. Was war geschehen? Hatte er aus irgendeinem Grund das Dock gerammt?

Oh. Oh nein.

»Die Schiffe«, hauchte Gischt. »Faden! Die versenkten Schiffe. Sie haben sie im Wasser gelassen.«

Soles Mannschaft ächzte verzweifelt und versuchte, sich von dem Wrack abzustoßen. Sie schluchzten – jetzt kam es nicht mehr darauf an, lautlos zu sein, während der Gong schlug und Gischt so deutlich sehen konnte, als wäre er dort, dass der Kiel der *Pfeil* an der Reling einer versunkenen deltanischen Jacht festhing.

Ein leuchtender Feuerball stieg vom Ufer auf und krachte direkt neben Siebens Mast auf das Deck. Einen endlosen Augenblick lang sah er, wie Klippe von harzigem Feuer bedeckt über Bord taumelte. Der verbliebene Öltopf ging in Flammen auf. Der Mann, der ihn hielt, schrie und verschwand hinter einem Schleier brüllender weißer Flammen.

Aus drei Richtungen gleichzeitig ertönte ein donnerndes Rumpeln. Voraus und steuerbord war es am lautesten, aber das rollende, knirschende Geräusch drang von der anderen Seite des Fußes herüber und, ganz schwach, von hinter ihnen.

Siebens zweiter Öler rettete sich mit einem Sprung vom Bug. Ein Flammenvorhang tanzte zwischen ihm und seinem Kapitän. Sieben brüllte: »Die Leinen los!«, und betete, dass er es aus der Meerenge schaffte, bevor er das Schiff verlassen musste. Ein weiterer Feuerball prasselte herab und Flammen rasten über ein mit Öl übergossenes Floß. Die Hitze war alles verzehrend. Sieben presste sich an den Heckspiegel.

Der rollende Donner endete mit einer Reihe kolossaler Platscher.

Der Gong hämmerte weiter. Ein Fluss von Fackeln strömte den Hang hinunter auf die Docks zu.

Schegel ließ die Segel aus. Siebens brennendes Schiff trieb vor ihnen ab. Flammenbanner fraßen das Großsegel der *Delphin* und leckten ihren Mast hinauf.

Feuer schoss von den Docks herüber und schlug genau in dem Augenblick auf der *Pfeil* auf, als sie sich von ihrem Hindernis löste.

Mit rasender Geschwindigkeit näherte sich Gischt Siebens brennendem Schiff, das unvermittelt im Wasser angehalten hatte. Kann nicht an der Strömung liegen, dachte Gischt verzweifelt. Zu plötzlich.

Die Nacht war von Fackelschein und dem Geräusch rennender Schritte erfüllt.

In der Dunkelheit hinter Sieben und Sole verborgen, war Gischt der Aufmerksamkeit der Waldländer entgangen. Aber jetzt war die *Delphin* ein lodernder Scheiterhaufen. Gischt riss das Ruder herum. Nur Sekunden später pflügte eine brennende Pechkugel durchs Wasser, wo sich eben noch ihr Bug befunden hatte.

»Baumsperre!«, schrie Schegel. »Sie haben den Kanal blockiert! Ins Wasser!«

Das Brüllen des Infernos machte Sieben taub; die Hitze peitschte ihm über Gesicht und Hände. Plötzlich verstand er. Die Waldländer hatten hunderte von Baumstämmen in den Kanal gerollt, um ihnen den Fluchtweg abzuschneiden. Die Strömung der Ader schob die Stämme auf die Schiffe der Eiländer.

Die *Pfeil* war verloren. Die Mannschaft der *Delphin* war tot oder lag im Sterben.

Hasel Flecht hatte sie erwartet.

Er setzte rückwärts über die Reling. Wie einen Segen spürte er das kalte

Wasser auf seinem brennenden Gesicht. Er tauchte ab, als über ihm ein Licht explodierte und eine kochende Pechkugel ins Wasser klatschte. Das Messer, das innen an seinem linken Arm festgeschnallt war, wackelte und drohte aus der Scheide zu gleiten.

Schegel war zuerst im Wasser; Kiel und Gischt folgten. Der andere Öler zögerte. Jemand rief: »Ergebt Euch! Euch geschieht nichts!«, und er kauerte voller Selbsthass in dem treibenden Schiff.

In der Schwärze unter den Wellen versuchte Schegel, sich an der Strömung der Ader zu orientieren. Noch ein paar Züge unter Wasser. Sie durfte nicht gesehen werden.

Vor ihr flackerte ein Licht auf, dann zu ihrer Linken: ein weiterer Feuerball. Sie glaubte, die Schwimmbewegung eines Beines zu sehen, und wandte sich in dieselbe Richtung.

Nur noch ein paar …

Ihre Lungen schrien und ihre Brust wollte platzen; sie brauchte dringend Luft. Ohne Luft verwandelten sich ihre Arme und Beine in Holz, dann in Eisen. Sie befand sich seit einer Ewigkeit unter Wasser.

Nur noch ein paar Züge.

Sieben glitt lautlos an die Oberfläche. Zwei hastige Atemzüge, dann wieder hinunter. Sein Schiff war in einen Flammenschleier gehüllt. Er war immer noch zu nahe, und das Ufer von Speerspitze wirkte sehr weit entfernt. Er schwamm darauf zu, vom Fuß weg. Von der Strömung der Ader gedrängt kamen die Baumstämme schaukelnd und mahlend immer näher.

Für Gischt war das Schwimmen eine lange, albtraumartige Tortur. Wieder und wieder tauchte er in das schwarze Wasser, und immer wieder tauchte er in einer Lärmflut auf und schnappte nach Luft: tosende Flammen, Rufe und Befehle, der dröhnende Gong. Von links her erklang ein endloser Schrei. Das Ufer von Speerspitze schien nicht näher zu kommen. Einmal glaubte er, Schegel zu sehen, ihren Kopf, der so geschmeidig wie der eines Otters aus dem Wasser auftauchte, gerade als er wieder abtauchte. Und einmal entdeckte er Kiel, die Augen vor Angst weit aufgerissen, im Flammenschein merkwürdig deutlich sichtbar. Er war vom Kurs abgekommen und tauchte neben dem brennenden Rumpf von Siebens Schiff auf. Um ihn herum stießen die ersten Baumstämme langsam aneinander.

Endlich spürte Sieben, wie der Meeresboden unter seinen Füßen anstieg.

Das Schicksal war ihm nicht gewogen. Auch auf Speerspitze befanden sich Soldaten, wenn auch viel weniger als auf dem Fuß. Einen konnte er sehen, wie er am Ufer auf und ab ging. Sieben ließ sich müde treiben und suchte nach einer Möglichkeit, schnell genug aus dem Wasser zu kommen, um den Wachtposten zum Schweigen zu bringen, bevor er Alarm schlagen konnte. Ob Hasel Flecht an alles gedacht hatte?

Die schweren Schläge eines hölzernen Gongs dröhnten durch die Nachtluft. Der Wachtposten wandte sich um, schritt den Strand entlang und spähte auf das Wasser hinaus. Er hatte keine Fackel dabei. Sieben fluchte tonlos. Sein Meister, Spross, hatte im Dunkeln die Augen einer Eule gehabt; vermutlich eine Eigenschaft aller Waldländer. Außerdem war Flecht scharfsinnig. Er hatte seinen Männern sicher geraten, mit Nachtblindheit zu rechnen und sich ganz auf ihre Ohren zu verlassen.

Das Wurfmesser war an seinem linken Arm festgeschnallt. Er konnte damit umgehen, aber nur auf kurze Distanz. Er musste näher heran.

Der Wachtposten war nicht mehr weit von ihm entfernt. Sieben tauchte unter. Noch war er zu weit draußen, um etwas zu riskieren. Langsam zählte er bis zehn, dann hob er den Kopf. Der Wachtposten befand sich jetzt fünfzehn Schritte zu seiner Linken, fast unterhalb des Hügels, der diesen Strandabschnitt eingrenzte. Sieben schob sich uferwärts, möglichst tief zusammengekauert, damit seine Schultern unter Wasser blieben.

Rechts von ihm kräuselte sich das Wasser und er hörte ein leises Japsen. Sieben erstarrte.

Auch der Wachtposten hatte es gehört.

Sieben kauerte sich noch mehr zusammen, die Knie an der Brust und mit gespreizten Beinen, um gegen die Flut anzukommen, die ihn ans Ufer drückte. Er ließ das Messer aus der Scheide gleiten.

Der Wachtposten kam näher, jeder Schritt eine Lektion in Vorsicht. Muscheln und grober Sand knirschten leise unter seinen Füßen.

Sieben schloss die Augen, damit der Fackelschein von den Gebäuden auf dem Kliff sich nicht verräterisch in ihnen spiegelte.

Seine Nerven kribbelten, während die Schritte näher kamen und dann zögerten. Ein Schritt weiter nach rechts. Noch einer.

Sieben öffnete die Augen. Der Soldat starrte gebannt auf das dunkle Meer hinaus. Ein leises *Plop*, als wäre etwas untergetaucht. Könnte ein Fisch gewesen sein.

Sieben rief sich in Erinnerung, dass sein Arm tropfen würde, wenn er im Werfen innehielt. Er atmete tief und geräuschlos ein, hob dann langsam den Arm, während er ausatmete und das Messer an sein Ohr führte. Tropfen regneten von seinem Ellbogen. Sein Arm zuckte wie eine Peitsche.

Auf das Tropfgeräusch hin wandte sich der Wachtposten um, und das Messer traf ihn direkt in den Hals. Seine Augen traten aus den Höhlen und er versuchte zu schreien. Luft blubberte im Blut entlang der Klinge. Er fiel vornüber, das Gesicht am Meeressaum. Seine Füße wühlten in den Muscheln. Nach Luft schnappend riss er das Messer heraus. Eine Blutfontäne folgte seiner Hand wie dem Tuch eines Zauberkünstlers, und er verlor das Bewusstsein.

Sieben erhob sich aus dem schwarzen Wasser und watete ans Ufer. Er lauschte auf näher kommende Wachtposten. Hastig suchte er den Körper seines Opfers ab. Er versuchte, ihm nicht ins Gesicht zu blicken.

»Sieben?«

»Schegel?«

Unsicher erhob sie sich aus dem Wasser. »Wir mussten weiter schwimmen, als ich –«

Er hob die Hand.

Von links näherten sich eilige Schritte. Eine Stimme rief leise: »Bein. Komm her. Ich glaube, da versucht jemand ans Ufer zu gelangen.« Die Schritte wurden wieder leiser.

Sieben erwiderte Schegels Blick und zog Beins Schwert aus der Scheide. Mit vorsichtigen, sicheren Schritten ging er nach links: ein Freund, der helfend herbeieilt.

Schegel wartete, so angespannt wie eine Trosse im Sturm. Sie säuberte Siebens Wurfmesser an Beins Hemd und umrundete dann den Hügel.

Sieben half Gischt gerade aus dem Wasser. Die Leiche eines weiteren Wachtpostens lag blutend am Strand. Schegel trat zu ihnen. Wortlos reichte sie Sieben sein Messer. Er nickte und schnallte es sich wieder unter den linken Arm.

Er wusste zumindest, wo sie waren. In der Nähe befand sich ein Pfad. Er war ihm hundertmal gefolgt; auf diesem Uferstreifen hatte er früher geübt. Er rang seine Erschöpfung nieder und führte die anderen den Hügel hinauf.

»Kiel?«, hauchte Gischt.

Schegel schüttelte den Kopf.

Auf dem Fuß schlug noch immer ein Gong. Von Baumstämmen und der Strömung hin und her geworfen, trieben die drei Schiffe der Eiländer auf dem schwarzen Wasser, loderten gleißend, schwimmende Scheiterhaufen für die Toten.

Hasel Flecht wurde vom Dröhnen des Gongs geweckt. Er schlüpfte gerade in seine Stiefel, als Speer an seiner Schlafzimmertür klopfte.

»Herein.«

Sein Leutnant trat ein und verbeugte sich. »Ihr seid ein Genie, Herr.«

Hasel Flecht hustete und richtete sich langsam auf. »Ich bin ein müder, nicht mehr ganz junger Mann, Leutnant. Kaum mehr. Sie sind gekommen?«

»Sie sind gekommen und wir haben sie erwischt. Es war phantastisch.«

Hasel Flecht brummte. »Ich kann dein Erstaunen über das Unvermeidliche nicht teilen. Erzähl es mir unterwegs.« Flecht stand da und tastete seine Taschen geistesabwesend nach seiner Pfeife ab. Verlegt. Nun denn. Darum würde er sich später kümmern.

Esche Speer hielt ihm mit einer Verbeugung die Tür auf. »Sie sind mit drei Schiffen gekommen, Herr, auch wenn die Männer erst nur zwei gesehen haben. Lautlos wie der Wind. Sie sind gespenstisch gute Segler, das muss ich ihnen lassen.«

»Sie werden nur ihre Besten ausgesucht haben.«

»Natürlich, Herr. Glücklicherweise kann es Segelkunst nicht mit der Kunst der Strategie aufnehmen.« Speers triumphierende Stimme wogte durch das alte Lagerhaus. Ein paar halb angezogene Wachtposten brachen ihre Gespräche ab und nahmen Haltung an, als Flecht vorbeischritt. »Aster Grille dachte, er hätte etwas gesehen, aber er war sich nicht sicher. Dann drang plötzlich von einem der Boote ein Geräusch herüber wie von einem Baum, der im Sturm knirscht. Vermutlich ist es an einem der Schiffe hängen geblieben, die sie versenkt haben.«

»Das war Glück.«

»Wir hätten sie trotzdem gehabt. Zwei von ihnen hatten wir sofort im Visier. Sie hatten es auf die Flöße abgesehen, genau wie Ihr gesagt hattet. Gleich mit unserem ersten Schuss erwischten wir ein Boot. Als wir die Baumstämme losschnitten, standen beide Schiffe in Flammen.«

»Und das dritte?« Sie traten in den Mondschein hinaus. Das Schlagen des Gongs war verstummt.

»Verlassen, bis auf einen Mann. Traute sich nicht zu springen, also haben wir ihm Schonung gewährt.«

Flecht nickte. »Gut. Was ist mit den anderen?«

»Wir haben an allen Stränden Patrouillen postiert, Herr. Falls sie nicht ertrinken, haben wir sie bis morgen früh. Von da, wo sie ins Wasser gesprungen sind, werden sie außer dem Fuß wahrscheinlich kein Ufer erreichen, und hier wimmelt es nur so von unseren Männern.«

Flecht brummte skeptisch. »Sei dir deiner Gefangenen noch nicht sicher, Speer. Wenn sie müssen, schwimmen diese Eiländer wie die Otter. Sieben wird bei ihnen sein, Spross' berühmter Eilandschüler. Wie viele Gefangene bisher?«

»Mehrere sind ertrunken oder verbrannt. Im Augenblick haben wir vier lebend in Gewahrsam. Wir hätten noch einen fünften, aber wir hatten Pech. Er stand im Bug eines brennenden Bootes und schien sich ergeben zu wollen, doch als der andere Überlebende vom Heck ins Wasser sprang, schaukelte das Boot und warf ihn über Bord.«

»Und?«

»Da waren sie schon bei den Baumstämmen. Er wurde ziemlich übel hin und her geworfen und dann unter Wasser gedrückt.«

Flecht nickte. »Bleibt uns also derjenige, der sich ergeben hat, und …?«

»Drei weitere. Sie waren in dem Boot, das festhing. Sie haben schwere Verbrennungen. Ich habe dem Arzt gesagt, er soll ihnen so viel Mohn geben, wie er für ratsam hält.«

Flecht klopfte Speer auf die Schulter. »Du hast gute Arbeit geleistet. Ich hatte mich schon gefragt, ob sie überhaupt auftauchen würden.«

»Ich habe nie daran gezweifelt, Herr.«

Flecht lächelte. »Natürlich nicht.«

Flecht sah nicht zum ersten Mal Menschen mit schweren Verbrennungen, aber der Anblick verursachte ihm noch immer Übelkeit. Einer der Eiländer zuckte und stammelte, starrte wild zu den gleichgültigen Sternen hinauf. Der zweite war bewusstlos.

Die dritte war eine junge Frau in einem verkohlten, jämmerlichen Kleid. Fast noch ein Mädchen. Sie murmelte unablässig mit aufgesprungenen Lippen: »Dolch … großer Bogen … und … Sandbänke. Sandbänke! An der Säge; neues Boot! Haltet euch steuerbords«, flüsterte sie. »Haltet euch nahe an der Speerspitze!«

Flecht sah den Arzt an. Der zuckte mit den Achseln und schüttelte den Kopf. Ihre Kleider waren aufgetrennt worden und er tupfte ihre Haut behutsam mit kaltem Wasser ab. Sie schrie auf; der Schwamm färbte sich schwarz mit Ruß, der einmal ihre Haut gewesen war. »Die Säge! Der Dolch! Haltet Abstand! Haltet Abstand!«

Flechts Augen wurden schmal. Er trat zurück und flüsterte seinen Untergebenen etwas zu.

Im Osten überzog die Morgendämmerung blutrot den Himmel. Flecht kauerte am Sandstrand neben der Liege des Mädchens und hielt ihre unverletzte Hand. In Sichtweite trug niemand Waldländerkleidung. »Rose?«, sagte er leise. Er hatte den Eiländer, der sich ergeben hatte, nach ihrem Namen gefragt, um ihre Eltern informieren zu können.

»Und ein neuer Rumpf! Weißt du noch?«

»Rose?«

Sie hielt inne. »… direkt … direkt über die Mittsandbank.«

»Rose, hörst du mich?«

»Neuer Rumpf … Ja.«

»Rose, wir brauchen deine Hilfe. Wir müssen unseren Stützpunkt verlegen, aber wir haben Angst, Schiffbruch zu erleiden. Wir wollen nicht auf Grund laufen. Verstehst du mich?«

»Gebt Acht auf den Dolch!«

Flecht massierte ihre Hand. Auf dem Handrücken war ihre Haut weich, ihre Handfläche war rau vom Halten der Schoten. »Können wir nach Mona gehen? Gibt es da Sandbänke?« Es war unwahrscheinlich, dass sie ihr Lager auf der Insel aufgeschlagen hatten, die Delta am nächsten lag.

Rose runzelte die Stirn. Ihre Gedanken schweiften durch einen Mohndunst. »Nur die Kammfelsen«, flüsterte sie. »Stimmt das? Frag Sole. Sole weiß das. Ich fühle mich so ...« Ihre Augen schweiften ab, blickten in die Ferne.

Flecht ließ sich Zeit. Er wusste, dass sie sterben würde. Der Schmerz würde nachlassen und ihr Körper würde anfangen zu heilen. Aber dann würde die Infektion einsetzen, sich wie Rauch unter ihrer verbrannten Haut ausbreiten. Was waren die Eiländer doch für Barbaren, ihre Kinder in den Krieg zu schicken. Wie tragisch.

»Wa–?« Mit gerunzelter Stirn wälzte sie sich unruhig hin und her.

»Das Festland, Rose. Gibt es in der Nähe gute Häfen?«

»... Tortenbucht. Tortenbucht, Tortenbuchttortenbucht.« Sie zog die Wörter nuschelnd zusammen, wie bei einem Kinderlied. Plötzlich riss sie ihre Augen auf und sah ihn flehentlich an. »Wo ist Sole?«

»Er ist krank«, sagte Flecht. »Er wird wieder gesund, aber im Augenblick können wir nicht mit ihm sprechen. Deshalb brauchen wir deine Hilfe.«

Sie starrte Flecht verzweifelt an, als versuchte sie sich zu erinnern, wer er war. Behutsam rieb er mit dem Daumen ihre Handfläche.

Ihr Blick wurde glasig. Sie schüttelte den Kopf. »Haltet nach dem Nagel Ausschau. Sole. Ich fühle mich so seltsam.«

Flecht stellte sich die Karten vor, die er während der letzten Woche so oft studiert hatte. Der nächste gute Hafen war die Tortenbucht. Damit wären sie auf der Südseite des Golfs und nicht weit innerhalb des Archipels. Also gut. Sie hatten beschlossen, in Angriffsentfernung von Delta zu bleiben. Vernünftig. Er schloss die Augen, bis er sich die Kammfelsen auf der Karte vorstellen konnte. Was lag in der Nähe des Nagels, mit den Kammfelsen zwischen sich und der Insel Mona?

Kuppe.

»Gut«, flüsterte er. »Sehr gut. Wir haben deine Hilfe wirklich gebraucht, Rose. Wir werden das nicht vergessen.« Er hatte einen Kloß im Hals. Seine Augen brannten. »Du solltest schlafen.« Seine älteste Tochter war nur drei oder vier Jahre jünger als diese Frau. »Schlaf einfach.«

»Hast du nicht ›Höhle‹ gesagt, Sieben? ›Eine Höhle, in der wir uns verstecken können‹? Ich hätte das eher als Felsspalte bezeichnet.«

»Klippe, Nest, Sole, Rose … Kiel. Kiel.«

Schegel rollte sich in einer felsigen Ecke von Siebens Versteck zusammen. Sie hatte sich noch nie so erschöpft gefühlt. Die Strecke bis ans Ufer von Speerspitze hatte sie völlig ausgelaugt. Auf ihre Kraft war sie immer stolz gewesen, aber jetzt war ihre Brust hohl, und sie hätte vor Wut über ihre Schwäche am liebsten geheult.

»Ohne Wasser wird es ein langer Tag.«

Erschrocken über ihre heisere Stimme sah Gischt auf. »Wenn du es jetzt schon furchtbar findest, warte erst mal, bis die Flut kommt.«

Niemand lachte. Die winzige Höhle war vom Murmeln des Meeres und dem kalten, harten Geruch von Felsen und Wasser erfüllt.

»Barsch. Kliff. Nest. Klippe.« Die Haut auf Siebens Gesicht und Händen fühlte sich so steif an wie gesprungenes Leder. Schmerz loderte seine Finger hinauf, als würden sie eine Flamme umschließen. »Kiel. Barsch.«

»Halt's Maul!«, fuhr Schegel ihn an. »Glaubst du, das hilft?«

»Ich schulde es ihnen.« Siebens Stimme war schwer wie Stein. »Sie sind tot, und es ist, als hätte ich sie selbst umgebracht. Ich habe zugelassen, dass Flecht sie umbringt.«

»Dann hör auf zu jammern und lern von ihm! Betrachte Flecht als deinen Lehrmeister. Und lass dir von Leuten helfen, die wie Flecht denken. Hör auf Gischt.«

»Verschont mich«, sagte Gischt schwach.

»Er denkt taktisch, um die Ecke. Das ist, weiß Faden, normalerweise kein Vorteil, aber du musst lernen, um die Ecke zu denken, wenn du dich mit Hasel Flecht messen willst.«

Sieben nickte langsam. »Also gut. Ich werde lernen.« Seine stählerne Stimme ließ Schegel aufhorchen. Sie hatte ihm eine Standpauke gehalten, als wäre er ihr kleiner Bruder, doch jetzt erhaschte sie einen Blick auf den Mann, der sich Jahr um ermüdendes Jahr geschunden hatte, unbeirrt von Schmerz oder Spott, ein Ziel vor Augen, das ihm nur Verachtung einbrachte. »Mit etwas Glück denkt Flecht, dass ich ertrunken bin. Das Haus meines Vaters steht auf dieser Insel. Sobald die Dunkelheit hereinbricht, gehen wir dorthin.«

»Warum?«

»Essen natürlich. Und ein Boot.«

»Ein Boot? Ich dachte, ihr habt alle Boote versenkt?«

»Um mein Elternhaus herum gibt es immer Boote.« Sieben blickte auf seine versengte Aalhautweste und Hose hinab. »Habt ihr euch jemals gefragt, welches Kind auf Delta so reiche Eltern hat, dass es tun und lassen konnte, was es wollte? Das sogar einen verbannten Waldländer anstellen konnte, der ihm eine Fertigkeit beibrachte, die vom Volk der Meere verachtet wird?«

Gischt zuckte die Achseln. »Wir dachten, dass dein Vater ein reicher Kaufmann ist oder deine Mutter die Gewährsfrau von Delta.«

»Wäre sie es nur gewesen. Dann wäre Teich für diese Berufung ausgewählt worden. Aber dem ist nicht so. Mein Vater ist auf Delta weit wichtiger als jeder Kaufmann. Er ist der größte Meister seiner Zeit: Er baut die besten Schiffe der Welt.«

»Wie gern sich Stein mit ihm unterhalten würde!«, sagte Schegel.

Wenig begeistert sah Gischt sich in der flachen Kalksteinspalte um. In einem Riss zwischen seinen Beinen zischte und blubberte Wasser. »Eine Frage, Schegel. Warum hast du Kiel dazu gebracht, das Öl über Bord zu werfen? Was hast du gesehen, was wir nicht gesehen haben?«

Schegel antwortete, ohne aufzuschauen. Sie war zu müde, um den Kopf zu drehen. »Nicht genug Flöße. Zwei, drei, vier. Wenn Flecht übersetzen wollte, brauchte er weit mehr als das. Also dachte er entweder nicht daran, Delta zu verlassen, oder die restlichen Flöße befanden sich woanders, und dies waren nur Nachzügler. Übungsflöße wahrscheinlich. So oder so, es hätte uns nicht weitergebracht, sie abzufackeln. Eine Fackel anzuzünden hätte den Waldleuten nur unseren Standort verraten.«

»Was ich getan habe.«

Gischt schüttelte den Kopf. »Etwas mussten wir tun. Und wir alle haben Dinge übersehen. Ich hätte daran denken sollen, dass die versenkten Schiffe im Hafen liegen würden. Das war Pech. Wenn nicht Ebbe gewesen wäre, wäre Sole vielleicht über das Wrack hinweggesegelt.«

Sieben barg sein Gesicht in den verbrannten Händen. »Das hätte keinen Unterschied gemacht. Du hattest Recht. Sie haben auf uns gewartet. Sobald die erste Fackel gebrannt hätte, hätten sie uns mit ihrem Feuer und ihren Baumstämmen festgenagelt.«

»Die Blockade war schlau«, sagte Schegel. »Das habe ich nicht erwartet. Wahrscheinlich waren die ganzen Stämme vom Floßbau übrig. Jeder Stamm, der zu dick oder zu dünn oder zu krumm war.«

Der herbe Geruch von Felsen und Wasser lastete auf ihnen, doch schwerer wog das Wissen, dass Hasel Flecht sie überlistet hatte und neun Kameraden mit ihrem Leben dafür bezahlt hatten.

»Wir werden sehr durstig werden«, sagte Gischt.

Geschick wälzte sich ruhelos auf seiner weichen Matratze und wünschte, die Nächte würden abkühlen. Vor lauter Gongen und Angriff und lodernden Feuern hatte er kaum geschlafen. Etwas quetschte seine Brust wie der riesige Schraubstock, den er verwendete, um Schiffsbalken in Form zu biegen.

Unten hörte er einen der Wachtposten husten oder vielleicht niesen. Die Blattfresser gaben nachts keine Ruhe, egal wie oft er sich beschwerte. Als ob auf Gefangene häufig Rücksicht genommen wurde, dachte er bitter.

Es war ein langer Tag gewesen, und die Lehrlinge, die Kommandant Flecht ihm mitgegeben hatte, waren so dumm wie immer und noch unaufmerksamer als sonst gewesen. Der »Wall« der Stadt war vor Tagesanbruch abgebaut, auf Karren geladen und ans Ufer gerollt worden. Flöße, natürlich. Das hatte er von Anfang an vermutet. Warum sonst sollte man einen Palisadenwall in Abschnitten errichten, jeder Abschnitt fein säuberlich mit einem winzigen Querholzschlitz versehen?

Heute hatte er, wie meistens, die bittere Befriedigung erfahren, Recht zu haben. Die Flöße wurden ins Wasser gezogen, in Formation gebracht und mit Tauen zu einer riesigen schwimmenden Steppdecke verbunden. Darauf errichteten sie Masten, und dann steuerten sie den ganzen Apparat mit grobschlächtigen Befehlen: Links bleiben alle Segel oben, rechts bleiben alle unten. So in etwa. Ziemlich geschickt, auf seine Art.

Natürlich nicht das Gleiche wie ein *Schiff*.

Um die Mittagszeit legten sie ab, steuerten irgendwo in die Bucht hinaus. Es bedurfte keines besonderen Scharfsinns, um zu erraten, wen sie jagten. Nicht angesichts der zusätzlichen Wachtposten unten im Haus.

Als hätte dieser Gedanke ihn herbeigerufen, drang die Stimme seines Sohnes aus der Dunkelheit. »Vater?«

Der alte Mann zuckte zusammen.

Sein Sohn trat vor, ein Schatten, der sich aus der Finsternis am Rand des Zimmers löste. »Ich brauche deine Hilfe.«

Geschick knotete seinen Morgenmantel fester um seine Taille. »Welch Überraschung. Was ist mit den Wachtposten?«

»Ich habe sie umgebracht. Hör zu, ich brauche ein Boot.«

»Du hast –« Der alte Mann stolperte durch das dunkle Zimmer, warf seine (immer noch starken) Arme um Sieben und funkelte ihn dann an. »Nun, Boote, glaub mir, haben wir gerade nicht viele auf Lager. Jemand hat in alle Löcher geschlagen.«

Hinter Sieben warteten zwei blasse Gesichter, hörten zu und taten so, als würden sie nicht zuhören.

»Ich musste Flecht daran hindern, sie einzusetzen, oder etwa nicht?«

»Flecht? Eine Schaluppe mit sechs Rahen einsetzen? Mit welcher Mannschaft?«

»Können wir später darüber streiten? Jetzt brauche ich ein Boot.«

»Im Schuppen steht ein Boot. Ich habe es für Kommandant Flecht gebaut.«

»Für Flecht!«

»Willst du das Boot oder nicht?«

Sieben wandte den Blick ab. Nickte. »Und dich müssen wir mit uns nehmen.«

»Mich! Mein ganzes Leben steckt in dieser Werft! Red keinen solchen Unsinn.«

»Unten liegen vier tote Wachen. Flecht wird wissen, dass ich hier war. Er wird wissen, dass du mir geholfen hast. Du hast keine andere Wahl.«

»Sag mir nicht, was ich tun kann und was nicht!« Geschick musste daran denken, wie er Buche Knorren nach dem Essen angefahren und ihm auf die Finger gehauen hatte. Nun hatte sein Sohn ihn für immer zum Schweigen gebracht. »Aber ich komme mit.«

»Kluge Entscheidung.«

»Wir haben noch ein weiteres Problem.« Geschick zupfte an seinem ergrauenden Bart. »Ich habe dieses Boot doch für Kommandant Flecht gebaut. Also habe ich die Bretter falsch aneinander gefügt.«

Sieben seufzte.

Geschick sah Gischt und Schegel an. »Wisst ihr, ein gutes Boot wird so gebaut, dass seine Planken aufquellen, wenn es nass wird, um eine dichtere Naht zu erzeugen. In diesem Fall werden sie jedoch nicht dichter zusammenquellen, sondern sich weiter auseinander ziehen.«

»Was bedeutet«, sagte Sieben, »dass wir uns beeilen sollten, wo auch immer wir hinwollen.«

Kapitel 13
Gischt und Schegel

Es war eine schreckliche Fahrt. Während der ersten Stunde stritten Sieben und Geschick darüber, wie man am besten nach Mona gelangte. Dann drang immer mehr Wasser in die Schaluppe ein und sie schöpften, bis ihre Arme vor Müdigkeit steif waren. »Wir hätten ebenso gut schwimmen können«, stöhnte Gischt. Sie hatten das Boot schon fast aufgegeben, als sie endlich Mona erblickten, ein dunkler Fleck im verblassenden Osten. Fünf Längen vor dem Ufer ließen sie das Boot sinken und taumelten einen Steinwurf von Monas winzigem Dock entfernt ans Ufer.

Sie ließen sich auf den groben Strandkies fallen und sahen zu, wie sich das graue Licht über die Welt ergoss. Die Arme um die Knie geschlungen, kauerte Gischt pitschnass und frierend auf dem steinigen Strand. »Sonnenaufgang! Je eher sich der Tage aufheizt, desto besser. Ich weiß nicht, wann ich je so müde war. Allein meine klappernden Zähne halten mich wach.«

Schegel lachte.

Sieben hockte sich neben seinen Vater. »Frierst du?«

»Natürlich friere ich! Was ändert das? Wirst du für mich eine Decke aus einem Krabbenpanzer ziehen?«

Gischt legte den Kopf schräg und lächelte schwach gen Himmel. »Die Welt ist ein riesiges Auge, das den Blick der Sterne erwidert. Wenn sie ermüdet, schließt sie ihre Lider – ganz wie ich jetzt – und gibt sich den Träumen hin. Deshalb ist die Nacht auch weitaus geheimnisvoller als der Tag.«

Der alte Geschick lachte trocken, ein lang gezogener, dünner Laut, wie das Gleiten eines Hobels.

Sie wandten sich um, als sie Schritte über Felsen trotten, dann über das hölzerne Dock stapfen hörten. »Zurück an die Arbeit«, sagte Sieben und stand auf. »Wir brauchen Feuer und einen Unterschlupf und ein Boot, um zu Teich und den anderen zurückzusegeln.«

»Falls es noch andere gibt«, sagte Schegel. »Nach dem, was Geschick über eine große Floßflotte erzählt hat, hat Flecht uns Kuppe vielleicht abgenommen.«

»Teich und ich haben abgemacht, dass wir uns auf Spannfeder treffen, wenn Kuppe fällt. Die Flöße sind zu langsam, um Teich zu überrumpeln. Falls Flecht zur Kuppe segelt, wird sie mit den anderen geflohen sein.« Sieben ging auf die Mole zu.

»Geht ruhig vor«, sagte Geschick. »Die Sonne wärmt mich allmählich durch. Ich bleibe hier sitzen und schaue zu, wie sie aufgeht.«

Gischt und Schegel wechselten müde Blicke, stemmten sich hoch und trotteten mit schmerzenden Muskeln hinter ihrem Anführer her.

Ein Vater und sein Sohn kauerten neben ihrem Boot; knochige Männer mit kantigen Gesichtern, der Sohn vielleicht sechzehn. Er entdeckte die Fremden zuerst und tippte seinem Vater auf den Rücken. Der ältere Mann stand langsam auf und ließ die Fangleine festgebunden. Sein Zopf war nicht gänzlich zweigeteilt wie bei den Deltanern, sondern erst ab der Hälfte. Schwielen hafteten wie Kletten an seinen großen Händen. Seine Augen verweilten auf Siebens versengten und durchnässten Aalhäuten. »Ich heiße Klampe.«

»Mein Name ist Sieben. Meine Gefährten und ich –«

»Sieben!«, sagte der Junge. »Stimmt es, dass Ihr den Angriff auf Delta angeführt habt? Der Sänger hat gesagt, Ihr wärt der größte Krieger in der Geschichte unseres Volkes. Er hat gesagt, dass Ihr mit zehn Mann gekämpft und gewonnen habt und dass Ihr die Armeen des Kaisers besiegen würdet.«

»Der Sänger?«

Klampe kniff die Augen zusammen. »Ried von Delta ist hier vor vier Nächten vorbeigekommen und hat viele merkwürdige Geschichten erzählt.«

Sieben hob seine verbrannten Hände. »Seht Ihr einen Helden?«

Vater und Sohn standen verwirrt und schweigend da.

Schegel konnte nicht länger an sich halten. »Ja, das tut Ihr! Dies ist der Mann, von dem Ried berichtet hat.«

»Er ist erschöpft«, fügte Gischt hinzu, »denn er hat nicht geschlafen. Seine Kleider sind zerrissen und versengt und durchnässt, denn er hat es mit Schwert und Feuer und Wasser aufgenommen, um uns lebend von Delta zurückzubringen. Es tut ihm im Herzen weh, dass die Waldländer sein Volk versklavt haben. Von anderen fordert er wenig, von sich alles: Er will den Kaiser besiegen – mit nichts Geringerem wird er sich zufrieden geben. Er ist ein mächtiger Mann, von einer Art, wie sie das Volk der Meere nur selten hervorbringt. Behandelt ihn mit Respekt!«

Klampe kratzte sich den Bart. »Und was hat er selbst zu sagen? Ihr habt feine Herolde, mein Freund, aber mir wären ein, zwei Worte aus Eurem Mund lieber.«

»Und mir wären weniger von *ihren* lieber, glaubt mir. Aber wir haben die letzten beiden Tage keine zwei Stunden geschlafen. Seit vorletzter Nacht haben wir kaum etwas gegessen. Weist uns einen Ort, an dem wir uns ausruhen können, dort werde ich jede Frage beantworten.«

»Ach ja«, sagte Klampe und nickte. »Ich habe mich vergessen, Euch so auf dem Dock stehen zu lassen. Kommt. Erst ein Willkommen, dann die Fragen.« Er klopfte seinem Sohn auf die Schulter. »Ihr müsst uns verzeihen. Es ist eine merkwürdige Sache, wenn eine Legende aus dem Nebel angeschwemmt wird.«

»Ried hat gesagt, Ihr seid der Kämpe des Möwenkriegers!«

Sieben hätte würgen können.

Klampe und Sieben gingen voraus und unterhielten sich; Klampes Sohn hing an jedem Wort des Kriegers.

»Du hast dich gut in den Wind gelegt«, sagte Gischt zu Schegel. Sie blieben einige Schritte zurück. »Wie du Sieben das Ruder aus der Hand genommen hast, meine ich.«

»Es ist ihm viel zu peinlich, sein eigenes Loblied anzustimmen. Ich war übrigens froh über deine Hilfe. ›Er hat es mit Schwert und Feuer und Wasser aufgenommen, um uns lebend von Delta zurückzubringen.‹ Sehr elegant, Gischt. Sehr elegant.«

»Bin ich das nicht immer?« Gischt blickte auf sein zerfetztes Hemd und verzog das Gesicht.

»Hoffentlich können wir diesen Leuten ein Boot abschwatzen.«

»Boot! Ich wäre schon über ein paar Stiefel glücklich. Ich bin nicht zum Abenteurer geboren.«

»Nicht? Sogar Tau erlebt Abenteuer, Gischt. Denk bloß, wie unangenehm es dir wäre, tiefer im Schlamm festzustecken als er!«

Gischt stolperte in die Stadt und überlegte, ob es möglich war, gleichzeitig zu essen und zu schlafen. Schegel lief zurück, um Siebens Vater zu holen. Geschick begutachtete einen langen Stamm knochengrauen Treibholzes und klopfte mit seinen großen Fäusten dagegen, um zu prüfen, ob es noch intakt war. Er war ein großer Mann, größer als sein Sohn, wenn auch nicht so breitschultrig. Er hatte große weiße Hände mit kräftigen Fingern und dicken Knöcheln.

Schegel ging vorsichtig den Strand entlang, der von Geröll und scharfkantigen Muscheln bedeckt war. »Stiefel!«, sagte sie neidisch.

»Hä?«

Sie erreichte den Stamm, setzte sich darauf und wies auf Geschicks Füße. »Stiefel. Ihr habt Stiefel. Unsere sind mit unserem Schiff untergegangen.«

»Ihr habt sie ausgezogen, bevor Ihr ins Wasser gesprungen seid? Das war schlau. Daran hat Sieben nicht gedacht.«

»Nicht direkt.«

»Mm. Feiner Stamm, was? Könnte man zu einem ordentlichen kleinen Kanu für ein Kind aushöhlen. Das Holz ist immer noch fehlerfrei, obwohl es nass geworden ist. Gutes Zeichen. Man kann kein Boot aus Holz bauen, das nur trocken fehlerfrei ist!« Geschick hatte ein scharf geschnittenes Gesicht und einen Bart aus grauem Draht. »Er ist nicht unbedingt vorausschauend, mein Sieben. Da zeigt sich seine Mutter. Sie hat ihm geraten, nicht ins Geschäft einzusteigen. Ein Fehler, hab ich immer gesagt. Keiner von beiden konnte die Planung ertragen, die in einem Boot steckt. Sie wollten jede Welle nehmen, wie sie kam. Aber erst durch Weitblick werden Dinge möglich. Es braucht Weitblick, um ein Boot zu bauen, das jede Welle übersteht.«

»Vermutlich.« Schegel ließ ihre Füße in müden Kreisen über den Rand des Stammes baumeln. Geschick war anders als die anderen wohlhabenden Deltaner. Er sah ihr in die Augen, wenn er sprach, und er verbarg seine Kanten nicht. »Aber ich muss zugeben, dass auch ich zuerst springe und dann nach Felsen schaue.«

»Er hatte schon immer geschickte Hände. Er hat ein, zwei ordentliche Schaluppen gebaut, bevor er der Kriegskunst verfiel.«

Schegel genoss die ersten Sonnenstrahlen auf ihrem Rücken. »Ihr habt ihm Euren Segen nicht erteilt.«

Geschick hob die Schultern und fuhr mit einer Hand über den vom Wasser geglätteten Stamm. »Was wir lernen, verändert uns. Kann man sich die Kunst des Tötens gefahrlos aneignen? Ich glaube nicht.«

»Und doch habt Ihr ihn lernen lassen.«

»Ja, das haben wir. Es sind die Schwachen, die grausam sind. Ich habe erkannt, dass der Junge ein eifriger Soldat und ein missmutiger Schiffbauer werden würde. Mir ist lieber, er hat die Stärke, seiner Hand Einhalt zu gebieten, als dass er sich schwach fühlt und aus Angst zuschlägt.«

»Eine glückliche Entscheidung, von heute aus betrachtet. Auch das die Weitsicht eines Schiffbauers?«

»Hätte ich die Waldländer kommen sehen, hätte ich Spross gesagt, er soll einen General aus ihm machen, keinen Krieger! Aber Sieben wird lernen. Er wird lernen.« Geschick setzte sich auf das andere Ende des Stammes und starrte westwärts aufs Meer hinaus, zurück nach Speerspitze.

»Er verlangt sich viel ab.« Schegel sah Siebens Vater von der Seite an. »Woher er das wohl hat?«

Geschick rutschte auf dem Stamm herum. Seine Blicke schweiften über den Strand und zu dem schwach bewaldeten Kamm in ihrem Rücken. »Ein hübscher Ort, Mona. Ich habe schon oft daran gedacht, für vierzehn Tage oder länger herzukommen und mich auszuruhen, aber nie die Zeit gefunden.«

»Ihr kommt nicht mit uns, um Teich und die anderen zu suchen?«

»Ich bin Schiffbauer, kein Soldat.« Geschick brummte. »Außerdem suhlt sich Sieben in einem Trog, durch den alle Söhne segeln. Lieber würde er sich vom Weißen Wolf die Eier abbeißen lassen, als auf den Rat seines Vaters zu hören. Oh, Ihr sagt nichts, aber Ihr habt es gesehen.«

»Wir könnten noch einen Schiffbauer gebrauchen.«

Geschick atmete tief die frühe Morgenluft ein. »In meinem Alter bin ich nicht mehr bereit, seine Narreteien zu ertragen. Am besten lernt er alleine, ein General zu sein. Allerdings sollte er sich beeilen und sich Mühe geben. Der erste Erfolg wird der leichteste sein. Die Waldländer halten uns für einfältig. Diesen Vorteil werden wir nur einmal haben.«

Schwache schwarze Rauchschwaden stiegen über die Baumwipfel empor. In der Stadt wurden die ersten Feuer angezündet. Einige Zeit verstrich.

Schegel bemühte sich, wach zu bleiben. »Warum heißt er Sieben?«

Geschick blickte mit schweren Lidern aufs Meer hinaus, und er sprach leise, wie zu sich selbst. »Er hat es nie ausgesprochen, aber ich glaube, er will die Siebte Welle sein.«

»Warum schlaft Ihr nicht?« Schegels Kopf drehte sich vor Müdigkeit. »Heute Morgen singt mir das Meer ein Wiegenlied.«

»Ha!« Geschick lachte in sich hinein, hager wie eine Leine und zäh wie Leder. »Ich bin alt. Alt! Die Alten brauchen nicht so viel Schlaf. Im Schlaf träumt man, man geht sein Leben durch und versucht Dinge zusammenzufügen und andere auseinander zu nehmen. Sucht nach Plätzen für Dinge, die man vielleicht noch einmal benötigt. Aber im Gehirn eines alten Mannes herrscht bereits Ordnung. Er weiß, was er denkt und an was er sich erinnern muss, und den Rest lässt er los.«

»Klingt wunderbar!«

»Nun ja, deine Gelenke knacken und deine Zähne fallen aus, und auch das hält dich nachts wach.«

Schegel lachte. »Wir sollten ins Dorf hinaufgehen. Ordentlich frühstücken.« Ein paar Eier braten, dachte sie. Oder Aal. Geräucherten Aal …

Einige Zeit später merkte sie, dass sie eingedöst war.

Vor Schlafmangel fühlte sie sich schwach und fiebrig. Wellen plätscherten gegen Felsen, am Dock knarrten Boote, die Brandung zischte über den Sand – jedes noch so kleine Geräusch drang in sie ein, als würde sie mit ihrer ganzen Haut zuhören.

»… bei seiner Führungsaufgabe«, sagte Geschick gerade. »Würdet Ihr das tun?«

»Entschuldigung. Was habt Ihr gesagt?«

»Ich habe gesagt, ich hoffe, dass Ihr ihm bei seiner Führungsaufgabe helft. Der Junge liebt die Gefahr. Eine schlechte Eigenschaft für einen Soldaten und eine noch schlechtere für einen General. Wenn Ihr für mich ein Auge auf ihn hättet, wäre ich Euch dankbar. Ich bitte als Vater.«

»Ich verdanke Eurem Sohn mein Leben.«

»Seit seine Mutter tot ist, erinnert sich sonst niemand mehr, wie er mit sechs Monaten war, wie er auf seinem Bauch schaukelte und auf die Nase fiel.« Geschicks Hände auf der Treibholzbank hielten inne. »*Pah.* Gefühlsduselei. Das Laster der Alten.«

»Und was ist das Laster der Jungen?«

Geschick lachte. »Dummheit«, sagte er.

»Also gut, ein Boot haben wir«, murmelte Sieben am nächsten Morgen und lief auf wechselnden Halsen vor dem Wind. »Wenn auch teuer erkauft.«

»*Aal*«, sagte Gischt. »Eigentlich gefällt mir die scharlachrote Verkleidung ihres Schanzdecks ganz gut. Ein glücklicher Zufall, dass erst vor wenigen Tagen ein überzähliges Boot ans Ufer getrieben wurde.« Er blinzelte auf den Golf vor Delta hinaus. »Wo sie wohl herkommt?«

Schegel stupste Sieben nicht eben sanft in die Waden. »Los, wink den netten Leuten am Ufer zu!«

»Soll der Krieg doch ersaufen und das Boot und die ganze Insel gleich mit«, sagte Sieben, aber er erhob sich und stand anmutig im Heck und winkte der Menschenmenge zu. Ihre Rufe wurden schwach über das Wasser getragen. Als die Dorfbewohner nur noch verschwommene Flecke waren, setzte er sich. »Ich hasse dieses Posieren.«

»Wissen wir, wissen wir«, sagte Gischt besänftigend. »Siehst du deinen Vater, direkt hinter der Gewährsfrau? Er hat nicht geklatscht, oder? Er hat gewusst, dass du lieber – *aau!*«

»Tschuldigung!«, sagte Schegel. »Ich bin abgerutscht. Ziemlich kleines Boot, was?«

»Diese verdammten kleinen Boote«, knurrte Gischt. »Jedenfalls haben sie dir einen Schlafplatz angeboten und etwas zu essen; und dich den Geist des Möwenkriegers genannt; dir ein Boot geschenkt – und du musstest nur ein paar Geschichten erzählen!«

»Was zum größten Teil wir übernommen haben«, fügte Schegel hinzu. »Du warst nicht besonders hilfreich. Du hast dich zu sehr gewunden.«

»Sachte, Schegel.«

»Nein. Sie hat Recht.« Sieben steuerte das Boot luvwärts. »Dies ist ein Krieg, kein Duell. Meine eigentlichen Fähigkeiten spielen kaum eine Rolle. Ich muss das Volk anführen. Wenn es mich für einen« – er verzog das Gesicht – »Sagenhelden hält, so sei es. Ich kenne den Unterschied, und ihr auch.«

»Ganz im Gegenteil!«, rief Gischt. »Für mich bist du eine Fleisch gewordene Legende: ein großer Mann mit einem langen Bart. Der Möwenkrieger hat den großen Vorteil, dass die Sängerin seine Geschichten erzählt. Ich möchte Ried nicht kränken, aber wer kann es damit aufnehmen?«

»Psst!«, sagte Sieben unangenehm berührt. »Ich möchte nicht die Helden erzürnen. Ich will mich nicht in der Geschichte verstricken, die Ried erfindet, wie ein Fischer, der sich in seinen Leinen verheddert. Wenn das Volk daran glauben muss, um hoffen zu können, um uns Boote und Soldaten zu geben, so sei es. Aber Rieds Geschichten sind nicht wahr. Kiels dagegen schon. Kiel und Klippe und Barsch und Sole und Rose. Nur die Toten erzählen wahre Geschichten über den Krieg.«

Einen halben Tag später fanden sie heraus, dass Kuppe gefallen war. Bestens organisierte Soldaten marschierten die Strände entlang, und eine Feuerschleuder wachte über den Hafen, in dem noch vor wenigen Tagen Rebellenschiffe vor Anker gelegen hatten. Müde drehte Sieben das Ruder und nahm Kurs auf Spannfeder.

Als sie dort eintrafen, ging die Sonne bereits unter. Wachtposten mussten sie schon weit draußen gesichtet haben, denn das ganze Rebellenlager stand bereit, als sie festmachten. Gischt und Schegel wussten, dass die Deltaner nach Freunden und Verwandten Ausschau hielten, die nicht zurückkehren würden. Als sie ans Ufer sprangen, wurden sie von allen umarmt, aber viele der Wartenden weinten und sahen ihnen nicht in die Augen.

Teich bemühte sich, mit ruhiger Stimme zu sprechen, aber aus ihrem ganzen Gesicht sprach Erleichterung, als sie Sieben umarmte. Als sie sich voneinander lösten, suchte ihre Hand hastig die seine. »Beobachtungsposten haben Flechts Floßarmee rechtzeitig entdeckt, also – deine Hände!«

»Nur etwas verbrannt«, sagte Sieben leise. »Es ist nichts. Zeig uns, wo wir heute Nacht schlafen werden.«

Teich nickte und führte sie einen schmalen Pfad hinauf zu einer kleinen Lichtung, feucht und düster. In der Aschengrube kroch ein winziges rotes Feuer über ein paar Baumstämme, strahlte ein wenig Wärme ab und warf eine Vielzahl von Schatten. Traurig wiegten sich Zedern mit hängenden Armen. »Wir hatten mehr als genug Zeit, hierher zu segeln. Aber es hat mich maßlos geärgert zuzuschauen, wie Flechts Leute die Unterkünfte einnahmen, an denen wir so hart gearbeitet haben.« Teich wies mit einem Achselzucken auf die kläglichen Fundamente hinter ihr. »Wir haben von vorn angefangen, aber das braucht Zeit. Mehr haben wir nicht zu erzählen. Und ihr?«

Gischt erzählte einem traurigen Publikum die Geschichte ihres Angriffs. Er hielt mehr als einmal inne, um zu blinzeln und gegen den Schlaf anzukämpfen.

»Ich habe diesem geschniegelten Sandfloh Sole gleich gesagt, dass er in den Tod geht«, murmelte Fang und stocherte mit einem grünen Stock im Feuer, bis es ihn mit Funken anspuckte. »Idiot.«

»Zumindest hat er es versucht«, schnauzte Schegel.

Glitz rieb Siebens verbrannte Hände mit Tagetessalbe ein und wickelte sie dann in einen Streifen Verband. »Jetzt streiten wir uns schon, was? Gut! Bringen wir uns gegenseitig um und ersparen den Waldländern die Mühe!«

Strebe, der Zimmermann, seufzte. »Die Frage lautet: Was nun?«

»Schlafen!«, sagte Teich hastig. »Schlafen, bis Sieben und Schegel und Gischt ausgeruht sind. Lasst uns morgen entscheiden, wenn wir nicht mehr so müde sind. Der Einbruch der Nacht bringt immer Verzweiflung.«

Gischt schlief lange und träumte von Feuer. Es war fast Mittag, als er aufwachte. Nach dem Essen forderte Sieben ihn auf, mit ihm die Insel zu erkunden. »Wenn ich mich nicht täusche, liegt direkt nördlich von uns ein Sandstrand. Kein weiter Weg.«

Gischt stimmte zu. Er war froh, dass er sich um die schwere Arbeit an den Unterkünften drücken konnte.

»Sie haben hier gute Fortschritte gemacht«, sagte Sieben unterwegs. »Unter Teichs Anleitung arbeiten sie gut zusammen.«

»Sie achten sie.«

»Wer würde das nicht tun? Sie ist eine Dame, Gischt. Eine Dame aus Delta. Ich gebe mir Mühe, ihrer würdig zu sein.«

»Das ist eine merkwürdige Sache, oder?« Gischt strich seine Zöpfe glatt und richtete die elfenbeinernen Spangen, mit Fingern so flink und gedankenlos wie die Tatzen einer Katze, die sich putzt. »Dass man eines Menschen würdig sein möchte. Wovor hat sie Achtung? Sollst du so sein wie du bist, oder solltest du versuchen besser zu sein – oder zumindest ihr ähnlicher? Oder würde dich das zum Lügner machen, zum Kriecher?«

»Das sind völlig abstrakte Fragen«, sagte Sieben lächelnd.

»Natürlich. Reinste Philosophie.«

Der Pfad führte auf dem Kamm eines kleinen Hügels entlang. Ein schwacher Wind wehte durch die Pappeln, deren Blätter zu Flecken tanzenden Grüns verschwammen und das Glitzern eines graublauen Meeres enthüllten und verbargen. Sieben blieb eine Weile stehen und blickte auf den Ozean hinunter. »Bevor ich sie getroffen habe, war ich einsam, ohne es zu wissen. Das allein gab mir wohl die Kraft, es zu ertragen. Ich habe nicht mehr den Mut, mit einem so leeren Herzen zu leben.«

Er sah Gischt an, der wie er selbst über fünfundzwanzig und unverheiratet war und von den guten, standhaften, ehrbaren Eiländern verachtet wurde. »Wir sind uns sehr ähnlich, weißt du. In einer anderen Geschichte wäre ich du gewesen.«

Gischt begutachtete Siebens beträchtlichen Brustumfang und seine muskulösen Arme. »Ich werde wohl mehr essen müssen.«

Sieben lachte.

Später sagte er: »Ich liebe den Geruch der Inseln. Bäume und Felsen und Wasser kunterbunt vermischt. Und das Geräusch der Wellen und des Windes.«

»Mm-hmm.«

Zwei brennende Schiffe schwankten in einer sich verdunkelnden Bucht in Siebens Herz. »Sole ist für diese Inseln gestorben.«

Er folgte einer Abzweigung. »Da ist er. Der sandige Streifen dort. Genau wie ich dachte.«

»Warst du oft hier?«

»Ab und zu. Spross und ich sind oft hergekommen und haben hier für ein paar Tage unser Lager aufgeschlagen. Ich musste an einem Ort üben, wo ich niemanden mit dem Schwert verletzen konnte.«

Gischt folgte Sieben zum Strand hinunter. Er trug ein überzähliges Paar weicher Stiefel, die sie aus Soles Jacht geborgen hatten, aber sie waren klein und drückten. Nahe am Wasser zog er sie aus und genoss es, den schweren Sand zwischen den Zehen zu spüren.

Sieben stand da wie ein junger Gott. Die Brandung schäumte um seine Knöchel. »Ich sollte üben.«

»Hat Spross dir beigebracht, wie man gegen Männer mit Zerstäubern kämpft?«

Sieben verzog das Gesicht. »Die sind mir zuwider. Die Waffe eines Feiglings, für die man kein Geschick benötigt.«

Gischt sah ihn von der Seite an. »Mit anderen Worten, Mörder sollten nur Menschen sein, die auch Mörder sein *wollen.*«

Sieben runzelte die Stirn. »Nun … ja. Man braucht Disziplin, um etwas zu lernen, und Disziplin ist die Schwester der Selbstbeherrschung. Mit so einem Zerstäuber kann jeder aus einer Laune heraus töten. Oder jemanden zum Krüppel machen, was noch schlimmer ist.«

»Mord ist dir lieber als Verstümmelung?«

»Es liegt eine gewisse Reinheit darin. Kein langes Leiden, sinnlos und voller Schmerzen. Entweder Triumph oder Vergessen. Das ist ein klarer Unterschied, findest du nicht? Mir scheint es irgendwie besser. Gesünder.«

»Gesünder!«

Gischt trat vom Wasser zurück und legte sich in den warmen, trockenen Sand. »Die Geschichte deines Meisters, Spross, hat mich schon immer verwundert. Was hat ein Waldländer auf Delta verloren?«

»Er hat einen Bronze getötet. In Notwehr, also wurde er mit Verbannung bestraft statt mit dem Tod.«

Sieben kam vom Wasser herauf, ließ sich im Sand nieder und dehnte sich langsam. »Das Erstaunliche am Töten ist, je öfter man es tut, desto leichter wird es. Anfangs ist es natürlich schwer.« Mit weit gespreizten Beinen streckte er sich nach seinen Zehen und schmiegte seinen ganzen Oberkörper an ein Bein.

Gischt schauderte. »Meine Sehnen würden wie auseinander gezogener Seetang reißen, wenn ich das machen würde.«

Sieben starrte geistesabwesend die Regenwolken an, die sich im Osten auftürmten. »Beim ersten Mal stand ich eine Ewigkeit lang nur da. Dann hat er den Zerstäuber gehoben. Ich hatte noch nie einen gesehen und bekam Angst. Ich war nicht darauf vorbereitet. Meine Technik war wie weggeblasen, ich brachte keinen sauberen Streich zustande, ich war nicht mit ganzem Herzen bei der Sache. Ich habe wild nach seiner Hand geschlagen. Und sie gespalten. Es floss eine Menge Blut. Ich weiß noch, dass ich wütend war, weil mein Schwert voller Blut war. Ich achte immer sehr darauf, dass es sauber ist. Und er schrie, und es kamen noch mehr. Er muss gewusst haben, dass ich ihn umbringen würde, aber statt sich zu verteidigen starrte er nur weiter seine Hand an und schrie. Ich hatte noch nie solche Angst. Nicht vor *ihm*, verstehst du. Vor dem Töten. Fast hätte ich mich nicht getraut. Aber mein zweiter Schlag traf besser.

Für diese Lektion hätte ich fast mein Leben weggeworfen, also gab ich besser Acht. Beim nächsten Mal war mir hinterher übel, aber währenddessen blieb ich gelassen. Beim dritten Mal, als wir dich und Schegel gerettet haben, kämpften wir gegen zu viele auf einmal, um überhaupt irgendetwas zu denken. Ich war ruhig, ruhiger als jemals sonst in meinem Leben, glaube ich. Je lauter geschrien wurde, desto ruhiger wurde ich. Die Waldländer bewegten sich so *langsam*. Allerdings waren es immer noch zu viele. Sie hätten ihre eigenen Leute von hinten angesprüht, um mich zu erwischen. Meine Leute haben sich zu den Booten zurückgezogen, also bin ich ihnen gefolgt. Aber als ich die Wachtposten vor dem Haus meines Vaters tötete, habe ich ihren Tod kaum noch gespürt.«

Er hielt inne, sah Gischt an und schüttelte den Kopf. »Nein. Das ist gelogen. Die Aufregung und das Risiko habe ich immer noch gespürt. Aber die Angst war weg. Wie jede andere Angst verschwindet die Angst davor, einen Menschen zu töten, wenn man es ein paar Mal getan hat.«

»Ich glaube nicht, dass ich diese Angst verlieren will«, sagte Gischt.

»Dann hoffe ich, dass du sie nie verlierst«, sagte Sieben. »Aber ich fürchte, es wird so kommen.«

Gischt traf Teich an jenem Nachmittag auf einer Lichtung in der Nähe ihres Lagers, wo sie Blätter von einem jungen Holunderbusch streifte. Ihre silbernen Armbänder glitzerten zwischen den weißen Blüten des Holunders. »Persönliche Feinde?«, fragte er, als sie noch eine Hand voll Blätter abriss. »Oder ein Familienzwist?«

Teich lachte leise und ohne aufzublicken. »Die armen Dinger sind viel zu fügsam, um gute Feinde abzugeben. Glitz braucht sie. Sie kocht Holunderblätter in einer Mischung aus Fett und Fischtran, um eine Salbe zuzubereiten, die Schnitte und Prellungen heilt. Sie ist uns gestern ausgegangen. – Falls du sie suchst, Schegel ist unten bei den Docks und bringt den anderen bei, wie man Fische ausnimmt.« Teich verzog ganz reizend das Gesicht. »Ich habe mich freiwillig gemeldet, Holunder zu pflücken.«

»Ein Fehler! Schegel ist eine großartige Fischausnehmerin. Die Leute kommen von überall her nach Wolkenriff, um ihr zuzuschauen. Sie drückt die Augen mit den Daumen heraus wie keine andere …«

»Verschone mich! Was kann ich für dich tun?«

Gischts Grinsen verblasste. »Tja. Nun. Eigentlich dachte – also, ich habe mich gefragt, ob … Verstehst du, ich bräuchte den Rat einer Frau.«

»Aha. Eine Herzenssache.«

»Woher weißt du das?«

Teich pflückte eine weitere Hand voll schaufelförmiger Holunderblätter. »Männer fragen Frauen selten wegen etwas anderem um Rat. Komm, hilf mir beim Pflücken.«

»Vielleicht sollte ich einfach –«

»Pass auf, dass du keine Zweige abknickst. Sie sind empfindlich.«

Gischt trat zu ihr. So standen sie nebeneinander, pflückten, und er war sich immer sicherer, das dies *keine gute Idee* war. »Ähem. Äh. Also. Es, es, es ist eigentlich so, die Angelegenheit, ehrlich, sieht so aus, dass ich sie ziemlich, also – *lieb gewonnen* – nein, lieb gewonnen ist der falsche Ausdruck … vielleicht – nein, das ist nicht …«

»Du empfindest etwas für eine Frau«, sagte Teich ernst.

»J-a-a-a. Ja, das ist es wohl – Jedenfalls, das Problem ist, ich mache mich immer zum Narren, wenn ich über so etwas rede.«

Teich sah ihm nicht in die Augen. »Wirklich?«

»Äh – nun ja. Jedenfalls, so sieht es aus. Ich hege für diese Frau … Gefühle, aber ich weiß nicht genau, ob sie, nun ja, ob sie das überhaupt bemerkt hat. Sie. Die Gefühle, verstehst du. Und ich frage mich, wenn ich nun etwas sagen würde, würde das, verstehst du, *bedrohlich* wirken? Oder würde es, würde es eine, eine Reaktion auslösen. Vielleicht.«

Teich verkniff sich ein Lächeln. Der arme Gischt tat nicht einmal mehr so, als würde er pflücken, er verwob nur noch Blätter miteinander, mit nervösen, flinken Fingern. »Du weißt nicht genau, was sie für dich empfindet, und du weißt nicht genau, was du zu ihr sagen sollst. Richtig?«

Gischt nickte. Er kam sich vor wie ein Idiot, lief bis über die Ohren heiß und rot an – schließlich war er fünf Jahre älter als seine Freunde und hatte keine Ahnung von den Dingen, die wirklich zählten. »Sie ist, ist ziemlich selbständig, weißt du. Sie macht problemlos eine bessere Figur als ich, verstehst du. Das ist eines meiner – ein Problem. Und doch gibt es Anzeichen dafür, weißt du, dass sie mich – ich kann nicht sagen, dass sie *Gefühle* für mich hegt – dass sie mich mag. Ich habe, ich glaube, dass ich gut für sie wäre, dass es gut wäre, mich zu haben. In ihrer Nähe. Für sie … *Grr!*« Er riss einen Zweig ab. »Hör dir das an! Es ist unerträglich.« Er wandte sich Teich zu. »Vergiss es. Ich werde mich in den Nebel zurückziehen und nach Feuchtperlen tauchen. Bitte entschuldige mich, ich möchte meine Demütigung spazieren führen.«

Teich nickte geduldig. »Ich werde über deine Worte nachdenken. Und noch etwas, Gischt – denk daran, dass es auch Frauen schwer fällt, in solchen Situationen gelassen zu bleiben.«

»Meiner nicht«, sagte er mit grimmiger Miene. »Das ist Teil des Problems.«

Teich winkte zum Abschied mit einem weißen Blütenzweig. »Arbeite hart! Denk an Delta! Sei geduldig, und ich bin überzeugt, dass du etwas hören wirst, das die Situation klärt.«

Am liebsten hätte Gischt sein Gesicht in einen kalten Teich getaucht. Es gab an ihm noch ein paar andere Teile, die die gleiche Behandlung hätten gebrauchen können, dachte er grimmig.

Teich wartete, bis er endgültig außer Sichtweite war. Dann – obwohl sie wusste, dass eine echte Gewährsfrau das nicht tun würde – lachte sie, bis ihr die Tränen in die Augen schossen.

Sie schnappte sich Schegel im geschäftigen Treiben vor dem Abendessen, als sie den größten Topf mit einem abgezogenen Ast umrührte. »Fischeintopf. Lecker. Und so wundervoll ausgenommen.«

Schegel warf ihr einen misstrauischen Blick zu. »Irgendwelche Klagen?«

»Mm. Ganz im Gegenteil.« Teich roch an dem reichhaltigen Eintopf, der mit wildem Thymian gewürzt war. Menschen sammelten sich in den halb fertigen Unterkünften – bald war Essenszeit. Strebe und ein Gehilfe versahen eine Wand mit Stützbalken und blinzelten in die untergehende Sonne. Sieben führte ein paar interessierten Deltanern an Gischt einen Drehgriff vor; Gischt lächelte tapfer, bis Sieben seine Finger geringfügig drehte und ihn zu Boden zwang. Fang lungerte in der Nähe herum, kratzte sich die Seite und betrachtete hungrig den Eintopf.

Teich senkte ihre Stimme. »Du hast einen Verehrer.«

Schegel wich entsetzt zurück. »Oh nein! Ist er widerlich?«

»Keineswegs.«

»Noch schlimmer! Womit habe ich das verdient?«

»Vielleicht hast du mich falsch verstanden. *Keineswegs* widerlich.«

»Ich weiß, ich weiß. Das heißt, ich kann die Angelegenheit nicht schnell und schmerzlos beenden. Warum sollte ich allerdings Skrupel –«

»Das lässt sich schwerlich guten Gewissens erledigen«, sagte Teich hastig.

Schegel seufzte. »Vermutlich.«

»Bald fertig?«, rief Fang den Köchinnen zu. Schegels Gesichtsausdruck ließ ihn drei Schritte zurückweichen. »N-nein«, stammelte er. »Noch nicht fertig.«

Mit ihrem hölzernen Löffel rührte Schegel lautstark in dem großen Schmelztontopf. »So eine Unverschämtheit!«, ereiferte sie sich. »Habe ich irgendjemanden ermutigt? Nein. War ich ›fraulich‹? Nein! Spielt das überhaupt eine Rolle? Nein! Sie beschließen, vernarrt zu sein, ohne dass man es ihnen mit einem Wort erlaubt hätte.«

Teich runzelte die Stirn. »Langsam glaube ich, dass dieser Verehrer kein Glück hat.«

Schegel seufzte. »Ist er intelligent?«

»Sehr.«

»Gut aussehend?«

Teich zuckte die Achseln. »Auf eine unbeholfene Art.«

»Witzig?«

»Häufig.«

»Impotent?«

Teich blickte überrascht auf, bevor sie sich fangen konnte. »Ich sehe keinen Grund zu dieser Annahme.«

»Patz!«, fluchte Schegel. »Einen Moment lang klang er wie der perfekte Mann.«

Der Himmel war von sanftem Abendlicht erleuchtet, und die Vögel kamen langsam zur Ruhe. Eine Lachsalve drang aus dem Hauptlager herüber, von jenseits eines Strauchkiefernwäldchens. Sieben und seine Berater hatten sich zu einer kleinen Feuerstelle neben seinem Zelt geschlichen, doch noch hatten sie keinen Ast am großen Hauptfeuer angezündet. Glitz, Fang, Sieben und Teich saßen beieinander. Gischt hockte ebenfalls an der Feuerstelle, Schegel ihm gegenüber, mit dem Rücken an eine kleine Pappel gelehnt.

»Wir sollten uns über Strategie unterhalten«, sagte Sieben, als das Abendessen endlich vorüber war.

»Ach, lass uns wenigstens warten, bis sich das Essen gesetzt hat«, sagte Gischt müde. »Falls Schegel je aufhört zu spachteln.«

»Wenn nur Ried nicht fortgegangen wäre«, sagte Fang. »Er war immer mit einem Lied oder einer Geschichte bei der Hand.«

»Ich werde eine Geschichte erzählen«, sagte Schegel unvermittelt.

Gischt grinste die Deltaner an. »Passt auf! Sie ist die Tochter einer Gewährsfrau und kann die Leinen einer Geschichte trimmen wie eine weise Frau.«

Schegel lachte und erfand in aller Eile den Anfang der Geschichte. »Dies ist eine Geschichte über die Nebelzeit«, sagte sie, beugte sich vor und lächelte ihre Zuhörer an, »wo alles wahr ist und nichts, was es zu sein scheint. Es ist eine Schlingerstek-Geschichte über den Hof von Königin Lianne, und sie geht so ...«

Als sie zum Schluss kam, klatschte Schegels Zuhörerschaft leise in der Dunkelheit.

»Die habe ich dich noch nie erzählen hören«, sagte Gischt.

Schegel lachte. »Noch gibt es ein paar Dinge, die du nicht über mich weißt.« Es war völlig finster geworden, als sie aufstand. »Ich muss mich bewegen!«

»Ich hole einen Ast aus dem großen Feuer«, sagte Fang.

Alle Umrisse waren mit der Dämmerung verblasst und hatten nur nächtliches Stimmengewirr zurückgelassen. Schegel lief barfuß über Blätter und Wurzeln und Erde. Sie hatte das Gefühl, als sei auch sie weniger wirklich geworden, als geistere sie den Pfad zum Ufer entlang. Sie verließ sich gleichermaßen auf ihren Tastsinn wie auf ihre Augen und folgte den Lücken, wo keine Bäume standen. Mit einem ausgestreckten Bein rutschte sie einen steilen Hügel hinunter. An seinem Fuß befand sich eine kühle Steinplatte; Haufen verwitterten Granits; das Rauschen des Meeres. Sie glitt über die breite Wölbung des ersten Felsens. Getrocknete Flechten zerbröselten unter ihren Fingerspitzen zu Pulver.

Sternenlicht glitzerte auf dem Wasser. Gierige Fische sprangen unsichtbaren Insekten hinterher. Von Osten her war eine schwarze Wand aufgezogen und ertränkte die Sterne in der Wolkendecke.

Eine verärgerte Venusmuschel spritzte Schegel nass. Sie lachte und rieb ihre Hände im kühlen Wasser. Das Meer schäumte um ihre Knöchel und sie lachte ein Lachen, weit wie die Inseln. Weit wie der Himmel. Sie krempelte die Ärmel hoch und wusch sich den Holzrauch von den Armen. Dann bückte sie sich noch einmal und spritzte sich Wasser über den Kopf. Die Kälte verschlug ihr den Atem, sie wrang sich den Ruß aus den Haaren und strich sich grinsend ihre Fransen aus der Stirn.

Sie kroch ins Lager zurück, schlich sich von hinten an Gischt heran, spritzte ihn nass und kicherte. »Ah – uh!«, kreischte er. »Lass das!«

»Also – wer ist jetzt mit Geschichtenerzählen dran?«

»Die Unterhaltung hat sich ernsten Dingen zugewandt, während du fort warst.«

»Obwohl Gischt alles getan hat, um es zu verhindern«, fügte Sieben hinzu. »Aber wir können es nicht länger hinausschieben. Wir müssen etwas gegen Hasel Flecht unternehmen, auch wegen Kuppe. Also los, Gischt. Bring mir bei, wie ein Waldländer zu denken. Womit soll ich anfangen?«

»Können wir nicht nach Distel oder Mona oder auf eine der anderen bewohnten Inseln gehen? Dann müsstet ihr keine Unterkünfte bauen, oder es würden euch zumindest mehr Leute bei der Arbeit helfen.«

»Richtig, aber das würde sie zu militärischen Zielen machen. Ich möchte niemanden wider seinen Willen in den Krieg hineinziehen. Noch nicht, jedenfalls.«

»Bald.«

»Ich weiß.«

Gischt stocherte im Feuer, bis es gleichmäßig brannte. »Also gut. Ich würde Folgendes tun. Regel Nummer eins: Kämpfe, um zu siegen. Wir haben wenig Leute, wenig Waffen, keine Erfahrung. Flecht kann für jeden von uns zehn Mann verlieren. Wir sollten uns nie, *nie* mit ihm anlegen, wenn wir uns nicht sicher sind, dass wir siegen werden, und zwar entscheidend siegen.«

»Aber du hast selbst gesagt, dass die Waldländer uns zahlenmäßig überlegen sind, außerdem besser bewaffnet und ausgebildet«, wandte Sieben ein. »Was heißt das für uns?«

»Keine Kämpfe mehr.«

»Du meinst, wir sollen aufgeben?«, sagte Fang hoffnungsvoll.

»Keineswegs. Wir sollten aufhören, sie offen anzugreifen, das unbedingt. Aber ein offener Angriff ist nicht der einzige Weg, Krieg zu führen.«

Glitz nickte. »Ich bin dafür. Ich habe auch so schon zu viel zu tun.«

Gischt nickte. »Meine nächste Frage lautet: Wo liegen unsere Stärken? Was können wir besser als die Waldländer?«

»Segeln«, sagte Teich.

Sieben nickte. »Wir haben bessere Boote und wir kennen diese Gewässer.«

»Gut. Was noch?«

Stille senkte sich über die Lichtung.

»Nun«, sagte Gischt. »Navigation natürlich. Das können wir wohl zum Segeln rechnen. Wir wissen, wo wir sind, wohin wir fahren und wie wir dorthin gelangen. Falls Hasel Flecht versucht, seine Truppen über die Inseln zu verteilen, sollte uns das ein Vorteil sein.«

»Von den Feuerschleudern einmal abgesehen«, sagte Fang. »Auf brennendes Pech in meinem Arsch kann ich verzichten, vielen Dank.«

»Siehst du, jetzt denkst du wieder ans Kämpfen! Wo auch immer Flecht hinfährt, können wir ihm zuvorkommen, die Dorfbewohner warnen und sie fortbringen. Wenn es zum Äußersten kommt und seine Soldaten auf die Inneren Inseln ausschwärmen, können wir sie immerhin daran hindern, über ein Dorf nach dem anderen herzufallen. Je weiter er geht, desto mehr gesunde, wütende Eiländer werden sich gegen ihn zusammenschließen.«

Sieben nickte. »Je weiter sich Flecht von Delta entfernt, desto dünner gestreut sind seine Truppen und desto mehr Soldaten haben wir auf unserer Seite. Aber ich will die Inneren Inseln nicht verlieren, bevor wir ihn aufhalten können.«

»Ich auch nicht. Trotzdem bin ich jetzt überzeugter, dass wir diesen Krieg gewinnen können, als vorhin, als ich die Scheite für das Feuer aufgeschichtet habe.« Gischt hob seinen Schürhaken, so dass die rote Spitze in der Dunkelheit tanzte.

»Du hast Recht«, sagte Sieben. »Beim Krieger, du hast Recht. Wir können doch noch gewinnen. Hasel Flecht ist sich nicht im Klaren darüber, was ihm bevorsteht.«

Glitz brummte. »Das bezweifle ich.«

Gischt schüttelte den Kopf. »Das heißt nicht, dass er uns aufhalten kann. Er wird uns klein halten wollen und geteilt. Er wird bald zuschlagen.«

»Die Lösung liegt in der Garnison auf Kuppe.« Sieben sprach schnell und starrte ins Feuer. »Das ist der Ausgangspunkt. Von dort aus kann er Mona angreifen oder Distel. Er kann herausfinden, in welche Richtung wir uns wenden, und versuchen uns einzukreisen.«

»Dafür ist es zu spät«, gab Schegel zu bedenken. »Selbst wenn wir hier auf Spannfeder überrascht werden, erzählt Ried bereits überall unsere Geschichte und rüttelt die Leute auf. Sie werden wachsamer sein, als Delta es war. Was ist eigentlich mit eurer Gewährsfrau?«

»Die Gewährsleute von Delta schlichten Streitfälle und unterschreiben Verträge. Sie können nicht in die Zukunft blicken«, sagte Teich wehmütig.

»Beobachten sie den Nebel nicht? Gischt, wir sind von Barbaren umgeben!«

Sieben lachte. »Seid nachsichtig! Teich will eine unserer Gewährsleute überreden, sie als Lehrling anzunehmen. Denkt daran, ihr seid dem Nebel weit näher als wir. Unsere Omen entstammen den Reisen der Lachse und den Erzählungen des Windes, nicht dem lebenden Geheimnis der Nebelzeit.«

»Nahrung«, sagte Schegel.

Glitz legte ihren Kopf schräg. »Was?«

»Nahrung. Nahrung. Nicht einmal ihr Deltaner könnt euch euren Fisch außerhalb eines Marktes besorgen. Die Waldländer werden nach Möglichkeit Kaninchen fangen und die Beeren essen, die sie kennen. Aber hier kommt die eigentliche Nahrung aus dem Meer. Fische, Venusmuscheln, Krabben, Jakobsmuscheln, Austern, Miesmuscheln. Zumindest werden wir besser genährt sein.«

»Werden sie es nicht lernen?«, fragte Fang. »Schließlich ist es nicht allzu schwierig, nach Venusmuscheln zu graben.«

»Vermutlich ist es schwieriger, ein großes Lager zu versorgen, als wir uns bewusst sind«, sagte Teich. »Sie werden lernen, das stimmt, aber nur langsam.«

»Und sie werden Fehler machen«, fügte Schegel hinzu. »Wenn wir Glück haben, ist die erste Venusmuschel, die sie essen, eine Rotschleife.«

»Großartig!«, rief Gischt.

»Was?«

»Großartig! Genau das müssen wir tun. Ihr Essen vergiften! Gute Muscheln gegen schlechte austauschen, tödliche Pilze in ihren Eintopf krümeln! Versteht ihr? Wir dürfen es nicht wagen, sie offen anzugreifen. Aber wenn die Hälfte ihrer Männer tot ist und die andere fürchterlich krank, können wir Kuppe mit Leichtigkeit zurückerobern.«

»Gift!«, zischte Glitz.

Sieben runzelte die Stirn. »Willst du wirklich, dass wir uns dazu herablassen?«

»Ich versuche, Eiländern das Leben zu retten«, schnauzte Gischt. »Wenn ich kämpfe, will ich gewinnen.«

Ein Ast knackte und setzte eine Wolke roter Funken frei, die in die Nacht emporstoben. Sieben seufzte. »So hässlich die Geschichten über den Krieg sind, die Wirklichkeit ist noch viel hässlicher.«

»Es ist ein hervorragender Plan«, fuhr Gischt fort. »Er bringt unsere Stärken bestens ins Spiel. Schließlich wissen wir sogar, wo sich in ihren Unterkünften auf Kuppe die Küchen befinden, denn wir haben sie selbst gebaut.«

»Wie sollen wir mit einer Tasche voll verdorbener Pilze durch ein bewaffnetes Lager schleichen?«, fragte Schegel.

»Äh. Nun …«

»Ich will die Idee nicht im Keim ersticken. Aber ehe wir irgendwelche Entscheidungen fällen, müssen wir uns auf Kuppe noch mal umsehen.«

»Sie werden Wachtposten aufgestellt haben«, gab Sieben zu bedenken.

»Mm. Ich will mich nur in aller Stille umsehen, das ist alles. Seid ihr einer weiteren nächtlichen Segeltour gewachsen? Gischt und ich würden ja allein fahren, aber wir brauchen jemanden, der Kuppe im Dunkeln finden kann.«

Gischt legte den Kopf schräg und blickte himmelwärts. »Nicht heute Nacht! Noch eine Nacht schlafen, ich bitte dich. Ich fürchte, in den nächsten Tagen werden wir nicht viel Schlaf bekommen.«

Schegel lag auf dem Rücken, rastlos und noch nicht bereit zu schlafen. Sie blickte zu den zitternden Pappelblättern hinauf und lauschte ihren geflüsterten Geschichten über Sonne und Erde.

Neben ihr atmete Gischt bereits langsam und regelmäßig, und sein Gesicht war vom Schlaf geglättet. Schegel grinste in der Finsternis in sich hinein, geschmeichelt. Er tat ihr Leid. Sie mochte ihn sogar. Was sie gelinde überraschte. Seit ihrem Namenstag hatte sie ihn eher für albern als für anziehend gehalten. Aber in den letzten Wochen hatte sie seine Albernheit schätzen gelernt, und den klugen, abstrakt denkenden Verstand dahinter.

Aber ein Liebespaar?

Während des Sturms, als er sich an sie klammerte, hatte sie nur weggewollt. Darauf war sie nicht stolz. Sie fing an, Gischt zu mögen, sehr zu mögen, aber sie wurde das Gefühl nicht los, dass er sie hinunterziehen würde. Er bedrängte sie mit dieser Sache – sie konnte es nicht Liebe nennen. Wo kam es her? Jetzt, da Tau fort war, konnte sie ihm nicht einzige Freundin und Geliebte zugleich sein. Er konnte nicht von ihr verlangen, dass sie sein Leben lebenswert machte.

War sie herzlos, so zu empfinden? Sie hatte ein schlechtes Gewissen, wie so oft, wenn sie sich nicht verhielt, wie man es von ihr erwartete. Ihrer Schwester Geiß konnte sie keine Zierde sein, Gischt konnte sie keine Geliebte sein. Sie war die Tochter der Gewährsfrau und konnte sich nicht einmal an Wolkenriff binden.

Nein! Sie musste fort. Sie musste auf Reisen gehen, glücklich werden und *Wunder nach Hause bringen.* Das war ihre Aufgabe. Wenn sie ihren Mut verlor, wenn sie Gischt jetzt nachgab oder jemand anderem, dann hätte sie sich viele Male umsonst zurückgehalten, um als Teil eines großen Plans zu wirken. Dann wäre alles doch nur Selbstsucht gewesen.

Sieben hatte Glück, unglaubliches Glück. Die Waldländer hatten ihn mit ihrer Invasion gerettet. Plötzlich waren all die närrischen und egoistischen Jahre, die ganze Zeit, da er sich geweigert hatte, den Erwartungen seines Vaters oder seines Volkes zu entsprechen – all das war wettgemacht worden.

Glücklicher, glücklicher Schweinehund.

Sie legte sich wieder hin und war sich ihres Körpers unter ihrem Hemd sehr bewusst. Wie angenehm war es doch, wieder wohl genährt und ausgeruht zu sein, in einer warmen Nacht unter den Sternen draußen zu liegen. Sie zog eine Decke über sich, bis über ihre Taille, bis an ihre Brüste. So.

Sie stellte sich vor, dass sie sich auf irgendeiner Insel befanden; sie konnte es vor ihrem inneren Auge sehen. Nein, es war Delta. Speerspitze. Siebens Höhle auf Speerspitze, auf der Flucht. Überall um sie herum brüllende Soldaten, die mit ihren Schwertern in die Büsche schlugen, einander zuriefen: gefährliche Flüchtlinge, zum Äußersten entschlossene Rebellen. Dieselben, die … Hm. (Schegel massierte ihre Beine, direkt oberhalb der Knie, entspannte sich, ließ die Hände langsam nach oben gleiten, entspannte ihre Zehen, ihre Füße, ihre Knie, ihre Oberschenkel; Muskeln wurden unter ihren Fingerspitzen weich.)

Der schlimmste Augenblick: in Flechts Zimmer ertappt, während sie seine geheimen Karten genau studieren, seine Sonderbefehle. Briefe an den Kaiser, die ausführlich über Strategien berichten, hastig in die Beinlinge gestopft, während sie Stimmen näher kommen hören, auf der Treppe eines der großen Deltaner Häuser. Natürlich hatte er sich eines der großen ausgesucht. Gischt erstarrt. Jetzt, in diesem entscheidenden Augenblick, muss sie die Führung übernehmen.

Das Verlangen in seinen Augen spiegelt das ihre wider. Sie klammern sich in ihrem Versteck aneinander, während die feindlichen Soldaten sie umstellen. Der Geruch von Felsen, von Wasser. Sie zieht ihn auf sich herunter, ihre Körper aneinander gepresst; sie spürt, dass er sie begehrt, trotz der Gefahr. (Die Haut weiter oben merkwürdig weich, sogar bei ihr. Das viele Laufen, ihre jungenhaften Angewohnheiten, hatten nichts daran geändert. Das leichte Anschwellen direkt unterhalb der Vertiefung, wo ihre Beine sich berührten.)

Zwei Paar Schritte, vielleicht drei. Flecht und zwei Leibwächter. Keine Zeit zum Nachdenken und natürlich keine Waffen. Nicht ihr Stil. In einem Zimmer. Was für ein Zimmer? Papiere – haufenweise Papiere: Karten, Notizen, Berichte, Schiffsbaupläne, Anmerkungen zu Flößen, Briefe vom Kaiser. Ein Tisch, an dem er arbeitet; Federn, Tinte und so weiter. Lampen, ein Bett.

Papier! Die Tür ist geschlossen, aber neben dem Eingang stapelt sich Papier. Gischt sieht sie Rat suchend an. Rasch und entschlossen gleitet sie zur Tür, schließt den Riegel, packt die Lampe. Sie dreht sie um und gießt brennendes Öl über die Papiere. Die Schritte haben den Fuß der Treppe fast erreicht. Zurück jetzt, zum Fenster.

Und danach, ein Boot stehlen? Ein Floß? Und siegreich nach Spannfeder zurücksegeln. Eine geheimes warmes Glühen in ihrem Bauch.

Ihr Hemd ist bereits hochgeschoben, als er sich auf sie legt, ihre Beine sind gespreizt, er kann die Gelegenheit nicht verstreichen lassen, auch wenn überall Gefahr droht. Sie hält seinen Blick fest, zieht langsam sein Hemd hoch; langsam gleitet es über ihr geringeltes Haar; er stemmt sich hoch, gerade genug, dass das Hemd herausrutschen kann, ungläubig. Er ist zu erregt, um Vorsicht walten zu lassen. Er hat sich befreit. Seine Spitze berührt sie. (Ganz sachte: so. Sanft wie ein Finger streichelt er sie.) Sie greift nach ihm, hält ihn umfasst. Ihre Blicke sind immer noch ineinander versenkt. Seine Spitze drückt sanft gegen sie; das kann er sich nicht verkneifen. Noch immer darf er sie nicht küssen. Über ihnen ruft ein Soldat: »Passt auf! Denkt daran, was mit den Wachtposten passiert ist!«

Flammen züngeln hoch, knisternd, tanzen Zerstörung über Befehle, Berichte, Baupläne. Ein besorgtes Murmeln hinter der Tür; Schritte rennen die letzten paar Stufen hoch und stürzen den Korridor entlang. Sie kriecht aus dem Fenster von Flechts Arbeitszimmer, schwingt ein Bein auf das Dach und zieht sich hoch. Von drinnen ein splitterndes Geräusch. Gischts Hände tauchen am Rand des Daches auf; er holt Schwung, baumelt einen entsetzlichen Augenblick lang über dem Abgrund, stößt sich einmal ab, zweimal, bis sie ihn zu fassen bekommt und hochzieht. Unter ihnen frisst sich das Feuer durch die Papierstapel. Wutschreie und unverständliche Befehle werden von den tobenden Flammen verschlungen. Jemand läuft los, um den Gong zu schlagen, aber sie rennen schon und springen von Dach zu Dach.

Mit einem hungrigen Lächeln zieht sie ihn in sich hinein, lässt ihn stoßen und küsst ihn zum ersten Mal, hart. Schritte: Auf dem Felsen direkt über ihnen steht ein Soldat des Waldes, während sie sich in verzweifelter Stille paaren.

Und vorher: Flechts Treppe hinaufschleichen. Natürlich sind sie in einem Boot gekommen; sie haben es in Geschicks Haus versteckt; sie können es später holen, wenn nicht mehr nach ihnen gesucht wird, wenn ihre schaukelnden Körper nicht mehr vereint sind, hart auf den Granit gedrückt, das Gewicht seines Körpers, der Geruch der Felsen, das Geräusch der Schritte. Das Meer.

Kapitel 14
Kleine Schiffe

Nach einer Nacht gesegneten Schlafes ging Schegel am nächsten Morgen mit ihren Schülern nach Venusmuscheln graben. Die meisten, die sie fanden, ließen sie in der Sonne liegen.

In jener Nacht zischte der Regen in die Finsternis hinab, die Sieben und Gischt umgab. Nachdem sie vor Kuppe scheinbar eine Ewigkeit gewartet hatten, griff eine Hand zum Boot hinauf und rüttelte sanft an der Reling. Schegel keuchte und zog sich über das Heckwerk. »Gib mir meine Kleider! Warme Nacht oder nicht, ich erfriere!«

Gischt reichte ihr Hemd und Hosen. Schegels nackter Körper war fast unsichtbar, trotzdem packte ihn plötzlich Groll, dass Sieben sie so sah.

Schegel schlüpfte in ihr Hemd und zitterte. »Schon besser.«

Gischt ließ ein Segel auffieren und Sieben richtete den Bug leewärts aus, damit das Boot an Tempo gewann.

»Nein«, murmelte Schegel. »Fahr nur weit genug hinaus, damit wir reden können.«

Sieben nickte und ließ sie bis zum Nagel hinausgleiten.

»Brrr. Nun, die Dinge haben sich verändert, seit wir fort sind.«

Gischt stöhnte. »Erzähl mir nicht, dass sie sich wieder etwas Schlaues ausgedacht haben.«

»Ich fürchte doch. Wisst ihr noch, wie sie auf Delta die Flöße versteckt haben?«

»Ich hasse ihn«, sagte Sieben grimmig. »Ich hasse Hasel Flecht.«

»Unsere Unterkünfte sind jetzt von einem wunderschönen Wall umgeben«, fuhr Schegel gelassen fort. »So hoch wie ein großer Mann, mit nur zwei Toren. Ich habe Wachtposten gehört.«

»Schweinehunde!« Gischt zog das Schot fester heran, die Arme vor Enttäuschung verkrampft.

»Damit dürfte sich unser Versuch, in die Küche zu gelangen, erledigt haben«, sagte Sieben. »Sofern wir nicht die Tore stürmen. Du bringst keine guten Neuigkeiten.«

»Vor den Unterkünften gibt es zwei Stellen mit Fackeln: eine oberhalb des Sandstrandes, zum östlichen Ende hin, und eine in der Nähe des Hafens.«

»Das werden die Feuerschleudern sein«, sagte Gischt. »So aufgestellt, dass sie unsere Boote erwischen, sollten wir zu landen versuchen.«

Sieben nickte. »Die müssen wir als Erstes einnehmen.«

»Stimmt. Hast du sonst noch etwas entdeckt, Schegel?«

»Ja, und ob. Ich war unten am Sandstrand. Ich habe viel Zeit damit verbracht, einen Baumstamm nachzuahmen.« Sie zitterte. »Ich bin froh, dass wir mit diesem Krieg bis zum Sommer gewartet haben, das sage ich euch. Der Regen ist schon schlimm genug, aber wenn das Wasser auch noch kalt gewesen wäre, hätte ich es wohl nicht mehr zurückgeschafft. Jedenfalls habe ich mich in der Brandung treiben lassen, bis ich mir sicher war, dass niemand in der Nähe war, und bin dann den Strand hinauf. Die Flut kam herein, und mir ist aufgefallen, dass der Sand direkt oberhalb der Wasserlinie furchtbar aufgewühlt war. Das habe ich mit meinen Zehen gespürt. Noch weiter oben am Strand, am Rand des Uferstreifens, war die aufgewühlte Fläche von einer Rippelmarke aus nassem Sand begrenzt.«

»Da hat jemand gegraben.«

»Genau! Jemand – genau genommen eine Menge Leute – hat sich systematisch den Strand entlanggegraben. Sie haben am westlichen Rand angefangen und sich nach Osten vorgearbeitet; es hatte gerade erst angefangen zu regnen und ich konnte erkennen, dass die Sandhaufen im Westen viel trockener waren als weiter zur Mitte hin. Also habe ich mich gefragt: Wonach haben sie gegraben? Und ich dachte mir, wenn ich aus dem Wald käme und vierzig Mann einsetzen könnte, vielleicht würde ich –«

»Venusmuscheln!«, rief Gischt.

»– den Strand nach Nahrung umgraben. Ich würde mir einen Abschnitt aussuchen und ihn abgrasen und von allem, was ich finden würde, den Sand abwischen.«

»Ein schlaues Volk«, sagte Sieben.

»Dabei ist mir etwas eingefallen. Wenn Gischt uns reinbringen kann, gibt es, glaube ich, eine Möglichkeit, den Vorrat Venusmuscheln einzusetzen, den ich heute Nachmittag habe verrotten lassen.«

Gischt stieß einen Pfiff aus. »Natürlich! Du wirst sie ihnen unterjubeln, damit sie morgen ausgegraben werden!«

Sieben lachte. »Genial. Aber wird es nicht auffallen? Nein, nein, natürlich nicht.«

»Die Flut steigt«, schloss Schegel. »Unsere Fußabdrücke und Löcher werden bis morgen früh bedeckt sein. Aber wenn sich das Wasser morgen Nachmittag zurückzieht und sie im nächsten Abschnitt des Strandes graben gehen, sollten sie auf eine wunderbare Auswahl von Rotschleifen und schlechten Blaurücken stoßen. Die Blaurücken sollten noch nicht zu merkwürdig schmecken, nicht nach nur einem Tag, aber sie werden verdorben sein, zweifelsohne.« Sie zitterte. »Brrr! Und wieder ins Wasser. Aber dieses Mal möchte ich, dass Sieben mich begleitet.«

»Warum er? Ich kann ebenso gut Venusmuscheln vergraben, glaube ich.«

Schegel tätschelte Gischt am Arm. »Nichts für ungut. Ich nehme Sieben nicht mit, damit er Löcher gräbt. Aber die Muscheln könnten klappern oder ich verursache beim Graben Lärm. Falls ein Wachtposten herunterkommt, um nachzuschauen, scheint es mir klug, Sieben bei mir zu haben, damit er … da ist.«

»Schön«, knurrte Gischt. »Ist vernünftig. Hee ho, Gischt der Retter ist da!«

Gischt segelte möglichst nahe ans Ufer heran. Sieben und Schegel zogen sich aus, nahmen den Beutel Muscheln, glitten über Bord und ließen ihn zurück.

Das Boot schaukelte, der Regen fiel. Allein in der Dunkelheit, bemerkte Gischt einen schwachen, bitteren Zorn, wie ein Splitter in seinem Herzen. Einmal mehr hatte er zugelassen, dass er allein zurückblieb.

Er war wütend auf sich selbst, nicht auf Sieben und Schegel. Er bekam nur, was er verdiente. Er pflegte seinen Schmerz, zupfte wie an Schorf daran herum, fühlte sich wohl mit seinem Leid. Er hatte es verdient – Gischt, Schneides nichtsnutziger Sohn.

Eine Windbö ließ die Segel flattern und er zog die Leine an. Als die Segel schließlich wieder schwiegen, war ihm noch etwas klar geworden: Der Schmerz war nicht neu. Er hatte viele, viele Jahre lang mit ihm gelebt, jeden müßigen Tag und jede lange Nacht. Irgendwie war er ihm nur nie bewusst gewesen.

Stein sagte immer: »Zieh die Netze aus der Taille heraus ein, nicht mit den Armen!« Und Gischt, wie alle anderen jungen Männer auch, hatte es ihm hundert Mal ins Gesicht wiederholt. Und dann war ihm eines Tages klar geworden, dass er nur *aus der Taille heraus* ziehen musste.

Mit diesem Zorn war es ebenso. Er war früher schon niedergeschlagen gewesen, hatte sich beklagt, war verbittert gewesen. Wie oft hatte seine eigene Nutzlosigkeit sein Herz verdüstert? Wie oft hatte ihn eine junge Frau geringschätzig angeschaut, wie oft war ihm aufgefallen, dass ältere Männer ihn nicht um Hilfe baten? Wie oft hatte er darauf aufmerksam gemacht, dass das Dorf Tau ein Boot gebaut hatte, ihm jedoch nicht? »Nur damit ich Maat werde!«, hatte er im Spaß gerufen. »Du warst Nebensache, Käpt'n.« Aber der Spaß ging auf seine Kosten, und das wusste er. Man konnte nur eine begrenzte Zeit lang den Narren spielen, dachte Gischt, bevor nur noch der Narr übrig blieb.

Aber erst jetzt, erst heute Nacht, durchnässt und zitternd in der Dunkelheit vor Kuppe, hatte er erkannt, dass seine Selbstverachtung eine tödliche Wunde war, die ihn bereits sein ganzes Erwachsenendasein verstümmelte.

Als Schegel und Sieben zurückkamen, war er nachdenklich und ungewöhnlich schweigsam.

»Alles in Ordnung?«, fragte Schegel und schlüpfte hastig in ihr Hemd, während Sieben an Bord kletterte.

»Mm-hmm.«

»Alles erledigt«, sagte sie strahlend.

»Gut«, sagte Gischt. Langsam ließen sie Kuppe hinter sich.

Er wusste, dass sein Schweigen sie beunruhigte, aber er konnte nicht sprechen, er war innerlich zu voll. Oder zu leer. Die Art und Weise, wie sein weithin sichtbarer Schmerz so viele Jahre lang im Verborgenen geblieben war – das war eine tiefe und subtile Wahrheit. Sein Erstaunen darüber wuchs. Der Gedanke, dass er nicht weiter in sich hineinsehen konnte als in einer finsteren, regnerischen Nacht über ihre Dollborde hinweg! »Wir sind wie kleine Schiffe«, sagte er schließlich.

Schegel versuchte, ihm in die Augen zu blicken, aber die Nacht war zu dunkel. »Was?«

»Kleine Schiffe, die auf und ab schaukeln«, sagte Gischt. »Wir winken einander zu und erzählen uns Lügen über all die wunderbaren Orte, die wir gesehen haben. Aber eine Sache, eine Sache tun wir nie: Wir verlassen nie unsere kleinen Schiffe und tauchen in die große schwarze See.«

»Wer das tut, ertrinkt«, sagte Schegel leise.

Gischt zuckte die Schultern, und obwohl er die Segel nicht sehen konnte, spürte er, wie sie sich blähten, als das Schot an seinen Fingerspitzen zog. »Vielleicht. Aber dann hätten wir zumindest einen Blick unter die Oberfläche geworfen.«

In der nächsten Nacht regnete es immer noch. Die beiden Waldländer, die die Feuerschleuder an Kuppes Südküste bemannten, waren klamm und griesgrämig. »Ich bin hungriger als Brand«, sagte Ast schlecht gelaunt. »Wahrscheinlich hätte ich etwas Suppe essen sollen, aber ich habe Fisch so entsetzlich satt. Was nass war, als es noch lebte, möchte ich nicht essen.«

»Stimmt«, flüsterte Nuss.

Ast starrte seinen Freund an. »Du siehst irgendwie merkwürdig aus. Du bist bleich wie eine Wolke, sogar bei Fackelschein.«

»Dieser Eintopf ist mir nicht bekommen.«

»Ist dir übel?«

Nuss nickte und verzog das Gesicht. »Krämpfe – im Bauch. Der Regen. Die Kälte. Und die Munition stinkt.«

»Du könntest wenigstens aus dem Wind gehen. Komm, kriech auf die andere Seite der Schleuder hinüber.«

Nuss nickte erneut. »Na gut«, murmelte er. »Ich tu alles, um –« Ein Schwall Galle ließ ihm den Mund sauer werden. »Zu spät. Ich geh runter.«

»Ich hab dir doch gesagt, dass ich da unten etwas gehört habe. Einen Bären vielleicht.«

»Auf einer Insel? Egal«, sagte Nuss grimmig, »wenn es ein Bär ist, kotz ich halt auf ihn.«

»Besser als auf mich, schätze ich. Tut mir Leid.«

Nuss schluckte mühsam und suchte sich seinen Weg den Pfad hinunter. Sobald er aus dem Fackelschein heraustrat, war er verschwunden.

Die Nacht war finster. Wolken erstickten den Mond. Ast konnte das Murmeln der grüblerischen See hören. Nuss würgte irgendwo weiter unten am Pfad. Ast erschrak; er war froh, dass er keinen Eintopf gegessen hatte. Esche Speer hatte gesagt, dass sie morgen ein paar Flöße zurück nach Delta schicken würden. Um Bericht zu erstatten, Vorräte zu holen und eine zusätzliche Schleuder mitzubringen, damit sie diese beiden dauerhaft stehen lassen konnten und noch zwei weitere für die Überfahrt nach Mona hatten. Er beschloss, sich freiwillig für die Fahrt zu melden und bei der Garnison auf Delta zu bleiben.

Regen zischte und prasselte auf die Plane. Angst flammte durch seine Brust, als er Nuss stöhnen hörte. Ast tastete nach seinem Schwert und sah nach seiner Munition. Jede Pechkugel war noch in ihren Überzug aus Blättern eingewickelt und stank nach Harz und Gummi. Unter der Plane waren sie trocken geblieben.

In der Dunkelheit raschelten nasse Blätter. »Nuss? Bist du das?« Keine Antwort.

»Scheiß Fisch«, murmelte er. Er holte seinen Zerstäuber hervor. Während er den schlammigen Pfad hinunterschlich, zitterte seine Hand im Rhythmus seines Pulsschlags. Als er den Fackelschein verließ, blieb er stehen und wartete, bis seine Augen sich an die Dunkelheit gewöhnt hatten. Er lauschte in die Finsternis hinaus.

Nuss lag mit dem Gesicht nach unten auf dem Pfad. »Geht es dir gut?« Asts Brust verkrampfte sich. Da war irgendwas im Busch. Er war nicht allein. Der kalte Regen fiel auf etwas Fremdartiges, etwas, das von Hass auf die Waldländer erfüllt war. War das der Geruch von Blut, der sich mit dem Gestank des Erbrochenen mischte? Er lachte unsicher. »Hör auf mich zu verarschen, du alter Schwindler.« Er versuchte ein Grinsen und trat einen Schritt zurück. »Komm nach oben, wenn du wieder auf dem Damm bist«, rief er. Einen Schritt auf die Fackeln zu. Und noch einen.

Ein Schatten sprang aus den zitternden Blättern hervor, und Ast stürzte den Hügel hinauf. Er stieß einen Schrei aus, als sich geballter Schmerz von hinten in seinen rechten Oberschenkel bohrte. Das Bein gab nach und er rutschte den schlammigen Hang hinunter. Er konnte hören, wie sie ihre Deckung verließen. Er krallte sich verzweifelt fest und versuchte sich den Pfad hinaufzuschleppen. »Mörder!«, brüllte er.

Eine stählerne Hand packte ihn am Kinn. Eine weitere legte sich um seinen Hinterkopf. »Mör–«

Schegel kroch aus ihrem Versteck und trat zu Sieben, der über dem dahingestreckten Leichnam stand. Sie zitterte heftig und versuchte das schreckliche Geräusch zu vergessen, mit dem das Genick des Wachmanns gebrochen war. »Komm schon«, sagte Sieben. »Wir müssen zur Schleuder, bevor sie nachschauen kommen.«

Sie folgte ihm den Hügel hinauf. »Das muss es sein.« Bei dem Gestank von Pech und Harz wurde ihr übel.

»Mm. Eine Gleitpfanne. Da legt man sicher die Kugel rein«, murmelte Sieben. »Diese Winde hier spannt sie …«

»Komm schon, komm schon! Schlag sie kaputt und weg hier!«

»Ich will sie auf das Fort richten.«

Schegel starrte den komplizierten Mechanismus aus gerilltem Holz und Seilen, Rollen und Hemmvorrichtungen blöde an. Undeutliche Schreie hallten von weiter landeinwärts.

Dank all der Jahre in der Werkstatt seines Vaters schien die Funktionsweise der Schleuder für Sieben kein großes Rätsel zu sein. »Recht einfach. Pack dieses Ende. Nein, nicht am Balken. Am Sockel. Hilf mir, sie herumzudrehen. Schnell!«

Ächzend schwangen sie die schwere Maschine herum. Sie war fast so groß wie Schegel und aus gewachstem Eisenholz gebaut, das wasserabweisend war.

Sieben schnappte sich eine Munitionskugel und legte sie in die eiserne Pfanne. »Tritt zurück.« Er nahm eine Fackel und hielt sie an den Teerball. Eine schwache Flamme schimmerte auf der Oberfläche, und scheußlicher violetter Rauch strömte zwischen den glänzenden Blättern hindurch. »Patz. Ich hätte erst die Blätter abreißen sollen.« Sieben zupfte sie mit seinem Messer ab und die Flammen loderten auf. Er zog den Riegel zurück. Die Pfanne schoss vor und schleuderte einen Feuerball über den Wald. Er landete weit vor dem Fort.

»Ich habe das Gefälle nicht bedacht«, murmelte Sieben. »Natürlich! Sie würden ja nach unten schießen. Es muss einen …«

Die Stimmen wurden unvermittelt deutlicher, als eine Gruppe Soldaten durch die Tore des Forts trat. Fetzen brennenden Teers fraßen sich in die feuchten Bäume.

»Keine Zeit mehr«, murmelte Sieben. Er kurbelte die Pfanne wie wild zurück in ihre ursprüngliche Position. »Mach das, was ich gemacht habe.«

Schegel schnappte sich eine weitere Teerkugel, rupfte die Blätter ab und ließ sie in die Pfanne fallen. Sieben reichte ihr die Fackel und ging vor der Schleuder in die Hocke. Mit hervortretenden Muskeln hob er sie vorne hoch, so dass der Balken über die Bäume hinwegwies. Schegel hielt die Fackel an das Pech und gab den Riegel frei. Die Pfanne schoss mit einem durchdringenden Schnappen vor und schleuderte einen Feuerstrahl hoch in die Luft.

Sie feuerten noch drei weitere Schüsse ab, bevor der erste Trupp Soldaten den Pfad hinunter auf sie zukam. Sieben verrückte die Schleuder, so dass ihr Balken direkt in ihre Richtung wies, und ein Strahl flüssiges Feuer spritzte über die vorderen Glieder. Männer warfen sich zu Boden, schrien und schlugen auf ihre brennenden Arme und Beine.

»Kein Kampf!«, brüllte Schegel. Sie ließ ihre Fackel über die verbliebenen Kugeln gleiten. Die Pechknäuel gingen tosend in ekelhaften Rauchschwaden auf. Im zischenden Regen gaben sie ein schauerliches Bild ab.

Schegel rannte auf den Pfad zu, der zum Strand führte. Sie stolperte über den ersten toten Wachtposten und fiel schwer. Rappelte sich auf und sprang über die zweite Leiche hinweg. Raste weiter, über Steine. Trat auf eine scharfkantige Muschel, hüpfte auf den Sand. Siebens Füße trommelten hinter ihr her. Hinein ins Wasser und mit schnellen Stößen vom Land weg. Sie konnte ihr Schiff nicht sehen, aber Gischt würde ihr Platschen hören. Es war sinnlos geworden, sich zu verstecken. Wenn sie erst weit genug im Wasser waren, würden die Waldländer sie nicht mehr einholen können.

Sie keuchte triumphierend, vom zärtlichen Meer getragen. Sie war sein Kind; es würde sie schützen.

Die Waldländer hatten das Ufer erreicht. Sie wandte sich um und paddelte gemächlich, hörte, wie Sieben zu ihr heranschwamm. Am Strand stießen keuchende Stimmen schwache Rufe aus. »Angreifen und fliehen«, sagte sie. »Und es gibt nichts, was sie dagegen tun könnten.«

Gischt segelte heran und zog sie aus dem Wasser. Vom Schiff aus konnten sie sehen, wie Flammen von den Unterkünften emporschlugen. »Ihr habt einen Treffer gelandet!«, jauchzte Gischt. »Als ich den ersten Feuerstrahl gesehen habe, dachte ich, wir wären verloren. Dann habe ich gemerkt, dass er landeinwärts flog.«

Sieben nickte. »Zünde die Lampen an. Die anderen Schiffe sollen beidrehen. Im Morgengrauen landen wir.«

»Zwei Drittel der Männer sind krank, sieben bereits tot.«

Ulme Bohle nickte vorsichtig und versuchte die ersten Anzeichen von Übelkeit zu ignorieren. Er hatte nicht viel Suppe gegessen. Vielleicht hatte er Glück. »Und Esche Speer?«

Pflaume Keim schüttelte den Kopf. »Er hat nur Suppe gegessen, und zwar eine ganze Menge. Er wollte ein Vorbild abgeben ...«

»Ich verstehe.« Bohle seufzte. Die Unterkünfte stanken nach Rauch und Erbrochenem. Die Luft war vom Stöhnen der Kranken und Verbrannten erfüllt. »Feuer?«

»Unter Kontrolle, Herr. Weitgehend gelöscht. Wir haben zwei Mann verloren, als ein Dach eingestürzt ist. Drei weitere, die die Angreifer verfolgt haben, sind kampfunfähig. Und die Wachtposten an Schleuder Nummer zwei natürlich.«

»Die Wachtposten, natürlich.« Ein Schmerzkrampf durchzuckte Bohles Bauch. Er wollte sich unbedingt hinlegen. »Da Esche Speer tot ist, übernehme ich das Kommando. Offensichtlich planen sie einen Angriff. Ich halte uns für zu schwach, um uns zu verteidigen. Ich beabsichtige, die Flöße zu Wasser zu lassen und nach Delta zu segeln. Irgendwelche Einwände?«

Hinter ihnen erbrach sich jemand erbärmlich und anhaltend, würgte Essen, Galle und Blut herauf. »Nein, Herr«, sagte Keim ernst.

Die restliche Nacht hindurch beobachteten die Eiländer die Waldländer, wie sie ihren Wall umlegten und ihre Flöße an jenen langen Sandstrand schleppten, den sie nach Venusmuscheln umgegraben hatten. Die Arbeit zog sich hin, denn nur wenigen Soldaten ging es so gut, dass sie die schweren Flöße tragen konnten. Als Letztes schafften sie die Feuerschleuder vom Strand zu ihrer Flottille hinunter und segelten von Kuppe fort.

Trostloses graues Licht legte sich über die Welt.

Es war ein merkwürdiges Patt, als die Flöße schwerfällig heimwärts trieben. Sieben hielt seine Leute deutlich außer Reichweite der Feuerschleuder. Die Eiländer verhöhnten ihre Feinde während der ganzen langen Zeit, in der die Dämmerung dem Sonnenaufgang und dem Morgen wich.

Als sie in ihren Booten saßen, hatten die Sieger über die ruhmreiche Rückeroberung von Kuppe gelacht und Witze gerissen. Aus der Nähe betrachtet war die Wirklichkeit weitaus grauenvoller. Ein Viertel der Unterkünfte war niedergebrannt. Die verkohlten Leichen mehrerer Waldsoldaten lagen unter den schwelenden Balken begraben.

»Seid einfach froh, dass wir ein Dach über dem Kopf haben«, sagte Gischt und blinzelte ostwärts. »Da zieht ein Gewitter auf.«

Schegel nickte. »Es wird die armen Schweine einholen, bevor sie Delta erreichen.«

Sieben sah zu ihr hinüber. »Faden und der Krieger passen auf ihr Volk auf.«

»Nicht so viel Arbeit«, seufzte Teich und begutachtete das durchhängende Dach. »Strebe kann es reparieren.«

»Erst kümmern wir uns um die«, sagte Schegel mit weißem Gesicht. Sie kniete neben einer der Leichen nieder. An ihrem Kopf hatte sich eine Lache aus Erbrochenem gebildet.

»Schau nicht hin!«, sagte Gischt und legte Schegel eine Hand auf die Schulter. »Patz. Es ist schlimm genug, ohne … sich darein zu versenken.«

»Fass mich nicht an!« Schegel sprang auf und schlug seine Hand beiseite. »Glaubst du vielleicht, du kannst das einfach ignorieren? Schau hin! *Schau es dir an!*« Sie riss ihn zu dem toten Soldaten hin. »Siehst du das Blut in seiner Kotze, Gischt? Siehst du die Stelle, wo die Haut von seinem Arm weggebrannt wurde und das Fleisch schwarz ist? *Wir sind es ihnen schuldig hinzuschauen.* Das waren wir, Gischt. Wir haben das getan. Du und ich und Sieben, der mächtige Sagenheld.«

Sieben blickte auf, ohne eine Miene zu verziehen. »Kämpfe nie, wenn du nicht gewinnen willst.«

Schegel holte tief Luft; ihr war übel vor Wut. »Dann werde ich nicht kämpfen.«

»Zu spät«, sagte Teich und blickte auf den Boden vor Schegels Füßen. »Was geschehen ist, ist geschehen. Wir übernehmen die Verantwortung dafür und machen weiter.«

Schegel schüttelte den Kopf. »Meine Mutter ist eine Gewährsfrau, wie du nie eine sein wirst. Du willst doch nur schöne deltanische Sprüche, damit du dich wohl fühlst.« Sie stampfte aus dem Raum und stürzte in den aufkommenden Wind hinaus. »Ich kümmere mich um die Leichen«, schrie sie.

Wind und Regen stöhnten in der Stille, die sie zurückgelassen hatte. Schließlich sah Sieben zu Gischt hinüber. »Es tut mir Leid, dass ihr gelernt habt zu töten.«

Gischt schaute sich in den stinkenden Unterkünften um. »Mir auch«, sagte er.

Er brauchte nicht lange, um Schegel zu finden. Sie hatte ein beschädigtes Floß gefunden, das die Waldländer zurückgelassen hatten, und versuchte es aus den Palisaden loszuhaken. Sie lockerten es und zerrten es an den Strand hinunter. Mit Hilfe eines Segels trugen sie die toten Soldaten hinaus, stapelten sie auf dem Floß und setzten Segel auf das offene Meer. Die Leichenbarkasse schlingerte in dem aufkommenden Wind davon; sie krängte schwer. Nur mit Glück würde sie es außer Sichtweite schaffen, ohne zu sinken.

Schegel stand da und sah ihr mit Tränen in den Augen nach.

»Du hast dein Möglichstes getan«, sagte Gischt.

Sie schluckte und nickte. Nach einer Weile sagte sie: »Das Meer wird entscheiden.«

Und später: »Tut mir Leid.«

Gischt nickte. Sie standen beieinander, während Regenschleier über den grauen Ozean strichen.

In einem Teil der Unterkünfte, die vom Feuer verschont geblieben waren, gab es guten, frischen Fisch zum Abendessen. Die Eiländer erzählten so viele Witze und Geschichten wie lange nicht mehr, weil sie noch lebten und die Eindringlinge zurückgedrängt worden waren, ohne dass sie einen einzigen Mann verloren hatten. In einer Ecke spielte eine Gruppe von vier Freunden mit einer Schiffsgarnitur *Inseln*. Andere baten wiederholt um die Geschichte über Schegels Ausflug (wobei sie in ihrer Nacktheit schwelgten) und Siebens Taten mit der Feuerschleuder (wobei sie in seiner Nacktheit schwelgten).

Eine schlanke Frau mit einem Zopf, in den eine goldene Schnur geflochten war, stand nach dem Essen auf und sagte: »Wer möchte die Geschichte über Sieben und seine Bande lustiger Eiländer hören?«

Die Menge tobte. Sieben runzelte die Stirn.

»Sei ein Anführer«, flüsterte Teich, und er schluckte seine Verlegenheit hinunter.

»Dann heraus damit«, rief Fang. »Dürfen wir anderen im nächsten Teil auch nackt herumlaufen?«

»Hör zu und finde es heraus«, sagte die Sängerin.

Schegel konnte die Erzählerin nicht ganz erkennen. Sie erinnerte sie ein wenig an Quell und ein klein wenig an Jo und ein klein wenig an eine andere Frau, die ihr nicht einfiel. »Ich weiß ihren Namen nicht«, gestand sie leise.

»Ich auch nicht«, flüsterte Gischt. »Wir fragen sie nachher.«

»Also gut!«, rief die Sängerin. »Hört meine Worte, denn dies ist eine Geschichte über die Nebelzeit (mehr oder weniger), wo alles wahr ist und nichts, was es zu sein scheint. Dies ist eine einfach gedrehte Schlaufen-Geschichte.« Die Sängerin zog einen Gürtel aus Mitternachtsseide von ihrer Taille, der mit farblosen Steinen besetzt war. Sie drehte ihn einmal und legte die Enden aneinander, so dass sie eine Schlaufe bildeten. »Das Besondere an einer einfach gedrehten Schlaufe ist, dass sie zwei Seiten zu haben scheint, in Wirklichkeit aber nur eine hat. Wir stehen just auf einer solchen Schlaufe, wo die großen Geschichten sich wenden und die kleineren darunter sichtbar werden. Da diese Geschichte erst zur Hälfte vorbei ist, kann ich euch nur den ersten Teil erzählen, einen vollständigen Bogen die Schlaufe entlang. Große Geschichten weichen kleinen; was hier geschieht, wird zu Hause sein Ende finden. Dies ist eine Geschichte über Sieben. Hört gut zu.«

Außenseite – Innenseite

Und dann sprach die Sängerin zu aller Überraschung über Hasel Flecht. Seine Jugend, seinen Scharfsinn, seine Strategie, seinen Mut. Sie erzählte von seiner Karriere im Kaiserreich und von seiner blonden Frau, Weide Blau. Sie erzählte vom Feuer, das vom Rand des Waldes aus um sich gegriffen und die schönen Länder Palme und Dattel zerstört hatte.

Die Zuhörer schwiegen überrascht und warfen einander beklommene Blicke zu. Sie mühten sich, die Sängerin besser sehen zu können, aber sie saß weit von den Fackeln entfernt. Draußen schrie und spuckte der Sturm. Wasser tropfte stetig durch das undichte Dach ins Feuer, und Dampfwolken, die nach Rauch und Blut rochen, wirbelten durch Küche und Speisesaal. Schegel öffnete den Mund, um Gischt etwas zuzuflüstern, um ihn zu fragen, ob er wusste, warum eine Geschichte über Sieben nur von Hasel Flecht handelte. Aber so sehr sie auch zu sprechen versuchte, so wurde doch aus jedem Wort eine Fehlgeburt, die totgeboren auf ihrer Zunge erstarb. Sie starrte die Sängerin an – die *Sängerin!* –, und ihre Augen weiteten sich erschrocken.

Die Augen der Sängerin funkelten wie Glut und ihre Stimme war so dünn und verzweifelt wie der Winterwind. »Denn die Kriegsfackeln brennen auf beiden Seiten der einseitigen Welt. Und jede Geschichte hat zwei Seiten, die eine sind. Von jedem Zwillingspaar muss ein Zwilling in den Nebel gehen.«

Die Sängerin war in Nebelschwaden gehüllt, in Silberglanz, faszinierend. Ihre Gestalt kräuselte sich und zerfloss. »Auch diese Geschichte wird zu Hause ihr Ende finden. Aber die Schlaufe, die am Herd endet, wird hintergründiger und fremdartiger sein als die Schlaufe, die euch hierher geführt hat.« Und jeder im Raum hatte den Eindruck, als würde sie in ihren eigenen Worten verschwinden, in ihrer eigenen Stimme, bis nur noch der klagende Wind draußen flüsterte.

Große Geschichten werden zu kleinen.
Helle Feuer zerfallen zu Asche …

Kapitel 15
Die Laube

An dem Morgen, nachdem Esche im Feuer gestorben war, zündeten Quell und Tau ihr morgendliches Lagerfeuer an einer anderen Stelle an. Efeu ging ihnen klugerweise aus dem Weg und suchte nach Nahrung.

Quell versuchte das Bild vom brennenden Esche aus ihren Gedanken zu verdrängen. Sie fragte sich, ob Schegel noch lebte. Jo vertilgte die Reste eines Kaninchens.

»Was nun?«, sagte Tau und stocherte mit einem schwarzen Ast im Feuer herum.

»Das Gleiche wie immer«, sagte Quell. »Wir haben eine Pflicht zu erfüllen.«

»Wir? Wir haben eine Pflicht zu erfüllen? Was können wir schon tun, Quell? Unsere Scheme hat es in der Hand, oder?«

Jo leckte sich die Finger und wies mit der Kaninchenkeule anmutig auf Tau. »Du erfüllst deinen Anteil und ich meinen.«

»Du verachtest uns, stimmt's? Nun, ich wüsste gern, was du vorhast, Jo. Ich habe meinen Anteil erfüllt, als ich mich um den Kräutersammler gekümmert habe. Ich habe ihn zu seinen Leuten gebracht. Ich habe dafür gesorgt, dass seine Frau geheilt wird. Aber ich habe nicht gesehen, dass du deine Schnur ausgeworfen hättest. Dein Laderaum ist leer. Du hast tatenlos zugesehen, wie Esche verbrannt ist, während ich versucht habe, ihn zu retten.«

Jos Finger schlossen sich fester um die Kaninchenkeule. »Ich mag es nicht, wenn Leute unverschämt zu mir sind«, sagte sie leise. Ihre Haut war plötzlich von zischendem blauem Schweiß bedeckt. Der Knochen in ihrer Hand wurde schwarz. Aus seinem Ende lief schmelzendes Mark. Sie streckte ihre Finger, und aus ihrem weichen Fleisch schossen Klauen hervor.

Tau schluckte. Quell zuckte zurück.

Jo hatte jede Spur von Menschlichkeit verloren. Ihre Haare waren Schlangen aus sich windendem Silber, ihre Krallen rissen die Erde auf. Riesige weiße Flügel entfalteten sich an ihren Schultern und schlugen, wirbelten eine Aschewolke empor. »Ich glaube, ihr habt vergessen, wer ich bin«, sagte sie. »Ich bin nicht wie der Kräutersammler, Tau. Ich bin kein schuldbeladener Mensch, der seine Menschlichkeit verleugnet.« Sie hob ihre Krallenhände. Es tat gut, den Wind im Blut zu spüren. »Ihr müsst euch keine Sorgen machen, dass ich meine Aufgabe nicht erfülle. Kann der Kaiser bluten? Dann werde ich ihn aufschlitzen. Trinkt er? Sein Trunk kann vergiftet werden. Schläft er? Dann werde ich seinen Träumen Wahnsinn einhauchen. Ich bin euch nicht ähnlich, Tau. Ich bin wirklich ein Ungeheuer.«

Da sah sie die Eiländer an, die sich vor ihr duckten. Sie sah, wie sie nach den Händen des anderen tasteten, sie spürte Quells Angst. Ihre Zwilling hatte Angst. Vor ihr.

Jos Wut schwand dahin wie ein Feuer im Regen. Zu oft war sie mit dem Wind gesegelt, zu oft hatte sie mit dem Mond gespielt. Sie wollte keine Scheme mehr sein.

»Es ist unsere Geschichte«, sagte Quell leise. »Deine und meine. Du hast die große Rolle übernommen, Jo. Die Rolle der Heldin. Und vielleicht bin ich nur dein Schatten. Aber ich glaube, dass wir ein einfacher Schotstek sind, du und ich, ein dickes und ein dünnes Tau. Das ist ein Knoten, der sich nicht so leicht lösen lässt.«

»Ein einfacher Schotstek. Aber wer ist was?«, sagte Jo. »Du bist so sehr in mir, dass ich mich kaum noch hören kann. Wer von uns führt und wer folgt?«

Quell legte die Arme um Jos Schultern. Sie fühlte sich groß genug, um die Leere im Herzen der Scheme auszufüllen. »Vielleicht richtet sich das nach den Mondphasen.«

Jo sah fast wieder normal aus.

Tau brummte. »Es ist nur – die ganze Angelegenheit mit Esche … Und ich halte es mit Kompass, versteht ihr? Tau, Zwieback, Pfeffer. Ich bin gern vorbereitet.«

»Glaubst du, ich höre den Ruf der Flamme nicht? Ich bin zu nah dran, um noch zu entkommen.«

»Was ist mit Efeu?«, fragte Tau. »Werden die Waldländer nicht merken, wie anders sie ist?«

Jo nahm die Gestalt einer Waldländerin an, kleiner als Quell und stämmig, mit lockigem braunem Haar und blassen Wangen. »Efeu wird mit jedem Tag, den sie mit euch unterwegs ist, menschlicher. Ihr beide seid wirklich sehr menschlich, wisst ihr das? Und Menschlichkeit ist ansteckend. Steckt sie in ordentliche Kleider und wartet ab. Bevor wir Laube erreicht haben, werdet ihr schwören, dass sie eine Strauch oder eine Weide ist.«

»Mit Efeu habe ich etwas vor«, sagte Quell.

Jo betrachtete Tau. »Ihr seid ehrlich gesagt ein größeres Problem.«

»Ich?«

»Ihr beide. Zu groß! Und eure Gesichter: zu sehr von Wind und Sonne gegerbt. Für die Waldländer werdet ihr älter aussehen als ihr seid.«

»Alt und hässlich.«

»Ich wollte nicht …« Jo sah sie hilflos an. Schließlich umrundete sie langsam das Feuer. Sie berührte Quells Haar, und absurderweise hatte sie jetzt Angst. Sie rang sich ein Lächeln ab, als Quell bei ihrer Berührung zusammenzuckte. »Wir werden euch stutzen müssen.«

»Nein.«

Jo ignorierte Quell und löste mit flinken Fingern ihren Zopf. »Hier trägt man die Haare nicht so. Wir werden sie unter eure Kleider stecken und kurz schneiden müssen, sobald wir ein scharfes Messer auftreiben können.« Quells verkrampfte Schultern entspannten sich langsam, und Jo seufzte erleichtert. Tau grinste und zupfte an seinen verknoteten Haaren. Jo war plötzlich nach Lachen zumute. »Wieder Freunde?«

Er nickte. »Für immer.«

»Und es hat so lange gedauert, bis sie nachgewachsen sind«, klagte Quell.

Rasch löste Jo den letzten Knoten, der aus Quell eine Eiländerin machte. »Irgendwann werde ich dir einen neuen Zopf flechten«, sagte sie, während sie Quells Haare behutsam mit den Fingern kämmte. »Versprochen.«

Als die Scheme damit fertig war, sagte sie: »Den Gewährsknoten auch.«

»Was?«

»Jeder sieht sofort, dass das kein Waldländerarmband ist. Der Gewährsknoten muss weg.«

»Ich werde ihn unter meinem Ärmel verstecken.«

Tau räusperte sich. »Er sieht wirklich merkwürdig aus. Gut natürlich. Er steht dir. Aber –«

»Nein.«

Tau verfolgte das Thema klugerweise nicht weiter.

Quell spürte den Knoten an ihrem Handgelenk wie einen Anker, der sie mit Wolkenriff verband. Mit neuem Misstrauen starrte sie Jo an. Ihre Zwilling.

Zwölf Tage später verbrachten sie ihre letzte Nacht im Wald, bevor sie Laube erreichten. So nahe an der Hauptstadt galt es fast als Landstreicherei, auf dem Boden zu schlafen, also waren sie gezwungen, sich auf einem Baum niederzulassen, auf Planken, die zwischen den Ästen einer großen, schlafenden Eiche verkeilt waren.

Jo war auf Nahrungssuche gegangen. Quell setzte sich in eine Ecke ihrer Plattform. »Das Ende des Weges«, murmelte sie.

»Patz!«, knurrte Tau und sah sich auf ihrem winzigen Hochsitz um. »Was ist, wenn ich herunterfalle und mir das Genick breche?«

»Es gibt ein Geländer. Das ist nicht schlimmer als auf einem Schiffsdeck zu schlafen.«

»Wenn Kiefernland von den Kiefern regiert wird«, sagte Tau, »und Zederland von den Zedern, wer herrscht dann über Laube?«

»Der Bronze«, sagte Efeu. »Bronzebäume werden am größten. Ihre Rinde schimmert golden, und ihre Blätter sind scharlachrot-grün. Ihr werdet sie morgen sehen.«

Quell sah Efeu an. »Ihr seid sicher froh, Laube wiederzusehen. Endlich könnt Ihr zurück.«

Efeu zuckte die Achseln. »Ich habe es nicht eilig. Zu den Bäumen zurückzukehren war Esches Streben. Ich bin meine Wurzeln los und habe vor, das zu genießen.«

»Morgen«, sagte Tau. Plötzlich schmerzten seine Füße wie nie zuvor. »Argh! Fast am Ziel! Es tut weh, an die ganze Wildnis zurückzudenken.«

»In dem Fall«, bemerkte Quell trocken, »würde ich dir raten, nicht an den Rückweg zu denken.«

Von den Ästen um sie herum baumelten Gemüsetöpfe, in denen gelb blühende Kürbisse sprossen, Okra und große violette Kohlköpfe. Mit der Abenddämmerung war ein leichter Wind aufgekommen, und die Äste unter ihrer Plattform schaukelten und knarrten. Ein Zweig zitterte, als Efeu davonkroch, um ihr Frühstück zu stehlen.

»Es gefällt mir nicht, wenn Efeu und Jo gleichzeitig fort sind«, sagte Tau. »Was, glaubst du, hat unsere Scheme vor?«

»Ich glaube, dass unsere Scheme vielerlei vorhat. Hör zu. Wir stehen kurz davor, Laube zu betreten. Was müssen wir tun, wenn wir die Inseln retten wollen?«

Tau runzelte die Stirn. »Dafür sorgen, dass Jo menschlich bleibt, denke ich. Oder nicht?«

»Ich weiß, ich weiß. Das lastet schon die ganze Zeit wie ein Gewicht auf mir.« Der Abend brach herein, und Düsternis legte sich um die Eiche. »Aber ich frage mich, ob das wirklich unser Wunsch ist, oder will nur Jo das?«

»Hmm?«

»Denk mal darüber nach. Vom ersten Tag an, an dem sie auf Wolkenriff gelandet ist, hat sie darauf beharrt, dass Menschen sie begleiten und bei ihr bleiben, damit sie ein Mensch sein kann. Hat sie das getan, weil sie zur Laube gelangen möchte oder weil sie sich danach sehnt, wieder ein Mensch zu sein?«

Tau nickte bedächtig. »Oder liegt es daran, dass sie dich verzweit hat? Dich hat sie verzweit, und mich … mich hat sie auf Schegels Insel um Hilfe gebeten.« Er wurde rot und spürte unvermittelt, wie Netz sich wie ein Gespinst aus Nadeln und Zwecken um sein linkes Handgelenk legte.

Quell spürte, wie ihr Herz aussetzte. Was war dort passiert zwischen ihrem Liebsten und ihrer Zwilling? Wenn er nichts sagte, konnte sie ihn nicht fragen.

Die Scheme, die Scheme spielte mit ihnen. Verdrehte sie. »Warum habe ich aufgehört, mit Jo zu kämpfen, als ich ihr auf Wolkenriff begegnet bin? Warum habe ich dafür gesorgt, dass wir sie auf Schegels Insel vor Brand retteten?«

Um sie herum unterhielten sich die Eichen und Ulmen am Ende des Tages leise miteinander. Tau runzelte die Stirn. »Glaubst du, dass dieses Bedürfnis, Jos Menschlichkeit zu bewahren, von ihr kommt?«

Quell zuckte die Achseln. »Es kommt mir wie mein eigenes Bedürfnis vor, aber woher soll ich das wissen? Efeu hat gesagt, dass sie und Esche gerufen wurden. Sie hat gesagt, dass Jo das Risiko eingegangen ist, mich an den Wald zu binden, um sie zu uns zu locken. Warum sollte Jo das tun? Um schneller nach Laube zu kommen, nehme ich an. Aber vielleicht gab es einen anderen Grund. Mit den beiden Waldgeistern in unserer Nähe haben wir uns noch mehr Mühe gegeben, Jos Menschlichkeit zu bewahren.«

Tau lachte leise. »Wie damals, als Gischt Schegel überredet hat, sich im Dunkeln an uns ranzuschleichen und uns Angst zu machen, damit ich dich im Arm halten durfte.«

Quell blickte überrascht auf. »Das war geplant? Von Gischt?«

Tau schluckte. »Hab ich dir das nie –? Ähem. Tja.«

»Gibt es irgendetwas, das ich aus eigenem Antrieb tue?«

Tau wechselte das Thema. »Denk daran, du solltest nicht alles glauben, was Efeu sagt. Ich würde ihr kein Stück über den Weg trauen.«

»Mm«, sagte Quell. Und dachte an Efeus Warnung bezüglich Tau und Jo.

»Du hast gesagt, du hättest etwas mit Efeu vor. Also, jedes Mal, wenn ich mich umdrehe, richtest du ihre Haare, leihst ihr Kleider oder hältst ihre Hand. Was soll das alles?«

»Ich verzweie sie.«

Tau blinzelte.

»Du hast gesehen, was sie Esche angetan hat. Sie hat das Leben aus ihm herausgesaugt. Das liegt in ihrer Natur. Seit Esche fort ist, sucht sie nach einem weiteren Opfer, das sie aussaugen kann. Wir haben sie gebraucht, um uns zu führen und um uns Nahrung zu suchen, also habe ich nicht gewagt, sie fortzuschicken. Stattdessen habe ich mich ihr als Opfer angeboten. Aber ich verknote sie zu einem einfachen Schotstek. Efeu ist von Menschen umgeben, sie lässt den Wildwald hinter sich und kommt in bewohntes Gebiet. Dadurch verliert sie sich mehr und mehr selbst und ist immer weniger in der Lage, ihre Magie gegen uns einzusetzen.«

Über ihnen flüsterten die Blätter, verdeckten die Sterne und gaben den Blick wieder frei. »Ich weiß nicht«, sagte Tau. »Ich hätte Angst, mich auf Zauberei einzulassen.«

Quell zuckte mit den Achseln. Sie dachte an Efeus kalte Berührung auf ihrem Handgelenk und daran, wie sie gegrinst hatte, als sie von Esches Untergang sprach. Mit einer Stimme, die so kalt war, dass Tau erschrak, sagte sie: »Ich bin nicht zu stolz, den Regen zu trinken.«

Laube war eine lebende Stadt, in das Fleisch riesiger Bronzebäume geschnitzt. Hunderte von Jahren waren sie gewachsen, hatten sich ineinander verrankt, gepflegt von ganzen Formschnitttrupps und Legionen von Gärtnern. Jetzt bildeten sie einen einzigen großen lebenden Berg, von schräg einfallenden Lichtstrahlen durchdrungen, in ein riesiges Labyrinth aus Tunneln und Rampen und Torbögen verwachsen. Darüber hingen rote Wolken – Staub von der ausgetrockneten Erde, aufgewirbelt von zahllosen schlurfenden Füßen, die die gesprungenen Pfade der Hauptstadt entlangstapften.

Als arme Bauerntölpel aus den Kiefernprovinzen verkleidet, erreichten die Eiländer endlich die Laube und schlenderten durch ihr Labyrinth aus Zweigen hinauf. Und so war es für die Kinder des Meeres, das schlagende Herz des Waldes zu betreten: ein Wall aus schwankendem Kupfer, eine See scharlachrot-grüner Blätter, ein Hämmern und Summen, Hitze; Menschen krochen wie juwelenbehangene Insekten durch einen Dschungel, den sie selbst geschaffen hatten.

Mit Ausnahme der ebenerdigen Etage glich die Stadt einer düsteren Bienenwabe aus schmalen Durchgängen, deren Decken so niedrig waren, dass Tau sich ständig bücken musste. Zuweilen kamen sie unvermittelt um eine Ecke und wurden von einem Lichtbrunnen geblendet, der durch einen von hüfthohem Buschwerk eingefassten Schacht fiel. Diese Lichtschächte reichten bis auf den Erdboden hinab; weit unter ihnen durchschritten die Bürger von Laube mit lackierten Haaren und emaillierten Schmuckstücken schimmernd das Licht und verschwanden im dahinter liegenden Dunkel.

Ast um Ast, Etage um Etage, und überall gab es noch mehr Menschen, die stehen blieben oder starrten oder sich unterhielten oder etwas verkauften oder einfach weitereilten. »Diese vielen Leute!«, sagte Quell. »Man kann sie hinter den Wänden und unter den Füßen spüren. Hier ist alles möglich: Auf der anderen Seite dieser Wand könnte ein Mord geschehen, und wir würden es nie erfahren.« Sie berührte eines der glänzenden scharlachrot-grünen Bronzebaumblätter. »Wir werden das nie verstehen.«

»Kommt«, rief Jo. »Ich möchte alles genießen, was diese Stadt zu bieten hat. Wir kommen dem Kaiser immer näher, und heute Nacht muss ich seine Flamme auswehen!«

Die Erwartung brannte wie ein Fieber in Jo, sie war entrückt und flatterhaft. Tau und Quell blieben beisammen und sprachen wenig, überwältigt von dem riesigen, summenden Bienenstock im Herzen des Waldes. Efeu huschte überallhin, glotzte Schmuckstücke an und stieß angesichts der lackierten Helme und eleganten Kleider der Waldländer erregte Schreie aus.

Auf einer großen Lichtung, die von zahlreichen Lichtbrunnen erleuchtet war, mischten sie sich unter die Menge. Efeu stürzte los und betrachtete gierig den Tisch eines Juweliers. Tau lungerte mit knurrendem Magen vor der nächsten Bude, wo Kirschen und Heidelbeeren verkauft wurden, Lattich und Süßkartoffeln, Okra und Frühlingszwiebeln und bündelweise Karotten. Von Quell nicht weit entfernt saßen Puppenspieler vor einem Laden, der Glühwein feilbot, und unterhielten sich angespannt und leise. Alle trugen lederne Puppentaschen bei sich. Einer hängte Vorhänge aus schwarzem Tuch auf, um einen Bereich zu schaffen, in dem sie sich verborgen auf ihren Auftritt vorbereiten konnten.

Jo wandte den Kopf. »Habt ihr das gehört?«

»Glocken«, sagte Quell. »Kleine Glocken, die näher kommen.«

Das Bimmeln wurde allmählich lauter; es drang aus einem Seitengang, aus dem Menschen angespült wurden wie Treibgut von einer Welle. Schließlich wogte eine Sänfte heran, von acht Dienern auf dem Rücken getragen und mit winzigen Messingglöckchen umwunden, die bei jedem Schritt klingelten. Die offenen Vorhänge und der Baldachin der Sänfte waren aus goldener Seide, die Tragestangen scharlachrot-grün. Dahinter kam ein Gefolge von aufwändig frisierten Männern mit Handtaschen und Zählperlen und Pergamenten. Den Abschluss bildeten vier Schwertkämpfer mit Schildern und Armschienen. Alle Diener trugen Hosen und Hemden aus goldener Seide mit einem scharlachrot-grünen Schlitz über der Brust.

Es war sofort offensichtlich, dass sie keinem gewöhnlichen Mann dienten. Dieser lehnte sich in seiner Sänfte nicht zurück, sondern saß mit gekreuzten Beinen und geradem Rücken da und blickte mit scharfen, goldenen Augen über die Menge hinweg. Er hatte ein schmales Gesicht. Alles an ihm ließ auf wilde Entschlossenheit und kaum gebändigten Tatendrang schließen.

»Ein Bronze«, flüsterte Jo.

Einer der Puppenspieler trat vor die Sänfte und verneigte sich so tief, dass seine Handrücken den Boden berührten. »Allererlauchtester! Würdet Ihr eine Vorstellung dulden?«

»Gibt es eine Aufführung, von der du wünschst, dass ich ihr beiwohne?« Der Bronze betrachtete den Puppenspieler gelassen, aber sein Gefolge wechselte hastige Blicke. Die Sänftenträger traten unruhig auf der Stelle.

Der Puppenspieler blickte auf. »Nicht wenn Ihr befürchtet, unser kleines Theaterstück könnte Euch Unbehagen bereiten.«

Der Bronze ignorierte die neuerliche Unruhe seines Gefolges. »Natürlich nicht. Bitte, fangt an.«

»Wie gerechtfertigt ist das Lob Eures Großmuts, das durch Laube hallt!«

Ein leises Flüstern wehte über die Lichtung.

Während sich die Puppenspieler bereitmachten und ihre Kerzen und papiernen Schirmwände aufstellten, trat Tau wieder zu Quell und Jo. Alle konnten sie spüren, wie die Spannung in der Menge stieg. Das Geplapper des Marktplatzes war verstummt; Unterhaltungen wurden flüsternd fortgesetzt, und die

Sprecher sahen nicht einander an, sondern schauten auf den freien Platz vor der Sänfte, wo die Aufführung stattfinden würde.

Die Puppenspieler hatten die letzten schwarzen Tücher aufgehängt, hinter denen sie sich niederkauern und spielen konnten, ohne dass die heiligen Puppen neugierigen Blicken ausgesetzt waren. Sie hatten sich einen Platz ausgesucht, der weit vom nächsten Lichtbrunnen entfernt war. Als sie ihre Kerzen anzündeten, wurden die Papierwände zu weißen Feldern im Dämmerlicht.

Endlich war alles bereit. »Sehet«, rief einer, und ein Schatten sprang auf das Feld. Die Eiländer hielten ihn erst für einen stilisierten Baum. Langsam spaltete sich der Stamm, und Äste fielen herab, bis der Schatten die Gestalt eines Menschen angenommen hatte. Von hinter dem schwarzen Tuch erklang eine Gimmel mit tiefen, gemessenen Glockenschlägen. »Der Vater«, sang eine Stimme. »Wenn der Wind weht, verleiht er die Stärke, sich ihm entgegenzustemmen. Wenn die Sonne brennt, beschenkt er seine Familie mit Schatten.«

Ein zweiter Schatten sprang auf den Schirm. Von kleiner Gestalt und unklarer Form schwankte und bewegte er sich wie ein windzerzaustes Gebüsch. Die Menge um die Eiländer herum sog mit einem scharfen Zischen die Luft ein.

»Der Sohn.« Eine scheppernde Handtrommel kreiste um den gleichmäßigen Rhythmus der Gimmel. »Er wird vom Vater heiß geliebt, ist jedoch noch sehr jung. Er besitzt die Tugenden der Jugend: Leidenschaft und Mut und hehre Ideale. Es ist wahr, dass er seine erwachsene Reife noch nicht erreicht hat und vom Wind ins Schwanken gebracht werden kann. Aber lässt man ihn in Ruhe, wird er zu Großem heranwachsen.«

Unter dem Gefolge goldfarben gekleideter Diener erhob sich ein wütendes Murren. Einer trat an die Sänfte heran und flüsterte seinem Herrn eindringlich etwas ins Ohr. Einen Augenblick lang sagte der Bronze nichts und betrachtete die Zuschauer. Die Augen der Waldländer flohen vor ihm wie Tauben vor einem nahenden Falken. Er entließ seinen Diener mit einem angedeuteten Kopfschütteln und wandte seinen Blick wieder dem Puppentheater zu.

Da schloss sich der Handtrommel und der Gimmel eine Tambra an und ließ eine liebliche Melodie erklingen, die Dunkelheit in sich barg wie ein Wind, der mit der Asche eines erlöschenden Feuers spielt. Die Zuschauer wurden unruhig und drängten gespannt nach vorne, als der Schatten eines Wolfes auf den Schirm tapste.

Die Handtrommel ließ einen Wirbel hören und die Tambra erklang, während der Sohn zu tanzen begann, ganz sachte, auf den Wolf zu, der am Rande des Schirms wartete. Die Züge des Sohnes verschwammen und bebten; er taumelte vorwärts und rettete sich in die Arme seines Vaters zurück, nur um erneut vorwärts zu kriechen, während die Tambra ihr liebliches, finsteres Lied spielte.

Der Schatten des Sohnes wurde wilder, in alle Richtungen gerissen flog er hin und her, wuchs unvermittelt an oder schrumpfte auf die Größe eines Käfers. Plötzlich brandete die Handtrommel auf und die Leuchtfelder erbebten, als der Sohn über den Schirm sprang und sich zu Füßen des Wolfes hinkauerte. Doch unterdessen war irgendwie ein Feuer ausgebrochen – vielleicht war eine Kerze umgefallen –, und eine Flamme leckte den Papierschirm empor, direkt unterhalb des Sohnes, der zu solcher Größe angewachsen war, dass seine Umrisse völlig verschwommen waren.

Ein erschrockenes Keuchen fuhr über die Lichtung. Sogar der Bronze schreckte hoch, die Lippen aufeinander gepresst.

»Aber ach!«, rief der Puppenspieler. »Der Sohn hat den Funken angenommen! Er brennt, und der Wolf brennt mit ihm! Ach! Was können wir bloß tun?«

Tau sah sich verstohlen um. Er wartete darauf, dass jemand einschritt. Zu seinem Erstaunen rührte sich niemand. Die Flamme züngelte inzwischen hungrig an der Seite des Papierschirms empor und versengte den Sohn und auch den Wolf. Wohin er auch blickte, standen die Waldländer wie gelähmt da.

»Was für ein fähiger Haufen«, murmelte er Quell zu. Er trat auf den freien Platz hinaus, hob seinen Trinkwasserschlauch und spritzte den Inhalt über den brennenden Schirm. Dabei ging er mit der gleichen methodischen Geduld vor, die er auf ein schwelendes Segel verwandt hätte.

Tambra, Handtrommel und Gimmel stockten und verstummten.

Die Zuschauer sahen in überraschtem Schweigen zu. Tau wurde rot und wünschte sich verzweifelt, er stünde nicht im Mittelpunkt der Aufmerksamkeit. Plötzlich wurde ihm bewusst, wie groß er war, umgeben von dieser Menge glotzender Waldländer, von denen die meisten ihm nicht einmal bis zur Schulter reichten.

Das schwarze Tuch raschelte und der Leiter des Puppentheaters kroch dahinter hervor. Er trat auf den Vorplatz und starrte wie benommen auf seinen triefenden Schirm. »Du hast meinen Schirm mit Wasser begossen!«

»Nun ja, er hat gebrannt, oder?«

Der Puppenspieler gaffte ihn verblüfft an.

Irgendwo in der Menge gluckste jemand. Von der anderen Seite der Lichtung erklang ein Kichern. Dann ertönte ein leises Lachen, und noch eins, und bald konnten sich sämtliche Zuschauer vor Lachen kaum halten. Sie lachten, bis ihre Gesichter rot anliefen und sie nicht mehr sprechen konnten; sie lachten Tränen. Sekretäre in goldener Livree grinsten und bedeckten ihre Gesichter mit den Händen. Auf den Schultern der Träger bebte die Sänfte. Und vor allen Dingen zuckten die Lippen des Bronze, und seine goldenen Augen funkelten.

Tau schlurfte ins Publikum zurück. Er war sich jämmerlich bewusst, dass er viel zu groß war, um der Aufmerksamkeit zu entkommen. »Lasst uns verschwinden.«

Jo lachte meckernd.

Quell biss sich auf die Lippen, um keine Miene zu verziehen. Sie nickte und sie eilten zum nächsten Ausgang. Efeu trottete hinter ihnen her und warf einen letzten bedauernden Blick auf einen Tisch, der mit knallbunten Halstüchern bedeckt war.

Kaum dachten sie, sie hätten den ganzen Vorfall hinter sich gelassen, wurden sie von einem gepflegten jungen Mann eingeholt, der Tau schwer atmend auf die Schulter tippte. »Herr!«, rief er.

»Patz«, stöhnte Tau. Der Bote war in eine Livree aus goldener Seide gekleidet, mit einem scharlachrot-grünen Schlitz über der Brust.

Der junge Mann verneigte sich tief und hielt ihnen dann einen Lederbeutel hin, der prall mit klappernden Muscheln gefüllt zu sein schien. »Wenn Ihr gestattet, möchte mein Herr Euch dieses Zeichen seiner Dankbarkeit überreichen, und er hieß mich Euch mitteilen, dass Ihr Euch bloß in seinem Haus vorstellen müsst, solltet Ihr je eine Anstellung suchen.«

»Äh, oh, ich glaube nicht, dass – *uff!*«

Tau warf Jo, die ihm heimtückisch ihren Ellbogen in die Seite gerammt hatte, einen zornigen Blick zu. »Ich meine, danke«, sagte er und nahm den Beutel, als würde er nach einer Schlange fassen. »Ach, übrigens – wer ist Euer Herr?«

Statt einer Antwort blinzelte der junge Mann, lachte bellend, warf Tau einen bewundernden Blick zu und trabte auf dem gleichen Weg zurück. Er schüttelte unablässig den Kopf und kicherte.

»Weißt du, Tau, eigentlich wollten wir nicht zu sehr auffallen –«, sagte Quell.

»Ach, halt die Klappe.«

»Hört mir jetzt gut zu«, sagte Jo und hielt den Beutel abwägend hoch. Sie holte eine kleine Scheibe aus Eisenholz heraus, in das mit glänzender Bronzefarbe komplizierte Muster geätzt waren. »Dies ist Geld. Ihr könnt es gegen Nahrungsmittel eintauschen, gegen Kleider oder was ihr wollt.«

»Warum?«, fragte Tau.

Jo zuckte die Achseln. »Das ist hier Brauch. Es ist schwierig, einen Hirsch aus dem Wald auf den Markt zu tragen. Also nimmt der Jäger eine Münze, die einem Hirsch entspricht, und handelt stattdessen damit.«

»Wer ist so dumm, solch eine Münze zu nehmen?«, beharrte Tau. »Holz kann man nicht essen.«

»Natürlich nicht. Aber wir können es beim Obsthändler gegen Äpfel eintauschen.«

Tau brummte und schüttelte den Kopf. »Das funktioniert nur, solange du Leute findest, die dumm genug sind, diese Münzen anzunehmen. Was nützen sie dir, wenn du draußen im Wald bist?«

»Rein gar nichts«, räumte Jo ein. »Aber in der Nähe der Städte sind sie sehr nützlich, denn auf Erlass des Kaisers sind alle übereingekommen, gemeinsam dumm zu sein.«

»Willst du damit sagen, dass einem gar nichts anderes übrig bleibt, als diese Münzen anzunehmen?«, wollte Quell wissen.

»Genau.«

Sie waren auf eine weitere Lichtung gelangt. Überall um sie herum priesen Krämer ihre Waren an: geröstete Nüsse, gefärbte Stoffe, Musikinstrumente, Pfeifen und Tabak. Zur Linken zeigte ein Holzschneider seine Drucke; zur Rechten saßen zwei Kunden geduldig in einem Schönheitssalon.

»Ich kann mir vorstellen, dass es funktioniert«, sagte Tau, der noch immer über das merkwürdige Tauschverfahren der Waldländer nachgrübelte, »wenn sich alle gleichzeitig darauf einlassen. Aber das muss Menschen doch verändern, mit Münzen anstelle von Sachen zu handeln.«

Efeu begutachtete unverwandt die Münzen und rieb sie zwischen ihren Handflächen, als wollte sie sie daran wärmen.

»Natürlich«, sagte Jo. »Es gibt Leute, reiche Leute, die ihre ganze Zeit damit zubringen, Münzen zu sammeln – und die nichts kaufen wollen, weil das bedeuten würde, Münzen herzugeben.«

Tau lachte verwundert. »Geld muss eine Erfindung der Sängerin sein.«

»Ach?«

»›Wo alle Dinge ihrer wahren Gestalt am nächsten kommen und nichts das ist, was es zu sein scheint‹«, sagte Tau. »Also übernimmt eine Münze die Bedeutung eines Hirschs, obwohl sie wie eine Scheibe aus hartem, schwerem Holz aussieht. Die Sängerin verfügt über die Macht, ihre Geschichten Wirklichkeit werden zu lassen. Ich kann mir kein besseres Beispiel für ihre Vorgehensweise vorstellen: Erst überzeugt sie alle davon, gemeinsam dumm zu sein, und dann bringt sie Leute hervor, die Macht und Reichtum gewinnen, weil sie größere Narren sind als ihre Mitmenschen. Gischt fände es großartig hier!«

»Und Schegel fände es furchtbar!«, fügte Quell hinzu.

Kopfschüttelnd schlenderte Tau zum Tisch des Holzschneiders hinüber. Der Holzschneider war ein großer Mann mit dem für Zedern typischen überzüchteten Auftreten. Er erklärte, dass er mit starken Säuren Holzschnittporträts von Passanten ätzte und diese dann mit Tusche und Druckanweisungen verkaufte. Neben seinem Tisch standen weitere Ätzungen – Bäume, Tiere, Kinder, und ein eingerahmtes Gedicht:

Bronze-Blatt Volk-schaffende Vielfalt Clan-gebunden
wehrt-dem-Feuer nährt-den-Geist
Zeuget
Das Reich
in sich reckend in einen tief
Wurzelnd Laube blauen
Himmel

»Gute Arbeit«, sagte Tau.

Der Druckkünstler spreizte seine scharlachrot-grün, schwarz und karmesin befleckten Hände. »Die Leute sind selten zufrieden, denn ich muss unmodisch dicke Linien verwenden«, klagte er, »und wir leben in bedrückenden Zeiten. Außerdem stinkt die Säure, und die Tuschen, die ich benötige, stammen aus den vom Feuer bedrohten Südprovinzen. Ich suche nach einem neuen Gewerbe. Sagt mir, was macht Ihr?«

»Segeln hauptsächlich. Etwas Fischen.«

Der Druckkünstler sah ihn entsetzt an. »Merkwürdiger Beruf! Ihr müsst einer von Weides Schutenschiffern sein. Ich habe gehört, dass sie lieber auf dem Wasser als auf Bäumen schlafen! Es würde mich interessieren, ob das wahr ist.«

Tau wäre fast an seiner eigenen Dummheit erstickt. »Ach, ein so großer Unterschied ist das gar nicht«, sagte er hastig. »Hier wird man vom Wasser geschaukelt, dort vom Wind.«

Der Drucker nickte. Säure hatte weiße Spritzer auf seinen eingefallenen Wangen hinterlassen. »Wohl gesprochen! … Wie schade, dass die ermüdenden Ansprüche meines Magens mich zwingen, unsere Unterhaltung abzubrechen und mich um die langweiligen, aber dafür wohlhabenden Herrschaften zu kümmern, die sich meinem Stand nähern«, klagte er und wandte sich mit einem Lächeln einer Horde potentieller Kunden zu.

Efeu stand geblendet vor dem Ständer eines Tuchhändlers. So viele Materialien, so viele Farben! Purpur, Topas, Lavendel, Tagetes, Zobel: der Regenbogen eines Säufers. Quell trat lächelnd zu ihr und staunte lauthals über das Angebot. Bevor sie ging, drückte sie Efeu eine Eisenholzmünze in die Hand. »Ihr habt uns sicher hierher geführt«, sagte sie herzlich. »Ihr habt es Euch verdient.«

Efeus Augen leuchteten. Sie schnappte sich ein Paar pinkfarbene Handschuhe und schlang sich einen rotgoldenen Schal um den Hals. »Alles, nur kein Grün und kein Braun!« Bald war sie in den leuchtendsten Farben herausgeputzt, und an ihrem Hals und ihren Handgelenken klapperte klobiger Waldländerschmuck.

»Die Laube ist kein Vergleich zu Delta«, klagte Tau. »Zu düster, zu gewunden, zu eng!« Er blieb an der Tür eines Rauchwarenladens stehen und spähte hinein. Drinnen hingen Pfeifen wie seltsames Obst von den Blätterwänden. »Diese Leute haben viele merkwürdige Angewohnheiten, aber das schießt die Möwe ab – Pfeifen hast du sie genannt? Man zermalmt eine Pflanze, steckt sie an und saugt dann den Rauch ein! Bei Werk! Wie können sie es wagen, bei dieser Trockenheit ein Feuer anzuzünden?«

»Warum sind wir auf Schegels Insel gelandet?«, antwortete Quell. »Manchmal will man Dinge tun, die nicht gut für einen sind.«

»Und wo können wir pinkeln?«, fragte Tau. Mehrere Leute drehten sich um und starrten ihn an. »Ich meine, diese Stadt ist so – *gepflegt.*«

Quell stieß vor einem Friseurladen auf Efeu. »Sollen wir hineingehen?«

»Können wir?«

Quell nahm ihren Arm und lachte. »Deswegen sind wir doch in Laube!«

Drinnen befanden sich bereits zwei Kunden: eine junge Frau, die sich ihre Haare lackieren ließ, und ein alter Mann, dem ein Fachmann mit Spritze und Säure behutsam eine Tätowierung entfernte. Der saure, stechende Geruch erinnerte Quell an den blauen Dunst auf Delta. Ihre Herz pochte. Sie stellte sich vor, wie Gischts gepflegter Bart weggefressen wurde. Schegels scharfe Gesichtszüge verbrannt und vernarbt.

Eine Angestellte trat auf sie zu. An ihrem Gürtel hing glitzerndes Werkzeug: ein schmaler hölzerner Spatel, ein Satz grober Kämme und feiner Bürsten, zwei knollige Spritzen und ein dünner Stahlhaken. »Wie können wir Euch dienen?«

Efeu warf Quell einen fragenden Blick zu.

»Ich glaube, die Dame möchte ihre Haare schneiden lassen«, sagte Quell.

Efeus Hände flatterten zu ihren langen Haaren hinauf, die sie unter ihr Hemd gesteckt hatte. »Oh. Ich glaube wirklich nicht.«

Die Angestellte nickte nachdenklich. »Ihr habt Recht. Warum sich die Mühe machen? Diese hübschen provinziellen Gesichter verfügen über ihren eigenen ungeschliffenen Charme. Wem würde die Veränderung auffallen?«

Efeu zögerte. »Glaubt Ihr wirklich, dass es etwas bringen würde?«

Die Angestellte schüttelte den Kopf. »Nichts, was in den Provinzen auffallen würde. *Ihr* würdet es natürlich bemerken, aber wie vielen anderen würde es auffallen? Außer natürlich, Ihr gedenkt in Laube zu bleiben.«

Efeu betrachtete das Haar der anderen Kundin, das zu einer glatten Knolle gebändigt worden war. Formschnitt, dachte Quell.

»Hier in Laube pflegen wir lebende Dinge zu zähmen«, sagte die Angestellte und wies auf einen Stuhl. »Soll ich Euch zeigen, wie es gemacht wird?«

Erst als der Stahl in Efeus lange Haare schnitt, schloss sie ihre Augen. Lange braune Locken glitten zu Boden. Jede Spur des magischen Waldgeistes und ihrer Geheimnisse war verschwunden. An ihrer Stelle saß ein unbeholfenes Mädchen vom Lande, das unter knallbunten Kleidern und billigem Schmuck begraben war. Über ihren Kopf verliefen Wege aus Ästen, die in jede nur denkbare unnatürliche Form gezwungen worden waren, um dem Willen der Menschen zu dienen.

Quell steckte Efeu noch etwas Geld zu und ließ sie mit Plänen und Komplimenten bedeckt zurück. Sie versprachen einander, sich später zu treffen, doch als Quell Tau und Jo eingeholt hatte, entfernte sie sich rasch von der Lichtung.

»Ich muss immer noch pinkeln«, sagte Tau. »Wo ist Efeu?«

»Als ich gegangen bin, hat sie sich die Haare richten lassen«, sagte Quell. »Ich glaube nicht, dass wir sie wiedersehen.«

»Kein Verlust.«

»Verloren«, sagte Jo. »Sie hat sich zu weit von ihren Wurzeln entfernt. Sie wird nie wieder zurückfinden.« Die Scheme sah Quell misstrauisch an. »Warum hast du sie ermutigt? Wusstest du, dass die Laube sie zerstören würde?«

»Vielleicht waren uns die Inseln wichtiger als ihr der Wald.« Mit einer Stimme so klar und unbarmherzig wie das Meer, sagte Quell: »Ich bin nicht zu stolz, um Sonne zu kämpfen.«

»Schlau. Sag mal, funktioniert das auch bei einer Scheme? Hast du mich genauso benutzt wie sie? Mich so fest an Wolkenriff gebunden wie Esche mich an seine Bäume gebunden hätte?«

»Du hast die Waldgeister herbeigerufen. Wenn jemand durch sie gefährdet war, dann ich.«

»Du warst nie in Gefahr! Ich wollte sie fangen, um herauszufinden, warum sie uns verfolgten.«

»Oder damit wir uns mehr um dich kümmern.«

Jos lange Nägel bohrten sich in ihre Handflächen. »Selbst jetzt, da ich euch rette, schmiede ich also nur meine eigenen Ränke.«

»Du bist nicht wie Efeu. Wir sind wirklich Freunde«, beteuerte Tau und lief tiefrot an.

Die Leute drehten sich nach ihnen um. Quell packte Jo am Arm und lief weiter. »Ich werde mich nicht dafür entschuldigen, dass ich versuche, mein Volk zu retten.« Sie bog in einen schmalen Seitenweg und blickte Jo in die Augen. »Ja, wir wollen, dass du uns hilfst. Aber du wolltest das auch. Wir wollen dir nichts Böses. Kannst du es uns verdenken, dass wir uns mit der Frau und nicht mit der Hexe befreunden?«

Sie blieben lange dort stehen, drei Fremde im Herzen des Waldes, während die Waldländer unablässig vorbeieilten und sie für Einfaltspinsel vom Lande hielten. »Ich habe schon einmal gesagt, dass du nicht einfältig bist«, sagte Jo.

»Weißt du, Alster hat gesagt, dass ich dir alles zurückgeben würde, was ich dir genommen habe. Sie wusste gar nicht, wie Recht sie hatte.«

Sanft und unerbittlich sagte Quell: »Ich glaube doch.«

»Entschuldigt?«, fragte Tau schließlich einen Passanten. »Wie pinkelt man in der Stadt?«

Der Fremde blieb mit schräg gelegtem Kopf und einer hochgezogenen Braue stehen. »Eigentlich ganz genauso wie Ihr auf dem Land, denke ich.«

Sie entdeckten einen Ort, um ihre Blasen zu erleichtern; sie forderten einander heraus, sich tätowieren zu lassen; sie aßen ein üppiges Mahl aus Wildschwein und gerösteten Nüssen; sie verliefen sich auf den labyrinthischen Pfaden weit über dem Erdboden und mussten grinsende Einheimische fragen, wie sie wieder hinunterkamen.

Dann nahte der Sonnenuntergang, und es war Zeit, sich zum Palast zu wagen.

Quells Herz wurde von panischer Angst erfüllt. Wenn sie sprach, bemühte sie sich um einen sorglosen Tonfall, aber innerlich fühlte sie sich so spröde wie brennende Zweige. Es war entsetzlich heiß. Ihr Herz raste und sie bekam keine Luft. Sie wollte nicht, dass Jo ging.

Aber schließlich, sagte sich Quell, will sie selbst auch nicht gehen. Aber sie muss. Und du musst es ihr nicht noch schwerer machen.

Sie schritten zahlreiche gewundene Rampen hinunter, bis sie endlich die unterste, dunkelste Ebene erreichten. »Trockene Erde unter den Füßen!«, sagte Tau. »Das ist ein Trost.«

»Hier ist mein restliches Geld«, sagte Jo unvermittelt. Sie schloss Quells Finger um den ledernen Münzbeutel.

Worte drängten sich in Quells Hals. Die eiserne Entschlossenheit, die sie verspürt hatte, während sie zusah, wie Efeu sich verlor, hatte sie vollständig verlassen. Sie wurde rot; Liebe machte sie betreten. »Ich wollte sagen, dass –«

»Nicht jetzt!«, fauchte Jo. »Nicht jetzt! Ich verspreche euch lange Abschiede, wenn die Zeit reif ist.« Sie lief mit schnellen Schritten auf die Mitte der Stadt zu und ließ Quell zwischen Tränen und Mordgedanken zurück.

»Nun ja«, sagte Tau und klopfte Quell auf den Rücken. »Es hätte schlimmer kommen können. Zum Beispiel, indem *ich* einen Narren aus mir gemacht hätte.«

»Du bist nächstes Mal dran«, knurrte Quell. »Lass ihr nicht zu viel Vorsprung.«

Vor dem Tunnel, der in den Palastgarten führte, standen keine Wachtposten.

»Das gefällt mir überhaupt nicht«, sagte Jo. »Warum sollten die Wachen bei Sonnenuntergang alle verschwinden?«

»Weil niemand sich nach Einbruch der Dunkelheit vor den Palast wagt«, vermutete Tau unglücklich. »Ich mag gar nicht an den Grund denken.«

Der Tunnel durch den Inneren Wall wirkte dunkel und bedrohlich; es roch durchdringend nach Geißblatt und Flieder. »Es ist so heiß«, murrte Quell. Sie schämte sich darüber, wie froh sie war, dass Jo diese unheimliche, duftende Finsternis betreten musste.

»Kommt schon!«, zischte die Scheme. Quells Herz blieb stehen. Jo schlenderte auf den Torbogen zu. »Hier riecht es so stark nach Magie, dass ich kaum atmen kann. Möglicherweise muss ich zum Palast gelangen, ohne mich zu verwandeln.« Mit einem langen Fingernagel tippte sie auf das Schwert an Taus Hüfte. »In diesem Fall werde ich deine Hilfe brauchen.«

»Ich kann damit nicht umgehen, das weißt du.«

Jo zuckte mit den Achseln. »Du kannst jemanden für einige Zeit beschäftigen, während ich weiterrenne. Was ist los? Verlierst du den Mut?«

Tau brummte. »Hatte nie welchen.«

»Ich dachte, die Inseln bedeuten euch etwas.«

»Ich habe nicht gesagt, dass wir nicht mitkommen. Ich habe nur gesagt, dass ich nicht froh darüber bin.« Mit zusammengekniffenen Augen blickte er den Wall hinauf. »Bäume!« Er fluchte heftig. »Also gut. Gehen wir.«

Jo wartete, bis die Gasse leer war, und trat dann in die Finsternis ein, die nach Flieder roch. Tau folgte ihr, dann Quell. Bald kamen Jo und Tau fast zum Stillstand: Sie zeichneten sich vor Quell als dunkle Kleckse ab, von schwach leuchtenden Blüten eingerahmt. Herabhängende Kletterpflanzen schlangen sich um Quells Hals und Arme und Beine. Die Luft war heiß und süß, so dick wie Honig. Sie versuchte fortzulaufen, doch Reben klammerten sich an ihr fest. Taus Stimme schien schwach und aus großer Entfernung zu kommen. Sie rief nach ihm, aber sein Name erstarb ihr im Hals. Kletterpflanzen krochen durch ihr Haar und klammerten sich so fest wie Efeus Finger um ihr Handgelenk, saugten ihr Mark aus. Sie wurde zu Erde, die von einer herausgerissenen Wurzel abgeschüttelt wurde.

Dann hatte Tau sein Schwert gezogen und hieb auf die Wedel ein. Weiße Blüten fielen wie Schneeflocken zu Boden und erloschen. Eine heiße Brise durchbrach den süßlichen Geruch des Geißblatts. Quell stolperte keuchend aus dem Tunnel. Tau schob sein Schwert in die Scheide und nahm sie in die Arme.

»Ich bin in Blumen ertrunken. Ich bekam keine Luft mehr.« Sie klammerte sich krampfhaft an ihn, als könnte sie von ihm bekommen, was die Reben ihr genommen hatten. »Ich dachte, ich würde sterben.«

Tau küsste sie auf die Stirn und gab ihr Kraft. Er blickte über Quells Schulter hinweg und sah Jo, die im Mondschein stand und keine Frau des Waldes mehr war. Ihr Fleisch und ihre Haare waren blütenweiß. Neid blitzte in ihren Augen.

»Reizend«, sagte sie und strich ihr blasses Haar zurück. Es schwebte wie Spinnweben im Mondlicht. Eine Biene flog träge aus den Strähnen auf; eine weitere folgte, kroch ihr über die Schulter und summte zurück in den Flieder. Ein Muschelarmband klickte an ihrem Handgelenk, wie damals, als sie sich auf Schegels Insel begegnet waren. Tau hatte Quell nie gestanden, dass Jo sich ihm angeboten hatte. Er hatte sich selbst kaum eingestanden, wie sehr er sie begehrt hatte.

Sie standen am Rande des Palastgartens. Hinter ihnen verströmten die leuchtenden Bronzebäume schwelendes Licht in die lilafarbene Dämmerung. Die inneren Wälle der Laube bildeten einen sechsseitigen Hof. In seiner Mitte stand der Palast, ein Tropfen Honig, der im Herzen einer Wabe funkelte. Licht quoll durch geschlossene Fensterläden wie Tränen durch schwarze Wimpern.

In der Finsternis zwischen Palast und Wällen ragten merkwürdige Formen empor, die aus dem Fleisch lebender Bäume geschnitzt waren. Über ihnen hing ein riesiges, umgedrehtes Ei. Zu ihrer Linken ein Schwan mit dem Kopf einer Schlange; zu ihrer Rechten waren Eiben zu geborstenen Wällen und umgestürzten Säulen gestaltet worden. »Lebende Ruinen«, sagte Jo. »Ein seltsamer Geist kriecht spinnengleich durch dieses Gras. Erinnert ihr euch noch, was der Kräutersammler gesagt hatte? Eine Urkunde von Garten höchstpersönlich. Ich glaube nicht, dass ich den Gärtner dieser Palastgärten treffen möchte.« Sie schloss die Augen und verwandelte sich langsam. Fleisch zog sich zusammen, stülpte sich um, Arme falteten sich zu Flügeln.

Quell wurde schwindlig vor Magie, als hätte sie eine Droge in ihrem Blut, wie damals, als Jo auf Wolkenriff gelandet war und ihre Gestalt gestohlen hatte. Wie verrückt das alles war, dachte sie. Dem Wahnsinn nahe.

Jo riss die Augen auf und taumelte zu Boden. Wo ihre Flügel die Erde berührten, gruben sie sich hinein. Ihre Federn verwandelten sich flackernd in Blätter und ihr Schrei wurde zum Rauschen des Windes in ihren Zweigen.

Tau sprang vor und zerrte die Scheme zurück unter den Torbogen. Ihre Hände wurden aus dem Boden gerissen und zogen lange weiße Wurzelstränge hinter sich her. Erde bröckelte zwischen ihren Zehen und Fingern hervor. Sie klammerte sich panisch an ihn und lauschte nach seiner Menschlichkeit. Langsam, ganz langsam streckte sich ihr Körper, wurde weicher und fester, wurde zu Fleisch und von Haut bedeckt. Sie blinzelte. »Vielleicht sollte ich doch besser zu Fuß gehen«, keuchte sie.

»Was ist passiert?«

Die Scheme schüttelte den Kopf. »Hier wirken starke Zauber.« Sie griff nach unten und tastete mit den Fingern behutsam die Sohlen ihrer Füße ab. »Jemand – oder etwas – bestellt den Palastgarten schon sehr lange.«

Netz hockte auf Taus Schulter und wiegte sich unruhig vor und zurück; seine Tentakel kräuselten sich. Als er Taus Wange berührte, kitzelte es.

Quell spielte mit ihrem Muschelarmband; sie musste etwas berühren, das von der redlichen See geformt war. »Dann gehen wir wohl gemeinsam zum Palast«, sagte sie. Es war besser, es selbst vorzuschlagen, als sich mit ihrer eigenen Feigheit auseinander zu setzen, wenn Tau sich freiwillig meldete.

Jo nickte. »Ich hatte gehofft, dass ihr nicht so weit mitkommen müsst, aber ich glaube, du hast Recht.«

Tau hielt sein Schwert vor sich und trat in die Düsterkeit hinaus. Das trockene Gras knirschte und flüsterte unter seinen Stiefeln. »Direkt auf die Mitte zu?«

Jo schritt zu seiner Linken. »Wir können es versuchen.« Sie blickte zu dem riesigen Ei hinauf und dann zu dem geborstenen Wall zu ihrer Rechten.

»Das ist ein Labyrinth«, sagte Quell.

Unter ihren Füßen zischte und funkte das trockene Gras. Der abnehmende Mond glitt über den Rand der Laube. Jo, du wirst zu mir zurückkehren, sagte er.

Nein!

Der alte Mond lachte.

In der Dunkelheit schrie eine Katze. Tau wandte sich um und schnappte nach Luft – er erwiderte den Blick eines mannshohen Ahornbaums mit einem starren Lächeln und zwei leuchtenden, haselnussbraunen Augen.

»Ich spüre ihre Blicke«, sagte Quell.

Tau entdeckte eine Lücke im Formschnitt und ging mit schnellen Schritten auf den Palast zu. Entsetzen ergoss sich in ihn, strömte durch Netz in die Venen an der Innenseite seiner Handgelenke und wie steigendes Wasser in einem leckenden Schiff in ihn hinein.

Eine finstere Gestalt ragte vor ihm auf. Sein Herz setzte aus, zog sich zusammen, schlug wild.

Es war eine riesige Formschnitteule. Das sind nur beschnittene Blätter und gestutzte Zweige, sagte er sich, sonst nichts. Natürlich riesig, aber nur eine Eule. Mit gähnenden schwarzen Löchern, wo ihre Augen hätten sein sollen. Beobachtete sie wie Mäuse, die im heimtückischen Licht des alten Mondes unter ihrem Schnabel vorbeiliefen. Beobachtete.

Die Angst in Taus Körper stand ihm unterdessen bis zum Hals; er hob seinen Kopf und versuchte zu atmen. Das trockene Gras knarrte und flüsterte unter seinen Stiefeln. Er sprintete zehn Schritte, stolperte über einen winzigen Strauch und schlug hart auf. Der Knauf seines Schwerts fuhr ihm in den Oberschenkel. Unter den Krallen der Eule rappelte er sich keuchend wieder auf.

Aber sie war fort. An ihrer Stelle war nur noch ein Baum zu sehen, nur Eibenzweige. Schritte raschelten in der Finsternis hinter ihm. »Tau?«, rief Quell. Ihre Stimme zitterte vor Angst.

Nur eine Eibe. So sehr er sich anstrengte und den Baum vor sich anstarrte, er konnte keine Eule erkennen. Nur Blätter. Sonst nichts. Netz' Tentakel suchten die Luft um sein Handgelenk herum ab und saugten die Angst aus der heißen Nacht. Nur eine Eibe.

»Tau?«

»Ich habe sie aus den Augen verloren, als ich ihr zu nahe kam.« Noch während Tau sprach, schwand die Erinnerung. Die Eule war davongeflogen; es gab keine Eule, es gab nur einen Baum, einen mit Schnitzereien versehenen Baum.

Er holte tief Luft und sah Quell zum ersten Mal an. Ihr Armband klickte, als sie ihm sanft über den Arm rieb. »Das fühlt sich gut an«, sagte er schließlich.

Sie massierte die Knochen an seinem Handgelenk, die Muskeln und Haare dort, das blasse Fleisch, das merkwürdig verwundbar darunter lag. »Kannst du weitergehen?«

Er konnte Jo vor ihnen leuchten sehen, vom Mondschein entfacht. Er trat einen ersten Schritt auf sie zu, dann einen zweiten; mit jedem wurde es leichter. Einen Augenblick später standen sie beisammen. »Sind wir bald da?«

»Ich glaube nicht«, sagte Jo grimmig. »Ich glaube, an dieser Säule sind wir schon einmal vorbeigekommen. Wir scheinen in die richtige Richtung zu laufen, aber dann verliere ich den Palast hinter einer Hecke oder Skulptur aus den Augen, und wenn ich hinter dem nächsten Eibenwall hervortrete, bin ich ihm kein Stück näher gekommen.«

»Wie im Wald«, sagte Quell. »Man kann nie mehr als drei Schritte weit sehen.«

Tau lachte. »Natürlich!«

»Natürlich was?«

»Käferchen, auf dem Meer kann man auch nicht besser sehen, wenn es dunkel ist. Aber wir segeln trotzdem.«

»Wenn du eine Idee hast, wäre es mir lieb, du würdest schnell damit herausrücken«, sagte Jo.

Tau blickte in den heißen Nachthimmel hinauf. »Es ist zu lange her, dass du eine Eiländerin warst, Jo. Wir können den Palast vielleicht nicht die ganze Zeit im Blick behalten, aber die Hecken können uns nicht daran hindern, die Sterne zu sehen.«

Quell versuchte ihre Angst lange genug zu unterdrücken, um denken zu können. »Wir müssen unseren Kurs auf den Palast nur mit Hilfe der Sterne festlegen …«

»Und in ihn hineinsegeln«, schloss Tau.

»Ziemlich schlau«, gab Jo zu. »Ihr beiden seid gar nicht so dumm, wie ihr ausseht.«

»Du schmeichelst uns«, sagte Tau trocken. Aufmerksam blickte er vom Palast zu den Sternbildern hinauf. »Versuchen wir es dort entlang«, sagte er und ging los.

Unter Taus Führung schlichen sie sich durch den kaiserlichen Garten, die Ohren gespitzt, die Angst immer nur einen Schritt hinter sich. Dann bogen sie um eine letzte Ecke und blieben wie angewurzelt stehen. Auf der anderen Seite eines ausgetrockneten Burggrabens ragte ein riesiger Wall von Bronzebäumen empor und verströmte schwelend rotes Licht. Sie hatten den Palast erreicht.

»Wir können nicht zulassen, dass du das tust«, sagte Tau. »Wir können dich nicht allein dort hineingehen lassen.«

Jo schüttelte den Kopf. »Wenn alles gut geht, treffen wir uns morgen in dem Gasthaus oberhalb der Lichtung, auf der wir das Puppentheater gesehen haben. Im *Anmutigen Ast.*« Ihre Augen funkelten im silbernen Mondschein, als sie zum Palast hinaufblickte, in dem der Kaiser wartete. »Du hast deinen Teil beigetragen, Tau. Was dir menschenmöglich war. Aber diese Nacht gehört den Ungeheuern.«

Kapitel 16
Garten

Tau und Quell sahen zu, wie Jo auf den Palast zuschritt. »Wir hätten sie nicht gehen lassen dürfen«, sagte Tau.

Trockenheit entfachte eine fiebernde Mittsommernacht, und Quell wurde von einer plötzlichen Sehnsucht nach kühler Meeresluft durchdrungen, nach dem Gefühl, von einer grünen Welle träge hochgehoben zu werden, während sie vor der Küste Wolkenriffs trieb.

Es würde noch lange dauern, bis sie wieder zu Hause war.

Sie griff nach Taus Hand. In der heißen Nacht fiel das Atmen schwer. Jo war ein schwindender weißer Schatten, der von ihnen fortging, fort. Und mit jedem Schritt weinte Quells Herz um sie. Und mit jedem Schritt jubelte Quells Herz. Ihre Zwilling war fort.

»Komm«, sagte sie. »Wir müssen hier weg. Wir haben keine Zauberin mehr, die uns rettet. Wenn wir bis Tagesanbruch nicht hier raus sind, stehen am Tunnel, der in die Laube zurückführt, Wachtposten.«

Tau nickte widerwillig. Er drückte ihre Hand und wandte sich um, den finsteren Palastgärten zu. Formschnittskulpturen ragten über Eibenwällen auf. »Wir sind ungefähr aus dieser Richtung gekommen«, riet er und zeigte mit dem Finger. »Um zurückzufinden, müssen wir nur die Sterne beobachten und uns auf einer geraden Linie halten.« Sie betraten einen Eibenkorridor.

»Dies ist ein schlechter Ort für Netz«, sagte Tau nach einer Weile.

»Wir laufen eine ziemliche Kurve«, sagte er einige Zeit später und blickte unglücklich zu den Sternen hinauf. »Wir drehen stark ab. Sobald wir eine Lücke erreichen, versuch dich links zu halten.«

Links gab es keine Lücken. Nur einen glatten, geschlossenen Eibenwall, der weiter vorn in der Dunkelheit verschwand. Quell zögerte. »Hier drüben auf der rechten Seite ist eine Lücke«, flüsterte sie. »Wir könnten es dort versuchen und schauen, ob sie auf offeneres Gelände führt.«

Tau schüttelte den Kopf. »Damit brauchen wir gar nicht erst anzufangen, sonst tappen wir noch bis zum Morgen herum. Lass uns einfach den Weg zurückgehen, den wir gekommen sind, und es noch einmal versuchen.«

Sie gingen denselben Weg zurück. Das trockene Gras knirschte und flüsterte unter ihren Füßen. Irgendwo in der Dunkelheit schrie eine Eule. Quell fasste nach dem Gewährsknoten an ihrem linken Handgelenk und versuchte sich zu beruhigen.

Sie liefen weiter. Die Stille um sie herum war drückend und wurde vom trockenen Zirpen einer Grille, das von weit her zu ihnen drang, nur noch verstärkt. Die Hecke war sehr hoch gewachsen; Quell konnte in keiner Richtung mehr die Lichter von Laube sehen. »Es ist, als würden wir im Wald herumlaufen!« Ich muss weiterreden, sagte sie sich. Ich muss an etwas anderes denken als an die Angst. »Weißt du, was ich gehasst habe? Diese Tage, an denen wir vor Sonnenaufgang aufgestanden sind und ich durch ein Spinnennetz lief. Ich habe im Dunkeln nach mir selbst geschlagen und mir vorgestellt, die Spinne würde in meinen Haaren herumkrabbeln.«

Tau antwortete nicht. Eiben ragten über ihnen auf.

Quell wünschte, ihr wären die Spinnen nicht eingefallen.

Etwas flatterte in der Finsternis vorbei und Quell schnappte nach Luft; ihr Herz pochte. Eine Fledermaus, sagte sie sich. Nur eine Fledermaus. »Laufen wir nicht schon eine ganze Weile?«

Tau brummte.

»Müssten wir nicht längst an unserem Ausgangspunkt sein?«

»Ja.«

Die Magie wallte in Quells Blut auf. Sie spürte, wie sie an ihren Handgelenken und hinter ihren Augen pochte, als könnte ihr Fleisch jeden Moment aufplatzen und die Welt hereinströmen lassen. Die Grille zirpte und zirpte in der Dunkelheit. »Wir sind im Kreis gelaufen.«

»Ich weiß nicht!«, fauchte Tau. »Die Bäume sind zu hoch. Ich kann die Sterne nicht im Auge behalten.«

Sie blieben stehen. Die Finsternis schloss sie ein. Eibenwälle ragten weit empor. Die Grille verstummte. Quell spürte einen schwachen Windhauch im Nacken. Einen Augenblick später bohrte sich der Schrei einer Eule in ihr Herz.

Sie rannte. Raste einen endlosen düsteren Tunnel entlang, stürzte sich in das Herz des Gartens, während ihr ungleichmäßiger Atem ihr in den Ohren dröhnte und Taus Schritte hinter ihr her stampften.

Plötzlich war der Korridor zu Ende. Sie stürmten auf eine kleine Lichtung und sahen, wie zwei riesige Gestalten aus einer Silberkugel auf sie zugerannt kamen. Quell schrie und blieb taumelnd stehen. Auch die Fremden blieben stehen.

»Spiegelbilder!«, keuchte Tau. »Nur Spiegelbilder, Quell.«

Quell schnappte nach Luft. »Das ist … das ist ein H-Haus!«

Genau genommen bildete die Silberkugel ein Häuschen so groß wie Steins Haus auf Wolkenriff. Die Wände kräuselten sich vor ihren Augen und waren von bunten Farbklecksen durchzogen. »Faden!«, hauchte Tau. »Das ganze Ding besteht aus Wasser!«

Während ihr Pulsschlag sich allmählich beruhigte, starrten sie das kleine Haus an, das wie ein Tautropfen auf dem Gras vor ihnen stand. Sein geheimnisvolles Inneres barg einen Aufruhr von Blumen. Zähflüssiges Licht quoll aus ihren Blüten – Orange, Karmesin, Ocker und Magenta. Neben dem Häuschen stand ein Schuppen; an der Wand lehnte (oder eher schwebte) eine

Ansammlung von Hacken, Rechen, Heckenscheren, Pflanzkellen und Spaten. »Ich glaube, wir haben des Kaisers Gärtner gefunden«, sagte Quell.

Tau schluckte. »Hurra.«

Quell berührte den Gewährsknoten und schritt dann auf das leuchtende Häuschen zu.

»Was machst du da?«

»Früher oder später müssen wir diesen Garten verlassen«, sagte Quell und trat an die bebende Tür. »Wer immer hier lebt, wird uns entweder helfen, nach draußen zu kommen, oder uns an den Palast ausliefern. Wir können es genauso gut jetzt zu Ende bringen. Ich gehe um alle Fische des Meeres nicht in dieses Labyrinth zurück.«

»Schau dir diese Blumen an!«, sagte Tau und trottete Quell hinterher. »Ich würde am liebsten hineingreifen und sie essen, wie Bonbons.«

Winzige Formen huschten vor Quells neugierigem Gesicht davon. »Fische! In den Wänden schwimmen kleine Fische!« Tatsächlich: Guppys und Goldfische, Sprotten und Stinte, Segelflosser und gestreifte Jellen und Torpedos mit blattförmigen Körpern und glanzlosen Schuppen. Sandflöhe mit Schwänzen wie zitternde blaue Silberimmortellen trieben zum Dach hinauf; Miniaturwelse mit Schnurrbärten so lang wie ihr ganzer Körper streiften durch die Dielen. Quell lachte vor Staunen.

»Netz dreht durch!«, sagte Tau. »Er kriecht wie eine große grüne Spinne meinen Arm hoch und runter.«

Ein Sturz aus verschlungenen Reben umrahmte die Tür. Quell warf Tau einen kurzen Blick zu und klopfte zweimal energisch an. Sie hörten keinen Laut, aber funkelnde Fische huschten in Deckung, während sich von Quells Knöcheln träge Wellen ausbreiteten. Eine langsam auslaufende Woge brandete durch das ganze bucklige Haus. Wirres Blumenlicht tanzte auf den Eiben, dic das Gebäude umstanden.

Eine menschliche Gestalt wankte auf sie zu. Dann sprang die Tür so schnell auf, dass sich an ihrer oberen Scheibe eine Blase ausbauchte und in die Dunkelheit davontrieb.

Ein verhutzelter alter Mann mit grasgrünen Augen stand im Torbogen. Er hatte einen langen, ausgefransten Schnurrbart, der ihm bis zur Taille hinabreichte und mit seinen ungekämmten Haaren verschmolz. Seine Haut war faltig, doch seine Hände waren geschmeidig und fleckenlos. Seine Finger waren doppelt so lang, wie sie sein sollten, und gingen in lange, weiße Nägel über, die verdächtig nach Wurzeln aussahen. Am Saum seiner grünen Robe rangen scharlachrote Bohnen und kobaltblaue Bambusblätter miteinander. »Ihr kommt spät!«, stellte er fest. »Tretet ein!«

Die wabernde Tür stand offen und gewährte ihnen Einlass. Wasser tropfte von ihrem Rebenrahmen. Quell trat ein. Tau bückte sich und folgte ihr.

Der alte Mann zog den Gürtel seiner Robe enger. »Ihr könnt Garten zu mir sagen. Ich habe Euch erwartet, aber ich wusste nicht genau, wann Ihr kommen würdet. Das ist die Schwierigkeit an diesen Dingen: Genauigkeit. Nichts blüht genau dann, wann man es möchte!«

Gartens Haus war voller Pflanzen. Große belaubte Pflanzen ruhten auf Tischen; kleine Topfpflanzen bevölkerten den Boden. Ganze Reihen von Blumen drängten sich entlang der Wände, blühende Bohnen klammerten sich an Möbelstücke, und ein durchdringend duftender Kräutergarten baumelte von der Decke: Salbei und Thymian, Beinwurz und Tagetes, Kamille und Melisse und Fenchel, der nach Süßholz roch.

Tau starrte verblüfft hinauf. »Wie könnt Ihr Töpfe an ein Dach hängen, das aus Wasser besteht?«

»Ach, das!« Garten winkte ab; aus Versehen streifte er Quell mit seinen Wurzeln. »Wenn das Dach erst einmal oben bleibt, ist der Rest leicht.«

Er führte sie in ein Zimmer, in dem mehrere Büsche zu Sesseln gestutzt worden waren. »Mein Atelier«, sagte er und wies in die ungefähre Richtung von Dutzenden kleiner Gemälde, die an der Außenwand wippten. »Hier werdet Ihr eher einen Sitzplatz finden.« Der Boden bestand aus Erde, und das ganze Gemach roch nach frischem Gemüse.

An der Rückwand stand ein Bottich mit grauen Steinen. Quell beugte sich unvermittelt vor. »Sie knospen!«, hauchte sie. Und tatsächlich waren an vielen Steinen bereits Kristallblätter ausgeschlagen.

»Ach, das«, sagte Garten und kratzte sich unglücklich den Schnurrbart. »Eins meiner Experimente. Jemand hat mir erzählt, dass die Bergleute Steingärten anlegen, also dachte ich mir, versuch es doch mal. Man muss sie nicht oft gießen, aber es war trotzdem verteufelt schwierig, sie zum Wachsen zu bringen.« Er zuckte bedauernd mit den Schultern. »Ich habe einfach den Dreh nicht raus.«

Die Eiländer waren sprachlos.

Eine leuchtend scharlachrote Blume schaute unter dem größten, dicksten und durchgesessensten Sessel hervor. »Blüte! Benimm dich! Wir haben Gäste«, sagte Garten tadelnd und setzte sich mit lautem Knarren und Knirschen. »Bitte – macht es Euch gemütlich.«

Quell lachte laut. »Ich habe keine Ahnung, was Ihr mit uns machen werdet, aber ich bin sehr müde. Ich würde mich nur zu gern setzen.«

Garten sah sie mit uralten Augen an. »Mit Euch machen? Ich versichere Euch, junge Dame, ich *mache* rein gar nichts. Darauf bin ich ausgesprochen stolz.« Er schüttelte den Kopf. »Nein, es ist eine Fehleinschätzung, ein Missverständnis unserer Zeit, das die Menschen dazu verleitet, Dinge ›machen‹ zu wollen. Dinge«, sagte er, »machen sich selbst.«

Die scharlachrote Blume sah verstohlen unter Gartens Sessel hervor. Ein

Hals wie ein Rosenstiel wurde langsam sichtbar. Tau bemerkte plötzlich, dass Netz nicht mehr um seinen Unterarm geschlungen war.

»Lasst mich eines klarstellen: Ich bin *kein* Exzentriker.« Garten hielt seine linke Hand hoch und betrachtete trübselig die langen, herabhängenden Nägel. »Ich male mit den Fingern, wenn Ihr versteht, was ich meine. Wenn ich sie nicht beschäftige, schlagen die Gauner Wurzeln.« Er schüttelte die Hände und ließ dabei seine langen weißen Finger zittern. »Ich hatte schon befürchtet, dass ich auch noch lernen müsste, mit den Füßen zu malen oder vielleicht Tambra zu spielen, aber dann habe ich beschlossen, dass Pantoffeln zweckmäßiger sind.« Und er legte seine Füße auf einen gebeugten Strauch und führte ein Paar wirklich prächtige Samtpantoffeln vor, die mit lebenden Blumen bestickt waren. Ihre Blüten verströmten bonbonfarbenes Licht.

Blüte war jetzt ganz aus ihrem Versteck gekrochen. Am unteren Ende ihres Stiels krabbelten fünf fleischige Wurzeln wie die Finger einer blassen Hand. Sie schlich sich hinter Gartens Sessel und verschwand dann zwischen den Blumentöpfen an der gegenüberliegenden Wand.

Tau fragte sich, ob Netz vielleicht an seinem Bein lauerte.

»Ich sollte wohl einige Dinge erklären.« Garten riss hastig seine Finger in die Höhe, die begonnen hatten, sich in die Erde zu graben. Er kicherte und sein Schnurrbart zitterte. »Ich bin ein Laubemant. In meinem Hain begegnen die stumme Natur und ich uns als nahezu Ebenbürtige. Hier ziehe ich Pflanzen, wie es mir meine Intuition eingibt, und hoffe, in ihren Verzweigungen die Muster der Welt zu entdecken. Verändert sich die Welt mehr – oder weniger, oder bleibt sie gleich? Befinden sich die Jahreszeiten im Gleichgewicht? Nähert sich diese Welt dem Rauch oder entfernen sich die beiden voneinander?«

Garten saß ihnen grübelnd gegenüber, bis Tau unruhig wurde. »Und, was trifft zu?«

Garten lachte. »Ihr Eiländer seid direkt. Wenn sie verzagt sind, werden die Waldländer nur höflicher und aufmerksamer und verstohlener. Sie suchen nach versteckten Beweggründen.« Er schnaubte verächtlich. »Nun, junger Mann, die Welt verändert sich zunehmend und die Jahreszeiten befinden sich nicht im Gleichgewicht – der Rauch ist ein Zeichen dafür.«

Quell runzelte die Stirn. »Sicherlich verwechselt Ihr da etwas. Was hier geschieht, spiegelt wider, was im Nebel geschieht.«

Garten zuckte die Schultern. »Ich sehe keinen Grund, den Helden den Vorrang zu geben. Die Welt ist eine einfach gedrehte Schlaufe: Wir beeinflussen den Nebel, der Nebel beeinflusst die wirkliche Welt. Geschichten aus der einen Welt werden in der anderen erzählt.«

Plötzlich glitt eine Welle neben Quell die Wand hinauf und jagte einen Schwarm blumenfarbener Fische an die Decke. Ein zischendes, fauchendes

Geräusch ertönte, gefolgt von Schlägen und einem längeren Scharren. Ein schmaler Bohnentopf bockte zwei Mal, fiel mit einem dumpfen Schlag um und verschüttete einen Haufen Erde und ein Wirrwarr einander bekämpfender Reben. Netz hatte Blüte im Griff; sie kratzte seine Fasern mit ihren Dornen.

»Netz! Lass das!«

»Blüte – benimm dich!«

Tau und Garten stürzten herbei und trennten die Kämpfenden, allerdings erst nachdem Blüte Tau ein paar ordentliche Kratzer verpasst hatte.

Kopfschüttelnd holte Garten eine hübsche emaillierte Schale hervor. Blüte duckte sich, legte ihre Blütenblätter demütig auf den Arm des alten Mannes und klappte ihre Dornen ein. »Nein nein nein!«, sagte der alte Zauberer. »Ich habe dich gewarnt! Ein paar Stunden im Topf werden dir eine Lehre sein!«

Blüte wand sich heftig und warf verzweifelt ihren scharlachroten Kopf hin und her.

Tau räusperte sich. »Netz war genauso schuld daran –«

»Unsinn!«, rief Garten und schüttelte seinen alten Kopf, dass sein langer Schnurrbart über den Boden strich. »Entschuldigt Euch nicht auch noch für das kleine Unkraut! Ich war dabei, als sie den Fischen gestern Angst eingejagt hat, oder etwa nicht? Ich habe sie gewarnt, was für Folgen weitere Frechheiten haben würden!« Mit geübter Hand steckte er sie in den Topf und schaufelte mehrere Hände voll Erde aus dem umgefallenen Bohnentopf hinein. »Nein – sie muss lernen, und das wird sie lehren!«

Blüte erstarrte und sank dann dramatisch über den Rand ihres blaugelben Gefängnisses in Ohnmacht. Garten sah sie zärtlich an. »Kleine Schwindlerin«, flüsterte er.

Voller Entrüstung bebte sie einen kurzen Augenblick. Dann dachte sie wieder daran, still zu liegen.

»Zu spät! Du bist durchschaut. Jetzt sitz deine Strafe ab wie eine brave Pflanze, ohne zu schmollen, vielleicht lasse ich dich dann vorzeitig heraus.«

Blüte zitterte niedergeschlagen und baumelte dann teilnahmslos über den Rand ihres Topfes.

Netz zog sich unterdessen auf Taus Arm zurück.

»Interessantes Geschöpf. Ihr habt es aus dem Nebel erschaffen, richtig? Es ist eine nette kleine einfach gedrehte Schlaufe: ein Stück Nebel, erstarrt durch die Geschichte eines Menschen aus der wirklichen Welt.« Garten richtete den Bohnentopf und trat die restliche Erde auf dem Boden fest. »Entschuldigt! Ich war unaufmerksam. Ihr seid sicher hungrig und müde.«

Er servierte ihnen Kirschauflauf und Frühlingszwiebelkuchen, die sie mit mehreren Gläsern Selleriewasser hinunterspülten.

»Also«, sagte Garten und rieb sich den Schnurrbart. »Wo war ich stehen geblieben?« Seine Finger hatten begonnen, sich in den Boden zu graben; ärgerlich verzog er das Gesicht und zerrte sie heraus. »An der Südgrenze dieses Landes wütet ständig ein riesiges Feuer und lässt Rauch aufsteigen, der die Welt der Helden verschleiert. Während Euer Nebel sich seit Menschengedenken zurückzieht, kommt das Feuer näher. In diesem langen trockenen Sommer ist es schnell wie eine einfallende Armee nordwärts marschiert. Palme liegt bereits in Asche und existiert nur noch in der Erinnerung. Auch die Güter von Gummi und Teak sind teilweise vernichtet, und immer noch rasen die Flammen nach Norden. Der Wind kam ihnen zu Hilfe, und viele sind im Kampf gegen das Feuer gestorben.«

»Ich habe einmal eine Geschichte gehört«, sagte Quell. »Darin kam ein Funke vor. Die Waldländer haben mit Brand einen Handel abgeschlossen, glaube ich, aber der Funke blieb zurück ...«

»Genau!« Garten strich sich mit seinen langen, herabhängenden Fingern über seinen langen, herabhängenden Schnurrbart. »Der Kaiser ist der Meinung, dass diejenigen, die ihm zur Zurückhaltung raten, die Leben der Menschen im Süden vergeuden. Er hat seine Armeen nach Norden geschickt, um für sein Volk eine neue Heimat zu finden. Die Angst treibt ihn an, die Angst, das Feuer könnte zu schnell für ihn sein, die Angst, dass Bronze Schnitt und die Gemäßigten, die sich mit seinem Sohn angefreundet haben, die Macht übernehmen und sich für einfache Lösungen entscheiden könnten, für halbherzige Maßnahmen, während das Feuer auf die Hauptstadt zumarschiert.«

»Hat er Recht?«

»Wen fragt Ihr da? Mich? Ich kann kaum mit den Fingern malen!« Garten zuckte mit den Schultern. »Das Feuer kommt zweifellos näher. Wird es das Kaiserreich überrennen? Würde es das tun, wenn die Armeen nach Süden geschickt würden, um es zu bekämpfen, statt nach Norden, um vor ihm zu fliehen? Können die Waldländer jemals ohne ihre Bäume leben? Ich weiß keine Antworten auf diese Fragen. Der Kaiser glaubt sie zu kennen.«

»Ihr denkt also, dass er sich irrt«, wagte sich Tau vor.

Garten schüttelte den Kopf. »Nein, nein. Ich interessiere mich bloß nicht für die Welt, die er schafft, ob er Recht hat oder nicht.«

»Wir haben ein Puppenspiel gesehen«, sagte Quell langsam. »Vor ein paar Stunden. Es handelte von Vater und Sohn, und der Sohn wurde zu einem Wolf hingezogen, der dem Hexenmeister glich, und dann steckten sie den Schirm in Brand. Es schien, als würde das Stück nur für diesen einen Bronze aufgeführt.«

Gartens gesenkter Blick hob sich. »War er ganz in goldene Seide gekleidet, dieser Bronze, mit einem scharlachrot-grünen Schlitz über der Brust?«

»Ja! Er schien ... Er glich einer Gewitterwolke, von der man weiß, dass sie voller Blitze steckt.«

Garten nickte. »Bronze Schnitt! Der junge Heft konnte ihm noch nie widerstehen.« Der alte Laubemant blickte durch seine silbernen Wände traurig zum Palast hinüber. »Wie das Volk der Lüfte werden auch die Bronze nicht geboren; sie erschaffen sich selbst. Heft ist nur eine einfache Eberesche, aber viele sehen in ihm den Schlüssel zum Herzen seines Vaters. Bronze Schnitt ist der Anführer einer gemäßigten Fraktion innerhalb der Laube. Er hat Heft mit Freundschaft und Schmeichelei umworben, mit der Absicht, den Thron an sich zu reißen, sobald der Kaiser ihn nicht mehr halten kann.« Garten sah sie grimmig an. »Ich glaube, dieses Puppenspiel wurde vom Kaiser in Auftrag gegeben, um Bronze Schnitt seinen stärksten Tadel, seine deutlichste Drohung zu übermitteln. Er wird den Jungen umbringen, um klarzustellen, dass niemand sicher ist, der sich ihm widersetzt.«

»Seinen eigenen Sohn umbringen!«, rief Quell. »Dann ist wahr, was wir auf Delta gehört haben. Der Kaiser ist verrückt.«

»Verrückt? Das kann ich nicht beurteilen. Gewiss ist er in eine Geschichte verknotet, die größer ist als er – möglicherweise ist Wahnsinn nichts anderes.« Unter seinen langen Brauen hervor sah Garten Quell wissend an. »Wenn ich nicht irre, seid auch Ihr Teil einer größeren Geschichte. Ist es nicht so?«

Während er sprach, streckte er seine langen weißen Finger aus und krempelte die Manschette von Quells Hemd um. Zum Vorschein kam der blaue Gewährsknoten, der sich um ihr Handgelenk schlang.

»Ach, das«, sagte Quell. »Das ist nichts! Nur ein –«

»Eine Botschaft!«, strahlte Garten. »Wie schön. Ich liebe Botschaften. Es ist so lange her, seit sich jemand die Mühe gemacht hat, mir eine Botschaft zu schicken.«

»Seid Ihr ein Gewährsmann?«, fragte Tau skeptisch.

»So etwas Ähnliches, so etwas Ähnliches!« Garten beugte sich vor und faltete die Hände, so dass seine langen Nägel sich wie schlecht gearbeitete Korbflechten ineinander woben. »Offensichtlich hat Eure Gewährsfrau Euch in der Hoffnung zu mir geschickt, ich könnte Euch bei einem Problem helfen. Ich kann Euch natürlich nichts versprechen. Im Gegenteil. Ich kann fast garantieren, dass es ein Misserfolg wird, denn wie ich bereits sagte, *mache* ich nie etwas. Aber es freut mich, darum gebeten zu werden.«

»Äh, das wissen wir wirklich zu schätzen«, sagte Tau, »aber die Botschaft war, glaube ich, für die Gewährsfrau von Delta bestimmt. Wir sollten sie vor dem Angriff der Waldländer warnen, aber bis wir dort eintrafen, war es zu spät. Jetzt sind wir hier, und wir haben alles getan, was in unserer Macht steht, also –«

»Ich bin verzweit worden«, sagte Quell.

Garten sank langsam in seinen Sessel zurück. »Mm. Oje.« Er streckte die Hand aus und tätschelte ihr sanft das Knie. »Ja, ich denke, das war es dann.«

»Das glaube ich nicht«, sagte Tau. »Jo hat immer alles getan, worum wir sie gebeten haben. Sie hat uns auf Delta gerettet – riskiert ihr Leben, um dem Kaiser entgegenzutreten! Wenn sie dir etwas antun wollte, hätte sie das längst tun können. Ich glaube, sie hat unser Vertrauen verdient.«

Quells Blick ruhte unverwandt auf Garten. »Könnt Ihr mir helfen?«

Der alte Zauberer seufzte und sah Tau an. »Natürlich hilft es nichts, immer nur das Schlechteste von den Leuten zu erwarten; es führt nur dazu, dass es eintrifft. Aber eine Verzweiung, also … Eine Verzweiung ist eine ernste Sache. Ein Knoten, der nicht leicht gelöst werden kann, wie man bei Euch sagt.«

Garten schloss seine grünen Augen und dachte nach. Die Enden seines langen Schnurrbarts schwangen sanft bei jedem Atemzug, und die Spitzen seiner langen weißen Finger schlangen sich ineinander, während er grübelte.

Schließlich öffnete er die Augen. »Es gibt zwei Arten von Geschichten und zwei Arten von Zeit. Nehmt einen Baum«, sagte er. »Jedes Jahr vergeht in Nebelzeit. Der Regen kommt, die Knospe bildet sich, Blätter sprießen, Zweige blühen und tragen Früchte! Dann kommt der Herbst, die Blätter trocknen und welken und fallen herab. Die Geschichte ist zu Ende.

Aber unter der Erde geht die Geschichte des Baumes weiter, Jahr um Jahr, entlang jeder neuen, gewundenen Wurzel. Ereignisse der Nebelzeit sind Geschichten von Blättern; Ereignisse der wirklichen Welt sind Geschichten von Wurzeln.«

Er streckte die Hand aus und berührte den Gewährsknoten. »Eure Gewährsfrau hat diesem Muster eine einfach gedrehte Schlaufe zugrunde gelegt. Dieser Knoten erzählt immer gleichzeitig eine Geschichte über die Nebelzeit und eine Geschichte über die wirkliche Welt: vom Sprießen und Fallen eines Blattes, zum Beispiel, oder die langsame, verschlungene, schwierige Geschichte einer Wurzel.

Und was Eure Zwilling betrifft! Es gibt zwei Möglichkeiten, einen Knoten zu lösen, sogar bei einer einfach gedrehten Schlaufe. Eine Möglichkeit besteht darin, ihm von außen zu folgen, langsam jede Leine bis zu ihrem Ende zu entwirren. Die andere Möglichkeit besteht darin« – und da sah Garten Quell ernst an –, »ihn durchzuhauen.«

»Ihn durchzuhauen!«, rief Tau. »Wollt Ihr damit sagen, dass wir Jo töten sollen? Nach allem, was sie für uns getan hat?«

Garten zuckte die Schultern. »Ich rate weder zur einen noch zur anderen Möglichkeit – aber Ihr habt Recht. Üblicherweise enden so die Geschichten über Zwillinge. Einer überlebt – und einer wird getötet oder in den Nebel geworfen.«

Tau blickte wütend von Garten zu Quell.

Quell hatte Angst. Sie wusste viel besser als Tau, welches Risiko sie einging, wenn sie Jo am Leben ließ. Dennoch durchströmte sie die Ruhe, die Stärke und der Mut des Salbeiquell, wenn das Flüsschen seinen Sprung über den Felsvorsprung wagte und an den Häusern von Wolkenriff vorbeifloss.

»Jo hat mich nicht getötet«, sagte sie schließlich. »Sie hat mich nicht in den Nebel geworfen. An jenem ersten Tag hat sie mich am Leben gelassen.« Sie schüttelte den Kopf. »Ich will sie nicht töten.« Sie lächelte Tau an. »Schließlich wäre das das Ende der Geschichte, und ich habe noch nie an Geschichten geglaubt.«

Tau seufzte erleichtert.

»Seid Ihr Euch sicher?«, fragte Garten. »Ihr geht ein großes Risiko ein, wenn Ihr beschließt, diesem Knoten bis an sein Ende zu folgen.«

»Nein, ich bin mir nicht sicher«, gab Quell zu. »Ich habe schreckliche Angst. Aber ich kann sie nicht kaltblütig umbringen. Wenn das der einzige Weg ist, werde ich ihm nicht folgen. Wenn aus unserer Geschichte eine – eine Wurzelgeschichte wird, kann ich, glaube ich, die stärkere Zwilling werden. Ich habe Tau und Schegel und Alster und Wolkenriff, die mich halten können.«

Garten nickte. »Gut! Ihr braucht festen Halt! Jene unter uns, die von der Magie berührt werden, müssen ihre Wurzeln eingraben, wo sie können. Ich habe mich für die Bäume entschieden; ihre Kronen unterhalten sich auf ewig mit dem Wind, aber Blatt, Blüte und Stamm sind fest im Boden verankert.«

»Habt Ihr keine Angst, den Bäumen allzu ähnlich zu werden?«

Der alte Mann blickte verdrießlich auf seine langen Finger. »Ich habe es nicht eilig damit! Nein, mir gefällt meine Menschlichkeit. Aber mit den Jahren, während Frühjahr in Herbst und Herbst in Frühjahr übergeht, forme ich die Bäume nach meinem Willen. Und ich nehme an, dass sie mich Jahr um Jahr nach ihrem Willen formen. Mit der Zeit werden wir uns immer ähnlicher, so wie alte Männer immer mehr ihren Frauen gleichen. Versteht Ihr, es gibt so viel gemeinsame Geschichte. In unserer Jugend fällen wir so viele Entscheidungen, und wir scheinen sie aus freien Stücken zu treffen. Aber wenn wir älter werden, lastet auf allem, was wir tun, das Gewicht unseres ganzen Lebens.«

Er blickte auf und lächelte sie schläfrig an. »Und so sitze ich hier und jäte meinen kleinen Garten, während das Feuer über uns herfällt. Ihr dagegen! Ihr seid jung! Ihr solltet jetzt gehen. Zurück nach Laube, zurück zu Eurer Insel! Es ist an der Zeit, dass Ihr die Blättergeschichten hinter Euch lasst; Ihr gehört jetzt einer Wurzelgeschichte an. Einer Geschichte über das wirkliche Leben.«

»Jetzt schon?«, sagte Tau. »Ich hatte mich gerade an all die Wunder und Abenteuer gewöhnt!«

Garten stand auf und scheuchte sie durchs Haus und zur silbernen Tür hinaus. »Oh, Ihr werdet schon sehen. Das wirkliche Leben hat mindestens genauso viele Wunder und Abenteuer zu bieten«, sagte er. »Aber sie sind so groß, dass man sie leicht übersieht.«

Er drückte Quell einen Zwiebelkuchen in die Hand und Tau einen Mohnsamenkeks und wies ihnen den Weg in den Eibentunnel, der sie zu seinem Haus gebracht hatte. »Ihr werdet sehen, dass dieser kleine Pfad Euch nach Laube führen wird und schließlich in Eure Heimat. Zurück zu Euren Wurzeln.«

Als sie davongingen, winkte er, und seine langen weißen Fingerspitzen klatschten sanft auf die Oberfläche seines silbernen Hauses, sandten kleine Wellen durch die Wände und trieben das Fischgewirr auseinander.

Kapitel 17
Der Funke

Tropf.
Tropf.
Tropf.

Trinken tut gut.

In der letzten Stunde vor Sonnenaufgang leuchtete der riesige Bronzeholz-Palast wie ein Klacks blutiger Honig. Jo blickte nicht zu Tau und Quell zurück, als sie durch das Gras lief, das so trocken und verheddert war wie Menschenhaar. Am Grund des ausgetrockneten Burggrabens überquerte sie einen Streifen winziger, scharfer Steine. Sie flüsterte mit sich selbst und versuchte, die durstigen Stimmen der Welt zu übertönen.

Jo! Ich höre dich, sprach die rissige Erde. Ich rieche das rote Wasser in dir.

Nichts für dich! Mein Blut gehört mir.

Sie gehört uns, sprach der Wind. Es ist nicht Wasser, was Ihr da hört, verdorrte Mutter. Heute Nacht kriecht schleichendes Feuer durch ihre Adern.

Jo bebte, denn ihre Füße spürten kaum die trockene Erde, und der Wind blies durch sie hindurch. Was willst du damit sagen?, fragte sie.

Nichts anderes als sonst, sagten die Sterne. Der Wind ist ein großer Lügner. Du lauschst ihm auf eigene Gefahr.

Aber ich bin die Tochter des Windes.

Sag nicht, wir hätten dich nicht gewarnt.

Lieblose Hexen!, lachte der Mond mit der Stimme eines alten Weibes. Trau ihnen nicht, Jo. Sie täuschen Gleichgültigkeit vor, um den Schmerz ihres täglichen Todes zu dämpfen. Die Sonne erwacht bereits. Bald wird ihr Auge sich öffnen und sie wie Motten verbrennen.

Die Sterne antworteten mit Stimmen so hart und kalt wie Glocken. So ergeht es uns jeden Tag. Warum sich aufregen? Und wir möchten darauf hinweisen, dass es auch dir nicht anders ergehen wird.

Ha! Ihr kennt die Wolllust ihres Brandmals ebenso gut wie ich. Die Welt sehnt sich nach dem Tod; sie hat uns gelehrt, um ihn zu betteln. Ich gebe es zu! Ich ziehe den Tod an meine faltigen Zitzen. Die Flammen haben mich schon leer geleckt, haben mein ganzes Selbst unter ihre Schatten geworfen.

Du Ärmstes, sprach der Wind. Achte nicht auf ihn, Kleines. Es ist jeden Monat das Gleiche.

Aber der Mond sagte: Jo kennt mich besser.

Trinken …

… tut gut.

Ich muss weiter, dachte Jo. Sie hob zentnerschwere Füße und trat unter die Bäume, in den Schatten des Palastes, und stand in der violetten Düsternis, unter verschlungenen Bronzebaumästen. Ihre Haut war glatt und trocken wie Schuppen. Ihr Herz glich einem Knoten aus Blut. Die fiebrige Nacht hatte nicht einen Tautropfen ausgeschwitzt. Im Osten schrak der Himmel vor der ersten Berührung der Sonne zurück und wurde grau vor Schmerz.

Tropf.
Tropf.

Sie starrte den krummen Mond an, der wie ein Knochensplitter über dem Westturm schimmerte.

Du spürst mich.

Ja.

Der Mond lachte meckernd. Mit welchem Auftrag kommst du zum Kaiser? Wie willst du ihm Gnade erweisen?

Jo erwiderte sein Grinsen. Ich werde ihm seinen Stachel ziehen, ihm seinen Funken rauben.

Aber warum?

Weil … weil es mich danach verlangt.

Du bist nicht zu demütig, um die Sonne zu erschlagen, lachte der uralte Mond. Du bist nicht zu stolz, ihren leuchtend roten Regen zu trinken.

Jos Hände streckten sich zu Schwingen, ihre Füße erstarrten zu Krallen, und sie scharrte in der ausgedörrten Erde. Mit riesigen Augen blinzelte sie zum brennenden Mond hinauf; ließ ein Geflüster roten Staubs zurück und schwebte himmelwärts, in Gestalt einer Eule, eine mit Mondlicht gepanzerte Ascheflocke.

Eine Fledermaus kam ihr zu nahe, vom gemeinen Wind getäuscht. Sie zuckte, als Jos Krallen in ihren piepsenden schwarzen Körper glitten. Ihre schwarzen Flügel flatterten wie tote Blätter. Jo ließ sich auf einem Balkon aus Bronzeholz nieder und fraß, zerquetschte das Fleisch in ihrem Schnabel, presste die Feuchtigkeit heraus und trauerte jedem Tropfen nach, der in die Dunkelheit fiel.

Ich dürste!, schrie die alte Erde mit aufgeplatzten Lippen.

Es war eine kleine Fledermaus, und sie war zäh. Jo war noch nicht satt. In der Ferne säuselte der Wind seinem nächsten Verwandten Entschuldigungen zu.

Tropf.

Jo segelte vom Balkon, den Wind unter ihren Flügeln. Sie ließ den Kadaver auf dem blutverkrusteten Geländer zurück und kreiste empor, auf den Mond zu. Weit im Osten brannte die Sonne die Finsternis fort und ließ ein leeres, graues Nichts zurück. Die Morgenröte floh vor ihr, und die Welt duckte sich wie eine geschlagene Frau. Im Osten stießen die Sterne dünne Schreie aus und erloschen.

Der einsame, bebende Gesang eines Vogels, die verstümmelte Hymne einer Lerche auf die Morgenröte:

Böse Nester
In grün-goldnen Zweigen;
Er hielt den Mord an eine Kerze, und sie
brannte.

Gib dich zu erkennen!, sprach der lebende Palast. Bist du Brennstoff oder Flamme?

Das weiß nur die Sängerin, antwortete Jo. Bist du Licht oder Schatten?

Nur das Böse wirft Licht in meinen Hallen, sagte der Palast. Das Böse klebt; es verkrustet meine Blätter.

Trinken …

seufzte die Erde, tut gut.

Jo landete auf der Brüstung des Südturms und hakte ihre Klauen in Zweige, die wie mürbe Knochen brachen. Sie spürte, wie ihr Saft unter ihren Zehen hindurchkroch. Sie flatterte mit den Flügeln und zuckte drei Mal mit den Schultern. Ihr Blut war dünn und heiß. Sie klapperte mit ihrem Schnabel und zischte die Nacht an. Hörst du dieses Geräusch?

Tropf.

Geräusch?, fragte der Wind höflich. Was für ein Geräusch?

Das Tropfen. Tropf. Tropf. Tropf. Dies Geräusch.

Im Zimmer unter ihren Füßen hörte sie die Kerzen lachen. Das ist Talg, sagten sie, nichts weiter. Das ist unser weißes Fett, das du auf den durstigen Boden tropfen hörst. Es ist unsere schwere Arbeit, die Dunkelheit zu verbrennen; du hörst unseren Schweiß.

Tropf.
Tropf.

Ich traue eurem Lachen nicht. Ich traue euren hitzigen Stimmen nicht.

Alles, was sich bewegt, ist grausam, sagte der Mond. Jo, denk daran! Habe ich dir nicht gesagt, dass das Geräusch der Flammen dem Geräusch des Windes gleicht und das Geräusch des Windes dem des Wassers? Wenn du ehrliche Antworten willst, dann sprich mit den Sternen und den Steinen!

Was tut gut?, schrie Jo die dürstende Erde an. Was tropft deine ausgedörrte Kehle hinunter?

Mit welchem Recht fragt sie?, schrien die Fledermäuse. Ist ein Mord sich selbst nicht Lohn genug?

Ich weiß nichts
    von Schuld
    oder Unschuld, antwortete die Erde.
Alles
    verdankt mir
    seine Substanz,
    Tochter der Lüfte.
    Selbst du.
Ich habe dich geboren.
    Deine Schnur wurde durchtrennt
    und verknotet:
    Du bist ein Knoten
    aus rotem Wasser
    in einem dünnen Lederbeutel.

Tropf.

Es tropft aus mir, sprach der Leichnam des kaiserlichen Sohns. Mein Vater hat das vertrackte Rätsel meines Lebens gelöst. Mit einem einzigen Streich unter meinem Kinn hat er all meine Verwicklungen durchtrennt.

Das tut mir Leid.

Der Tag naht, sagte der Mond. Im Palast lodert der Wahnsinn, Jo. Willst du zu dieser Flamme flattern?

Ich habe Versprechen gegeben. Ich habe Eide geschworen. Hilf mir!

Wer ist dieses *ich?* Eine Gestalt, die du einem Eilandmädchen weggenommen hast.

Jo zitterte, zwischen zwiefachem Verlangen hin und her gerissen. Schließlich verwandelte sie sich doch, wurde kleiner und kleiner, zu einer Spinne, die zwischen den geäderten Wänden hindurchschlüpfen konnte. Ich habe es Quell versprochen, sagte sie.

Was brennt in dir?, fragte traurig der Mond. Versuchst du wieder, dem Wasser anzugehören? Du wirst alles zurückgeben, was du genommen hast. Alles.

Ich habe es versprochen, flüsterte Jo.

Aber der Mond sagte nur: Komm zu mir, Jo, wenn du müde bist.

Nur mit Müh und Not gelang es Jo, durch die Wände des Kaisers zu krabbeln. Das Wechselspiel von Angst und Begehren und Verwirrung war so stark im Palast, dass sich kein kriechendes Geschöpf lange auf etwas anderes konzentrieren konnte als sich zu verstecken und wild zuzustechen, wenn es in die Enge gedrängt wurde.

Als sie im Palast war, nahm sie wieder ihre menschliche Gestalt an.

Goldenes Licht, so undurchdringlich und trüb wie Honig, quoll aus dem Bronzeholz in die Gemächer des Kaisers. Einzelne abgeschälte Äste zeichneten sich nackt wie pochende Adern in den Wänden und Decken ab. Rußende Kerzen in goldenen Haltern ragten aus allen sechs Wänden. Des Kaisers Schaukel hing in der Mitte des Raumes; jede Bewegung ließ seine sechs Schatten erzittern. Seine trockenen Finger raschelten in einer Schale mit gerösteten Heuschrecken.

»Ich habe Euch erwartet«, sagte er.

Seine knochigen Wangen waren eingefallen, seine Augen goldene Feuerpunkte in schattigen Höhlen. Wo das Licht auf seine Rockschöße fiel, glänzte der Satin in sattem Grün, überall sonst in Mitternachtsschwarz. Er streckte einen Fuß aus und stieß sich sanft ab. Die quietschende Schaukel war unbeschreiblich traurig. Mit langen bronzenen Fingernägeln knackte der Kaiser den Panzer einer weiteren Heuschrecke und schälte sie. »Ich wusste, dass sie eine Frau schicken würden, um mir den Tod zu bringen.«

»Ich komme aus eigenem Entschluss.« Glaub das, wenn du unbedingt willst, sprach der Mond von draußen. Was ist mit deiner Eiländerin?

»Tatsächlich! Wirklich und tatsächlich!« Der Kaiser zerdrückte den Heuschreckenpanzer zwischen den Fingern und ließ ihn in die Schale fallen. »Mir scheint, dass Brand in mir lodert, und Ihr seid der Schatten dieser Flammen.«

»Ihr fiebert im Wahn.«

Der Kaiser schüttelte den Kopf und schaukelte im schwachen gelben Kerzenschein langsam vor und zurück. »Selbst die Puppen sind heilig und unbegreiflich. Wir sind Schatten, die eine kleine goldene Kerze wirft, Weiße Dame. Schatten, die auf einen Papierschirm fallen.«

»Wessen Schatten bin dann ich?«

»Der meine. Ihr seid der Schatten, den ich auf die Welt werfe. Die Männer dienen einem einzigen Herrn; die Frauen dienen den Männern. Euer Geschlecht hat sich an das Dienen gewöhnt. Ihr seid ein Schattenspiel ohne Gestalt.« Die Schaukel knarrte; Seile schnitten in Äste. »Möchtet Ihr etwas essen?«

Jo schüttelte den Kopf. Eine Biene taumelte hinter ihrem Ohr hervor und fiel zappelnd auf ihre Schulter.

Der Kaiser hob eine weitere Heuschrecke an ihren zerbrechlichen Flügeln hoch. »Aber sind die Männer glücklicher? Nein. Nur in einer Position größerer Gewissheit. Ich bin Brands Schatten – sein Licht und seine Substanz verbinden sich, um mich zu schaffen. Auch ich bin erbarmungslosen Mächten ausgeliefert. Auch ich bin ein Schatten auf dem Schirm, den wir *die Welt wie sie ist* nennen.«

Der Kaiser hielt seine Schaukel an, und sein hageres Gesicht wurde zu einer Maske aus gehämmerter Bronze, zu sorgenvollen Zügen gemeißelt, von hinten durch eine tanzende Flamme beleuchtet.

Jo! Jo, riefen die Kerzen. Und lachten, lachten. Wirst du das Feuer anfachen, Tochter der Luft? Alles Fleisch ist Wachs – nur der Docht und die Flamme zählen.

Mit großer Anstrengung öffnete sie ihre trockenen Lippen. »Euer Puppenspiel ist Täuschung. Seine Seile binden mich nicht. Der Mond ist in Euch, alter Mann. Ihr sehnt Euch nach dem Tod.«

Der Kaiser ließ seine Finger langsam durch die Heuschreckenschüssel gleiten; Schalen klickten und raschelten. »Ihr seid nur mein Schatten und eine Frau. Der Mann, der seine Gelegenheit ergreift, kann seinen Schatten für seine Zwecke verbiegen. Ich muss Euch meinem Willen unterwerfen, so wie die See der Schatten des Waldes werden muss.«

»Ihr Waldländer seid alle gleich, benutzt Eure Dichtkunst, um Eure Gelüste zu verbrämen. Das Böse hat nichts Geheimnisvolles. Ihr seid kein Volk von Ungeheuern.«

»Ich bin meinem Volk verpflichtet!«, fauchte der Kaiser. »Glaubt Ihr, ich wäre bar jeden Mitgefühls? Jetzt, selbst jetzt, während meine Clane dem Feuer erliegen, trauere ich um die Eiländer, die sterben müssen … Ja. Der Tod ruft nach mir. Ich sehne mich nach ihm. Ich sehne mich nach Auflösung. Alle Dinge werden einmal des Lebens müde. Alle Dinge sehnen sich nach der Freiheit der Wolken und der Steine.«

»Stille wartet am Ende jeder Rede«, flüsterte Jo. »Kommt. Kommt zu mir. Ich werde Euch das Geheimnis lehren, das unter den Kiefern wartet. Ich werde Euch zeigen, was der Rauch weiß, wenn er seine Kreise dreht.«

Er stand auf, die Hände wütend um die Taue seiner Schaukel geschlossen, und sah Jo durchdringend an. »Ihr seid böse«, sagte er. »Ich hätte wissen sollen, dass sie mir einen schönen Tod schicken würden.«

Bienen krochen über Jos mondweißes Fleisch. Leise sagte sie: »Ich habe vor nicht einer Stunde mit Eurem Sohn gesprochen.«

Der Kaiser erschauderte. »Was hat er gesagt?«

Seine Trauer war echt. Kein Flackern von jenseits des Rauches, sondern die Verzweiflung eines Vaters, und sie hatte Mitleid mit ihm. »Er wusste nur, was die Toten wissen. Roter Staub und Schweigen.«

»Er wird noch heute seinen Scheiterhaufen sehen.« Des Kaisers Stimme war so dünn wie Papier, wie Flammen. »Würdet Ihr mir die Ehre erweisen, an der Zeremonie teilzunehmen? Es würde mich freuen, wenn mein Tod dem seinen seine Aufwartung macht.«

Jo ging auf den Kaiser zu und legte ihm sanft eine Hand auf die harte Schulter. Ihre Berührung war so kühl und weich wie eine Blume. In diesem Augenblick wurde ihr klar, dass sie den Funken, der den Kaiser verzehrte, herausziehen musste – jenen Funken, der eine Vielzahl von Schatten auf ihn und seinen Sohn und sein Volk geworfen hatte. Sie musste ihn aus ihm herausreißen wie den Stachel einer Biene, der in seinem Fleisch schwärte. Sie zuckte, während sie seine Hitze in ihren Körper strömen ließ.

Die strengen Kerzen blinzelten.

Der Kaiser stammelte: »Mein Sohn zeichnete sich durch jene Arroganz aus, die für junge Menschen typisch ist. Er kannte die Vorzeichen ebenso gut wie ich und spürte die Gefahr, die ihm drohte; und trotzdem schenkte er Bronze Schnitt sein Herz.« Staunend betrachtete der Kaiser seine starke rechte Hand. »Heft wusste nicht, zu was für schrecklichen Taten alte Männer fähig sind.« Seine Finger schlossen sich um den Griff seines Messers.

Jos Berührung fuhr wie Eiswasser durch ihn hindurch. Er zischte und zuckte unter ihrer Hand. »Vermeidet es, den Tod kennen zu lernen! Solch faszinierende Bekanntschaften werden schnell zu Freunden.«

»Euer Schattenspiel ist vorbei. Ich werde Euch das Herz des Winters zeigen. Ich werde Euch lehren, was der kalte Mond weiß.«

»Aber warum?«, murmelte der Kaiser und schaukelte nervös vor und zurück. »Warum rufe ich nicht nach den Wachen?« Seine Schultern unter ihren Fingern waren so starr wie sich straffende Trosse. Stolz und Verzweiflung rissen ihn in Stücke.

Jo rang ihre Angst nieder, denn sie wusste, dass sie sein Feuer annehmen musste, und fürchtete den entsetzlichen Schmerz. »Ihr nanntet Frauen formlos, alter Mann. Die Schatten der Schatten. Dabei seid Ihr es, der schwach ist, wenn Ihr denkt, dass jeder Mensch nur einen Weg gehen kann. Ich ziehe es vor, mich nicht auf eine einzige Gestalt zu beschränken, und ich bin stark, so stark wie der Wind, der jeden Berg aushöhlt. So stark wie das Meer, das jedes Feuer ertränkt.«

Der Kaiser richtete sich auf und schlug ihre Hand beiseite. »Erdreistet Euch nicht!«

Jo schüttelte ihre weiße Mähne und ein Schwarm Bienen surrte heraus. »Soll ich Euch Euren Schatten zeigen?« Hinter einem Schleier schwebender Haare versteckt, verschwammen ihre Züge. Als sie wieder aufblickte, trug sie Hefts Gesicht; Blut rann aus seinem toten Hals. »War es das, was Ihr begehrtet?«

»Ungeheuer!« Keuchend zog er einen Dolch mit einem langen Griff und einem Rubin im Heft. Er hatte eine scharfe Spitze und war mit frischem Blut befleckt. Der Kaiser sprang auf die Füße, packte ihre Haare und riss ihren Kopf zurück. Die grausame Spitze des Dolches glitt gegen ihren Bauch.

Jo hörte die heißen Stimmen der Kerzen, spürte die zitternde Kraft der Arme des Kaisers, wurde von seinem Geruch eingehüllt: Trauer und welke Blätter. Seine trockenen Hände hatten Spinnenfinger. Sie *lauschte,* während eine Herztrommel Pulsschläge brennenden Pechs durch seine Adern trieb. Sie zog den Funken in sich hinein, so wie der Wind an einer Flamme zieht.

Er schrie auf und stach zu.

Blut wie Gift, der
Hieb des Nebels
das
Brennen
In Flammen   Sagte sie: *Sie sterben, wenn sie ihren*
Gift strömt ein   *Stachel*
verlieren.

Und sie wandelte sich, wandelte sich, trug seine Maske, zog seinen Stachel heraus. Sie war er, zwei Enden einer Flamme, zwei Kaiser jetzt, die hinabstarrten, als das Messer in ihr Fleisch eindrang und wieder herausglitt. Gemeinsam loderten sie auf zu einem einzigen riesigen Feuer.

Da verzweite sie ihn, von der trauernden Maske außen bis hin zu jenem ausgebrannten leeren Ort in seinem Herzen, wo der Funke wütete. Sie saugte das brennende Ding heraus – sollte sie es Wahnsinn nennen? Genie? Schicksal? Begierde? Sie zog die tanzende Flamme heraus, die ihn zu seinen Ungeheuerlichkeiten trieb, und schlang sie durch sein Messer und seinen Zorn und seine brennenden Augen in sich hinein.

Er würde weiterleben, nachdem sein Feuer eingedämmt war. Aber Jo, mit sterbenden Bienen bedeckt, schrie, als der Funke in sie hineinfuhr wie Begierde: wie die Freiheit: wie der Tod.

Kapitel 18
Der Scheiterhaufen

Als die Sonne aufgegangen war, hatten Tau und Quell zum *Anmutigen Ast* zurückgefunden. Sie konnten nicht schlafen; gemeinsam lagen sie auf einer grasgefüllten Matratze und warteten auf Jo.

Quell streckte die Hand aus und berührte Taus Gesicht. Sie spürte seine Bartstoppeln und fuhr mit der Hand über seinen Hals. Sein Herzschlag ließ ihre Hände beben. Sie sehnte sich nach Wolkenriff und der Seebrise und Schegels Grinsen; sie sehnte sich danach, Tau zu berühren und berührt zu werden; und all diese Sehnsüchte spürte sie in sich wie Steine in einem Fluss.

»Fast vorbei«, sagte Tau. »Ich frage mich, ob die Soldaten des Kaisers nach uns suchen, wenn Jo es nicht schafft.«

»Es ist nicht vorbei, selbst wenn sie Erfolg hat. Jo hat mich verzweit. Das hört nicht einfach auf, egal was mit dem Kaiser geschieht.«

Tau kratzte sich den Bart. »Alle waren der Meinung, dass ich Tau heißen sollte. Du, Schegel, Alster. Außer Gischt. Er hat ›Walross‹ vorgeschlagen. Wahrscheinlich damit ich einsehe, dass ›Tau‹ gar nicht so schlecht ist.«

»Gefällt es dir nicht?«

»Es klingt so … verlässlich. Alle denken, ich sei zu vorsichtig, zu langsam, zu irgendwas. Aber es gibt Dinge, die ich mir ebenso sehnlich wünsche wie du oder Schegel oder Gischt.«

»Zum Beispiel?«

Er drehte sich um und sah sie an, lächelte und streichelte ihren weichen Hals. Quells Haut kribbelte wie vor einem Gewitter. Seine Finger lagen schwer auf dem Pulsschlag ihres Halses. Sie dachte daran, wie sie sich im Wald geküsst hatten. Ihre Hand floss über seine Brust und seinen Bauch. Die Geräusche der Laube – Straßenhändler, Boten, zahllose Unterhaltungen – drängten sich in ihr Zimmer, gedämpft und undeutlich.

Netz kroch Taus Arm hinunter und hob sich wie eine Spinnwebe in einem Windstoß. Dann kam er zur Ruhe, und wie eine silberne Tresse verband er Taus Handgelenk mit Quells Hals.

Die Wucht von Netz' Berührung riss die Mauern zwischen ihnen nieder. Quell wurde rot, als sie spürte, wie Taus Verlangen sie durchströmte. Sie hätten *ein* Mensch sein können, so deutlich spürte sie sich unter seiner Hand, ihre Brust hob und senkte sich, Haut trank Haut, *ein* Atemzug bebte durch ihre Brustkörbe, *ein* Herz pumpte Blut durch ihre Körper. Ihre Hand glitt über seine Schulter und spürte Muskeln und Knochen, als wären es ihre eigenen.

Tau war ein Teil ihrer Geschichte. Genau wie Schegel und Wolkenriff.

Wie dumm war sie gewesen! Wie blind. Sie hatte ihre Magie darauf verwendet, in den Nebel zu blicken anstatt in sich selbst, wo ihre echten Geschichten gleich Zwiebeln in der trockenen Erde lagen. Sie berührte die Kinder in sich, das Kind, das sie gewesen war, und diejenigen, die sie gebären würde. Weit weg von zu Hause, auf der anderen Seite der Welt, gestrandet in einer Stadt voller Bäume, verästelte sie sich, schlang sie ihre Arme um Tau, sah sie, wie sich ihre Wurzeln tief in die Erde von Wolkenriff gruben. Sie sah ihr Leben an tausenden von Zweigen erblühen.

Sie öffnete die Schnürung von Taus Waldländerhemd. Er zog es über den Kopf; seine muskulösen Arme spannten und streckten sich. Sie ließ ihre Finger seine Brust hinaufgleiten, fuhr über den dunklen Haarwirbel um seine Brustwarzen. Dann setzte sie sich auf und zog ihr eigenes Hemd aus. Ihr Herz machte einen Satz, als ihre Brüste herausglitten. Sie sah ihm in die Augen.

»Dieses Mal hören wir nicht auf«, sagte Tau.

Quells Hand glitt zu ihren Hüften und schob die Waldländerhosen hinunter, bis die erste dunkle Locke sichtbar wurde. »Nein.« Nackt berührten sie einander mit durstigen Händen. Quell bebte, als sie Taus Hände auf ihre Brüste zog und vor Lust verging.

Draußen legte sich eine abwartende Stille über die Laube. Der Wind frischte auf und die Sonne verdunkelte sich. Die Luft war aufgeladen. Köpfe wandten sich himmelwärts. Augen weiteten sich.

Dann seufzten Stadt und Himmel gleichzeitig und ein sanfter Regen setzte ein. Regentropfen kühlten zehntausend emporgereckte Gesichter, sprenkelten die staubigen Blätter und entlockten dem Leben trockene Gerüche. Gelächter stieg überall in Laube auf. Kinder riefen und schlugen ihre Fingertrommeln. Irgendwo schlug jemand einen dünnen Gong und schickte Bronzeschauer hinaus.

Dann wurde der Regen stärker, heftiger, wirbelte Staub auf, zischte aus dem bedeckten Himmel herab, platterte durch Laubes Millionen Zweige.

Tau schrak auf, als der erste Tropfen durch ihr Dach tröpfelte und auf seinem Rücken landete. »Regen!«, rief Quell. Freude durchzuckte sie, so klar wie der Himmel, so schnell wie ein glitzernder Lichtstrahl auf Wasser. Ihre Finger glitten Taus Rücken hinauf und strömten seine Arme hinunter. Trunken vor Berührungen küssten sie einander auf Lippen, Schultern, Hals, Fleisch an Fleisch, Haut glitt in Haut wie zwei Flüsse, die sich zu einem einzigen Strom vereinten.

Quell war ein Kanal, ein Flussbett, und Leben strömte durch sie hindurch, füllte sie und ergoss sich über ihr Ufer. Sie keuchte, schloss ihre Augen und kam.

Tau zitterte. »Willst du mich heiraten?«

»Ja!«

»Willst du mich heiraten?«

»Ja!«

»Willst du mich heiraten?«

»Ja, ja, ja!«

Quells Körper war so heilig und wirklich wie der Wind und die Bergspitze, so wirklich wie die Bäume und die Sterne. Sie war ein Fluss und die Nacht. Sie war eine Insel aus Nebel und Feuer und Meer. Ihr ganzer Körper zitterte und sie weinte warme Tränen so süß wie Regen.

Dies war der Morgen ihres letzten Tages in Laube.

Als Quell erwachte, roch es scharf verbrannt.

Jo saß auf dem Bett gegenüber, eine Kirschholzpfeife zwischen den Zähnen. Sie war keine erfahrene Raucherin, und ihr Mund spitzte sich bei jedem Zug zu einem übertriebenen Schmollmund. Ihr weißes Haar ringelte sich um ihre Schultern, aber die Brise, die mit ihr ins Zimmer glitt, war nicht so kühl wie ehedem, sondern ein dünner heißer Wind wie unbefriedigtes Verlangen. Im Lampenschein funkelten ihre schmalen Augen wie polierte Bronze.

Bronze. Kein Silber mehr.

»Du bist wieder da!«

Jos Mund weitete sich zu einem Grinsen. Die Pfeife bebte zwischen ihren zusammengebissenen Zähnen, bis sie schließlich ein raues Lachen aushustete. Überraschenderweise wirbelte Rauch aus ihrer Nase. »Ich wurde es leid, Euch beiden beim Schlafen zuzuschauen, also habe ich mir das in einem Laden in der Nähe gekauft.« Sie hielt ein kleines Holzkistchen hoch, das mit Gummi eingefasst war. »Und zwanzig Streichhölzer kostenlos dazu. Damit entfacht man ein kleines Feuer.«

»Mm?«, brummte Tau. »Ng. Wa?«

Wenn sie meine Gestalt annehmen würde, würde es niemand je bemerken, dachte Quell. Ein kalter Schatten fiel über ihr Herz, und die Entschlossenheit, die sie in Gartens Häuschen verspürt hatte, ließ sie im Stich. »Jo ist wieder da«, sagte sie.

»Sie hat es geschafft! Bei Möwe, sie hat es geschafft!« Tau tastete nach der Lampe über dem Bett und öffnete die Luftzufuhr, damit sie heller brannte. »Der Kaiser ist tot!«

Jo schüttelte den Kopf. »Noch nicht. Aber bald. Der Funke hat ihn verlassen, und er zerfällt zu Asche.«

Quell schnappte sich ihre Kleider vom Boden und stieg hinein. Tau wurde rot und griff nach seiner Hose. Sobald er sie anhatte, sprang er aus dem Bett. »Großartig!«, rief er und nahm Jo fest in die Arme. »Es ist wie ein frischer Wind und ein voller Laderaum, dich wieder hier zu haben.«

Jo lächelte, aber der wilde Gesichtsausdruck blieb. »Ich freue mich auch, mich zu sehen.«

Quell sagte: »Du musst sehr froh sein.«

»Komm schon! Mehr bringst du nicht zustande? Wir haben es geschafft! Oder vielmehr, Jo hat es geschafft«, sagte Tau großzügig. »Sänger werden deinen Namen so viele Jahre preisen, wie es Inseln im Ostmeer gibt. Nun erzähl schon!«

»Als Erstes müssen wir aufbrechen. Ihr beide habt den Tag verschlafen. Die Sonne geht gleich unter, und ich muss einer Verpflichtung nachkommen. Beeilt euch!«

Tau kratzte sich an der Hüfte. »Diese Stadt ist der reinste Juckreiz«, stellte er fest. »Mich juckt es.« Er runzelte die Stirn. »Wohin gehen wir?«

»Auf eine Beerdigung«, sagte Jo.

Die Laube summte wie ein Rebstock voller Bienen. Der Prinz war von einer Geliebten vergiftet worden, hatte lieber Selbstmord begangen als dem Feuer entgegenzutreten, war von einem eifersüchtigen Rivalen erschlagen worden, war im Rausch vom Balkon gefallen, war (die vorsichtige Variante) eines natürlichen Todes gestorben, nach kurzer Krankheit, nachdem er etwas gegessen hatte, das ihm nicht bekommen war.

Eberesche Heft war tot, und der Krieg gegen das Seevolk war vorbei.

»Es lässt … sich schwer erklären, was zwischen mir und dem Kaiser vorgefallen ist«, sagte Jo, als sie den *Anmutigen Ast* verließen. »Alles Wahre, alles Wichtige liegt zwischen den Zeilen. Oder jenseits davon.«

»Ein Geschichte über die Nebelzeit«, sagte Quell leise. »Wo alles so wirklich ist wie nur was und nichts, was es zu sein scheint.«

»Ich verstehe«, sagte Tau und nickte. »Eins dieser geheimnisvollen Dinge.«

Jo lachte. »Ja, ganz eindeutig. Eins dieser geheimnisvollen Dinge …« Und sie erzählte ihnen, wie sie zum Südturm geflogen war und dort dem Kaiser begegnet war. »Er hatte seinen Sohn umgebracht, daran ist er zerbrochen. Er glich einem Stamm, den man nur anstoßen muss und schon bricht er auseinander, und sein Inneres birgt nichts als ein kurzes Aufflackern und dann Dunkelheit. Er war nicht stark genug, um einen Helden in Schach zu halten. Kein Mensch ist das. Brand hat ihn ausgehöhlt.«

Eine Schar Diener mit Fackeln eilte vorbei und verneigte sich hastig, als das Licht in Jos Augen golden funkelte. »Also habe ich ihn befreit.«

»Aber du hast ihn nicht getötet?«

»Sie hat den Funken angenommen«, sagte Quell.

»Mm. Ja. Deine Augen sind schärfer geworden.« Jo blickte Quell mit einem merkwürdigen Gesichtsausdruck an. Teils Neugier. Teils Hunger. »Ich habe ihn verzweit und mich verwandelt, als er zustach. Ich habe mich unter seinem Messer gewandelt und das Feuer herausgesogen, das in ihm loderte.«

In der Luft lag etwas Herbstliches. Es war nicht kalt, aber der Wind schien frischer und die Sonne hatte ihr Stechen verloren. »Ein guter Tag für einen Prinzen, um auf den Scheiterhaufen zu gehen«, sagte Jo, während sie sich einen Weg zum Boden von Laube suchten.

»Warum die langen Gesichter?«, sagte Tau und betrachtete die Frauen. »Der Krieg ist vorbei!«

»Nichts ist vorbei«, sagte Quell. Sie spürte Jos Leere neben sich. »Nichts ist jemals vorbei.«

Tau spuckte aus. »Ich geb's auf! Wir reisen durch die ganze zivilisierte Welt, um hierher zu kommen, erfüllen die Aufgabe, auf die wir uns seit Monaten vorbereitet haben, und stehen kurz davor, als Helden nach Hause zurückzukehren. Und was ernten wir von euch beiden? Trübsinn.« Er schüttelte ungläubig den Kopf. »Faden sei Dank haben wir nicht versagt!«

Jo tauchte ihre Finger in ihren Tabaksbeutel und senkte ihre Stimme, als drei Waldländer in aufwändiger Trauerkleidung vorbeieilten. »Aber war es auch gut, dass wir Erfolg hatten? Vielleicht hätte der Krieg auch ohne unsere Einmischung geendet. Vielleicht hatte der Kaiser Recht, und ich habe hunderttausende von Waldländern zum Feuertod verurteilt.« Sie zündete ein Streichholz an und atmete die Flamme ein. »Heft ist gestorben, und ich habe seinem Tod jeden Sinn geraubt. Vorher mag er eine tragische Notwendigkeit gewesen sein. Jetzt ist er nur noch ein Gräuel.«

»Es war Wahnsinn!«, rief Tau.

»Woher sollen wir das wissen?«, sagte Quell leise. »Woher sollen wir wissen, dass der Kaiser im Unrecht war und wir im Recht?«

Ein Rauchkringel tanzte um Jos Gesicht. »Gar nicht.« Sie sah Tau an. »Erinnerst du dich an das Puppenspiel? Wer weiß, was passiert ist, nachdem wir weggegangen sind? Vielleicht hat es sich bis zum Kaiser herumgesprochen, dass jemand im Auftrag von Bronze Schnitt die Flammen gelöscht, die kaiserliche Botschaft zum Gespött gemacht und den Thron herausgefordert hat. Vielleicht hat ihn das veranlasst, ein Stück Stahl über die Gurgel seines Sohnes zu ziehen.«

»Das ist nicht fair«, sagte Quell. »Du kannst nicht Tau für Hefts Tod verantwortlich machen.«

»Du willst mir sagen, was fair ist?« Jo lachte. »Ich habe den Funken angenommen. War es das, was ich wollte? Ich entstamme der Luft. Warum sollte das Volk der Meere mir mehr bedeuten als das Volk der Wälder? War es wirklich meine Idee, das Messer des Kaisers zu kosten, sein Brennen anzunehmen? Oder habe ich das alles nur getan, weil ich dich liebe?«

»Würde das nicht genügen?«

Jo sah ihre Zwilling mit golden funkelnden Augen an. Sie spürte den Funken in ihrer Brust wie den Splitter einer Flamme. »Ich fürchte, der Preis könnte zu hoch sein.«

Bei Sonnenuntergang nahm der Trauerzug am Palast seinen Anfang. Die Luft erzitterte unter den Schlägen großer Bronzegongs, die würdevoll und untröstlich klangen.

Der Kaiser führte die Prozession an, gefolgt von sechs Edelfrauen mit stolzen, traurigen Gesichtern. Hinter ihnen kam eine Dienerschar, die auf ihren Schultern einen riesigen Turm aus poliertem Bambus trug. Blüten waren in jede Ritze gewunden worden, züngelnde Feuerblumen in Blau und Gelb, Schwarz und Indigo, Violett und Zimt; und roter Mohn und scharlachrote Akelei klafften wie Wunden. Auf dem schwankenden Turm schaukelte Eberesche Hefts Leichnam in einer Dornensänfte, die den Geruch tropfenden Honigs verströmte.

Es war ganz dunkel geworden, als Jo, Quell und Tau sich am Stadttor der Menschenmenge anschlossen und südwärts zogen. Sie trieben inmitten eines Stroms von Fackeln. Kinder mit Wunderkerzen rannten an ihnen vorbei. Die stummen Waldaufseher löschten hundert Feuer, die entlang der Prozession aufloderten. »Das ist verrückt!«, sagte Tau. »Der Regen heute Morgen war nur ein Tropfen auf den heißen Stein. Da draußen ist immer noch alles wie Zunder. Sie werden den ganzen Wald niederbrennen.«

Neben ihnen wandte sich eine Frau mit einem lackierten Helm von ihrem Begleiter ab. »Der Sohn des Kaisers kann nicht anders betrauert werden.«

Jo verneigte sich anmutig; Tau und Quell stutzten einen Augenblick und folgten dann ihrem Beispiel. »Unseren Dank«, sagte Jo. »Wir sind zum ersten Mal in der Hauptstadt, und unsere Rituale sind weniger aufwändig.«

Der Gefährte der Frau, ein Mann mittleren Alters mit knochengrauem Haar, verneigte sich zum Gruß. »Esche Splint. Die Dame ist Esche Ast. Die Trauer, die wir bezeugen müssen, ist so verzweigt wie die kaiserlichen Gärten.«

Ein dritter Waldländer mischte sich in ihre Unterhaltung ein, ein beleibter junger Mann mit geheimnistuerischer Miene. »Vielleicht bezeugen wir auch eine schmerzliche Freude, die so verschlungen ist wie die Wurzeln, die sich angesichts des lang erwarteten Schauers regen.« Er zuckte die Schultern. »Ahorn Stamm.«

»Seid Ihr dieser Meinung?«, fragte Esche Ast eisig.

»Der Kaiser hat die Armee zurückgerufen, um das Feuer zu bekämpfen. Der grausamste Schnitt bereitet den Weg für die schönste Blüte, sagt das Sprichwort.«

Esche Splint lächelte ohne Wärme. »Und die treffendste Maxime bereitet der Stille den Weg.«

Jo grinste, und Tau kam sich dumm vor wie ein Hundshai. Er wusste, dass irgendwie von Hefts Tod die Rede war, aber das spröde Lächeln und die mehrdeutigen Worte der Waldländer verwirrten ihn.

Sie erklommen eine lange Treppe, die in einen hohen Hügel im Süden der Stadt gehauen worden war. Die Einwohner von Laube bildeten einen Kreis um den Bestattungsturm. Ein Raunen erhob sich, so mannigfaltig wie die Stimme des Meeres. Hinter ihnen wurden die Gongschläge langsamer, wie ein sterbendes Herz, das vorwärts stolpert und stehen bleibt. In der Mitte des abgeflachten Hügelkamms lag Hefts Leichnam auf seinem hölzernen Turm und kam endlich zur Ruhe.

»Spross!«, zischte eine Stimme aus der Dunkelheit.

Esche Splint und Esche Ast sahen sich bestürzt um. Ahorn Stamm verneigte sich. »Angenehm«, murmelte er und entfernte sich rückwärts in die Menschenmenge. »Ich verspüre das plötzliche Bedürfnis, die heiligen Riten von der anderen Seite des Hügels aus zu beobachten.«

»Wir auch«, stellte Esche Splint fest, nahm Esche Ast am Arm und führte sie fort.

»Aber wir hatten noch nicht die Gelegenheit, uns vorzustellen«, sagte Jo unvermittelt.

»Das macht nichts. Vielleicht später –«

Die Scheme blieb unnachgiebig. »So unhöflich wäre ich nicht im Traum.« Esche Splint hielt inne und lächelte offensichtlich verärgert. Er blickte kurz zu einem schlanken Mann hinüber, der sich von einem Abschnitt des Hügels näherte, der plötzlich merkwürdig entvölkert war.

»Ich heiße Jo. Tau und Quell sind meine Gefährten. Ich würde mich freuen, wenn Ihr unsere Gesellschaft noch etwas länger dulden würdet. Wir würden von Euren scharfsinnigen Kommentaren über das vorliegende Rätsel sicherlich profitieren.«

»Wir sind nur Dilettanten«, sagte Esche Ast hastig. »Das würden wir uns nie anmaßen.« Sie verneigte sich mit großer Höflichkeit vor dem Neuankömmling. »Insbesondere da Ihr die Gelegenheit habt, die Äußerungen eines so tiefsinnigen Weisen wie Bronze Spross zu hören.« Während sie sprach, trat sie einen Schritt zurück. Esche Splint war bereits in der Düsternis verschwunden.

Spross war ein schlanker Mann, der seine besten Jahre fast hinter sich hatte. Seine Augen lagen tief und sein Gesicht war ausgemergelt, als hätten Jahre der Entbehrung und wilder Leidenschaft alles Überflüssige verzehrt. Unter schweren Lidern funkelten seine Augen bronzefarben. Etwas an ihm beunruhigte Tau, eine verborgene Gefahr, als würden diese goldenen Augen Feuer verströmen, sollte der Waldländer sie jemals ganz öffnen.

Der Neuankömmling verneigte sich vor der davoneilenden Esche Ast und lachte. »Ich bin alles andere als tiefsinnig«, sagte er. »Ihr werdet meine Hilfe nicht benötigen. Die Augen der Eiländer sind im Schatten der Blätter schwach, aber wenn der Funke fliegt, wird es genügend Licht geben.«

»Woher wisst Ihr, dass wir von den Inseln kommen?«, fragte Jo.

»Ich hatte Gelegenheit, mich einige Jahre in Delta aufzuhalten. Ich habe das Meer in Euren Stimmen gehört.«

Die Trauernden aus dem Palast stimmten um den Bestattungsturm herum einen Gesang an. Eine Gruppe von Musikern antwortete und spielte ein ungewöhnlich wildes Klagelied auf Tambren und Gimmeln. Die Frauen der Bronze traten eine nach der anderen vor und legten Geschenke auf den Scheiterhaufen: Instrumente, Schleier, lackierte Armbänder und seidene Gewänder, einen Drachen, Schnaps und Waffen und Parfümfläschchen. Einen Vogel in einem geflochtenen Käfig, der sich das Herz aus dem Leibe sang, als wüsste er, was ihm bevorstand. Als Letzter kam der Kaiser. Er trug eine Puppe in einem Papierkäfig, deren Schatten von einer zuckenden Kerzenflamme geworfen wurde.

Die Menge hatte sich zurückgezogen und die Eiländer mit Bronze Spross allein gelassen. »Warum verbrennen sie den Sohn des Kaisers?«, fragte Tau. »Es ist verrückt, nach dieser Trockenheit ein Feuer zu entfachen.«

»Vielleicht ist es das, aber Feuer ist das einzige angemessene Ende für einen Edelmann. Der Sohn des Kaiser hat nichts Geringeres verdient.« Als Spross weitersprach, verrieten seine Worte eine schmerzliche Erinnerung. »Wir im Wald haben wohl mehr Erfahrung mit dem Begehren als jene, die am kalten feuchten Meer leben. Ein Baum erinnert an tausende von Gelüsten. Jedes Blatt und jeder Zweig greift nach der Sonne; jede Wurzel sucht nach Regen. Wir sehnen uns nach Liebe, nach Reichtum, nach Überfluss und nach der Macht, andere auszutrocknen oder sie wachsen zu lassen. In unserem Streben nach Wissen überlisten wir die Welt, damit sie uns ihre Geheimnisse verrät. Die Begierde treibt uns an und fordert uns heraus, Größe zu zeigen. Und am Ende verschlingt sie uns.«

»Aber die Begierde zieht manchmal das Böse nach sich«, sagte Quell.

Spross lächelte unfreundlich. Tau bemerkte erst jetzt, dass er ein Schwert am Gürtel trug. »Natürlich. Jeder Funke zieht eine Vielzahl von Schatten nach sich. Ich könnte Euch zum Beispiel alle töten. Hier, vor hunderten von Menschen. Ihr habt keine Sekundanten und gehört zu keinem Clan.«

Tau packte den Griff seines Schwertes.

»In einem Bronze brennt der Funke am heftigsten«, stellte Spross fest. »Die wenigsten von uns überleben. Irgendein Zwang veranlasst uns, Risiken einzugehen oder Gräueltaten zu begehen.«

»Trotzdem ist Disziplin notwendig«, sagte Jo. Der Fremde wandte sich zu ihr um und seine Augen weiteten sich. Sie war keine Frau mehr, sondern ein schlanker Mann, noch größer als Spross.

»Richtig«, sagte Spross. »Aber Disziplin kann erlahmen. Das ist schon vorgekommen. Ein Bronze hat einem Impuls nachgegeben. Hat mehrere Männer und auch eine Frau erschlagen. Wegen irgendeines leichten Vergehens, das gerade genug Anlass bot, um seine Strafe von Tod auf Verbannung herabzusetzen, fünf trostlose Jahre an der raunenden See. So ist es passiert.«

Jo nickte. Inzwischen trug sie des Kaisers Gesicht. Sie streckte eine dünne Männerhand aus, so fiebrig und trocken wie brennendes Papier, und streichelte Spross über die Wange. Ihre gekrümmten bronzenen Fingernägel verharrten direkt unterhalb seines Kinns, dort, wo die Schlagader in seinem Hals pochte.

Spross' rechte Hand ruhte auf dem Knauf seines Schwertes, wie eine Gottesanbeterin auf einem Grashalm. Unbeholfen zog Tau sein Schwert aus der Scheide. Er wusste, das es ihm gegen diesen hageren Waldländer so viel nützen würde wie gegen das Meer.

Spross schlug die Augen nieder. »Glücklicherweise gehört Disziplin zu den großen Tugenden des reifen Bronze.«

Jos Stimme glich einem Messer, das aus einer Stahlscheide fuhr. »Ich glaube, der Sohn des Kaisers würde Euch zustimmen. Wäre er noch am Leben.«

Spross stand reglos da und schwieg. Sein Leben pochte unter den langen Nägeln der Scheme.

Der Klagegesang um den Prinzen verstummte und hinterließ eine tiefe Stille. Eine Fackel flammte auf und gab ihr Feuer weiter. Nach und nach loderte ein Kreis roter Flammen um den Bestattungsturm empor und glühte wie Wolfsaugen. Die Menge hielt den Atem an.

Der Feuerschein wich langsam von Jos Hand und ließ sie weiß wie Salz zurück. Sie fiel herab. »Ich glaube, wir sollten vor dem Lockruf des Feuers fliehen.«

»Das würde vermutlich nichts schaden.« Spross verbeugte sich knapp vor Quell und Tau, aber seine Augen kehrten zu der Scheme zurück, während er sich zurückzog. »Möget Ihr finden, was Euer Herz begehrt.«

Quell griff nach Taus Hand. »Ich erkenne einen Fluch, wenn ich ihn höre.«

Nachdem Spross gegangen war, unterhielten sich die anderen Waldländer leise und gingen den Eiländern aus dem Weg.

Der Kaiser stand allein vor dem Bestattungsturm, legte den Kopf in den Nacken und stieß einen langen, zitternden Schrei aus, der sich wie Rauch in die Nacht hinaufkräuselte. Er erklang ein zweites und drittes Mal. Dann klagte der Kreis der Fackeln drei Mal und schüttelte die Funken der Trauer ab. Die Einwohner von Laube schrien drei Mal auf, schleuderten ein dreifaches Brüllen zu den Sternen empor. Und als der Prinz neun Mal beklagt worden war, überschlugen sich die Fackeln in der Luft und die Blumen gingen in Flammen auf.

Sie waren in Öl getränkt worden, in süßes und bitteres, und wurden rasch verzehrt. Hitze wälzte sich von dem brennenden Turm herab. Das Feuer loderte höher, und noch höher, bis die Dornen an der Sänfte in Flammen aufgingen und Hefts Käfig sich in Feuergespinst verwandelte. Heißer Donner erschütterte die Nacht und ein tollwütiger Wind fuhr zwischen die brennenden Blumen.

Der Kaiser stand allein vor dem lodernden Turm, bis ein Sparren vor ihm auf den Boden krachte. Da nahm er eine Zange, holte glühende Kohlen aus dem Feuer und legte sie in eine Messingschatulle, die ihm ein bereitstehender Diener hinhielt. Erst als die Schatulle voll war, erlaubte er einem Gefolgsmann, der in der Gluthitze das Gesicht verzog, ihn den Hügel hinunterzugeleiten. Seine Untertanen folgten ihm und warfen ängstliche und ehrfürchtige Blicke zurück.

Quell blickte dem Kaiser nach. Eine verdorrte Hand ruhte auf der Messingschatulle. »Was wohl mit ihm geschehen wird?«

Jos Stimme glich dem Wind in einem eingestürzten Turm. »Er wird frieren, denke ich, so sehr wie Esche, jetzt wo ihn der Funke verlassen hat. Der Funke ist an allem schuld, an dem Mord und dem Wahnsinn und sogar dem Krieg.«

Hinter ihnen zischte und knackte der Scheiterhaufen und schwankte wie betrunken. Dann stürzte der Turm mit dem Tosen des wütenden Meeres in sich zusammen. Er schleuderte einen Feuerkometen himmelwärts, und eine Wolke brennender Funken legte sich über die fliehenden Zuschauer. Während die Menschen an ihnen vorbeieilten, blieb Jo stehen und sah Quell in die Augen. »Das Große ist klein geworden, verstehst du? Der Funke ist jetzt in mir. Alles, was bisher Meer und Wald getrennt hat, trennt jetzt dich und mich.«

Es ist die gleiche Geschichte, dachte Quell. Aber die Blätter sind abgefallen, und das Ende liegt zwischen den Wurzeln.

Wenn ich sie nur nicht lieben würde.

Wenn ich es nur mit einem einzigen Hieb zu Ende bringen könnte.

Kapitel 19
Der Schattenwald

»Verschwunden.« Schegel schüttelte den Kopf und starrte auf die dunkler werdende Küste. Irgendwo in der Düsternis war Hasel Flechts Armee auf dem Weg nach Hause. »Als hätte der Wald sie mit Haut und Haar verschlungen.« Ried und Gischt saßen hinter ihr auf der mittleren Ruderbank und nickten, und im Heck wandte Sieben den Kopf, steuerte mit dem Ruder in der Hand nach Gefühl und blickte zu den grimmigen Zedern zurück, die sich im Dämmerlicht abzeichneten.

Sie befanden sich auf dem Rückweg vom Festland. Drei Monate waren vergangen, seit sie Kuppe zurückerobert hatten; zwei Wochen, seit Ried mit einer kleinen Flottille blauäugiger Freiwilliger von den Mittleren Inseln zurückgekehrt war. Sieben hatte jetzt fast dreihundert Männer und Frauen unter seinem Kommando. Die meisten von ihnen segelten heute Abend mit ihnen – Kielwasser schimmerte und Gelächter erklang von querab.

Sie hatten guten Grund zu feiern, denn nach monatelanger Ausbildung schien es jetzt fast sicher, dass sie nicht in den Krieg ziehen mussten. Die Waldländer hatten Delta verlassen und waren vor der leeren See in den Schutz der Blätter geflohen. Die Eiländer hatten Glitz zusammen mit Teich zurückgelassen, damit sie sich um die Verletzten kümmerten, und waren im frühen Morgengrauen zur ersten Insel gesegelt, um in der Stadt nach dem Rechten zu sehen. Der Rest hatte Kurs aufs Festland genommen, um sicherzugehen, dass die Waldarmee auch wirklich fort war. Sie war es.

Während die Sonne unterging, stellten die sechzig kleinen Schiffe von Siebens Flotte ihren Mut zur Schau. Ihre Segel summten mit jedem Windstoß, ihre kleinen Lampen schaukelten wie ein Schwarm Leuchtkäfer über der Tiefe, als sie auf die helleren Lichter des Hafens von Delta zusteuerten – auf ihr Zuhause. Aber Siebens Schiff war ungewöhnlich düster. Der frische anlandige Wind flüsterte um ihre Wimpel und Leinen. Ihr sich auffächerndes Kielwasser zischte in die Nacht hinaus. Sieben schüttelte den Kopf. »Das war nicht unser Sieg.«

»Das macht ihn umso großartiger«, sagte Gischt. »Ein ruhmreicher Tod ist für mich immer noch ein Tod. Für meinen Geschmack haben wir auf Kuppe genug vom Krieg gesehen.«

»Es ist wie Schattenfechten mit diesem Hasel Flecht. Warum hat er seine Leute diese Lager am Ufer des Festlands errichten lassen?«

»Damit sie sicher abziehen konnten, in kleinen Gruppen«, sagte Gischt. »Er wollte keinen Kampf, nicht wirklich. Ich glaube, er hat ihnen etwas zu tun gegeben, etwas, das er rechtfertigen konnte. Er konnte dem Kaiser sagen, dass sie sich ›eingraben‹ würden, während sie Schiffbau und Segelhandwerk lernten. Aber die Inseln zu erobern war ein hoffnungsloses Unterfangen, und das wusste er. Er hielt seine Truppen in Stellung, ohne sie noch einmal der Gefahr auf offener See auszusetzen. Nach dem Gewitter, das jene erwischt hat, die von Kuppe flohen, kann ich ihm das nicht verübeln.«

Schegel nickte. »Ich dachte, die Signale vom Festland vor zwei Nächten würden den Beginn eines Großangriffs bedeuten. Aber anscheinend haben sie zum Rückzug geblasen. Ob Quell und Jo wohl irgendetwas damit zu tun hatten?«

»Habe ich schlechte Laune, weil es keinen Kampf gegeben hat?«, fragte Sieben. »Bin ich so oberflächlich? Das kann ich nicht glauben. Ich bin nicht auf noch größeren Ruhm aus. Und doch ... Wir haben Hasel Flecht aufgehalten, aber zum Rückzug hat ihn etwas anderes veranlasst. Wie kann ich sicher sein, dass er nicht wiederkommt? Mein Herz sagt mir, dass wir noch nicht miteinander fertig sind, er und ich. Ich kann seinen Schatten nicht aus meinen Gedanken verjagen.«

»Dann wehe ihm!«, sagte Ried mit einem leisen Lachen. »Und wehe allen, die auf den Kämpen des Möwenkriegers treffen!«

»Ha! Hör auf damit! Die Waldländer sind fort, da brauchen wir diesen Unsinn nicht mehr. Auserwählter des Möwenkriegers! War das deine Idee, Ried, oder hat dich jemand dazu angestiftet?« Sieben warf seinen Leutnants finstere Blicke zu.

Gischt hantierte umständlich mit den Schoten. Schegel blickte unschuldig gen Himmel. »Die Sterne verschwimmen. Es zieht Nebel auf.«

Ried lachte erneut. »Du musst zugeben, dass mein Gesang seine Aufgabe erfüllt hat. Ich nehme an, zwei Drittel deiner Seeleute haben mein Lied gehört. Glaub mir, sie haben Otternbart oder Petze nicht verlassen, um Delta zu Hilfe zu eilen! Sie sind deinetwegen gekommen; weil sie Schulter an Schulter mit dem einzigen Helden kämpfen wollten, den die Inseln seit Menschengedenken hervorgebracht haben.«

»Ich habe getan, wozu du mich gezwungen hast. Du mit deinen Liedern und Geschichten.« Die Nachtluft wurde allmählich feucht. Sieben zog seinen Mantel enger um die Schultern. Er betrachtete sein Schwert in der Scheide, das mit dem Knauf neben ihm auf der Bank und mit der Spitze auf der Achterbank lag, wie eine schmale Brücke über einem dämmrigen Abgrund. »Es gefällt mir nicht, dass ich kleiner bin als meine Geschichte.«

»Manchmal ist man ein Schiff und die Wörter sind der Wind«, sagte Gischt. Seine Stimme war leise in der zunehmenden Dämmerung. »Egal wie fest du die Ruderpinne hältst, die falschen Worte können dich vom Kurs abbringen. Wenn die Leute sagen, dass du leichtblütig bist, glaubst du es irgendwann selbst. Und alles, was leicht ist, wird leicht hochgewirbelt oder beiseitegeschoben.«

»Niemand hat gesagt, du seist leichtblütig!«, sagte Schegel.

»Mir hat auch niemand ein Boot gebaut, wohl aber für Tau.« Gischt zuckte die Achseln. »Ich kann es ihnen nicht verübeln. Ich habe selbst auch nie auf meine Erfolge geachtet. Und dann habe ich irgendwann aufgeblickt und das Leben zog an mir vorüber, und meine Spielkameraden waren keine Kinder mehr, aber niemand konnte glauben, dass ich ein Mann war. Nicht einmal ich selbst.«

Nicht einmal du, fügte er im Stillen hinzu. Der lange Sommer, den er mit Schegel verbracht hatte, war eine bittersüße Erfahrung. Der Feldzug gegen die Waldländer hatte sie Freunde werden lassen, aber keine Liebenden. Hier, in Siebens Armee, hatte er in ihren Augen viel gewonnen, wie in seinen eigenen. Mit jedem Morgen spürte er deutlicher, wie sehr er sie in seinem Leben brauchte. Mit jedem Sonnenuntergang wurden sie bessere Freunde, aber nicht mehr. Und wenn sie jetzt nicht Liebende sein konnten, in einer neuen Welt, wo alle Regeln gebrochen wurden, wie konnte er hoffen, in ihren Augen nicht zu schrumpfen, wenn sie endlich nach Wolkenriff zurückkehrten, nach Hause?

»Nach den Taten dieses Sommers wird dein Volk dich als Mann anerkennen«, sagte Ried. »Du warst ein Hauptmann der Inseln. Jeder, der vom Krieg gehört hat, wird deinen Namen kennen.«

»Lass dir das auf der Zunge zergehen!«, sagte Schegel. »Über uns werden Geschichten erzählt.«

»Große Geschichten werden zu kleinen, und große Feuer zerfallen zu Asche. Diese Geschichte endet am Herd, das hat die Sängerin gesagt. Auf Wolkenriff werden wir für niemanden Berühmtheiten sein. Dort ist dieser Krieg nichts als eine Geschichte.«

»Die Nacht ist angebrochen«, sagte Sieben.

Die Sonne war untergegangen. Im Osten zog die Dunkelheit herauf. Die Reihe hüpfender Lichter unter Siebens Kommando fächerte sich auf, während sie in den Golf hinaussegelten; nur noch selten hörten sie Gelächter oder Gesangsfetzen. Wie Schegel vorausgesagt hatte, zog Nebel auf. Die Luft war kühl und feucht. Wellen murmelten an ihrem Bug, und der Wind, der aus unterschiedlichen Richtungen kam, ließ die Masten bei jeder sanften Welle knarren und schwanken.

Siebens leise Stimme drang von achtern aus der Finsternis und klang wie die Stimme des Windes selbst. »Ich werde euch etwas über Geschichten erzählen«, sagte er. »Spross kam kurz vor meinem Namenstag nach Delta. Seit Menschengedenken hatten wir nicht mehr als drei oder vier Waldländer gesehen. Er war ein Ereignis, mit seinen herrschaftlichen Manieren und seiner Entschlossenheit. Damals wusste ich bereits, dass ich niemals ein Schiffbauer sein könnte. Was immer ich tun würde, ich musste so gut darin sein wie mein Vater.

Ich verliebte mich in Spross, in alles an ihm. Er bedeutete Abenteuer und Mut und Vortrefflichkeit – und er hatte nichts mit Schiffen im Sinn! Ich habe ihn angefleht, mich als Schüler anzunehmen, und ich habe meinen Vater angefleht, ihn anzustellen. Im Nachhinein glaube ich, dass er das Volk der Meere für verweichlicht hielt. Nicht unbedingt für faul. Ungehärtet. Als würde in unserem einfachen Leben nichts passieren, das unser Stehvermögen auf die Probe stellt. So brillant Spross auch war, er kam natürlich aus dem Wald; er konnte das Meer nicht verstehen.

Eine Tragödie lag hinter ihm; er war verbannt worden, weil er in Notwehr einen Bronze getötet hatte. Ich habe mehr Zeit mit ihm verbracht als seine eigene Familie, von meinem zwölften Lebensjahr bis zu meinem sechzehnten Geburtstag, und doch habe ich niemanden gekannt, der so einsam war. Damals hat mir das wehgetan. Ich war ein guter Schüler, aber seiner Einsamkeit konnte ich nie die Schärfe nehmen. Vielleicht war ihm die Welt außerhalb des Blätterdaches zu fremd. Oder vielleicht haben die Waldländer seine Deckung unterlaufen, als sie ihn so ungerechtfertigt verbannten, und der Teil in ihm, der für die Verbindung zu anderen Menschen sorgte, wurde verletzt und konnte nicht heilen.

All das nur nebenbei. Wenn wir über Geschichten und Namen reden und darüber, wie Geschichten uns wie Segel vor dem Wind antreiben, fällt mir eine Geschichte ein, die Spross mir einmal erzählt hat. Damals habe ich sie nicht verstanden.

Ich muss vierzehn gewesen sein, als er mir die Geschichte vom Schattenwald erzählte. An jenem Morgen hatte ich Schwierigkeiten mit den Übungen (ich weiß nicht mehr warum), und ich heulte vor Wut über meine Dummheit. ›Ruhig‹, sagte Spross, ›es ist nur eine Übung.‹

›Nicht gut genug!‹, sagte ich. ›Ich will es so gern, und ich habe es wirklich versucht, so lange schon, und ich bin immer noch so schlecht darin.‹

›Was willst du so gern?‹

›Ich will der größte Schwertkämpfer der Welt werden‹, sagte ich.

Er lachte. ›Ein schönes kleines Ziel! Aber wie soll das möglich sein? Hast du mich vergessen?‹

›Eines Tages werdet Ihr alt sein‹, sagte ich. Als ich sah, wie er zusammenzuckte, fügte ich hinzu: ›Wenn Ihr abtretet, will ich nicht, dass irgendein Schweinehund aus dem Wald Euren Platz einnimmt und sein Lehrmeister den Ruhm einheimst. Dann hätte ich nicht nur versagt, ich hätte die Zeit des größten Lehrmeisters der Welt verschwendet.‹

Da lächelte er auf eine merkwürdige Art, die nichts mit Lachen zu tun hatte. ›Lass uns eine Weile ausruhen‹, sagte er. ›Ich denke, du wirst dir einen Namen machen, Sieben. Aber es ist an der Zeit, dass ich dich neben dem Waffenhandwerk auch Weisheit lehre. Du hast Feuer im Herzen und Stahl in den Knochen, aber du bist immer noch ein Eiländer, und Eiländer sind ungebildet. Während wir uns ausruhen, werde ich dir eine Geschichte über mein Volk erzählen, eine Geschichte über Ruhm und Ehre und über einen jungen Mann, der dir nicht unähnlich ist, und über das, was alte Männer wie ich lehren können.‹

Also setzte ich mich in den Sand, nur ein kleines Stück oberhalb der Stelle, wo wir auf Speerspitze an Land geschwommen sind – erinnerst du dich, Schegel? Der Schweiß strömte mir noch immer in die Augen und meine Beine zitterten, aber bis er seine Geschichte zu Ende erzählt hatte, hatten sich meine Glieder beruhigt, und der Schweiß auf meiner Stirn war schon lange so kalt geworden wie der Nebel, der jetzt um uns herum aufzieht.«

Dies ist eine Geschichte über den Rauch, sagte Spross, *wo die Hitze brennt, aber der Funke verborgen ist.*

Vor langer Zeit, an der Wurzel der Dinge, lebte im fernen Süden ein König, der über ein Land herrschte, das schon lange in Asche liegt und dessen Namen niemand mehr kennt. Im westlichen Hochland wuchsen hohe Bäume, Teak und Kora und Eisenholz, und so gab es immer genügend Bauholz. In den östlichen Sümpfen pflanzte sein Volk große Gummibaumhaine an und Bambus und Zuckerrohr, deren Blut für tausend Dinge zu gebrauchen war. Im Norden bauten sie genügend Nutzpflanzen an, um drei Königreiche zu versorgen: Orangen und Trauben und Mangos, Quitten und Granatäpfel und Tamarinden, Feigen und Datteln und büschelweise Mandeln.

Aber die Wälder des Südens brachten dem König nichts ein, denn sie waren verflucht. Das Volk nannte sie den Schattenwald und traute sich nicht unter ihr Blätterdach.

Schließlich verlor der König die Geduld. »Die ganze Welt beneidet uns um unsere östlichen Sümpfe, um unser westliches Hochland, unseren unerschöpflichen Norden. Und trotzdem lacht die ganze Welt über uns, weil wir des Schattenwaldes nicht Herr werden. Das ist unerträglich!« Und so rief er seine Armee herbei und hieß einhundert Männer in den Schattenwald gehen und seine Ansprüche geltend machen. Seine Waffenschmiede statteten sie mit Speeren und Schildern aus, und seine Priester segneten sie mit Gebeten und Zaubersprüchen, und für ihre Rückkehr wurden ihnen die Frauen der Hauptstadt versprochen.

An einem strahlend sonnigen Morgen machten sich die hundert Männer auf den Weg. Sie rochen nach frischem Öl und Leder und wilder Entschlossenheit. Sie klangen wie junge Männer, die furchtlos und voller Freude ein Lied anstimmen. Sie glichen leuchtenden Augen und Stahl und im Wind flatternden Wimpeln.

Aber die hundert Männer marschierten in den Schatten des Waldes und kehrten nicht zurück.

Und so schickte der König zweihundert Männer aus, die nach ihnen suchen sollten, doch auch sie kehrten nicht zurück.

Und so schickte ihnen der König fünfhundert Männer hinterher, doch auch sie kehrten nicht zurück.

Und so schickte der König zehn mal hundert Männer los, um jene zu finden, aber auch sie verschwanden und wurden nie wieder gesehen.

Und jeden Morgen strömten die Schatten aus dem Schattenwald, und jeden Abend strömten sie wieder hinein, und der Frohsinn verließ das Königreich, und Schweigen legte sich über die Waffenschmiede und die Priester und die Frauen der Hauptstadt, am schwersten aber lastete es auf dem König. »So sei es«, sagte er schließlich. »So soll uns der Schattenwald denn verwehrt bleiben. Belassen wir es dabei.«

Doch am nächsten Tag traf ein junger Mann in der Hauptstadt ein. Sein Gang war so anmutig wie der einer Tänzerin und seine Arme so kräftig wie die eines Schmieds. Seine Schritte waren schwungvoll, seine Stimmung übermütig, und die Menschen, die ihm auf der Straße begegneten, warfen einen langen Blick auf das Schwert mit dem langen Griff, das an seinem Gürtel baumelte, und wussten, dass er dazu ausersehen war, Abenteuer zu erleben.

Der junge Mann erreichte den Palast zur Morgenstunde, und noch am gleichen Nachmittag wurde ihm eine Audienz gewährt. »Ich übe mich im Gebrauch dieser edlen Klinge«, sagte er zum König und tätschelte das Schwert an seinem Gürtel. »Ich kenne die Geheimnisse des Möwenkriegers und die Taktik der Steine. Ich bin in allen einhundert Schulen des Kampfes geübt. Ich will mir einen Namen machen, und ich habe gehört, dass das hier möglich sei. Gibt es hier irgendetwas wirklich Gefährliches zu tun?«

Und der König sprach: »Nun ja, eigentlich schon. Direkt südlich von hier liegt der Schattenwald, auf den sich bisher kein Mann einen Anspruch erworben hat.«

»Gestattet mir, ihn zu erforschen!«

Und der König sprach: »Wenn Ihr wollt – aber ich kann Euch zu diesem Unternehmen nicht raten, denn die Zahl derer, die von dort zurückkehren, ist nicht groß.«

Aber der junge Mann sprach: »Bisher habe *ich* es noch nicht versucht«, und er eilte aus dem Saal.

Es lag in seiner Absicht, sich auf direktem Wege in den Wald zu stürzen, doch als er den Audienzsaal verließ, zupfte ihn eine faltige Hand am Ärmel. Die faltige Hand gehörte zu einem hutzeligen Arm, und der hutzelige Arm gehörte zu einem spindeldürren alten Mann mit freundlichen Augen. »Verweilt einen Augenblick, junger Held.«

»Ich fürchte, das ist unmöglich, runzliger Alter. Ich bin just unterwegs, den Schattenwald zu erforschen.«

»Das weiß ich«, sagte der alte Mann. »Und ich billige Eure Kühnheit!«

»Versucht nicht, mich mit feigen Ratschlägen zurückzuhalten, faltiger Weiser. Mein Herz gelüstet es nach diesem Abenteuer.«

»Und es gereicht Euch zur Ehre!«, rief der alte Mann. »Schenkt mir nur noch einen Augenblick Gehör. Vor vielen Jahren habe ich einen Bruder an diesen bösen Wald verloren, doch mein Herz sagt mir, dass er noch lebt. Falls Ihr ihn trefft, werdet Ihr ihn dann vor den Schatten retten?«

»Aber sicher, alter Bittsteller! Was sonst würde ein Held tun?«

Ein Mundwinkel des alten Mannes zuckte, als wollte er lächeln. »Ach, erhabene Jugend! Nehmt noch etwas von mir an, das Euch auf Eurer Suche helfen wird, damit Ihr mir meinen Bruder auch ja wiederbringt.«

»Welche Hilfe habt Ihr zu bieten, welker Ratgeber?«

Der alte Mann griff tief in eine Tasche und holte eine kleine silberne Schatulle hervor, in der sich ein einzelnes Streichholz und eine winzige Kerze aus goldenem Wachs befanden. »Nur dies. Es ist nicht viel, aber wenn alles andere misslingt, zündet diese Kerze an und Ihr werdet die Lösung Eures Problems erkennen.«

»Habt Dank, klappriges Väterchen!« Der junge Mann verabschiedete sich mit einer tiefen Verbeugung und elegantem Schwung und machte sich auf den Weg zum Südtor der Stadt und zu dem finsteren Wald dahinter.

Er drang tief, tief in den Wald ein.

Am dritten Morgen seiner Reise hörte er das Geräusch eines großen Tieres, das durch den Wald brach. Turmhohe Bäume neigten sich vor ihm wie Grashalme, und es stampfte mit der Macht eines Berges auf. Der junge Mann war versucht, die goldene Kerze zu gebrauchen, aber stattdessen zog er das Schwert mit dem langen Griff und stellte sich einem riesigen Wolf mit steinernen Beinen und stählernem Maul entgegen, der noch den höchsten Baum überragte.

Sie kämpften von Sonnenaufgang bis zur Mittagsstunde, doch der junge Mann kannte die Taktik des Möwenkriegers, der zuschlägt und ausweicht und nie getroffen wird, und schließlich besiegte er seinen Feind.

Einige Tage später, als er am frühen Morgen über eine Lichtung schritt, schloss der junge Mann die Augen, gähnte und trat dabei in einen Ameisenhaufen. Aus dem Haufen quoll ein Sturzbach von Ameisen hervor, jede so groß wie eine Wildkatze. Wieder dachte er an die goldene Kerze, doch stattdessen packte er sein Schwert mit dem langen Griff und kämpfte um sein Leben. Der Kampf tobte den ganzen Morgen und auch den ganzen Nachmittag, und der junge Mann wurde von tausend Feinden bedrängt und eingekreist und angefaucht. Aber er kannte die Taktik der Steine, die selbst eintausend Wellen standhalten, ohne sich zu rühren, und als die untergehende Sonne wie Blut aus einer Wunde zwischen die westlichen Berge sickerte, war die letzte Ameise bezwungen, und der junge Mann warf sich auf den Boden, um inmitten der Toten zu schlafen.

Eine Woche später war der Mond in der Finsternis vor Sonnenaufgang bereits erloschen, als der junge Mann ein wildes Schnattern hörte, das ihn mit schrecklicher Angst erfüllte. Dies ist der richtige Zeitpunkt für die goldene Kerze, dachte er, aber es war dunkel und er wusste nicht mehr, wo er das kostbare Stück zuletzt hingesteckt hatte. Das Schnattern wurde lauter und lauter und kam näher, und schließlich wirbelte der junge Mann herum und riss seine Klinge mit dem langen Griff heraus. Er sah sich von einem kopflosen Krieger bedrängt, der ganz in schiefergraues Leder gekleidet war und eine fürchterliche Waffe schwang: Der finstere Kämpfer hatte seinen Kopf auf seine Keule gesteckt. Der Kopf schrie und schnatterte, während er durch die Luft sauste.

Da fochten sie einen fürchterlichen Kampf aus, wie er nicht mehr gesehen worden war, seit das Feuer das letzte Mal die Welt verschlungen hat. Drei Morgen lang rangen sie miteinander und drei Nachmittage und drei schreckliche Nächte, und das Scheppern von Stahl auf Stahl hallte durch den Wald. Aber der junge Mann war in den Hundert Schulen des Kampfes geübt, und endlich verstummte die ächzende Keule.

Als der letzte Streich geführt war, hing er keuchend über dem Heft seiner Klinge mit dem langen Griff und dachte über die Dunkelheit des Waldes nach, die Länge des Heimwegs und darüber, wie sein Körper nach Schlaf schrie. Doch erst nachdem er die kleine goldene Kerze gefunden und in eine Tasche direkt über seinem Herzen gesteckt hatte, warf er sich neben dem kopflosen Krieger zu Boden. Dort schlief er einen ganzen Tag und eine ganze Nacht.

Als er endlich aufwachte, beschloss er, sich auf den Heimweg zu begeben. Bestimmt habe ich alles getan, wozu ein einzelner Mann in der Lage ist, um Anspruch auf diesen Wald zu erheben, sagte er bei sich.

Den Rückweg zu finden war weit schwieriger, als er vorausgesehen hatte. Im Schattenwald war es finster. Tagsüber konnte er keinen Pfad erkennen, und nachts blieben die Sterne verborgen.

Lange Zeit irrte er durch die Schatten, bis er eines Abends bei Einbruch der Dunkelheit zwischen den Bäumen ein Licht entdeckte. Er lief mit einem Freudenschrei darauf zu und stieß schließlich auf ein großes Haus, das aus dem Fleisch Dutzender von Bäumen geschnitzt war: Wie verschlagene Blicke aus fast geschlossenen Augen lugte Lampenschein unter dem Blätterdach hervor.

Der junge Mann trat kühn einen Schritt vor und klopfte an die Tür, ein riesiges Portal, das in einen hohlen Stamm geschnitzt war. Sein Klopfen dröhnte durch den Baum und verebbte allmählich, wie das Geräusch eines Steines, der in einen tiefen Brunnen geworfen wird.

Plötzlich schwang die Tür auf und der junge Mann fuhr erschrocken zurück. »Bei meiner edlen Klinge!«, fluchte er. »Ihr müsst der Bruder jenes verdorrten Weisen sein, den ich in der Hauptstadt kennen gelernt habe! Zwei Männer könnten sich nicht ähnlicher sein!«

Ein Mundwinkel des alten Mannes zuckte, als wollte er lächeln. »Aber ja, ich hatte einmal einen Bruder in der Hauptstadt. Aber das ist lange her.«

Der junge Mann schüttelte verwundert den Kopf. »Hätte ich nichts von Euch gewusst, wäre ich überzeugt, dass ein merkwürdiger Zauber den faltigen Weisen hierher gebracht hat.«

»Ähem«, sagte der alte Mann. »Wie dem auch sei. Ihr friert sicher und habt Hunger, denn der Wald ist finster und voller Gefahren. Wollt Ihr nicht hereinkommen?« Und er hielt die Tür weit auf.

Einen langen Moment zögerte der junge Mann. Es widerstrebte ihm, die Schwelle zu überschreiten. Sollte ich jetzt vor Angst zittern?, wies er sich zurecht. Ich, der ich den Wolf mit den steinernen Beinen erschlagen habe und den Ameisenhaufen und den kopflosen Krieger? Was kann mir widerfahren, solange ich meine Klinge mit dem langen Griff habe?

Mit diesem Gedanken im Herzen wollte er eintreten, aber seine Beine rührten sich nicht. Erst als er seine Hand auf die Tasche über seinem Herzen legte und die silberne Schatulle mit der kleinen goldenen Kerze spürte, holte er tief Luft und trat ein.

»Hier ist es sehr dunkel«, sagte er.

»Mit der Zeit werdet Ihr Euch daran gewöhnen.« Der alte Mann ging eine Treppe hinauf, die in das Herz des Baumes geschnitzt war. Sie führte weit in die Höhe zu einer Brücke zwischen zwei Bäumen, hoch über dem Boden. »Habt keine Angst. Auf beiden Seiten ist ein Geländer. Nun denn! Es überrascht mich, Euch hier anzutreffen. Nur wenige wandern durch den Schattenwald. Seid Ihr nicht dem Wolfsgebirge begegnet?«

»Ich kenne die Taktik des Möwenkriegers und habe aus diesem Gipfel Geröll gemacht.«

»Und wurdet Ihr nicht von der Tausendköpfigen Armee angegriffen?«

»Das wurde ich, aber ich kenne die Taktik der Steine und habe sie mit meiner edlen Klinge gemaßregelt.«

»Ihr wurdet nicht vom Kopflosen Krieger bezwungen?«

»Möglicherweise wisst Ihr nicht, dass ich in den Hundert Schulen geübt bin«, erwiderte der junge Mann. »So ist es mir gelungen, den enthaupteten Teufel ein für alle Mal zu bezwingen.«

Der alte Mann rieb sich das Kinn und schüttelte ungläubig den Kopf. »Ihr müsst wirklich ein großer Held sein.«

Die Dunkelheit flüsterte zwischen den Ästen. Während sie von Baum zu Baum gingen, knarrten und schwankten die Planken unter ihren Füßen. Der junge Mann hörte weit unter sich das Murmeln eines Flusses. Er packte das Geländer fester und hoffte, dass sie ihr Ziel bald erreicht hatten. »Sagt mir, alter Tapergreis, wie seid Ihr in das Herz des Schattenwalds gelangt?«

Der alte Mann hatte eine Tür in einem anderen riesigen Baum erreicht. »Wollt Ihr damit sagen, das hat mein Bruder Euch nicht erzählt? Als ich in Eurem Alter war, war auch ich ein großer Abenteurer. Auch ich habe mich mit meinem Scharfsinn bis hierher durchgeschlagen und mit einer Klinge mit einem ebenso langen Griff wie die Eure.«

Erneut hielt der junge Mann inne und zögerte, das finstere Herz eines weiteren Baumes zu betreten. »Warum seid Ihr dann noch immer hier? Einem Mann, der das Wolfsgebirge bezwungen und die Tausendköpfige Armee zurückgeschlagen und den Kopflosen Krieger besiegt hat, kann es doch nicht an Entschlossenheit gefehlt haben, den Wald zu verlassen?«

Der alte Mann war weitergegangen, und seine Stimme hallte unheimlich durch die Düsternis. »Wer, ich?«, sagte er mit einem seltsamen kleinen Lachen. »Ach, ich bin ein schrecklicher Feigling. Ich habe sogar Angst vor meinem eigenen Schatten!«

»Dies ist Euer Zimmer«, sagte der alte Mann. Das geschwungene Kopfteil des Bettes ruhte an der Nordwand des Baumes; hoch droben auf der Südseite überflutete eine Fensterscharte das Gästezimmer mit Mondschein. Eine Wendeltreppe wand sich in der Mitte des Zimmers empor und verschwand in der Decke.

»Ich werde Euch nur eine Nacht zur Last fallen«, sagte der junge Mann. »Morgen werde ich ausgeruht sein, und mit Hilfe Eurer Angaben sollte es mir nicht schwer fallen, diesen melancholischen Wald hinter mir zu lassen.«

»Wie Ihr meint«, sagte der alte Mann. »Ich werde im Zimmer unter Euch sein. Gute Nacht und viel Glück!«

Mit dieser beunruhigenden Bemerkung entschwand er die Treppe hinunter, und der junge Mann machte sich zum Schlafen fertig. Ihm brannten sämtliche Muskeln, und sämtliche Knochen taten ihm weh. Seine Haut war mit Prellungen überzogen. Er wollte nichts lieber, als unter die Bettdecke kriechen und die Nacht verschnarchen.

Und doch konnte er nicht schlafen.

Der Wald war in seinem Zimmer. Das seidene Kissen an seinem Ohr fühlte sich an wie Moos. Die Stoffdecke auf seiner Haut fühlte sich an wie weichstes Heidekraut; sie roch nach nassen Blättern und Blut und Fuchs. Draußen flüsterte und neigte sich der geheimnisvolle Baum, und Schatten krochen in den Ecken des Zimmers, hoben und senkten sich, entzogen sich seinen Blicken.

Was hatte der Alte gesagt? Er hatte Angst vor seinem eigenen Schatten.

Der junge Mann starrte unwillkürlich in die Dunkelheit, zuckte bei jedem Knarren des Holzbodens und jedem Knirschen der Holzdecke zusammen. Silberlicht fiel durch das hohe Fenster. In Mondschein getaucht, hatte der junge Mann das seltsame Gefühl, dass sein Innerstes langsam aus seinen Poren herausströmte, in die Ecken des Zimmers wirbelte und dort von den Schatten verschlungen wurde.

Unsinn, sagte er sich. Das waren Schatten, sonst nichts. Schatten konnten ihm ebenso wenig anhaben wie Schimpfwörter, die ihm Kinder hinterherriefen. Schatten. Sonst nichts.

Ein erstickter Schrei aus dem Zimmer unter ihm ließ ihn aufspringen. Er packte seine Klinge mit dem langen Griff und stürzte die Wendeltreppe hinunter.

Das Bett des alten Mannes war leer. Der junge Mann zitterte wie ein Pfeil in der Zielscheibe und blieb auf der untersten Stufe stehen, die Augen weit aufgerissen und starr auf die schleichende Nacht gerichtet. Außer Mondschein und verschwommenen Umrissen konnte er nichts erkennen. Die Schatten der Äste kreuzten sich wie uralte Hände, die sich in finsterer Belustigung rieben. Der junge Mann näherte sich dem Bett, wie ein Tänzer auf Zehenspitzen. Die Klinge mit dem langen Griff zitterte ganz leicht in den Händen, die angesichts des Kopflosen Kriegers ruhig geblieben waren.

Eine ganze Weile stand er reglos vor dem Bett. Dann riss er mit einem lauten Schrei die Decke beiseite.

Der alte Mann war fort. Aber im Mondschein zeichnete sich sein Schatten deutlich auf dem Laken ab.

Der junge Mann schrie auf und rannte zur Treppe. Eine Flut von Schatten strömte ihm hinterher. Als er in seinem Zimmer angelangt war, riskierte er einen hastigen Blick über die Schulter, doch das Mondlicht enthüllte die schreckliche Wahrheit: Die Schatten folgten ihm. Irgendwie wusste er, dass er den dunklen Wald nie wieder verlassen würde, wenn er in dieser finsteren Flut ertrank.

Er stürmte die Wendeltreppe hinauf, immer weiter, bis er das Gefühl hatte, sein Herz würde bersten; stampfte Stufe um Stufe hinauf, bis er sich in einem winzigen Zimmer wiederfand, aus dem keine Treppe mehr hinausführte. Es knarrte, das Baumkronenzimmer, schwankte im raunenden Wind, und der Boden unter seinen Füßen neigte sich erst in diese, dann in jene Richtung.

Er war verzweifelt. Weder konnte er weiter fliehen, noch konnte seine Klinge mit dem langen Griff der Dunkelheit etwas anhaben.

In diesem Augenblick, als ihm nichts mehr einfallen wollte, erinnerte er sich an das Geschenk des alten Mannes.

Mit zitternden Händen zog er die silberne Schatulle aus seiner Hemdtasche, schüttelte das eine Streichholz heraus und fuhr damit über seine Stiefelsohle. Er blinzelte in dem plötzlich aufflammenden Licht und hielte es dann an den Docht der winzigen goldenen Kerze.

Die Kerze knisterte und loderte auf. Der junge Mann stellte sie in der Mitte des Zimmers auf den Boden und wirbelte dann mit einem lauten Schrei herum, als der erste Schatten das Treppenhaus hinter ihm heraufglitt. Der junge Mann holte aus und stach ins Leere.

Der Schatten zischte und zuckte und starb – denn jetzt hatte der junge Mann ebenfalls einen feinen Schatten und eine Finsternis mit einem langen Griff, die er gegen die Nacht führen konnte.

Er widerstand dem Ansturm der Schatten wie ein Stein, lichtete ihre Reihen wie der Möwenkrieger und wich wieder zurück. Er musste jeden Trick anwenden, den er von den Hundert Schulen gelernt hatte, denn gegen ihn traten die Schatten der einhundert Männer an, die der König in den Wald geschickt hatte, gefolgt von den zweihundert, gefolgt von den fünfhundert und den eintausend, die nach den anderen suchen sollten.

Aber der junge Mann war stark und wendig, und schließlich schrumpelte der letzte Schatten und krümmte sich wie ein alter Mann, wandte sich um und floh die Treppe hinunter. Merkwürdigerweise rieb sich dieser letzte Schatten die Hände, und das Geräusch des Windes, der draußen durch die Zweige zischte, klang wie ein fernes Lachen.

Aber auch der junge Mann lachte, denn er war tapfer und ein Krieger. Dann stützte er sich auf das Heft seines Schwertes, bis in jede Faser seines Körpers erschöpft, und betrachtete das Glitzern des goldenen Kerzenscheins auf seiner Klinge mit dem langen Griff. Er hatte das Steuer herumgerissen. Er war allein.

Fast allein. Der silberne Mond und der dunkle Wald draußen waren immer noch da. Der Wind flüsterte noch immer, und der starke Geruch von nassen Blättern und Fuchs lag schwer in der Luft.

Eine unerwartete Bewegung ließ den jungen Mann aufblicken. Seine Augen wurden groß, als eine dunkle Gestalt das Zimmer durchquerte.

Sein Schatten, sein eigener Schatten beugte sich vor und sah zu seinem Herrn auf. Und dann, mit dem kleinsten, leisesten Seufzer, blies er die winzige goldene Kerze aus.

Und das Lachen des Schattens erklang aus der Finsternis.

»Und so endet die Geschichte über den Schattenwald«, schloss Sieben leise. Seine Stimme glich einem Windhauch in der Nacht. »Der Waldländer Spross hat sie mir erzählt, so wie ich sie euch erzählt habe. Verstehst du, Ried, auch ich habe mich in den Hundert Schulen geübt, auch ich habe mich nach dem Bild des Möwenkriegers geformt. Aber ich will nicht sein Kämpe sein. Ich will nicht der Schatten meiner eigenen Geschichte sein.«

Gischt rutschte auf der mittleren Ruderbank hin und her. »Darum musst du dir wohl keine Sorgen machen. Weißt du noch, was die Sängerin gesagt hat, in jener Nacht, als wir Kuppe eingenommen haben? Sie hat gesagt, dass deine Geschichte überlebensgroß angefangen hat, dann aber zu einer sehr persönlichen Geschichte werden wird.«

»Große Geschichten werden zu kleinen«, sagte Schegel.

»Meine Geschichte ... und Hasel Flechts Geschichte. Das Ding, das wir zusammen erschaffen.«

Schegel erschauderte. »Geschichten über Verzweiungen sind die schlimmsten. Erinnerst du dich an die entsetzlichen Geschichten, die Quell immer erzählt hat? Und jetzt ...«

Der Nebel trieb immer noch in flimmernden Schwaden über das Wasser. Die Lichter von Delta kamen stetig näher. Nicht mehr lange, und sie würden die Lagune erreichen. »Ich bin es nicht gewöhnt, Angst in deiner Stimme zu hören«, sagte Ried.

»Eine sehr gute Freundin von Schegel ist verzweit worden«, sagte Gischt.

»Das Leben am Rande des Nebels birgt merkwürdige Gefahren! Das tut mir Leid.«

Gischt schüttelte den Kopf. »Das Seltsame daran ist, dass die Zwilling sie nicht getötet hat. Sie leben beide noch, sie und die Scheme. Zumindest taten sie es noch, als wir uns vor drei Monaten trennten. Wir sind sogar gemeinsam nach Delta gesegelt.«

»Wie seltsam! Aber glaubt nicht, dass das von Dauer ist. Ich erzähle die Geschichten der Sängerin jetzt seit einem Dutzend Jahren, und das Verzweien ist eine schreckliche Sache. Eurer Freundin wurde eine Schonfrist gewährt, kein Frieden. Früher oder später muss eine Zwilling im Sonnenschein leben und die andere in den Nebel verbannt werden. Oder ins Grab.«

»Was weißt denn du schon?«, sagte Schegel. »Du erzählst alte Geschichten, um ungebildeten Deltanern die Zeit zu vertreiben. Wir leben mit dem Nebel. Mit seinem Treibgut verdienen wir uns unseren Lebensunterhalt. Unsere Insel und unser Volk ist mit der Fähigkeit und der Weisheit gesegnet, mit ihm umzugehen und uns vor ihm zu schützen. Quell kann auf sich selbst aufpassen.«

Siebens Schiff schaukelte und knarrte über das schwarze Wasser. Die Südspitze des Fußes glitt backbord an ihrem Bug vorbei, und die Lichter des

Hafens von Delta leuchteten hell vor ihnen auf. »Natürlich«, sagte Ried leise. »Ich war anmaßend. Eure Freundin verfügt über Möglichkeiten, die meine Vorstellungskraft übersteigen.«

Danach wurden keine weiteren Geschichten mehr erzählt, und die Unterhaltung bis zur Ankunft auf Delta drehte sich um Segel, Schote und Anlegeplätze.

»Wie ruhig es hier ist!«, sagte Gischt, während er die Fangleine an einen Dockring band. »Heute Morgen hat ganz Delta gejubelt. Interessiert sich jetzt schon niemand mehr für uns?«

Auf den überfüllten Docks war es tatsächlich merkwürdig still. Um sie herum schlugen die sechzig anderen Schiffe von Siebens Flottille gegen die Landungsbrücke. Ihre zitternden Mannschaften lachten und freuten sich auf ein heißes Bier und warme Betten. Die Deltaner dagegen liefen schweigend auf der Pier hin und her, und die Fröhlichkeit des Morgens war aus ihren Gesichtern gewichen.

Schließlich kam Glitz auf sie zu. Sie hatten die Ärztin in der Stadt zurückgelassen, um Teich zu helfen. Anstelle des verschmutzten weißen Verbandes, der ihr sonst um den Hals hing, trug sie jetzt ein elegantes Halstuch. Sie blickte finster drein. Die starken Hände, die Sterbende verbunden hatten, ohne zu zittern, bebten jetzt, als sie die Arme hob und Sieben an ihre Brust drückte.

Er erstarrte, wich zurück und packte sie an den Schultern. »Was ist los?«

Gischt und Schegel standen in der Nähe. Nebel ringelte sich hinter ihnen über den Hafen, und der Abendwind war kalt geworden.

»Teich«, sagte Glitz.

Sieben stand wie zu Stein erstarrt.

»Wir glauben, dass es Meuchelmörder waren, Deserteure aus der Waldarmee. Sie hatte sich um die Liegeplätze gekümmert und wollte zu ihren Eltern. Ich habe überhaupt nicht daran gedacht, jemanden mitzuschicken. Delta war gerettet! Flecht war fort, und da dachte ich …« Ihre Stimme stockte. »Als sie nicht zurückkam, haben wir uns zu ihrem Haus durchgefragt. Ein reiches Anwesen, etwas abgelegen. Du kennst es.«

Glitz schloss die Augen. Als sie sie wieder öffnete, hatte sie sich gefasst. Sie hätte auch einem Patienten erklären können, dass er Krebs hatte und nicht mehr lange leben würde, klar und ruhig und mitfühlend. »Sie müssen sich dorthin geschlichen haben, während Flecht zu den leewärts gelegenen Docks marschierte. Sie haben das Haus auseinander genommen. Teich war im Esszimmer. Wenigstens hat sie ihre Eltern nicht gesehen. Ich habe ihre Leichen im Hinterzimmer gefunden.«

Sieben rührte sich noch immer nicht.

»Sie ist tot«, sagte Glitz.

Schweigen senkte sich über die Seeleute wie die Abenddämmerung. Auf der ganzen langen, überfüllten Pier waren das Knarren und Schaukeln der Boote das einzige Geräusch. Segel blähten sich sanft in der leichten Brise – das unendliche Murmeln des Meeres.

Sieben drehte sich um und lief zu seinem Dockring zurück.

»Was machst du?«

Seine geschickten Finger lösten Gischts Knoten und er machte die Fangleine los. »Erst werde ich ihre Mörder suchen. Dann werde ich Hasel Flecht suchen. Ried, Glitz – kümmert euch um Teich. Verbrennt sie. Wie Sole und Rose und all die anderen.« Er legte den Kopf schräg, um die Windrichtung zu bestimmen. »Sie hat die Kälte gehasst.«

»Du bist verrückt vor Trauer«, sagte Gischt leise. »Du kannst nicht losziehen, Sieben. Es lässt sich nicht mehr ändern. Der Krieg ist vorbei. Trauere hier um Teich. Sie hätte es so gewollt.«

»Ich sehe wie ein Waldländer aus. Ich kann wie ein Waldländer reden. Ich habe jahrelang mit einem gelebt und gegessen und geatmet«, sagte Sieben. »Ich weiß, wo sie sich in den Wald geschlagen haben. Ich kenne das Land um die Bucht herum. Sie haben nur einen Tag Vorsprung.«

»Was willst du tun, wenn du sie findest? Nicht einmal du kannst eine ganze Armee erschlagen.«

Sieben lachte. »Oh, ich werde geduldig sein«, sagte er. »Hasel Flecht hat mich Geduld gelehrt. Ich bin kein begriffsstutziger Schüler. Nicht wenn es ums Töten geht.«

»Das ist Wahnsinn.« Schegel ging auf ihn zu und wollte ihn packen.

Sie schrie auf und erstarrte und hätte fast das Gleichgewicht verloren. Gerade noch hatte Sieben ihr den Rücken zugewandt. Jetzt kauerte er vor ihr, und sein Messer ritzte ihren Hals. »Rühr mich nicht an«, sagte er. »Wenn du nur einen Schritt näher kommst, töte ich dich. Ich schwöre es dir.«

Seine Stimme und seine starken Mörderhände waren von Schwärze erfüllt. Schegel wich zurück. Ein Windstoß versetzte die Kähne in Unruhe. Ihre winzigen Laternen tanzten wie Flammenklingen in Siebens Augen.

Ganz Delta sah zu, wie der Held der Inseln sein Boot bestieg. Mit Hilfe seines Schwertes stieß er sich vom Dock ab. Dann setzte er das Segel, glitt sanft in die Nacht hinaus und steuerte die Finsternis unter den Schatten des Waldes an.

Kapitel 20
Weide

»Letztendlich war es wohl unvermeidlich«, sagte Hasel Flecht eines Abends in jenem Herbst und nahm einen Schluck Brandy aus einem Birnenholzkelch. »Der Kaiser hat allzu lange mit der Gewissheit seines eigenen Untergangs gelebt.«

Erle Schatten wiegte sich sanft in einer Schaukel neben Flechts und sog an einer schwarzen Bruyèrepfeife. Birke Funke lief unruhig im Wohnzimmer auf und ab, sich zwischen den Baumstämmen hindurchschlängelnd. Er duckte sich, um einer Laterne auszuweichen, die von den Deckenästen hing. Schatten rankten sich durch das Zimmer, vom schwachen gelben Licht der Laterne geworfen.

Funke verzog das Gesicht. »Was für ein Mann würde es auf diese Art und Weise tun?«

»Ein Bronze natürlich.«

»Glühende Kohlen«, knurrte Schatten. »Vom Scheiterhaufen seines Sohnes. Es heißt, die Kämmerer hätten nach der ersten versucht, ihn aufzuhalten, aber der Kaiser hat sie mit einem Schwert abgewehrt. Hat die Kohlen mit einer Zange aus dem Kohlebecken geholt und wie gebackene Heuschrecken hinuntergeschluckt. Seine Zunge sah aus wie ein schwarzer Lederlappen.«

»Auch wenn ich Euch sehr gerne nachschenke, Schatten«, sagte Flecht, stand auf und ging zu dem Schränkchen, in dem er seine Spirituosen aufbewahrte, »findet Euer Hang zum Schaurigen doch nicht meine Zustimmung.«

»Entschuldigt«, murmelte Schatten und hielt ihm seinen Kelch hin. Pfeifenrauch stieg ihm aus Nase und Mund. »Aber Ihr müsst zugeben, dass seine Vorgehensweise ungewöhnlich war. Ich wüsste gern, warum er auf das übliche Verdursten verzichtet hat.«

»Wie das gebrannt haben muss!«, sagte Funke. Er blickte zu den Hängelaternen hinauf und schauderte. »Jedenfalls ging es sechs Tage schneller.«

Hasel Flecht beschloss, sich nicht nachzuschenken. »Wir haben den Kaiser und seinen Sohn zwischen einem Mondaufgang und dem nächsten verloren. Damit ist Bronze Spross' Macht unangefochten. Mit dem Regen hat er Glück gehabt. Das Wetter scheint milde zu bleiben.« Flecht schritt zu seiner Schaukel zurück und ließ sich in ihre Maschen sinken. Die drei Männer schwiegen und dachten über die Zukunft ihres Landes nach. Normalerweise fand Flecht an solchen Spekulationen Gefallen, aber der Mord an Eberesche Heft und des Kaisers schauriger Selbstmord hatten ihm derlei Gedanken verleidet.

Schließlich hob Flecht den Kopf. »Der Tod des Kaisers ist meiner Meinung nach deshalb so entsetzlich, weil es eine so private, eine so apolitische Tat war.« Er drehte seinen Brandykelch langsam vor seinen Augen. Das Wohnzimmer duftete nach feuchtem Weidenholz und Alkohol. Regen prasselte auf das Dach, rann die Baumstämme hinunter und verschwand zwischen den Dielen.

»Schließlich erscheint uns unser Staat wie eine Macht. Die Clans, unser ganzes Volk, verfügen über eine Geschichte, eine Triebkraft, die so groß zu sein scheint wie die des Waldes oder der Berge oder des Meeres. Aber ein solches Ereignis ruft uns in Erinnerung, dass unsere Gesetze und Sitten, unsere Geschichte und Politik keineswegs von Gesetzmäßigkeiten beherrscht werden, die so unveränderlich sind wie diejenigen, nach denen die Berge erschaffen und verschlungen werden. Feuer essen!« Er schüttelte den Kopf. »Das ist die Tat eines Einzelnen, der von Qualen zerrissen wurde.« Erneut nippte er an seinem Brandy und spürte, wie er an seinem Gaumen brannte. »Natürlich fühlen wir mit. Wir können nicht umhin, uns die Empfindung vorzustellen, und wir schaudern zurück. Doch mehr als das, wir werden daran erinnert, dass das ganze feine Menschengespinst, in dem wir leben, von jähen Gefühlen zerrissen werden kann. Letzten Endes sind wir alle unseren Leidenschaften ausgeliefert sowie den Leidenschaften anderer Menschen.«

»Ihr werdet mich nicht dabei ertappen, wie ich Kohlen esse«, sagte Funke.

Flecht beobachtete eine Motte, die trunken um eine Laterne flatterte. »Und wir werden daran erinnert, dass auch wir von solchen Leidenschaften erfüllt sind. Wir müssen uns unseren ausgeprägten Hang zur Grausamkeit eingestehen. Wir müssen uns eingestehen, dass wir über einen starken Selbstzerstörungstrieb verfügen. Der Funke schwelt, wie es in der alten Geschichte heißt. Er sehnt sich nach Freiheit.«

Schatten hob den Kopf. »Wenn Ihr über solche Dinge redet, Hasel Flecht, sprecht Ihr möglicherweise Wahrheiten aus, die besser ungesagt blieben.«

Flecht lächelte. »Der Weisheit Widersprüchlichkeit!«

»– Habt Ihr das gehört?«, sagte Funke.

Der Regen prasselte stetig aufs Dach; rann die Baumstämme hinab; verschwand in der Finsternis. Äste knarrten im warmen Wind und ihre Blätter seufzten, weinten. »Was?«, sagte Flecht.

»Das. Ein – Ächzen vielleicht. Ich dachte, ich hätte gehört, wie sich draußen etwas bewegt, und dann ein – Ächzen.« Die anderen lauschten. »Nein«, sagte Funke schließlich. »Nichts mehr.«

»Vielleicht ist ein Ast abgebrochen«, schlug Schatten vor.

»Oder es war ein Waschbär.«

Funke zuckte die Achseln. »Irgendwas.«

Erle Schatten bedeckte seinen Pfeifenkopf mit zwei Fingern, nahm einen tiefen Zug, hielt den Rauch in der Lunge, atmete dann langsam aus und ließ ihn entweichen. »Flecht, es ist sehr angenehm, während des Herbstregens hier zu sein. Ich habe sogar an der Fährfahrt Gefallen gefunden, obwohl wir Erlen wenig für Schiffe übrig haben.«

»Schiffe! Kommt uns nicht mit Schiffen!« Funke war während des Krieges einer von Flechts Offizieren gewesen. »Ich werde mir nie wieder Gedanken darüber machen, diesen kleinen Bach zu überqueren. Nicht, nachdem ich mich aufs Meer gewagt habe.«

»War es wirklich so schlimm?«, fragte Schatten.

»Er wurde auf hoher See von einem Gewitter überrascht, mit nicht mehr als einem Floß. Drei viertel der Männer sind ertrunken«, sagte Flecht. Seine durchdringenden hellbraunen Augen waren in weite Ferne gerichtet, auf etwas, das ihm Schmerzen bereitete. Er schüttelte seinen kleinen Kopf. »Es war von Anfang an Wahnsinn, die Inseln erobern zu wollen. Wir sind nicht für das Meer geschaffen. Es stellt eine große Macht dar, größer vielleicht als der Wald. Und es ist uns eindeutig nicht wohlgesonnen. Denkt daran, wir haben Fadens Angebot ausgeschlagen, als er zum Baum kam, und aus gutem Grund.«

»Nun denn, aber ich finde, dass Ihr es hier recht nett habt«, sagte Schatten und wandte sich wieder seinem ursprünglichen Thema zu. »Ich denke, es war klug von Euch, die Laube zu meiden.«

»Erfolglose Generäle sind in der Heimat selten gern gesehen«, sagte Flecht trocken. »Und hier in Weide ist es wirklich schön. Ich bin es zufrieden, im Haus meiner Frau zu leben und zuzuschauen, wie meine Kinder aufwachsen.«

Schatten blickte auf. »Da war es wieder.«

»Was?«

»Das Tier, das Funke gehört hat. Nur dass es dieses Mal nicht von draußen kam, sondern von irgendwo hinten im Haus.« Regen fiel in die beklemmende Stille. »Natürlich nicht im Haus«, fügte Schatten hinzu. »Auf dem Dach, wollte ich sagen. Oder am Fuß eines der Bäume vielleicht.«

»Seltsam, dass ich der Einzige sein soll, der diese Geräusche nicht hört. Das wirft einen Schatten auf mein Herz.« Flecht stand auf und stellte seinen leeren Kelch auf dem Serviertisch ab. »Meine Herren, mit Eurer Erlaubnis werde ich das Haus einer kurzen Inspektion unterziehen. Ohne Zweifel kann Blau heute Nacht wieder nicht schlafen oder eines der Kinder irrt durchs Haus. Bitte entschuldigt.«

»Geht ruhig! In Eurer Abwesenheit werden Schatten und ich Geschichten austauschen, die nur für Junggesellenohren bestimmt sind!«

Flecht lächelte. »Ich bezweifle, dass Euch etwas einfällt, das ich noch nicht von meiner Frau gehört habe.«

Blaus Familie hatte die Brücke vom Wohnzimmer zu den übrigen Räumen der Villa unverkleidet belassen; gestutzte Weiden bildeten den einzigen

Schutz. Der Regen tropfte vom Blätterdach, so süß und warm wie Blut; ein grüner Wasserfall langer Zweige hing auf beiden Seiten herab. Unter den Bäumen und Wolken war es sehr dunkel. Eine geschlossene Laterne schaukelte im Wind und tröpfelte Licht wie goldenes Öl auf die Weidenzweige und die schlüpfrigen Planken.

Flecht lief hinüber und ließ eine Hand sanft auf dem Geländer ruhen; er spürte, wie das glatte, nasse Holz unter seinem Handteller hindurchglitt. Er wusste dessen Stärke zu schätzen, die gezähmte elementare Kraft lebender Bäume. So fremd wie die Berge und das Meer.

In jener aufgewühlten Nacht verwob der Wind Wolken und Wald miteinander. Regentropfen vermischten sich mit den Tränen der Weiden.

Flecht eilte zum anderen Ende der Brücke. Aus ihm war ein Stadtmensch geworden, ein Hausbesitzer. Selbst in der Armee hatte sein Rang ihn immer von der Außenwelt abgeschirmt. Jetzt rückte ihm die Natur auf den Leib: lebendig, gewöhnlich, voller Geheimnisse.

Er war froh, als er das Hauptgebäude erreichte. Dieser Teil des Hauses war groß und zweckmäßig; da es ursprünglich erbaut worden war, bevor die Weiden mächtig wurden, war es nicht konstruiert, um zwischen den Bäumen zu hängen. Das Wohnzimmer war ein nachträglicher, wenn auch eleganter Einfall von Blaus Großmutter, den ihr die vielen Jahre in Laube eingegeben hatten.

Alles war ruhig. Flecht tappte lautlos zum Zimmer der Mädchen. Alles in Ordnung. Als Nächstes sah er nach Häher. Der Junge lag mit offenem Mund auf dem Rücken ausgestreckt, ein sicheres Zeichen, dass er sich nicht schlafend stellte. Wäre er wach gewesen, wäre es unter seiner Würde gewesen, seinen Mund offen stehen zu lassen.

In Hasel Flecht wuchs die Angst, als würde jedes beruhigende Zeichen eine größere Katastrophe verbergen. Auf der Schwelle zum Schlafzimmer zögerte er unwillkürlich, eine Hand auf dem Heft seines Schwertes. Er schimpfte sich einen alten Narren und trat ein.

Blau lag auf dem Bett, so reglos wie der Tod; das gewellte blonde Haar fiel ihr über die Schultern. Er stürzte an ihre Seite und suchte nach ihrer Halsschlagader. Als er das starke, regelmäßige Pochen spürte, seufzte er vor Erleichterung. Ihre Brust hob sich, als sie sich unter seiner Berührung regte, immer noch halb schlafend. »Was ist?«

Flecht lachte leise über sich. »Ich liebe dich.« Er ging in die Knie und küsste sie auf den Hals.

Schwach vor Schlaf drückte sie seinen Kopf an ihre Schulter. »Kommst du bald ins Bett?«

»Gleich. Ich werde unsere Gäste noch sicher auf ihre Zimmer bringen, und dann komme ich wieder.«

»Mm? M-hmm …«

Er küsste sie erneut und stand auf. Er fühlte sich glücklich und töricht. Es liegt am Wind, sagte er sich. Der Wind in den Bäumen. Und er mit seinen dreiundvierzig Jahresringen unter dem Baldachin des Waldes. Wir können unserer Angst vor der Welt dort draußen niemals entkommen.

Selbstverständlich war es das Gerede über den Selbstmord des Kaisers, das ihn beunruhigt hatte.

Den ersten Schrei hörte er, als er auf die Brücke hinaustrat. Funke rief nach Dienern, und eine Stimme, die er nicht kannte, brüllte seinen Namen wie einen Fluch. Als er zu seinen Freunden zurückrannte, schaukelten die nassen Planken unter ihm wie Wellen.

Nach der Dunkelheit draußen war das Wohnzimmer hell. Funke und Schatten kauerten mit dem Rücken zu Flecht auf dem Boden. Vor ihnen stand ein Unbekannter, ein großer Mann in zerlumpten Kleidern. Er hielt ein Schwert mit einem langen Griff vor sich. Regentropfen perlten von seiner Klinge. Mit der Stimme eines Eiländers sagte er: »Seid gegrüßt, Hasel Flecht.«

»Was wollt Ihr hier?«

»Ihr könnt nicht drei Männer gleichzeitig in Schach halten«, knurrte Schatten. »Ihr seid wahnsinnig, und Ihr blufft.«

»Tatsächlich? Was meint Ihr, Hasel Flecht? Was meint Ihr, Birke Funke?« Der Fremde lächelte unfreundlich. »Glaubt Ihr, dass ich bluffe? Oder flüstert Eure Angst, dass Ihr mich von früher kennt? Was ist mit Bein? Glaubt Ihr, dass Bein mich erkennen würde? Selbstverständlich ist Bein schon tot«, erklärte er Schatten. »Ich habe ihn vor langer Zeit getötet. Ein Messer in die Gurgel. Egal wie viele Menschen ich töte, ich kann mich noch an jede Einzelheit eines jeden Mordes erinnern. Zwingt mich nicht, mich an Euch zu erinnern.«

»Du Schweinehund!«, fluchte Funke. Er zog sein Schwert.

Der Eiländer lächelte.

Hasel Flecht packte seinen Freund. »Funke! Zurück. Das muss Sieben sein, Ihr Narr.«

Funke erbleichte.

»Sieben?«, fragte Schatten.

Flecht betrachtete den Eiländer, dem er zum ersten Mal leibhaftig gegenüberstand. »Er hat die Deltaner gegen uns angeführt. Dies ist der berühmte Schüler, über den Bronze Spross solch außergewöhnliche Geschichten erzählt.«

Schatten sah Sieben erstaunt und mit neuer Angst in den Augen an.

»Mein Lehrer war kein Bronze, er hat einen getötet. Deshalb wurde er verbannt.«

»Hat er Euch das erzählt?« Flecht zuckte mit den Schultern. »Wer einen Bronze tötet und selbst keiner ist, wird mit dem Tod bestraft. Es gibt keine Ausnahmen. Bronze Spross hat drei Männer und eine Frau wegen einer eingebildeten Beleidigung umgebracht und wurde aus dem Kaiserreich verbannt, um Selbstbeherrschung zu lernen.«

»Ihr lügt.«

»Warum sollte ich?«

»Ihr seid ein Waldländer. Ihr braucht keinen Grund, um zu lügen.«

Flecht hob die Brauen. »Vielleicht solltet Ihr Bronze Spross in demselben Licht betrachten.«

»Vor dem Haus meines Vaters standen vier Wachtposten. Ich habe sie mit derselben Leichtigkeit getötet, mit der Menschen Ameisen töten.« Siebens Augen waren so leer wie das Meer. »Ich hatte schon immer geschickte Hände.«

Hasel Flecht betete, dass Blau wach war, dass sie die Kinder wegbrachte, dass sie sich am anderen Ende des Hauses in den Regen hinausschlichen, dass sie fort waren, dass sie nicht schlief – auf dem Rücken ausgesteckt, das lange Haar um den Hals geschlungen. Der Eiländer stand wie ein Schatten vor ihm, ein Geschöpf des Regens und der Nacht und des wilden Herzens des Waldes. »Was wollt Ihr?«

Selbst jetzt lag Siebens Hand noch sicher auf dem Heft seines Schwertes. »Sie wäre Gewährsfrau geworden, Hasel Flecht. Sie hat ihre Eltern aufgesucht, als wir nach Delta zurückkehrten. Sie lebten außerhalb der Stadt. In einem wunderschönen Haus, Hasel Flecht. Bei Sonnenuntergang konnte man die Seehunde unten in der Bucht spielen sehen. Ihr Vater erzählte Geschichten über Delta zu Lebzeiten seines Großvaters.«

»Wer war sie, Sieben?«

»Sie haben ihre Eltern verstümmelt, Hasel Flecht. Was, glaubt Ihr, haben sie ihr angetan? Sie war eine schöne Frau, Hasel Flecht. Glaubt Ihr, sie haben sie vergewaltigt, bevor sie starb oder hinterher?«

»Es tut mir Leid«, sagte Flecht.

»Auch wir betrauern Euren Verlust«, grollte Schatten leise. »Aber warum seid Ihr hierher gekommen? Sicherlich war niemand in diesem Zimmer an jenem Tag dort.«

Sieben nickte. »Richtig. Sehr richtig. Aber ein General ist für seine Leute verantwortlich. Habe ich nicht Recht, Hasel Flecht? Und diese Männer stammten aus dem Wald. Ich habe sie beide erdrosselt. Ich habe lange gebraucht, um sie zu finden. Sie waren nach Westen geflohen, die Ader hinauf und in die Graslande.«

»Wir hatten die Inseln lange vorher verlassen«, sagte Flecht. »Das wisst Ihr.«

»Es waren Deserteure. Sie wollten Piraten werden, Banditen, Räuber. Sie hatten die Erfahrung gemacht, dass die Menschen der Inseln harmlos waren. Schutzlos. Das haben sie unter Eurem Kommando gelernt, Hasel Flecht.«

»Das könnt Ihr ihm nicht anlasten!«, sagte Funke. »Das ist Wahnsinn!«

»Ich brenne, Hasel Flecht. Der Schmerz frisst mich von innen auf.« Siebens Schwertspitze zitterte nicht. Der Regen rann traurig die Baumstämme hinab. »Ich habe sie gefunden und beide erdrosselt. Ich habe den zweiten in meinen Armen gehalten und das Entsetzen in seinen Augen gesehen, als er sein Leben aushauchte. Aber als es vorbei war, war der Schmerz immer noch da.« Die Dunkelheit lastete auf dem Lichtkreis, den die Laterne warf. Das Zimmer schwankte traurig, von den Armen der Weide geschaukelt. Siebens Gesicht lag tief im Schatten. Seine Stimme vermengte sich mit dem prasselnden Regen und dem knarrenden Holz. »Der Schmerz blieb. Wisst Ihr, warum?«

»Weil es sie nicht zurückbrachte.«

»Schweigt! Sprecht nie wieder von ihr. Nein. Der Schmerz blieb, weil ich noch nicht bis zu seinen Wurzeln vorgedrungen war. Ich hatte nicht tief genug gesucht. Hätte es keinen Krieg gegeben, wären die beiden nie zu uns gekommen. Ich wäre an jenem Tag nie ans Festland gesegelt. Der Schmerz blieb, weil ich meine Rache an Gefolgsmännern genommen hatte, nicht an den Befehlshabern.«

Sieben betrachtete die nasse Klinge seines Schwertes. »Ich habe das Töten satt«, sagte er. »So satt.« Er sah Funke und Schatten an. »Zwingt mich nicht, Euch zu töten.«

»Was werdet Ihr tun?«, fragte Funke.

»Als Erstes werde ich Hasel Flecht töten. Dann werde ich den Kaiser erschlagen. Der Kaiser wird besser bewacht; ich habe ihn mir für den Schluss aufgehoben.«

»Ihr könnt den Kaiser nicht töten«, sagte Flecht.

»Es ist mir gleichgültig, über wie viele Wachen er verfügt. Das sollt Ihr wissen. Ich muss ihn töten. Für sie. Der Schmerz in mir ist stark, Hasel Flecht. Ich weiß, dass *sie* es ist. Sie will wissen, warum ich sie noch nicht gerächt habe. Sie fühlt sich unbehaglich, Hasel Flecht. Sie ist eine Dame. Sie schämt sich, weil man sie aufgeschlitzt und geschlagen und vergewaltigt aufgefunden hat.«

»Ihr missversteht mich. Ich weiß, dass Ihr töten könnt. Aber der Kaiser befindet sich außerhalb Eurer Reichweite.«

Siebens Finger verkrampften sich. »Tot?«

Flecht nickte. »Von eigener Hand. Auch er war von Schmerz erfüllt, Sieben. Er hat glühende Kohlen geschluckt, bis er starb.«

Sieben fluchte.

»Der Mann, der den Krieg befohlen hat, lebt nicht mehr«, sagte Schatten. »Legt Euren Streit mit den Toten bei.«

»Der Mann, der diesen Krieg geführt hat, steht immer noch vor mir.«

»Wir haben nur Befehle ausgeführt!«, rief Funke.

Sieben lachte. »Diese Ausrede habt Ihr Waldleute immer parat, was? ›Ich habe nur Befehle ausgeführt.‹ – ›Dafür war ich nicht verantwortlich.‹ – ›Der Kaiser wollte es so.‹ Eiländer überlassen ihre Entscheidungen nicht anderen. Jeder muss die Verantwortung für seine Taten übernehmen.« Er spuckte aus. »So viel zu Euren Ausreden.«

»Jeder muss die Verantwortung für seine Taten übernehmen«, sagte Flecht. »Aber die Taten der Soldaten werden ihrem Kommandanten angelastet – dem Kommandanten, den sie im Stich gelassen haben?«

Schatten und Funke standen reglos da. Sieben hielt inne und starrte Flecht an, als hätte er Schwierigkeiten, ihn im Gewirr der Schatten zu erkennen. Das Schwert lag schwer in seiner Hand; die Spitze sank herab. »Worte«, sagte er schließlich. »Ihr habt ihre Taten erst möglich gemacht. Die Rache ist gerecht.«

»Ich bin nicht Steinfinger«, sagte Flecht. »Ich bin ein Mensch – ein Mensch, der eine Zeit lang mit Euch verfeindet war, und das nur aus Versehen. Auch ich habe im Krieg Freunde verloren. Meinen besten Leutnant, den Ihr, mit Euren hohen Idealen, vergiftet und dann bei lebendigem Leibe verbrannt habt, weil er zu schwach war, um sich unter einem herabstürzenden Balken wegzurollen.«

»Ich habe Eure Worte satt!«, schrie Sieben. Das Schwert zuckte empor. »Hasel Flecht, ich werde Euch jetzt töten. Ich habe Euch lange genug reden lassen.«

»Haltet ein! Haltet ein, Ihr Narr. Alles, was Ihr über den Krieg wisst, habt Ihr von mir gelernt, und beim Feuer, Ihr werdet jetzt nicht aufhören zu lernen!«

Schatten und Funke hielten ihre Schwerter fester gepackt und leckten sich die Lippen. Die Angst drückte ihnen mit entsetzlicher Kraft die Brust zusammen. Schatten wusste aus Spross' Geschichten und angesichts dessen, wie Funke dastand, ungewöhnlich blass und nervös, dass die erste Berührung von Stahl auf Stahl ihren Tod bedeuten würde.

Sieben zögerte.

»Ihr wollt mich verletzen?«, fragte Flecht gebieterisch. »Dann kommt her. Wie alt seid Ihr, Sieben? Dreiundzwanzig? Vierundzwanzig? Folgt mir über die Brücke in das Haus, wo meine Kinder schlafen. Ihr könnt ihnen die Gurgel durchschneiden, wenn Ihr mich verletzen wollt. Ich habe achtzehn Jahresringe lang für sie gesorgt. Wie lange habt Ihr Eure Dame geliebt, Sieben?«

Flecht ließ das Schwert fallen. Es landete klirrend vor seinen Füßen. »Wir können weiter in das nächste Zimmer gehen. Wenn Ihr mir die Schmerzen zufügen wollt, die Ihr erleidet, bleibt Euch immer noch Blau. Sie ist der Dreh-

und Angelpunkt meiner Welt, Sieben. Vergewaltigt sie. Schneidet ihr die Gurgel durch. Erdrosselt sie im Bett. Sie ist blond. Auf den Inseln bekommt Ihr nicht viele blonde Frauen zu sehen, oder, Sieben?«

»Flecht!«, keuchte Funke. »Was redet Ihr da?«

»Das geht Euch nichts an. Legt Eure Waffen nieder, alle beide. Glaubt Ihr, es spielt für ihn eine Rolle, ob Ihr bewaffnet seid oder nicht?«

»Ich hasse Euch«, sagte Sieben.

»Vergewaltigt sie«, sagte Flecht. »Sie ist jetzt über vierzig. Vielleicht macht es einem jungen Mann wie Euch keinen großen Spaß. Aber es wird wehtun, Sieben. Damit werdet Ihr mir zweiundzwanzig Jahresringe rauben und all die Jahre, die noch vor uns liegen.«

»Ich will nicht … mein Zorn gilt Euch.«

Regen prasselte auf das Dach. Draußen weinten die knarrenden Weiden.

»Macht schon. Selbst Euch muss klar sein, dass es meine Familie zerstört, wenn Ihr mich umbringt. So wie Ihr zerstört wurdet.«

»Warum habt Ihr das gesagt, das über Steinfinger?«

»Diese Kleider stehen Euch gut, wisst Ihr das? Euer Körperbau, Eure Gesichtszüge – Ihr könntet ein Waldländer sein. Sagt mir, ist Euer Gehör besser als das Eurer Landsleute? Seht Ihr im Dunkeln besser? Wie konntet Ihr Bein erkennen und Euer Messer werfen, ohne ihn zu sehen?«

»Verspottet mich nicht.«

»Ich mache mit meinem Mörder, was mir gefällt«, sagte Flecht. Innerlich bebte er vor Angst. War er zu weit gegangen? Wie weit konnte er sich vorwagen? Er musste die Kontrolle behalten, musste Sieben das Heft aus der Hand nehmen, ihn zwingen zu sehen, was er tat, ihn zwingen, sich mit den Menschen zu befassen, die er umbringen wollte.

Blau. Die mit ihrem Haar um den Hals geschlungen im Bett lag. Er würde alles dafür geben, damit sie wieder aufwachte – sogar sein Leben, mit Freuden.

Flecht legte seinen Freunden die Hände auf die Schultern. »Legt Eure Waffen nieder.« Zwei weitere Schwerter klirrten zu Boden und zerkratzten die polierten Dielen. »Lasst Euch nicht in sein Schattenspiel hineinziehen. Ich bin kein Mann der Waffen. Dies ist kein Duell zwischen Steinfinger und dem Möwenkrieger. Dies ist eine Hinrichtung. Soll sie ihren Lauf nehmen.«

»Ich habe geglaubt, Ihr hättet den Mut zu kämpfen.«

»Warum?«, fragte Flecht. »Worin läge der Sinn? Kommt«, sagte er und wandte sich zur Tür. »Wir wollten meine Frau umbringen.«

»Schweigt!« Sieben zitterte. »Wann werdet Ihr lernen zu schweigen!«

Flecht bekämpfte seine Angst und versuchte nachzudenken. Der Schmerz hatte Sieben so weit in die Finsternis hinabgerissen. So viele Nächte, die er von

Rache geträumt hatte. Es wäre ein Wunder, wenn Flecht ihn zwingen könnte, das Licht zu sehen. »Was? Ihr besteht darauf, nur mich zu töten? Das würde mich weniger schmerzen, und natürlich wüsste ich diese Gefälligkeit sehr zu schätzen.«

»Ich hasse Euch.«

»Ich weiß.«

»Ihr wisst. Ihr wisst«, sagte Sieben. »Immer wisst Ihr alles.« Er zerschlug die nächstbeste Laterne, und flüssiges Feuer schwappte auf den Boden. Niemand wagte sich zu bewegen. »Es tut weh«, sagte er leise und hob das Schwert. »Es tut so weh.«

TEIL DREI

Die Zwillingsschlaufe

Kapitel 21
Die Hochzeit

Schegel stand ungeduldig am Kai von Wolkenriff und wartete. Gegen den kalten Wind, der das Meer in Aufruhr versetzte, hatte sie die Arme um sich geschlungen. Sie blinzelte der Schaluppe entgegen, die sich von Windhang herüberkämpfte. Der Himmel war blau poliert, die Sonne eine glühend weiße Kugel, die rasch gen Westen fiel.

»*Schlaukopf*«, murmelte sie, als sie den Bugspriet aus Narwalzahn erkannte.

Hecht manövrierte seinen Kahn in den Liegeplatz und warf ihr die Fangleine zu. Schegel legte einen Rundtörn und zwei halbe Schläge um einen Anlegering. »Mama hat dich vom Turm aus entdeckt. Was führt dich her?«

Hecht lachte. »Eine ganz besondere Fracht. Von sehr weit her aus dem Palast der Waldländer, kaum zu glauben.«

Quell trat langsam hinter einem Kabinendach hervor. »Hallo, Fremde. Kennst du mich noch?«

Schegel stieß einen Schrei aus, den man noch auf Harfe hörte. Sie packte das Dollbord der *Schlaukopf* und schwang sich an Bord. Mit einem weiteren ohrenbetäubenden Schrei hob sie Quell in einer ungestümen Umarmung in die Höhe.

»Uuf! Nein!«, ächzte Quell.

Schegel setzte sie ab.

Quell verzog das Gesicht und blickte auf ihren anschwellenden Bauch. »Entschuldige. Ich muss nur –«

»Nein. Nein! Du hast doch nicht etwa!«

Quell lächelte. »Und ob.«

»Du hast doch nicht etwa! Ein Kind! Widerlich!«

Tau rollte das Segel ein und trat zu ihnen. »Freut mich auch, dich wiederzusehen«, sagte er lächelnd und wappnete sich.

Schegel wandte sich um. »Bist du dafür verantwortlich?«, fragte sie streng und deutete auf Quells Bauch.

Taus Lächeln verblasste. »Nun ja … *uuf!*«

Schegel hob auch ihn in die Höhe. »Hab ich dich kalt erwischt!«, jauchzte sie. »Bei Tauschs Spucke! Ist dein Gesicht da irgendwo oder bestehst du nur noch aus Bart?«

»*Argggh*«, sagte Tau und rang nach Luft.

Und hinter Tau stand Jo, mit der Andeutung eines Lächelns und niedergeschlagenen Augen. Schegel stolzierte zu ihr hinüber und musterte sie von oben bis unten. »Na gut, Scheme, du hast es geschafft.« Feierlich ergriff sie Jos Hand, und feierlich schloss sie sie in die Arme. »Ich kann dir gar nicht sagen, wie viel es den Eiländern bedeutet, dass Flechts Armee sich zurückgezogen hat. Und wie viel es mir bedeutet, dass du unsere Gänschen heil nach Hause gebracht hast.«

»Was ist in jener Nacht passiert, als wir getrennt wurden?«, fragte Quell. »Als wir durch Delta kamen, haben wir von einem Sänger namens Ried ein paar Einzelheiten erfahren, aber wir wollen alles wissen!«

Schegel lachte. »Jetzt aber raus aus dem Wind und ab in die warme Stube. Zuerst das Essen, dann das Seemannsgarn.«

»Essen!«, sagte Tau inbrünstig. »Heiß und viel. Und Pflaumenwein für meinen Vetter Hecht, der uns bei einem solchen Sauwetter nach Hause gebracht hat.«

»Nicht der Rede wert«, sagte der schwarzhaarige junge Mann von Windhang. »Wozu sonst hat man Familie?«

An jenem Winterabend zwängte sich ganz Wolkenriff in die Versammlungshalle, Schwalbes vier Monate altes Kind eingeschlossen, und brachte große Mengen Essen und freundschaftlicher Wärme mit. Angesichts des kalten Windes, der draußen pfiff, war das große Feuer umso vergnügter, die Unterhaltung lauter und das Essen schmackhafter. Anfangs waren sie Jo gegenüber misstrauisch, aber die Zwilling schien Quell nichts getan zu haben, und im Laufe des Abends und mit zunehmendem Weinkonsum vergaßen sie, Angst vor ihr zu haben.

Quell und Tau wurden mit Fragen bestürmt. Jeder einzelne Dorfbewohner berührte Quells Bauch, als hätten sie noch nie eine schwangere Frau gesehen – besonders ihre Pflegemutter, in deren Augen den ganzen Abend Freudentränen standen.

Die Reisenden mussten nicht nur einmal, sondern immer wieder erzählen, dass sie im Herz des Waldes gewesen waren. Einige waren skeptisch, aber der alte Stock glaubte ihnen ohne Zögern. »Wir sind für Abenteuer geschaffen, wir Wolkenriffer. Das kommt, weil wir den Nebel einatmen. Denkt nur daran, schon mein Großvater kam hierher –«

»Nur ein Jahr, nachdem die Insel entdeckt worden war«, sagten die Dorfbewohner im Chor.

»– und von ihm stammen wir alle ab! Fischer und Forscher, wie Tausch und Kompass nach ihm.«

Alster bat lauthals um Aufmerksamkeit und brachte den ersten von vielen Trinksprüchen aus, auf Quell und Tau, auf Hecht, auf den Möwenkrieger, auf Jo, auf Gischt und Schegel, auf das Wetter und natürlich zu Ehren von Wolkenriff selbst. Denn um Wolkenriff war es schließlich in erster Linie gegangen, murmelte Quell am Ende des Abends schläfrig.

Es war eine großartige Heimkehr, eines jener Feste, bei denen alle dir so lange deine Lieblingsspeisen reichen, bis du nicht mehr kannst, und dann lassen sie nicht zu, dass du beim Aufräumen hilfst. Es dauerte die ganze Nacht hindurch und in den darauf folgenden Tag hinein, und der Morgen dämmerte, als die letzten Dorfbewohner nach Hause wankten.

»Wir haben Bautage ausgerufen, als Schegel und ich zurück waren«, erklärte Gischt, als er und Tau am nächsten Tag ablegten. »Die *Walross* kann es vielleicht nicht mit der alten *Salamander* aufnehmen, aber sie ist ein stabiler Kahn.«

Tau sah ihn finster an. »*Walross,* was?«

»Ein großartiger Name, fand ich. Schegel hat die ganze Knüpfarbeit übernommen. Wir verfügen über zwei Laderäume, einen für Fisch und einen zweiten für Trockenfracht, sollten wir einmal ernsthaft in den Handel einsteigen.«

Die beiden Männer segelten ostwärts und umschifften die Sandbänke zwischen Wolkenriff und Schegels Insel, bis Gischts winziger Vorrat an Geduld aufgebraucht war. »Na? Erzähl schon! Einen Teil der Geschichte habe ich gestern Abend mitbekommen, aber ich brauche mehr.«

»Was willst du wissen?«

»Alles! Jeden Eindruck, jedes Ereignis, jeden Menschen, dem ihr begegnet seid, jede Mahlzeit, die ihr gegessen habt, und die Bäume, an denen ihr vorbeigekommen seid, jeden einzelnen mit Namen und bitte in der richtigen Reihenfolge.«

Die Sonne stand am Himmel, aber es war immer noch kalt. Tau hatte sich von Stein Angelzeug geliehen: eine schwere Kapuzenjacke, Fäustlinge und Seehundfellstiefel mit zusätzlichem Pelzfutter. »Der Ausblick tut gut. Der Wald hat keinen Horizont. Du glaubst nicht, wie sehr man ihn vermissen kann.«

»Wie seid ihr denn ans Festland gekommen? Habt ihr ein Boot gestohlen? Oder hat sich Jo in einen Delphin verwandelt und euch hingetragen?«

»Wir haben einen Einmaster gestohlen.«

»Der hieß nicht zufällig *Aal?*«

»Doch! Woher weißt du das?«

Gischt lachte begeistert. »Glückstreffer! Ach, wenn Sieben das wüsste!« Der Wind frischte auf, und der Wimpel am Großsegel flatterte lebhaft. »Was ist mit dem Rest der Geschichte? Dir stehen die Wunder ins Gesicht geschrieben. Du bist älter geworden.«

Tau lächelte und kauerte sich mit dem Rücken gegen den Großmast. »Es ist wirklich seltsam. Wenn man eine Geschichte erzählt, dreht sich alles um das, was passiert. Du weißt schon, Kompass ist dorthin gesegelt, und dies hat er gesehen und das hat er getan, und dann ist er wiedergekommen. In unserer

Geschichte ging es darum, einen Krieg zu beenden. Aber die Dinge, die mir wichtig waren, sind eher klein. Persönliche Dinge.«

Gischt sah ihn kurz an. »Große Feuer zerfallen zu Asche und große Geschichten werden zu kleinen«, sagte er. »Bald wirst du Ehemann und Vater, was? Ich beneide dich. Ich habe immer gewusst, dass es mit euch klappen wird.«

»Ja. Das wird es wohl.«

»Höre ich da eine Spur Widerwillen?«

Tau blickte zum Großsegelwimpel hinauf, der im Wind flatterte. Über ihm kreiste eine einsame Möwe am Himmelsgewölbe. »Ich weiß jetzt mehr denn je, dass ich nicht ohne sie leben möchte. Aber wenn dein Leben sich mit dem eines anderen Menschen verknotet, gibt es Risiken. Es reicht schon, ein Schiff versorgen zu müssen. Jetzt auch noch Ehemann oder Vater! Da wird man nachdenklich. Das ist eine schwere Verantwortung.«

»Du bist der verantwortungsbewussteste Mensch, den ich kenne«, sagte Gischt schlicht. »Ich kann mir keinen besseren Vater vorstellen.«

»Ich weiß nicht«, sagte Tau. »Ich dachte, ich wäre darüber hinweg, dass mein Vater in den Nebel gegangen ist, aber seit wir entdeckt haben, dass Quell schwanger ist, versuche ich mir vorzustellen, was für ein Vater ich sein werde. Aber wenn ich in mich hineinblicke, sehe ich dort keinen Vater. Nur Leere.«

Gischt seufzte. »Du kannst meinen haben.«

»Und jetzt habe ich den Eindruck, dass das, was mir fehlt, tatsächlich eine Rolle gespielt hat. Vielleicht ist meine Vorsicht nur Ausdruck der Angst, wie mein Vater zu verschwinden. Und das Geheimnis ist, dass ich das will. Ein kleiner Teil von mir möchte in den Nebel gehen und herausfinden, warum er uns verlassen hat. Ich weiß, dass das nicht vernünftig ist. Ich weiß, dass er wahrscheinlich nicht freiwillig gegangen ist. Aber in mir gibt es einen Dreijährigen, der das nicht glauben will. Der denkt, dass er mich wegen des Nebels verlassen hat. Und dieses Kind fällt immer noch viele meiner Entscheidungen.«

Gischt sah seinen Freund neugierig an.

Tau lächelte und versuchte die Zweifel abzuschütteln, die sein Herz umwölkten. »Was ist mit dir? Du hattest einen aufregenden Sommer, soviel wir gehört haben.«

»Aufregend? Es gab wirklich genug Aufregung. Es sind die aufregenden Ereignisse, die man vergessen möchte.«

Gischt verklampte den Klüver für einen Schlag nach steuerbord. »Die Hauptsache am Krieg war für mich, dass ich etwas gefunden habe, was ich wirklich gut kann. Strategie nämlich. Ich habe mir Möglichkeiten ausgedacht, wie Sieben Menschen töten konnte.«

»Und wie du deine Leute vor dem Tod bewahren konntest.«

Achselzuckend nahm Gischt die Berichtigung hin. »Manche Dinge gehen mir leichter von der Hand, jetzt wo ich einmal wichtig gewesen bin. Ich kann meines eigenen Schiffes sein. Auch wenn ich nicht vergessen habe, wer von uns der bessere Seemann ist!«

Tau winkte ungeduldig mit einem Fäustling ab.

»Zieh die Schot etwas an. Genau, so ist gut. Und ich habe mich verliebt«, sagte Gischt. Die Sonne überzog die kalten Wellen mit einem blendenden Schimmer.

»Kenne ich sie?«

»Ja, wer hätte das gedacht?«

Tau zog die vom Wind gespannte Schot noch fester an, zähmte sie. »Ist etwas passiert?«

»Nein.« Gischt schüttelte den Kopf und lachte. »Weißt du noch, wie oft wir über sie geredet haben? Über Frauen, meine ich.«

»Wir waren nicht sonderlich mit dem Thema vertäut.«

»Nun, *du* nicht. Du hattest es nicht nötig. Ich fand es unendlich faszinierend. Was ich sagen will: Wir hatten wirklich keine Ahnung, oder? Ich meine, es gab einen Haufen Dinge, die uns jemand hätte erklären sollen, denn wir waren wirklich dumm.«

»Ja«, sagte Tau. »Das waren wir.«

Gischt drückte das Ruder ein wenig härter an den Wind. »Ich dachte immer: das Mädchen deiner Träume, zauderndes Werben, möchtest du mich heiraten? Nach dem Motto *Verantwortung des Erwachsenseins* und *Glücklich bis an ihr Lebensende*. Aber das Mädchen meiner Träume hatte dann doch ihre eigenen Vorstellungen.«

»Frauen sind klüger«, sagte Tau. »Sie unterhalten sich über wichtige Dinge, und wir sprechen über … ich weiß nicht. Fisch wahrscheinlich.« Er knurrte, ließ etwas Leine. »Noch so etwas«, sagte er plötzlich und zog seinen linken Fäustling aus. Ein frierender grauer Tentakel reckte sich prüfend in die Höhe und verschwand dann eilig in der Wärme von Taus Ärmel. »Erinnerst du dich an Netz?«

»Na, hallo! Wer könnte ihn vergessen!«

»Nimm ihn als Beispiel. Es ist sicher albern, aber insgeheim habe ich mir immer vorgestellt, dass er eine wichtige Rolle spielen würde. Wie ein magisches Schwert. Etwas für meine Geschichte Wesentliches.«

»Und ist er das nicht?«

Tau lachte. »Natürlich. So wie mein Schiff auch wichtig ist. Er hängt um mein Handgelenk. Er spielt mit Quell.«

»Na also!«

»War es das schon?«

»Vielleicht.« Gischt zuckte die Achseln. »Du hast Netz geschaffen, Tau. Er ist Teil *deiner* Geschichte, nicht der von Jo oder Brand und ganz sicher nicht der des Kaisers. Große Geschichten werden zu kleinen. Dir sind nicht immer die großen Dinge wichtig. Es sind winzig kleine und persönliche Dinge. Ich schätze, dass Netz dir in dieser Hinsicht viel bedeuten wird im Laufe der Jahre.«

»Hmmm.« Tau bückte sich, als der Baum herüberschwenkte. »Hast du jemals einen Menschen getötet?«

»Mehr oder weniger.«

»Tut mir Leid.«

Gischt wandte den Blick von seinem Freund ab. »Mir auch.«

Alster reichte Quell eine Tasse Pfefferminztee. »Nun, wie es scheint, bist du mit deiner Scheme gut klargekommen. Konnte die Gewährsfrau von Delta dir helfen?«

»Ich hatte keine Gelegenheit, nach ihr zu suchen. Immerhin haben wir den Gewährsmann von Laube kennen gelernt – mehr oder weniger.«

Alsters Augenbrauen hoben sich.

»Er hat gesagt, dass Jo und ich zu einer einfach gedrehten Schlaufe gehören«, sagte Quell bedächtig. »Die Geschichte des Krieges und des Kaisers und alles andere ist noch nicht zu Ende, nur dass es jetzt eine Sache zwischen Jo und mir ist. Verstehst du das?«

Alster nickte nachdenklich. »Ich glaube schon. Ich habe oft gedacht, dass die Geschichten der Sängerin einem Wal gleichen. Man wird nur dann auf sie aufmerksam, wenn sie springen – der Krieg war ein solcher Sprung –, aber hinterher sind sie immer noch da, unter dem Wasser.« Sie sah, wie Quell erschauerte. »Hat dieser Gewährsmann dir, was Jo betrifft, einen Rat gegeben?«

Quell trank einen Schluck Tee. »Mm. Er hat gesagt, ich kann den Knoten zwischen uns entweder durchhauen oder muss ihm bis an sein Ende folgen.«

Alster schnaubte. »Du und Jo scheint mir beide noch zu atmen.«

»Falls dies eine Geschichte über die wirkliche Welt ist, eine Wurzelgeschichte, kann ich, glaube ich, stärker sein als Jo. Ich habe dich und Tau und Wolkenriff ... Aber Jo hat den Funken angenommen, als sie den Kaiser besiegte, und er frisst sie von innen her auf. Ihre Augen sind goldfarben geworden – ist dir das aufgefallen? Und auf dem ganzen Heimweg war sie angespannt. Entrückt. Sie raucht die ganze Zeit, wie die Waldländer. Sie tut mir Leid.«

»Obwohl sie dich verzweit hat!«

»Ich weiß, ich weiß, es klingt merkwürdig. Aber wir sind beide Schatten der anderen, und einem Teil von mir bedeutet sie sehr viel. Sie hat die Inseln gerettet, denk daran. Und während sie im Palast war und den Funken des Kaisers angenommen hat, waren Tau und ich sicher in einem Zimmer, weit weg, und haben das gemacht.« Quell tätschelte ihren Bauch.

»Das habe ich mich auch schon gefragt.«

Quell lachte. »Nur damit du's weißt, wir haben vorher beschlossen zu heiraten, bevor wir, äh, du weißt schon.«

»Ach ja«, sagte Alster, »ich weiß über diesen Sexkram Bescheid. Moos hat mir mal davon erzählt. Klang scheußlich.«

Quell kicherte in ihren Tee hinein.

Die Gewährsfrau grinste, schloss die Hände um ihre Tasse und genoss die Wärme, die ihren alten Gelenken wohltat. »Sei dir darüber im Klaren, dass diese Geschichte noch nicht zu Ende ist, Quell. ›Eine Scheme bekommt, was sie will.‹ Jo macht auf mich nicht den Eindruck, als würde sie ohne viel Aufhebens in den Nebel zurückkehren.«

»Ich weiß. Aber ich kann mir nicht die ganze Zeit Sorgen machen. Ich muss mein Leben leben.« Quell sah sich in Alsters dämmerigem, überladenem Haus um, das vom Geruch von Bienenwachs und geschnitztem Holz erfüllt war. »Ich liebe dieses Haus. Genauso wie Otters Haus. Ich liebe diese Insel. Ich liebe die Menschen hier. Das ist mein Zuhause. Ich habe nie gewusst, wie viel es mir bedeutet.«

Alster lachte. »Nun, du warst jung. Junge Leute sind dumm und kräftig. Alte Leute sind faul und klug.«

Quell trank einen Schluck Tee. »Ich fühle mich klüger«, gestand sie ein, erhob sich und versorgte das Feuer, »aber nicht faul. Ich fühle mich stärker als je zuvor.«

»Warte, bis du erst mal Kinder hast, glaub mir. Kinder und andere Dinge.« Ein geruhsames Schweigen breitete sich aus. »Nun gut«, sagte Alster und zupfte an ihrem blauen Muschelohrring. »Es sind noch weniger als fünf Tage bis zur Wintersonnenwende. Wenn du dir eine ordentliche Hochzeit wünschst, musst du entweder in fünf Tagen heiraten oder noch drei Monate auf den Frühling warten.«

»Dann lieber in fünf Tagen.«

»Vielleicht wäre es einfacher zu warten.«

»Ich möchte jetzt heiraten«, sagte Quell. »Der Frühling ist die falsche Zeit dafür. Zu viele Versprechen. Der Winter ist am besten, der kalte Winter. Dann werden die Tage wärmer und wärmer.«

Schegel ging voraus, den steilen Weg zum Krabbenstand hinunter. »Wie war es denn nun in Laube?«

Quell folgte ihr gemessenerer Schrittes und hielt sich an den Strauchkiefern fest, die am Pfad wuchsen. »Die Bäume sind so klein hier! Im Wald wären sie kaum Büsche.«

»Gab es dort sehr viele Leute?«

»Tausende! Mehr als ich in meinem ganzen Leben noch begegnen möchte.« Sie näherten sich dem Ufer. Die Luft roch nach kaltem Sand und Muscheln. »Du würdest es furchtbar finden. Es ist sehr beengt. Viele kleine Zimmer aneinander gepfercht. Egal wo du bist, irgendjemand steht immer neben dir.«

»Wie hier«, sagte Schegel trocken.

»Nun ja …«

»Ich glaube, mir würde es dort gefallen.« Schegel hatte den Strand erreicht und zertrat Muscheln im feuchten Sand unter ihren Füßen. »Rauchen sie dort? Die Soldaten haben geraucht. Man konnte den Pfeifenqualm im Dunkeln riechen.«

Quell trat ans Ufer. »Klingt, als hättest du einen ereignisreichen Sommer hinter dir.«

Schegel nickte. Trotz der Kälte hatte sie keine Kapuze auf und ihr schwarzes Haar flatterte wild. »Ich sollte wohl erzählen, wie schrecklich der Krieg war – und das war er –, aber er war auch aufregend. Wir sind auf den Inneren Inseln überallhin gesegelt. Nach den ersten Wochen gab es kaum noch Tote. Die beiden Parteien gingen einander aus dem Weg. Flecht hat, glaube ich, nur darauf gewartet, dass er nach Hause gerufen wird.«

Quell trat zu Schegel; sie spürte, wie die feuchte Kälte allmählich durch die Sohlen ihrer Stiefel drang. »Steine! Über Steine stolpern statt über Wurzeln. Ein Segen.«

»Und haben sie nun geraucht oder nicht?«, fragte Schegel.

»Hmm? Oh ja. Unablässig. Sogar Jo hat es sich angewöhnt.«

»Wirklich? Hat sie Streichhölzer?«

»Wahrscheinlich. Warum?«

»Sind sie nicht großartig? Ich beneide die Waldsoldaten um ihre Streichhölzer, das sage ich dir. Ich möchte sie Mama zeigen. Dann werde ich nach Laube segeln und um sie handeln.«

»Du willst –! Aber was würdest du anbieten?«

»Weiß ich nicht. Aalhaut wahrscheinlich. Elfenbein. Es muss hier Dinge geben, die die Waldländer gerne hätten.«

Quell ging den Kieselstrand hinunter und lauschte auf das vertraute nasse Knirschen des Sandes unter ihren Füßen und auf die Schreie der Möwen in der Ferne. »Du erstaunst mich. Ich möchte Wolkenriff nie wieder verlassen.«

Schegel lachte. »Ich möchte überallhin gehen und alles sehen! Zwei Mal.«

»Es ist wichtig, Wurzeln zu haben.«

»Die habe ich wohl, und wie!«, rief Schegel. »Ich muss höllisch aufpassen, dass ich nicht bei jedem Schritt über sie stolpere! Ich habe nur einen ersten Eindruck bekommen, wie es ist, frei zu sein, Käferchen. Ich will mehr.«

Quell ging wieder den Strand hinauf und ließ ihre Hand in Schegels Hosentasche gleiten. »Also gut, aber geh noch nicht gleich«, sagte sie. »Ich werde dich hier noch mindestens fünf weitere Tage brauchen.«

»Oh nein.« Schegel schüttelte bekümmert den Kopf. Der Nebel ihres Atems wirbelte zwischen ihnen empor. »Du hast dir vorgenommen, eine verantwortungsbewusste Erwachsene zu sein, ich sehe schon. Kannst du das nicht bis zum Frühling aufschieben?« Quell schüttelte den Kopf und Schegel seufzte. »Du hast noch nie viel Zeit verschwendet, nachdem du eine Entscheidung gefällt hattest.«

Sie sahen zu, wie die blasse Sonne einer Schneeflocke gleich mit dem Meer verschmolz. Schegels schwielige Hand legte sich um Quells. »Mit Krieg komme ich klar. Mutterschaft … ist mir unheimlich. Du dagegen! Du wirst das hinkriegen.«

»Meinst du?«

»Ganz sicher. Du kannst meine Kinder auch noch haben.«

Quell lachte. Gemeinsam gingen sie den Kieselstrand hinunter. »Möchtest du keine Kinder?«

Schegel zuckte mit den Schultern. »Jetzt? Nein. Wenn ich ein Kind hätte, würde ich meine Meinung vielleicht ändern. Ich gebe mir große Mühe, keins zu bekommen.« Die Brandung schlug plätschernd an den Strand. Vögel ließen sich für die Nacht auf den Uferkiefern und Pyramidenpappeln nieder. »Ein Angebot hatte ich.«

»Kinder?«

»Nun ja, Liebe. Aber das läuft auf das Gleiche hinaus.«

Quell lachte und blickte auf ihren Bauch. »Ich bin nicht in der Position, dich eine Zynikerin zu schimpfen.«

»Hmpf! Schön, Gischt ist charmant, redegewandt, und er bringt mich zum Lachen. Außerdem denken zwei verängstigte Menschen in einem fremden Land irgendwann automatisch an Sex.«

»Du auch?«

Schegel trat nach einer umgedrehten Muschel, die klappernd unter ihresgleichen landete. »Ich bin ein Mensch, oder?«

»Du hältst dich selbst zum Narren, wenn du glaubst, dass es nicht mehr war als das. Menschen verlieben sich wirklich, weißt du? Das ist kein Märchen.«

»Aber ich liebe ihn nicht. Nicht so.«

»Glaubst du, du wirst immer so fühlen?«

Schegel sah sie an und setzte zum Spaß ein grimmiges Gesicht auf. »Sollte ich meine Meinung ändern, werde ich einen stattlichen Prinz aus der Gefangenschaft befreien, mich niederlassen und haufenweise kleine rosige Kinder aufziehen. Zufrieden?«

»Zufrieden.« Quell duckte sich unter ihrer Kapuze. »Schegel?«

»Hm?«

»Ich habe Angst.« Sie blickte gebannt auf die dunkler werdenden Wellen hinaus. Kalt und tief.

»Vor den Schmerzen?«

Quell schüttelte den Kopf. »Nicht so sehr vor den Schmerzen. Ich habe Angst, dass ich das Kind nicht austragen kann. Ist das nicht albern? Ich habe Angst, dass ich nicht gut genug bin und es tot zur Welt kommt oder verkrüppelt. Manchmal kann ich nicht glauben, dass ich etwas das Leben schenken könnte, das gesund ist. Und ich habe Träume. Entsetzliche Träume.«

Schegel nahm ihre Freundin in den Arm. »Schsch«, flüsterte sie. »Diese Träume hat jeder, Käferchen. Das weißt du.«

Quell nickte schweigend.

»Es wird wunderbar sein, du wirst sehen. Ein großartiger, brüllender roter Kloß, den ich hochheben und in die Luft werfen kann, wenn du nicht hinschaust.«

Quell erwiderte ihren Blick und lächelte mit Tränen in den Augen. »Werde ich sterben?«

»Ja. Aber nicht so bald. Nicht, bevor wir gemeinsam alt und weise und faltig geworden sind.«

Quell lachte, dann schauderte sie. »Lass uns zurückgehen. Wenn ich in dieser Kälte noch lange draußen bleibe, überlebe ich nicht einmal die nächste Nacht.«

Die nächsten Tage zogen im Durcheinander der Vorbereitungen vorüber. Die Dorfbewohner veranstalteten ein Baufest, um Tau und Quell ein Haus zu errichten. Alster nahm Jo bei sich auf, bis die Feierlichkeiten vorbei waren, doch sie schickte ihre Töchter aus dem Haus, solange die Scheme bei ihr wohnte.

Fink, die sich während der letzten sechs Monate ungewohnter Freiheit erfreut hatte, wurde plötzlich daran erinnert, wie es war, eine ältere Schwester zu haben, und stellte fest, dass ältere Schwestern, die heirateten, ausgesprochen zeitraubend waren. Die Essensvorbereitungen und Näharbeiten nahmen jeden Augenblick in Anspruch, den sie nicht mit Essen und Besorgungen verbrachte. Der einzige Trost, sagte sie zu Otter, bestünde darin, dass Quell seit ihrer Reise netter geworden sei. Sie war geradezu rücksichtsvoll hinsichtlich der Plackerei, die sie Fink zumutete, und machte sogar Andeutungen über eine Belohnung.

Fink traute diesen Versprechungen nicht, aber es war nett, geschätzt zu werden.

Der Hochzeitstag dämmerte klar und kalt. Der Boden war hart vom Frost; das Gras schien aus Metall zu bestehen und knirschte bei jedem Schritt. Als es heller wurde, kehrten Quell und Tau von ihrer Hochzeitswanderung zurück, und der Anger füllte sich mit Dorfbewohnern, die einander auf die Schulter klopften, müde grinsten und feststellten, dass es immerhin nicht regnen würde. Sie trugen ihre besten Wintersachen, Aalhautjacken mit schweren Borten. Schegels Kapuze war mit Haifischzähnen umsäumt, und Gischt war prachtvoll gekleidet. Er hatte einen mit Perlmutt plattierten Umhang um, der bei jeder Bewegung schimmerte. Gesprächsfetzen wirbelten über den kleinen Anger, während Wolkenriff sich auf das glückliche, heilige Ereignis vorbereitete.

Jo sah Stock an und erschauderte. »Was treibt Euch an einem solch kalten Morgen aus dem Haus, alter Mann?«

Stock lachte meckernd. »Mein Großvater ist im ersten Jahr nach Entdeckung der Insel hierher gekommen. Nicht nur eine Scheme wagt es, dem Nebel die Stirn zu bieten! Verzeiht, Weiße Frau. Er hat der ersten Hochzeit auf Wolkenriff beigewohnt, und unsere Familie wird bei der letzten zugegen sein.«

»Wenn Ihr zu lange in dieser Kälte steht, wird Euer Begräbnis daraus.«

Der alte Mann grinste. »Auch dabei werde ich anwesend sein.«

Wicke ging vorbei und lächelte. »Brr! Zu kalt für eine alte Frau.«

Neben ihr seufzte Otter: »Du bist nicht alt.«

»Ha!«, brummte Wicke und hauchte einen Kringel weißen Dunst in die Morgenluft. »Du willst ja nur keine Frau in mittleren Jahren sein.«

Tau stand mit Quell neben Alsters Kohlebecken, angstvoll und glücklich zugleich. »Du wirkst nervös«, flüsterte Quell. »Willst du einen Rückzieher machen?«

»Nein, Netz ist nur in mein Hemd gekrabbelt, um sich zu wärmen. Was ist, wenn er weiter hinunter in meine –«

»Hee!«, schimpfte Alster.

Die schräg einfallende Morgensonne schlug auf dem glitzernden Schnee bunte Funken. An Alsters Ohr hing eine große blaue Muschel, und ihre Seehundfelljacke bauschte sich über mehreren Schichten blauer Röcke. Röcke, Ärmel und Jacke waren mit leeren Taschen bedeckt.

»Frauen und Männer von Wolkenriff, es ist kalt! Diese Kälte birgt jedoch ein Geheimnis, das wir mit einer ganz besonderen Zeremonie feiern wollen.« Die

Hitze aus ihrem Kohlebecken leckte an Alsters Schienbein, und sie ermahnte sich wie bei jeder Hochzeit, den Becher, der daneben stand, nicht mit dem Fuß umzustoßen. Zum ersten Mal richtete sie ihren Blick auf das Paar, das vor ihr stand. Zuerst auf Tau, unglaublich steif, nervös, aufgeregt und ziemlich selbstzufrieden; dann auf Quell, lächelnd und strahlend.

»Quell und Tau, ich stehe hier mit euren Freunden und eurer Familie, den Vögeln und den Tieren, der See und dem Himmel, um eure Vereinigung zu bezeugen. Für jede Kraft, die euch der Welt entreißen, euch voneinander und von euch selbst fortziehen will, gibt es andere, die euch zueinander hin treiben. An diese Dinge will ich euch jetzt erinnern. Wir stehen hier an einem Wintersonnenwendtag, die Sonne ist schwach und die Finsternis stark. Aber der Tag des Todes birgt ein Geheimnis, ein Geheimnis, das er morgen verraten wird, und an jedem folgenden Tag, viele Monate lang. Jenseits des Todes wartet das Leben. Ihr wisst, dass die Tage der Freude nicht von Dauer sind, aber denkt daran, auch die Verzweiflung ist flüchtig. Auf eine Welle folgt das Tal; sie sind nur Erscheinungen des einen Meeres, ein bewegliches Muster von tief und hoch, dunkel und hell, Freud und Leid.«

Sie gab ein Zeichen und der Schlingerstek nahm Gestalt an, Kinder innen, Erwachsene außen. Quell ging links am Knoten vorbei, wo Klein-Kiesel ihr einen Krebspanzer überreichte, den sie an der Pier gefunden hatte. Am anderen Ende des Schlingersteks zwinkerte der alte Stock Tau zu und drückte ihm einen langen Elfenbeinkamm in die Hand. »Zwei Tage Schnitzen und viele Jahre Nutzen, hoffe ich!« Tau grinste und schritt den Schlingerstek ab, ging in der Mitte an Quell vorbei und ließ sich Gratulationen zuflüstern, während die Gewährsfrau fortfuhr.

»Wenn ihr den Schlingerstek durchschreitet, bildet ihr ein Schleppseil, das euch mit den Mächten der Welt verbindet. Die Mächte umgeben uns und bewahren uns vor dem Aussterben. Der Mond folgt auf die Sonne, das Meer erschafft das Land, die Berge verschwinden in den Wolken, und die Wolken enden im Nebel und im Meer. Veränderung reißt uns in Stücke und erschafft uns neu. Spürt die Welt. Schaut auf in den endlosen Himmel. Lauscht auf das Meer. Spürt den Fels unter euren Füßen.«

Der Atem der Eiländer erfüllte den Anger mit klarem, weißem Dunst.

Quell und Tau hatten die Enden des Knotens erreicht. »Ihr seid ein Teil der Welt, so wie der Baum und der Otter und das Meer. Alle Dinge vermischen sich. Wenn eure Probleme am größten zu sein scheinen, dann denkt daran, dass Veränderung sich für immer und ewig erneuert. Ihr habt euch mit einem Schlingerstek an die Welt gebunden – spürt, wie ihre Macht auf euch übergeht wie Blut durch die Nabelschnur von der Mutter zum Kind fließt.« Feierlich überreichte das Paar der Gewährsfrau seine Geschenke und feierlich steckte sie Kamm und Panzer in Taschen am Saum ihres untersten Rockes.

Dann löste Alster den Schlingerstek mit einer Handbewegung auf, und allmählich bildete sich der Schotstek. Das war ein deutlich festerer Knoten, der sogar Jo einschloss. »Wenn wir verheiratet sind, sind wir miteinander verknotet, aber unsere Enden sind immer noch einzelne Leinen. Wenn wir einsam sind, müssen wir uns darauf besinnen, dass unser Partner nicht unsere einzig mögliche Gesellschaft ist. Der Freundschaft anderer Menschen wohnt eine Macht inne, die kleiner, durchdringender und wärmer ist als die Gesellschaft von Wind und Meer. Auch diese Macht könnt ihr nutzen. Durchschreitet jetzt den Schotstek und bindet euch an eure Mitmenschen. Wir preisen euch beide.«

An einem Ende schlang Wicke ihre Arme um Quell. In ihren Augen glänzten Tränen, als sie ihr einen Honigkuchen überreichte, der noch ofenwarm war. Auf der anderen Seite des Knotens packte Stein Taus Arm, lächelte durch seinen dichten Bart und hielt einen blanken Angelhaken aus Messing in die Höhe. »Wird für ein paar Mahlzeiten gut sein, hoffe ich.«

»Den hätten wir im Wald gebrauchen können«, sagte Tau und dachte an einen Haken aus Kaninchenknochen und ein karges Frühstück zurück.

Ein Murmeln lief durch den Menschenkorridor, als die Dorfbewohner nacheinander Quell und Tau segneten.

Alster lächelte, spürte die Sonne auf ihrem Gesicht und den Fels unter ihren Füßen, spürte, wie die Energie der Hochzeit gebündelt, geprüft und zu festen Knoten gebunden wurde, die sie alle schützten. »Ihr habt den Schotstek durchschritten«, rief sie. »Ihr seid mit eurem Dorf verbunden.« Sie steckte den Honigkuchen in eine Rocktasche und ließ den Messinghaken aus einer Tasche an ihrem Ärmel baumeln.

»Und jetzt folgt der Hochzeitsknoten. Der Kreuzknoten feiert eine dritte Art von Macht, die Macht, die zwei Menschen zusammen haben.« Diesmal standen sie Rücken an Rücken, als sie losgingen. Gischt umarmte Tau und sah Schegel in die Augen, als sie Quell an ihr Herz drückte. »Übertriff das!«, murmelte er. Die Menge schnappte nach Luft, als er ein schimmerndes Armband aus seinem Beutel zog. »Nebelholz. Ich habe es von den Planken geschabt und auf einen runden Stein aufgetragen. Mit dem Holzschneider meines Vaters habe ich die Muster hineingeschnitzt, während es hart wurde.« Das Armband schimmerte wie Perlmutt und Silber. Die Flechten schienen sich vor ihren Augen zu winden und neue Muster zu bilden.

Schegel knurrte. »Ich fürchte, mein Geschenk ist weniger spektakulär.« Sie hielt ein Lederbündel hoch und schüttelte es aus. »Wie funktioniert das Ding gleich wieder …?«

»Eine Ledertasche mit weichem Futter«, sagte Gischt verwirrt.

»Das Futter zu nähen war schrecklich, sag ich dir.« Schegels Geschenk hatte zwei Löcher an der Unterseite und oben zwei Schlaufen. »Du kannst es entweder auf die Brust oder auf den Rücken schnallen.«

Quell lachte und weinte gleichzeitig. »Darin kann ich das Kind tragen!«

Schegel grinste. »Keine Ausreden mehr! So kannst du mit mir über die Graslande wandern und dein Kleines mitnehmen.«

Ein Strom der Freude ergoss sich aus Quells Herz, während sie den Kreuzknoten durchschritt und an Gischt und Schegel, Otter, Jo, Fink, Geiß und all den anderen vorbeikam. Schließlich stand sie wieder vor Alster, umgeben von all jenen, die sie am meisten liebte.

Alster musterte sie von oben bis unten. »Und was habt ihr auf eurer Hochzeitswanderung gefunden?«

Quell warf Tau einen raschen Blick zu und lachte. »Lass mich zuerst.« Sie zog eine lange weiße Feder aus ihrem Beutel und hielt sie in die Höhe. Die Dorfbewohner schauten sie an und atmeten tief durch, denn sie war unübersehbar vom Nebel berührt worden. Sie schien von innen heraus zu leuchten, und obwohl es windstill war, zerrte und flatterte sie, als würde sie nach Osten geweht.

Alster nickte. »Ein mächtiges Zeichen. Das zweite Gesicht war dir schon immer gegeben.«

(Jo stand in der Menge und lächelte; denn Quell hatte das Geschenk entdeckt, das Jo für sie bereitgelegt hatte.)

Alster nahm die Feder von Quell entgegen und steckte sie in ihre linke Brusttasche. Dann wandte sie sich an Tau. »Und du. Was hast du am Morgen deines Hochzeitstages am Ufer gefunden?«

Tau wurde rot, hustete und murmelte etwas, als er in seinen Beutel griff. »Das ist alles, was ich entdeckt habe«, sagte er verlegen.

»Ein Stiefel!«, rief Alster und hielt ihn in die Höhe. »Ein Kinderstiefel!« Schegel kicherte, und Gischt lachte, und Stein gluckste, und bald bebte die ganze Menschenmenge vor Heiterkeit. Alster ließ den kleinen Lederstiefel über ihrem Kopf baumeln. »Ist das ein guter Stiefel?«

»Ein großartiger Stiefel!«, rief Gischt.

»Ist das ein angemessener Stiefel?«

»Ein angemessener Stiefel!«, antwortete die Menge.

»Ist das ein Hochzeitsstiefel?«

»Ein Hochzeitsstiefel!«, brüllten sie.

»Also gut!« Die Gewährsfrau grinste und stopfte den kleinen Stiefel in ihre rechte Brusttasche. Dann bückte sie sich und hob den Becher in die Höhe, der neben dem Kohlebecken gestanden hatte. »Die Welt sah euch getrennt, jetzt sieht sie euch vereint.« Sie reichte den Becher Quell, die einen Schluck kaltes Wasser daraus trank und ihn zurückgab. Alster reichte ihn Tau.

»Euer Volk sah euch getrennt, jetzt sieht es euch vereint.« Die Dorfbewohner traten vor und bildeten einen dichten Kreis warmer Körper, einen magischen Kreis sichtbaren Atems.

Alster nahm den Becher von Tau entgegen. »Ihr seht einander getrennt.« Sie goss das Wasser auf die glühenden Kohlen in ihrem Becken, und eine große Dampfwolke zischte in die kalte Luft. »Jetzt seid ihr vereint!« Der Dunst klarte langsam auf, und Quell und Tau bildeten in seinem Herzen einen dunklen Schatten, in einer langen Umarmung verzweit.

Er dauerte eine gute Weile, dieser erste Kuss nach der Hochzeit, bis der alte Stock schimpfte: »Natürlich halten sie sich dran – anders kann man sich ja nicht wärmen!«

Unter brüllendem Gelächter lösten sich Tau und Quell voneinander. »Essen und Trinken in der Versammlungshalle!«, rief Alster.

Es war ein großartiges Fest und eine glückliche Zeit, denn Quell und Tau hatten einander und ihr Zuhause, und Wolkenriff wiederum hatte sie. Alle Reisenden, die vor so vielen Monaten nach Delta gesegelt waren, waren zurückgekehrt, und eine Nacht lang wurde sogar die Scheme freundlich aufgenommen. Wein floss in Strömen, Honigkuchen wurden verzehrt, und die Eiländer tauschten den ganzen langen Tag Lieder und Geschichten aus. Sie ließen ihre Schiffe im Hafen und ihre Feuer loderten hell.

Kapitel 22
Die Geburt

Am letzten Wintertag wachte Tau langsam auf und folgte dem Duft gebratener Pilze aus seinen Träumen hinaus. Er öffnete seine verschlafenen Augen und erwiderte Quells Lächeln mit einem müden Grinsen. »Aah«, brummte er. »Riecht gut. Haben wollen.«

Quell schlug ein Entenei in die Pfanne. Das Ei streckte weiße Tentakel über die Pilze aus und zischte vor Überraschung über das, was es fand. »Bist du endlich wach!« Sie wollte von ihrem Stuhl am Feuer aufstehen, starrte dann auf ihren kugelrunden Bauch und überlegte es sich anders. »Du kannst dir deinen Guten-Morgen-Kuss hier abholen.«

Tau warf seine Decken zurück, stand zitternd auf den kalten Matten und griff nach seinem warmen Hemd. Als er angezogen war, ging er hinter Quell in die Knie und küsste ihren Nacken, bis sie kicherte.

»Ich weiß, dass es noch einen Monat dauert, aber das wird mir langsam zu groß«, sagte sie und tätschelte ihren Bauch.

Tau spähte hungrig in die brutzelnde Pfanne und kitzelte Quell mit seinem Bart im Nacken. »Essen bald fertig?«

»Ah. Ahhh.«

Tau runzelte die Stirn. »War das ein Nein?«

Quell lächelte schwach und lauschte in sich hinein. Schmerz zuckte über ihr Gesicht, Schmerz und Konzentration. »Tau. Mach dir jetzt keine Sorgen, aber ich glaube, du solltest Alster bitten vorbeizukommen.«

»Warum? Bist du krank?« Quell starrte ihn an, als wäre er sehr, sehr dumm. »Ach so«, sagte er. Und dann: »Ach so! Du meinst jetzt? Heute?«

Quell legte ihm eine Hand auf die Schulter. »Geh aus der Tür», sagte sie. »Dann nach links. Geh zu Alsters Haus. Klopf an.«

»Ja, gut. Anklopfen. Ja.«

»Tau?«

»Ja? Was? Was?«

»Bleib ruhig.«

Tau sprang auf die Füße und rannte zur Tür. »Ruhig. Unbedingt. Alster. Ja. Gut!«

»Ich werde Quell nie verzeihen, dass sie geheiratet hat«, schimpfte Schegel, während sie mit Gischt zum Kai hinunterging. »Meine Schwester trimmt mir seit Tagen die Segel. ›Wann findest *du* endlich einen netten Mann? Ich freue mich so darauf, endlich eine Nichte zu bekommen! Ist es nicht herrlich, die liebe kleine Quell hat endlich geheiratet.‹ *Aaarrrggh!*«

Gischt zog die Kapuze seiner Jacke hoch und steckte die Hände wieder in die Hosentaschen. »Nörgelt Geiß immer noch herum, weil du so viel Zeit auf dem Schiff verbringst?«

Schegel lachte. »Im Gegenteil, jetzt heißt sie es plötzlich gut. Wo es doch die einzige Möglichkeit ist, dass ich meine Zeit mit einem netten, in Frage kommenden jungen Mann verbringe. Du stehst ziemlich weit oben auf der Liste.«

Im Osten brach die niedrig stehende Sonne durch den blendend weißen Dunst. Schiffe knarrten und schlugen gegen den Kai. Einige waren bereits zum Fischen hinausgefahren und zeichneten sich schwarz am Horizont ab, die Winscharme wie Insektenbeine ausgestreckt. »Das spricht nicht gerade für ihren Geschmack«, sagte Gischt.

Schegel trat auf den hölzernen Kai hinaus und steuerte die *Walross* an. »Es hört einfach nicht auf, das nervt mich so.«

»Dann hat es wenigstens ein Gutes, wenn du Zeit mit mir verbringst.«

Schegel kauerte sich neben die Fangleine. »Ich verbringe gern Zeit mit dir, klar?«

»Natürlich! Wer würde das nicht?« Behände sprang Gischt an Bord. Er musste sich zusammennehmen. Selbstmitleid fand niemand anziehend. »Los geht's! Aus dem Osten kommt ein leichter Wind. Spring an Bord. Hiss die Segel und hol den Anker ein! Heute segeln wir ins Abenteuer.«

»Außerdem erzählt mir Quell fast nichts über ihre Reise. Die beiden um Geschichten anzugehen ist wie Forellen melken.«

Gischt hisste das Großsegel. »Ich weiß, ich weiß.«

»Glaubst du, sie stehen das durch, wenn etwas schief geht?«

»Mit dem Kind?« Gischt seufzte. »Ich glaube schon. Aber es wäre hart.« Er stieß sie mit einem Ruder vom Kai ab und setzte dann sein Segel, um die schwach landeinwärts wehende Brise einzufangen. Er kreuzte entlang der leewärtigen Küste der Insel nach Norden. Backbord erhoben sich die Zwillingsgipfel von Doppeladler; die Harfe zeichnete sich als kleiner grüner Klecks in Fahrtrichtung ab. »Das Meer ist zu groß. Man blickt zu diesen kleinen Inseln hinaus, diesen winzigen, zerbrechlichen Pünktchen, und schon fallen einem all die schrecklichen Dinge ein, die geschehen können.«

»Schöne Dinge auch.«

»Natürlich. Aber die großen Dinge sind meist schlecht. Der Angriff auf Delta. Klippe, der wie eine Fackel brennt. Sole ist tot und Rose. Teich ermordet. Und wer weiß, was Hasel Flecht widerfahren ist? Hat Sieben ihn gefunden, oder ist unser Sagenheld einfach verschwunden?«

Schegel schüttelte den Kopf. »Sieben würde nie aufgeben.«

Gischt hielt nach Sandbänken Ausschau. »Quells Eltern sind ertrunken. Taus Vater ist im Nebel verschwunden. Quell wurde verzweit. Jo hat den Funken angenommen.«

»Was immer das bedeutet.«

»Weißt du, woran ich gedacht habe, als ich davon hörte? An die kleine goldene Kerze in Siebens Geschichte. An den Schattenwald.«

Schegel erschauderte. »Natürlich kommen einem die schlimmen Dinge groß vor, weil man auf die kleinen nicht achtet. Ein leckeres Essen oder in der Sonne liegen. Wenn man sich solche Listen ausdenkt, muss einem das Leben schrecklich vorkommen. Die Leute halten sich meistens mit den schlimmen Dingen auf, um sich wichtig zu machen.«

»Ich tue nichts, um mich wichtig zu machen.«

»Na ja, du tust sowieso fast nichts«, scherzte Schegel. »Du zählst nicht.«

Gischt berührte das Ruder und steuerte etwas vom Land weg. »Vielleicht ist es leicht, das Gute im Leben zu sehen, wenn man sich weigert, sich anderer Leute Schmerz aufzuladen, Schegel. Wahrscheinlich ist das nur recht und billig. Du hast das Recht, jede Sandbank zu meiden, die du siehst.« Wut brannte in Gischt, Wut auf Schegel und Wut auf sich selbst und all die blödsinnigen Monate, die er gehofft hatte, dass sie mehr als Freunde werden konnten. »Aber irgendwann haben wir zugelassen, dass du denkst, es sei in Ordnung, andere zu verletzen. Wir haben gesagt: ›Ach, das ist nur Schegel. Ihr kennt sie doch.‹ Das genügt nicht mehr. Ich habe es satt, dass du den Leuten wehtust, Schegel. Ich habe es satt, dass du mir wehtust.«

»Ich habe einen Spaß gemacht. Nur einen –«

»Such dir etwas Witzigeres.« Gischts Hände umklammerten das Steuerrad. Schegel hatte die Segel nicht getrimmt, als er aus dem Wind gegangen war, und sie begannen zu luven und knatterten im landeinwärts wehenden Wind. »Erwachsen werden heißt auch, sich um andere Leute Gedanken zu machen, Schegel. Bis du das lernst, wirst du immer das älteste Kind auf der Insel sein.«

Schegel trimmte die Segel, kniete dann nieder und warf einen Rundtörn und zwei halbe Schläge um eine Klampe. »Es tut mir Leid.«

Die *Walross* krängte knirschend nach backbord, als sie die Nordspitze von Wolkenriff passierte, und ihr Bug geriet in einen Backstagswind. Schegel stand lange Zeit schweigend da. Ihre Augen glänzten. Sie holte tief Luft, wandte sich um und blickte blinzelnd querab. Wütend strich sie sich eine einzelne Träne von der Wange. »Warst du darauf aus?«

»Nein.«

Schegel schritt nach achtern und blieb neben der Falltür zu ihrem Trockenladeraum stehen. »Meinst du, Stein lässt uns dieses Jahr aufs Festland segeln?«

»Wahrscheinlich nicht.«

Sie nickte und sah ihn noch immer nicht an. »Vielleicht nächstes Jahr.« Sie betrachtete den blassen Frühlingssonnenschein, der auf dem Wasser glitzerte. Dann schlossen sich ihre Augen und pressten noch mehr Tränen hervor. Sie hielt sich an der Reling fest, während ein langer, bebender Atemzug ihren Körper schüttelte. »Versteht mich denn niemand? Haltet ihr mich alle nur für egoistisch? Sieht denn niemand, dass ich das alles nur für euch tue? Ich bin Alsters Tochter. Ich kenne meine Pflicht. Und meine Freunde geben mir so viel, so viel mehr als ich verdient habe. Ich bin es nicht wert. Dabei gebe ich mir solche Mühe. Ich gebe mir solche Mühe, etwas zu schaffen, das auch etwas wert ist. Tue alles, um Wolkenriff die Welt zum Geschenk zu machen.«

Sie hielt inne. Tränen liefen ihr übers Gesicht und fielen ins Meer. »Natürlich. Natürlich ist manches davon egoistisch. Aber versteht denn niemand, welch großer Teil meines Lebens euch allen gilt?«

Gischt band das Steuerrad fest, trat zu ihr und legte den Arm um ihre Schultern. Er spürte den Abstand zwischen ihnen, nicht mehr als der Stoff ihrer Jacke unter seinen Fingern, und er berührte sie sanft. Traurig und verwundbar stand sie auf dem leicht schwankenden Deck der *Walross*, als stünde sie auf festem Land. Leise sagte er: »Es tut mir Leid. Du wirkst immer so stark.«

»Was für eine Tugend!«, rief Schegel und lachte unglücklich. »So stark zu sein, dass meine Freunde mich fürchten.«

Schegel, die unerschütterliche Schegel, war plötzlich so verwundbar. »Deine Freunde lieben dich.«

»Sie lieben mich und sie fürchten mich«, sagte Schegel und blickte über die Backbordreling. »Wie das Meer.«

»Schegel«, murmelte Gischt und blinzelte verlegen über das Steuerrad. »Ich … ich … ich habe das noch niemandem erzählt, aber … Na ja, ich war es, der an deinem Namenstag die Makrelen in der Versammlungshalle aufgehängt hat.« Er riskierte einen schüchternen Blick.

»Dacht ich's mir!«

»Und, und … und damals auf dem Schiff, als du nackt an Bord geklettert bist? Da habe ich heimlich hingeschaut.«

Schegel wurde rot; halb lachte, halb weinte sie. »War es schlimm?«

»Es war das Schönste, was mir je passiert ist. Nun ja, eins der schönsten Dinge. Eindeutig auf den ersten fünf Plätzen. Kein Zweifel.«

Schegel befestigte das Klüversegel mit einer Klampe, nahm Gischts freie Hand und hielt sie fest.

»Willst du mein tiefstes, finsterstes Geheimnis hören?«, fragte Gischt feierlich. »Du musst versprechen, es niemandem zu verraten.«

»Versprochen.«

Gischt beugte sich zu ihr vor. Seine Lippen streiften ihren Haifischzahn und er spürte die Tränenspur auf ihrer Wange. »Ich liebe Schegel«, sagte er und blickte in ihre glänzenden graugrünen Augen. »Vergiss nicht, du hast mir versprochen, es niemandem zu erzählen. Wenn sie es erfährt, sterbe ich.«

Schegel lachte und blinzelte. »Bist du sicher?«, flüsterte sie. »Ich glaube, Schegel würde es gerade jetzt gern hören.« Und dann fing sie wieder an zu weinen.

Als sie anlegten, wartete Geiß auf sie. Schegel glotzte überrascht, als ihre ach so ordentliche Schwester sich auf die Knie warf und die Fangleine am Kai festmachte. »Geiß? Was auf allen Meeren ...?«

Geiß blickte mit leuchtenden Augen auf.

Gischt sah Schegel an. Schegel sah Gischt an.

»Quell!« Und Schegel sprang über die Reling, landete dumpf auf dem Kai und rannte den Pfad über den Anger ins Dorf hinauf.

Später an jenem Nachmittag war es warm im Geburtszimmer. Schegel hatte das Feuer geschürt.

»Entspann dich«, murmelte Tau. Seit einer Stunde schon massierte er Quells Rücken.

Quell lächelte schwach und nahm von Schegel noch einen Schluck honiggesüßten Tee entgegen. »Tut mir Leid. Du bist nichts von dem, was ich dir an den Kopf geworfen habe.«

»Das passiert jeder«, sagte Alster energisch. »Wenn die starken Wehen einsetzen, denkst du, dass du es nie schaffen wirst.«

»Das bin nicht ich«, sagte Quell. Sie keuchte. »Das bin nicht mehr ich. Zu stark!«

Neben Alster stand eine Schüssel Essigwasser auf dem Boden; ihr Unterarm befand sich schon ein gutes Stück in Quells Vagina, und sie strich mit ihren Fingern behutsam über den Gebärmutterhals. »Schon eine Handbreit, und er weitet sich«, sagte sie leise. »Ich spüre, wie der Kopf deines Kindes gegen die Öffnung drückt. Er ist glatt wie eine Perle. Du machst das gut, Quell. Wirklich gut.«

Quell stöhnte, krümmte sich wieder unter einer Wehe, die scheinbar nicht enden wollte. Endlich entspannte sie sich und lächelte wie ein dösendes Kind.

Tau stand unglücklich an ihrem Bett. Alster und Schegel und sogar Quell schienen an der ganzen Angelegenheit etwas Heiliges zu finden, aber für ihn bedeuteten die Wehen nur, dass Quell Stunde um Stunde entsetzlichere Schmerzen durchlitt, während er hilflos daneben stand. »Geht es ihr gut?«

Alster zog ihre Hand vorsichtig aus dem Geburtskanal und wusch sie sorgfältig. »Alles in Ordnung. Eigentlich könntest du eine Pause einlegen, wenn du etwas Erholung brauchst. Das ist die Ruhe vor dem Sturm. Die Wehen sind immer noch stark, aber sie hat das Schlimmste überstanden, wenn sie in einer Welle nach der anderen auftreten. Jetzt kann sie erst einmal Luft holen.«

Glückseligkeit huschte über Quells Gesicht.

»Sie ist so schön«, murmelte Schegel.

Ihre Mutter nickte und lächelte mit müden Augen. Die ganze Härte ihrer Tochter schmolz angesichts der Macht und des Geheimnisses der Geburt dahin. »Das ist der letzte friedliche Augenblick vor dem Kampf«, sagte sie. »Für manche Frauen kommt ein Zeitpunkt, wo alles, was dich ausmacht, verschwindet – wie ein Fluss, der sich im Meer verliert. Beim ersten Mal dachte ich, ich würde sterben.«

Die Gewährsfrau grinste. »Gib ihr immer wieder einen Schluck Tee mit viel Honig, Tau. Sie wird alle Kraft brauchen, die sie bekommen kann.« Alster nahm selbst einen tiefen Schluck. »Und ich ebenso. Ach, ich werde alt«, sagte sie. »Ich werde alt.«

Draußen ging die schmale Sichel des Neumonds auf.

Und an der Decke, in einer dunklen Ecke über dem Bett, saß ein knochenweißer Nachtfalter und blickte mit strahlend goldenen Augen auf Quell hinab.

Einige Zeit später stöhnte Quell, die Hände unter die Knie geklemmt, laut auf und presste.

»O Quell, o Liebling.«

»Du sollst sie stützen!«, fauchte Alster. »Ich kann den Kopf des Kindes spüren.« Sie streichelte die Innenseite von Quells Vagina und drückte die Knoten der Anspannung heraus. »Fühlt sich das gut an?«, fragte sie und massierte die Schamlippen.

»Ja-aah!« Quell nickte, stöhnte wieder und presste.

Alsters Finger glitten aufwärts. »Hier?«

Quell fuhr zusammen und schüttelte den Kopf. »Zu! Zu stark!«, keuchte sie. »Tau?«

»Ich bin hier, mein Schatz! Ich bin hier.«

»Tau?« Noch eine Wehe durchbebte sie, und der Kopf des Kindes glitt von einem Schwall Blut begleitet gegen Alsters Finger.

»Es kommt«, keuchte Schegel. »Es kommt.«

Quell stöhnte wieder und presste.

»Luft anhalten und pressen!«, rief Alster. »Pressen!«

»Tau!«

Der weiße Nachtfalter flatterte ans Kopfende des Bettes. Seine goldenen Augen spiegelten den Schein der Nachttischlampe wider, während Quell ein Kind gebar.

Quell streckte ihre Hände nach dem Kind aus und wurde prompt von einer neuen Wehe überrascht. Sie stöhnte aus tiefster Seele. Alster hob wachsam den Blick. »Das Kind ist klein, aber wohlgeformt. Es ist ein kleines Mädchen.«

Quell lächelte und keuchte. Ihr Gesicht war vor Erschöpfung verzerrt. Noch nie war sie dem Nebel ferner gewesen, noch nie hatte sie sich so verankert und entschlossen gefühlt. Ihr Körper wurde wie ein Lappen ausgewrungen und der Schmerz war unerträglich, und doch, verglichen hiermit hatte keine schicksalhafte Bestimmung, keine hinter dem Nebel gesponnene Geschichte irgendeine Bedeutung. »Schegel – halt das Kind! Noch – eins!«

Ein weiterer Kopf wurde an Quells Schamlippen sichtbar. »Jetzt wissen wir, warum du so früh dran bist«, sagte Alster.

Quell stöhnte wieder, und ein zweiter Kopf tauchte auf, rot und zerknautscht. Rasch strich Alster mit den Fingern über den Mund des Kindes, um den Schleim wegzuwischen.

Und dann, gerade als Quell ihre Augen schloss und ein letztes Mal keuchte und presste und die anderen der Geburt des zweiten Kindes zusahen, flatterte der Nachtfalter vom Kopfende des Bettes auf und segelte wie ein Blatt im Wind. Er flatterte zu dem Kind hinüber, das bereits in Schegels Armen lag, und landete wie zufällig auf dem Gesicht des kleinen Mädchens, so dass seine weißen Flügel über ihre Augen fielen.

Das zweite Kind kam leichter, mit der zweiten Presswehe glitt es heraus. »Ein Mädchen, ein Junge«, sagte Alster und begutachtete sie rasch. »Beide klein, aber wohlgeformt. Genau wie es sein soll.« Sie gab den Kindern einen Klaps und ließ ihre Nabelschnüre auspulsieren, bevor sie sie durchschnitt. Quell fiel in Taus Arme zurück, zwei wimmernde Kinder an ihrer Brust.

»Du hast es geschafft.« Er küsste ihren schweißfeuchten Nacken. Quell erwiderte seinen Blick voll blinder Erleichterung. Sie erkannte ihn kaum, so glücklich war sie, dass es vorbei war, so glücklich, ihre Kinder zu haben.

Alster untersuchte Quells Vagina auf Risse. Schegel sprang durchs Zimmer, um mehr Wasser und ein sauberes Tuch zu holen.

Niemand sah den winzigen weißen Falter. Niemand beobachtete, wie er auf den kleinen Jungen zuflatterte. Und niemand bemerkte, wie Netz, der sich um Taus Handgelenk geschlungen hatte, mit einem Tentakel ausholte und den Falter verscheuchte, bevor er das Gesicht des kleinen Jungen berühren konnte.

Im nächsten Augenblick ruhten aller Augen auf den Kindern – wie sie es auf die eine oder andere Art noch viele Jahre tun würden.

Quell und Alster ertranken in Erschöpfung. Sogar Tau fühlte sich völlig ausgelaugt. Sprachlos und tief dankbar wickelte er seine Kinder und sah Schegel zu, die sich der schmutzigen Arbeit des Aufräumens zuwandte. Alster wusch die winzigen Risse in Quells Vagina.

Dann ließ sich die alte Hebamme auf einen Küchenstuhl fallen. Schegel schürte das Feuer, putzte zu Ende und reichte einen Topf Honig herum. Alster und Quell aßen ihn halb schlafend mit den Fingern. Tau legte die beiden mollig warm verpackten Kinder Quell in die schlaffen Arme. »Sie sind so winzig!«, staunte er.

»Wunderschön«, seufzte Quell.

Schegel ging den Wasserschlauch auffüllen. Als sie zurückkam, wurde sie vom Frühling begleitet, der warm auf Dach und Wände plätscherte. Eine wilde, frische Brise blies die muffige Luft fort. »Es regnet«, sagte sie.

Kapitel 23
Jos Lockruf

Es folgte eine Zeit der Geschichten über die wirkliche Welt, auch wenn weder Quell noch Jo den Nebel vergaßen.

Jener Frühling entbrannte zum Sommer und wurde vom Herbst verschlungen. Quell bekam keine weiteren Kinder, es blieb bei Stiefel und Feder. Regendurchnässte Winter folgten – drei, fünf, sieben Stück –, jeder mit einigen wenigen magischen Schneetagen gesegnet. Sieben Mal zogen die grauen Tage herauf und Quell wurde schweigsam und verschlossen, und sieben Mal wurde ihr das Herz leichter, wenn die Zwillinge Geburtstag hatten und das erste Glitzern der Frühlingssonne auf den Salbeiquell fiel.

Zu Quells Bestürzung heiratete Fink einen bitteren jungen Mann namens Kahn, und auch Geiß heiratete, einen Burschen von der Harfe. Sie bekam zwei Kinder in zwei Jahren, was Schegel für unanständig hielt. Kahns Freund Schramme ertrank, als er auf hoher See von einem Frühlingssturm überrascht wurde. Der alte Stock verbrachte als Erster eine Nacht auf Schegels Insel, was ihm eine Quelle tiefer Befriedigung war, bis er kurz vor dem fünften Geburtstag der Zwillinge starb.

Schegel und Gischt trieben regelmäßig Handel mit dem Festland. Sie machten jedes Jahr mindestens eine Tour, und eine zweite, wenn der Frühling früh oder der Herbst spät anbrach. Gischt hatte gehofft, dass etwas passieren würde, nachdem er Schegel seine Liebe gestanden hatte, aber das tat es nicht. Eine Weile war sie argwöhnisch und ging ihm aus dem Weg, aber bald brauchte sie jemanden, der mit ihr zum Festland segelte, und er meldete sich freiwillig und sie wurden noch engere Freunde. Aber Schegel wollte weder Ehe noch Kinder, und Gischt wollte keine andere Frau, also blieb alles beim Alten.

Für Tau und Quell war es eine schöne Zeit, auch wenn sich herausstellte, dass es weit schwieriger war Zwillinge großzuziehen als nach Laube zu wandern.

Was Jo betraf – die Scheme kam und ging. Manchmal verschwand sie monatelang von der Insel. Dann war sie eines Tages wieder da, klopfte an Taus Tür und bat um Unterschlupf für eine Nacht oder einen Monat. Im Laufe der Jahre verbrachte sie immer mehr Zeit mit ihnen. Schließlich schlug Alster vor, ihr ein Haus zu bauen. Quell gefiel die Vorstellung nicht, dass die Scheme sich auf Wolkenriff niederließ, aber da Jo andernfalls wochenlang bei ihnen lebte, gab sie nach.

Mit der Zeit sahen die Dorfbewohner Jo als ihre ureigene Scheme an, ein weiteres Stück Strandgut, das der Nebel ausgespuckt hatte. Wenn Gischt und Schegel zum Festland fuhren, brachten sie ihr immer Tabak mit, und sie wurde ein Wahrzeichen von Wolkenriff, eine in Rauch gehüllte weißhaarige Frau, die innerlich zu schwelen schien.

Quells Kinder schienen sie jedoch zu mögen, die kleine Feder ganz besonders. Sie und Jo schwatzten stundenlang über die Form der Wolken oder das Verhalten der Käfer. Quell musste zugeben, dass Jo eine große Hilfe war. Und doch legte sich jedes Mal, wenn sie die Scheme mit ihrer Tochter sah, ein Schatten auf ihr Herz. Sie ließ die beiden nie aus den Augen.

Für Tau und Quell waren Jos Besuche problematisch. Kaum war ihnen, als hätten sie nie etwas anderes getan als auf Wolkenriff Kinder großzuziehen, da tauchte Jo auf, und die golden brennenden Augen in ihrem salzweißen Gesicht erinnerten sie daran, dass sie einmal Teil von etwas Wunderbarem und Seltsamem gewesen waren. Sie erinnerte Quell zu sehr an die magische Geschichte, die sie aufgegeben hatte, und sie erinnerte Tau daran, wie eintönig der Alltag sein konnte.

Auch wenn keiner von ihnen es aussprach, spürten alle drei in ihren Herzen, dass ihre Geschichte noch nicht zu Ende war.

Die Zwillinge bildeten Segel und Ruder ein und desselben Bootes, dachte Alster. War einer der beiden verletzt (was Stiefel manchmal widerfuhr) oder verärgert (bei Feder keine Seltenheit), wusste der andere es sofort. Und doch konnte man sich kaum zwei unterschiedlichere Kinder vorstellen. Stiefel war dunkel und stämmig und geduldig, während Feder hellhäutiger war als jede Eiländerin, die die Gewährsfrau je gesehen hatte.

An einem kühlen Tag kurz nach Frühlingsanfang saß Alster am Salbeiquell, flocht Körbe und beobachtete Quell und ihre Kinder. Stiefel beschäftigte sich mit einem der Knotenrätsel, die Tau für ihn knüpfte; Klein-Feder zeigte ihrer Mutter ein Spinnennetz.

»Na?«, fragte Alster. »Hat die Spinne Hunger?«

»Laut Feder schon.« Quell streichelte ihrer Tochter den Nacken. »Was meinst du, Stiefel?«

Stiefel sah nicht einmal auf. »Wen kümmert es, wie hungrig ein Käfer ist?«

»Er hat genauso Hunger wie du!«, brauste Feder auf. »Eine Spinne hat genauso großen Hunger wie ein Wal, weißt du!«

Stiefel dachte einen Augenblick darüber nach. »Das stimmt.«

»Feder scheint mir vom Nebel berührt«, sagte Alster leise, als Quell ihre Kinder allein ließ und wieder zum Körbeflechten herüberkam.

»Ich weiß.«

»Sehr wahrscheinlich wird sie ganz normal aufwachsen, aber die Möglichkeit besteht – es ist nur eine Möglichkeit –, dass sie sich dem Volk der Lüfte anschließen möchte. Bist du darauf vorbereitet?«

Feder blickte gebannt ins Wasser und streckte den Arm aus, um einen Stock zurück in die Strömung zu stoßen. Bitte hol sie nicht, betete Quell. Bitte, Jo.

Bitte lass mir mein Kind. »In diesem Alter reden viele Kinder mit Tieren«, sagte sie.

Alster hob die Schultern. »Wo war ich? Ach ja, jetzt weiß ich wieder. Geschichten. Wir haben uns in letzter Zeit viel über Medizin unterhalten und über die Geschichte der Insel, aber wir sprechen selten über Geschichten. Nie, wenn ich jetzt so darüber nachdenke.«

Quell flocht ihre Ruten ineinander. »Erzähl mir noch etwas über den Wal. Du warst zwölf, hast du gesagt?«

»Das ist Geschichte. Geschich*ten*, ich meinte echte Geschichten.«

»Warum?«, sagte Quell. »Geschichten sind nicht wahr. Sie sind nicht wirklich. Sie handeln von diesem wunderbaren Ort, dem Nebel. Dort ist alles aufregend und alles hat einen Grund und alles findet ein gutes Ende. Entsprechend wird man … unzufrieden mit der wirklichen Welt. Mit der Zeit findet man sie langweilig, weil sie nicht wie der Nebel von Magie erfüllt ist. Mit der Zeit glaubt man, dass nur Heldentaten zählen. Man vergisst den Wert der kleinen Dinge. Der Familie. Eines Abendessens. Eines Sternenhimmels. Eines Gesprächs mit den eigenen Kindern.« Quell verspürte eine plötzliche leidenschaftliche Liebe für Feder und Stiefel. Sie wirkten so zerbrechlich.

Stiefel war es missmutig gelungen, einen Teil seines Rätselknotens zu entwirren. »Das Leben besteht nicht aus Kinderrätseln«, sagte Quell. »Nichts löst sich so einfach auf.«

Alster schlang einen Endknoten in ihren Korb und blickte auf. »Das war ein Guss aus heiterem Himmel.« Die Gewährsfrau kratzte sich ihre grauen Haare. »Was du sagst, ist wahr – aber es ist nicht die ganze Wahrheit. Manche Geschichten sind allzu einfach, da gebe ich dir Recht. Aber einige sind gut, und die brauchen wir.«

»Warum? Warum halten wir uns nicht an das, was wirklich ist?«

»Fall nicht ins Wasser, Schatz«, rief Alster. Feder, die ihr Zweigschiffchen durch gefährliche Stromschnellen gesteuert hatte, runzelte die Stirn, taumelte und trat seufzend einen Schritt zurück.

»Stell dir eine Karte vor«, sagte Alster. »Eine Zeichnung auf einem flachen Blatt Papier. Sie kann dir nicht wirklich zeigen, wie groß ein Berg aussieht, wenn du in seine Nähe gelangst, oder wie er sich verändert, wenn du daran vorbeisegelst. Sie kann dir nicht zeigen, wie Felsen bei Ebbe *und* bei Flut aussehen. Sie kann dir nicht gleichzeitig die Sterne über uns und das Meer unter uns zeigen. Und trotzdem verwenden wir Karten, und sie sind sehr nützlich.

Geschichten – gute Geschichten – sind wie Karten. Sie warnen dich vor bestimmten Gefahren. Sie lehren dich Dinge, die du sonst nur lernen könntest, indem du furchtbare Fehler begehst.«

»Wahrscheinlich hast du Recht«, sagte Quell schließlich. »Aber ich bin trotzdem der Meinung, dass die meisten Geschichten mehr schaden als nutzen.«

»Dann denk dir bessere aus«, sagte Alster. »Was jammern die Jungen herum! Sie wirken immer so erzürnt, dass das Leben nicht vollkommen ist. Wenn man auf einer Karte Fehler entdeckt, verbessert man sie. Man schwört ihnen nicht für immer ab.« Sie wies auf die Kinder. »Denk dir Geschichten aus, die sie deiner Meinung nach hören sollen. Denk dir Geschichten aus, in denen Gespräche und Sonnenuntergänge und Regen und Familien genauso wichtig sind wie Ungeheuer zu erschlagen oder Helden zu überlisten.«

Quell lachte. »Na gut. Das werde ich tun.«

Stiefel blickte auf; das Rätsel langweilte ihn. Feder war den Bach ein ganzes Stück weit hinaufspaziert, bis sie fast im Schatten eines Wäldchens verschwand. »Hee!«, schrie er. »Komm und spiel mit mir!«

Die kleine blonde Gestalt blieb stehen, drehte sich um und kam dann zurückgetrabt.

In jenem Jahr brach der Frühling spät an und die Tage waren noch kalt, obwohl die Sonne oft schien. Alster hatte sich von ihrem Rücken überzeugen lassen, dass lieber Quell sich um den Garten kümmern sollte. Die Gewährsfrau hatte Kreuzschmerzen, die sich nie legten, und verspürte eine ungewohnte Schwäche in den Gelenken. Ihre Fingerspitzen wurden langsam taub, und oft ließ sie Quell die heikleren Teile einer Geburt übernehmen. Und während Alsters seherische Fähigkeit so scharf blieb wie eh und je, umwölkte sich ihr Augenlicht zunehmend.

»Der junge Zweig geht bei Schneide in die Lehre«, sagte Moos eines Abends, als sie es sich im Bett bequem machten. »Jetzt wissen wir mit Sicherheit, dass Gischt nicht in die Fußstapfen seines Vaters treten wird.«

Alster brummte. »Du kennst Schneide. Er braucht jemanden, den er herumkommandieren kann.«

Moos lachte in sich hinein und faltete die Hände hinter dem Kopf. »Ich weiß noch, wie du zu Salbei aufgeschaut hast«, sagte er. »Damals, als wir uns langsam näher kamen. Du hieltest sie für die großartigste Frau der Welt. Einmal hast du gesagt, du wolltest im Alter so werden wie sie: weise und liebenswürdig und gelassen.« Er drehte sich auf die Seite und blickte auf das Gesicht seiner Frau hinab, das in der Dunkelheit kaum zu sehen war. »Nun, alt bist du immerhin geworden.«

Alster stieß ihm den Ellbogen in die Rippen.

»Uff! Und weise auch. Könnte man sagen.«

»Du findest mich nicht liebenswürdig?«

Moos tastete seine Rippen ab. »Würdest du dich mit stachelig zufrieden geben?«

»Gelassen?«

Moos küsste sie auf die Wange. »Weise jedenfalls. Weise genug, um dich selbst zu kennen.«

Sie lagen schweigend da. Schließlich setzte sich Alster auf. »Ich bin alt«, sagte sie bitter.

»Du bist wunderschön.«

»Ich bin alt. Ich bin alt.«

Moos hielt sie so behutsam wie sonst nur seine Enkel, die Arme um ihre dünnen Schultern geschlungen.

»Ich weiß, was du da treibst«, sagte sie schließlich. »Nach all den Jahren verstehe ich deine Andeutungen.«

»Das habe ich erwartet.«

Die Finsternis lastete auf Alster wie die Finsternis des Todes. Fast fürchtete sie ihn nicht mehr. Nur manchmal, spät nachts, wenn sie ihren eigenen Herzschlag spüren konnte oder Donner über die Insel rollte oder der Nebel sich wie eine Schlange durch ihr Blut ringelte. Sie spürte, wie der Bart ihres Mannes sie an der Wange kitzelte. Ihrer alten Wange.

(Unterm Bett kratzte sich eine weiße Maus ein Mal und hielt dann inne. Lauschte.)

Alster war ruhiger geworden. »Ich glaube, ich würde Harfe gern noch einmal sehen«, sagte sie. »Oder Windhang oder Doppeladler.«

Moos drückte ihre Schulter.

»Du wirst mich doch begleiten, oder?«

Moos küsste ihre Stirn, die sich unter sein Kinn schmiegte. »Natürlich.«

»Aber du hast Recht. Ich brauche einen Lehrling. Und es wird Quell helfen, Anker zu werfen. Jo versucht schon lange, eine von uns zu werden, weißt du. Sich anzupassen. Aber in letzter Zeit wird sie immer dünner. Verzweifelter. Wenn sie sieht, dass Quell in die Lehre geht …«

»Wenn sie Quell umbringen wollte, hätte sie das schon lange tun können.«

Alster brummte. »Jo verändert sich. Außerdem tötet sie Quell vielleicht gar nicht. Vielleicht lässt sie sie einfach frei. Und wirft sie in den Nebel. Wer würde es bemerken? Wir würden eines Morgens aufwachen und feststellen, dass Jo schon eine Weile nicht mehr hier war, aber Quell wäre da, wie immer –«

»Wie jetzt, meinst du«, sagte Moos. »Jo ist seit der Wintersonnenwende nicht mehr hier gewesen.«

Alster erschauderte und blickte an die Decke. »Wer würde es bemerken?«

(Die weiße Maus kroch durch eine Ritze zwischen den Dielen in die Nacht hinaus. Nur noch so wenig Zeit.

So wenig Zeit.)

Später in jener Nacht riss Quell die Augen auf. Ein silberner Lichtstrahl des Vollmonds war durch die Fensterläden geglitten und hatte sie wie eine Glocke zum Läuten gebracht, hatte ihren Schlaf fortgeweht wie ein frischer Wind den Nebel.

Die Nacht war von Geräuschen durchdrungen – nicht die gedämpften Geräusche des Waldes, sondern Inselklänge, von denen jeder einzelne deutlich zu hören war, so schwach er auch sein mochte. Tau lag neben ihr in dem großen Bett und hatte ihr den Rücken zugewandt. Er atmete sanft. Sie hörte, wie das Laken mit jedem Atemzug über seine Brust glitt. Sie hörte, wie sich die Kinder im Zimmer nebenan umdrehten. Draußen flüsterte eine Brise und ließ die vertäuten Schiffe schaukeln und knarren und gegen den Kai stoßen.

Aus der Finsternis drang eine Stimme aus lachendem Silber und sagte: Komm mit mir!

Quells Herz tat einen zweiten Satz, heftiger als der erste.

Sie hob ihr Laken und glitt aus dem Bett und ging leise, leise durchs Zimmer zu ihren Sandalen, die neben der Tür standen. Lautlos wie eine Spinne. Nicht aus Angst, Tau oder die Kinder zu wecken, nicht deshalb. Eine ganz bestimmte Magie hatte sie eingehüllt. Die Nacht hatte sie gerufen, nur sie; ihre Familie würde nicht aufwachen. Nein, sie war leise, weil es angemessen war. Dies war ein Geheimnis, das sie für sich behalten wollte. Ein Zauber, den sie nicht brechen wollte.

Draußen war die Nacht warm. Im Westen zerteilten sich Wolkenfetzen am scharfen Glitzern der Sterne. Im Osten ließ ein heller Mond den Himmel erblassen. Ein warmer Wind strömte über Wolkenriff hinweg, über die nackten Äste der Espen und Ulmen, stürzte vom Riff herab und brandete durch das Dorf. Im Mondlicht wirkten die Steinhäuser unwirklich, wie riesige Spielsachen, die auf einer Wiese verstreut lagen.

Quell hatte sich nicht die Zeit genommen, ihren Zopf zu flechten. Dieses eine Mal trug sie ihre Haare offen – sie glitten ihr über die Schultern, lange Locken, schwarz im schwachen Licht. Es war so ungewohnt, dass ihr schwindelig wurde. Wie wäre es, wenn sie ihre Haare immer so tragen würde? Skandalös! Ein Lachen stieg in ihr empor, wie Blasen im dunklen Wasser, aber sie gab keinen Ton von sich. Wind und Mondschein durchströmten sie wie Wein.

Das Dorf schlief wie verzaubert. Leise, leise nahm sie den Angerpfad über das Riff und zum Krabbenstrand hinunter, zu jenem schicksalhaften Ort, an dem sie Jo zum ersten Mal begegnet war.

Die Scheme erwartete sie am Ufer. Mit jeder Welle schäumte weiße Gischt um ihre Füße, zischte und starb. Als sie Quell sah, legte sie ihren Kopf auf die Seite und verneigte sich. Ihr Mund war zu einem dünnlippigen, verzweifelten Lächeln verzogen. »Schwester.«

Quell neigte ebenfalls den Kopf. Jede Welle brach an mehreren Stellen gleichzeitig, vielfach, so dass Quell erst die Welle direkt vor ihr hörte und dann das leisere Platschen der Wellen links und rechts, wie Echos. Sie stand neben Jo. Vor ihnen führte ein Pfad aus tanzendem Silberlicht in den Nebel hinein.

Und der Mond, der singende Mond!

Als Kind hatte Quell Alsters Geschichten gelauscht, in denen sich Wunder über Wunder auftürmten, bis sie vor Staunen zitterte. Aber sie hatte immer nach vorn geblickt, sie wollte erwachsen werden, eine Frau sein. Und je älter sie wurde, desto mehr Geschichten hörte sie, und wie der Herbst wurden sie alt und langweilig. Dies geschah so allmählich, dass sie es nicht bemerkte, und bis zu ihrem Namenstag hatte sie fast vergessen, wie sich ein plötzliches Staunen anfühlte.

Eine Zeit lang hatte Sex eine fast genauso starke Macht über sie ausgeübt. Sich des Körpers eines Mannes bewusst zu sein! So intensiv, als würde sie ihn berühren, obwohl er ihr am Tisch gegenübersaß oder auf einer anderen Ruderbank. Aber Sex war heftig und aufregend, wie Gefahr, nicht wie das tiefe, runde Wellenkissen des Staunens, das einen aus sich selbst entführte.

Heute Nacht goss der Mond Staunen über sie und in sie hinein, bis sie spürte, wie es ihr aus den Augen lief, bis sie von seiner Welle hochgehoben wurde. Im Angesicht des Mondes und seines silbernen Liedes wusste sie, dass sie Zeugin seiner tiefsten Geheimnisse werden konnte, wenn sie nur losließ. Wenn sie nur zuließ, dass sie sich im warmen Wind und in der silbernen Nacht auflöste. Und sie dachte, ihr Herz würde angesichts des Mondscheins brechen, und sie wusste, dass sie alles dafür geben würde, dorthin zu gelangen, an jenen anderen Ort, den sie schon immer heimlich gekannt hatte, den geheimen Kontinent der Geschichten und Wunder und Träume.

»Bitte komm mit mir«, sagte Jo. »In meinem Herzen brennt eine Flamme, die eine Vielzahl von Schatten wirft. Lass mich nicht verbrennen.« Und sie streckte ihre Hand aus.

Quell nahm sie, und Jo trat auf den Silberpfad, der über das Meer hinweg in den Nebel führte. Die Scheme schwankte leicht mit jeder Welle, die unter ihren Füßen wogte. Lichtsplitter wirbelten von ihren Fußabdrücken auf, glitzerten einen Augenblick und wurden dann von Schatten verschluckt. Jos Augen waren zu tanzenden Goldpunkten geworden. »Es ist nicht schwierig, auf diesem Pfad zu gehen, solange du nicht nach unten schaust.«

Quell folgte ihr. Ihre dunklen Haare wirbelten umher und vermischten sich mit Jos weißem Haar. Sie ließ sich von einer Welle des Staunens davontragen, schmolz auf der warmen Flut der Nacht dahin.

Schau nicht nach unten, dachte Quell. Schau nicht nach unten. Und es gab so viel anderes zu bestaunen, Sterne und Wolkenknäuel, Mondschein, und weit vor ihnen geisterten hohe, schaumgekrönte Wellen durch die Nacht. Hundert Dinge, die sie bestaunen konnte, ohne an das kalte schwarze Meer unter ihren Füßen zu denken.

»Warum willst du nicht, dass ich nach unten schaue?«

»Verlass mich nicht.« Jo packte ihr Handgelenk noch etwas fester. »Vielleicht ist das unsere letzte Gelegenheit.«

Aber Quell wollte gar nicht stehen bleiben, dachte nicht an ihren Mann und ihre Kinder. Sie schliefen zu Hause, in einer anderen Welt. Sie bedeuteten nichts, nicht hier. Nicht jetzt. Und sie würde zurückkommen und sie wiedersehen. Irgendwann. Sie starrte gebannt geradeaus und zwang ihre Augen, nicht vom Silberpfad zu weichen.

Aber sie lief tatsächlich auf Wasser. Und sie wusste, dass das unmöglich war. Jo konnte das vielleicht – Jo war eine Scheme. Aber Quell – ihr Fleisch war nicht von jener Art.

»Es ist möglich!«, schrie Jo.

Sie hatten sich weit von der Küste entfernt.

Unter Quells Füßen befand sich das Meer, das kalte Meer. Tiefer als die Berge, kälter als die Sterne, schwärzer als Mitternacht. Wolkenriffs Gottheit, falls es eine Gottheit hatte.

Sie sah Blütes Gesicht, das im Seegras auf und ab schaukelte.

Jos Finger lagen wie Stahl um Quells Handgelenk, hielten sie oben.

Quells Herz hämmerte. Sie konnte nicht auf Wasser gehen. Sie konnte nicht über die Körper der Toten hinwegschreiten. Über Blüte hinweg, die Seegras in den Haaren hatte; über Schramme, der während eines Frühlingsgewitters verschwunden war. Über ihre Eltern, die mit dem Gesicht nach unten in der Finsternis wogten. Den Blick von ihr abgewandt.

Quell stieß einen Schrei aus und fiel hinein, würgte an dem schwarzen Wasser. Verzweifelt schwamm sie uferwärts, strampelte durch die eiskalte Brandung, bis sie schließlich an der Kralle auf die Felsen kroch. Dort blieb sie sitzen, den Kopf zwischen den Knien, zitterte hilflos und rang nach Luft. Meerwasser troff aus ihren langen Haaren. Furcht und Staunen schwanden aus ihr.

Nun.

Es war nur ihre Insel. Ihre Insel bei Nacht.

Sie sah einen Lichtschimmer und wandte sich um. Jo hatte auf den Felsen oberhalb des Strandes ein Feuer entfacht. Ihre Zwilling fror sichtlich, wie sie so entsetzlich weiß und dünn und kalt im Mondschein saß. Es war ein kleines Feuer. Quell konnte die Flammen kaum hören.

Jo sah sie an. Dann beugte sie sich über das Feuer und legte ihre Hände auf die orangefarbene Glut. Flammen züngelten ihre Arme hinauf und schlangen sich um sie, wie sie sich vor vielen Jahren um Esche geschlungen hatten. Dann, vor Quells Augen, fing ihr ganzer Körper Feuer, zischte und knisterte, bis die Scheme nur noch eine papierdünne Flamme war.

»Nein!«

Die Flamme erstarb schnell, als Jo die Hände aus dem Feuer zog. Langsam ging sie ins Dorf zurück, auf ihr kleines Haus zu.

Quell blickte ihr nach.

Als Jo in der Nacht verschwunden war, griff Quell nach ihrem Muschelarmband und schloss die Hand darum. Sie war bereitwillig gegangen. Sie hatte bereitwillig ihren Mann und ihre Kinder und ihre Insel verlassen, um in den Nebel zu gehen. Ob Jos Bann oder ihr eigenes Begehren dafür verantwortlich war – die Berührung des Mondes hatte etwas in ihr geweckt, das so leicht nicht wieder einschlafen würde.

Ihre Geschichte war jetzt ganz nah, wirbelte um sie herum wie der Nebel, der eine Insel einschließt. Die Entfernung zwischen ihr und Jo war sehr gering.

Langsam stand sie auf und ging nach Hause. Sie hängte ihr Nachthemd zum Trocknen an einen Haken und stellte ihre Sandalen neben die Tür. Tau murmelte etwas, als sie ins Bett kroch, aber sie rollte sich wortlos zusammen und umarmte ihn mit aller Kraft. Sie weinte. Es dauerte lange, bis ihr warm war, und erst dann schlief sie ein.

Am Morgen machte sie Frühstück. Feder war schon draußen und Tau noch nicht aufgestanden. Stiefel trödelte an der Tür herum, brummte überrascht und hob eine ihrer feuchten, salzverkrusteten Sandalen hoch. Er runzelte die Stirn und blickte erschrocken zu ihr auf.

Quell zwang sich zu einem Lächeln und schlug ein Ei in die Pfanne.

Es war das erste Mal, dass sie eins ihrer Kinder anlog.

Kapitel 24
Kohlebecken, Dornenring

An jenem Morgen schlürfte Alster eine Tasse Pfefferminztee, als Schegel zum Küchentisch geschlichen kam. Ihre Tochter blickte nach hinten ins Zimmer, wo auf dem großen Bett Moos wie ein Buckelwal unter einer Steppdecke lag.

Alster brummte. »Mach dir keine Sorgen, deinen Vater zu wecken. Er könnte einen Orkan verschlafen.«

»Das Wetter ist wieder schön geworden. Tauschs Brise weht.« Schegel hatte ihre Haare besonders kurz geschnitten, wie sie es jedes Jahr tat, um das Ende des Winters zu feiern.

«Mm-hmm.« Alster schlürfte ihren Tee. »Als ich in deinem Alter war, wollte ich unbedingt Händler sein. Ich wollte so viele Orte sehen. Aber natürlich dachte niemand im Traum daran, einer Frau diese Aufgabe zu übertragen, und der Händler muss sowieso in der Nähe seiner Heimatinsel bleiben. Außerdem war Mast damals noch im besten Alter. Noch Jahre später, nachdem ich meine Nachtwache vollzogen hatte und Gewährsfrau geworden war, war ich schrecklich neidisch, als er Stein zum Lehrling nahm. Stein ist verlässlich. Aber abenteuerlustig? Und ich saß da, platzte vor Neugier und durfte nicht einmal mehr in einem Ruderboot am Ufer entlangpaddeln. Solange ich nicht das Amt der Gewährsfrau niederlegte, jedenfalls.«

»Du wolltest Wolkenriff verlassen?«

»Wie Blumen sich nach der Sonne sehnen, an manchen Tagen.«

»Ich hatte keine Ahnung.« Schegel nippte an ihrem Tee. »Ich weiß, ich weiß: Das ist nichts Neues.«

Alster atmete die Dämpfe ein, die von ihrer Tasse aufstiegen, und nahm einen tiefen Schluck, der nach Minze und warmem Honig schmeckte. »Ich möchte, dass du für mich nach Delta segelst. Stein wird dich mit einigen Tauschgeschäften beauftragen, aber ich gebe dir eine zusätzliche Anzahl Feuchtperlen mit, denn ich brauche etwas wirklich Besonderes …«

Später in jenem Frühling kam Quell vom Kräutergarten nach Hause und traf ihre Kinder an, die Tau zusahen, wie er einen großen Barsch über dem Feuer briet. »Du kochst schon wieder! Was bin ich doch für eine glückliche Ehefrau!«

Tau wendete sein Filet fachmännisch, behutsam, damit das weiße Fleisch nicht in Stücke zerfiel. »Schegel und Gischt sind wieder da«, sagte er, als wäre es ihm gerade erst eingefallen.

»Schon! Aber es sind noch vier Tage bis Vollmond!«

»Günstiger Wind und harte Arbeit, nehme ich an.« Tau starrte seinen Fisch an und begutachtete die Grillstreifen. »Sie müssen einen ziemlich wichtigen Grund gehabt haben dorthin zu segeln, meinst du nicht?«

»Jede Fahrt nach Delta ist wichtig.«

»Wir haben geholfen, das Schiff auszuladen«, sagte Stiefel.

»Irgendetwas Aufregendes unter der Ladung?«

Tau starrte weiter den Fisch an, während sein Lächeln breiter und breiter wurde. »Schmelzton, Mehl, Tuch. Jos Tabak. Streichhölzer«, fügte er hinzu. »Solche Sachen.«

Quell sah ihn zornig an. Sie wandte sich um und sagte: »Kinder –«

»Nichts da!« Feder schüttelte ihren kleinen blonden Kopf. »Wir verraten nichts!«

Stiefel nickte ernst. »Nee. Wir nicht.«

Später in jener Woche begegnete Quell Fink und Kahn, die zu Alster unterwegs waren. Quell sah sofort, dass ihre Schwester wütend war. Die Ohrringe, die Kahn ihr geschenkt hatte, als er um sie warb, aufeinander geschichtete winzige lilafarbene Muscheln, klapperten erbittert bei jedem kurzen, zornigen Schritt.

Kahn blieb stehen, lächelte und verbeugte sich äußerst höflich vor Quell. »Ich hab immer gewusst, dass aus einer von euch etwas werden würde.«

Quell blieb sprachlos stehen. Fink warf ihr einen Blick zu, aus dem Wut und Kummer zugleich sprach, und ging weiter, bevor Quell etwas einfiel, das sie hätte sagen können.

Endlich wurde das Mittsommernachtsfeuer entzündet, und es sandte eine Vielzahl orangefarbener Funken zu den Sternen hinauf. Nachdem sie die alten Lieder gesungen hatten, scheuchte Alster die Dorfbewohner trotz des milden Wetters vom Anger zur Versammlungshalle. »Quell, würde es dir etwas ausmachen, mein Kohlebecken nach Hause zu bringen und wegzuräumen, während wir anfangen?«, sagte sie beiläufig.

Quell wusste, dass es sinnlos war zu widersprechen. Sie zwang sich, zu Alsters Haus zu gehen, als sei nichts geschehen. Und ich werde anderen das sein, was du mir warst. Stimmte das so? Ja, richtig. Und ich werde anderen das sein, was du mir warst.

Die Halle war merkwürdig still, als sie zurückkehrte. Warmes gelbes Licht sickerte durch die Fensterläden. Feierlichkeit lag in der Nachtluft. Quell zögerte auf der Schwelle, sammelte sich und trat ein.

Alster saß am oberen Ende des Tisches. Neben ihr stand ein freier Stuhl, vor dem ein zeremonielles Kohlebecken aus poliertem Kupfer schimmerte. Quell ging langsam darauf zu und staunte, wie neu und leuchtend es aussah, verglichen mit Alsters altem Ding, das sie jahrelang gepflegt hatte.

»Ach, es ist wunderschön!«

Als sie näher trat, sah sie, dass die Gewährsfrau eine Reihe von Knoten in das

Becken eingraviert hatte, Dutzende davon in einem feinen Zopfmuster, anmutig und verschlungen wie Efeu. Quell ließ ihre Finger über das Metall gleiten; Macht durchströmte sie wie beim ersten Mal, als sie Netz berührt hatte – als hielten die Knoten den Nebel selbst gefangen. »Es ist wunderschön.«

Alster stand langsam auf und wandte sich dem Dorf zu. »Quell, willst du bei der Gewährsfrau von Wolkenriff in die Lehre gehen? Wenn du annimmst, überreiche ich dir dieses Kohlebecken zum Geschenk, wie Salbei mir das meine überreicht hat.«

Quell sagte: »Und ich werde anderen das sein, was du mir warst.«

Schegel schlug ihr auf die Schulter. »Dann lasst uns essen!« Die Halle brach in Jubel und Gratulationen aus.

Alster zog Quells Stuhl hervor und beugte sich zu ihrem Ohr, während der Tumult von Glückwünschen herabregnete. Feierlich sagte sie: »Warst du überrascht?«

Quell nickte, nicht minder ernst, und lächelte, als würde ihr Herz zerspringen. »Erstaunt.«

Es war eine lange Nacht und ein fröhliches Festmahl, und alle gratulierten sich, dass sie eine treffliche junge Frau gefunden hatten, die bei der Gewährsfrau in die Lehre gehen würde.

Alle außer Jo. Der Wein, den sie trank, schmeckte bitter, und jedes Lachen glich einem Streichholz, das angezündet und an ihre Haut gehalten wurde. Im Laufe der Nacht wurde Quell immer tiefer und fester und wirklicher, während Jo verwelkte, dünn und zerbrechlich wurde wie ein Blatt. Ein Blatt, das den Salbeiquell hinuntergewirbelt, ins Meer gespült wurde und davontrieb, immer weiter weg von Wolkenriff und in den Nebel hinein.

Jo wartete auf einen Tag, an dem Quell außer Haus war, um ein Kind auf die Welt zu holen, und die Kinder sich bei Schwalbe und ihren Kindern aufhielten. Früh am Morgen ging sie zu Quells Haus und lud Tau ein, am Nordkap mit ihr Beeren pflücken zu gehen. Dort gingen die Dorfbewohner nur selten hin, weil das Kap mit Brombeersträuchern überwuchert war. Aber der Sommer war weit fortgeschritten und die Brombeeren waren reif. Es gab dort auch Heidelbeeren, unter spitzen, grauen Blättern verborgen, und kleine Felsenreben mit leuchtend blauen Trauben.

»Seit diesem Frühling hat Quell Tage, an denen sie völlig grundlos versinkt. Will sie unbedingt unglücklich sein?«, sagte Tau. Er hatte eine Ansammlung von Felsenreben gefunden. Ziehen, drehen und *plop!:* noch eine Hand voll Trauben wie weiche Kiesel in seiner Faust, dann hinein in den Beutel an seiner Taille.

Neben ihm hob Jo die Schultern. »Quell war sieben, als ihre Eltern ertrunken sind, vergiss das nicht. Sie kam als Waisenkind nach Wolkenriff, lauter fremde Menschen, fremde Häuser.« Ihre weißen Finger wurden langsamer, hielten inne. »So einsam. Und die Bänder, die sie an dem Tag in ihr Haar flocht, als sie von Harfe fortgeschickt wurde, dufteten noch immer nach ihrer Mutter. Otter hat sie ein paar Jahre später weggeworfen. Frühjahrsputz. Quell hat nie ein Wort darüber verloren, aber sie ist auf die Kralle hinausgekrochen und hat geheult, als würde ihr das Herz brechen.«

Das Haar der Scheme war braun geworden, und in ihrem Gesicht funkelten dunkle Augen. Ein Armband aus blauen Muscheln wand sich um ihr Handgelenk. »Das solltest du nicht tun«, sagte Tau.

»Ich muss. Die See ist unnachgiebig, unnachgiebiger als Stein. Und der Nebel ist noch unnachgiebiger.«

»Jo, geht es dir gut? Mit dem Funken und überhaupt?«

»Was kümmert dich das? Du hast dein Leben.«

Unbeholfen berührte Tau Jo an der Schulter. »Es kümmert mich.«

Die Scheme sagte nichts.

Tau fehlten die Worte. Wie konnten sie ihr danken? Als sie die Inseln rettete, hatte sie sich eine Verletzung zugezogen, die sie langsam umbrachte. Jeder konnte es sehen, an ihrem fadenscheinigen Lachen, in ihren feuerzerfressenen Augen. Aber Quell und Alster und die anderen Dorfbewohner wollten sie nicht retten. Sie warteten nur darauf, dass sie starb.

Natürlich war es unmöglich, das auszusprechen. Nicht vor der Scheme, die seine Frau verzweit hatte. Jo würde sterben und Quell würde die Gewährsfrau sein, wie sie es sich immer gewünscht hatte. Tau zuckte mit den Schultern. Seine Hilflosigkeit machte ihn wütend und er hielt Jo eine Hand voll Beeren hin. »Schon hungrig?«

Jo lachte und berührte seine Hand. »Vielen Dank.«

Sein Herzschlag setzte aus. Ihre Hand war so weich wie Blütenblätter. »Also gut, schauen wir, was wir haben«, sagte er und griff in seinen Beutel. »Au! Patz!« Er riss die Hand heraus, verstreute Beeren und saugte leise fluchend an seinen Fingern.

»Dornen?« Jo gluckste mitfühlend und nahm seine Hand. »Ach, Dornen«, sagte sie. Sie beugte sich vor und ihre Lippen strichen über Taus Finger.

Der Schmerz ließ nach, aber ein anderes Feuer strömte in ihn hinein. Jo rührte sich nicht, hielt nur seine Hand, während ihre Brust sich drei Mal langsam hob und senkte. Ihre Brüste strichen sanft über seinen Unterarm. Tau dachte daran, wie er ihr auf Schegels Insel begegnet war; dachte daran, was sie ihm dort angeboten hatte. Dachte an ihren nackten, glitzernden Körper und an den Geißblattduft, den sie verströmte. Sie konnte ihm gehören. In ihrer Geschichte konnte er ein gleichwertiger Partner sein, nicht nur eine nachträgliche Idee, von der Sängerin hinzugefügt, ein langweiliger Eiländer, der ihren Glanz nur noch besser zur Geltung brachte.

In Jos Augen lag kein Falsch, nur Einsamkeit und Dankbarkeit. Sie hatte viel geopfert, um die Inseln zu retten, und nichts dafür verlangt.

All diese Gedanken schossen ihm durch den Kopf, während ihr Hemd über seinen Unterarm glitt. Netz war rot angelaufen und ringelte sich um sein Handgelenk.

Tau holte tief Luft; er verachtete sich. Er war ein Feigling. Es war falsch, *falsch,* dieses Angebot auszuschlagen. Aber er war, der er war. »Vielleicht sollten wir zurück ins Dorf gehen.« Er hatte nicht flüstern wollen.

»Ungerecht«, sagte Jo. Sie hielt sein Handgelenk, berührte ihn durch Netz' scharlachrote Maschen hindurch, und dann strömte ein so großer Teil ihres Wesens in ihn hinein, eine riesige Welle von Einsamkeit und Wut und unter alldem eine züngelnde Flamme.

Verlangen durchzuckte ihn, und er streckte die Hand nach ihr aus. Er wusste, wusste, dass es falsch war, er wusste, dass er es bereuen würde, er wusste, dass er nachdenken, aufhören, den Blick von ihren grimmigen Augen und ihrer Verzweiflung abwenden sollte. Er wusste, dass er einen Knoten band, den er nie wieder lösen konnte.

Aber all diese Gedanken waren weit weg, ferne Stimmen, die hinter einer Wand aus Feuer riefen, und eigentlich war es ihm gleichgültig, was sie sagten.

Danach, als die Sonne sich dem Westen zuneigte und er sie fortgeschickt hatte, saß er allein in der grünen Dämmerung. Wenn er sich nur nicht den Finger geritzt hätte. Wenn nur Netz nicht um sein Handgelenk gelegen hätte. Wenn er nur stärker gewesen wäre. Er griff in seinen Beutel, um zu sehen, was ihn gestochen hatte, und zog vorsichtig Kiefer Kiens Dornenring heraus.

Er schloss die Augen.

Seine Faust schloss sich um den Brombeerring und er drückte so fest zu, als wollte er ihn zerquetschen. Er drückte und drückte, bis Blut zwischen seinen Fingern hervorrann, starrte auf seine Hand und dachte an Kiefer Kien. Und fragte sich, wie er etwas hatte tun können, von dem er wusste, wie falsch es war.

In jener Nacht wälzte sich Quell im Bett hin und her, trieb aus den Tiefen eines unruhigen Schlafes empor. Draußen plätscherte leise der Regen. Etwas hatte sie geweckt. Es war Tau, der ins Bett kam. Er drehte ihr den Rücken zu. Sie murmelte seinen Namen. Er hatte es nicht leicht gehabt mit ihr, seit Jo sie im Frühling zu sich gerufen hatte. Ein kalter Wind blies durch ihr Leben. Aber Tau war so warm. Sie wollte es wieder gutmachen. Warm und fest. Verlässlich.

Sie kuschelte sich an seinen Rücken. Legte einen Arm um seine Taille, schmiegte sich an ihn. Nachtgedanken trieben durch ihren Geist, Traumfetzen glitten davon, so schwer greifbar wie Fische, die unter kalte Felsen tauchen.

Kalt. Zwischen ihrem Bauch und seinem Rücken war eine Lücke. Sie brummte leise und schmiegte sich näher an ihn. Er zuckte zusammen. Sie hatte von Wasser geträumt. (Immer Wasser, immer das Meer und die Schiffe. Sie träumte immer von merkwürdigen Reisen, unsicheren Überfahrten: Stürmen, fremden Inseln, deren Bewohner sie von irgendwoher kannte. Sie lief auf Wasser. Du darfst nie nach unten schauen, dachte sie. Du musst vorsichtig auftreten und nie nach unten schauen.)

Sein Fleisch war erneut vor ihr geflohen. Sie wurde wacher. Sein Rücken war hart. Der Arm, der ihre Hand hielt, bildete keine Vertiefung für sie; er lag wie tot da, hölzern. Sie musste daran denken, wie schweigsam er beim Abendessen gewesen war. Wie schweigsam. Ihre letzten Träume entflohen.

Der schwache Schein der kleinen Lampe, die sie im Kinderzimmer brennen ließen, war das einzige Licht. Sie rieb mit ihrer Hand in kleinen Kreisen über seine Brust. »Was ist los?«

Stille.

Quell stützte sich auf einen Ellbogen. »Bist du wütend?« Sie spürte, wie ihr Gesicht einen Ausdruck leiser Sorge annahm, aber innerlich war ihr übel. Gleich würde etwas Entsetzliches geschehen. Sie vertrieb den Gedanken, würgte ihn ab, weigerte sich, der erdrückenden Dunkelheit der hölzernen Dachsparren Macht zuzubilligen, ihrem alten, traurigen, staubigen Geruch.

Tau antwortete nicht. Draußen plätscherte der Regen aufs Dach, tröpfelte in die Finsternis hinab und lief in den Salbeiquell. Ein Schiff drehte sich langsam und knarrend an seiner Fangleine. Der Wind erzählte den durchnässten Blättern traurige Geschichten; ihr Klagelied glich dem Gesang des Meeres. Inmitten dieser Geräusche war Tau von Stille überwältigt, vollkommen von ihr umhüllt. Netze aus Stille sponnen ihn ein.

Quells Hand zögerte und hielt inne, ein Eindringling an seiner Brust. »Bist du wütend auf mich?«

»Nein.« Er lag auf der Seite, wandte ihr noch immer den Rücken zu. »Ich muss dir etwas sagen.«

»Ich weiß, dass es nicht immer leicht ist, mit mir zusammenzuleben.«

»Ich muss es dir sagen.«

»Ich werde versuchen fröhlicher zu sein. Ich weiß nicht, woran es liegt. Vergangenen Frühling ist etwas geschehen, und jetzt fällt es den Wolken so leicht, die Sonne zu verdecken. Sogar als ich klein war, wurde ich traurig, wenn ich die Sonne nicht sehen konnte. Nach drei Tagen mit bedecktem Himmel bin ich immer, mein Vater musste –«

Und Tau, der steif neben ihr im Bett lag, spürte, wie der traurige alte Geruch des Mauerwerks in seine Brust kroch. Seine Lungen fühlten sich moderig und leer an. Sein Herz war ein verdorrtes Ding, in eine alte Kiste gesperrt.

»Und der Regen. Der Regen macht mich traurig«, flüsterte Quell. Die Stille lastete auf ihr, verschloss ihr den Hals, verschloss ihr die Brust. Ihr Herz schlug laut in der jähen Leere ihres Körpers. Sie zitterte bei jedem Pulsschlag.

Tau starrte in die Finsternis und sagte: »Jo und ich waren Beeren pflücken. Im Brombeergestrüpp auf dem Nordkap.« Ihm war, als würde jemand anderes die Worte sagen. Sie konnten nicht von ihm stammen. »Wir haben miteinander geschlafen.«

Jetzt war auch Quells Arm zu Holz geworden. Er lag steif an ihrer Brust. Sie glichen zwei Marionetten, die nebeneinander auf dem Boden lagen. Wo sich ihre Körper berührten, waren sie tot. Und Quell sagte: »Vielen Dank, Tau. Es muss dir sehr schwer gefallen sein, das zu sagen.«

Sein Rücken neben ihr war hart wie Holz, steif wie der Panzer einer Heuschrecke. Er hatte aufgehört, sich gegen die Stille zu wehren. Er hatte nichts zu sagen.

Und Quell richtete ihren Blick in die Finsternis, nicht auf den Mann, der ihr einmal gehört hatte, und sagte: »Du hast Recht, mich zu hassen. Ich habe es verdient.«

»Nicht!« Er drehte sich unvermittelt um und packte ihre Schultern. »Tu das nicht. Bitte. Nicht.« Er vergaß sich lange genug, um ihr in die Augen zu sehen, und verging wie eine Motte in einer auflodernden Flamme. »Es tut mir Leid.«

»Bitte schüttle mich nicht.«

Tau sank in sich zusammen. Netz verließ sein Handgelenk und kroch auf Quells Arm. Er schlang sich darum und hielt sie fest gepackt. »Sie war so einsam. Was immer mit dem Kaiser geschehen ist … sie brennt innerlich, weißt du. Sie hat nicht –«

»Wie kannst du es wagen, mir diese Dinge zu sagen?«

»Es tut mir Leid. Es tut mir Leid.«

»Leid? Was tut dir Leid? Dass Jo schön ist? Dass du die Gelegenheit hattest, mit ihr zu vögeln? Es gibt nichts, was dir Leid tun müsste.« Jetzt sprudelte es aus ihr heraus, ohne dass sie etwas dagegen tun konnte. »Es ist schon merkwürdig, wie man lebt, mit einer äußerst klaren Vorstellung von der Welt. Man redet sich ein, dass man auf Veränderungen vorbereitet ist, aber das stimmt nicht. Und dann gibt die Welt unter dir nach. Du fällst, es gibt keinen Boden mehr, du ertrinkst und siehst nicht mehr, wo oben und unten ist. Du glaubst, auf das Schlimmste vorbereitet zu sein, aber das, was wirklich nachgibt, diese Stütze, die nachgibt, hattest du bisher noch nie in Frage gestellt.« Sie schluckte. »Und es ist, als wärst du tot. Etwas in dir stirbt. Du bist ein Stein in einer Muschelschale. In deinem Körper.« Sie sah an sich hinunter und schrie auf vor Hass. Warf sich aufs Bett zurück und bedeckte ihr Gesicht mit den Händen.

Starr lagen sie da, atmeten kaum, während draußen ein trauriger Regen fiel.

»Es tut mir Leid«, flüsterte Quell. Ihre Stimme war gedämpft; sie nahm die Hände vom Gesicht und legte sie an ihren Körper. »Das war gedankenlos von mir. Ich muss sehr verbittert geklungen haben. Es tut mir Leid.«

Tau stemmte sich gegen die Stille. »Quell?« Er kam sich wie ein Dieb vor, als er ihre Hand berührte. »Ich verstehe nicht, was passiert ist. Ich weiß, ich *weiß*, dass ich kein guter Mensch bin. Dies ist mir Beweis genug. Aber ich liebe dich. Ich liebe dich.« Er weinte. »Ich fühle, dass ich etwas Wunderschönes hatte, etwas Magisches, und ich habe es zerbrochen. Aus purer Unachtsamkeit. Und es lässt sich nie wieder zusammenfügen.«

»Das reicht.« Quell nahm seine Hand und holte tief Luft. »Davon haben wir jetzt genug gehört. Größtenteils von mir.« Sie streichelte seine Hand, ohne sie zu spüren. »Liebst du mich noch?«

»Ja! Ja, das tue ich, wenn du nur sehen könntest, wie sehr –«

»Möchtest du immer noch verheiratet sein?«

»Ja. Bitte.«

»Also gut. Dann ist der Knoten noch nicht durchgehauen, oder? Er hat nur eine Wendung genommen, die ich nicht erwartet habe. Das ist alles.« Sie gestattete sich nicht, das traurige Rauschen des Regens zu hören. Leere grub sich in ihr Herz; sie weigerte sich, sie zu spüren.

Netz kroch ihren Arm hinunter und band ihrer beider Hände zusammen. »Siehst du«, sagte Quell und lachte schniefend. »Er hat zu alldem seine eigene Meinung.«

Tau sagte nichts. Er dachte daran, wie Jos Berührung durch Netz hindurchgeglitten war, an die Hitze ihres Verlangens. Er spürte das kleine Nebelgeschöpf an seinem Handgelenk und hasste es.

Sie hielten sich umschlungen und wiegten sich vor dem sterbenden Feuer.

Tau sagte: »Ich hatte kein schlechtes Gewissen dabei, weißt du. Mir war so klar, dass ich dich liebe, für immer und ewig.«

Quell nickte. »Und Jo war einsam, von Schmerzen erfüllt. Sie ist jetzt allein dort draußen. In der Dunkelheit.« Eine Eule schrie oben auf dem Riff. »Sie hat ein Haus, aber kein Zuhause, keine Familie. Sie hatte Glück, dass sie einen Freund gefunden hat. Du warst ihre letzte Chance. Ihre letzte Wurzel.«

»Ich habe mir eine Narbe zugefügt, die ich bis ans Ende meiner Tage spüren werde.«

Quell schüttelte nur den Kopf. »Schsch. Du kannst die Zukunft nicht voraussagen. Dafür ist die Welt ein zu merkwürdiger Ort. Bleib einfach ruhig liegen. Wir sind jetzt zusammen. Das genügt.« Und später sagte sie: »Wir alle, wir alle sind so menschlich.«

In ihren Armen beruhigte sich Tau allmählich, starrte mit offenen Augen in die Finsternis, sein Kopf in ihrem Schoß.

»Ich muss dich bitten, nie wieder mit ihr zu schlafen.«

Tau zuckte zusammen. »Natürlich. Ich werde nie –«

»Ich weiß, dass ich mich nicht aufregen sollte. Warum sollte Sex schließlich etwas anderes sein als etwas von Herzen sagen oder Hände halten oder mit jemandem auf einem Fischerboot arbeiten? Du hast ganze Tage allein mit Gischt verbracht, und ich war nicht so eifersüchtig. Aber das tut mir weh.« (Hat es dir gefallen? War sie gut? War sie besser als ich? Natürlich, natürlich war sie das. Quell rang die Fragen nieder. Das konnte sie nicht fragen, würde es niemals fragen.)

»Ich liebe dich«, sagte Tau und nahm ihre Hände.

Quell zuckte zusammen, als er sie berührte.

Sie lag immer noch wach, als der Regen schwächer wurde und aufhörte. Immer noch wach, als graues Licht ins Zimmer kroch.

Sie stellte sich vor, wie Jo in ihrem Haus lag und schlief. So wie Quell sie auf ihrem Weg nach Laube und zurück schon oft hatte daliegen sehen. Wenn sie schlief, wirkte die Scheme viel kleiner. Zu klein, um einen Kaiser zu verzweien! Zu klein, um die Leinen durchzuhauen, die Quell an die Welt banden. Ihre weißen Handgelenke waren dünn und ihre langen Finger nicht einmal so stark wie Schegels. Oft lag sie auf dem Rücken, den Kopf zur Seite gedreht, und ihr langer weißer Hals schien so zerbrechlich wie der eines Mädchens.

Auf der anderen Seite des Zimmers konnte Quell den kleinen Ölherd sehen, auf dem sie kochte. Taus Schwert hing darüber an der Wand, eine Trophäe von ihrer Reise. Es hatte sie auf einem langen Weg begleitet, dieses Schwert. Sie hatten es Kirsche Ilex abgenommen, nachdem Sieben ihn erschlagen hatte, an jenem Abend, an dem sie aus Delta geflohen waren.

Auf dem Rückweg war Jo so entrückt gewesen, strich wie ein unruhiges Tier durch das Lager und lief rauchend hin und her, bis sie vor Erschöpfung umfiel. Wie reglos sie am Feuer gelegen hatte. So oft hatte Quell gedacht, sie hätte aufgehört zu atmen, und ihr eigenes Herz war gerast. Dann endlich hatte sich die Brust der Scheme wieder gehoben.

Es hatte sie auf einem langen Weg begleitet, dieses Schwert.

Neben ihr lag der Mann, der ihre Kinder gezeugt hatte, der mit ihr die Hochzeitsknoten durchschritten hatte, und tat so, als würde er schlafen.

Es gibt zwei Möglichkeiten, einen Knoten zu lösen, dachte Quell, während Tau neben ihr lag. Man kann ihm bis an sein Ende folgen, all die bitteren Windungen entlang, an all den Schlaufen vorbei, die einem das Herz brechen.

Oder man kann ihn durchhauen.

Tau drehte sich um, schob sich den Arm unter den Kopf und sah zu ihr auf. »Was denkst du?«

»Nichts«, sagte Quell.

Kapitel 25
Die Geschichte der Siebten Welle

Einige Wochen später, gegen Ende des Sommers, wachte Tau früh auf. Im Osten war der Himmel grau wie Asche. Er wollte Teewasser aus dem Bach holen und das Frühstück vorbereiten. Dann fiel sein Blick auf Quell, die neben ihm schlief, und Scham ließ ihn erstarren.

Jeder neue Tag war eine Reise über eine brüchige Eisschicht. Mit einem Blick, einem Wort, gab die Welt unter ihm nach und er stürzte ins Elend. Der solide, verlässliche Tau – und er hatte sie verraten. Er erinnerte sich, wie sich Jos warmer Rücken unter ihm wölbte, als er in sie eindrang, und dachte dann an Quell – ihre hölzernen Arme und Beine, ihre brüchige Stimme. Schuldgefühle fesselten sein Herz, und er hatte nicht einmal das Recht, sich darüber zu ärgern. Nichtsnutzig wie er war, hatte er das einzig Wertvolle in seinem Leben weggeworfen.

Er war aus Jos Leben gestoßen worden. Quell gestattete der Scheme nicht, ihr Haus zu betreten oder mit ihren Kindern zu sprechen. Tau wagte es nicht, Jos Blick zu erwidern, wenn sie einander im Dorf begegneten. Er und sie waren eine Schifferknotengeschichte gewesen: eine, die sich leicht lösen ließ.

Natürlich würde er nie Händler werden. Er würde (er kostete den Gedanken) der Ehemann der Gewährsfrau sein, wie der freundliche Moos. Jemand, der ein Picknick organisierte oder Tratsch aufschnappte, den Quell mit der fortschreitenden Geschichte von Wolkenriff verweben konnte. Er war hier verankert, sofern er nicht bereit war, ohne sie fortzusegeln. Er war auf dem Dock zurückgelassen worden, während Quell auf der Insel Wurzeln schlug und Jo aufs Meer hinaustrieb.

Um sein linkes Handgelenk verspürte er ein Kribbeln. Netz streckte einen schläfrigen grauen Tentakel in die Morgenluft, zitterte und zog ihn zurück. Einen Augenblick später kam er wieder heraus und kroch langsam Taus linke Hand entlang. Er bäumte sich wie eine Raupe auf und schwankte in der leichten Brise, die durch die Fensterläden kroch. Er wurde zusehends rötlicher. Er streckte sich Taus rechter Hand entgegen, vorsichtig wie eine Katze, die ihre Pfote ins Wasser steckt. Er streckte sich weiter und weiter, klammerte sich noch fester an Taus linken Daumen, so dass das Kribbeln stärker wurde und wie warmes Wasser über die Innenseite von Taus Handgelenk lief.

Der erste Strahl der aufgehenden Sonne streifte Netz und ließ ihn golden aufleuchten. Er zappelte wild Taus rechter Hand entgegen und schaffte es gerade so, einen Tentakel um den Daumen seines Herrn zu legen. Nun strömte die Wärme durch Taus Brust, glitt seine Arme hinunter und sprang zur jeweils anderen Hand über. Draußen erhob sich der Wind, und Netz schaukelte zwischen seinen Daumen wie ein Streifen Spitze aus Sonnenschein.

Wolkenriff reckte sich und atmete auf, als würde es sich über die Wärme der Sonne freuen. Der morgendliche Vogelgesang erhob sich mit aller Macht. Ein Eichhornpärchen jagte über das Dach. Der Morgenwind fegte vom Himmel herab und rüttelte ein paar frühe Blätter auf.

Zum ersten Mal seit Wochen kam Tau zur Ruhe. Er hatte seine Schuld oder seine Scham nicht überwunden; bald würde der Tag anbrechen mit all seinen Erinnerungen. Aber er hatte einen Blick durch die Fensterläden geworfen und den Himmel gesehen und sich erinnert, wenn auch nur für einen Augenblick, dass die Welt ein großes Geheimnis war. Er war ein Ehemann und ein Seemann und ein Vater. Sein Zuhause umgab ihn, und dahinter das Meer und der Himmel und die Sterne. Ihm fiel ein, was Garten gesagt hatte: dass die wirkliche Welt viele Wunder und Abenteuer zu bieten hatte, nur waren sie so groß, dass man sie leicht übersah.

Und da dachte Tau, dass auch das Leben eine Abfolge von Wellen war, vom Wind erzeugt, und der Wind war die Stimme der Sängerin, und jedes Leben war Teil einer großartigen Geschichte. Und wenn er unglücklich und verwirrt war, tat es gut sich zu erinnern, dass der Himmel und das Meer immer noch da waren, weit größer als seine Probleme, und dass die Geschichte, in der er steckte, auch ihre Geschichte war.

Am breiten Ende des Tränenteichs war ein Bächlein abgezweigt worden, um den Kräutergarten zu wässern. Hier war die weiche Luft ganz von Pflanzenduft durchdrungen. Sie schimmerte grün, mit ganzen Rabatten leuchtender Blüten. Es roch nach Koriander und Klee. Der Sonnenschein, der andernorts auf der Meeresoberfläche glitzerte oder in blassen Streifen durch hölzerne Fensterläden fiel, schien im Garten aus den Blattspitzen zu quellen, sämig und golden wie Honig.

Tau war mit Feder und Stiefel und seinen beiden besten Freunden hierher gekommen. »Lauft los und spielt«, sagte er zu seinen Kindern. »Ich möchte mich mit Gischt und Schegel unterhalten.«

Feder raste davon. Stiefel ging langsamer, stapfte an dem Bächlein entlang und blickte stirnrunzelnd ins Wasser.

»So liebe Kinder«, sagte Gischt und streckte sich im Gras aus, den Rücken an eine alte Espe gelehnt. In seinen Augen lag etwas wie Sehnsucht, während er Stiefel hinterherschaute.

Gischt war inzwischen über dreißig. Im Nacken trug er einen ordentlichen Zopf, aber sein Oberkopf war kahl, braun gebrannt und sommersprossig. Wenn er überrascht die Brauen hob, zogen sich unwahrscheinliche Falten über seine Glatze. In seinem Zopf zeigten sich die ersten grauen Haare.

Er wird älter, dachte Tau. Wir alle werden älter.

Auch Schegel mochte älter werden, aber ihr sah man es nicht so an. Mit jedem Jahr sah sie mehr und mehr wie sie selbst aus. »Ich mag Feder«, sagte sie. »Sie trägt den einen oder anderen Funken in sich.«

Tau hockte sich neben Gischt. Er dachte an Jo, deren silberne Augen golden leuchteten. Die innerlich von Einsamkeit verzehrt, vom Wind auseinander geweht wurde. Er betete, dass Feder sich nicht dem Volk der Lüfte anschließen würde. »Wenn du auf den Geschmack gekommen bist, die Welt da draußen kennen gelernt hast, kann eine Insel ziemlich eng wirken. Immer dieselbe Umgebung, dieselben Freunde, dieselben Leute.«

»Du klingst wie ich!« Schegel grinste.

Er konnte nicht behaupten, dass er und Jo ein Liebespaar gewesen waren. Es war nicht Liebe, was sie gemeinsam erlebt hatten. Manchmal dachte er, was für ein schrecklicher Mensch er gewesen war; dann wieder kam ihm ihr Liebesakt wie ein einzelner winziger Knoten in einem Zopf vor, der zu lang war, als dass er ihn hätte verstehen können. »Wir sind eigentlich nie wirklich Teil der Geschichte, oder? Ich meine, eine Geschichte ist eine Welle, und wir sind Wassertropfen. Die Welle nimmt uns auf, lässt uns wieder los und setzt ihren Weg fort. Wir können ihr nur zuschauen. Aber manchmal wünsche ich mir so sehr, auf der Welle zu reiten. Dann möchte ich Teil von etwas Wichtigem sein.«

»Wenn du meinst, es sei nicht wichtig, eine Frau und eine Familie zu haben, bist du dümmer als du aussiehst«, sagte Gischt schroff.

»Ich weiß, ich weiß.«

Stiefel betrachtete noch immer den Bach. Etwas weiter entfernt unterhielt sich Feder mit einem scharlachroten Baldrianstrauch.

»Es sollte dir etwas bedeuten, Tau. Du hast die Frau geheiratet, die du liebst, und du hast eine Familie.« Gischt legte sich die Hand aufs Herz, sah Schegel an und seufzte. »Ich würde sofort tauschen.«

Schegel schlug nach seinem Bein.

Wind strich durch die Espen. Ihre hängenden Blätter raschelten wie Locken dichten grünen Haars. Gischt legte den Kopf schräg und sah Tau zu, wie er schlecht gelaunt Grashalme miteinander verknotete. »Ist es nicht merkwürdig, wie sich alles entwickelt? Ich habe immer nach Geheimnissen gesucht, aber inzwischen habe ich gelernt, dass die geheimnisvollsten Dinge direkt vor unserer Nase geschehen.«

Schegel rümpfte die Nase. »Ach, jetzt klingst du wie Quell. Es ist schön und gut, darüber zu reden, wie großartig das alltägliche Leben ist! Aber manchmal ist es langweilig. Würde mich nicht die Unruhe packen, wäre ich nicht auf mehr aus, dann würde ich Kacke aus den Kleidern meiner Kinder waschen statt zum Festland zu segeln. Dir und Quell mag es gefallen, ehrfurchtsvoll Käfer zu betrachten, aber es ist nicht verkehrt, etwas Besonderes zu wollen, etwas Anderes. Wo wären wir jetzt, wenn Sieben bereit gewesen wäre, es einfach seinem Vater gleichzutun?«

»Und die Jahre vergehen«, sagte Tau. Er musste an Garten denken, dessen Finger sich im Boden verwurzelten. »Die Jahre vergehen mit all ihren Entscheidungen. Und je älter du bist, desto mehr hast du das Gefühl, alle deine Entscheidungen wären bereits gefällt, aufgrund all der Entscheidungen, die du vorher getroffen hast.« Die ersten Zweige tasten sich vor, wie es ihnen gefällt. Die letzten fügen sich ein, wo sie können.

Gischt seufzte. »Du klingst niedergeschlagen, mein Freund. Du klingst wie ein Mann, der das Gefühl hat, in der Falle zu sitzen, ein Mann, der das Gefühl hat, der Rest seines Lebens sei bereits erzählt worden. Das glaube ich nicht! Das Leben ist sonderbar, sonderbarer als du dir vorstellen kannst.«

»Dein Leben vielleicht. Du siehst fremde Orte.«

»Du segelst in die Vaterschaft. Ich würde all meine Fahrten gegen diese eine Reise eintauschen.«

Tau zwang sich, ohne Bitterkeit zu sprechen, und wechselte das Thema. »Dabei fällt mir ein, wie war eure letzte Fahrt?«

Gischts Hände streuten Wunder aus. »Wundervoll! Wir haben einen weiteren weißen Fleck auf Steins Landkarte durchsegelt. Schegel liebt das. Und wir haben unsere Feuchtperlen gegen genug Streichhölzer eingetauscht, um Wolkenriff auf Jahre hinaus damit zu versorgen, und es werden eine Menge übrig bleiben.«

»Du bist wirklich ein Seemann geworden.«

Gischt lachte. »Wer hätte das gedacht? Aber jetzt, da Quell Wolkenriff so verhaftet ist und Schegel überallhin jagt außer – Lass es dir gesagt sein, ich habe mehr von Fadens Reich gesehen als mir lieb ist. Natürlich weiß ich, wer noch immer der bessere Seemann ist.«

»Ich glaube, wir wissen alle, wer jetzt der bessere Seemann ist«, sagte Tau.

Stiefel betrachtete das flache Bächlein. Eine kleine Forelle kämpfte tanzend gegen die Strömung an. Sie glitt zurück und hielt stand, glitt zurück und hielt stand, bis ihr ein Granitbrocken Schutz bot. Stiefel wollte einen Damm bauen. Er überlegte, wo der geeignete Ort dafür wäre.

Am anderen Ufer schwatzte Feder mit einer großen scharlachroten Mohnblume.

Stiefel fasste vorsichtig in das Bächlein und holte einen großen grauen Stein heraus. Er fragte sich, ob er nass oder trocken glücklicher sein würde. Nass würde kalt bedeuten, aber Kälte machte Steinen nicht so viel aus. Im Großen und Ganzen schien der Stein unter Wasser am glücklichsten. Dort glänzte er, fühlte sich glatt an und war leichter.

»Die Mohnblume hat gesagt, dass aus mir eine Königin wird!«, verkündete Feder. Eine dicke Hummel landete auf der Blume und summte ein kleines Arbeitslied, während sie durch den Pollen vagabundierte.

Stiefel ging ein Stück stromabwärts bis dorthin, wo der Granit endete. »Hat sie nicht.«

»Du kannst Kaiser sein«, gestand ihm Feder zu. »Das ist fast genauso gut.«

Eine breite Stelle, wo das Wasser langsam floss und flach war, oder eine schmale Stelle, wo es tiefer war und schneller floss? Er entschied sich für flach; seiner Erfahrung nach blieben Steine in Strömungen nicht dort, wo er sie hinlegte. »Das hat sie auch nicht gesagt.«

»Hat sie doch!«

»Hat sie nicht!«

»Wenn du schon so schlau bist, was hat sie dann gesagt?«, fragte Feder und schmollte. Eigentlich war sie ziemlich hübsch, aber wenn sie schmollte, sah sie aus wie ein kleiner blonder Fisch mit Lippen.

Stiefel legte einen symbolischen ersten Stein in die Mitte. Er würde sich von dort zum Ufer vorarbeiten. »Sie hat gesagt, dass es gut tut, die Sonne zu trinken.«

Feders Augen wurden rund. »Woher weißt du das?«

Stiefel blickte verwirrt zu ihr auf. »Weil sie es gesagt hat.«

»Du hast noch nie gesagt, dass du Dinge hören kannst!«

Stiefel hob die Schultern. »Und du hast vorher noch nie gelogen.«

Methodisch machte er sich auf die Suche nach seinem nächsten Stein. Seine staunende Schwester wurde abgelenkt, als der Ostwind unter einem Fliederbusch Geheimnisse für sie versteckte, nach denen sie suchen konnte. Stiefel schenkte ihr keine Aufmerksamkeit. Er hatte Wichtigeres im Sinn.

Aus dem Sommer wurde Herbst, und ein Wirbel frühen Schnees riss die letzten Blätter von den Bäumen.

Für Quell hatte sich das Leben verändert. Sieben Jahre lang hatte sie ihr Leben in der wirklichen Welt gelebt und ihre Magie ruhen lassen. Aber der Ruf, der sie in jener Mondnacht im Frühling zu Jo an den Strand gelockt hatte, hatte sie endlich aufgeweckt. Sie versuchte sich ihre Begabung nutzbar zu machen, während sie bei der Gewährsfrau von Wolkenriff in die Lehre ging, aber sie war sich jetzt unablässig bewusst, dass der Nebel unter der Welt hindurchfloss wie Blut unter der Haut.

Alsters Vorhersage war eingetroffen. Jo wurde immer verzweifelter. Jetzt hatte sie auf Quells Herz gezielt. Klammerte sich Jo an Tau, klammerte sie sich an alles, was sie davor bewahren konnte, in den Nebel zu entschwinden? Oder versuchte sie auch, Quell loszureißen? Quell gab sich Mühe, Verzweiflung und

Selbsthass nicht nachzugeben, ihren Schmerz nicht an Tau und den Kindern auszulassen, aber seit dem Tod ihrer Eltern war nie wieder von ihr verlangt worden, dass sie eine so dunkle und tiefe Welle ritt.

An manchen Tagen kehrte Quells Angst zurück, ein jäher kalter Schatten, der auf ihr Herz fiel, während sie im Kräutergarten arbeitete oder ihren Kindern zusah, wie sie über den Anger tobten. Wie zart und zerbrechlich die Welt in diesem Jahr zu sein schien! Als wäre ihr Leben aus Nebel gemacht und eine einzige starke Böe könnte alles fortwehen. Einige Nächte waren die düstersten ihres Lebens; doch wenn sie glücklich war, war die Freude fast unerträglich. Sie lief auf Messers Schneide zwischen der wirklichen Welt und dem Nebel, war so lebendig wie nie zuvor.

Alster sprach davon, sie während der Wintersonnenwende auf ihre Nachtwache als Gewährsfrau zu schicken, aber erst musste Quell noch eine schwierige Aufgabe bewältigen: Sie musste sich Geschichten ausdenken, die es wert waren, erzählt zu werden. Als die Ulme oberhalb des Tränenteichs fast alle ihre Blätter verloren hatte, war sie bereit, die erste an den Kindern auszuprobieren.

»Dies ist die Geschichte der Siebten Welle«, sagte Quell. »Es ist eine Geschichte über die Nebelzeit, wo alles wahr ist und nichts, was es zu sein scheint.«

Die Kinder, die sie hütete, saßen auf den moosbedeckten Felsen oberhalb des Krabbenstrandes. Im Osten baute sich eine Wand violetter Wolken auf. Ein Kreis kleiner Gesichter blickte zu ihr auf, unter denen Feder am ernstesten dreinschaute. Stiefel betrachtete stirnrunzelnd seine Finger.

»Dies ist eine Schotstek-Geschichte. Ihr wisst alle, dass in einem Schotstek das große und das kleine Tau ineinander verschlungen sind, so dass man nicht über das eine sprechen kann, ohne das andere zu erwähnen, bis man ans Ende gelangt und beide festzieht.«

Kurzes Tau, langes Tau

Der Nebel wirbelt in das Meer, das Meer verhärtet sich zu Stein, wird zu einer Insel, dann zu festem Land. Das Land schnellt zu Bergen empor, und die Berge verblassen zu Wolken und Nebel; denn Veränderung ist die Natur der Welt.

Am Anfang war der Nebel, und er lag über allen Wassern der Welt. Doch endlich wirbelte das Meer den Nebel nach Delta, der ersten Insel. Natürlich habt ihr alle zahlreiche Geschichten über die Menschen gehört, die damals dort lebten. Nun, dies ist die zweite oder vielleicht sogar die erste Geschichte über Werk und Tausch und Schläue und Gabel, und die einzige Geschichte über Stand.

Nun denn, Schläue ist über die Insel spaziert, hat allen Dingen Fragen gestellt und mit ihrer Großen Blauen Muschel auf die Antworten gelauscht, also war sie glücklich. Und Werk hat Nebel und Zweige und Austernschalen gesammelt, um sonderbare neue Spielsachen zu basteln, also war er glücklich. Und Gabel fand Venusmuscheln, die sie kochen, und Aale, die sie backen konnte, sie konnte Fischeintopf zubereiten und Schlangen braten –

(Alle Kinder riefen »Igitt!«, rümpften glücklich ihre Nasen und streckten ihre Zungen heraus.)

– also war *sie* glücklich. Und Stand konnte mit Delphinen um die Wette schwimmen und mit Tintenfischen ringen, also war *er* glücklich.

Tausch dagegen langweilte sich. Er wollte immerzu Handel treiben und fremde Länder kennen lernen und interessante Dinge sehen. Da es jedoch noch keine anderen Inseln gab und er auch nicht in der Lage gewesen wäre, zu ihnen zu gelangen, wurde ihm sehr langweilig. Den größten Teil des Tages lief er über den Strand, blickte sehnsüchtig aufs Meer hinaus und hoffte, dass etwas Aufregendes geschehen würde.

Deshalb war er der Erste, der die Beule entdeckte.

Es war ein ganz besonderer Tag – ungefähr wie der heutige –, und er war sicher, dass etwas Aufregendes geschehen würde. Bis jetzt war das Meer immer vollkommen glatt und der Wind ausgesprochen ruhig gewesen. Jetzt aber zerrte eine Brise wie ein unartiges Kind an seinem Zopf, und auf dem breiten Rücken des Meeres wölbte sich eine Beule.

Es war keine große Beule, noch nicht, und sie war weit im Osten. Aber trotzdem, bisher hatte es noch nie eine Beule gegeben.

Nun denn! Tausch eilte über die Insel, bis er auf Schläue stieß, die auf Händen und Knien einer Spinne lauschte, die vorbeifliegenden Fliegen artige Komplimente machte. »Schläue! Schläue! Eine Beule!«, rief er.

Schläue sprang auf und wäre fast wieder hingefallen. Mit ihrer Großen Blauen Muschel am Ohr klang Tauschs Stimme sehr laut. »Beule!«, fauchte sie. »Du hast wohl eine Beule am Kopf – rennst hier rum und brüllst anderen Leuten ins Ohr.«

»Nein, wirklich! Auf dem Meer ist eine Beule!« Und er schleppte sie an den Strand hinunter, damit sie die Beule mit eigenen Augen sehen konnte. Sie war wirklich da, und sie wurde größer und kam näher und kam näher und wurde größer.

»Wisst ihr, was es damit auf sich hat?«, fragte Stand, der die Beule beim Schwimmen entdeckt hatte.

»Du hast dich wieder mit den Tintenfischen geprügelt«, sagte Schläue und runzelte die Stirn. Sie konnte die Male sehen, die die Saugnäpfe überall auf seinen kräftigen Armen und seinem breiten braunen Rücken hinterlassen hatten.

»Wir haben nur gespielt.«

Schläue warf ihm einen einzigen finsteren Blick zu und zwei dem Meer. »Ich würde wirklich gern wissen, was es mit der Beule auf sich hat«, sagte sie.

Werk kam als Nächster zu ihnen an den Strand. Er hatte sich die Bäuche von vier toten Quallen unter jeden Arm gebunden und einen Hut von der Größe eines Segels mit einem Riemen unterm Kinn befestigt. »Ich saß gerade oben auf dem Großen Baum und habe überlegt, ob ich meine Flugausrüstung ausprobieren soll, da habe ich diese Beule entdeckt. Was hat es damit auf sich?«

Die anderen schüttelten die Köpfe.

Dann kam Gabel zum Strand herunter, um nach Venusmuscheln zu suchen, und auch sie blieb stehen und betrachtete die Beule.

»Aber hallo«, sagte Werk. »Wird sie nicht immer größer?«

»Sie kommt auch näher«, sagte Schläue.

»Sie kommt direkt auf uns zu«, sagte Tausch. Und plötzlich war er nicht mehr so sehr auf etwas Aufregendes erpicht.

Die Beule wurde vor ihren Augen größer und breiter und blauer und grüner. Sie rollte über den Ozean auf sie zu, und ihr Kamm war weiß vor Gischt. Sie war nicht mehr weit entfernt, und sie grollte wie Donner.

Schläue sagte: »Ich weiß nicht genau, ob mir das gefällt.«

Und Werk sagte: »Was das wohl ist?«

Und Gabel sagte: »Vielleicht sollten wir jetzt gleich essen.«

Und Tausch sagte: »Ich wünschte, sie würde verschwinden.«

Und Stand sagte überhaupt nichts, sondern sprang ins Wasser und schwamm ihr entgegen.

Aber die Beule hob ihn in die Höhe, schleuderte ihn auf die Insel zurück und schoss über die anderen hinweg.

Wisst ihr, was das war?

(Die Kinder aus dem Dorf sahen einander an, runzelten die Stirn und überlegten, ob sie diesen Teil der Geschichte schon einmal gehört hatten. Stiefel spähte zu den Sturmwolken im Osten hinüber, wandte sich dann seiner Mutter zu und schaute ihr in die Augen. »Das war eine Welle.«)

Es war eine Welle!

Es war die erste Welle, die es jemals gegeben hatte. Sie schoss über die Insel hinweg und verschlang Gabels Feuer und zerbrach Werks Spielsachen und spülte Tauschs wunderschöne Sammlung von Muscheln und Steinen davon, und alle wurden sie sehr nass und waren wütend und außer Atem. Am schlimmsten war, dass Stand sich verletzt hatte. Die Welle hatte ihn auf die harten Steine geworfen. Dort lag er jetzt und stöhnte.

Schläue war zum Bersten voll mit Meerwasser und hatte sich an den Steinen aufgeschürft. In ihrem ganzen Leben war sie noch nicht so wütend gewesen. Während die anderen benommen herumtaumelten und sich fragten, was geschehen war, schüttelte sie der Welle ihre Faust hinterher und schrie so laut sie konnte: »WARUM?« Als sie jedoch ihre Große Blaue Muschel ans Ohr hob, hörte sie nur das Geräusch von Wasser und Felsen, wie wir auch, wenn wir am Strand stehen. Und dies war das erste Mal, dass die Welt ihr eine Antwort verweigerte. Da wurde sie sehr nachdenklich und auch ein klein wenig ängstlich.

(Die Bäume auf dem Hügelkamm berieten sich und wehklagten angesichts dessen, was der kalte Wind ihnen erzählt hatte. Weit im Osten kroch ein Schatten über das Wasser.)

Langes Tau, kurzes Tau

Als er die zweite Beule sah, war Tausch nicht mehr im Entferntesten so froh wie beim ersten Mal. In aller Eile erzählte er es den anderen und sie kauerten sich auf dem höchsten Punkt der Insel aneinander. Mit seinen Seegrastauen band Werk alle an einen Baum, damit sie nicht fortgespült würden – alle außer Stand, der das unter seiner Würde fand.

Die Welle war beim zweiten Mal genauso blau und grün und nass und schäumend. Sobald sie vorüber war und Schläue wieder Luft bekam, rief sie: »WOHER KOMMT SIE?«

Und die Welle sprach: »Aus dem Meer.«

Werk entdeckte die dritte Welle, während er oben auf dem Großen Baum saß und durch eine Nebelblase blickte, die weit entfernte Dinge ganz nah erscheinen ließ.

»Langsam wird es lästig«, murrte Gabel, denn die Wellen löschten immer ihr Feuer, und sie zündete es nur sehr ungern wieder an.

Während Gabel den Sand aus ihren Töpfen kratzte und nach Brennholz suchte, rief Schläue dem breiten Rücken der Welle hinterher: »AUF WEN HAT SIE ES ABGESEHEN?«

»Auf euch«, sprach die Welle.

»Ich weiß wirklich nicht, warum du immer diese albernen Fragen stellst«, sagte Stand zu Schläue, während die vierte Welle auf sie zukam. »Wir wissen jetzt, was es ist. Wir lassen uns nicht mehr hereinlegen.«

Schläue runzelte die Stirn. »Da braut sich etwas zusammen«, sagte sie.

»Wann?«, spottete Stand.

»Das werden wir sehen.« Nachdem die vierte Welle sie überrollt hatte, rief Schläue: »WANN IST ES SO WEIT?«
»Die Siebte Welle«, sprach die Stimme des Meeres.

»Hör mal her«, sagte Werk und nahm Schläue beiseite, als die fünfte Welle in Sicht kam. »Wir müssen etwas genauer über dieses Ding Bescheid wissen, das da auf uns zukommt. Ist es einfach nur eine weitere Welle oder etwas anderes? Besteht es aus Feuer oder Fell oder Federn? Ist es länger als ein Stein oder kälter als ein Aal? Passt es durch die Nase eines Krebses? Wie viele Blasen wiegt es?« Er rümpfte die Nase über sie und wirkte schrecklich überlegen. »Kurz gesagt, wir müssen *präzise* sein, Schläue.«
Als Schläue weit oben in Werks Großem Baum saß und die Welle darunter vorbeirollen sah, rief sie: »WAS IST ES?«
Und die Welle sprach: »Der Tod.«

(Selbst Kiesel, die fast alt genug war, um auf sich selbst Acht zu geben, fühlte sich angesichts des Sturms, der hinter ihrem Rücken aufzog, unwohl. Feder zitterte im kälter werdenden Wind. Wortlos nahm Stiefel ihre Hand.)

Auf der Insel waren alle sehr nervös. »Suppe«, riet Gabel. »Viel gute heiße Suppe. Das vertreibt jede Krankheit, die uns bevorstehen mag.«
»Ich habe an etwas gearbeitet, das uns helfen könnte«, sagte Tausch. »Werk hat mir ein Messer gegeben und ich habe damit einen Baum ausgehöhlt. Wenn die Welle kommt, wird das Holz schwimmen, und wir wären darin in Sicherheit.«
»Fliegen ist die Lösung«, sagte Werk feierlich und drückte die Quallenbäuche unter seinen Armen. »In der Luft sind wir sicher.«
Aber Stand sagte: »Warum weicht ihr alle zurück? Wir sollten uns dem Ding stellen! Wenn wir jetzt nachgeben, wird es für immer über uns herrschen.«
Da fingen sie an zu streiten, bis Schläue sagte: »Ich kann die sechste Welle sehen.« Da waren sie still. Schläue hielt ihre Große Blaue Muschel fest in der Hand. »Ich werde in Erfahrung bringen, was ich in Erfahrung bringen kann.«
Als die sechste Welle vorüberrollte, rief sie: »WIE KÖNNEN WIR UNS SCHÜTZEN?«
Doch die Welle sprach: »Das könnt ihr nicht.«

Von dem Augenblick an, als sie die Siebte Welle entdeckte, fühlte sich Schläue so zerbrechlich wie eine Eierschale. »Beeilt euch!«, rief sie und eilte zu den anderen. »Sie ist da!«
»Rennt zum Baumstamm!«, sagte Tausch.
Zusammen mit Schläue kauerte er sich in seinen hohlen Stamm. Gabel wollte erst an ihrem Feuer bleiben, denn sie hatte eine besonders leckere

Schlange in den Kochtopf getan. Aber als die Welle näher kam und immer höher und schwärzer wurde, entschied sie, dass sie auch ein anderes Mal eine Schlange kochen konnte.

Aber nachdem sie sogar Gabel überzeugt hatten, sich in ihren hohlen Stamm zu flüchten, konnten sie weder Werk noch Stand überzeugen, sich ihnen anzuschließen. »Fliegen!«, schrie Werk. »Das ist die einzige sinnvolle Alternative!« Er war auf die Spitze des höchsten Baumes geklettert, und dort hing er, während der Baum im Wind schwankte, und hielt seine Quallenbäuche umklammert.

Stand dagegen marschierte den Strand entlang und wurde wütender und wütender. »Sollen wir bis in alle Ewigkeit vor diesem Ding weglaufen?«, brüllte er. »Ist Werk nicht geschickt? Ist Schläue nicht weise? Bin ich nicht stark? Ich werde diesen Tod bekämpfen, was immer es ist, und ich werde ihn lehren, dass man einem Eiländer mit Respekt begegnen muss.«

Schläue redete ihm zu und Tausch schmeichelte ihm und Gabel weinte, aber sie konnten Stand nicht dazu bewegen, in den hohlen Baum zu kommen.

Die Siebte Welle wurde höher und finsterer und breiter und kälter, bis der Wind, der ihr vorausging, die Bäume fast bis zum Boden hinabbog und ihr Brüllen tausend Donnerschlägen glich und ihr schwarzer Kamm die Sonne verschlang. Noch immer harrte Stand am Ufer aus, schüttelte seine mächtige Faust und brüllte dem Sturm entgegen.

Dann brandete die große Welle über Delta hinweg. Sie hob den hohlen Stamm in die Höhe und warf ihn wie Spielzeug hin und her, so dass diejenigen, die sich darin befanden, übel zugerichtet wurden und nach Luft rangen. Schläue wurde hinausgeschleudert und musste sich ans Heck klammern, und Gabel wurde über Bord geworfen und musste sich an ihrem Kochtopf festhalten. Tausch dagegen war in seinem hohlen Baumstamm sicher, und so entstand das erste Boot.

Als sie benommen auf dem schwarzen Wasser schwammen, sahen sie, wie Werk hustend und spuckend vorbeigetrieben wurde. Er hatte nicht den Mut aufgebracht, von seinem Baum zu springen und zu fliegen, aber die geschwollenen Quallenbäuche, die er sich unter die Arme geklemmt hatte, hoben ihn an die Wasseroberfläche, nachdem die große Welle seinen Baum unter sich begraben hatte.

Tausch zog alle in sein kleines Boot hinein und drückte auf ihre Rücken, bis sie all das Meer ausspuckten, das sie geschluckt hatten.

Da trieb etwas an ihnen vorbei. »Stand!«, kreischte Gabel.

Doch Stand war tot.

Denn der Siebten Welle waren seine Kraft und seine Schwimmkünste und seine Wut gleichgültig. Sie hatte ihn nicht einmal bemerkt. Sie brandete wie ein Donnerschlag über ihn hinweg und raubte ihm das Leben.

Tränen liefen Schläue über das Gesicht, als sie auf Stands zerschlagenen Körper hinabblickte, und sie hatte das Gefühl, ihr Herz würde brechen. »WARUM!!«

Doch obwohl sie sich ihre Große Blaue Muschel ans Ohr hielt und mit großer Anstrengung lauschte, gab die Welt ihr keine Antwort.

»Das ist eine traurige Geschichte«, sagte Kiesel.

Quell nickte. »Ja aber sie ist wahr. Und Schläue und Werk und Gabel und Tausch haben die Siebte Welle überlebt und ihr alle kennt Geschichten über ihre Abenteuer. Heute haben wir viel schönere Boote als Tausch damals, und niemand muss mehr gebratene Schlangen essen. Solange ihr der Welt mit Respekt begegnet und ihre Macht kennt, könnt auch ihr viele Abenteuer bestehen.«

Die Kinder nickten mit großen Augen.

»Das nächste Mal erzähle ich euch eine lustige Geschichte«, sagte Quell. Plötzlich kam sie sich gemein vor. Ihre dumme Geschichte war zu düster gewesen. Es tat ihr im Herzen weh, als sie sah, wie die Kinder zu ihr aufblickten, Unsicherheit auf ihren kleinen Gesichtern. Vielleicht war es besser für sie, wenn sie nur an das Gute glaubten.

»Man kann nicht segeln, wenn man nicht weiß, wo die Klippen sind«, sagte Stiefel feierlich.

Quell schaute ihn überrascht und dankbar an.

Dann sah sie, wie jemand über die Felsen auf sie zukam. Es war Jo. Die Kinder stoben auseinander, um der Scheme Platz zu machen. Sie lächelte, und die weißen Haare bauschten sich vor ihrem Gesicht und flatterten im Wind, der immer stärker von Osten her blies.

Eine Nebelpeitsche knallte in Quells Blut.

Jo war hager, dünn und wild wie ein Blitz. Hinter ihren Augen loderte Feuer. »Habe ich die Geschichte verpasst?«, sagte sie und strich Feder mit langen weißen Fingern über das Haar.

»Rühr sie nicht an.«

Jos Augen glichen zwei goldenen Flammen. »Du solltest mir etwas geben, Quell. Es bedarf so wenig, um mich glücklich zu machen.«

Draußen auf See eilten die Schiffe dem Hafen entgegen und verschwanden hinter der Kralle auf dem Weg zu den leewärts gelegenen Docks. Ihre Segel knatterten im böigen Wind.

Feders blonder Zopf peitschte im stärker werdenden Wind um ihr Gesicht. »Ein Gewitter zieht auf«, sagte sie.

Die letzten Fischerboote waren im Hafen und ihre Segel eingeholt. Tau, Stein, Robbe und Schneide zogen die kleineren Schaluppen auf den Kieselstrand und trugen sie ins Bootshaus. Moos und Gischt gingen mit den älteren Kindern von Boot zu Boot und statteten jedes einzelne mit zusätzlichen Schwimmern aus, damit ihr Rumpf nicht an den Kai schlug.

Es herrschte hoher Seegang. Die Pier knarrte und stöhnte bei jedem hohen grünen Brecher. Fallleinen und Kabeltaue sangen im Wind. »Ein echter Frühlingssturm!«, schrie Tau.

»Jau.« Stein folgte ihm auf dem Fuß. Er hoffte, dass sie noch drei weitere Boote in Sicherheit bringen konnten, bevor der Sturm losbrach.

Die ersten Donnerschläge krachten und brandeten wie riesige Wellen über die Insel. Alster sprang vom Tisch auf und starrte die Fensterläden an.

Moos stampfte herein und knallte die Tür zu. Regen tropfte aus seinem Bart, als er einen langen Arm um sie legte. »Es donnert nur, alte Frau.«

Alster schnaufte.

»Du hast Gewitter noch nie gemocht«, kicherte Moos. »Mir hat das Feuerwerk immer gefallen.«

Alster ging unruhig auf und ab. Mit grimmiger Miene stapfte sie von einem Ende des Zimmers zum anderen, erstarrte bei jedem Blitz und hielt die Luft an, bis der Donner über ihnen explodierte. »Quell hat mir versprechen müssen, dass du das Haus bekommst, wenn ich nicht mehr bin, Gewährsturm hin oder her.«

»So schnell gehst du nirgendwohin«, sagte Moos, zog seine triefende Jacke aus und hängte sie zum Trocknen über den Kaminsims.

»Wenn sie einen Blick in die Zukunft werfen muss, kann sie dich um Erlaubnis fragen. Das ist alles. Ich werde nicht zulassen, dass du aus deinem Zuhause verdrängt wirst« – ein Blitz riss den Himmel auf und die Wolken brüllten vor Schmerz –, »nur wegen der Gewährskunst«, flüsterte Alster.

Moos trat hinter sie. »Quell würde mich niemals hinauswerfen.« Er legte seiner Frau die Hände auf den Bauch und drückte sie an sich. »Das weißt du.«

»Bei Schläues Ohr, das wird sie nicht.«

Der Sturm fiel über Wolkenriff her und rüttelte an Alsters Fenstern, als wollte er ihr Haus zerreißen. Sie spürte, wie Moos groß und schützend hinter ihr stand.

»Es ist so schnell dunkel geworden«, sagte sie.

Kapitel 26
Die beiden Helden

Zwei Tage später, an einem trostlosen regnerischen Tag, kam Taus Vetter Hecht um die Kralle gesegelt und brachte ihnen einen Besucher. Es war Sieben.

Als sie anlegten, werkelte Gischt gerade auf dem Kai herum. Sieben half Hecht, die Segel einzurollen, und schwang sich dann aus dem Boot. Er packte Gischt bei den Schultern. »Ich bin froh, dich zu sehen, Leutnant.«

»Überraschung! Erstaunen! Verwunderung! Du siehst gut aus«, sagte Gischt. Aber Sieben war älter geworden, viel älter als damals. Der ruhige, klare Blick, den Gischt gekannt hatte, war verschwunden. Der Deltaner sah zäh und vom Wind gegerbt aus. Durst und Entbehrung hatten ihm tiefe Falten um Mund und Augen gemeißelt, und sein Lächeln war hart. Er trug Hosen und Hemd wie ein Waldländer. »Was führt dich nach Wolkenriff?«

»Du!« Sieben lachte erneut. »Ich will in den Nebel segeln. Und da dachte ich mir, ich könnte vorbeikommen und dich besuchen. Hilf mir, meine Ausrüstung auszuladen, während Hecht seiner Familie einen Besuch abstattet. Mir stand nicht der Sinn danach, allein bis an den Rand der Welt zu segeln, also habe ich den Sommer über auf jedem Schiff angeheuert, das mich haben wollte. Es hat mich viele Monde gekostet, jemanden zu finden, der von Wolkenriff auch nur gehört hatte.«

Gischt kletterte an Bord.

»Mein Vater hat erzählt, dass du ein, zwei Mal auf Delta mit ihm zu Abend gegessen hast«, sagte Sieben.

»Nun ja, du kennst Schegel. Es war ihre Idee, mit dem Festland Handel zu treiben. Sie ist der Wind in unseren Segeln.«

»Ihr treibt mit den Waldländern Handel.«

»Der Krieg ist vorbei«, sagte Gischt.

»Und die Toten bleiben tot.«

Sieben trug ein Schwert der Waldländer am Gürtel. Es schwang im Rhythmus seiner Schritte vor und zurück.

»Lange Reise?«

Sieben zuckte mit den Schultern und zog die Ladeluke auf. »Na ja. Ebenen, Berge. Eine Weile bin ich sogar durch die große Wüste im Norden gewandert. Eine lange Reise. Natürlich ist jede Reise lang, wenn man keinen Hafen hat, zu dem man heimkehren kann.«

»Was ist nur aus dem Mann geworden, der die Inseln retten wollte? Dem Patrioten? Ich hätte nicht gedacht, dass sich General Sieben um Dinge bekümmert, die außerhalb der Sichtweite des Meeres liegen.« Gischt stieg die schmale Leiter in Hechts kleinen Laderaum hinunter. Er sammelte einen Arm voll

Winterkleidung zusammen, die hinter einer großen Schmelztonvase mit silbernem Stöpsel verstaut war.

Sieben kam in den Laderaum herunter und drängte Gischt an das Schott, während er einen Berg Kleider und Decken zusammenraffte. Unter Deck war es sehr dunkel, und über der Luke heulte leise der Wind. »Damals gab es mehr, das mir etwas bedeutete.«

»Das mit Teich tut mir Leid.«

Sieben hob die Schultern. »Das ist der Lauf der Welt. Aber man darf nie aufgeben. Man kämpft immer weiter.« Als er den Fuß auf die Leiter setzte, verdeckte sein Körper die Ladeluke und das Licht erlosch.

Er stand an Deck und wartete, als Gischt aus der Luke stieg. »Eigentlich hast du den Grund für meine Reise schon genannt. Nachdem ich jahrelang umhergeirrt bin, dachte ich mir: Wenn es einen Ort gibt, an dem die Toten wieder zum Leben erweckt werden können, dann ist es der Nebel.«

»Sieben –«

»Komme ich ungelegen?«

»Nein. Nein, natürlich nicht.«

Sieben sprang behände von Bord. »Ich habe mir überlegt, dass ich Teich in den Nebel mitnehmen sollte, um herauszufinden, was sich machen lässt. Steinfinger soll Macht über den Tod haben. Und wer weiß, wozu die Sängerin fähig ist?«

»Sie ist schon Jahre tot, Sieben.«

»Ich weiß. Ich habe ihre Asche mitgenommen. Einfach zu transportieren. Ich bezweifle, dass es ihr etwas ausmacht.« Sieben wandte sich um und half Gischt aus dem Boot. »Sie ist in dieser verzierten Flasche, die mit dem silbernen Stöpsel. Was immer du tust, kipp das in einer finsteren Nacht bloß nicht in die Lampen!« Er lachte immer noch, als er den Kai verließ und Richtung Dorf davonging.

Der Ostwind schluchzte und entlockte den Wolken einen endlosen Strom von Tränen – am Himmel ballte sich ein weiteres Gewitter zusammen.

Bis zum nächsten Tag war jede Spur des Unwetters verschwunden und der Himmel leckte nicht mehr. Berge bauschiger weißer Wolken türmten sich am Himmel, vom Wind unablässig in neue Formen gebracht.

Sieben streifte durch Wolkenriff und sah den Dorfbewohnern zu, wie sie die Sturmschäden reparierten. Gischt richtete Boote wieder her, Schegel saß rittlings auf dem Dach ihrer Mutter und stopfte undichte Stellen. Quell traf er im Kräutergarten an, wo sie mit Fink und Schwalbe arbeitete. »Und natürlich tut er die ganze Zeit so, als sei der Regen meine Schuld«, sagte Fink gerade.

Schwalbe lachte. »Ich werde Robbe die ganze Woche lang nicht zu sehen bekommen! Nicht, solange er sich um sein kostbares Boot kümmern muss.«

Der Elfenbeinkamm, den Stock Quell zur Hochzeit geschnitzt hatte, leuchtete wolkenweiß, als sie Sieben anlächelte. Nachdem sie ihn am Tag zuvor kennen gelernt hatte, war sie zu der Feststellung gekommen, dass Gischt und Schegel all die Jahre die Wahrheit gesagt hatten: Er war dazu bestimmt, eine Legende zu werden. Der Nebel war in ihm; um das zu erkennen, bedurfte es keiner Zauberei. »Guten Morgen, verehrter Gast.«

»Gut? Ihr scheint alle nicht zu verstehen, was euch widerfahren ist. Seht ihr nicht, wie viel Arbeit euch bevorsteht? Und das nur, um den Zustand von vor drei Tagen wiederherzustellen.«

Quell blickte auf den Schlamm hinunter, wo sich ihr Garten befunden hatte. Kamillenpflanzen drängten sich mit demütigen gelben Köpfen aneinander und verströmten einen süßen, verletzten Geruch.

»Zwei Schiffe sind gesunken, die anderen größtenteils beschädigt, der Kai hängt schief und die Gärten sind fortgeschwemmt.« Sieben ging neben einem Gestrüpp schlammiger Rauten-Anemonen in die Hocke. »Das Meer ist grausam.«

Quell fing einen verwunderten Blick von Fink auf und schüttelte kaum merklich den Kopf – warum musste Sieben die schwierige Aufgabe, glücklich zu sein, noch schwieriger machen? »Auf Delta würde man das vermutlich als Katastrophe empfinden. Hier auf Wolkenriff hält uns das Meer an unserem Platz.«

»Oder schwemmt uns hinfort!«, sagte Schwalbe.

Quell versorgte einen weiteren Rautenzweig. »Der Regen fällt auf uns herab, und nicht immer werden wir gerne nass. Aber der Regen ist zumindest wirklich. Was man nur von wenigen Werken der Menschen sagen kann.« Früher hätte sie gesagt, dass Liebemachen dazuzählte, aber der Gedanke an Tau und Jo ließ ihr die Worte auf der Zunge ersterben. Sie zuckte mit den Achseln und warf Schwalbe einen kurzen Blick zu. »Wir Frauen haben euch Männern etwas voraus, Sieben. Ich war der Welt nie so nahe wie in jenem Moment, als ich die Zwillinge auf die Welt gebracht habe.« Schwalbe nickte.

Die Erinnerung an die Geburt flüsterte durch Quell hindurch und sie erschauderte. Die unglaublichen Schmerzen, Welle auf Welle. Am deutlichsten erinnerte sie sich an das angsterfüllte Ringen darum, an der Oberfläche zu bleiben und nicht zu vergessen, dass jede Wehe vorbeigehen würde. An den Kampf, nicht aufzugeben, nicht in Wahnsinn und Angst und Schmerzen zu ertrinken. Das alles war dem Leben sehr ähnlich. Der Trick bestand darin, nie zu vergessen, dass alles in Wellen verlief. Den Kopf über Wasser zu behalten und zu wissen, dass der Schmerz eines Tages nachlassen würde. Sie dachte an ihre Kinder. Der Schmerz würde nachlassen und Freude würde an seine Stelle treten. »Das ist etwas ganz Besonderes.«

»Töten«, sagte Sieben.

Die Frauen sahen überrascht auf. »Was?«

Sieben blickte den Lauf des Salbeiquell hinunter. Seine Augen waren müde, seine Kleider abgetragen. Er hatte sich sehr verändert, dachte Quell, seit sie den schneidigen Krieger vor vielen Jahren auf Delta das erste Mal gesehen hatte. »Töten«, wiederholte Sieben. »Der Augenblick, in dem man jemanden tötet. In dem Augenblick, in dem du einen Mann umbringst, bist du dir der wirklichen Welt vollständig bewusst. Die Schuldgefühle und das Entsetzen kommen später, aber der Augenblick selbst ...«

»Dazu kann ich nichts sagen«, sagte Quell.

Sieben lachte. »Der Tod ist wirklich. Wir können ihn nicht ignorieren. Ihr könnt die Strömung nicht ignorieren, die uns dem Tod entgegenreißt. Er ist in allem. Er ist in euch.«

»Während der Wehen, kurz bevor ich zu pressen anfing, dachte ich, ich würde sterben«, sagte Schwalbe.

Sieben stand auf. »Vielleicht habt ihr Recht, ihr Leute im Osten. Vielleicht ist der Sturm wirklich, und eure Häuser sind Illusion. Aber ich stamme aus Delta.« Er schüttelte den Kopf. »Es ist falsch von euch, vor dem Sturm zurückzuweichen.« Er überquerte den seichten Bach, indem er leichtfüßig von Stein zu Stein sprang.

»Was wirst du tun?«, fragte Quell.

»Ich werde warten, bis eure Schiffe repariert sind«, antwortete Sieben. »Und dann werde ich ein Boot bauen.«

Drei Tage später, an einem abgelegenen Strand im Norden der Insel, öffnete sich Sieben wie eine Blume der Sonne – sein Langschwert pfiff durch die morgendliche Luft. Er wich zurück, glitt vor, langsam wie ein Wassertropfen, der von einem Eiszapfen perlt; explodierte in einem Wirbel aus Stahl; fuhr hoch; hielt inne und erwiderte reglos wie ein Kranich den Blick einer schneeweißen Frau mit goldenen Augen.

»Euch einen guten Morgen«, sagte er höflich, während er, ein Knie an die Brust gezogen, dastand. Mit vorgestrecktem Zeh. Reglos.

Es war Frühherbst und kalt. »Störe ich?«, fragte Jo.

Sieben zog die Arme an die Brust, schraubte sich um die eigene Achse nach unten, stieg empor wie die Flut, sank herab wie die Ebbe – stand ruhig vor ihr und verbeugte sich. »Keineswegs.«

Jo nickte süffisant und untersuchte Siebens Gesicht auf Zeichen von Intelligenz. »Ihr tragt die Kleidung der Waldländer. Das überrascht mich.«

»Die Mode der Eiländer ist zwar praktisch und sehr bequem. Aber auch meine Freundin Schegel hat sich Waldländerkleidung gemacht. Hemd und Hosen sind zweckmäßiger, wenn man rennen und sich dehnen will.« Sieben hielt inne. »Und Ihr heißt?«

»Jo. Ich fürchte, unsere erste Begegnung war etwas verwirrend. Ihr hieltet mich für –«

»Hasel Flecht! Und dann habt Ihr Euch in eine Möwe verwandelt und seid davongeflogen. Ihr seid die Scheme, von der Gischt und Schegel gesprochen haben. Und Euch haben wir dafür zu danken, dass der Invasion der Waldleute Einhalt geboten wurde.«

Jo lachte. »Und Ihr seid der Mann, der die Waldleute in Schach gehalten hat. Und so begegnen sich die beiden Helden des Krieges jetzt an einem Ort, wo der Krieg nie mehr als ein Gerücht war.«

»Dort draußen wusste man darüber Bescheid, meine Dame«, sagte Sieben und deutete Richtung Osten. »Dort draußen, wo der Möwenkrieger umherstreift.«

»Ihr stammt aus Delta. Sagt mir: In der Nacht, in der wir Laube verließen, trafen wir einen Waldländer, der behauptete, er hätte einige Jahre in Eurer Stadt gelebt. Sein Name war Bronze Spross. Kanntet Ihr ihn?«

Sieben ließ sein Schwert auffällig langsam in die Scheide gleiten. »Bronze? Bronze Spross?« Jo nickte.

Die Brandung überlief das kalte Ufer wie ein Schauer. Hier gab es keine Bäume. Der Strand roch nach Seetang und Muscheln. Der größte Krieger des Volkes der Meere stand eine ganze Weile da und lauschte, wie die Wellen sich aufbäumten, brachen und zischend über den Sand brandeten. Dieses Geräusch hatte er sein Leben lang gehört, während die Zeit ihm die Menschen raubte, die er liebte; während die Zeit ihm allmählich alles raubte, was er hatte.

»Ich bin ihm begegnet«, sagte Sieben schließlich. »Bronze Spross. Aber ich habe ihn nicht gekannt.«

»Da bist du ja«, sagte Tau später an jenem kühlen Nachmittag. »Ich habe nach dir gesucht.«

Jo saß weit draußen über dem Tränenteich, auf dem langen Arm der Ulme. »Wie mutig von dir! Ich glaube nicht, dass deine Frau das gutheißen würde.«

»Ich habe dich lange nicht gesehen. Ich wollte wissen, ob es dir gut geht.«

Jo strich mit der Hand über die harte graue Rinde. »Findest du nicht, dass die Bäume ohne ihre Blätter anders aussehen? So leer.« Sie blickte durch die kümmerlichen Zweige in den klaren blauen Himmel hinauf. »Meinst du, Sieben würde mich mitnehmen?«

Tau setzte sich auf einen Felsen an der Mündung des Baches. Die Zwergpinien im Westen der Lichtung erzeugten eine dämmrige, düstere Stimmung. Seine Hände waren steif vor Kälte und seine Fingernägel blau angelaufen. Sein

Atem bildete kleine Wolken in der Luft. »Hat es dir irgendetwas bedeutet, was wir getan haben?«

Jo ließ ihre Füße träge über dem schwarzen Wasser baumeln. »Willst du darauf wirklich eine Antwort?«

Tau hob einen Zweig vom Boden auf. Er beugte sich vor und zeichnete fließende Muster auf das Wasser. Eine Dohle krächzte und flatterte von den kahlen Ästen der Ulme auf. Taus Zweig hielt inne und das Kräuseln ertrank. »Denn wenn ich daran zurückdenke, frage ich mich manchmal, ob ich das wirklich erlebt habe.« Er warf der blassen Jo, die über dem schwarzen Teich saß, einen kurzen Blick zu. Ihr Haar wisperte wie Schneetreiben um ihr Gesicht. »Lange Zeit habe ich mich dafür gehasst. Dass ich ihr untreu war. Aber irgendwie konnte ich damit leben, denn es war zumindest etwas, das *ich* getan hatte. Es war meine Geschichte.«

Jo sagte nichts. Die Dohle krächzte und legte ihren Kopf schräg. Beobachtete sie. Lauschte.

»Manchmal frage ich mich allerdings, ob es nicht die ganze Zeit eine Sache zwischen euch beiden war. War ich jemals wirklich ein Teil davon? Oder war ich nur der Köder?«

Der kalte Wind fuhr Jo durchs Herz. Sie lachte, um ihn wieder hinauszulassen. »Hat es dir etwas bedeutet?«

Tau räusperte sich und Dampf schlängelte sich aus seinem Mund. In der Kälte waren seine Finger so kalt und steif wie Leder. Er schaute sich absichtlich nicht um, ob ihnen jemand zuhörte. »Ja«, sagte er ruhig. »Es hat mir etwas bedeutet. Ich wollte dir nahe sein. Ich habe dich begehrt. Du bist schön, du machst dich schön, ich entschuldige mich nicht dafür, dass ich dich begehrt habe. Aber ich wollte dir auch nahe sein. Du hast gelitten.«

»Mitleid! Das also habe ich an jenem Tag zwischen den Beinen gespürt. Wie edel.«

»Ich habe bereits gesagt, dass ich dich begehrt habe. Das habe ich gesagt.«

»Das hast du«, sagte Jo traurig. »Und du hast mich bemitleidet.«

Ein tieferes, kälteres Blau kroch von Osten heran. Der Teich war schwarz im harten Schatten der Ulme. Die Dohle krächzte und segelte dem fernen Wäldchen entgegen. Am Morgen würde es Frost geben. »Was willst du von mir hören?«, fragte Jo. »Soll ich sagen, dass ich dich liebe, dass ich dich mehr brauche als Quell, dass du sie verlassen sollst? Oder soll ich sagen, dass es bedeutungslos war, dass du keine Schuldgefühle haben musst, dass Quell und ich das untereinander geregelt haben?«

»Ich weiß es nicht.«

Tau stand auf. Er spürte die Kälte schneller als früher. »Ich weiß nicht, was ich von dir hören will.« Er setzte über den Bach und ging langsam um den Teich. »Die Wahrheit vermutlich.«

»Und wenn ich sie nicht kenne?«

»Habe ich einen Fehler begangen?«

»Weil du bei Quell geblieben bist?«

»Mhm.«

Jo wandte ihren Blick ab. »Verlang nicht von mir, das zu beantworten.«

»Ihr seid beide unablässig in Bewegung. Und ich sitze fest. Ich bewege mich nicht viel, also suche ich mir Freunde, die anders sind.« Tau hielt inne, lehnte sich gegen den Stamm der Ulme und ließ einen Arm auf Jos Ast ruhen. »Ich habe ein paar Dinge gelernt, die ich nicht wissen wollte.«

»Das muss schlimm sein.«

»Du klingst sogar wie sie.« Tau lächelte frustriert. »Darf ich zu dir hochkommen?«

Jo sah ihn über den Ast hinweg an. »Glaubst du, das ist klug?«

»Darf ich?«

Jo blickte über den Tränenteich dorthin, wo der Lauf des Salbeiquell zwischen den dunkler werdenden Bäumen verschwand. »Also gut.«

Der Ast bebte, während Tau seitlich vorwärts rutschte und neben der Scheme sitzen blieb. Gemeinsam saßen sie über dem Tränenteich. Die untergehende Sonne entzog der Welt ihre Wärme und überließ sie den blauschwarzen Schatten.

Er legte seine kalten Finger auf ihre Hand. »Geh nicht fort, ohne es mir zu sagen.«

Sie nickte. Der Wind spielte zwischen den kahlen Ästen der Ulme. Und der Wind entlockte Jo ihre Geschichte, so dass sie Tau und dem Tränenteich und den harten Schatten endlich ihre Geschichte zuflüsterte. Eine Flut alter Trauer strömte aus ihr heraus und ergoss sich in die kalte Abenddämmerung. »An meine Eltern kann ich mich kaum noch erinnern«, sagte sie. »Ich weiß nur, dass sie nie Kinder wollten.

Ich bin auf Mona geboren. Meine Eltern waren nicht grausam, sie haben mich nie geschlagen, aber ich war am letzten Funken ihrer Leidenschaft entzündet worden. So angestrengt ich auch suchte, nie entdeckte ich eine Spur von Liebe zwischen ihnen.

Ich bin ohne Freunde aufgewachsen; das einzige Kind, das in weniger als zwei Jahren Abstand zu mir geboren wurde, verfing sich unter dem Kai und ertrank, als ich drei war. Also war meine Schwester meine einzige Spielgefährtin.

Sie war sehr schön und ausgesprochen dreist und sie hatte eine Stimme wie silberne Glöckchen. Eigentlich war sie gar nicht meine Schwester. Sie kam aus dem Nebel, als das Licht noch grau war. Wir trafen uns in meiner geheimen Höhle. Wenn wir spielten, taten wir immer, was sie sagte: ungezogene Dinge, die ich mich alleine nie getraut hätte. Egal wie oft ich Ärger bekam –

sie wurde nie erwischt. Sie ließ nie zu, dass Erwachsene sie sahen. Anderen Kindern hat sie nur ein oder zwei Mal etwas zugeflüstert, um ihnen Angst einzujagen.

Du musst nicht glauben, ich hätte mich jeden Tag mit ihr getroffen. Meistens kauerte ich nur alleine in meiner geheimen Höhle und hoffte, dass sie kommen würde. Ich lauschte den Stimmen, die näher kamen und sich wieder entfernten. Als ich älter wurde, spielte sie immer seltener mit mir. Schließlich kam sie nur noch an nebligen Morgen, bei Neumond.

Als sie das letzte Mal zu meiner geheimen Höhle kam, war ich elf Jahre alt. Ich hatte gerade zum ersten Mal geblutet und mein Namenstag stand kurz bevor. Sie wollte nicht mit mir spielen, sondern stand nur am Rand des Nebels und schüttelte den Kopf. Ich dachte, sie würde mich hassen, weil ich blutete, und ich schämte mich fürchterlich. Ich weinte, so einsam war ich. So entsetzlich einsam. Ich flehte sie an, nicht fortzugehen.

Da verschränkte sie ihre Arme und sagte: Wenn du spielen willst, musst du mit mir kommen.«

Die Trauer strömte aus ihr heraus und ließ Jo leer zurück. Sie weinte. Sie weinte, aber sie spürte ihre Tränen ebenso wenig wie eine Statue den Regen spürt. »Also bin ich mit ihr gegangen. In den Nebel hinein. Doch ich habe mich darin verlaufen und bin auf den Möwenkrieger gestoßen und habe meine geheime Schwester vergessen und meinen Namen und mich selbst.« Ein Schluchzen schüttelte ihren leeren Körper. »Und dorthin werde ich zurückkehren.«

Tau sah sie voller Gram und Erstaunen an. Der Tag war einem kalten Zwielicht gewichen. Er musste etwas tun. Hör auf, sie anzustarren, und tu etwas. Er drückte ihre weiße Hand und legte ihr den Arm um die Schulter.

Erschrocken blickte Jo zu ihm auf, die goldenen Augen weit aufgerissen. »Ich habe nicht darum gebeten.«

»Ich weiß.«

Sie streckte die Hand aus und berührte die seine. »Was immer ich Quell wegnehme, muss ich ihr zurückgeben.«

»Du nimmst ihr nichts weg«, erwiderte Tau. »Es ist an mir, es zu schenken.«

Nachdem zwei Wochen verstrichen und die Schiffe repariert waren, bat Sieben Stein um die Erlaubnis, das Bootshaus zu benutzen.

Er arbeitete jeden Tag, den ganzen Tag hindurch. Er ging nicht mehr zum Sandstrand hinunter, um zu trainieren. Er bearbeitete das Holz mit Dechsel und Hobel, krümmte es im Dampfkasten und setzte sein Boot zusammen, Stück für Stück.

Stein war nicht dumm. Als er hörte, dass der Sohn des berühmtesten Schiffbauers von Delta auf seiner Werft ein Boot baute, fragte er, ob Sieben den Dorfbewohnern erlauben würde, ihm zuzuschauen. Und so gingen die Wolkenriffer etwas weniger Fischen und versammelten sich jeden Tag im Bootshaus, stellten höfliche Fragen und halfen Sieben, wenn es ein Rundholz zu schneiden oder eine Planke zu hobeln galt.

Obwohl sie stets einen respektvollen Abstand wahrten, hatte ihre Gesellschaft etwas Beruhigendes. Sieben stellte fest, dass er sich auf jeden Arbeitstag freute. Natürlich wollte er sein Vorhaben nicht aufgeben, und auch sein Herz tat immer noch weh. Aber wenn er morgens aufwachte, wusste er immerhin, dass außer seinen Geistern noch etwas anderes auf ihn wartete.

Gischt und Schegel schauten mindestens einmal am Tag vorbei, wenn keine anderen Eiländer in der Nähe waren, um ihm zuzusehen und über alte Zeiten zu reden. »Du kommst voran«, stellte Gischt eines Nachmittags fest und begutachtete die getane Arbeit.

»Ja«, sagte Sieben. Sein Schiff hatte die Form eines Blattes und einen massiven Eichenrumpf.

»Warum hast du für Deck und Reling Weidenholz verwendet?«, wollte Schegel wissen.

Siebens Hände erstarrten. »Für seine Frau.«

»Frau?«

Siebens Augen waren kälter und seine Stimme leerer als das graue Meer. »Ich habe sie noch Tage danach schreien hören. Wochen. Und die Kinder.«

»Du musst uns das nicht erzählen«, sagte Gischt.

»Er hörte einfach nicht auf zu reden. Es goss in Strömen; es war so laut, dass ich keinen klaren Gedanken fassen konnte.« Sieben blinzelte und hob die Schultern. »Ich habe ihm mein Schwert durch die Gurgel gerammt, nur damit er Ruhe gibt.«

Das Bootshaus roch nach Holz. Nach nassen Rundhölzern, alternden Brettern, frischem Sägemehl und sich ringelnden Spänen, die sie am Ende des Tages einsammeln und zum Anfeuern verwenden würden. Erneut vernahm Sieben das traurige Rauschen des Regens. »Irgendjemandem musste ich die Schuld geben. Also habe ich jemanden gesucht, den ich verantwortlich machen konnte. Einen weisen und liebenden Menschen. Der einem anderen alles bedeutete. Und als ich ihn gefunden hatte, fing er an zu reden; er versuchte mich dazu zu bewegen fortzugehen, er verdrehte alles. Aber ich war dumm. Ich konnte nicht zulassen, dass er mir das antat. Nicht noch einmal.« Der alte Schmerz drückte auf Siebens Brust. »Ich hätte ihm zuhören sollen. Aber ich dachte, ich hätte bereits alles gelernt, was er mir beibringen konnte. Also habe ich ihn getötet. Um Teichs willen. Und wisst ihr, was ich dann hatte?«

Gischt schüttelte den Kopf.

»Zwei Tote.«

Schegel wandte den Blick ab.

Gischt sagte: »Sieben, wenn es dir irgendetwas bedeutet –«

»Nicht«, sagte Sieben. »Meine Sünden gehen nur mich und die Toten etwas an.«

Er ließ sein Schiff am letzten Herbsttag vom Stapel laufen. Die Dorfbewohner sahen von den Felsen aus zu. Gischt und Schegel gingen bis ans Ende des Kais hinaus, eine große Tasche zwischen sich.

»Es ist Morgen«, sagte Sieben und blickte über die Reling. Der Rumpf seines Schiffes war glatt und bar der üblichen Schnitzereien.

Schegel sah ihn missmutig an. »Du fährst ohne uns.«

»Jau.«

»Hübsches Schiff«, stellte Gischt fest. »Hast du schon einen Namen für sie?«

»Noch nicht. Aber ich werde einen haben, wenn ich zurückkehre.«

»Was deine Rückkehr betrifft«, sagte Gischt. »Wir haben uns gefragt, ob du angemessene Vorkehrungen getroffen hast. Und dachten uns, wir greifen dir etwas unter die Arme.« Gemeinsam mit Schegel hob er die große Tasche über die Reling und stellte sie auf dem Vorderdeck ab.

»Und wo soll ich das verstauen?«

»In deiner Kabine, würde ich sagen.« Schegel zuckte mit den Achseln. »In dieser Tasche wirst du eine Menge Taue und einen Haufen Zwieback finden.«

»Und mehr Pfeffer, als du in deinem ganzen Leben verbrauchen könntest«, fügte Gischt hinzu.

Sieben betrachtete die Tasche. »Wenn ihr nicht bald geht, besteht die Gefahr, dass ich weine.«

»Wir würden es nicht weitererzählen«, sagte Gischt.

Schegel nickte. »Versprochen.«

Der Deltaner steuerte sein schmales Schiff langsam aus dem Hafen, nahm Kurs ostwärts und segelte in die aufgehende Sonne hinein. Einige Zeit später liefen Gischt und Schegel den Kai hinauf. Falls Sieben geweint hatte, so erzählten sie es keiner Menschenseele.

Kapitel 27
Die Geschichte der Zwillinge

Einen Monat später waren die letzten Jellen davongezogen. Die Fischfässer waren voll, die Gärten tot, und bald würde das Erntemahl den Beginn der hungrigen Zeit des Jahres markieren.

Wicke beschwerte sich immer öfter über entzündete Gelenke. Kahn hatte Fink verlassen. Er wollte Verwandte auf Windhang besuchen, aber niemand rechnete damit, ihn wiederzusehen. Fink zog aus ihrem leeren Haus aus und nahm ihr Kind mit zu Quell und Tau, was die Geduld der Zwillinge auf eine harte Probe stellte. Sie glaubten nicht einen Augenblick, dass sie jemals so viel Arbeit gemacht hatten.

Das Erntemahl war köstlich wie immer. »Hier sitzen wir und stopfen uns voll, weil wir wissen, dass das Essen vor dem Frühling rar werden wird«, sagte Jo zynisch zu Tau. »Das ist fast so, als würde man in einem von Dürre heimgesuchten Wald einen Scheiterhaufen errichten, oder?«

»Mm.« Tau dachte daran, wie Jo die Gestalt des Kaisers angenommen und ihre Fingernägel über Bronze Spross' Hals hatte gleiten lassen. Er dachte an das Puppentheater, das sie in Laube gesehen hatten. Er fragte sich, ob er Eberesche Hefts Leben ausgelöscht hatte, als er das Feuer, das den Papierschirm der Puppenspieler fraß, mit Wasser übergossen hatte.

Der dürre, energiegeladene Zweig gab vor den anderen Kindern mit seinem Großvater Stock an, der jetzt zwei Jahre tot war: der erste Mensch, der auf Schegels Insel eine Nacht verbracht hatte. Alster erzählte eine Geschichte über Königin Lianne und Gischt gab eins der unwahrscheinlicheren Abenteuer des Möwenkriegers zum Besten. »Sonst noch jemand?«, fragte Alster und wischte sich lachend die Tränen aus den Augen, nachdem Gischt geendet hatte.

»Wir haben eine Geschichte!«, rief Feder.

Quell sah ihre Tochter lächelnd an. »Ich glaube, dass Alster eine Erwachsenengeschichte gemeint hat.«

Stiefel runzelte die Stirn. »Es ist eine Erwachsenengeschichte. Ich meine, wir sind Kinder, aber die Geschichte ist für Erwachsene.«

Quell warf Alster einen Blick zu, sah sie lächeln und mit den Schultern zucken und gab nach. »Also gut. Wer erzählt sie?«

»Ich«, sagte Feder.

Stiefel nickte.

»Ähem!« Feder ließ ihren Blick durch den Saal schweifen und wartete auf Stille. Eltern baten ihre Kinder um Ruhe, die nicht einsahen, warum sie nur wegen einem Kind leise sein sollten.

»Was für eine Geschichte ist es?«, fragte Gischt.

Feder warf Stiefel einen raschen Blick zu. »Eine einfach gedrehte Schlaufe«, murmelte er. »Die zweite Hälfte davon, genau genommen.«

Quell sah unwillkürlich zu Jo hinüber. Ihre Blicke trafen sich und hielten einander für die Dauer eines langen Herzschlags stand. Sie waren zwei Hälften einer einfach gedrehten Schlaufe, hatte Garten gesagt. Zwei Schatten einer einzigen Flamme.

Feder sagte: »Dies ist eine Geschichte über die wirkliche Welt, wo alles wahr ist und nichts, was es zu sein scheint.«

Innenseite – Außenseite

Nachdem Sieben die Tasche verstaut hatte, die Gischt und Schegel ihm gegeben hatten, war in seiner kleinen Kajüte kaum noch Platz, um sich hinzulegen.

Während er lossegelte, dachte er an den alten Geschick, seinen Vater, der zu Hause in Delta immer noch Schiffe baute. Geschick würde an diesem Boot Gefallen finden. Sie ließ sich leicht steuern, schnell und sicher wie eine Möwe im Flug.

Er hatte es eilig, in den Nebel einzutauchen, bevor seine Angst größer werden konnte. Er musste oft an Kompass denken, den größten Forscher aller Zeiten, mit seinem unerschöpflichen Vorrat an Tau und Zwieback und Pfeffer. Er dachte an Gischt und Schegel. Und Teich.

Der Nebel kam bei Einbruch der Nacht über ihn. Vom Mond erhellte Wolken verschluckten den leuchtend grauen Himmel. Der Nebel wurde allmählich dichter, nahm Gestalt an. Angst stieg in ihm empor. Er wusste, dass sie den Nebel beeinflussen würde, doch er konnte sie nicht daran hindern, aus seinen Handgelenken und Knöcheln zu strömen. Die Angst tröpfelte wie grauer Dunst unter seiner Zunge hervor.

Das erste Gespenst, das er sah, war Bein, der Wachtposten, den er am Strand ermordet hatte, als er nach dem katastrophalen Angriff auf Delta davongeschwommen war. Dann kam Esche Speer, krank und brennend. Die vier Soldaten, die er im Haus seines Vaters getötet hatte. Hasel Flecht, Stahl im Hals. Sole. Rose. Klippe schrie, während fahles Feuer über seine schrumpelnde Haut tanzte. Zwei Banditen mit schwarzen Zungen.

Teich.

Er warf sich in seine winzige Kajüte und zog die Luke zu. Dort kauerte er in der Finsternis, von Weidenholz umgeben, eingesperrt in einen schwimmenden Sarg.

Der Sarg schaukelt auf und nieder, tauchte ein und stürzte zwischen den Wellen hinab. Die Dünung wurde stärker. Er hörte den Schrei des Windes und die Tränen der Weide. Nur der Geruch des Pfeffers hielt ihn bei Verstand, so überwältigend war er in dem kleinen Raum. Pfeffer und Zwieback.

Ein Klopfen krachte über seinem Kopf. »Wer treibt in diesem hohlen Stamm?«, brüllte es mit der Stimme eines Wirbelsturms.

»Sieben. Wer seid Ihr?«

Und die Wellen riefen: »Faden!«

Dann brach ein fürchterlicher Sturm über die See herein.

Feder schürzte ihre Lippen und warf einem unruhigen Kind im Publikum einen bösen Blick zu. Sofort wurde es still. »Schon besser«, sagte sie kühl. Dann senkte sie ihre Stimme.

»Ich werde dich unter einer Bedingung freilassen«, sprach Faden. »Von Zeit zu Zeit bin ich wütend oder verspielt oder einfach gelangweilt und dann ersäufe ich dich unter den kalten Wassern.«

»Einen Augenblick! Ich muss über Euer Angebot nachdenken«, erwiderte Sieben. Denn wisset, er wollte das Geheimnis des Meeres ergründen. Und so lag er in der Finsternis da, kaum fähig, sich in seiner winzigen Kajüte zu bewegen, und nahm das Ersatztau, das seine Freunde ihm mitgegeben hatten, und flocht es zu einem Schlippstek. Als der Knoten fertig war, rief er: »Also gut! Ich gehöre dem Meer. Ich nehme Euer Angebot an.«

Da riss Faden die Luke auf und riss die Planken des Kajütendachs beiseite und sprach: »Jetzt bist du frei!« Aber bevor er weiterreden konnte, sprang Sieben, der mächtigste Krieger unter allen Eiländern, in die Höhe und warf den Schlippstek über seinen Kopf.

»Was willst du?«, schrie Faden. »Wie kannst du es wagen?«

»Ich wage alles«, erwiderte Sieben. »Und ich will das Geheimnis des Meeres ergründen.«

»Ha! Kein Sterblicher kann mir meine Geheimnisse entreißen!«, rief Faden. Da rangen sie neun oder vielleicht acht Stunden lang miteinander, und obwohl Sieben der mächtigste Krieger der Eiländer war, wurde er sehr müde. Aber sein Schlippstek hielt, und je mehr Faden sich wehrte, desto fester zog sich der Knoten zusammen, bis er schließlich stillhalten musste, um noch atmen zu können. Stille breitete sich über dem Meer aus.

»Also gut«, flüsterte Faden. »Du hast mich geschlagen. Was willst du?«

Und wieder sagte Sieben: »Das Geheimnis des Meeres.«

»Und wenn ich es dir verrate, wirst du mich dann loslassen?«

»Wenn du versprichst, die Wahrheit zu sagen und mir nicht wehzutun, nachdem ich dich freigelassen habe.«

Faden war sehr wütend und sein Gesicht wurde so tiefviolett wie eine Sturmwolke, doch er sprach: »Also gut, mir bleibt keine Wahl. Das Geheimnis des Meeres lautet: Steh still, und du bist verloren. Schwimm mit der Welle oder ertrinke in ihr.«

»Das ist alles?«, sagte Sieben.

»Das ist alles.«

Und so nahm Sieben den Schlippstek von Fadens Hals, und der Held zog äußerst schlecht gelaunt von dannen. Und Sieben sagte: »Es ist gut, eine Menge Tau zu haben«, während er es wieder in seiner winzigen Kajüte verstaute.

Er segelte neun oder vielleicht acht Tage lang weiter durch den Nebel. Manchmal verschwanden seine Gespenster für eine Weile, aber meistens begleiteten ihn einige von ihnen, und er musste lernen, soweit möglich mit ihnen auszukommen. Er konnte sie sogar anschauen, wenn es sich nicht vermeiden ließ, aber er konnte sich nicht überwinden, ihren Stimmen zu lauschen.

Eines Tages, als er weiter durch den Nebel segelte, entdeckte er am Horizont einen Funken. Dieser sprang von Welle zu Welle und eilte wie Feuer auf ihn zu. Bevor er wusste, wie ihm geschah, sah er Brand vor sich stehen, eine flache tanzende Gestalt wie der Schatten einer Flamme. »Hallo!«, brüllte Brand mit der Stimme eines hungrigen Vulkans. »Du bist Sieben. Faden hat mir von dir erzählt.« Und seine Arme schossen vor und er verschlang einen vorbeischwimmenden Tümmler.

Sieben sagte: »Können wir diese Unterhaltung auf etwas größere Entfernung fortsetzen? Ihr brennt ein Loch in mein Boot.«

»Oh. Tut mir Leid.« Schwankend und tanzend streckte Brand seine rechte Hand aus und schlang sie mit einem prasselnden Lachen hinunter. »Du hast etwas bei dir, das mir gehört!«

»Hab ich das?«, antwortete Sieben. Er spürte, wie seine rechte Hand zu brennen anfing. Feuer tanzte über die Finger, die er so gut das Töten gelehrt hatte.

»Mmm, ja. Die Asche deiner toten Geliebten.« Und da erkannte Sieben, dass Faden sich an ihm rächte, indem er Brand schickte, um ihm das zu nehmen, was ihm auf der Welt am meisten bedeutete. Auch sein Herz brannte jetzt vor Liebe zu der toten Teich.

Aber er konnte wohl kaum mit Brand ringen wie er es mit Faden getan hatte. Also sagte er: »Einen Augenblick. Ich bewahre die Asche im Laderaum auf.« Er langte in seine winzige Kajüte hinab, zog die Schachtel mit Pfeffer heraus, die Gischt und Schegel ihm gegeben hatten, und reichte sie Brand. Denn wie ihr alle wusste auch er, dass Brand viel zu viel gegessen hatte, um noch etwas schmecken oder riechen zu können.

Nun, Brand öffnete den Deckel und fand in der Schachtel lauter winzige schwarze Körnchen, wie Asche. »Besten Dank«, sprach er. »Nach allem, was du dem alten Faden angetan hast, hatte ich damit gerechnet, dass du mir viel mehr Ärger machen würdest.« Er blinzelte Sieben zu und kicherte.

Sieben verbeugte sich tief und spürte wieder jenes Verlangen, das ihn dazu angetrieben hatte zu trainieren, zu lieben und zu töten. »Ihr habt mich geschaffen«, sagte er. »Das Gute gleichermaßen wie das Böse.«

Die lodernde Puppe tanzte und grinste, tat so, als wollte sie die Masten essen, und schnellte plötzlich davon. »Ich habe Schlimmeres getan.«

Sieben segelte neun oder acht lange Tage weiter. Er wusste nicht, worauf er wartete, und er wusste nicht, ob er Gefallen daran finden würde, wenn er es fand.

Feder hielt inne, hustete und trank einen Schluck Wasser.

Eines Morgens stieg sein Boot plötzlich in die Höhe. Er befand sich auf der Spitze eines Felsens, der wie ein Berg aus dem Meer wuchs. Oh nein!, dachte er. Ich werde in der Luft stranden und nie wieder aus dem Nebel hinaus und zurück zu den Inseln segeln! Was soll ich nur tun!

Da sah Sieben, dass er in der Handfläche eines unglaublich großen alten Mannes gehalten wurde. Seine gewaltigen Füße waren nackt und grau, seine Beine zu schwerfälligen Muskeln gemeißelt. Seine Brust war unter einem Gespinst aus lockigem weißem Haar verborgen, das sich mit seinem Bart und seinem Kopfhaar vermischte, und all diese Haare waren wunderbar fein, feiner als Baumwollquasten, und zitterten sanft.

»Berge verwandeln sich in Wolken«, sagte Sieben.

»Hallo«, sprach Steinfinger mit einer Stimme, die so weich wie Nebel war.

Sieben verbeugte sich tief. »Man sagt, dass Stein ewig hält und sein Herr Macht über den Tod hat.« Innerlich war er eine Wolke; die Angst ließ ihn ziellos treiben, ankerlos. Er nahm sein Leben in die Hände. »Könnt Ihr mir meine Liebste wiedergeben?«

Steinfinger schüttelte seinen traurigen wolkigen Kopf. »Nein«, sagte er. Das Meer kräuselte sich um seine Knie.

Gib niemals auf, sagte sich Sieben. Gib niemals auf. Aber etwas in ihm riss entzwei, vom Wind zerstoben.

Steinfinger seufzte, ein langer, böiger Atemzug, und schüttelte den Kopf. »Ich fühle mit dir.« Seine Augen und sein Mund wurden von wehenden Locken verdeckt. Ein Sonnenstrahl fiel durch ihn hindurch und zeichnete einen nebelig goldenen Kreis auf seine Stirn.

»Werdet Ihr nichts für mich tun?«

»Der Tod ist plötzlich und rücksichtslos und unvorhersehbar. Er hat alle Eigenschaften des Meeres. Ist dir das aufgefallen?«

Steinfinger schnippte mit den Fingern durch das kalte Meer, und kleine Wellen eilten von ihnen fort – rasch geschaffen, rasch verschwunden. »Dem Volk des Meeres ist der Tod am nächsten. Wunderbarerweise stehen sie auf ihm, gehen auf Wasser, bis das Unvermeidliche geschieht und sie ausrutschen.«

Er zog seine Finger aus dem Meer und trocknete sie an seinem Bart. Die Haare wanden und wiegten sich wie die Stacheln einer weißen Seeanemone. »Ich habe mich oft gefragt, wie ihr es ertragen könnt. In einer Welt zu leben, die sich unablässig verändert, dem Zugriff des Meeres nur durch Felsvorsprünge entzogen, die jeden Augenblick überflutet werden können. So ist das gefährliche Leben des Meeresvolks beschaffen, denn das Meer ist seine Gottheit und der Möwenkrieger sein Held, jener böse Geist, der alles zerstört, was ich erschaffe.«

Sieben erstarrte, doch Steinfinger ignorierte ihn. »Erst jetzt, da ich alt bin, älter als alt, spüre ich das Bedürfnis, etwas zu verändern, das Bedürfnis loszulassen. Irgendwann, in einem weiteren Äon oder so, wenn ich dem Stein, meiner ersten Liebe, so viel abgerungen habe wie nur möglich, werde ich aufgeben und mich treiben lassen, wohin der Wind mich führt. Vielleicht werde ich dann die See besuchen und die Geheimnisse erfahren, die sie lehrt, indem sie tötet.«

Steinfinger dachte nach. »Ihr Eiländer müsst ein besonders weises Volk sein, denn ihr müsst in achtzig Jahren lernen, was ich in all den langen Zeitaltern der Welt noch nicht gemeistert habe.«

»Ich fühle mich nicht weise«, sagte Sieben. »Ich fühle nur Schmerz.«

»Es tut mir Leid, dass ich dir deine Geliebte nicht zurückgeben kann. Du hast die Reise eines Helden hinter dich gebracht. Ich werde dir etwas anbieten, das ich bisher nur meinem eigenen Volk angeboten habe. Stell dich neben mich auf den Gipfel des Berges. Vielleicht wirst du dort so etwas wie Weisheit finden und Linderung deiner Schmerzen.«

Da hob Steinfinger Siebens Boot in die Höhe, hoch über das Meer, während sich Sieben an seinen Mast klammerte und voller Staunen hinabblickte. »Stehe«, sagte Steinfinger. »Stehe und betrachte die Welt.«

Weiße Wolkeninseln hingen von den Himmelstiefen herab, so wechselhaft wie Flüsse, so massiv wie Berge. Sieben stand da, blinzelte und blickte nach Osten auf die schleichende See, während Steinfinger ihn zur Morgenröte der Welt emporhob.

Im Süden sah er Grasland, das von Wäldern abgelöst wurde und weiter in der Ferne von einem Feuerband unter einer Rauchwolke. Im Norden war das Gras von Flüssen zerspalten. Dann folgte eine unfruchtbare Ebene und jenseits davon, an den Fingerspitzen der sichtbaren Welt, eine Wüste, von der aus sich ein Netz aus tanzendem Eis hart und weiß über das Land erstreckte.

Im Westen ragten Berge auf, unermesslich hoch, die schließlich in einer Wolkengischt gipfelten. Ein steinernes Loblied stieg in Sieben empor und hallte am Himmel wider.

Spür
die
Erhabenheit
der
lebendigen
Welt!

Spür,
wie
sie
sich
unter
deinen
Füßen
dreht.

Spür,
wie
sie
über
deinem
Kopf
schwingt.

Sie
ist
gewaltiger,
älter,
freundlicher,
grausamer.

»Fürchtet sie nichts?«, flüsterte Sieben.

Zeit.

Die
windgezahnte
Zeit
fürchtet
sie.

»Aber sie kämpft weiter.« Sieben spürte, wie etwas in ihm wieder zum Leben erwachte. Verlassen und zerschmettert und ziellos – sein unbezwingbarer Wille atmete noch immer. »Sie kämpft weiter.«

Aber der Berg sprach:

Vielleicht.

Vielleicht
wehrt
sich
das
Meer
oder
das
Eis.

Der
Stein
erduldet.

Erduldet nur …

bis
der
Wald
zur
Wüste
wird.

Bis
die
Sonne
erlischt.

Bis
das
Feuer
gefriert.

Bis
die
Erde
zu
Nebel
wird.

Bis
die
Wolken
enden.

Verwirrt und verängstigt klammerte sich Sieben an die Reling. Durch einen Riss in der Wolke über ihm konnte er sehen, wie die Sterne näher rückten. »Patz!«, flüsterte er. Die Stimme des Steins erfüllte ihn mit Demut, aber er konnte nicht erdulden. Er war von der Art des Meeres: Er musste kämpfen oder untergehen.

Dann fiel ihm die Tasche ein, die Gischt und Schegel ihm gegeben hatten. »Bei Kompass hat es geklappt«, murmelte er. »Warum nicht bei mir.«

Fieberhaft nahm er die Zwiebackvorräte und zerdrückte sie in seinen starken Händen. Er warf Krümel auf Deck und auf den Boden und auf die Berghänge und fürchtete die ganze Zeit, er könnte zu weit oben sein, um gerettet zu werden.

Da flog ein Fleck, ein Punkt, eine Fliege – ein Vogel hinter dem Silbergesicht des Mondes hervor. Sanft wie eine Schneeflocke glitt er zu ihm herab und landete auf einem Querbalken. Es war eine Möwe.

Kreischend schlang sie Zwiebackstückchen hinunter.

Als sei der erste streitsüchtige Schrei ein lang erwartetes Signal gewesen, ertönte der Schrei weiterer Möwen, die über das Boot hinwegsegelten. Sieben warf wie verrückt Zwiebackkrümel in die Luft. Je mehr Möwen herbeiflogen, desto dichter drängten sie sich aneinander, kämpften, segelten und durchschnitten mit unglaublicher Eleganz die Luft. Eine Gestalt formte sich, entstand aus den Möwen wie Siebens Gespenster aus dem Nebel entstanden waren …

»Der Möwenkrieger!«, rief Feder. Ein paar Kinder klatschten begeistert; die anderen waren eingeschlafen. Hinter Feder summte ein kleines Feuer leise vor sich hin, ein Liedchen aus Funken und Glut. Draußen war längst die Sonne untergegangen und der Wintermond stieg auf.

Und da hieb der Möwenkrieger auf den Berg ein, hackte und schlug und biss und drosch ihn klein, wie er es immer tat, wenn Steinfinger versuchte, allzu groß zu werden. Schließlich hatte er den Berg so klein gehackt, dass er unter der Wasseroberfläche verschwand, und Sieben legte klugerweise die Riemen ein und ruderte davon, so schnell er konnte.

Die beiden Helden begannen miteinander zu kämpfen. Sieben oder vielleicht sechs Tage lang rangen sie miteinander, und am Ende siegte der Möwenkrieger. Er entdeckte eine Schwachstelle in Steinfingers Verteidigung und landete einen gewaltigen Hieb, der den steinernen Mann zersplittern ließ.

Es war vorbei. Felssplitter regneten vom Himmel. Mehr als ein Stück prallte von Siebens Wanten ab und fiel auf Deck. Er streckte die Hand aus und berührte ein Bruchstück. Roter Marmor. Noch warm.

Er dachte daran, was Steinfinger gesagt hatte – dass der böse Möwenkrieger alles zerstörte, was er erschuf. Er wusste nicht, was er fühlen sollte. Selbst Brand, der mit den Waldleuten verbündet war, hatte ihn besser behandelt als Faden.

»Nette Vorstellung, was?«, sagte eine liebliche, matte Stimme an seinem Ellbogen.

Sieben wäre vor Schreck fast aus seiner Haut gefahren. »Sängerin!«, flüsterte er.

»Und du bist Sieben. Wir kennen uns.« Sie streckte die Hand aus und hob ein Stück warmen roten Marmor auf. »Er explodiert ausgesprochen hübsch.« Sie hob den Stein an ihre Lippen und hauchte darauf. Dann hielt sie ihn in ihren Händen und rieb darüber, zog und knetete ihn in diese und jene Form.

»He! Ich kann ja sprechen. Also erzählt Ihr gerade keine Geschichte.«

»Aber natürlich tue ich das, überall, wo der Wind weht, auch in diesem Augenblick, während wir uns unterhalten. Du bist *in* der Geschichte, verstehst du?« Und während sie sprach, formte sie den Stein unablässig zur Gestalt eines kleinen Mannes aus Fels.

Die Figur war größer geworden. Sie bewegte sich unruhig in den Händen der Sängerin. »Ein schönes Boot hast du da«, sagte sie. »Ich weiß gute Arbeit zu schätzen. Ich sehe, du hast eine Menge Taue, einen Haufen Zwieback und einen ordentlichen Vorrat Pfeffer dabei.« Die Sängerin nickte wohlwollend. »Sehr weise.« Die Figur in ihrer Hand – Sieben konnte es sich nicht erklären – war jetzt so groß wie ein normaler Mensch, obwohl Sieben und die Sängerin immer noch auf dem Vorderdeck seines kleinen Bootes saßen und die Figur noch immer bequem zwischen die Handflächen der Sängerin passte.

»Ihr erschafft Steinfinger neu.«

Die Sängerin nickte. »Ich brauche ihn, damit die Dinge spannend bleiben.«

»Ist das alles, was Euch die Kämpfe der Krieger bedeuten? Eine Lappalie? Eine Belustigung?«

Da sah die Sängerin Sieben mit ihren uralten Augen an. Zum ersten Mal erblickte er eine Kraft und Willensstärke, die schrecklicher war als seine eigene. »Weder wütet Faden noch lodert Brand mit größerer Leidenschaft, als ich meine Geschichten erzähle.«

Er konnte ihrem Blick nicht länger standhalten.

Die Sängerin überlegte. »Ein Schiff wie dieses, ein Schiff mit Charakter – das braucht einen angemessenen Namen.« Sie erhob sich und stellte Steinfinger ins Wasser. Der Mann der Berge winkte verdrossen und versank. »Darf ich *Wolkenriff* vorschlagen – Heimat- und Zielhafen. Du musst zwei Mal aus unterschiedlichen Richtungen, die eigentlich dieselben sind, dorthin segeln, um eine richtige einfach gedrehte Schlaufe zu knüpfen.« Sie machte einen Schritt über den Bootsrand und stand leicht schaukelnd auf den Wellen. »Ich würde liebend gerne bleiben und mit dir reden«, sagte sie. »Aber ich erzähle gerade eine Geschichte, auch in diesem Augenblick, während wir uns unterhalten.« Sieben entdeckte Falten der Ermüdung um ihre Augen. »Überall, wo der Wind weht, erzähle ich dem Gras und den Wolken Geschichten. Das ist eine große Aufgabe. Zu groß, wie mir manchmal scheint. Aber es ist sinnlos, sich zu beklagen. Man muss durchhalten. Aufgeben heißt verlieren. Aber das«, sagte sie und glitt mit langen, gleichmäßigen Schritten davon, »weißt du längst, oder?«

Nachdem die Sängerin verschwunden war, saß Sieben lange Zeit im Nebel und dachte darüber nach, wie er zu einem Mann aus Stein geworden war. Wie er angesichts von Teichs Tod erstarrt war und zugelassen hatte, dass er zerbrach. Und er dachte an den Möwenkrieger, der unablässig kreiste, auswich, antäuschte. Geduldig und wild und neckisch.

Es gab also ein Gleichgewicht zwischen Kampf und Verzweiflung. Das Gleichgewicht, das dem Möwenkrieger erlaubte, auf dem Wind zu reiten. Das Gleichgewicht, das jeder Eiländer kannte, der in einem wohlgebauten Boot die Wellen herausforderte, in der Schwebe zwischen dem unerreichbaren Himmel und der unergründlichen See.

Schließlich nahm Sieben die Flasche mit dem silbernen Stöpsel, öffnete sie und schüttete Teichs Asche weinend über Bord. Dann machte er das Deck sauber und schüttelte sein Segel aus, damit es den Wind einfing, und steuerte sein weiß geflügeltes Schiff Richtung Heimat.

Als die Geschichte zu Ende war, hing ein entmutigendes Schweigen in der Versammlungshalle.

»Gib niemals auf«, sagte Jo.

Alle starrten Feder an. »Äh, das war alles«, sagte sie mit leiser, schüchterner Stimme.

Quell berührte die Hand ihrer Tochter. »Wo hast du diese Geschichte gehört?«

Feder blickte ihren Bruder hilfesuchend an. Stiefel hob die Schultern. »Der Wind hat sie uns erzählt«, sagte er.

Kapitel 28
Wo alle Dinge wahr sind

Eines Morgens mitten im Winter, auf den Tag genau acht Jahre nach Quells Hochzeit, schwang sich eine einzelne weiße Möwe von Wolkenriff in die Lüfte und wandte sich ostwärts. Je höher sie stieg, desto leiser wurde das Toben der Wellen; auch die geduldigen Gedanken des alten Gesteins verstummten. Die Möwe war frei, so frei wie die Luft und so einsam. Stimme um Stimme verstummte, während sie sich von der Welt entfernte, von ihrem Schmerz und Blut und Feuer – und in den weichen, weißen Atem des Morgens zurückflog.

Der Wind blies durch ihre Rippen hindurch und berührte die geheimen Orte ihres Herzens. Er strömte durch eine größer werdende Leere und ließ ihren ganzen hilflosen Körper singen – und eine silberne Stimme flüsterte: Komm mit mir.

Aber Jo sagte: Noch nicht.

Auch Quell hatte Wolkenriff verlassen, war ein letztes Mal von seinem Ufer fortgesegelt, um auf Schegels Insel ihre Nachtwache zu halten – ihre letzte Tat, bevor sie Gewährsfrau von Wolkenriff wurde.

Sie saß auf einem großen Stein in der Mitte des Baches, den sie nach dem alten Stock benannt hatte, und betrachtete das Wasser, das unentwegt auf sie zurauschte. Obwohl es hier tief war, war es klar und floss über sauberen Fels. Das Sonnenlicht schlug auf der Wasseroberfläche Funken. In der Tiefe flitzten münzfarbene Fische vom Ufer weg oder hielten sich viele Herzschläge lang in der Strömung, bevor sie in den Schatten ihres Felsens zurückglitten.

Sie liebte fließendes Wasser. Nicht umsonst hatte sie den Namen eines Baches für sich gewählt: Quell. Hier fand sich viel von ihr selbst. Deswegen hatte sie diesen Ort ausgesucht, um auf den Namen der Insel zu warten.

Alster erwartete natürlich von ihr, dass sie den Namen fand. Deshalb hatte sie sie für die erste Probe ihrer Gewährskunst hierher geschickt. Also wartete sie und fragte sich, ob die Sängerin sie wiederfinden würde.

Aber je mehr Quell über die Sängerin und Brand und Helden und den Nebel nachdachte, desto weniger bedeuteten sie ihr. Die Insel war keine Geschichte, sie war sie selbst – blattlose Birkenäste, die kühle Wintersonne auf ihrem Rücken und der Geruch von kaltem Wasser. Sie war schon den ganzen Tag hier und lauschte, wie der Wind durch die kahlen Zweige zischte. Manchmal schien das Wasser gar nicht auf sie zuzufließen, sondern stillzustehen, und sie war es, die sich bewegte, stromaufwärts segelte, während sich direkt unter ihren baumelnden Füßen an einem steinernen Bug die Gischt kräuselte.

Ein Gewirr aus Zweigen trieb auf sie zu, an ihr vorbei, hinter ihr davon; sie waren nassbraun und drehten sich langsam; außer Sicht, fort. Sie hatten sich von ihren Wurzeln gelöst, um auf eine große Reise zu gehen, die sie jenseits aller Bäume tragen würde, jenseits von Gras, Stein und Sand, in das endlose Meer hinein.

Und Quell dachte an Begierde und Zorn und Angst und Freude – die nacheinander an ihr vorbeiglitten, kleine Wellen im Fluss ihres Lebens. Stromabwärts trieben ihre Eltern im Meer. Weit stromaufwärts schwammen vielleicht schon Enkel oder neue Freunde unaufhaltsam zu ihr herab. Ihre ganze Geschichte schien genau dies zu sein: eine unaufhörliche Verwandlung, ein Strom aus unzählbaren Wellen.

Ihr Rücken schmerzte, weil sie zu lange reglos gesessen hatte, und sie streckte sich und lächelte. Nun denn, wenn das Leben ein Fluss war, dann lagen auch ordentliche, robuste Felsen darin. Tau. Ihre Kinder. Schegel. Wolkenriff selbst! Der Wind. Das Meer. Das waren ihre sicheren Orte, ihre Trittsteine über den Fluss des Lebens.

Steine im Fluss. »Inseln«, flüsterte sie. Sie dachte an Stiefel, wie er unermüdlich Dämme baute. Was waren Inseln, wenn nicht Felsen im Wasser? Die Welt war ein großer Strom, ein Spiel ungewisser Wellen, die mit diesen Steinen durchsetzt waren. Und ihr Volk trat von einem Felsen auf den nächsten auf seiner großen Reise stromaufwärts zum Ursprung, zum letzten Geheimnis. In den Nebel hinein.

»Trittstein«, verkündete sie den Bäumen und dem Fels und dem plätschernden Wasser. »Euer Name ist Trittstein. Vergesst das nicht!«

Die Möwe entdeckte Quell, als die Mittwinternacht hereinbrach. Sie trieb wie eine Schneeflocke aus dem dunkler werdenden Himmel herab und landete neben ihrem kleinen Lagerfeuer. Jo streckte sich, verschwamm, schüttelte ihren Kopf, bis ihr Gesicht breiter wurde und ihre Federn seidigem Haar wichen. Finger wanden sich aus den ausgestreckten Flügeln.

Quell saß auf der anderen Seite des Lagerfeuers, das Kohlebecken auf einer Seite neben sich, das kleine Zeremonialmesser auf der anderen. Schwäche zitterte durch sie hindurch, und sie musste an jenen weit zurückliegenden Morgen denken, an dem Jo am Ufer von Wolkenriff gelandet war und ihr Leben für immer verändert hatte. Sie wusste noch, wie verletzt sie gewesen war, als ihr zum ersten Mal aufging, dass sie die Geschichte, die im Nebel auf sie wartete, nicht unbedingt erleben wollte.

Quell wurde bewusst, dass sie sehr allein war.

»Hallo«, sagte sie.

»Schwester.« Jo legte ihren Kopf schief. »Hast du der Insel bereits einen Namen gegeben?«

»Trittstein.«

»Das ist gut.«

»Sie gehört nicht zur Geschichte über Brand und den Krieger, sondern –«

Jo lachte auf. »Es ist unsere Geschichte. Wir können sie nennen, wie es uns gefällt.«

Die Geräusche der Nacht wurden lauter; das Toben der kalten Brandung, das nach Sonnenuntergang immer feierlicher klang; das kleine Lagerfeuer, zisch, knister. Ein Kohlestück krachte entzwei und ein Funkenregen brach aus seinem Herzen hervor.

»Was willst du von mir?«

»Bist du so beschäftigt, dass du keine Zeit hast, dich zu unterhalten?«

»Nein, ich –«

»Nur reden.« Die Scheme schien müde und mürbe, so mürbe wie einer der Papierschirme aus dem Puppentheater der Waldländer – so entsetzlich dünn, dass Quell das Gefühl hatte, sie könnte jeden Augenblick reißen und das Feuer dahinter bloßlegen.

»Liebst du mich?«, sagte Jo.

Fünfzehn Herzschläge. Zwanzig.

»Das tust du. Du liebst mich wirklich.«

»Manchmal ist es, als wären wir Liebende«, flüsterte Quell. »Und manchmal ist es, als würden wir uns auf den Tod bekämpfen.«

Zum ersten Mal, seit Jo den Funken angenommen hatte, erlosch das Feuer in ihren Augen. Im Mondschein leuchteten sie wieder silbern. »Ich bin in dir«, sagte Jo. »Niemand wird dich je so kennen wie ich, Quell. Weder Alster noch Tau, weder deine Verwandten noch deine Kinder. Ich bin dir näher als du selbst. Ich kann sehen, was du nie zu betrachten wagst. Und ich liebe dich.«

Quell hob die Hand und strich über Jos weiße Wange. »Ich weiß.«

»Werde nicht Gewährsfrau, Quell. Ich benötige schon jetzt alle Kraft, um durchzuhalten. Du hast eine Familie und ein Leben und ein Dorf um dich, und ich habe nichts. Aber immerhin haben wir die Magie gemeinsam. Mag ich auch die hässliche Schwester sein, die niemand will, so weiß ich doch, dass wir uns irgendwie gleichen. Aber wenn du jetzt sogar deine Magie in Ketten legst, sie in den Felsen von Wolkenriff verankerst, dann nimmst du das Letzte fort, das uns verbindet.« Unter Quells Hand fühlte sich Jos Haut kühl an und blütenweich; so kostbar. So kostbar. »Ich liebe dich, Quell. Gestatte mir zumindest das.«

Und Quell sehnte sich danach, mit Jo zu gehen, sich nicht mehr mit ihr zu streiten und einen Mondlichtpfad über das schwarze Meer zu beschreiten. Aber ihre Hand fiel herab, als sie an das traurige Geräusch des Regens dachte, an Taus Geständnis, daran, wie sie den Boden unter den Füßen verloren hatte. Daran, wie sie erfahren hatte, dass sie so wertlos war wie sie immer befürchtet hatte. »Auch Tau liebt mich. Aber ihr habt mich beide betrogen.«

»Warum kannst du ihm vergeben, aber mir nicht?«

»Ihm vergebe ich, weil ich muss«, sagte Quell. »Du hast Recht. Du bist wie ich.« Der Augenblick, in dem sie und Jo hätten Freundinnen werden können, verstrich, verstrich, war vorbei. Sie hasste sich dafür, dass sie ihn zerstört hatte. »Wahrscheinlich habe ich Besseres von mir erwartet.«

Das flackernde Licht des Lagerfeuers hielt die beiden Frauen nahe beieinander, von einer weiten, seufzenden Finsternis umgeben.

Jo wandte sich ab. Sie nahm einen der Äste, die Quell gesammelt hatte, und warf ihn aufs Feuer. Als sie wieder aufblickte, hatte sich eine goldene Glut über ihre Augen gelegt. »Heute Nacht ist es kalt, was? Erinnerst du dich an Esche?«

Quell beobachtete, wie das Feuer den neuen Scheit hinaufkroch, schwarze Blasen auf seine Haut leckte.

»Die Welt ist nicht immer gut«, sagte Jo. Sie zog einen ihrer Schnürsenkel heraus. »Was ist das für einer?«, fragte sie und band einen Knoten um das Ende eines Astes.

»Ein Rundtörn und zwei halbe Schläge.«

»Es ist allzu lange her, seit ich geübt habe.«

Jo löste den Knoten. Quell rückte näher ans Feuer. »Den hat mir Schegel beigebracht. Eigentlich hat sie mir alle beigebracht.«

»Die Nacht ist kalt«, sagte Jo.

»Wir haben immer alles stehen und liegen lassen und draußen gespielt, wenn es schneite«, sagte Quell. »Einmal hat es früh morgens angefangen. Da hat sich Schegel auf dem Dach versteckt, bis ich zum Spielen nach draußen kam, und eine ganze Lawine auf mich niedergehen lassen.«

Jo lachte. Sie legte ihren Schnürsenkel zu einem Rund, zog dann ein Ende nach unten und durch die Schlaufe empor …

»Um den Baum«, schlug Quell vor.

»Und wieder abwärts durch die Schlaufe. Und das ist ein … einfacher Palstek?«

»Mm-hmm.«

Das Feuer knisterte und ein Funkentanz stob empor. Rotes Licht spielte auf Jos Zügen. »Ich brenne.«

Quell rutschte in der Dunkelheit hin und her. »Bist du sicher, dass du deine Geheimnisse mit mir teilen willst?«

»Mit wem sonst? Du kannst mich wenigstens verstehen.«

Jos Haare wehten wie Rauch um ihre Schultern. Rotgoldenes Licht flackerte in ihren Augen. »Als ich dich verzweit habe, habe ich einen großen Teil des Meeres in mich aufgenommen. Dann habe ich die Gestalt des Kaisers angenommen und den Funken, der ihn von innen verzehrte. Und jetzt …« Erschrocken sah Quell, dass Jo weinte. Weinte! Goldene Tränen sammelten sich in ihren Augen, rollten eine nach der anderen über ihr Gesicht und fielen ins Dunkel. »Luft, Meer und Feuer kämpfen in mir. Sie zerreißen mich, Quell. Sie zerreißen mich.«

Jo wartete, bis ihre Stimme nicht mehr zitterte. »Hast du jemals gesehen, wie ein Funke auf ein Blatt Papier fällt, Quell? Erst bildet sich ein kleines Loch, ein kleines schwarzes Loch mit einem blassen roten Rand. Und jedes Mal, wenn der Wind durch das Loch weht, frisst sich der Funke weiter am Rand entlang. Ein hohler Raum entsteht. Und je größer das Loch wird, desto kälter und leerer ist es und desto mehr Luft dringt hindurch und desto heller brennt das Feuer. Und desto mehr willst du, dass es brennt.« Sie dröselte den Palstek auf, mit gesenktem Kopf, als würde sie zu dem Knoten sprechen. »Da ist also dieser hohle Raum, durch den der Wind bläst, verstehst du? Und er wird immer größer.«

Jo nahm die beiden Enden ihres Schnürsenkels und legte sie nebeneinander. »Ist deine Geschichte zu Ende?«

Verzweifelt verflocht Jo die beiden Schnüre miteinander. »Das ist … ?«

»Ein Kreuzknoten.«

»Wofür wird er verwendet?«

»Um zwei …« Quell hielt inne und blickte ins Feuer. »Um zwei Taue von derselben Dicke miteinander zu verbinden.«

»Habe ich es richtig gemacht?«

»Ja.« Quell wandte sich von Jo ab und blickte in die Finsternis. »Aber es ist nur ein Stück Schnur.«

Einen langen Herzschlag später sagte Jo: »Du bist hart, Quell.« Ihre Augen trockneten, trockneten. Waren trocken. So trocken wie rissige Erde. So trocken wie totes Gras.

Quells Blick war vom unablässigen Flackern des Feuers gebannt. »Ich bin nicht besonders stark.« Sie kam sich verabscheuungswürdig vor. Sie hasste sich für ihre Schwäche, für ihren Neid. Für ihre Angst. »Du verfügst über Schönheit. Wissen. Magie. Wo ich blind bin, kannst du sehen. Du hast alles, was ich mir immer gewünscht habe.«

»Außer Wurzeln.«

»Du bist müde.« Quell suchte in ihrem Rucksack und kramte einen Streifen geräucherten Barsch hervor. »Nimm das. Ich habe genug dabei. Hier in dem Becher ist Wasser. Ich habe es aus dem Bach geschöpft.«

»Danke«, sagte Jo. Den Fisch rührte sie nicht an, trank aber dankbar das Wasser. Als Quell den Becher wieder an sich nahm, berührte sie Jos Hand – sie war papiertrocken und glühend heiß.

»Als Esche sich umbrachte, konnte ich nachfühlen, warum er es tat, ich konnte seinen Hunger spüren. Die Erlösung. Aber die Schmerzen!« Jo trank den zweiten Becher Wasser etwas langsamer. »Aber er wollte wenigstens brennen. Quell, ich kämpfe jetzt seit acht Jahren dagegen an. Acht Jahre, in denen der Funke mich ausgehöhlt hat.«

»Es tut mir Leid.«

»Das sollte es auch! Dir und dem ganzen Volk der Meere. Ich habe dem Kaiser das Feuer ausgesaugt, und die Truppen der Waldleute zogen sich zurück. Aber ich habe nichts dafür bekommen.«

Quell sagte: »Wir sind dir dankbar.«

»Nein, das seid ihr nicht.« Jo trank den Becher aus. »Ihr seid froh, dass es vollbracht wurde, aber ich bin euch gleichgültig.«

»Manchmal kann man Großes nur von den Großen fordern«, sagte Quell.

Die Scheme lachte. »Ja! Das bin ich: eine grandiose Figur in der Geschichte der Inseln. Eine legendäre Heldin.« Die Nacht war hereingebrochen und das kleine Lagerfeuer verbarg Jos Gesicht in den zitternden Schatten. »Frag Sieben, wie schön das ist. Was, glaubst du, ist bedeutsamer für ihn: dass Delta seinen Namen ehrt oder dass Teich tot ist?«

»Mehr Wasser?«

»Bitte.«

Quell goss das restliche Wasser ein und reichte es über das kleine Feuer zurück.

»Heute ist dein Hochzeitstag. Acht Jahre bist du jetzt mit Tau verheiratet. Hat dir die Feder gefallen, die ich am Tag deiner Hochzeit für dich bereitgelegt habe?«

»Du warst das?«

Die Hand der Scheme war ein verschwommener Fleck, als sie den Becher entgegennahm. »Ich habe den Kaiser nicht um der Inseln willen aufgehalten, Quell. Ich habe es nicht für den Krieger getan, letzten Endes nicht. Ich habe es für die Menschen getan, die ich liebe.«

»Für Tau, zum Beispiel.«

»Natürlich habe ich ihn geliebt! Quell, das musste ich. Mir blieb keine Wahl. Solange du ihn liebtest, musste ich es auch tun.« Jo blickte in die Finsternis und blinzelte ihre Tränen fort. Als sie Quell wieder ansah, war das Gold in ihren Augen verblasst. Nur das Feuer spiegelte sich in ihren braunen Augen.

Nur das Feuer. »Hast du das nie verstanden? Ich habe es dir gleich zu Anfang erklärt. Eine Scheme stirbt nie. Früher oder später erwischt es uns alle, wir werden zu einem Schotstek verknotet – mit etwas, das stärker ist als wir. Und das warst du, Quell. Du bist die Kerze, und ich bin der Schatten, den du wirfst.«

»Ich? Du warst diejenige mit der Magie! Mit der Schönheit und der Macht. Und du hast dafür gesorgt, dass mir das bewusst war, bei jeder sich bietenden Gelegenheit.«

»Natürlich habe ich gegen dich angekämpft! Der Fisch kämpft schließlich auch gegen den Haken. Quell, ich habe um mein Leben gekämpft. Ich wollte mehr sein als nur dein Schatten.«

Hinter ihnen, unten am Strand, zischte und murmelte die Brandung. Das Meer atmete Salz und Seegras und kalten Sand. Die Finsternis leckte an ihrem kleinen Kreis aus Feuerschein.

»In jener Nacht letzten Frühling«, sagte Quell, »hast du mich gerufen, um mir den Mond zu zeigen.«

Jo nickte. »Ich habe Alster belauscht – oh ja, ich habe Wolkenriff nie verlassen, die ganze Zeit nicht, in der du dachtest, ich sei fort. Ich war eine Maus unter deinen Dielen, eine Eule in den Wäldern. Ihr wart meine Familie, ihr Dorfbewohner. Und obwohl ihr mich nicht wolltet – keiner der Dorfbewohner und du am wenigsten –, konnte ich euch nie verlassen. Ihr wart alles, was ich hatte – und das war wenig genug.

Ich habe Alster belauscht. Ich wusste, dass sie vorhatte, dich in die Lehre zu nehmen. Ich wusste, dass du dann noch stärker werden würdest. Und die ganze Zeit über fraß mich der Funke auf, und das Loch in meinem Herzen wurde größer, und der Wind wehte hindurch. Und du, du warst wie Efeu«, sagte Jo. »Du wolltest mir nie helfen. Du warst es zufrieden zuzuschauen, wie ich immer mehr im Nebel verschwand. Du warst nicht zu stolz, den Regen zu trinken.«

»Tut mir Leid«, sagte Quell und meinte es ehrlich. Jo, die arme Jo, war ein zerbrochenes Ding, ein leerer Kummer, der nicht gefüllt werden konnte. Sie allein hätte der Scheme eine Freundin sein können. Und sie hatte sich abgewandt.

Jos Gesicht verschwamm: Die große Hakennase, die knochigen Brauen, die schmalen Augen verschwammen, wurden weich – und verfestigten sich schließlich zu weit weniger kantigen Gesichtszügen. Das Gesicht einer Eiländerin. »Ich wollte nicht, dass du bei ihr in die Lehre gehst. Alster! Sie konnte dir eine Insel geben; ich konnte dir Wolkenverse und Sternenlieder geben, das Geplauder der Delphine und den Schrei der Eule, die Steine und das Meer! Wahrscheinlich war ich eifersüchtig.«

»Es steckt mehr dahinter«, sagte Quell. »Du hast nicht meinetwegen mit Tau geschlafen. Als du mich auf den Mondscheinpfad geführt hast, wäre ich fast ertrunken.«

Jo nickte. »Ich wollte, dass du mich in den Nebel begleitest. Der Funke hat mich fast ausgehöhlt. Wenn ich ihn nicht weitergebe, wird er mich verschlingen und ich werde mich endgültig verlieren.« Sie trank das Wasser aus. Stellte den Becher ab. »Es ist einsam im Nebel, Quell. Schrecklich einsam. Bevor ich dich kennen lernte, hatte ich mich dort lange Zeit verirrt. Einst hatte ich eine Freundin. Manchmal spricht sie noch zu mir. Aber ich bin zu alt, als dass sie mit mir spielen könnte, selbst wenn der Mond jung ist. Wenn er voll ist, blendet er mich. Wenn er alt ist, lacht er mich aus.«

Jos Stimme war weicher geworden, voller Sehnsucht. »Wir hätten so viel Spaß haben können auf der anderen Seite! Was ich dir alles gezeigt hätte!«

»Früher wäre ich vielleicht mitgekommen. Aber jetzt nicht mehr. Es gibt zu viel, was mich an die Welt bindet.«

»Darüber habe ich nachgedacht«, sagte Jo.

Und sie drehte ihr Muschelarmband an ihrem Handgelenk. Klick. Knack.

Braun. Ihre Haare sind jetzt braun, dachte Quell und spürte, wie ihr Herz einen Satz machte. Und auch ihre Augen sind dunkelbraun. Und ihr Gesicht ist mein Gesicht.

Niemand wird es je bemerken.

Jo blickte ins Feuer und sagte: »Quell, du weißt doch, was in Zwillingsgeschichten passiert. Geschichten enthalten schreckliche Wahrheiten.« Gespiegelte Flammen tanzten in ihren Augen. »Gib sie mir, Quell.«

»Wen?«

»Ich habe die Feder für dich hinterlassen.«

»Nein!« Nicht Feder, nicht ihr kleines Mädchen. Über ein Spinnennetz gebeugt, den blonden Zopf gedankenlos über die Schulter geworfen, voller Gras und Schlamm und Lachen. »Bitte, Jo, nicht das. Das kannst du nicht von mir verlangen.«

»Gib mir das Kind und ich werde Wolkenriff für immer verlassen, das schwöre ich. Was nicht gegeben wird, wird genommen«, flüsterte Jo. »Zwing mich nicht, noch mehr zu fordern, Quell.«

»Nein.« Quells Mund war trocken. Langsam, ganz langsam schob sich ihre Hand durch das Dunkel an ihrer Seite und griff nach dem kleinen Kupfermesser. »Ich hätte dich töten können«, sagte sie. »Vor acht Jahren hätte ich dich hier Brand überlassen können, wie Schegel es wollte. Ich hätte dich töten können, nachdem wir Laube verlassen hatten, aber ich beschloss, dich am Leben zu lassen.«

»Du hast mich nicht getötet, aber du warst bereit, mich brennen zu lassen. Du mit deinem Mann und deiner Familie und deinem Zuhause, du warst großherzig genug, mich mitzunehmen und um Reste betteln zu lassen.« Jo hielt inne. »Ich klinge wütend. Ich hätte das Gleiche getan. O Quell, ich könnte dich niemals töten«, sagte Jo leise. »Das würde ich nie fertig bringen. Nie und nimmer. Nur ein Stich, ein kleiner Stich. Du wirst ihn kaum spüren.« Jetzt waren die Nägel an Jos Händen lang und golden, als bestünden sie aus gehämmerter Bronze. Als sie den Kopf schüttelte, glühten ihre Haare und sprühten Funken.

Der Kaiser hatte ihr einen Dolchstoß versetzt, erinnerte sich Quell. Und sie hatte überlebt. Sie hatte ihm den Funken entrissen, und jetzt wollte sie ihn an Quell weitergeben.

Und Jo sagte: »Du hast immer gewusst, dass eine Geschichte auf dich wartet, Quell. Du hast immer gewusst, dass es dir bestimmt ist, eine lange Reise in den Nebel zu unternehmen. Du wusstest es an dem Tag, als wir uns kennen lernten. Vergangenen Frühling hast du gespürt, wie es dich von jenseits des Mondes rief.«

»Sie werden es merken.«

Jo schüttelte den Kopf. »Den wirklichen Dingen ist es gleichgültig: dem Meer und dem Stein. Ihnen ist es egal, ob eine von uns lebt oder stirbt.«

Quell fühlte Panik in sich aufsteigen wie Wasser, drohte darin zu ertrinken. »Nicht auf Wolkenriff! Die Felsen kennen meinen Fußabdruck und die Bäume die Berührung meiner Hände und Salbeiquell hat *meinen* Namen geflüstert, als er aus dem Tränenteich herauslief, nicht deinen. Sie werden es merken! Du meinst, sie würden den Unterschied nicht wahrnehmen? Tau wird es merken. Netz! Netz stammt aus dem Nebel. Netz wird es merken.«

Jos braunes Haar, das ihr in vier Zöpfen im Nacken hing, schwang sanft hin und her, als sie den Kopf schüttelte. »Verstehst du es wirklich nicht? Quells Geschichte wird weitergehen und Jos Geschichte wird zu Ende sein. Ein Zwilling geht immer in den Nebel. Jo hat Feuer geschluckt und Quell hatte Glück.« Während sie sprach, purzelte eine Biene hinter ihrem Ohr hervor und hing summend über ihrer Schulter. Eine weitere folgte, dann noch eine.

»Feder und Stiefel! Meine Kinder werden wissen, dass nicht ich es bin! Alster wird dich zwingen, alles zurückzugeben, alles …« Quells Stimme brach.

»Du hast es immer gewusst, Quell.« Jo sah sie aus sanften braunen Augen an, die auf entsetzliche Weise die ihren waren. »Ich bin deine Siebte Welle.«

»Das ist nicht fair!«, rief Quell. Ihr war übel vor Angst. Ihr Inneres war zu Nebel geworden; sie war Dunst, der durch eine Schale aus Haut wirbelte. »Du hast diese Kinder nicht ausgetragen. Du hast nicht geschrien, um sie auf die Welt zu bringen. Du bist noch nie mitten in der Nacht aufgestanden und durch die Dunkelheit gestolpert, um ihnen etwas zu essen zu geben.«

»Weine nicht, Quell! Weine nicht.« Tränen standen in Jos Augen. »Eher würde ich sterben als zulassen, dass ihnen etwas zustößt, das schwöre ich. Niemand kann sie so sehr lieben wie ihre Mutter, verstehst du das nicht?«

Klein-Feder mit ihren wehenden blonden Haaren. Stiefel, mit ernst gerunzelter Stirn über ein Rätsel gebeugt.

Mit einem Schrei griff Quell nach ihrem Kupferkohlebecken und warf es nach Jo. Das Lagerfeuer zerstob und schleuderte einen Funkenregen in die Luft. Dann rannte sie um ihr Leben.

Von Panik erfüllt stolperte sie die Düne hinunter auf den Strand zu. Ihre Stiefel knirschten durch Kiesel, Treibholz, Krebspanzer. Sie hörte keine Schritte hinter sich, kein menschliches Geräusch außer ihrem unregelmäßigen Keuchen.

Auf den Strand. Sand saugte an ihren Füßen, und sie rannte wie in einem Albtraum, entsetzlich langsam, jeder Schritt eine Qual, auf das Boot zu, mit dem sie von Wolkenriff hierher gesegelt war. Das kleine Zeremonialmesser war glitschig in ihrer schweißnassen Hand.

Wo war Jo? Hatte sie ihre Zwilling bewusstlos geschlagen? Mit einem Glückstreffer erwischt, als sie das Kohlebecken warf? Sie riskierte einen Blick über die Schulter, sah jedoch nichts.

Eine Million Sterne glitzerten am kalten Nachthimmel. Ihr Herz hämmerte und ihr Keuchen hallte laut in ihren Ohren. Wellen brachen fauchend und dröhnend in der Finsternis. Kribbelnde Gischt schimmerte direkt vor ihr im Licht der Sterne. Sie hatte das Wasser fast erreicht.

Gut. Gut. Sie hatte Zeit, sie hatte ein wenig Zeit. Sie betrat festeren Sand und rannte schneller, spritzte mit jedem klatschenden Schritt Schaum empor. Wenn sie es nur bis zum Boot schaffte!

Stiefels schweren Wintermantel zuschnüren.

Sie spürte einen schwachen Windhauch im Nacken und ihr Herz erstarrte. Der Schrei einer Eule schrillte hinter ihrem Kopf. Krallen drangen wie Nägel in ihre Schulter.

Sie taumelte ins Wasser, wandte sich um und sah sich Jo gegenüber.

Das Haar der Scheme funkelte und strahlte. Feueradern pulsierten an ihrem Hals und rannen wie brennende Tränen aus ihren Augen. Das Meer brodelte zu ihren Füßen und hüllte sie beide in eine riesige Dampfwolke. Ihre Stimme glich dem Fauchen des Windes, der über brennendes Papier fegt. »Die Welt sah uns getrennt«, sagte sie. »Jetzt sieht sie uns vereint.«

Feders Zopf richten.

Quell packte das kleine Kupfermesser fester und spürte, wie der Nebel in ihrem Herzen brannte. »Ich werde dich töten«, sagte sie.

Dies ist eine Geschichte über die wirkliche Welt, über Nebel und Fels und Sternenlicht und gleichzeitig eine Geschichte über zwei Frauen.

Zwei Frauen?, fragte die Gewährsfrau.

Und der Wind, der alle Geschichten erzählt, auch diese, auch jetzt, sagte: Quell.

Es war am frühen Abend eines klaren Wintertags, als Quells Boot die Kralle umrundete und sich nach Hause treiben ließ. Eine Gruppe Dorfbewohner wartete auf dem Kai: Wicke, Otter, Stein. Schegel und Gischt. Alster.

Schegel fing grinsend die Fangleine und band sie mit einem Rundtörn und zweieinhalb Schlägen an den Anlegering. »Jetzt müssen wir wohl Gewährsfrau zu dir sagen!«

»Zu mir hat das nie jemand gesagt!«, brummte Alster und lächelte.

Der große Stein, dessen Bart ganz weiß geworden war, hielt ihr einen Arm hin, um ihr aus dem Boot zu helfen. »Jetzt sind wir wohl ebenbürtig, Pflegetochter. Du darfst so lange aufbleiben, wie du willst.«

Quell lief den Kai hinunter. Die anderen blieben zurück und sahen ihr nach. »Sie hat geweint«, sagte Schegel. »In Fadens Namen, worum trauert sie?«

Alster beobachtete, wie Quell vom Kai hinunterstieg und die Insel betrat, die sie nie wieder verlassen würde, bis der Tod oder eine neue Gewährsfrau oder das Ende der Welt sie freigab. »Um sich selbst«, sagte Alster.

Quell ging allein. Hier war das Ufer, an dem sie Jo zum ersten Mal gesehen hatte und ihre Leben miteinander verknotet worden waren. Sie kletterte den Kieselstrand hinauf und kam an eine Stelle, wo ihre Zwilling ein Feuer entfacht und die Arme in sein rotes Herz gestoßen hatte, nachdem Quell ihr nicht hinter den Mond hatte folgen können. Und dort verlief der Pfad über den Anger, den sie vor so langer Zeit gemeinsam hinaufgegangen waren, an jenem Tag, als Jo das erste Mal ins Dorf kam. Sie war auf die Wildblumen getreten, die leise gequiekt hatten. Sie stieg noch höher, den Grat mit seinem Pappelwäldchen hinauf. Dort oben stand eine große Ulme, auf der sie beide gesessen hatten, und unter ihren herabhängenden Armen lag das kühle grüne Wasser des Tränenteichs. Im Sommer würde sie dort schwimmen gehen, und im Herbst würden die abgefallenen Blätter langsam kreisend nach Süden ziehen, von der Strömung des Salbeiquell getragen.

Der Bach, der Quell ihren Namen gegeben hatte, hüpfte mutig über den Felsvorsprung und flitzte durch den felsigen Kanal darunter. Dann verlor er an Geschwindigkeit, floss am Kräutergarten und am Anger vorbei, an Wickes und Alsters Haus. Dann zum Kai hinab, wo die kleinen Boote auf dem Rücken des Meeres knarrten und schaukelten, des Meeres, das gewaltiger war als die Berge und kälter als die Sterne und tiefer als der Himmel.

Und dort verließ es Wolkenriff für immer, dieses eine kleine Flüsschen, und verschwand.

Und sie ging weiter zu ihrem Haus, und es war hell erleuchtet, und ein Feuer brannte darin. Und das Abendessen war fertig, und sie wurde erwartet. Und Tau zog sie hinein und setzte sie auf ihren Stuhl und gab ihr Klein-Feder auf den Schoß.

Quell holte tief Luft. »Ich bin wieder da«, sagte sie.

Dank

Ein umfangreiches Buch steht bei vielen in der Schuld. Meinen tiefsten Dank an Christine, meine Liebe, und an Philip Freeman, dem dieses Buch sein theologisches Fundament und noch vieles andere verdankt. Ein Dankeschön an *White Dwarf Books* und an Sean Russell, dessen Freigiebigkeit und Unterstüzung mir unter den vielen Autoren am meisten bedeutet hat. Bis auf den heutigen Tag staune ich über Martha Millard, meine Agentin, und Susan Allison, meine Lektorin, die so elegant mit meiner frustrierenden Neigung umgehen, Bücher abzuliefern, die sich von ihren Vorgängern grundsätzlich unterscheiden. Zuletzt möchte ich eine Schuld eingestehen, die nie beglichen werden kann, und zwar an J.R.R. Tolkien. Vielleicht hätte ihm dieses Buch nicht gefallen, aber weder *Schwester des Sturms* noch meine Karriere wären ohne ihn jemals Wirklichkeit geworden.

Sean Stewart

Der Übersetzer dankt Sean Stewart für zahlreiche herzliche und informative E-Mails, die einige nicht ganz unwesentliche Probleme gelöst haben; sowie ausdrücklich Birgit Will und Peter Sowade dafür, dass sie ihm ermöglicht haben, die Zeit für seine Arbeit zu finden; und ganz herzlich Georgia Wimhöfer für das Überarbeiten des Textes mit sicherer Hand.

Hannes Riffel

SF Social Fantasies

Herausgegeben von Else Laudan und Hannes Riffel

Sean Stewart

Der schwarze Dolch

SF - Social Fantasies 5004 · ISBN 3-88619-990-8

Schützer Mark gelingt, woran Edlere vor ihm scheiterten: Er bezwingt den Bann der roten Festung. Dann aber geht der Ärger erst los. Höfische Politik ist für Mark ein Buch mit sieben Siegeln, die Frau seiner Träume ebenso, und sein erbeuteter Dolch schenkt ihm eiskalten Schmerz …

»Stewart verpasst der leicht verstaubten Gattung Märchen mühelos ein modernes Outfit. Er spielt gekonnt mit dem Genre, persifliert es mit augenzwinkerndem Humor, rührt noch ein wenig am Althergebrachten und bringt ein paar zusätzliche, erquickend würzige Zutaten ins Spiel.« *Evolver*

»Vorbehaltlos empfehlenswert, auch für Nicht-Fantasy-Leser.« *Blitz!*

Die Nachtwache

SF - Social Fantasies 2044 · ISBN 3-88619-944-4

Seit drei Generationen schützt ein grausamer Pakt die eisige Südstadt vor den Übergriffen des magischen Chaos. Winter, der strenge Regent der Stadt, opferte dafür einst seinen inneren »Engel«. Im Jahr 2074 befreit Winters Enkelin – getrieben von einer geheimnisvollen Stimme – diesen Engel aus seinem Bann und erschüttert so unwissentlich den schützenden Pakt.

Im hunderte von Meilen entfernten Chinatown wirbt das Mandarinat Truppen der Südstadt an – ein lukratives Geschäft für Winters isoliertes Gebiet mit seiner hochentwickelten Technologie. Aber nicht alle Minister Chinatowns befürworten die Verbindung: Zu viele kulturelle Barrieren trennen die beiden letzten Enklaven der Zivilisation …

»*Die Nachtwache* packt die Leser auf der ersten Seite, überrascht durch Vielseitigkeit und Differenziertheit der Standpunkte, die weit über fantasy-typische Gut/Böse-Muster hinausgehen.« *Alien Contact*

»Für alle Phantasiebegeisterten (denn auf ein einziges Genre lässt sich der Roman nicht festsetzen) ist dieses grandiose Werk uneingeschränkt zu empfehlen.« *Äon-Magazin*

Argument Verlag · Hamburg · Berlin